Hobbit Presse
Klett-Cotta

THILO CORZILIUS

DIEBE DER NACHT

Roman

KLETT-COTTA

MIX
Papier aus verantwortungsvollen Quellen
FSC® C014496
www.fsc.org

Hobbit Presse
www.hobbitpresse.de

Printed in Germany
Cover: Birgit Gitschier, Augsburg
Illustration: © Federico Musetti
Karten: © Christina Srebalus
Gesetzt von C.H.Beck.Media.Solutions, Nördlingen
Gedruckt und gebunden von GGP Media GmbH, Pößneck
ISBN 978-3-608-98330-2

Blickt euch um, denn ich stehe weiterhin hier
und werde eure Asche von der Brücke aus
über der Stadt verstreuen, in der wir lebten.
Ich bin nicht genug, um euch zu vervollkommnen.

WILLIAM FITZSIMMONS

INHALT

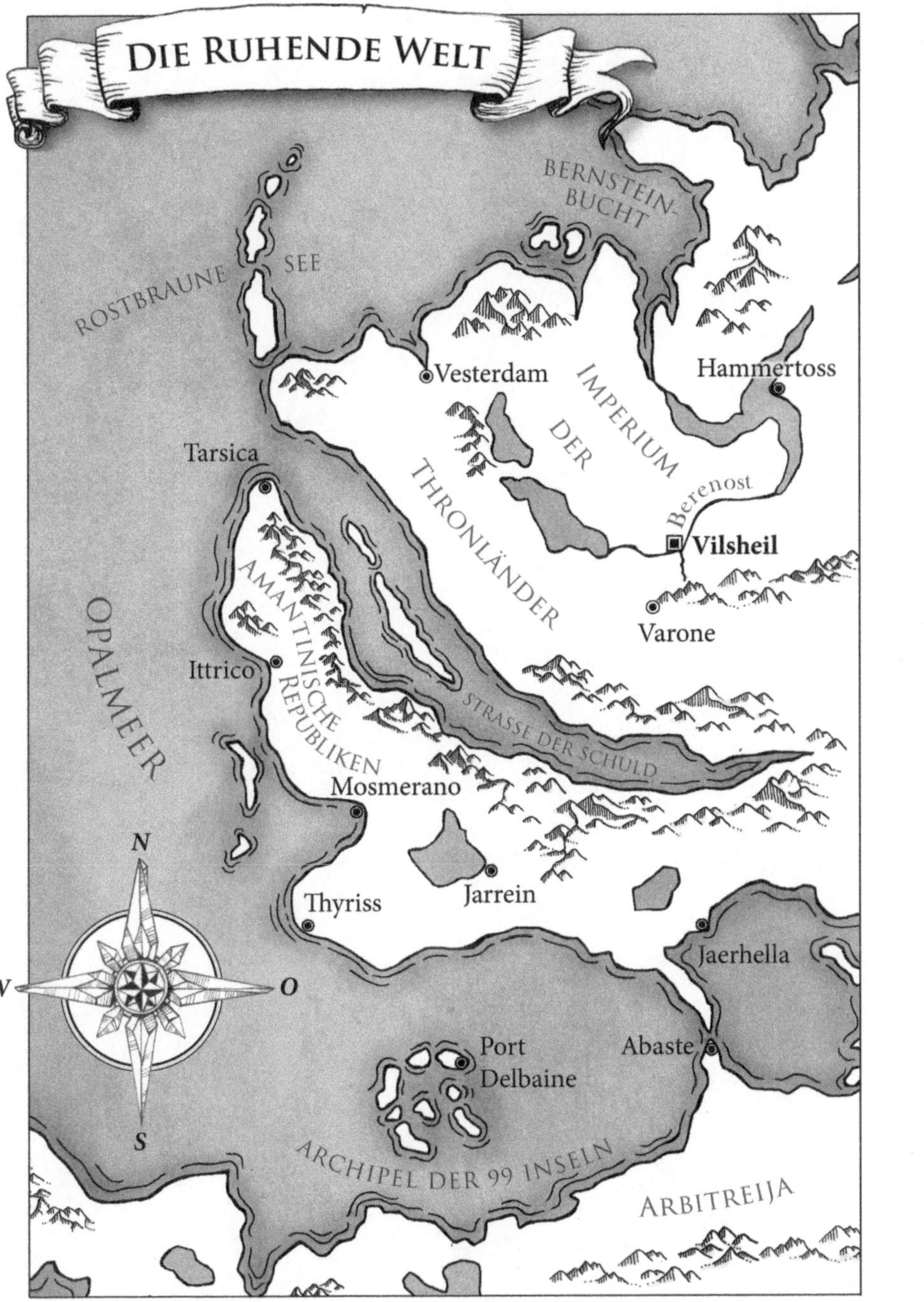
Die Ruhende Welt
Bernstein-Bucht
Rostbraune See
Vesterdam
Imperium der Thronländer
Hammertoss
Tarsica
Berenost
Vilsheil
Amantinische Republiken
Varone
Opalmeer
Ittrico
Strasse der Schuld
Mosmerano
N
Thyriss
Jarrein
Jaerhella
W
O
Port Delbaine
Abaste
S
Archipel der 99 Inseln
Arbitreija

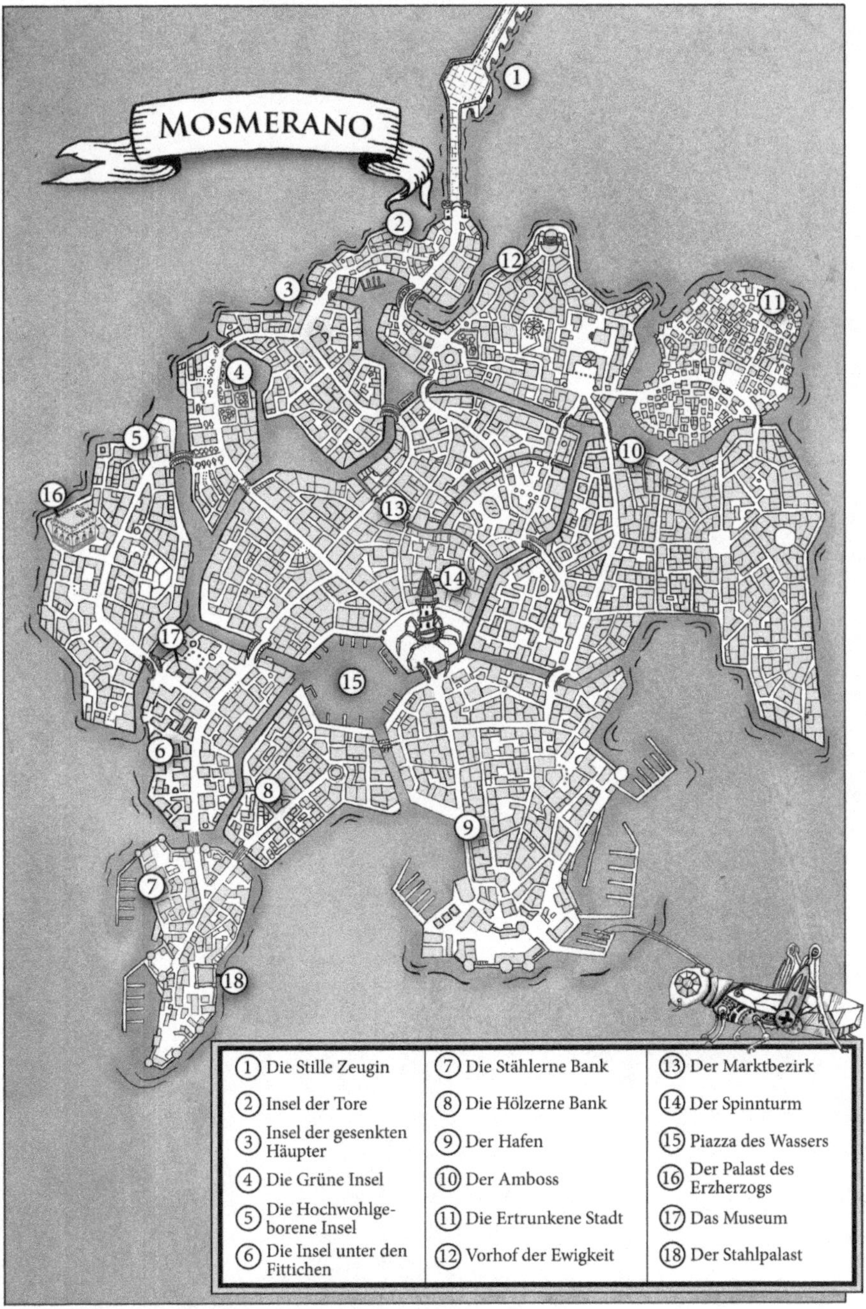
MOSMERANO
1
2
3
4
5
6
7
8
9
10
11
12
13
14
15
16
17
18
1 Die Stille Zeugin
2 Insel der Tore
3 Insel der gesenkten Häupter
4 Die Grüne Insel
5 Die Hochwohlgeborene Insel
6 Die Insel unter den Fittichen
7 Die Stählerne Bank
8 Die Hölzerne Bank
9 Der Hafen
10 Der Amboss
11 Die Ertrunkene Stadt
12 Vorhof der Ewigkeit
13 Der Marktbezirk
14 Der Spinnturm
15 Piazza des Wassers
16 Der Palast des Erzherzogs
17 Das Museum
18 Der Stahlpalast

PRÄLUDIUM

Vom Lügen und Stehlen und anderen Leidenschaften

1.

Gestorbene Lügen säumten die Straßen und Plätze der Ruhenden Welt. Oft ging noch immer eine düstere Ahnung von ihnen aus.

So wie von dem alten Theater, das wie ein gebrochener Mann wirkte und traurig zwischen den gedrungenen Gebäuden des Hafenviertels lag.

Das Theater war vor mehr als einem Dutzend Jahren eine Sehenswürdigkeit gewesen. Aber alle wussten, dass es nie wieder eine werden würde.

Oder zumindest *dachten* es alle.

Niemand hatte damit gerechnet, dass eine fahrende Schauspielertruppe es erwerben könnte, um sich über den Winter des Jahres Eintausendundzwölf nach Amantis dort einzunisten.

Und niemand hatte damit gerechnet, dass es binnen weniger Wochen wieder zu einem kleinen Glücksfund werden könnte, der sogar die adeligen Kreise der Oberstadt anziehen würde.

Eines Tages wagte sich sogar der junge Conte Diallo Ginobaldi zu einer der Vorstellungen. Es schien ihm ein mutiger Schritt, dass jemand ein solch vergessenes und heruntergekommenes Theater gekauft und auf Vordermann gebracht hatte. Aber wer wusste schon Genaueres? Immerhin war Mut bekanntlich ein Zwilling der Dummheit – beide sahen sich manchmal zum Verwechseln ähnlich.

Doch als sich der Vorhang an jenem Abend hob, tauchte der Conte ein in den Rausch der Vorstellung.

2.

Glin Melisma spähte aus einem geöffneten Butzenglasfenster in den verregneten Hafen hinaus. Er mochte Regen. Als Kind war er am Rande der Wüste aufgewachsen und Wasser, das vom Himmel fiel, war dort selten und kostbar. Obwohl er seit seiner Jugend die Ruhende Welt bereist hatte, faszinierten ihn immer noch die Sturzfluten, die seit Tagen vom Himmel fielen und die hellen Fassaden der Gebäude tränkten.

»Spinnst du, Glin? Es ist entsetzlich kalt!«, schimpfte Falk von unten herauf. Der dicke Priester des verschlagenen Gottes Din Vestro hatte noch nie viel Geduld mit Glin gehabt. »Mach das von allen Göttern verfluchte Fenster zu, du dürres Elend!«

»Die Leute unterschätzen mich, eben *weil* ich so dünn bin«, rief Glin und atmete die Luft in vollen Zügen, in der der Geruch von Lachs und Kabeljau, harter Arbeit und Sehnsucht mitschwang.

»Hör auf zu träumen, sofort, und komm runter!« Mit einem Lachen mischte sich nun auch Talmo ein – der Kopf des Ensembles. Sie hatten sich den Namen *Die Herbstgänger* gegeben. »Du musst gleich auf die Bühne, du kleiner Ränkeschmied. Weisheiten über deinen knochigen Körper kannst du später von dir geben.«

Seufzend verriegelte Glin das Fenster und stieg die Stufen aus dem Halbgeschoss hinab zum Rest der Truppe, der sich bereits kostümiert versammelt hatte. Gleich würden sie im Theater ihre Version von Silvanis Komödie *Der König unter der Stadt* aufführen:

Talmo, Glins Ziehvater, Mechanist und Gründer ihres Ensembles.

Madeire, die Diva der Truppe.

Falk, der Priester.

Yrrein, die besser mit jeder Klinge umgehen konnte, als es Glin jemals bei irgendjemandem gesehen hatte.

Shalimo, der Chemistiker.

Die kleine Sira mit ihren waghalsigen Kletterkünsten.

Und natürlich er selbst, Glin, ebenfalls ein Mechanist.

Er blickte in die Runde. Es war noch nicht allzu lange her, dass die Gruppe ausgerechnet ihn mit der Planung ihrer Husarenstücke betraut hatte. Und obwohl er eine große Leidenschaft für das Aushecken verrückter Betrügereien hegte, fühlte er sich nach wie vor unwohl dabei, wenn sich das Ensemble auf seine Einfälle verließ.

Ich bin doch noch so jung …

Glins mechanische Grille sprang ihm auf die Schulter und krallte sich im Stoff seines Hemdes fest. Er hatte sie *Schönheit* genannt (weil sie die Eigenart besaß, bei jeder Gelegenheit ihre aus winzigen Zahnrädern, Drahtfedern und Achsen bestehenden Gliedmaßen zu putzen). Glin lächelte – der Anblick des possierlichen Tierchens half ihm, die Anspannung ein wenig zu verdrängen.

Die Aufregung vor einer Darbietung war etwas, das nie vergehen durfte. Das hatten ihm alle älteren Mitglieder des Ensembles immer wieder gesagt. Denn Aufregung war der Funke, der nötig war, um im entscheidenden Moment die Flammen richtig anfachen zu können. War Glin nicht aufgeregt, wurde er womöglich selbstgefällig und begann Fehler zu machen.

Talmo sah ernst drein. Reihum blickte er jedem in die Augen und vergewisserte sich, dass sie allesamt vorbereitet waren. »Funktioniert das mit dem grünen Feuer dieses Mal besser, Shalimo?«

Der Chemistiker nickte eifrig, sein linkes Auge strahlte förmlich. Sein rechtes war aus Glas. In seiner Heimat war es ein schweres Vergehen, wenn ein Mann andere Männer liebte, und zur Strafe hatte man ihn auf einem Auge geblendet. »Ich habe die Zusammensetzung geändert. Bei einem daworjedischen Händler auf dem Markt habe ich ein neues Waschsalz erstanden, das –«

Talmo hob die Hand. »Danke«, unterbrach er mit einem Lächeln. Sie alle kannten die Begeisterungsfähigkeit ihres Chemistikers. »Ich wollte nur wissen, ob es funktioniert.«

»Das tut es.«

»Also gut«, meinte Talmo schließlich. »Wenn wir nur dreist genug sind …«

»… stehlen wir die gesamte Ruhende Welt«, skandierten die Herbstgänger im Chor.

»Mit einem Kuss auf die Stirn …«, fügte Talmo leise hinzu.

»… und einem Gebet auf den Lippen«, vollendeten die anderen flüsternd den zweiten Teil ihres Schwurs.

Rasch und geübt bezogen sie ihre Positionen, während Talmo durch den Vorhang glitt und vor das Publikum trat, um sie anzusagen.

3.

Conte Ginobaldi war von Anfang an begeistert gewesen von der Aufführung. Besonders von der Darbietung jener Schauspielerin, die ihn stark an die Beschreibungen der jungen Diva Madeire Kuska erinnerte, die vor beinahe zwei Jahrzehnten auf mysteriöse Weise das große Schauspielhaus von Vilsheil verlassen hatte.

Während des zweiten Aktes gab Ginobaldi sich gar der Vorstellung hin, er hätte diese legendäre Ikone tatsächlich wiederentdeckt.

Ein bleierner Glanz umgibt Euch, Herrscher.
Dunkelheit bricht hervor, die Euer Herz vergiftet
wie ein Toter im Brunnen das Wasser.

Sie zitierte die von Ginobaldi so innig geliebten Verse derart perfekt und wob sie scheinbar mühelos in ihre Darstellung ein, dass es dem Conte beinahe die Sprache verschlug. Es schien ihm ein Unding, dass jemand dermaßen gut spielen konnte – und dieses Talent vor einem Publikum aus dahergelaufenen Hafenarbeitern, Handwerkern und Tagelöhnern zum Besten gab.

Gleiches galt für den Rest des Ensembles. Wenngleich die Diva herausstach, so waren auch die übrigen Mitglieder der Truppe weit besser, als es sich für ein Theater in dieser Gegend hier gehörte.

Zur Ginobaldis großer Unterhaltung trug jedoch nicht bloß das schauspielerische Können bei, sondern auch die ideenreich geschaffene Inszenierung. Es musste einen sehr einfallsreichen Mechanisten in diesem Ensemble geben, der all die Falltüren und Hebebühnen konstruiert hatte, die jegliche Pausen zwischen Aufzügen und Akten überflüssig machten. In dieser Perfektion hatte Ginobaldi dies noch nicht gesehen: Darsteller verschwanden im Boden oder in der Rückwand. Bühnenbilder fuhren von unten und von den Seiten herein. Die Bühne bekam wie von Geisterhand Stufen oder wurde zu einem abschüssigen Hang, wenn die jeweilige Szene es verlangte.

Und die rasanten Einlagen erst! Das Publikum tobte vor Begeisterung, wenn das Stück schneller und draufgängerischer wurde. Schaukämpfe wurden wirbelnd, mit Pirouetten und Salti inszeniert. Es gab keine Schläge in die Luft, sondern jeder Schwertstreich wirkte, als wäre er im wahren Leben tödlich. Der Choreograph der Truppe hatte fantastische Arbeit geleistet und die junge Fechterin auf der Bühne lieferte sich hinreißende Duelle mit dem alten König und einem jungen Prinzen – dieser dargestellt von einem Mädchen, das wendig war wie ein junges Äffchen. Sie sprang Salti, als gäbe es nichts Leichteres, und erklomm Wände und Gerüste, als liefe sie auf ebenem Boden.

Ein genialer Chemistiker war ebenfalls am Werk. Die Menge an unterschiedlichen Lichteffekten konnte sich spielend mit denen der großen Theater und Schauspielhäuser der Ruhenden Welt messen. Ginobaldi ertappte sich dabei, dass er sich wie ein kleiner Junge freute, als der Palast des grausamen Königs mit lautem Getöse in die Luft flog, die Feen in Form bunter chemistischer Funken um die junge Fechterin durch die Luft tanzten und als der König selbst zuletzt in seinem eigenen magischen grünen Feuer verbrannte.

Bei allen sieben Göttern!, staunte er immer wieder bei sich. *Diesen Abend werde ich niemals vergessen.*

Als die Vorstellung unter tosendem Applaus zu Ende ging und die Mitglieder des Ensembles sich auf der Bühne verbeugten, registrierte Conte Ginobaldi ihre Anzahl.

Sieben, es sind lediglich sieben!

Und ihm war immer noch warm vor Aufregung und Begeisterung, als er in den kühlen Winterabend hinaustrat. Es gab da eine Sache, die er dringend mit seiner Frau besprechen musste.

4.

Nur wenige Tage später hatte ein Bote den Herbstgängern die Anfrage des Conte überbracht, ob ein Treffen mit dem Besitzer des Theaters möglich wäre.

Es wurde für den übernächsten Tag vereinbart.

Der Mann, den Glin für die Rolle des Eigentümers und Hauswirtes auserkoren hatte, war Falk, der Priester. Falk war nicht nur derjenige von ihnen mit der besten Menschenkenntnis – mit seinen fünfundfünfzig Namenstagen, dem gütigen Lächeln und dem gemütlichen Bauch nahm man ihm die Rolle auch am ehesten ab. Deswegen hatten sie ihn notariell als Eigentümer eintragen lassen, nachdem sie die Bruchbude im Hafen von Ittrico erstanden hatten.

Conte Ginobaldi war jünger, als Glin aufgrund des Titels zunächst gedacht hatte – er zählte vielleicht dreißig Namenstage. Glin selbst spielte während des Besuches durch den Conte einen Diener, der Kaffee in billigem Porzellan servierte. Es sollte den Eindruck erwecken, als hätte das Ensemble kein Geld, wolle aber gleichzeitig nach außen so wirken als ob. So bekam Glin die Gelegenheit, das Gespräch am Tisch zwischen Falk und dem Conte zu belauschen.

»Aber Sie *können* gar nicht der Eigentümer sein, Herr von Imbre«, wandte der Conte gerade ein. »Sie stehen doch auf der Bühne.«

»Wir sprachen gerade über Leidenschaften, oder?«, erwiderte Falk. »Die Schauspielerei ist meine *Leidenschaft*, werter Conte. Ich bin ihr quasi ausgeliefert. Also habe ich hier die Gegebenheiten geschaffen, um dieser Leidenschaft in einem angemessenen Umfeld nachgehen zu können. Sie machen sich keine Vorstellung davon, welche Stümper es andernorts gibt.«

»Oh, gewiss doch, verzeihen Sie. Ich habe schon Inszenierungen des Königs unter der Stadt gesehen – entsetzlich, sage ich Ihnen. Es mutet bloß etwas … na ja … *eigenartig* an, wenn der Hausherr selbst auf der Bühne steht. Ungewöhnlich in jedem Fall.«

»Wie gesagt, Conte, es ist eine Leidenschaft. Was will man dagegen tun? Sie wissen bestimmt selbst, wie das ist, wenn das Herz für etwas brennt, aber es weit und breit nur Amateure gibt. Sie sehen ja sicher, dass das Ganze eine Menge Unterhalt kostet – ich würde gerne noch Besseres auffahren. Aber der Umsatz reicht im Augenblick so gerade eben, um die Kosten zu decken.«

»Kosten. Das ist ein gutes Stichwort, Herr von Imbre. Ich denke da nämlich an Folgendes …«

5.

Was wissen wir über Conte Diallo Ginobaldi?«, fragte Glin in die Runde.

Es war der Nachmittag des übernächsten Tages. Die Herbstgänger hatten sich auf ihrer Bühne versammelt, um zu beratschlagen, wie sie weiter vorgehen sollten.

»Ich habe mich in den Kaffeehäusern der Oberstadt umgehört«, sagte Madeire und lehnte sich auf ihrem Stuhl zurück. »Wisst ihr, manchmal ist das Leben als Diebin gar nicht so schlecht – besonders, wenn man edle Kaffeeröstungen aus Abitreija trinken darf.«

Glin verdrehte die Augen. »Ich weiß schon, warum wir jedes Mal *dich* schicken, wenn es in höheren Kreisen etwas auszuhorchen gibt.«

»Weil ich die beste Schauspielerin von uns bin?«

»Oder einfach, weil du genauso genuss- und tratschsüchtig bist wie der Adel«, versetzte Glin. »Und jetzt sag schon: Was wird über Ginobaldi erzählt?«

Madeire seufzte. »Ginobaldi scheint ein ganz gewöhnlicher kleiner Adeliger zu sein. Einige winzige Anwesen im Umland, ein etwas größeres in der Oberstadt, wenige Angestellte. Seinen Unterhalt bestreitet er hauptsächlich aus Weingütern im Umland, die er schon früh geerbt hat. Alles in allem nichts Besonderes. Es bestätigt alles, was Sira bereits herausgefunden hat.«

»Klingt tatsächlich unspektakulär«, meinte Talmo neben ihr.

»Ja. Aber es gibt noch etwas Bemerkenswertes: Der junge Conte scheint eine echte Leidenschaft für das Theater zu haben.«

Falk brummte zustimmend. »Auf mich wirkte er jedenfalls aufrichtig begeistert.«

»Das war auch mein Eindruck«, sagte Glin. »Ginobaldi ist kein Mensch, der bloß eine Investition tätigen will, um noch ein wenig reicher zu werden, als er ohnehin schon ist.«

»In seinen Kreisen gilt er wegen seiner Theaterliebe als Exzentriker.« Madeire trank einen Schluck tiefblauen Weins. »Während andere Adelige in ihrer Freizeit Bälle veranstalten oder sich in ihren Lustgärten ergehen, ist Ginobaldis höchstes Glück die gelungene Inszenierung eines Klassikers. Er hat bereits mehrere weite Reisen unternommen, zum Beispiel nach Vilsheil oder sogar bis nach Daworje, bloß, um ein Stück zu sehen.«

»Das ist in der Tat Leidenschaft.«

»Dazu passt ja auch der Streit mit seiner Frau«, ergänzte Sira in Anspielung auf das, was sie am Tag zuvor belauscht hatte. Glin und Talmo hatten die junge Schattendiebin beauftragt, sich ein wenig auf dem Grundstück der Ginobaldis umzusehen. Und so hatte sie sich eine Weile dort herumgedrückt und einen Streit zwischen ihm und der Contessa mitangehört, bei dem es um das alte Theater am Hafen ging. Sira hatte nicht alles mitbekommen, doch auf jeden Fall, dass Ginobaldi mit überschwenglicher Begeisterung von dem Theater gesprochen hatte, während seine Frau Odrella seiner Idee mehr als skeptisch gegenübergestanden hatte. Insgesamt hatte Sira den Eindruck gewonnen, dass die Contessa sich im Grunde darüber ärgerte, einen fanatischen Verehrer das Theaters geheiratet zu haben und keinen Conte, der war wie all die anderen.

»Wenn ihr *mich* fragt, klingt das doch alles perfekt«, mischte sich nun Yrrein erstmals ein. »Ein verzogener junger Adeliger, der lichterloh für das Theater brennt und der dumm genug ist, sich bei uns einzukaufen. Lasst ihn uns um ein paar Tausend Silbersteli ärmer machen und weiterziehen. Am besten ins Landesinnere, wo es nicht so verdammt kalt ist.«

Glin warf Talmo einen Blick zu und vermutete stark, dass sie beide dasselbe dachten.

»In der Theorie stimmt das, Yrrein«, meinte Talmo.

Glin nickte. »Ja, *eigentlich* wäre Conte Ginobaldi tatsächlich das perfekte Opfer für unseren Plan.«

»Warum nur *eigentlich?*«, wunderte Yrrein sich.

Talmo zögerte, das konnte Glin sehen.

Ja, Ginobaldi wird uns gleichsam auf dem Silbertablett präsentiert, dachte er. *Und ausgerechnet darin liegt die Schwierigkeit. Das Mosaik der Götter setzt sich nicht immer aus jenen Steinen zusammen, die auf den ersten Blick perfekt passen.*

Nach einer kurzen Atempause sagte er allerdings: »Du hast recht, Yrrein. Ein leichteres Opfer werden wir vermutlich nicht finden.«

6.

Signora Lettra Maggiorni war in der großen Hafenstadt Ittrico als Advokatin und Notarin tätig und sie war genau die Art Person, die die Herbstgänger für ihren Plan benötigten. Dies herauszufinden hatte sie zu Beginn des Winters tagelange Nachforschungen gekostet. Aber schließlich hatten sie in Signora Maggiorni die Passende gefunden. Die Notarstube lag in der Unterstadt, ihr Ruf war jedoch derart tadellos, dass sich auch der Adel hin und wieder in rechtlichen Angelegenheit von ihr vertreten ließ, wenn man sich scheute, die üblichen Honorare für die juristischen Schaukämpfe der teuren oder gar adeligen Advokaten zu zahlen.

Falk, Talmo und Glin saßen mit Conte Ginobaldi und einem seiner Bediensteten an Signora Maggiornis Schreibtisch und klopften die Details des Kaufvertrages fest.

»Ich fasse also noch einmal alle getroffenen Entscheidungen zusammen«, resümierte die Advokatin. »Mit Ihrer Unterschrift, Signori, geht das Alte Theater am Hafen zu Beginn der kommenden Woche in den Besitz von Conte Diallo Ginobaldi über, einschließlich aller sich darin befindlichen Ausstattungen und Einrichtungsgegenstände. Außerdem verpflichtet sich der Conte, alle angestellten Schauspieler und Handwerker des Theaters weiterzubeschäftigen und ihnen einen Lohn zu zahlen, dessen Grundlage der erwirtschaftete Gewinn des Theaters im Vorjahr bildet.« Sie blickte vom Conte zu Falk. »Herr Falk von Imbre, Sie sind bislang als Eigentümer des Theaters eingetragen. Für den Übertrag auf Conte Diallo Ginobaldi erhalten Sie im Gegenzug die Summe von viertausend Silbersteli, jeweils zur Hälfte in barer Münze und in Form von Schuldscheinen des Geldhauses Vemilliano und Söhne. Ist damit alles zu Ihrer Zufriedenheit geregelt, Signori?«

Mit gegenseitigem Einverständnis und nach beiderseitiger Unterschrift traten die Geschäftspartner hinaus vor die Tür ins winterlich graue Ittrico, das mit böigem Küstenwetter und kalten Regenschauern aufwartete.

»Nun«, meinte Conte Ginobaldi an Falk gewandt, »wie wäre es, wenn wir meinem neuen Ensemble einen Besuch abstatten und so eine Art … Übergabe machen, Herr von Imbre?«

Falk grinste. »Sehr gerne, verehrter Conte. Also zumindest Ihr neues Theater können wir gern besichtigen und ich erkläre Ihnen alles, was Sie zu dem Gebäude wissen müssen. Das mit dem Ensemble verstehe ich jedoch nicht ganz. Welches Ensemble genau meinen Sie?«

Der Conte stutzte und seine Augen verengten sich zu Schlitzen. »Na, wir haben doch gerade unterschrieben, dass ich den Schauspielern, die Sie engagiert haben, einen angemessenen Lohn zahle und –«

»Ah«, unterbrach Falk ihn. »Ich dachte mir, dass das bloß ein Missverständnis sein konnte. Aber ich habe *niemanden* angestellt.«

»Aber … aber die Vorstellungen … die Schauspieler, die das spielen …«, stammelte Ginobaldi.

»Das sind meine Brüder und Schwestern im Geiste«, klärte Falk ihn auf. »Diese Leute sind keine Angestellten, Conte. Sie erhalten weder Lohn noch Gage – weder vertraglich vereinbart noch unter der Hand. Aber sie werden wohl einen Anteil an den vielen Silbersteli erhalten, die Sie mir gerade gezahlt haben.«

Der Conte wurde blass.

Falk hingegen verzog sein Gesicht zu einem Haifischgrinsen. »Wenn ich die letzte Stunde resümieren dürfte, werter Conte, würde ich sagen, dass Sie immerhin stolzer Eigentümer eines … nun ja, eines *sehr alten* Theatergebäudes in einer der *eher bescheidenen* Gegenden geworden sind.«

Ginobaldi drohte die Fassung zu verlieren.

Doch dann drückte er die Lippen trotzig zusammen.

»Wir werden sehen«, presste er hervor, wirbelte herum und verschwand mit seinem Begleiter im winterlichen Nieselregen der Stadt.

7.

Was den Herbstgängern im Lauf vieler Jahre durch Trickbetrügereien und Verkäufe von Diebesgut an Einkommen beschert worden war, setzten sie hinter den Kulissen in ein Leben beschaulichen Wohlstands um. In allererster Linie zeigte sich das beim Essen. Und so beherrschte an diesem Abend in Ittrico eine Tafel den großen Raum hinter der Bühne des Alten Theaters und verwandelte ihn in einen beachtlichen kleinen Speisesaal für alle sieben Mitglieder des Ensembles.

Glin beobachtete Talmo aus den Augenwinkeln, wie dieser unbewusst die Finger über jenes in Gold gefasste Abzeichen der Mechanistengilde von Vilsheil gleiten ließ, das er an einer Kette um den Hals trug und das sonst unter seinem Hemd verborgen lag. Schließlich erhob er einen prächtigen Kelch, in dem ein violetter Wein aus Envaustille schimmerte, und sprach einen Toast aus.

»Liebe Freunde, es ist jedes Mal schön, nach einem erfolgreichen Husarenstück mit euch zusammenzusitzen und eine Tafel voller extravaganter Speisen vor sich zu haben. Es war, alles in allem, ein ertragreicher Winter. Ich denke, darin sind wir uns einig.«

Vor ihm war alles aufgetischt, was sie Laufe des Tages in der Küche zubereitet hatten: in Speck eingewickelter Hartkäse, kandierte Wachteleier, mit Pflaumen garnierter Hirschbraten, Knödel aus Kartoffeln und Entenleber, mit Maronen und Orangen gefüllter Zander, Apfelbrot, Teigtaschen mit Pfeffer und Zimt, Wacholderpudding und vieles weitere.

Talmo fuhr fort: »Aber bevor ich zu viel rede und euch so viel Wasser im Munde zusammenläuft, dass ihr mir auf den Tisch sabbert, will ich es schnell machen: Ich erhebe dieses Glas auf alle gerissenen Pläne und jeden vorteilhaften Handel. Auf das Fundament unseres guten Lebens.«

Er trank einen Schluck und prostete seiner Sitznachbarin zu, Yrrein, deren Gesicht so hübsch wie aus geschliffenem Marmor wirkte. Mit einer geschmeidigen Bewegung stand sie auf und nahm Talmos Kelch entgegen. »Ich erhebe dieses Glas auf alle braven und rechtschaffenen Bürger, die uns so freigiebig und gutgläubig beschenken, wenn sie Eintritt zahlen oder wenn sie nicht auf ihre Geldbörsen achten.«

Sie trank und reichte weiter an Shalimo. »Ich erhebe mein Glas auf die Nacht und die Finsternis, auf abgelegene Gassen und dunkle Winkel – sie sind ehrbaren Dieben gute Freunde.«

Sira bekam den Kelch, und in ihren Augen funkelte es, als sie in die Runde blickte. »Ich erhebe mein Glas auf das Abenteuer.«

Falk war an der Reihe und von seiner tiefen Priesterstimme bekam Glin eine wohlige Gänsehaut. »Ich erhebe mein Glas auf Din Vestro, den Gott hinter der lächelnden Maske, unseren Gönner und Patron, der die Hand über jeden wohldurchdachten Raubzug hält.«

Er trank und gab den Kelch an Madeire weiter. »Ich erhebe mein Glas auf alle gefallenen Diebe und Wendehälse. Möge die ewige Nacht wohlwollend ihre Fittiche über sie breiten und ihre Wanderung auf der Sonnenlosen Straße stets bergab führen.«

Alle Anwesenden nickten andächtig und hielten eine kurze Stille.

Dann ging der Wein an den Letzten in ihrer Runde: Glin selbst. Er grinste, als er den Kelch entgegennahm, und Schönheit auf seiner Schulter klickerte vergnügt. »Ich erhebe mein Glas auf uns. Auf unseren Verstand, der nie schönere Pläne machte. Auf unsere Zungen, die nie dreister gelogen haben. Und auf unsere Herzen, die nie in die Finsternis fallen können – denn dort sind sie bereits zuhause.«

Er trank den Rest des Weines in einem Zug leer und stellte das Trinkgefäß umgekehrt in die Mitte des Tisches. »Wenn wir nur dreist genug sind …«

»… stehlen wir die gesamte Ruhende Welt«, skandierten alle ihren Leitspruch im Chor.

»Mit einem Kuss auf die Stirn …«, hauchte Glin.

»… und einem Gebet auf den Lippen«, wisperten die Übrigen beinahe andächtig.

Dann fielen sie über das angerichtete Mahl her.

8.

»Ähem, ähem.« Ein kräftiges Räuspern unterbrach das schmausende Ensemble.

Die Herbstgänger blickten zur Bühne. Dort war Conte Ginobaldi aufgetaucht – zusammen mit vier Frauen und Männern, allesamt gerüstet und mit Armbrüsten und Klingen bewaffnet. Ginobaldis Begleiter gaben ein einschüchterndes Bild ab. Und während der Conte die Stufen hinunterschritt, bezogen die vier Kämpfer auf der Bühne Position.

Glin hatte darauf gesetzt, dass der Conte früher oder später bei ihnen aufkreuzen würde. Dennoch machte ihn der Anblick der wirklichen Waffen nun deutlich nervöser, als es in der Vorstellung der Fall gewesen war. Aber er durfte sich keine Unsicherheit anmerken lassen – genau wie vor einer Aufführung.

»Ah, Conte«, reagierte er entsprechend schnell und sprang mit einem übertrieben freundlichen Lächeln auf. »Ich hatte nicht damit gerechnet, dass Sie schon direkt am nächsten Tag hier auftauchen. Sonst hätte ich für Sie ebenfalls einen Platz gedeckt.«

»Bist du nicht der junge Diener?«, wunderte sich Ginobaldi.

»Das ist der Hosenscheißer, der sich den ganzen Mist hier ausgedacht hat«, grölte Falk dazwischen.

Irritiert sah Ginobaldi zwischen Glin und Falk hin und her.

»Fein, dann hätten wir das geklärt«, plauderte Glin. »Aber eigentlich bin *ich* ja derjenige, der hier Fragen stellen sollte. Zum Beispiel: Was bei allen sieben Göttern wollen Sie hier mit einer Handvoll Bewaffneter, werter Conte? Leiden Sie unter irgendeiner seltsamen Form von geistiger Umnachtung?«

»Ich möchte mein Geld wiederhaben, Pack! Ihr habt mich betrogen.«

»Streng genommen haben wir das nicht«, schwadronierte Glin weiter. »Streng genommen haben *Sie* einen gültigen und notariell beglaubigten Vertrag unterschrieben und dieses Gebäude hier von Herrn von Imbre erstanden.«

»Weil ihr alle mich geblendet habt«, brauste Ginobaldi auf. »Und jetzt verlange ich die Herausgabe des Vertrags und mein Geld.«

»Andernfalls?«

Zwei der Bewaffneten legten ihre Armbrüste an, die anderen beiden zogen Klingen. Sie waren viel schneller bei ihm, als Glin erwartet hatte. Einer packte ihn und verdrehte ihm den Arm, noch bevor er reagieren konnte.

Glin stöhnte in dem festen Griff und es forderte seine ganze Beherrschung, ein Zittern zu unterdrücken, während der Conte selbst einen Rapier zog und Glin die scharfe Klinge an die Kehle hielt.

»Andernfalls nehme ich mir einfach zurück, was ihr von mir ergaunert habt«, drohte er.

Die übrigen Herbstgänger sprangen auf, Talmo und Falk zogen

ihrerseits Rapiere, während sich in Yrreins Hand ihre mechanische Skyldarklinge zusammensetzte.

»Moment, Moment, Moment«, mahnte Glin verzweifelt. Er spürte das scharfe Metall an seinem Hals – und sein Herz, das in diesem Augenblick offenbar bis zu seinem Kehlkopf hinaufgewandert war und dort wie verrückt pochte. Seine Gedanken rasten. Was konnte ihn retten? Wieder Abstand zwischen seinen Hals und die verdammte Klinge bringen?

Eine Lüge!

Er brauchte eine Lüge. Eine faustdicke. Und zwar schnell, bevor er vielleicht nie wieder würde lügen können.

»Contessa, Sie können das jetzt beenden!«, rief er in die verwinkelten Tiefen des Alten Theaters hinein. Und noch im selben Moment konnte Glin die Überraschung auf Ginobaldis Gesicht sehen. »Bitte! Ich glaube, Ihr Gatte ist Ihnen auf den Leim gegangen. Der Streich ist gelungen. Könnte ich jetzt bitte loskommen?«

»Odrella?«, stutzte der Conte und sah sich um.

Seine kurze Unaufmerksamkeit genügte: Es klirrte, weil Shalimo von seinem Platz aus zwei dünne Phiolen in Richtung Bühne geworfen hatte. Binnen weniger Wimpernschläge hüllte dicker violetter Rauch sie ein. Glin wand sich aus dem Messergriff des Söldners. Dann stürmte bereits Yrrein an ihm vorbei auf die Bühne, hinein in den dichten Rauch.

Ihr Geschick verblüffte Glin immer wieder aufs Neue: die Geschmeidigkeit ihrer unnachahmlich präzisen Bewegungen, die tödliche Eleganz. Wie ein Geist wirbelte sie durch Ginobaldis Leute. Ihre Waffen flogen klirrend umher, sie selbst polterten zu Boden.

Ginobaldi wollte Glin nachsetzen, doch Talmo und Falk traten vor ihren jungen Ränkeschmied und richteten die Waffen auf den Conte. Der stockte.

Unterdessen sprang Schönheit von Glins Schulter und schoss

wie ein Pfeil auf das Gesicht des Conte zu, der reflexartig die Arme hochriss.

Und schließlich trat Yrrein aus dem Rauch hervor. Sie schlug mit ihrer Skyldarklinge gegen Ginobaldis Degen, hakte sich in einer fließenden Hebelbewegung unter und ließ die Klinge des Conte in hohem Bogen durch den Raum fliegen.

Hinter ihr schälte sich der Erfolg ihres Schwerttanzes aus den Rauchschwaden heraus: Die Gedungenen, die Ginobaldi mitgebracht hatte, lagen verstreut wie zusammengesunkene Marionetten auf den Bühnenbrettern.

Es war vorbei.

Niemandem war etwas geschehen. Es war Zeit für den letzten, etwas improvisierten Akt dieses Stückes.

Glin schloss für einen Atemzug die Augen.

Danke, Din Vestro, Patron aller umsichtigen Betrüger!

Dann spielte er seine Rolle weiter.

Er blickte den wehrlosen Conte entschuldigend an und hob die Schultern. »Selbstverständlich ist Ihre Frau *nicht* hier, Conte. Dafür unser Chemistiker, der ein sehr effektives Mittel herstellt, um es auf unsere Waffen zu streichen. Stellen Sie sich vor: Eine winzige Verletzung reicht und der Getroffene schläft einige Stunden wie ein satter Säugling. Nicht zu reden von den Kopfschmerzen beim Aufwachen.«

Ginobaldis Kiefer mahlten. »Ihr werdet nirgendwo anders mehr Fuß fassen können, das schwöre ich euch, bei allen sieben verdammten Göttern.«

Glin hingegen legte den Kopf schief. »Schwören Sie besser nichts, was Ihnen zum Schaden gereicht, Conte. Wie wollen Sie das denn anstellen? Wollen Sie uns jagen? Sie haben doch gerade festgestellt: Das wird nicht so leicht. Oder wollen Sie unseren Ruf schädigen? Das könnten Sie doch nur, indem Sie öffentlich eingestehen, dass Sie einer Truppe fahrender Schauspieler viertausend Steli für ein lausiges altes Theater gezahlt haben. Sie müssten öffentlich machen, dass Sie sich haben über den Tisch ziehen lassen. Ich weiß nicht, wie gut der ruinierte Ruf Ihrer Contessa gefiele …«

Mit der Schärfe in Ginobaldis Blicken hätte man eine ganze Garnisonsladung lakkudischer Feuertöpfe würzen können.

»Warum also grollen Sie uns, Conte? Weil wir eine Spur gewitzter waren als Sie? Weil Sie dachten, man könne ein Theater kaufen wie ein mechanisches Spielzeug, das man bloß aufzieht und das dann ganz von alleine läuft? Nein, Conte Ginobaldi, Einfallsreichtum und Leidenschaft wird man niemals kaufen können. Gerade das mit der Leidenschaft sollten Sie ja wissen. Oder konnten Sie Ihre Contessa je wirklich davon überzeugen, dass man den weiten Weg nach Vilsheil nur deshalb zurücklegt, weil man ins dortige Schauspielhaus möchte und nicht etwa, um exquisite Möbel oder Stoffe einzukaufen?«

»Wo-… woher wissen Sie davon?«

Glin zuckte die Achseln. So langsam ließ das Palavern seinen Puls wieder auf ein normales Maß sinken. »Wir haben uns die Mühe gemacht, unseren Käufer ein wenig kennenzulernen, bevor wir uns auf den Handel eingelassen haben. Ihre Frau versteht ihre Leidenschaft nicht. Das wissen wir.«

»Aber warum spioniert ihr auch noch mein Privatleben aus?« wunderte sich der Conte. »Reicht es nicht, dass ihr mich um viertausend Steli beschissen habt?«

»Ah«, merkte Glin auf. »Sie sprechen da genau den springenden Punkt an. Denn auch wenn Sie tatsächlich *nur* dieses Theater gekauft haben und nicht die Dienste derjenigen, die darin bis zuletzt gespielt haben, geben wir es trotzdem viel lieber in Ihre Hände als in die irgendeines aufgeblasenen Kaufmanns, der hierin nichts weiter als eine weitere Investition unter vielen sieht. *Sie* haben eine Leidenschaft für das Theater, werter Conte. Das ist wichtig.«

»Aber es bringt mir nicht mein Geld zurück«, murrte Ginobaldi.

Glin legte erneut den Kopf schief. »Wir wissen, dass Sie nicht so ein adeliger Dummbeutel sind wie viele andere. Das Theater ist

Ihre Leidenschaft, Ihr Liebstes, Ihr Ein und Alles. Ihnen geht es nicht einfach darum, vor Ihren Standesgenossen gut dazustehen. Darüber hinaus handelt es sich ja für Sie auch um eine nicht unerhebliche Summe – sonst würden Sie weder mit Ihrer Frau derart darüber streiten, noch würden Sie hier mit einer gedungenen Bande auftauchen und das Geld zurückfordern.«

Nach wie vor spiegelte sich Zorn in Ginobaldis Blick.

»Die Sache ist die, Conte: Wenn wir solche aufrichtigen Gönner des Theaters betrügen, dann handeln wir gegen unser Prinzip.«

»Pah! *Ihr* habt Prinzipien?«

»Unter anderem eines, nach dem wir ausschließlich arrogante Strohköpfe ausnehmen.«

»Ehrlich gesagt, auf mich wirkt er schon wie ein Strohkopf«, murmelte Yrrein.

»Aber er will uns nichts Böses«, sagte Glin als sei der Conte gar nicht anwesend. »Er ist bloß begeistert von diesem Theater.«

»Außerdem würde es sich für uns langfristig schlecht auswirken, wenn wir Ginobaldi ernsthaft schaden«, ergänzte Talmo. »Wenn er ein wertloses Theater kauft und sich das herumspricht, dann machen wir ihn ja lächerlich.«

»Na und?«, fragte Yrrein. »Ist das nicht *sein* Problem?«

»Nicht nur. Denn mit so etwas mindern wir am Ende bloß unseren eigenen Wert. Die Schauspielkunst an sich kommt durch so etwas in Verruf – als Liebhaberei und auch als Möglichkeit für Investitionen. Den Wert unserer eigenen Kunst zu untergraben … das kann nicht unser Ziel sein.«

»Schön und gut. Aber was tun wir dann?«

»Folgendes«, meinte Glin und wandte sich nun wieder direkt an Ginobaldi. »Was halten Sie denn davon, werter Conte, wenn Sie die vielen Steli, die Sie uns gezahlt haben, gewissermaßen als … Lehrgeld betrachten?«

An der angestrengten Miene des Conte merkte Glin, dass es in seinem Kopf arbeitete. »Wie … meint ihr das?«

Glin breitete die Hände aus. »Sehen Sie es doch mal so: Sie haben ein *Theater* erworben! Sie besitzen quasi uneingeschränkten Zugriff auf ein Objekt Ihrer Träume. Sie haben zuvor gesehen, was man mit so einem Gebäude alles anstellen kann, sofern man mit ein wenig planerischer Sorgfalt und vor allem viel Hingabe an die Sache herangeht. Warum machen Sie aus diesem Theater nicht das, was Sie ursprünglich darin sehen wollten? Stellen Sie einen guten Mechanisten ein, einen Chemistiker, eine Choreographin und eine gute Kostümschneiderin. Seien Sie kreativ, was Interpretationen und Bühnenbilder angeht – Sie kennen doch sicher all die Klassiker in- und auswendig. Engagieren Sie dazu noch ein paar fähige Schauspielerinnen und Schauspieler – und wenn Sie genug Leidenschaft und Aufwand investiert haben, wird dieser Laden hier am Ende genau so laufen, wie Sie sich ein Theater immer gewünscht haben. Es liegt ganz bei Ihnen.«

Zum ersten Mal schien sich so etwas wie Hoffnung in die enttäuschte und wütende Miene des Conte zu schleichen.

»Wir lieben das Theater und die Schauspielerei«, fügte Glin hinzu. »Also liegt es uns am Herzen, dass Sie nicht weiteres Geld verpulvern, um uns vergeblich durch die halbe Ruhende Welt zu jagen. Erwecken Sie doch stattdessen diesen kleinen Tempel der Schauspielerei wieder zum Leben – zu dem Leben, das *Sie* sich wünschen. Wir überlassen Ihnen sogar die Pläne für einige unserer mechanischen Spielereien. Effekthascherei ist schließlich das halbe Geschäft.«

Er bot dem Conte eine Hand – nicht, um ein Geschäft zu besiegeln, sondern um ihm symbolisch aufzuhelfen.

Conte Ginobaldi blickte zu seinen ohnmächtigen Schlägern hinüber und seufzte laut. Glin konnte den Verstand des Conte beinahe arbeiten hören und er hoffte, dass der Mann die Gelegenheit erkannte, die sich ihm bot – auch wenn sie sich gegen viele seiner Standesgewohnheiten richtete. Aber genau darin lag ja auch der Reiz der Sache. Und auf den setzte Glin.

Er konnte in Ginobaldis Blick lesen, wie die Gelegenheit ihn packte und das Zögern des Conte nach und nach in einen festen Entschluss überging.

Und schließlich – nach einigen Augenblicken das Abwägens – schlug Conte Diallo Ginobaldi in die ihm dargebotene Hand ein.

1. KAPITEL

Das Theater, das keines war

1.

Die Welt ruht.

So lautete ein geflügeltes Wort im Imperium, in den Republiken und bisweilen auch darüber hinaus. Dort, wo die Menschen seit Generationen nicht von Kriegen heimgesucht worden waren. Dort, wo die Welt scheinbar stabil in einem Gerüst aus Gewohnheit ruhte.

Probleme hatte man nicht aufgrund von Raubzügen oder Plünderungen – sondern aus viel banaleren Gründen.

Beispielsweise weil das Wetter beschissen war. So wie an diesem Frühlingsabend in der Republik Mosmerano, einem reichen Stadtstaat an der Dämmerküste, wo es wie aus Kübeln schüttete.

Von allen Menschen, die bei klarem Verstand waren, hielt sich in diesen Stunden niemand in der Lagunenstadt gleichen Namens unter freiem Himmel auf, der es nicht unbedingt musste.

Es war den Herbstgängern nur recht, wenn nicht allzu viele Augen ihren kleinen Wagentreck beobachteten, der sich langsam über die Stille Zeugin schob – jene lange steinerne Brücke, die hinaus in die Lagune ragte und die Stadt mit der Küste verband. Je weniger Menschen ihre Anreise bemerkten, desto weniger stellten Fragen nach der genauen Funktion ihrer etwas schwerfälligen Pferdefuhrwerke.

In Ölzeug gehüllt, lenkten die Sieben ihre Gespanne durch die Straßen und Gassen verschiedener Stadtteile. Kaum eine Menschenseele war auf der Straße, kein Marktgeschrei, kein eifriges Gerenne und Gehetze, kein Duft von frischem Brot und vom Kaffee der vielen kleinen Röstereien, aber auch kein Gestank nach Brackwasser in abgeschiedenen Kanälen oder feuchten Mauern. Das Rauschen des Regens hätte beinahe noch das Schmatzen der Kutschräder auf dem schlammigen Straßenpflaster übertönt.

Nur vereinzelt waren Fahnen oder Banner auszumachen, auf denen die weiße Krähe auf himmelblauem Grund abgebildet war – das Wappentier Mosmeranos. Und was man sehen konnte, war von Wasser vollgesogen dunkel und hing schlaff herab.

Das Ziel des Trecks war jenes Viertel, das man den Amboss nannte und das gemeinhin als weniger gute Gegend der Stadt galt. Wobei *weniger gut* in der reichen Handelsmetropole Mosmerano bloß hieß, dass die Häuser oft seit einigen Sommern auf neuen Putz warteten und dass manche Schäden nur provisorisch ausgebessert waren. Die einzige wirklich schlechte Gegend war die sogenannte Ertrunkene Stadt, die hinter dem Amboss begann und deren zerfallene Häuser und Baracken von hier aus nur zu erahnen waren.

Schließlich kamen sie zur Piazza der würfelnden Götter, einem schlecht gepflasterten Platz, der zur Lagune hin offen war. Dorthin wurden alle Schausteller, Spielleute und Gaukler verwiesen, die in Mosmerano ihr Glück versuchen wollten.

Seegemmen wuchsen rund um die Stadt unter der Wasseroberfläche – eine giftige Korallenart, die rötlich leuchtete. Die Riffe um Mosmerano legten einen Schimmer über das Wasser. An manchen Stellen war er kaum merklich, an anderen hingegen wie ein blutiger Nebel.

Als der letzte der vier Wagen nach einigem Hin und Her am rechten Platz zum Stehen gekommen war, rutschte Falk an einer nassen Sprosse ab. Und die Götter oder das Schicksal hatten in bestechender Zuverlässigkeit eine tiefe Pfütze genau dort platziert, wo er der Länge nach hinschlug.

»Bei Aravellons haarigem Ziegenhintern«, bellte er und schlug vor lauter Wut noch einmal mit der Faust in die Pfütze, dass es nur so spritzte.

»Ja, wir hatten für schlechtes Wetter gebetet«, grollte er und schlug ein weiteres Mal in die Pfütze. »Nein, damit war nicht gemeint, dass gleich die halbe Ruhende Welt ersaufen muss.«

Glin eilte von seinem Wagen herbei und half ihm hoch. »Es ist jedes Mal eine wahre Wonne, wenn ausgerechnet ein Priester so fantasievoll die Götter verflucht ...«

»Ich bin ja Geweihter des Din Vestro und nicht des Aravellon – über *den* darf ich hemmungslos fluchen«, erwiderte der Durchnässte. »Und außerdem können wir beizeiten gerne mal ausprobieren, wie schön meine Verwünschungen in deinen dreckigen Ohren klingen, wenn ich sie dir vorher langgezogen und Knoten hineingemacht habe, Glin.«

Glin zog seine Hand im letzten Moment weg, der Priester griff ins Leere und platschte erneut in die Pfütze.

»Oh, verzeih mir. Die verfluchten Götter haben mich wohl mit Tollpatschigkeit geschlagen. Oder mit Undankbarkeit gegenüber Beleidigungen.«

»Das reicht jetzt!«, ging Talmo dazwischen. »Wenn dir langweilig ist, dann stell die Pferde unter, Glin.« Er half dem Priester auf.

»Eine respektlose Drecksbande hast du dir da angelacht, Talmo.«

»Das ist gut möglich«, seufzte der. »Dummerweise ist es eine *verdammt talentierte* respektlose Drecksbande.«

Falk lachte einmal trocken auf. »Leider wahr. Und jetzt sieh zu, dass wir dieses verdammte Theater aufgebaut kriegen. Je eher, desto besser. Dann kann ich bald im Trockenen sitzen und mir das Mistwetter mit Pflaumenlikör schöntrinken.«

»Ausgerechnet du hast noch etwas von diesem Zeug übrig, das die Wintergräfin uns geschenkt hat?«

»Willst du damit andeuten, ich trinke zu viel?«

»*Viel*, Falk. Du trinkst *viel*. Ich habe keine Ahnung, ab wann es *zu viel* ist.« Talmo schlug ihm freundschaftlich auf den Rücken, dann wandte er sich um und musterte das Rondell, zu dem sie die Wagen zusammengestellt hatten.

»Wir fangen mit Falks Wagen an«, rief er, während er alle zu sich herüberwinkte. »Und zwar mit ein bisschen Tempo, wenn ich bitten darf. Ich will, dass das Theater steht, solange man uns äußerlich noch von dem schlammigen Untergrund hier unterscheiden kann.«

Sieben Paar Hände gingen routiniert ans Werk. Sie zogen an Hebeln, drückten auf Knöpfe, rückten Stangen zurecht und drehten an großen Kurbeln und Rädern. Und binnen weniger Augenblicke war der Wagen nicht nur auf das dreifache seiner ursprünglichen Länge ausgezogen, sondern hatte obendrein noch die Verwandlung in eine brauchbare Tribüne vollzogen. Ein ausgeklügeltes System von Zahnrädern, Achsen, Riemen und eine irrsinnige Zahl passgenauer Bauteile hatte nun mehrere Bankreihen entstehen lassen. Sie reichten in Stufen vom Boden bis über das Dach des Wagens, und das auf einer Gesamtlänge von nun beinahe zehn Schritt.

Die Wagen Nummer zwei und drei ließen sich nicht ganz auf dieselbe Länge ausziehen. Sie beherbergten jeweils eine Sitzreihe auf ihrem Dach, aber sie schlossen bündig rechts und links des Wagens Nummer vier ab, der das Meisterstück des Mechanischen Theaters war: die Bühne. Ebenfalls auf zehn Schritt ausgezogen, ragte die Konstruktion insgesamt vier Schritt in die Höhe, sobald alles ausgefahren und eingerastet war. Ein rostrotes Zeltdach überspannte den gesamten Aufbau.

In nicht einmal einer Stunde hatte sich der Wagenkonvoi in ein kleines Theater verwandelt, das mit Tribüne und Stehplätzen im Innenhof gut und gerne hundert Zuschauern Platz bieten konnte.

2.

Hallo Sie, Signori«, erklang der Ruf, noch ehe die letzten Gestänge eingerastet waren. »Sie können hier nicht so einfach mir nichts, dir nichts Ihre Buden aufbauen. Die Jahrmärkte zum Unabhängigkeitsfest finden erst in vielen Wochen statt.«

Durch den strömenden Regen war ein Mann über die Piazza zu ihnen geeilt, in Ölzeug gekleidet und mit einer Sturmlaterne in der Hand. Der Regen lief ihm in Sturzbächen von der Kapuze. »Sie brauchen eine Genehmigung und es muss Ihnen ein Stellplatz zugewiesen werden – wahrscheinlich sogar gleich mehrere, wenn ich mir die Größe Ihres … Ihrer Installation hier so anschaue.«

Glin und Talmo saßen mit bloßen Oberkörpern auf dem Dach eines Tribünenwagens und montierten einige lange und schwere Stangen als Geländer.

»Der ist aber schnell hier bei so einem Wetter«, meinte Talmo und rief zu dem Neuankömmling hinunter: »Guten Abend. Wo ist Signore Boske, der beim letzten Mal zuständig war für die Genehmigungen?«

»Versetzt«, tönte es hinauf. »Erklären Sie mir jetzt, was das hier soll?«

»Mist«, raunte Talmo zu Glin. »Boske war ein guter Kerl. Mochte uns, stellte keine Fragen, war unkompliziert.«

»Schade um den Guten«, meinte Glin. »Dann müssen wir wohl irgendwie mit Boskes Nachfolger hier klarkommen. Ich versuche mal mein Glück.«

Er stieg die seitliche Treppe hinab, schnappte sich aus einem Türrahmen seinen abgegriffenen Ledermantel und schlüpfte hinein. Er spürte, wie Schönheit sich regte, die in der Innentasche vor dem Regen Zuflucht gesucht hatte. Dann trat er dem in Ölzeug gekleideten Mann gegenüber.

»Entschuldigen Sie vielmals, Signore …«

»Gretti«, sagte der Mann. »Ich bin für die Platzrechte hier auf der Piazza verantwortlich. Zum Sommer hin wird es hier sehr voll werden, wissen Sie. Sie können nicht einfach so ohne Genehmigung dieses … was bei den Göttern ist das eigentlich, was Sie dort zusammengezimmert haben?«

»Ein fahrendes Theater«, erklärte Glin. »Unser Ensemble nennt sich die Herbstgänger. Wir waren vor einigen Jahren schon einmal hier. Signore Boske müsste uns in guter Erinnerung haben.«

»Möglich«, meinte Gretti, der noch immer das Mechanische Theater aus der Nähe bestaunte und dabei den Kopf gerade so weit in den Nacken legte, dass ihm das Regenwasser nicht direkt in die Augen lief. »Aber ich habe die Aufsicht über die Piazza vorletzten Sommer übernommen. Und seitdem waren Sie nicht hier – daran könnte ich mich erinnern. Wissen Sie, man muss die Augen offen halten. Es sind eigenartige Zeiten.«

»Wieso eigenartig?«

»Erzherzog Borgessa hat die Zahl der stehenden Truppen in Heer und Marine verdoppelt.«

»Und was heißt das?«

»In erster Linie denke ich, es heißt, dass man generell vorsichtiger sein sollte, wenn etwas Ungewöhnliches passiert. Zum Beispiel, wenn jemand ein … ein paar Pferdewagen einfach aufklappt und in Windeseile ein fahrendes Theater daraus baut.«

Das mit den Truppen hat uns noch niemand gesagt, wunderte sich Glin. *Aber gut, es kann uns auch egal sein, wenn es mir nicht gelingt, Signore Gretti wohlgesonnen zu stimmen.*

»Wir sind ein Ensemble von Schauspielern. Wir sind zu siebt. Ich denke nicht, dass der Erzherzog sein stehendes Heer gerade unseretwegen vergrößert hat. Aber, Signore Gretti, was halten Sie von einem Glas Grog, bei dem wir alles besprechen können, was nötig ist? Ich bin sicher, wir finden einen Weg, zügig an eine Genehmigung für diesen Platz hier zu gelangen.«

»Bilden Sie sich mal nicht zu viel ein, Sie dürres Hemd«, entgegnete der Mann barsch.

Mist, das war wohl etwas zu übereilt, ärgerte sich Glin.

Doch dann gab Gretti bereits der Verlockung nach. »Aber das Wetter ist wirklich scheußlich. Gegen eine kleine Aufwärmung von innen hätte ich nichts einzuwenden.«

»Sehen Sie, Signore Gretti. Wir können das sicherlich so regeln, dass alle Seiten ihren Nutzen daraus ziehen. Bitte, nach Ihnen.« Er schob Gretti mit einer Hand durch die offen stehende Tür in das Innere des Wagens. Hier wohnte Falk. Der mürrische Priester machte sich momentan allerdings noch hinter der Bühne in der Küche nützlich – Talmo hatte ihn dorthin geschickt, weil er befürchtete, die Laune des Mannes könnte im Freien gänzlich verregnet werden. Glin war sich sicher, dass er hier einen Schluck Alkohol finden konnte – und wenn es bloß der besagte Pflaumenlikör war, von dem Falk vorhin gesprochen hatte.

Drinnen war es aufgeräumter, als Glin vermutet hätte. Er bot Gretti einen Platz an einem kleinen Tisch an und erspähte in einem winzigen Regal neben Falks Bett eine Flasche Cognac, der aus irgendeinem entlegenen Winkel von Envaustille stammen musste, sowie zwei Zinnbecher. Er stellte alles auf den Tisch.

»Tee haben wir noch keinen warmgemacht, entschuldigen Sie. Wir hatten noch nicht die Gelegenheit, ein Herdfeuer anzufachen. Aber diesen guten Schluck hier kann ich Ihnen anbieten.«

»Sehr freundlich von Ihnen, Signore.«

Gretti ließ sich einschenken und stieß dann mit Glin an.

»Wie lange wollen Sie denn überhaupt bleiben, mit Ihrem … Theater?«

»Den Sommer über«, antwortete Glin. »Unser Ensemble nennt sich *Die Herbstgänger.*«

»Klingt melodramatisch.«

»Ja, finden Sie nicht? Dabei bedeutet es bloß, dass wir im Herbst verschwinden, wenn die Saison vorbei ist.«

»Den ganzen Sommer über also? Und wie haben Sie sich das vorgestellt? Sie tauchen hier einfach auf, stellen dieses komische Theater in Form einer Wagenburg hin und spielen dann ein paar Mal die Woche für die Leute?«

»So in etwa funktioniert das«, meinte Glin.

Gretti lachte einmal trocken auf. »Schneid haben Sie ja, das muss ich Ihnen lassen. Aber stellen Sie sich das mal nicht zu einfach vor.« Er nahm einen ordentlichen Schluck von seinem Cognac.

»Was müsste ich denn tun, um es einfacher zu machen, Signore?«

Gretti sah ihn über den Rand seines Bechers hinweg an, dann setzte er ab. »Sie müssten zu mir in die Wachstube an der Brücke zur Piazza des Wassers kommen, nicht weit vom Spinnturm entfernt. Dort können wir dann Pachtkonditionen aushandeln und ich kann Ihnen eine Genehmigung ausstellen.«

»Kann ich das ganze Prozedere hiermit ein wenig … beschleunigen? Und vielleicht auch ein bisschen bequemer für uns gestalten?« Glin legte seine rechte Hand auf den Tisch zwischen ihnen und öffnete sie. Zum Vorschein kam eine Geldbörse aus abgenutztem blauen Wollstoff.

Grettis Mine verfinsterte sich augenblicklich. »Wieso haben Sie meine Geldbörse? Sie kleiner, dünner Bastard, ich –«

Glin hob die Hand, um ihn zu unterbrechen. »Werfen Sie doch erst einmal einen Blick hinein, Signore, bevor Sie mich allzu heftig für einen winzigen Taschenspielertrick beschimpfen, wie ihn viele Bühnendarsteller beherrschen.«

Er schob die Börse zu Gretti hinüber, der sie schnell zu sich heranzog und den Inhalt in seine Hand schüttete.

Jetzt bin ich gespannt, dachte Glin. Er hasste es, wegen so einer Kleinigkeit wie einer Genehmigung etwas riskieren zu müssen. *Springt Gretti nicht darauf an, muss ich deutlich kreativer werden, wenn wir nicht gleich wieder abbauen wollen.*

Die Augen des Beamten wurden groß, als er die Goldmünzen zwischen all den Kupferstücken entdeckte.

»Zwei Goldsaldi, das sehen Sie ganz recht«, kommentierte Glin die Sprachlosigkeit seines Gegenübers. »Eigenartig, wie die Götter das Mosaik der Welt manchmal zusammenfügen, nicht?«

»Woher –«

Glin hob erneut die Hand und unterbrach ihn. »Psst, bitte, Signore Gretti. Machen Sie diesen schönen Moment nicht kaputt. Überlegen Sie doch einmal, wie hoch Ihr täglicher Sold in etwa ist. Sind es sechs Kupferspesi oder gar sieben?«

Grettis Lippen waren zu einer dünnen Linie zusammengepresst.

»Ich mache Ihnen einen Vorschlag«, fuhr Glin fort. »Was halten Sie davon, wenn Sie dieses Gold behalten, für das Sie sonst vermutlich ein knappes Jahr lang arbeiten müssten? Dafür stellen Sie mir eine Genehmigung für diesen Platz aus, die den ganzen Sommer über gilt, bis zum Herbst, also zum Erntemond … nein, besser noch bis zum Schlächtermond. Ich muss nicht mit Ihnen kommen und nichts unterschreiben, Sie bringen mir alle Dokumente her. Und bei unserer Abreise erhalten Sie noch einen weiteren Goldsaldo. Wie hört sich das für Sie an?«

Gretti sagte einige Wimpernschläge lang nichts. Dann schüttete er die Münzen zurück in seine Börse und hob seinen Cognacbecher an. »Abgemacht, Signore … wie lautet Ihr Name noch?«

»Melisma«, sagte Glin. »Mein Name lautet Glin Melisma.«

Und er stieß mit dem Mann an.

3.

Die Bühne des Mechanischen Theaters war fest verschlossen und so in einen beschaulichen Speiseraum verwandelt, in dessen Mitte eine faltbare Tafel aufgestellt worden war, an der sich die Herbstgänger den Bauch mit kandiertem Rehrücken, Salat aus blauen Tomaten, mit Walnüssen und Rosmarin gebackenem Brot und einer aus Ittrico mitgebrachten Spezialität von Likörkäse vollgeschlagen hatten.

Es war nicht viel übrig geblieben, und alle waren etwas erledigt in ihre Stuhllehnen zurückgesunken. Ein Schleier von Trägheit lag über der Tafel.

Talmo erhob sich ächzend ein weiteres Mal und klopfte mit einem Dessertlöffelchen gegen sein Glas, um die Aufmerksamkeit des Ensembles zu gewinnen.

»Kommen wir zum geschäftlichen Teil des Abends.« Er erhielt ein allgemeines Stöhnen als Antwort – und fuhr einfach fort. »Zunächst würde ich gerne besprechen, welche Stücke wir in dieser Saison aufführen wollen.«

»Das ist einfach«, meldete sich Madeire zu Wort. »Wir sind in Mosmerano und die Mosmerani lieben Silvani.«

»Aber Silvani ist schon seit Jahrhunderten tot«, warf Yrrein ein. »Immer spielen wir nur das Theater der Toten. Gibt es nichts Moderneres für diese Stadt?«

»Dass Silvani seit einer Ewigkeit tot ist, macht nichts. Er kam aus dieser Stadt und ist damit so etwas wie ein Heiliger hier.«

»Gut«, ging Talmo dazwischen. »Und an welche Stücke hattet ihr gedacht? *Der König unter der Stadt? Die Hochzeit der dreieinhalb Götter? Ode eines Mitläufers?*«

»Egal.« Falk winkte ab und klopfte sich auf seinen gefüllten Bauch. »Ich kenne sie alle.«

»Ja, weil du hundert Jahre alt bist, Fettsack«, entgegnete Madeire.

»Oh, meine Hübsche, zwischen uns liegen weniger Jährchen, als dir lieb sein dürfte.«

»Ruhe!« Talmo schlug mit der flachen Hand auf den Tisch. »Wenn ihr euch nicht einigen könnt, starten wir einfach mit *Die siebenfache Witwe, Die Hochzeit der dreieinhalb Götter* und *Der Kanzler und die Schäferin.* Komödien kommen immer gut an und sichern uns das Eintrittsgeld.«

»Ach ne, nicht die Witwe«, nörgelte Yrrein.

Glin wusste, dass sie das Stück nicht mochte, weil sie darin eine bestimmte Nebenrolle innehatte, die sie ungern spielte.

Talmo ignorierte sie. »Nun zu dem eigentlichen Grund, warum wir bereits dieses Jahr wieder nach Mosmerano gereist sind.«

»Weil unser blitzgescheiter Signore Nachwuchsmechanist mal wieder viel zu viel Zeit alleine hatte?«, witzelte Falk in Glins Richtung.

»Immerhin ertränke ich mein Oberstübchen nicht fleißig in Branntwein«, schoss der zurück. »Oder im Schlamm einer Pfütze.«

Gelächter.

»Gut pariert, Junge!« Falk prostete ihm zu, um anschließend seinen Becher in einem Zug zu leeren.

Glin erhob sich, klopfte einige Krümel von seinem Hemd und schnippte eine unbändige Haarsträhne aus der Stirn. Sein Herz klopfte.

Es ist eine Sache, sich ein Husarenstück auszudenken, ging ihm durch den Kopf. *Eine andere Sache ist es, den anderen davon zu erzählen. Dann wird es plötzlich Wirklichkeit.*

»Also« begann er, »ich habe einen Plan …«

»Hört, hört«, rief Falk im Scherz. »Was du nicht sagst.«

Aber Yrrein warf mit einer Brotrinde nach ihm und der Priester verstummte.

Glin schmunzelte. Vielleicht gebe ich dem Ganzen ja eine Art reißerische Überschrift. Dann hören sie wenigstens aufmerksam zu. »Ich würde gerne etwas stehlen, was man eigentlich gar nicht stehlen kann.«

Jetzt richteten sich alle in ihren Stühlen auf. Glin musste insgeheim grinsen. Es hatte funktioniert.

Und so erläuterte er in der aufmerksamen Stille Schritt für Schritt, was er vorhatte.

2. KAPITEL

Die falschen Bilder

1.

Glin, wie kannst du dir all diese verrückten Dinge ausdenken?«, fragte Sira leise in den Morgen hinein. »Ich weiß nicht, ob ich mir je so einen komplizierten Plan zurechtlegen könnte. Wo nimmst du all die Ideen her?«

Die Umrisse der Stadt hoben sich langsam als helle Schemen vor der Morgendämmerung ab. Sira saß neben Glin auf der Tribüne. Die Bruchstücke des zerbrochenen Mondes waren noch nicht sämtlich hinter dem Horizont versunken. Glin hatte eine Wachschicht von Madeire übernommen und saß seit der vierten Stunde nach Mitternacht mit dem Rücken zur Bühne in einer der Bankreihen. Vom Amboss aus, der unförmig in die Lagune ragte, hatte man einen fantastischen Blick über Mosmerano. Schönheit zirpte ab und zu leise, beinahe schüchtern, und hielt ebenfalls Ausschau.

Zur sechsten Stunde hatte Sira sich dazugesellt. Anstatt die lange Außentreppe zu nehmen, war sie innerhalb weniger Wimpernschläge einfach am Gestänge hochgeklettert und hatte sich über das Geländer geschwungen. Dass sie mit ihren vierzehn Namenstagen das frühe Aufstehen nicht ebenso verabscheute wie die übrigen Mitglieder des Ensembles, blieb Glin ein Rätsel.

»Niemand weiß, wo die Ideen herkommen. Die Götter verteilen

Talente unterschiedlich unter den Menschen. Du kannst einfach so an jeder Wand hochklettern wie eine kleine Spinne«, entgegnete Glin. »Und außerdem ist noch lange nicht gesagt, dass das, was ich mir ausgedacht habe, auch wirklich funktioniert.«

Sira grinste. Aber sie ging nicht weiter darauf ein, sondern wechselte das Thema. »Warum liegt Mosmerano eigentlich *im* Meer? Wieso nicht einfach an der Küste?«

Glin rieb sich etwas von der brennenden Müdigkeit aus den Augen. »Ich denke, die Stadt liegt in der Lagune, weil sie so leichter zu verteidigen ist. Und weil die Mosmerani es so wollten.«

»Weil sie es so *wollten?*«

Glin zuckte die Achseln. »Du weißt, was man ihnen nachsagt?«

»Sie haben ... Temperament?«

Glin nickte. »Und sie können störrisch sein wie Maultiere. Die würden sogar Marcators fetten göttlichen Wanst beiseiteschieben, wenn er ihnen bei einem Vorhaben im Weg stünde. Und so haben sie der Lagune eben diesen Ort hier abgetrotzt.«

»Klingt völlig verrückt.«

»Ist es ja auch«, bekräftigte Glin. »Ironischerweise nennen die Leute die Stadt oft *Die Tänzerin über dem Wasser*. Dabei schwebt sie nicht einfach so leichtfüßig auf dem Wasser, sondern Tausende von Menschen haben eine Ewigkeit lang mühsam an ihr gebaut.«

»Mir leuchtet aber sofort ein, warum die Leute sie so nennen«, meinte Sira.

»Ja?«

»Sie ist ein wenig wie eine Statue von Evisandre.«

Glin dachte über die Darstellungen der Göttin nach – als strahlende Verführerin, Gönnerin aller Künste und anbetungswürdige Schönheit. »Inwiefern?«

»Na ja, sie blickt auf alle herab, die sich ihr nähern. Sie wirkt so ... arrogant. Sie lächelt gönnerhaft und flüstert: *Kommt in mein Heiligtum und seht so viel Schönheit und Einzigartigkeit, dass ihr am liebsten kotzen würdet vor Neid.*«

Glin musste auflachen. »Du weißt, dass man Mosmerano deshalb gerne auch *Die Verzogene* nennt.«

Siras Mundwinkel verbreiterten sich zu einem hämischen Grinsen und schließlich musste sie hell auflachen.

Glin stupste sie in die Seite. »Bist du bereit für deinen ersten großen Auftritt in Mosmerano, der Verzogenen?«

»Auf jeden Fall!«

2.

Mosmerano wurde von mehreren größeren Kanälen durchzogen, die die Stadt je nach Zählweise in elf bis dreizehn kleinere Inseln unterteilten. Und Sira und Glin nahmen bewusst Umwege in Kauf. Vom Amboss ging es hinüber zur Marktinsel, auf deren Uferpromenade sie sich südwärts hielten und sich der *Piazza des Wassers* näherten. Sie lag am Ende der Uferpromenade. Ein kreisrundes Becken von etwa zweihundert Schritt Durchmesser, das sich zwischen Hafeninsel, Marktinsel und der sogenannten *Hölzernen Bank* befand, der Insel der Handwerkerzünfte.

Am südlichen Ende der Hafeninsel fußte ein Bein des *Spinnturms*. Der Turm war ein Relikt der Skyldar – eine gigantische Mechanik, unbewegt und vermutlich eingerostet seit tausend Jahren. Sie stand dort, bestimmt vierzig Schritt hoch, achtbeinig wie eine Spinne, auf deren Rücken man einen Turmaufbau platziert hatte. Vier ihrer immensen Beine ruhten auf der Marktinsel, die anderen vier jenseits des Kanals auf der Hafeninsel.

»Ob sich das Ding jemals bewegt hat?«, raunte Sira. »Ich meine so wie Schönheit. Die beiden sind doch irgendwie verwandt.«

»Gute Frage«, meinte Glin. Tatsächlich hatte er sie sich selbst schon gestellt. Bei ihrem ersten Besuch in Mosmerano hatte er viel über solche Dinge nachgedacht, wie es wohl gewesen sein mochte, als dieses Monstrum sich noch bewegt hatte. Er war davon überzeugt, dass das einmal der Fall gewesen war. Auch wenn die Skyldar nun bereits seit einem Jahrtausend ausgestorben waren, fanden sich ihre mechanischen Überbleibsel immer noch überall in der Ruhenden Welt. Selten waren sie von so enormer Größe wie der Spinnturm von Mosmerano. Die meisten Dinge waren kleiner und unscheinbarer. Auch die mechanische Grille Schönheit gehörte zu diesen hinterlassenen Artefakten. Und doch war sie etwas ganz Besonderes. Glin hatte bislang keine zweite Skyldarmechanik gesehen, die mehr oder weniger selbstständig und unabhängig handelte, quasi mit einem eigenen Willen. Bei den Artefakten, von denen Glin wusste, handelte es sich zumeist um Waffen, Werkzeuge oder irgendwelche Kunstwerke. Es waren tote Gegenstände, keine Lebewesen wie Schönheit eines war – und dennoch wohnte jedem einzelnen eine Eleganz inne, die kein menschlicher Mechanist der Gegenwart je wieder erreicht hatte.

Unter den langen Beinen des Spinnturms wechselten sie hinüber zur Hafeninsel mit all ihren Kontoren und Werften. Jemand schob einen Karren mit duftenden Kaffeesäcken an ihnen vorbei. Doch weiter hinein in das hektische Treiben begaben sich die beiden Diebe nicht. Bei der nächsten Brücke ging es hinüber zur Hölzernen Bank, die sie einmal komplett durchquerten. Das Durcheinander hielt sich hier in Grenzen, aber Geschäftigkeit herrschte auch hier. Schmiede, Schuster, Schreinermeister – aus allen Werkstätten drangen Geräusche ehrlicher Arbeit auf die Straßen. Auch in den Werkstätten der Kunsthandwerker und der Mechanisten herrschte rege Betriebsamkeit und aus den Schornsteinen der Chemistiker schlängelten sich dünne Rauchfahnen in schillernden Farben.

Die nächste Brücke führte sie hinüber zur *Stählernen Bank*, wo die Marine Mosmeranos beheimatet war und eindrucksvolle Festungsanlagen thronten oberhalb des Militärhafens. Sie blieben am Rande des Viertels, suchten sich eine abgelegene Gasse und wechselten rasch Kleidung und Schuhwerk. Ihre schlichte Straßenkleidung verstauten sie in Rucksäcken und versteckten diese hinter ein paar Regentonnen.

»Sie sehen heute aber ganz besonders liebreizend aus, Mademoiselle«, flötete Glin, nachdem er Siras Haar geglättet und mit einer großen Schleife gebändigt hatte.

»Das Kompliment gebe ich gerne zurück, Monsieur«, kicherte sie. »Oder sollte ich vielleicht sagen: werter Bruder?«

Glin zwinkerte ihr zu. »Komm, wir wollen unsere … *Kunden* nicht unnötig warten lassen.«

Und so nahmen sie die letzte Brücke, um auf die sogenannte *Insel unter den Fittichen* zu gelangen – oder auch: *Die Insel der Speichellecker.* Glin hatte diesen Namen beim letzten Besuch in der Stadt mehrfach vernommen. Die Mosmerani benutzten ihn nahezu unverhohlen. Hier residierte der niedere Adel von Mosmerano.

Mittelprächtige Palazzi drängten sich aneinander. Es war ein Privileg, auf dieser Insel Grund zu besitzen, selbst wenn es bloß ein kleines Fleckchen war. Und jeder, der es durch Erbe oder gesellschaftlichen Aufstieg hierher geschafft hatte, musste unbedingt ein Anwesen errichten, das so prunkvoll erschien, wie es auf dem begrenzten Platz auch nur irgendwie möglich war. Das führte gerade an den Ufern der Insel zu einigen architektonischen Abenteuern. Der Zufall oder die Götter wollten es jedenfalls, dass die Konstrukte hielten – zumindest war Glin noch nicht zu Ohren gekommen, dass ein überhängender Palazzo einmal in die Lagune gestürzt wäre.

Sira und Glin schlenderten stolz über die breitgepflasterten Straßen zum Herzoglichen Museum.

Erzherzog Irico Borgessa hatte bereits vor vielen Jahren darauf bestanden, die Kunstsammlung des Palastes der breiteren Öffentlichkeit zugänglich zu machen. Offiziell hieß es, man wolle zur kulturellen Bildung aller Mosmerani beitragen, wohingegen hinter vorgehaltener Hand gemunkelt wurde, dass es Borgessa schlichtweg die Legitimation gab, auf Kosten der Staatskasse Gemälde anzuschaffen. Schließlich war er ein leidenschaftlicher Sammler.

Glin war beim letzten Aufenthalt der Herbstgänger in Mosmerano oft im Museum gewesen, und in den vergangenen Jahren war die Idee zu einem Coup in ihm gereift. Er musste sich beherrschen, um nicht wie ein Schwachsinniger in sich hineinzugrinsen bei dem Gedanken, dass es nun endlich losging. Das Herzklopfen schluckte er hinunter.

Das Museum war in dem größten Palazzo weit und breit untergebracht, unweit einer Brücke, die zur *Hochwohlgeborenen Insel* hinüberführte, wo der hohe Adel residierte und auch der Erzherzog seinen Palast hatte. Die teils weiße, teils in der Farbe von Sandstein gehaltene Fassade des Museums war verstärkt und vor jedem einzelnen der großen Fenster war ein schweres, gusseisernes Gitter angebracht.

Glin zahlte den beiden Hellebardieren am Eingang je einen halben Silberstelo für Sira und für sich selbst. Zwar war der Eintritt im Prinzip frei (so wollte Erzherzog Borgessa seine Barmherzigkeit zur Schau stellen), doch waren alle Besucher dazu angehalten, nach Möglichkeit einen für sich angemessenen Betrag zu zahlen. Und wer einen Adeligen aus Envaustille und seine jüngere Schwester mimen wollte, musste sich dieser Gepflogenheit wohl oder übel stellen.

Während sie durch ewig lange, mit weißem und grünem Marmor geflieste Gänge stolzierten, betrachteten sie die Gemälde aus allen möglichen Epochen. Da waren die gestochen scharfen Porträts des Siman von Hahnenburg, Fresken des Esce Montadino, Landschaftsmalereien und Stillleben der Aria Paitero, noch mehr Porträts von Isil Weiß und Kara Flirru ... Glin musste die für seine Rolle nötige Langeweile bald nicht einmal mehr spielen. In allen Winkeln der Welt – vom Königreich in den Wäldern, über die Republiken und das Imperium bis hin zum fernen Daworje – hatten Menschen im Laufe der Jahrhunderte eine Leidenschaft dafür entwickelt, Dinge auf Leinwänden abzubilden. Während Glin dem Talent und der Geduld, die das erforderte, noch einiges abgewinnen konnte, langweilten ihn die Inhalte zu Tode.

Man kann das Gefühl, vor einem Gebirgszug oder an einer Küste zu stehen, einfach nicht in einem Bild festhalten, dachte er. *Warum versuchen die Leute es trotzdem immer wieder?*

Doch dann kamen sie endlich in den Raum, in dem es für ihn wieder interessant wurde.

»Schau doch bloß«, quiekte Sira und wies auf eine Reihe von Landschaftsmalereien, die durch die hohen Fenster von der Mittagssonne beschienen wurden. Sie ahmte den Akzent aus Envaustille perfekt nach. »Dort hängen echte Vonatis.«

»Oh, ja ja«, antwortete Glin und tat so, als sei er gerade aus einem Tagtraum hochgeschreckt.

»Oh bitte, darf ich noch einen Moment hierbleiben, bevor es weitergeht?«

»Aber sicher doch, meine Liebe«, sagte Glin mit der gönnerhaften Güte eines Bruders in der Stimme, der die Begeisterung seiner kleinen Schwester nicht einen Deut weit teilt. Er holte ein ledernes Notizbüchlein heraus und begann, eine Kosten-Nutzen-Rechnung hineinzuschreiben, wie Kaufleute sie aufstellen.

Sira klebte zunächst für einige Zeit wie gebannt vor den Gemälden, bis sie eine der Wachen ansprach, die in den Ecken des Saales standen. »Kann ich Sie etwas zu den Gemälden von Vonati fragen?«

Der Wachmann sah auf sie herab, als hätte sie ihn gerade danach gefragt, ob er mit ihr und ihrem Puppenhaus spielen wollte. Doch Sira machte bemerkenswert große Kulleraugen. »Entschuldigen Sie meine Frage. Zu dumm, ich weiß. Sie sind nur von der Wachmannschaft. Aber ich bin nur heute mit meinem Bruder in der Stadt und es war wirklich nicht einfach, ihn hier –«

»Signore Cossa«, rief der Soldat in diesem Moment und hob eine Hand, als sich ein gut gekleideter Mann auf den Zuruf hin umdrehte. Er war gerade im Begriff gewesen, den Saal zu durchqueren, und trug einige Papiere unter dem Arm.

»Diese junge … Mademoiselle hier«, meinte der Soldat nun etwas zögernd, »hat eine Frage zu den Gemälden von Vonati. Und wo ich Sie hier gerade sehe, Signore …«

Cossas Alter lag vermutlich bereits jenseits der fünfzig Namenstage. Die Enden seines Schnurrbartes waren mit Wachs nach oben gezwirbelt und er hatte kleine, vergnügt dreinblickende Augen. Offenbar fühlte er sich nicht im Geringsten davon gestört, dass Sira eine Frage hatte.

»Evenito Cossa«, meinte er und deutete eine Verbeugung an. »Sie sind an der Kunst von Vonati interessiert, Mademoiselle? Darf ich fragen, woher Ihr Interesse rührt?«

»Das ist sehr freundlich von Ihnen, Signore Cossa.« Sira deutete einen Knicks an und errötete leicht. »Mein Name ist Evene de'Lauraque, Tochter des Chevalier Varian de'Lauraque. Mein Bruder wartet dort drüben.« Sie deutete mit der Hand in Glins Richtung. »Mein Bruder hat mich in die Stadt mitgenommen. Eigentlich begleitet er nur eine Lieferung unseres Weines. Wissen Sie, Signore, ich *liebe* die großen Meister. Montadino, de'Laan, Hahnenburg … und ich … ach, es war mir ein Herzenswunsch, die berühmte Sammlung des Erzherzogs von Mosmerano einmal sehen zu dürfen.«

»Es ist mir eine Ehre, Mademoiselle de'Lauraque. Ich selbst durfte helfen, die Sammlung zusammenzutragen. Ich bin seit vielen Jahren Kurator des Herzoglichen Museums. Und mir geht das Herz auf, wenn ich so einen jungen Menschen sehe, dem das Studium der Kunstgeschichte bereits so sehr am Herzen liegt. Also, Mademoiselle, womit kann ich Ihnen zu Diensten sein?«

Sira errötete wie auf Kommando. »Mein … Bruder … nun ja, sein Interesse an der Kunst ist leider nicht so groß, sodass er mir meine Fragen schlichtweg nicht beantworten kann.«

»Dann nutzen Sie Ihre Chance, Mademoiselle«, forderte Cossa

sie auf. »Wenn Sie nach Envaustille zurücksegeln, wird Ihnen vermutlich einige Zeit lang keine größere Kapazität begegnen.«

Sofort platzte Sira mir ihrem Anliegen heraus. »Warum gibt es in der Ausstellung von Vonatis Bildern eine so auffällige Lücke?«

»Nun, Sie wissen doch bestimmt einiges über Vonatis künstlerisches Schaffen, oder?«, vergewisserte Cossa sich.

»Also ich weiß, dass er im fünften Jahrhundert in Tarsica und Ittrico gelebt hat. Die schnellen Striche mit dünnen Pinseln sind charakteristisch für seine Gemälde, besonders für seine Landschaftsmalereien, für die er schließlich weltberühmt wurde.«

»Dann werden Sie doch bestimmt seine einzigartige Gemäldereihe über die Tageszeiten kennen?«

Sira sah ihn mit großen Augen an und mimte Unwissenheit.

»Das überrascht mich dann doch«, gestand Cossa. »Ich dachte –«

»Meinen Sie die Bilder *Morgen in den Dünen* und *Kinder der Dämmerung* und dergleichen? Ich wusste nicht, dass sie als eine Reihe von Bildern gedacht waren. Dabei erscheint es sogar ganz logisch. Danke für den Hinweis, Signore.«

Cossas Überraschung wandelte sich in ein Lächeln von väterlicher Güte. »Gern geschehen, Mademoiselle. Kommen Sie, ich zeige es Ihnen.«

Mit einer Hand führte er sie dezent am Ellenbogen direkt vor die fraglichen Gemälde. Es waren fünf an der Zahl.

»Vonati hat diese Bilder vermutlich um das Jahr vierhundertachtzig herum in Tarsica angefertigt. Es ist eine Reihe, die den Tageszeiten folgt. Möglich, dass es einem nicht sofort auffällt, wenn man bloß Beschreibungen und schlechte Faksimiles zum Studium zur Verfügung hat. Sehen Sie – Sie können die Bilder hier von links nach rechts in chronologischer Folge sehen. *Morgen in den Dünen, Der Tänzer unter der Mittagssonne, Trost im Zwielicht, Kinder der Dämmerung, Attristo und der zerbrochene Mond.*«

»Und zwischen den beiden letzten fehlt eines«, stellte Sira fest. »Wird es zurzeit restauriert?«

»Bedaure, nein«, räumte Cossa ein. »Dieses gute Stück trägt den Titel *Nacht vor Tarsica* und es gilt seit über zwei Jahrhunderten als verschollen.«

»Verschollen?«, entfuhr es Sira.

»Ich fürchte ja, Mademoiselle. Es gab über die Jahre immer wieder Hinweise, gerade im letzten Herbst noch … aber was erzähle ich Ihnen das? Es ist dem Kuratorium bislang nicht gelungen, das fehlende Werk aufzutreiben.«

»Das ist tragisch«, meinte Sira und trat näher an das letzte Bild der Reihe heran, *Attristo und der zerbrochene Mond*. Sie kniff ein Auge zu und betrachtete die Beschaffenheit des Bildes. »Aber dieser Pinselstrich Vonatis ist wirklich beeindruckend, muss ich gestehen.«

»Im wahrsten Sinne«, Cossa wirkte stolz. »Ich würde Ihrem wissensdurstigen jungen Geist am liebsten die Originale zeigen, aber –«

»Die Originale?«, fuhr Sira herum. »Sind diese hier denn bloß Kopien?«

»Ich fürchte ja. Die Originale werden im Tresor des erzherzoglichen Palastes aufbewahrt. Es erschien seiner Durchlaucht auf Dauer dann doch etwas heikel, die Originale dem gewöhnlichen Volk zugänglich zu machen. Wissen Sie, Mademoiselle, die einfachen Leute wissen große Kunst nicht angemessen zu würdigen … und bevor die Bilder Gefahr liefen, eines Tages zu Schaden zu kommen, hat der Erzherzog verfügt, dass nach und nach Kopien angefertigt werden, durch die die Originale hier im Museum ersetzt werden konnten.«

»Aber wer ist denn in der Lage, den einzigartigen Stil Vonatis zu kopieren? Die Unterschiede zwischen Original und Kopie müssen doch frappierend sein.«

»Erstaunlicherweise nicht«, erklärte Cossa. »Signore Atteo Enzo, der Mann, der die Vonati-Gemälde kopiert hat, ist ein echter Wunderknabe. An ihm ist ein großer Künstler verloren gegangen.

Allein, ihm fehlt die Inspiration für ein eigenes künstlerisches Schaffen. Er verdient seinen Lebensunterhalt stattdessen damit, die Kopien berühmter Originale herzustellen. Darin ist er allerdings brillant.«

Sira runzelte die Stirn. »Aber wie unterscheidet man dann am Ende Original und … nennen wir es mal Fälschung?«

»*Kopie*«, berichtigte Cossa sie. »Eine Fälschung würde ja eine böswillige Absicht unterstellen.« Damit trat auch er näher an das Bild heran. »Sehen Sie diese Striche hier, Mademoiselle de'Lauraque?«

Sira tat, als müsse sie einen Augenblick lang suchen. Dann stieß sie einen leisen Pfiff aus. »Das ist ja raffiniert. Diese beiden Striche ergeben ein A und ein E, ineinander verschlungen. Sie stehen für den Namen des Kopisten, oder? Atteo Enzo.«

»Sehr gut«, lobte Cossa. »Und jetzt schauen Sie sich das Ganze einmal in diesem Fall an.« Er führte sie weiter zu *Trost im Zwielicht*.

»Da sind es diese beiden Grashalme«, stellte Sira diesmal blitzschnell fest und ging von selbst weiter zum nächsten Gemälde. »Und hier sind die Buchstaben in der Struktur der Baumrinde zu erkennen.«

Sie suchte auch die übrigen Bilder ab. »Natürlich«, sinnierte sie halblaut. »Mit solch einer unverkennbaren Signatur kann dieser Signore Enzo jederzeit beweisen, dass ein Gemälde von ihm stammt. Und der Erzherzog weiß sicher, dass hier bloß Kopien hängen.«

»Sie sind wirklich eine sehr aufgeweckte junge Person«, komplimentierte Cossa.

In diesem Moment hüstelte Glin und trat näher. »Ich störe ja nur ungern, Signore. Und ich bedanke mich aufs Herzlichste, dass Sie den Wissensdurst meiner Schwester mit solcher Hingabe stillen … aber ich habe am Nachmittag Geschäfte zu erledigen und ich fürchte, wir müssen uns nun auf den Weg machen.«

»Oh … äh … ja«, stammelte Cossa sichtlich enttäuscht. »Selbstverständlich, Monsieur de'Lauraque. Ich bedanke mich. Es war mir ein außerordentliches Vergnügen, Ihrer gebildeten jungen Schwester die Kunst Vonatis ein wenig näherzubringen.«

»Es freut mich, wenn es zu Ihrer Erquickung beigetragen hat. Kommst du, meine Liebe?«

»Sehr wohl, Bruder.« Es klang nörgelig.

»Eines noch.« Cossa berührte Glin sanft am Ärmel. »Wenn ich mir die Einmischung erlauben dürfte, Monsieur de'Lauraque … aber wenn es Ihnen irgend möglich ist, dann überreden Sie Ihre Eltern doch, dass sie Ihre reizende Schwester später einmal an die Fakultät schicken. Und wenn es nur für ein kurzes Jahr ist. Mit ihr könnte die Welt eine große Kunsthistorikerin gewinnen, jemanden, dem das Erbe dieser großen Maler hier am Herzen liegt. Ihre Chancen, sich mit ihrer Expertise einen Namen zu machen, wären später ausgezeichnet. Bitte, Monsieur, ich will mich ja nicht einmischen … aber das Talent Ihrer Schwester und ihr hungriger Geist sollten unbedingt gefördert werden. Ich setze auch gerne ein Empfehlungsschreiben auf.«

Mit ehrlichem Stolz, wenn auch aus den falschen Gründen, blickte Glin auf Sira herab. »Ich … werde das auf jeden Fall in Erwägung ziehen, Signore. Haben Sie vielen Dank und einen guten Tag unter Marcators Gnade.«

»Den wünsche ich Ihnen ebenfalls.« Cossa deutete eine Verbeugung an. »Und ich wünsche Ihnen gute Geschäfte in der Stadt, Monsieur.«

3. KAPITEL

Drei Besuche

1.

Glin war gestorben.

Alleine heute bereits mehrfach.

Ein Umstand, den er mit Talmo gemeinsam hatte. Der Meistermechanist und sein Ziehsohn probten in Silvanis Komödie *Die siebenfache Witwe* abwechselnd nacheinander die sieben Ehemänner der namensgebenden Witwe Livia. In der Geschichte des ersten Aktes kamen Livias Ehemänner allesamt durch mehr oder weniger tragische Unfälle ums Leben. Keiner von ihnen wurde Opfer einer böswilligen Absicht, sondern bloß des Drangs der Livia, ihr Leben zu perfektionieren.

Dementsprechend erlagen Talmo und Glin den ganzen Vormittag über unterschiedlichsten Unfällen im Haushalt der Witwe.

Nun hatten beide Pause.

Unten im künstlichen Hof des Mechanischen Theaters übten Yrrein und Falk einen Dialog, der sich später zwischen Livias Dienerschaft und dem König ihres Landes abspielen sollte.

Ich bitt dich, sag mir, was hab ich getan,
dass dein Groll mir anhaftet
als wär er schwärzestes Pech?

Yrrein zitierte die Zeilen. Falk hingegen war ihre Betonung zu monoton und er fing eine Diskussion an.

Während sich im Theaterhof Streit anbahnte, verbrachten Glin und Talmo ihre wohlverdiente Pause unter einem schwach bewölkten Himmel auf der Zuschauertribüne und aßen Äpfel. Schönheit saß auf dem Gestänge der Brüstung und beobachtete sie interessiert.

»Die Nummer mit Sira ist schon ziemlich gut gelaufen«, resümierte Talmo. »Ich mag deine Pläne. Ich hoffe nur immer, dass du eines Tages nicht cleverer bist, als für dich und deine Freunde gesund ist.«

Glin winkte ab, warf ein Kerngehäuse hinter sich aus dem Theater und zauberte aus seinem weiten Ärmel einen weiteren Apfel hervor. »Das sagst du ständig.«

»Dadurch wird es nicht weniger wahr.«

»All unsere Fischzüge sind so angelegt, dass wir aus der Nummer zur Not immer wieder herauskommen.«

»Irgendwann werden Falk, Madeire und ich zu alt sein für diese Unternehmungen. Dann werdet ihr euren Mist alleine durchziehen müssen. Und Din Vestro sei euch gnädig, dass jemand auf euch Acht gibt, um euch vor Größenwahn zu schützen.«

»Jetzt beruhig' dich! Ihr werdet diese Touren locker noch zehn oder sogar zwanzig Jahre lang mitmachen können. Und wenn ihr euch irgendwann zu alt fühlen solltet, kaufen wir euch von all unserem Geld eine Villa – irgendwo, wo es das ganze Jahr über warm ist und gutes Essen gibt. Vielleicht in den ittikanischen Ländern. Dort könnt ihr dann so viel gutes Zeug essen, bis es euch aus den Ohren wieder rauskommt.«

Damit rang er Talmo endlich wieder ein Lächeln ab. »Dein Wort in Din Vestros Ohren, Glin.«

»Wieso bist du denn heute so komisch drauf? Man könnte meinen, irgendwas vermiest dir den Spaß an der Sache.«

»Eigentlich nicht«, sagte Talmo und warf das Kerngehäuse über die Brüstung in Richtung Lagune. Doch Glin sah ihm an, dass die Worte nicht aufrichtig gemeint waren.

Was verschweigst du uns, Talmo? Weswegen bist du so besorgt?

Talmo aber wandte sich ab, nahm die abgelegte Jacke zur Hand und zog sein zerfleddertes Journal aus der Innentasche, um darin zu schreiben.

2.

Im Silberlicht des zerbrochenen Mondes näherten Glin und Yrrein sich dem Anwesen des Malers Atteo Enzo. Es lag auf der Hölzernen Bank. Und auch wenn es auf den allerersten Blick nicht sonderlich abgehoben aussah, merkte Glin doch an den vielen kleinen Details, dass Enzo mit seiner Arbeit deutlich besser verdiente als die umliegenden Werkzeugschmiede, Buchbinder oder Gewandschneider. Die Fensterläden seines Hauses hatten Beschläge ohne Rost und die Fenster bestanden nicht aus einfachem Butzenglas, sondern aus vielen kleinen, klaren Scheiben in quadratischen Rahmen. Das Gatter zum Hinterhof war aus Gusseisen und kein Putz bröckelte von der Backsteinfassade. Blühende Ranken wuchsen an den Ecken und waren ordentlich zurechtgestutzt.

In den Nächten zuvor hatte Yrrein das Grundstück ausgekundschaftet. Auch einen benachbarten Glasbläser hatte sie unauffällig ausgefragt, als dieser sich im Gespräch mit Laufkundschaft abfällig über Enzo geäußert hatte. Yrrein hatte sich interessiert an einem Gemälde gezeigt und nach Enzo gefragt. Doch der Glasbläser hatte sie bloß vor dem Maler gewarnt und ihn als arrogant und unfreundlich beschimpft. Jeder hier im Viertel wüsste, dass er seine Aufträge fast ausschließlich von Adeligen bekäme und sich deshalb für etwas Besseres hielte. Der Glasbläser und seine Familie wünschten sich jedenfalls bereits seit Jahren, dass Enzo endlich

Grund und Boden auf der Insel unter den Fittichen erstehen würde (ein sehnlicher Wunsch, den er jedem mitteilte, der ihn nicht hören wollte). Hauptsache, Enzo verschwand endlich. Auf der Hölzernen Bank hätten schließlich nur anständige Menschen mit einem anständigen Handwerk und ihre Kunden etwas zu suchen.

Yrrein bewegte sich wie eine Katze durch die Nacht. Ihr zusammengefaltetes Skyldarschwert *Wehklage* baumelte an ihrem Gürtel. Im Schein der chemistischen Straßenlaternen war sie für Glin wie ein Schatten. Yrreins Gegenwart verlieh ihm ein Gefühl von Sicherheit, auch wenn sie sonst ganz schön kratzbürstig sein konnte. Die junge Frau war eine der tödlichsten Kämpferinnen, denen er je begegnet war. Und er dankte den Göttern in regelmäßigen Abständen dafür, dass sie auf seiner Seite und Teil ihres Ensembles war. Lebensnahe Fechtdarstellungen, waghalsige Sprünge und gefährliche Manöver hatten das Repertoire der Herbstgänger erweitert, seit sie vor einigen Jahren zu ihnen gestoßen war.

Und auch für das zweite, geheime Dasein der Herbstgänger hatte Yrrein eine Menge übrig.

Als sie die schweren gusseisernen Gatter erreicht hatten, dirigierte Yrrein Glin in eine Ecke, die abseits vom Lichtschein der Laternen lag.

Vor vielen Jahren hatte Talmo federbetriebene Seilwinden erfunden, die durch ihn und Glin im Laufe der Zeit einige Weiterentwicklungen erfahren hatten, weil sie sich als extrem nützlich erwiesen hatten. Die unter Spannung stehenden Winden konnten ein Seil selbstständig wieder aufrollen.

Yrrein hatte in den Nächten zuvor beobachtet, dass der von Enzo engagierte Wachmann gewöhnlich im Untergeschoss blieb und sich gerne den einen oder anderen Schluck aus seinem Flachmann genehmigte. Glin konnte es ihm nicht verdenken.

Die Enterhaken, die sie heute Nacht dabeihatten, waren mit dickem Leder umwickelt, um das verräterische Klirren zu unterdrücken. Mit geübtem Schwung warfen Glin und Yrrein sie auf einen Balkon oberhalb des Gatters und betätigten jeweils den Mechanismus.

Es dauerte nur einen Atemzug, bis die automatische Winde Glin über die gefährlichen Eisenspitzen des Gatters hinweg auf den Balkon katapultiert hatte. Er löste noch den Haken, während Yrrein sich bereits am Verschluss der Fensterläden zu schaffen machte.

Wenige Atemzüge später standen beide in einer Schreibstube, die erstaunlich aufgeräumt war.

»Ich dachte immer, Künstler seien völlige Chaoten und das Papier müsse hier überall verstreut herumliegen«, raunte Yrrein, nachdem sie die kleine chemistische Glühkugel, die Shalimo ihnen mitgegeben hatte, durch Schütteln aktiviert hatte. Ihr Schein war schwach genug, um sie nicht sofort zu verraten. Und ihre rußgeschwärzten Gesichter blieben weiterhin im Dunkeln verborgen – nur das Weiß ihrer Augen und Zähne blitzte gelegentlich auf.

»Sei doch froh, dass Enzo nicht die übliche Art von Künstler ist«, gab Glin zurück.

Eilig begann er, die Dokumente auf dem Schreibtisch und in einem Regal durchzugehen.

»Nach was suchst du?«, wollte Yrrein wissen.

Glin zuckte mit den Schultern, während seine Finger weiter durch Papiere wühlten. »Nichts Bestimmtes. Mich interessiert nur –«

»Warum tun wir dann nicht einfach das, weswegen wir hergekommen sind?«

»Ein wenig Geduld könntest du –«

»Pass auf!«, schrie Yrrein in diesem Moment.

Glin wich instinktiv zur Seite und entging nur knapp dem Schwung eines Knüppels. Doch stattdessen zwang ihn ein massiger Arm zu Boden.

»Ihr Pack!«, bellte der Nachtwächter.

Glin versuchte sich aus dem Griff zu befreien, doch der Mann war stärker und nahm ihn in den Schwitzkasten.

»Jetzt haltet doch verdammt noch mal still«, rief Yrrein dazwischen.

Glin wollte etwas antworten, doch Enzos Nachtwächter drückte ihm die Luft ab. Beide fielen zu Boden.

Luft, ich brauche Luft!

Im Mondschein blitzte es kurz auf. Schönheit sprang an Glins Gegner hoch und stach ihm ihre Beinchen in die Augen.

Der Griff um Glins Hals und Schultern lockerte sich schlagartig.

»Na endlich«, hörte er Yrrein sagen und vernahm das charakteristische Sirren eines kleinen Bolzens.

Der Nachtwächter brach auf der Stelle in sich zusammen, während Yrrein einen Knopf betätigte und die Miniaturarmbrust wieder zusammenklappte, die sich so am Gürtel festmachen ließ.

»Ich liebe euer mechanisches Spielzeug«, sagte sie. »Und den Herrn der Träume ebenfalls.«

Glin hustete bloß zur Antwort. *Der Herr der Träume* war der Name eines speziellen Giftes, das Shalimo destillierte. Gelangte es in die Blutbahn, dauerte es einen Herzschlag, bis einem schwindelig wurde, und nicht viel länger als zwei oder drei, bis man selig schlummerte wie ein Neugeborenes. Wenn man Stunden später aufwachte, hatte man allerdings furchtbare Kopfschmerzen. Glin fand es sogar beinahe praktischer als all den anderen mechanischen Schnickschnack, den er und Talmo erfunden hatten. Er war so begeistert von Shalimos Erfindung gewesen, dass er diesem sogar den Namen des Mittels verzieh, den er für hochgradig bescheuert hielt.

Glin wischte sich den Mund ab. Dann zog er den Bolzen aus dem Oberarm des kollabierten Hünen und vergewisserte sich, dass die Wunde nicht zu stark blutete. »Ich dachte, der Nachtwächter wäre unten?«

»War er doch auch«, protestierte Yrrein. »Woher soll ich denn wissen, dass du hier oben im Studierzimmer erst ein Traktat für die Fakultät von Vilsheil verfassen wolltest? Wolltest du dem Nachtwächter vielleicht noch eine persönliche Einladung schreiben?«

Glin seufzte. »Danke auf jeden Fall.«

Doch bevor Yrrein noch etwas erwidern konnte, nahmen sie eine weitere Bewegung im Flur wahr.

Yrrein zog ihre Klinge, huschte hinaus und verstellte den Weg, der die Treppe hinunterführte. »Nicht so eilig, Signore Enzo.«

»Na großartig«, stöhnte Glin. Er förderte eine weitere chemistische Kugel aus seiner Gürteltasche zutage und schüttelte sie heftig, woraufhin die Flüssigkeiten im Innern anfingen, stark zu fluoreszieren.

Vor Yrrein stand ein schlanker Mann von vielleicht vierzig Namenstagen in einem dünnen Nachtgewand und zitterte wie Espenlaub.

»B-b-bitte«, stammelte er. »Nehmen Sie a-a-alles, w-w-was Sie wollen … a-a-aber verschonen –«

Yrrein stampfte mit dem rechten Fuß so heftig auf den Dielenboden, dass es knallte. »Ruhe jetzt! Bei Paiendras gnädigem Blick, dieses Geheule kann ja kein Mensch ertragen.«

Enzo zuckte zusammen, als hätte sie ihn geschlagen, und verstummte augenblicklich.

Das war der Moment für Glins Auftritt. »Guten Abend, Signore Enzo. Oder sollte ich besser sagen: Gute Nacht?«

Die Augen des Mannes waren weit aufgerissen und starrten Glin und Yrrein unverwandt an. Er hatte lange dunkle Locken, die ihm wie das Haar einer Göttin auf die Brust herabfielen. Aber durch sein Zittern wurden sie durchgeschüttelt und tanzten wie züngelnde Flammen.

»G-g-guten Abend«, stammelte er.

»Und hören Sie auf zu stottern, sonst schneide ich Ihnen irgendetwas ab«, knurrte Yrrein.

»Wir sind nicht hier, um Sie zu bestehlen, Signore Enzo«, beschwichtigte Glin. »Und wir wollen Ihnen auch ganz bestimmt nicht Ihr Leben nehmen.«

Enzos Augen wurden noch größer, und Glin konnte auf seinem Gesicht die Frage aller Fragen lesen: *Was wollen Sie dann?*

»Eigentlich möchten wir, dass Sie eine Auftragsarbeit für uns erledigen, Signore. Dies ist der Grund unseres Besuches.«

»Ich … verstehe nicht«, kam es von dem Maler. Glin registrierte, dass Enzo mit viel Mühe das Stottern unterdrückte, wofür er insgeheim sehr dankbar war.

»Das müssen Sie auch noch nicht. Die Einzelheiten Ihres Auftrags werden wir Ihnen demnächst mitteilen. Andernfalls würden Sie sich umgehend an die Soldaten des Erzherzogs wenden. Vermutlich tun Sie das auch schon direkt im Anschluss an unseren heutigen Besuch. Deshalb muss ich zunächst sichergehen, dass Sie verstanden haben, dass es ein aussichtsloses Unterfangen ist, uns an die Ordnungshüter Mosmeranos zu melden.«

Enzo blieb stumm, was Glin nicht anders erwartet hatte.

»Nur zu«, fuhr er fort. »Versuchen Sie Ihr Glück. Ich kann Sie nicht davon abhalten. Aber Sie werden schon bald verstehen, dass es nicht viel Sinn hat.«

Die Ratlosigkeit in Atteo Enzos Blick wurde größer und größer. Und Glin genoss es, Verwirrung zu stiften. Selbstverständlich würde der Mann die Beine in die Hand nehmen und den Vorfall melden, sobald Yrrein und er sein Haus verlassen hatten. Er würde alles tun, damit man ihn bloß nicht noch einmal des Nachts überrumpelte.

»Sie werden künftig für uns arbeiten«, sagte Glin eindringlich. »Natürlich nicht für immer, nur für einen einzigen Auftrag. Ein einziges Werk. Wir werden Sie im Anschluss daran sogar angemessen entlohnen und Sie fortan in Ruhe lassen.«

»Dann … sagen Sie mir doch einfach, was ich für Sie tun soll! Ich erledige es, und Sie verschwinden.« Der plötzliche Redeschwall überraschte Glin dann doch ein wenig.

»Nein, bedaure. Das hier ist bloß ein erstes Kennenlernen. Zu den Details kommen wir ein anderes Mal.«

Und mit diesen Worten stach Glin die Spitze des Bolzens in Atteo Enzos Oberarm.

»Was –« Doch weiter kam der Künstler nicht, ehe er zu schwanken begann.

Yrrein fing ihn auf und legte ihn sachte auf dem Dielenboden ab. Anschließend stiegen sie die Treppe hinunter und sahen sich noch kurz im Erdgeschoss um, bevor sie ihre Glühkugeln mit Lumpen umwickelten und in ihre Gürteltaschen steckten.

Dann verschwanden sie in die Nacht.

3.

Tags darauf begann für Glin jener Teil der Theaterproben, den er am meisten verabscheute: das Fechten.

In dieser Disziplin war er immer schon unverhältnismäßig schlecht gewesen, was dazu geführt hatte, dass er dieselben Schrittfolgen immer und immer wieder ausführen musste und sich dabei nur mäßig verbesserte. Er versuchte seit Jahren verzweifelt, ein Gefühl dafür zu bekommen, wie man sich mit einem Schwert oder einer Streitaxt am besten bewegte. Hunderte Lektionen und Übungsstunden hatten bislang wenig gebracht. Früher schon bei Arbo und Falk nicht – und bei Yrrein schon gar nicht. Man konnte ihm noch tausendmal erzählen, dass er sich seine Waffe intuitiv wie eine Verlängerung seines Armes vorstellen musste … er fühlte sich trotzdem entsetzlich ungelenk dabei.

»Ich verstehe nicht, wie jemand auf der einen Seite so verdammt fingerfertig sein kann«, stöhnte Yrrein, als es Mittag wurde, »und auf der anderen Seite nicht mal ein wirklich leichtes Schwert führen kann. Das ist weder ein verdammter Kochlöffel noch ein Szepter.«

»Es tut mir leid.« Glin versuchte geduldig zu bleiben. »Andere Leute haben eben ein Talent für Streitkolben und Schwerter und dergleichen – ich habe dafür einen scharfen Verstand.«

»Du kannst also eine Klinge kraft deiner Gedanken in der Luft abfangen?«, spottete Yrrein.

Es war jedes Mal dasselbe. Bei jedem Stück, für das sie probten. Und er wünschte sich manches Mal nichts sehnlicher, als dass er einmal eine Rolle ergattern würde, in der er auf der Bühne nicht zu kämpfen brauchte. Doch das Publikum liebte dramatische Kämpfe. Und Yrrein inszenierte sie bravourös. Es mussten also so viele wie möglich stattfinden.

»Können wir das nicht … modern inszenieren?«, fragte er. »Wir könnten doch mit Armbrüsten aufeinander schießen oder irgendetwas zur Explosion bringen.«

Yrrein sah ihn an, als hätte er gerade behauptet, dass er doch einfach eine Sonne an den Himmel malen könnte, wenn der Regen ihnen eine Aufführung verdarb.

»Schon gut, schon gut.« Er hob beide Hände und ergab sich. »Aber lass mich wenigstens kurz Pause machen.«

»Nichts da«, beharrte sie. »Du kannst Stunde um Stunde an deinen dämlichen kleinen Tüfteleien sitzen. Körperliche Anstrengung schadet dir nicht. Und wenn wir in zehn Tagen mit den Aufführungen loslegen, kannst du auf der Bühne auch nicht einfach rumheulen und dich herausreden.« Sie hob in weinerlicher Stimme zu einem imaginären Publikum an. »Hochverehrte Damen und Herren, Signore und Signori, mein Name ist Glin Melisma und ich kann ein Schwert nicht von einem Kochlöffel unterscheiden, also erwarten Sie heute Abend keine Darbietung auf dem gewohnten Niveau.«

Gelächter kam von Madeire und Shalimo, die auf der Treppe zur Garderobe saßen und in der Mittagssonne rosafarbene Bananen aßen. Glin wollte sich lieber gar nicht ausmalen, wo Schönheit sich herumtrieb. In seiner Vorstellung kringelte sich selbst dieses kleine mechanische Wesen klickend und ratternd vor Lachen, wenn es auch nur einen Blick auf die tollpatschige Vorstellung hatte erhaschen können.

»Sehr witzig«, knurrte er und hob die Übungswaffe, um erneut für seinen Schaukampf die Ausgangsstellung einzunehmen. Er hielt sich die Geschichte vor Augen: der Prinz im Duell mit einer verräterischen Hexe. Ja, Yrrein als böse Hexe, die Vorstellung machte das Ganze einen Deut erträglicher.

Die Klingen trafen aufeinander. Einmal, zweimal, ein drittes Mal. Dann folgte die Pirouette, die bei Yrrein aussah, als hätte sie sie als kleines Kind noch vor dem Laufen erlernt. Glin hingegen stolperte ein ums andere Mal und verdrehte sich einen Fuß dabei oder hieb sich die stumpfe Waffe in die eigene Seite. Über seinem Hüftknochen prangten bereits zwei faustgroße blaue Flecke.

Dieses Mal brachte er die Pirouette halbwegs sauber zu Ende. Aber zu langsam, sodass Yrreins Schlag ihn unter der Achsel traf und er das Schwert fallen ließ.

»Und wenn du schon so ein lausiger Kämpe auf der Bühne bist«, setzte Yrrein nach, »wie willst du denn die nächsten Jahre überleben in deinem Beruf? Vielleicht hast du hier und da noch ein wenig Glück und andere Scharlatane brechen vor Lachen zusammen, wenn sie dich sehen, sodass ich dann leichtes Spiel mit ihnen habe.«

Glin schnaubte. *Verspottet von der einzigen Person auf der Welt, bei der ich es nicht ertrage.*

Er hob die Waffe auf, achtete auf seine Beinstellung, den rechten Fuß nach vorne, in einem leichten Winkel.

Und weiter ging die Tortur im Hof des Mechanischen Theaters.

Es wurde ein harter Nachmittag.

Als Yrrein ihn endlich gehen ließ, fühlte er sich ausgelaugt. Alle Gelenke waren steif und taten ihm weh, selbst die, die keinen Schlag oder Tritt abbekommen hatten.

4.

Das Problem mit Freundschaften war in Glins Augen folgendes: Man fand immer nur dann heraus, wem man tatsächlich etwas bedeutete, wenn es einem selbst beschissen ging. Und nicht anders verhielt es sich mit Atteo Enzo. Denn ganz gleich, für welchen Adeligen er einmal eine Arbeit angefertigt hatte oder bei welcher Dame aus dem Blütenpalast (dem edelsten Bordell der Stadt) er wie viel Geld gelassen hatte, Unterschlupf und Schutz wollte ihm niemand gewähren.

Glin, Talmo, Shalimo und Yrrein hatten ihn abwechselnd während der vergangenen Tage im Blick behalten – und Glin tat er beinahe ein wenig leid. Jemand, der keine wirklichen Freunde hatte, führte bei Licht betrachtet ein erbärmliches Dasein, ganz gleich, wie viel Geld er auch haben mochte.

Geld war dann letztlich auch die vermeintliche Lösung von Enzos Problem, er heuerte einfach mehr Wachpersonal an.

Glin ließ sich von Yrrein instruieren, wie genau ihr kleines Intermezzo gleich abzulaufen hatte. Von den Übungen tagsüber brannte ihm immer noch jeder Muskel im Leib. Aber das war nicht wichtig. Er hatte sich diese vermaledeite Tour ausgedacht, nun durfte er nicht einknicken. Schon gar nicht vor Yrrein.

Mit rußgeschwärztem Gesicht und dunkler Kleidung huschte er hinter Yrrein über die Dächer der Stadt. Yrrein tauchte wie ein Falke im Sturzflug ab und ließ sich an ihrer Seilwinde in den Hof hinab – Glin sprang über den Abgrund auf den Balkon vor Enzos Schreibstube und rollte sich ab. Im Handumdrehen hatte er den Schließmechanismus der Tür geöffnet.

Die Tür schwenkte nach innen auf, Glin trat ein und presste sich an die gegenüberliegende Wand. Von unten war nicht der leiseste Laut zu hören. Yrrein war schlicht und ergreifend gut bei allem, was sie tat.

Er wartete geduldig, bis sein eigener Kandidat für den Herrn der Träume im Türrahmen erschien. Dann schlug er blitzschnell den Dorn am Knauf seines Messers in die Schulter seines Opfers.

Der Mann grunzte und schlug Glin in die Magengrube. Ihm entwich mit einem Stöhnen alle Luft aus den Lungen.

»Scheiße«, brüllte der Mann. »Hier sind Einbrecher.«

Glin nahm alle Kraft zusammen, um nicht zu Boden zu gehen, und stieß mit dem Dorn erneut nach dem Gedungenen. Er traf ihn unter der Achsel und einen Wimpernschlag später knickte der Mann ein und fiel mit einem Poltern um. Glin selbst krümmte sich, während bunte Lichter vor seinen Augen tanzten. Er hatte Schwierigkeiten zu atmen und drohte vornüber zu kippen.

Dann war Yrrein bei ihm. Endlich.

»Bloß einen«, zischte sie und griff ihm stützend unter die Arme. »Ich habe die vier übrigen so leise außer Gefecht gesetzt, als wäre ich die Nacht selbst. Und du solltest bloß *einen einzigen* Kerl in den wohlverdienten Feierabendschlaf befördern. Du wusstest, wo er war, und hattest das Überraschungsmoment auf deiner Seite. Und nicht mal das kriegst du mit einer Waffe hin. Es ist zum Verzweifeln, Glin Melisma. Dass du überhaupt Brot schneiden kannst, ohne dich lebensgefährlich zu verletzen …«

Den letzten Satz ließ sie unvollendet und Glin war ihr sehr dankbar dafür, während er nach Luft schnappte. Kalter Schweiß rann über seine Stirn und seine Brust brannte wie Feuer.

Der Mann trägt eine Lederplatte zum Schutz an der Schulter und ich habe das nicht sofort bemerkt, schalt er sich. *Ich bin wirklich ein lausiger Kämpfer. Bei den Göttern, wenn nur das Atmen nicht so weh täte!*

Als er sich halbwegs gefangen hatte, trat Yrrein die Tür zu Atteo Enzos Schlafgemach mit Schwung ein und Glin schritt hindurch.

»Guten Abend, Signore Enzo«, begrüßte Glin ihn lauthals. Er spielte seine Rolle – das war die beste Medizin, die Schmerzen für einen Moment auszublenden.

»Bitte«, stammelte Enzo. Es war das gleiche jämmerliche Gebaren, das sie bereits kannten.

Während Yrrein hinter ihm den Raum betrat und eine chemistische Glühkugel zum Leuchten brachte, stieg Glin kurzerhand auf Enzos Bett, wo der Maler ängstlich die Knie an den Oberkörper gezogen hatte.

»Aber Signore Enzo«, schlug Glin einen gönnerhaft beschwichtigenden Tonfall an. »Wir hatten ja angekündigt, dass wir Sie erneut besuchen kommen. Ich muss gestehen, dass ich mich durch das zusätzliche Personal geschmeichelt fühle – aber unter uns: Das wäre doch nicht nötig gewesen. Nicht extra wegen uns.«

Er ging vor dem schlotternden Enzo in die Hocke und klopfte ihm auf die Schulter. Dann senkte er die Stimme. »Ganz gleich, wie teuer und gefährlich Ihre neuen Bediensteten Sie zu stehen kommen, Signore, ich möchte, dass wir uns klar und deutlich verstehen: Sie werden einen Auftrag für mich ausführen.«

Er brauchte zwei Atemzüge, bevor er weitersprechen konnte.

»Ich möchte, dass Sie Folgendes begreifen, Signore Enzo«, fuhr Glin fort, diesmal deutlich drohend. »Selbst wenn eine ganze Armee hier bei Ihnen einzieht … wir werden Sie erneut besuchen kommen. Wieder. Und wieder. Und wieder. So lange, bis Sie ohne mit der Wimper zu zucken einwilligen werden, gegen eine gerechte Bezahlung einen Auftrag für uns auszuführen. Es wird keine Möglichkeit geben, sich zu verstecken. Aber wenn Sie tun, was wir von Ihnen verlangen, werden Sie nie wieder von uns hören. Haben Sie das verstanden?«

Enzo nickte schwach.

»Gut.« Erneut klopfte Glin ihm aufmunternd auf die Schulter. Dann ließ er seine Linke vorschnellen, in der er das Messer mit dem Dorn am Knauf hielt, und Enzo glitt hinüber in das Reich der Träume.

5.

Das sieht nach einer zünftigen Rippenprellung aus«, meinte Shalimo. »Du hast Glück, es scheint nichts gebrochen. Der Kerl hatte ganz schön Kraft.«

»Sag das mal Yrrein«, knurrte Glin. »Ich wette, die lacht mich gerade sogar im Schlaf aus.«

Er saß mit bloßem Oberkörper in Shalimos und Siras Wagen. Im Schein der chemistischen Lampen prangte ein riesiger Bluterguss auf seiner Brust.

»*Ein Mann, der sich wegen eines abgeschnittenen Fingers nicht grämt, ist verliebt*. So lautet ein Sprichwort im Königreich in den Wäldern.« Shalimo grinste und wuselte zwischen Schubladen und Regalen herum.

Glin winkte ab. *Verliebt. Ach was. Es fühlt sich eher an wie die Schwärmerei für einen Granitblock.*

Shalimo trug etwas Kräuterbalsam auf Glins Prellung auf, während sich dieser bemühte, nicht allzu scharf einzuatmen.

»Du könntest dich ein paar Tage zurückhalten«, schlug Shalimo vor. »Dann heilt es besser.«

Glin mochte die optimistische Fröhlichkeit, die der kleine, leicht untersetzte Mann mit den krausen schwarzen Haaren verströmte. Sie kam ihm so unbekümmert vor.

»Geht leider nicht. Der Plan lässt das nicht zu.«

Shalimo schenkte ihm ein Lächeln, während er einen Verband so eng anlegte, dass Glins Oberkörper sich steif anfühlte. »Vielleicht solltest du wenigstens beim Fechten für das Stück etwas kürzer treten.«

»Das lässt sich wiederum einrichten.« Für solche Vorschläge war er sogar dankbar.

»Talmo wird das aber nicht gefallen«, erinnerte ihn Shalimo.

»Talmo gefällt nie etwas, wenn es mal aufregend wird.«

»Möglich, Glin. Möglich. Aber das hier ist nicht einfach nur aufregend.« Er stubste einen Finger zielgenau auf die geprellte Rippe, sodass Glin ein Keuchen entwich. »*Das hier* ist schief gegangen.«

Bei den Göttern, tut das weh.

»Ich verspreche, vorsichtiger zu sein«, presste Glin zwischen den Zähnen hervor. »Danke für alles, Shalimo.«

Der Chemistiker hob die Schultern wie zu einer Entschuldigung. Dann reichte er Glin sein Hemd und entließ ihn.

6.

Merazzo war ein malerisch gelegener kleiner Ort an der Küste. Die Stille Zeugin – jene große Brücke nach Mosmerano hinüber – begann wenige Hundert Schritt nach seinen letzten Ausläufern. Ursprünglich war Merazzo wohl ein Fischerdorf gewesen, doch durch den Aufstieg der Republik Mosmerano hatte sich vieles geändert. Während auf der Insel der Speichellecker Grund und Boden mehr als knapp wurden, gab es in Merazzo keine natürliche Begrenzung. In der Folge hatten mehr und mehr Bürger Mosmeranos, die durch Handel, Handwerkskunst oder einfach nur durch Glück zu Geld gekommen waren und sich keine Residenz auf der Insel der Speichellecker leisten konnten, Grundstücke in Merazzo erstanden. Die örtlichen Bauern freuten sich darüber, dass man ihnen ihre Äcker zu völlig übertriebenen Preisen abkaufte. Der Ortskern rund um den Hafen wurde bald von Villen und kleinen Palazzi gesäumt, von denen aus man einen wunderbaren Blick auf die Lagune hatte, die nachts vom Schein der Seegemmen erhellt wurde. Um sich sichtbar etwas von der Tänzerin über dem Wasser abzugrenzen, hatte man die Häuser in bunten Farben gestrichen, meist dunkle und kräftige Rot-, Gelb- oder Blautöne.

Auch Enzo hatte sich hier eine kleine Sommerresidenz geleistet, da auf der Insel unter den Fittichen kein Grundstück mehr zu erstehen war. Zwei Stockwerke, sieben Zimmer voll polierter Möbel und ein Atelier – das alles wurde während Enzos Abwesenheit von einem freundlichen Mann mittleren Alters namens Igo Arnesta gehütet und in Schuss gehalten.

Arnesta selbst hatte geschlafen, als Yrrein ihn gefunden hatte. Eine Dosis des Herrn der Träume, verabreicht durch einen kleinen Piks mit einer Messerspitze, sorgte dafür, dass es auch den Rest der Nacht so bleiben würde. Den einzigen von Enzo engagierten Wachmann hatte Yrrein derart leise zum Schlafen gebracht, dass selbst Glin es nicht gehört hatte – obwohl er dabei zugesehen hatte. So befanden sich alle potentiellen Störenfriede auf Enzos Anwesen friedlich im Reich der Göttin Illismea, der Herrin über Schlaf und Traum.

Schon den gesamten Abend über, während sie in einem Wirtshaus am Rande des Örtchens Oliven und Zimtbrot verspeisten und mit Orangensaft verdünnten Rotwein schlürften, hatten sich Glin und Yrrein gefragt, wie – bei allen sieben Göttern – Enzo bloß auf die Idee kommen konnte, er sei hier in Merazzo vor ihnen sicher.

An Informationen zu seinem Domizil am Ufer der Lagune zu gelangen, war ein Klacks gewesen – man hatte sie ihnen beinahe hinterhergerufen. Die Besitzurkunden in Enzos Schreibstube hatten ihnen dann auch gleich die genaue Adresse verraten, sodass sie sich nicht einmal in Merazzo hatten umhören müssen. Ein Tag und eine Nacht hatten ausgereicht, um das Grundstück auszuspähen, Lagepläne zu machen, ihr Vorgehen zu besprechen und Enzo stundenlang zu beobachten, der sich in Sicherheit wähnte und seinem Tagesgeschäft nachging, was hauptsächlich aus Faulenzen, Essen und dem lustlosen Anfertigen einiger Skizzen zu bestehen schien.

Enzo war sogar so blauäugig, dass er sich hier den Großteil der Wachleute sparte.

Und so setzte Glin sich einfach auf die Bettkante des schlafenden Malers und streichelte ihm sanft über die Schulter. Wieder und wieder. Geduldig.

Während Enzo blinzelnd aus seinem friedlichen Schlummer erwachte, plapperte Glin einfach drauf los. »Das ist wirklich ein ganz zauberhaftes Fleckchen, Signore Enzo. Wie kommt es, dass Sie uns nicht schon viel früher davon erzählt haben?«

Mit einem schrillen Kreischen fuhr Enzo aus den Federn hoch. »Sie!«

Glin nickte. »Ich weiß ja nicht, wen Sie so erwartet haben – aber ich hatte Ihnen doch gesagt, dass wir Sie überall finden, wenn wir nur wollen. Um das zu unterstreichen, sind wir auch heute Nacht zu Ihnen herausgekommen.«

»Was wollen Sie denn verdammt noch mal von mir?«, brüllte Enzo. Offenbar brach sich sein angesammelter Frust nun Bahn. »Wieso habt ihr Bastarde nichts Besseres zu tun, als einen ehrbaren Mann in seine privaten Schlafgemächer zu verfolgen?«

»Sie sollen für mich arbeiten.«

»Das weiß ich doch bereits«, lamentierte Enzo. »Und Sie wollen mir so lange nicht sagen, was ich für Sie tun soll, bis Sie eine Garantie haben, dass ich Sie nicht an die Garde verpfeife. Aber wer wird Ihnen das jemals garantieren können?«

»Ich selbst garantiere es mir«, meinte Glin.

»Und zwar *wie?*«

»Ganz einfach: Wie Sie sehen, finde ich Sie an jedem Ort auf diesem verdammten Kontinent. Wenn ich es nur möchte, dann werde ich Sie finden. Unter allen Umständen. Egal, ob hier in den Amantinischen Republiken oder in den Thronländern oder unter einem Stein in den Verschworenen Waldungen. Sie könnten sich vom Erzherzog persönlich in dessen seidenbehangenem Schlafzimmer einschließen lassen … ich würde Sie finden. Und ganz nebenbei bemerkt: Die blaue Bettwäsche des Erzherzogs gefällt mir mit Abstand am besten. Viel besser als die rote mit den Blumenornamenten oder die eisgrauen Variationen, die im Wäscheschrank auf der Zwischenetage aufbewahrt werden.«

»Du meinst die blaue, die mit den silbernen Schattenblüten bestickt ist? Oder die mit den Wappentieren aus amantinischer Zeit?«, fragte Yrrein dazwischen.

»Die mit den Schattenblüten. Alles Amantinische ist mir …«, er tat, als suche er nach einem Wort, »… irgendwie immer so *überladen*. So bedeutungsschwanger, wenn du weißt, was ich meine.«

»Kann man vielleicht so sehen«, plauderte Yrrein. »Aber ich mag diese Wappentiere irgendwie.«

Enzo klappte der Mund auf. Er wusste offensichtlich nicht mehr, was er sagen sollte. Dann besann er sich und legte eine bemerkenswerte Kühnheit an den Tag. »Sie beide leiden an einer seelischen Krankheit, oder? Nicht bloß eine einfache Verrücktheit, die Sie brabbeln lässt – Sie sind offenbar *wahnsinnig*.«

Glin schnellte auf ihn zu und mit einem Japsen fiel Enzo aus seinem Bett.

»Sie können es gerne auch *größenwahnsinnig* nennen, Signore Enzo. Aber was ich Ihnen mit meinen Besuchen verdeutlichen möchte: Wenn Sie mich verraten und mein Vorhaben wegen Ihnen platzt, dann finde ich Sie. Egal wo. Und ich versichere Ihnen: Das möchten Sie nicht.«

Glin ging davon aus, dass Enzo allmählich verstanden hatte.

Dennoch machte der Künstler einen weiteren Versuch. »Ich könnte mich auch einfach weigern, für Sie zu arbeiten. Sie können mich nicht foltern – ich brauche meinen Verstand und meine Hände, um zu arbeiten.«

Glin seufzte. Er ahnte, dass hinter der beinahe hochnäsig wirkenden Erklärung des Malers nichts weiter als pure Verzweiflung steckte. Dazu hatte er schon zu oft verzweifelte Leute reden gehört.

Kurzerhand setzte er sich neben Enzo, legte den Arm um die Schulter des Mannes und zog ihn zu sich heran. Mit der freien

Hand wies er zum Fenster, wo sich die allerersten zarten Ahnungen der Morgendämmerung abzeichneten.

»Mein lieber Signore Enzo. Denken Sie doch einmal an einen schönen Sommertag. Keine einzige Wolke am Himmel. Gehen Sie in sich und hören Sie die Brandung der Lagune. Vielleicht sogar vereinzelte Möwenschreie. Und jetzt stellen Sie sich vor, Sie würden an einem solchen Tag morgens an einem schönen, hellen Strand aufwachen …«

Er wartete eine kurze Pause ab.

»… ohne Füße.«

Enzo fuhr zusammen.

Glin gab ihm zwei aufmunternde Klapse, bevor er wieder auf seinen Beinen stand.

»Ich denke, Sie haben mich verstanden, Signore Enzo. Es gibt Körperteile, die brauchen Sie nicht zum Malen.«

Er wandte sich an Yrrein. »Sag mir, werte Freundin, welches Körperteil war es doch gleich, das ihr Frauen nicht besitzt, dessen Verlust einen Mann aber beinahe teurer zu stehen käme, als wenn es bloß seine Füße treffen würde?«

»Du meinst das gute Stück zwischen seinen Beinen? Egal wie klein es ist?«

»Richtig.« Glin schlug sich vor die Stirn. »Wie vergesslich ich manchmal doch bin. Aber das benötigt man doch streng genommen *auch nicht*, um ein Bild zu malen, oder?«

Enzo sagte nichts. Ob er beleidigt war oder es ihm vor Angst schlichtweg die Sprache verschlagen hatte, konnte Glin nicht sagen. Er tippte auf eine Mischung aus beidem.

»Signore Enzo«, machte er weiter, »wäre es das wirklich wert, dass Sie mich als Kunden ablehnen?«

Glin verschränkte die Arme vor der Brust und wartete darauf, dass Enzo seine Schreckensvision verarbeitet hatte.

Dieser schluckte heftig … und rang sich schließlich zu einer Antwort durch. »Ich denke, in Anbetracht dieser Optionen, willige ich ein, für Sie tätig zu werden. Sagen Sie mir nur noch, welches Werk ich für Sie kopieren soll.«

»Ah«, machte Glin. »Das werde ich Ihnen nicht mitteilen. Noch nicht. Jemand von meinen Leuten wird sich demnächst mit Ihnen in Verbindung setzen und Sie einweisen. Alles andere wäre nicht umsichtig von mir. Und auch nicht höflich, weil ich Sie dann ja wieder der Versuchung aussetzen würde, mich zu hintergehen – auch wenn ich Ihnen die Konsequenzen gerade bunt ausgemalt habe. Aber schön, dass Sie endlich zur Vernunft gekommen sind, Signore Enzo.«

Mit diesen Worten stieg er aus dem Fenster und war für Enzo verschwunden.

»Es hat nur ein einziges Mal jemand versucht, sich ihm zu widersetzen«, sinnierte Yrrein laut genug, dass Enzo sie gut verstehen konnte. »Er hat ihm Arme und Beine amputiert und ihn mit Honig bestrichen in der Wüste südlich von Abaste zurückgelassen. Es muss Tage gedauert haben, bis die Krähen den armen Kerl zu Tode gepickt hatten. Aber Paiendra sei Dank, bleibt Ihnen ja nun etwas Ähnliches erspart. Leben Sie wohl.«

Damit stieg auch sie aus dem Fenster, huschte über den Balkon und glitt an einem der Stützpfeiler hinunter auf den gepflasterten Weg.

7.

Als die Sonne bereits über den Rand der Lagune lugte, spazierten Glin und Yrrein mit frisch gewaschenen Gesichtern die Stille Zeugin zurück in Richtung Mosmerano. Sie hatten einen der ersten Obstbauern getroffen, der mit seinem Karren in Richtung Marktinsel unterwegs war und ihm ein paar Orangen abgekauft, die sie zum Frühstück verdrückten.

Es war Gedenktag des Din Vestro und sie waren planmäßig früh genug aus Merazzo zurück, um im hiesigen Tempel ihrer Schutzgottheit den Festgottesdienst zu besuchen.

Der Tempel des Din Vestro in Mosmerano war prachtvoller, als sie es aus anderen Städten kannten. Es war ein großer Kuppelbau im Tempelbezirk der Stadt (einer Insel, die man treffenderweise *Vorhof der Ewigkeit* nannte). Ins Innere fiel nur gedämpftes Licht, weil die weißen Wände mit allerlei bunten Seidentüchern abgehängt waren.

Hier gab es nicht nur eine große, üppig verzierte Statue des Gottes hinter der lächelnden Maske, sondern auch etliche kleine Varianten. Sie säumten auf einer Reihe von Terrassen die Wände des Tempels und Glin hatte das Gefühl, es gäbe keinen Ort innerhalb des riesigen Raumes, an dem ihm nicht einer der Augenschlitze direkt in die Seele starrte.

Der Festgottesdienst war zur zehnten Stunde des Tages angesetzt und Yrrein und Glin hatten die Zeit genutzt, um ein Frühstück aus Zimtkuchen, Pflaumen, blauem Käse und Würsten aufzutreiben und es mit Blick auf die Lagune zu vertilgen.

Als sie den Tempel schließlich betraten, stockten sie.

»Warum gibt es hier so viele Gardisten?«, fragte Yrrein beiläufig in die umstehenden Menschen hinein.

»Heute spricht der Erzherzog während der Zeremonie«, erklärte ihr ein untersetzter Mosmerani in abfälligem Ton. »Aber typisch. Dämliche durchreisende Besucher. Hauptsache, man hat jede Attraktion der Stadt einmal gesehen und kann davon erzählen. Keinen Sinn für Kultur.«

»Entschuldigung«, murmelte Yrrein und sie sahen zu, dass sie sich einen anderen Platz im Rund des Tempels suchten.

Es gab einen Hauptaltar aus Alabaster, der erhöht vor der großen Din-Vestro-Statue stand, flankiert von einem Meer aus Kerzenständern und einem Rednerpult.

Direkt vor dem Bereich, in dem die an der Zeremonie Beteiligten agierten, standen bis an die Zähne bewaffnete herzogliche

Wachen – und zudem in gleichmäßigen Abständen im gesamten Tempelraum verteilt.

Der Gottesdienst selbst begann mit einer Folge von Litaneien und symbolischen Opferhandlungen, in denen dem Gott der Pläneschmieder für seinen Beistand gedankt wurde und für die Zukunft aller Berufsstände gebetet wurde, die direkt von gutem Taktieren und vorausschauender Planung abhängig waren. Die Ausnahme stellten natürlich die Diebe dar, für deren Wohlergehen niemand offen zu beten wagte. Glin tat es trotzdem im Stillen und mit einiger Befriedigung dachte er daran, dass er sicher nicht der einzige Anwesende war, der für ein illegales Unterfangen um die Gunst des Herren aller ausgeklügelten Pläne und Strategien buhlte.

Dann trat Erzherzog Irico Borgessa auf, der bislang halb versteckt zwischen den Priesterinnen und Priestern gesessen hatte. Im Gegensatz zu ihnen hatte er weder eine der lächelnden Masken noch ein zeremonielles Ornat, denn all dies war der geweihten Priesterschaft vorbehalten, und es war ein Zeichen der Demut, dass auch der mächtigste Mann in der Republik Mosmerano sich nicht anmaßte, ähnlich prachtvoll aufzutreten wie die Geistlichen an ihrem Festtag. Er trug eine schlichte weiße Albe – das Einzige, was ihn als Erzherzog von Mosmerano erkennbar machte, war die charakteristische gebuckelte Lederhaube, die sonst kein Adels- oder Berufsstand auf der Ruhenden Welt kannte.

Borgessa war ein Mann mit breitem Brustkorb, dessen Alter sich schwer schätzen ließ – irgendetwas zwischen vierzig und fünfzig Namenstagen, vermutete Glin. Vielleicht eher Letzteres, denn sein braungebranntes Gesicht wies doch einige Falten auf, die im Kontrast zu dem Schnurrbart und den unter der Haube hervorlugenden Haaren standen, beides von tiefem Schwarz, ohne eine Spur Grau. Der Blick aus den kaffeebraunen Augen des Herzogs streifte die Menge vor ihm und Glin spürte eine große natürliche Autorität, die von ihm ausging. Seine Präsenz füllte den

Raum in Gänze aus, trotz der vielleicht zweihundert übrigen Anwesenden.

»Werte Schwestern und Brüder des Din Vestro, meine sehr verehrten Signore und Signori.« Borgessa war das Reden vor großem Pubikum gewohnt und seine Stimme drang durch, ohne dass er auch nur im Mindesten angestrengt wirkte. »Ich möchte Sie nicht mit einer ausufernden Predigt langweilen – das können die Priesterinnen und Priester besser.«

Er zwinkerte in Richtung der Geistlichen und Gelächter ertönte in der Menge.

»Lassen Sie mich Ihnen stattdessen etwas zeigen.«

Er legte ein Hebelchen an seinem Rednerpult um, das Glin zuvor nicht aufgefallen war. Vorne am Pult ging eine Klappe auf und heraus rollten ein Dutzend metallener Kugeln, so groß wie Bälle beim Korbspiel. Sie verteilten sich links und rechts auf den Stufen des Altarraumes. Dann sprang ihr Äußeres auf wie eine Eischale und es erwuchsen aus ihnen unter Klicken und Schnarren mannshohe mechanische Fackelständer, an deren Spitze sich jeweils eine hellblaue Flamme entzündete – die Wappenfarbe Mosmeranos.

Die Anwesenden begannen ehrfürchtig zu raunen. Und auch Glin musste der Konstruktion Respekt zollen – sie war hervorragend gearbeitet.

»Ich weiß, es hätte Sie nicht gewundert, wenn ich als Erzherzog zum Ehrentag der Evisandre oder des Aravelon gesprochen hätte«, fuhr Borgessa fort, als es wieder etwas stiller wurde. »Doch der Glaube an Din Vestro, den Gott hinter der lächelnden Maske, hat mit Vorurteilen zu kämpfen, weil auch zwielichtige Gestalten zu ihm beten. Eben darum bin ich hier.«

Er wies mit der Hand auf die Fackelständer mit ihren blauen Flammen. »Din Vestro ist der Gott der guten Ideen, der gerissenen Pläne, des vorteilhaften Handels. Und ich sehe es als Ehre an, Sie alle nicht vergessen zu lassen, weswegen unser schönes Mosmerano der fortschrittlichste und mächtigste Stadtstaat an der Dämmerküste ist: Es sind die schlauen Konstruktionen der Mechanisten, die ausgeklügelten Pläne der Strategen und die gewinnbringende Courage unserer Händler. Diesen Dingen haben wir all unseren Wohlstand und unsere Stellung in der Welt zu verdanken. Denn hinter jedem Erfolg steht ein guter Plan, ein Geistesblitz, eine durchdachte Strategie. Und anstatt betulich zu Ihnen zu predigen, sehe ich mich als Erzherzog in der Pflicht, uns alle daran zu erinnern: Das Gelingen all unserer Vorhaben hängt maßgeblich davon ab, dass der Gott der Pläne seine Hand über uns hält.

Ehre und Lobpreis Din Vestro!«

»Ehre und Lobpreis Din Vestro«, skandierte die Menge im Tempel zur Antwort.

»Und nun feiern Sie gebührend zur Ehre des Gottes hinter der lächelnden Maske!«, ergänzte Borgessa mit einem weiteren Augenzwinkern. Er verbeugte sich vor dem Altar und alle Fackelständer erloschen und falteten sich wie von Geisterhand wieder in ihre Kugelform zusammen, in der Ministranten sie einsammelten.

4. KAPITEL

Was einen schlechter schlafen lässt

1.

Über der Lagune lag die Abenddämmerung. Drei Dutzend lodernde Fackeln steckten in Vorrichtungen entlang der Tribünen und tauchten alles in flackernden Schein. Glin sah durch einen Spalt im Vorhang und registrierte, dass alle Plätze besetzt waren: von den hoch gelegenen Reihen über den Dächern ihrer Wagen bis hinunter in den Hof, in dem sich noch einmal knapp sechzig Menschen drängten.

»Hochverehrte Signori und Signore«, rief Talmo – gekleidet in einen karmesinroten Theaterfrack – von der Bühne aus in die Runde. »Es ist mir die größte Ehre und höchste Freude, hier und heute in der Stadt Mosmerano, der Tänzerin über dem Wasser, ein Stück anzusagen, welches einer der wohl berühmtesten Söhne dieser wunderschönen Republik verfasst hat: Tresco Silvani.«

Applaus brandete auf.

»Es ist Jahrhunderte alt und ebenso komisch wie tragisch.«

Glin ließ seinen Blick über die Menge gleiten. Frauen und Männer hielten sich in etwa die Waage, während er an der Kleidung der Menschen erkennen konnte, dass sich erstaunlich viele Wohlhabende oder gar Adelige in den Amboss gewagt hatten. Nicht zum ersten Mal fragte er sich, ab wann die Herbstgänger nicht länger als Geheimtipp gehandelt werden würden. Hin und wieder hörte man den Namen in der Szene. Doch aufgrund des schäbigen ersten Eindrucks, den das Theater hinterließ, hatten sie bislang nie die Aufmerksamkeit höchster Adelskreise auf sich gezogen.

Und das war auch gut so.

»Folgen Sie mir in die letzten Tage des großen Amantinischen Reiches. Steigen Sie mit mir hinab –«

Talmo stockte.

Glin wusste zunächst nicht warum. Er überlegte noch, ob es eine gewollte Kunstpause war – doch sie machte überhaupt keinen Sinn.

Verzweifelt versuchte er den Grund für Talmos Aussetzer zu erkennen. Er folgte Talmos Blick – oder versuchte zumindest zu erahnen, was sein Ziehvater gesehen haben könnte. Irgendetwas musste er entdeckt haben, das ihm das Blut in den Adern hatte gefrieren lassen. Glin überlegte schon, Talmo zur Seite zu springen. Doch dieser setzte bereits von Neuem an und brachte seine Ansage zu Silvanis Stück zu Ende.

»Steigen Sie mit mir hinab in die so unterhaltsamen wie dramatischen Abgründe grenzenloser Schönheit – jener grenzenlosen Schönheit, wie sie die hohe Dame Livia einst besaß. Und schauen Sie, Signore und Signori, wie ihr bezauberndes Wesen Ehemann um Ehemann betörte.«

Unter Applaus verbeugte sich Talmo, verließ die Bühne und betätigte im Vorbeigehen unbemerkt einen unscheinbaren Hebel am Bühnenrand, der einen Federmechanismus in Gang setzte, durch den wiederum die schweren Vorhänge zu beiden Seiten förmlich davongeweht wurden. Die Bühne gehörte nun Madeire und Glin. Erster Akt, erste Szene – erster Ehemann der hohen Dame Livia.

2.

Das Stück nahm seinen Lauf, das Publikum fühlte sich unterhalten und bald schon stellte sich die gewohnte Leichtigkeit in allen Abläufen ein.

Die Mechaniken der Bühne funktionierten einwandfrei. Zwischenböden hoben und senkten sich an Schienen und Ketten, von Kurbeln und Flaschenzügen betrieben, sodass es für die meisten Szenenwechsel genügte, wenn Sira mit geringem Kraftaufwand hier oder dort einen Hebel betätigte. Die Bühnenbilder wechselten fließend, was die heimliche Hauptattraktion jeder Darbietung war, die von den Herbstgängern gegeben wurde – natürlich gemeinsam mit Shalimos chemistischem Schnickschnack und Yrreins rasanten Schaukämpfen.

Livias Ehemänner starben einer nach dem anderen am Perfektionismus ihrer Gattin. Schließlich verfiel Livia dem Prinzen Ironimo, in dem sie den bereits perfekten Mann sah – doch der bekam aufgrund ihrer Vorgeschichte Angst. So ließ sich Livia von der Hexe Dava einen Trank brauen, der ihr Äußeres veränderte. Die Hexenküche war dabei einer der Höhepunkte auf der Bühne: Von Sira im Hintergrund betrieben, fuhren Glühkugeln in einer von Glin ausgetüftelten Kugelbahn vor dem rückwärtigen Panorama auf und ab und tauchten alles in waberndes Licht, während gleichzeitig eine Paste aus Shalimos Labor blaue und grüne Nebelschwaden absonderte.

Doch während die Hexe der Dame Livia ein neues Äußeres verpasste, nahm sie selbst die Gestalt von Livia an und übernahm hinterrücks all ihren Besitz, ihr Anwesen und ihre Dienerschaft. Dann – in einer Streitszene zweier Diener Livias – mussten Glin und Talmo nach hastigem Umziehen gemeinsam auf die Bühne, während Talmo plötzlich wieder wie vom Blitz getroffen stehen blieb. Glin versuchte diesmal genauer, seinem Blick zu folgen. Aber das einzig Auffällige, das er im Gegenlicht überhaupt erkennen konnte, war ein Mann in einer der hintersten Reihen, der sich eine Kapuze tief ins Gesicht gezogen hatte. Die Gesichtszüge selbst waren nicht zu erkennen, lediglich eine Strähne feuerroten Haars hatte sich gelöst und fiel aus der Kapuze heraus, die der Mann rasch wieder zurückschob.

Kennt Talmo den Kerl?

Talmo schien erneut unfähig, sich vor oder zurück zu bewegen – als wäre er in der Zeit erstarrt und all seine Routine mit einem Mal verflogen.

Glin schnippte mit einem Finger wie wild vor seinem Gesicht.

Vielleicht sieht er auch etwas ganz anderes?

Talmo rührte sich nicht.

Glin fühlte eine ungekannte Panik in sich aufsteigen.

Sein Kreislauf. Vielleicht ist es auch sein Kreislauf. Oder er hat Fieber und niemandem etwas erzählt und steht jetzt auf der Bühne und …

Glins Verstand überschlug sich. Er begann, Verse zu improvisieren:

»Was tut Ihr da, werter Mann?
Verschlägt es Euch die Sprache,
verschluckt Ihr gar Eure güldene Zunge,
sonst zu jedem Wort der Ungunst bereit?«

Talmo blinzelte, als ob er etwas mit seinen Augen nicht scharf erkennen könnte.

»Was ist dort in der Menge, Diener?

So reißt Euren Blick doch einen Augenblick los von all der Schönheit dort.«

Talmo reagierte überhaupt nicht auf Glin.

Stattdessen sprang er von der Bühne und begann, durch die Zuschauer zu pflügen, hin zur Stiege, um auf die Tribünenaufbauten zu gelangen.

Glin wusste, dass das Publikum ihm nicht mehr lange abkaufen würde, dass das zum Stück gehörte.

»Halt!«, brüllte Talmo wie von Sinnen. Glin sah in die oberen Reihen: Der Gast mit dem feuerroten Haar war verschwunden.

Also geht es tatsächlich um den Kerl!

»Hört auf, Gespenstern nachzujagen!«, rief Glin.

»Ich wusste, es war der Wein.
Verstecken sollen hätt' ich ihn,
damit Ihr nicht bereits am Mittag –«

»Schweig!«, donnert Talmo nun dazwischen.

»Was wagst du eitler Wicht,
mir vorzuwerfen, was sich ziemt
oder nicht?«

Den Göttern sei Dank, er improvisiert ebenfalls. Er ist wieder in der Rolle.

Glin musste aufpassen, sich vor Erleichterung nicht zu einem breiten Grinsen hinreißen zu lassen.

Doch ganz egal, wie oft er im Laufe des Abends noch von der Bühne aus ins Publikum schielte. Der Mann mit der roten Haarsträhne war fort.

3.

Es war ein Ritual der Herbstgänger: Nach der ersten erfolgreichen Aufführung der Saison entzündeten sie ein großes Lagerfeuer in der Mitte ihrer Wagenburg. Dort saßen sie auf Schemeln und Brettern, lachten, sangen Lieder und betranken sich weit über die Grenzen des guten Geschmacks hinaus.

Doch heute war es anders als in den Jahren zuvor.

Falk und Yrrein bemühten sich zwar sichtlich um etwas Stimmung, aber sie wollte nicht so recht aufkommen. Sie hatten extra eines der winzigen Fässer des malzigen Hafnar-Bieres aufgetrieben. Doch obwohl das dunkle Bier so süffig wie würzig schmeckte, verfiel niemand in Trinklaune.

Shalimo hatte mehrere Dutzend exotisch duftende Räucherstäbchen spendiert, Sira hatte Flickflacks geschlagen und mit Gabeln jongliert und Glin hatte Münzen über seine Fingerknöchel wandern und verschwinden lassen, nur um sie Sira nach dem nächsten Kunststück wieder aus dem Ohr zu ziehen. Doch es bleib dabei, dass der Knoten nicht platzen wollte.

»Möchte jemand Karten spielen?«, unternahm Glin einen weiteren halbherzigen Versuch, die Stimmung zu retten.

»Pah.« Shalimo lachte auf. »Wann hat denn das letzte Mal jemand von uns mit dir Karten gespielt? Glaub mir, ich bin verdammt dankbar für deine flinken Mechanistenfinger – aber nur, wenn du *andere* Leute damit beim Kartenspiel übers Ohr haust.«

»Wir könnten den alten Messer-Finger-Tanz spielen«, schlug Yrrein vor. »Ich bin zwar ziemlich gut darin aber …« Sie ließ den Satz unvollendet.

»Aber *was?*«, frage Glin.

»Also zum Kartenspielen braucht man schließlich nicht unbedingt fünf Finger an jeder Hand. Frag die Tischler und Holzfäller.«

Schließlich wurde es Madeire zu bunt. »Talmo Melisma«, echauffierte sie sich. »Wir kennen uns jetzt eine verdammt lange Zeit. Wir haben so viel Scheiße und so viel Glück durchgemacht wie sonst nur alte Ehepaare. Aber *noch nie* habe ich dich so von der Rolle gesehen wie heute Abend. Ich hatte kurz befürchtet, du hättest mitten auf der Bühne einen Herzanfall erlitten. Du sagst uns jetzt verdammt noch mal, was mit dir los ist. Auf der Stelle!«

Alles wurde still. Talmo saß wie ein Häufchen Elend auf einem Holzschemel. Mit zusammengesunkenen Schultern hielt er einen Bierkrug in der Hand, von dem er in der vergangenen halben Stunde noch nicht einmal drei Schlucke getrunken hatte. Auf Glin wirkte er um Jahre gealtert.

»Er hat von der Bühne aus jemanden gesehen«, brummte Falk von der Seite. »Jemanden Bestimmtes. Jemanden im Publikum.«

Der Priester legte seine kleine Laute weg und griff nach einem Bierkrug.

»Wer war es?«, drängte Madeire. »Wen hast du gesehen? Irgendjemanden, den wir verärgert haben könnten und der uns auf die Schliche gekommen ist? Dann musst du uns das umso dringender sagen! Du kannst –«

»Nein«, schnitt Talmo ihr das Wort ab. »Es ist niemand, den einer von euch überhaupt kennen kann. Damals gab es die Herbstgänger noch nicht. Noch längst nicht.«

»Jemand, dessen Bekanntschaft du während deines Studiums gemacht hast«, mutmaßte Falk.

Talmo zögerte erst.

»Ja«, sagte er dann schlicht.

»Oh, danke für die bereitwillige Auskunft«, schnaubte Falk. »Ich kann die Person quasi vor mir sehen, so detailreich ist deine Beschreibung, Talmo.«

Der blickte gequält drein.

»Es war ein Mann, er hatte langes rotes Haar, sein Gesicht war unter einer Kapuze verborgen«, mischte Glin sich nun ein.

Talmo nickte stumm.

»Und als Talmo zu ihm hingehen wollte, ist er verschwunden.«

Wieder nickte Talmo.

Falk stöhnte genervt. »Und wer ist dieser Kerl, wegen dem du beinahe komplett die Fassung verloren hättest?«

Einen Moment lang blickte Talmo schweigend in die Runde. »Sein Name ist Aurinius von Veelyn«, sagte er schließlich.

Falk hob eine Augenbraue an. »Ein Adeliger aus den Thronländern?«

»Ja«, bestätigte Talmo.

»Das verstehe ich nicht«, gab Falk zu und genehmigte sich einen Schluck des Hafnars. »Ich meine, wir haben in den letzten Jahren so viele Adelige nach Strich und Faden betrogen – und ich wette, nicht ein einziger ist uns je auf die Schliche gekommen. Dazu waren alle Coups viel zu gut. Vor allem seit deine kleine, unverschämte Ratte von einem Ziehsohn ausheckt, wen wir als Nächstes auf welche Weise übers Ohr hauen.« Er prostete in Richtung Glin.

Der hob seinen eigenen Krug als Erwiderung.

»Es ist niemand, den wir bestohlen haben«, sagte Talmo.

»Also ein Liebhaber?«

»Jetzt lass ihn doch endlich mal selbst reden!«, fuhr Yrrein den Priester an.

Sie schüttete den Rest ihres eigenen Bieres in Falks Krug. »Hier, trink. Wenn dein Mund voller Bier ist, kommt wenigstens nicht so viel blöder Mist heraus.«

»Mist mit Bier«, murmelte Falk. »Besser als gar kein Bier.«

»Ruhe jetzt!«

Alle starrten wie gebannt zu Talmo.

»Ihr wisst alle über die Skyldar Bescheid, oder?«, fragte dieser in die Runde.

Es wurde ganz still. Man hätte ein Blatt zu Boden fallen hören.

»Ein paar Legenden, die kennt jeder«, raunte Yrrein. »Ein uraltes, ausgestorbenes Volk. Sie haben den ganzen antiken magisch-mechanischen Krimskrams hergestellt. Beispielsweise mein Schwert.«

»So richtig Bescheid weiß ich eigentlich nicht«, meldete Sira sich zu Wort. »Ich weiß nur, was Yrrein gesagt hat, dass die Skyldar früher einmal hier gelebt haben.«

»Bis vor etwa einem Jahrtausend«, stimmte Talmo ihr zu. »Die Skyldar waren ein Volk, das den Menschen aber gar nicht so unähnlich war. Wenn man den wenigen künstlerischen Darstellungen aus jener Zeit glaubt, dann waren sie meist etwas schlanker und eleganter … und allgemein deutlich gepflegter als wir Menschen. Und sie wurden sehr viel älter. Manche Berichte sprechen von Jahrhunderten oder gar Jahrtausenden, die so ein Skyldarleben dauern konnte. Und sie verfügten über eine mächtige magische Gabe.«

»Eine richtige Magie?«, staunte Sira.

»Eine richtige Magie«, bestätigte nun wieder Talmo. »Du kennst ja bloß die menschlichen Magier unserer Zeit.«

»Auf manchen Jahrmärkten ist auch das schon ziemlich beeindruckend.«

»Aber hast du einen Magier schon einmal ein echtes Wunder wirken sehen? Ich meine, hast du schon mal mehr gesehen als jemand, der ein paar glitzernde bunte Funken heraufbeschwören kann oder der einen Geigenbogen wie von Geisterhand auf einer Fidel spielen lässt?«

»Was meinst du denn mit einem richtigen Wunder?«

»Wie wäre es, wenn der riesige Spinnturm, der am Rande der Marktinsel aufragt, sich einfach auf seine acht Beine erheben würde und von dannen spazieren würde?«

»So etwas konnten die Skyldar?«

Talmo nickte. »Es war sogar das, wofür sie hauptsächlich berühmt waren. Guck dir zum Beispiel Schönheit an.«

Die mechanische Grille zirpte, als sich auf einmal alle Augen auf sie richteten.

»Heutige Mechanisten können vielleicht eine mechanische Grille bauen, die ein paar Kunststückchen kann. Aber etwas derart Kunstvolles und Filigranes wie Glins Schönheit? Etwas, das darüber hinaus noch vollkommen selbstständig ist und einen eigenen Willen besitzt … Ja, etwas, das gleichsam lebendig ist? Nein, das kann niemand. Aber sieh dir die kleine Grille dort auf Glins Schulter an. Sie hat ein Jahrtausend überdauert und springt immer noch herum wie frisch geschlüpft. Dabei besteht sie nur aus Zahnrädern, Achsen und Drähten.«

»Klingt ziemlich beeindruckend«, gab Sira zu. »Und was ist jetzt genau aus ihnen geworden? Ich meine, dass sie nicht mehr da sind, ist offensichtlich.«

»Das ist eine gute Frage«, meinte Talmo.

»Amantis, der Gottkaiser, hat sie vertrieben … wahrscheinlich sogar ausgelöscht«, murmelte Falk.

»Das kann aber nicht sein«, wiegelte Sira ab. »Nicht wenn sie so mächtige Dinge wie den Spinnturm hatten.«

»Doch«, nickte Talmo bedauernd. »Amantis hat einen Weg gefunden, mit ihnen fertig zu werden. Hinter welches ihrer Geheimnisse er dafür kommen musste, weiß leider niemand mehr. Er hat das Wissen mit ins Grab genommen. Ich denke, die meisten Menschen waren davon überzeugt, dass Amantis ein ungewöhnlich mächtiger Magier war – viel, viel mächtiger und weitaus bedeutender als alles, was du in den Gauklertruppen heutzutage findest. Daher auch der Beiname, Gottkaiser. Die Menschen haben in ihm so etwas wie einen göttlichen Gesandten gesehen. Sein Krieg gegen die Skyldar war kurz und gnadenlos. Er hatte sie irgendwie an ihrem schwachen Punkt erwischt – und dann ging wohl alles sehr schnell. Zumindest erschließt es sich so aus den spärlichen Quellen.«

»Vielleicht war Amantis einfach nur ein großer Mechanist«, überlegte Sira laut.

Talmo hob die Schultern. »Es ist alles möglich – aber von Amantis ist nicht überliefert, dass er jemals selbst irgendetwas Mechanisches konstruiert hätte. Wenn du mich fragst, muss er jedoch ein sehr tiefgreifendes Verständnis von jener Magie besessen haben, die es den Skyldar ermöglichte, ihre mechanischen Wunderdinge zu bauen. Wissen, das heute verloren ist.«

»Aber warum hat er die Skyldar überhaupt ausgelöscht?«

»Ich schätze mal, sie wollten nicht verhandeln. Amantis wollte ein riesiges Imperium der Menschen errichten.«

»Was ihm ja auch gelungen ist«, merkte Falk an.

»Aber es hatte keinen Bestand«, sagte Madeire. »Amantis wird zwar *Gottkaiser* genannt, aber seine Lebensspanne war dann doch ziemlich menschlich.«

»Und essen und scheißen musste er vermutlich auch wie ein Mensch«, grinste Falk.

Talmo ignorierte ihn. »Seine Erben haben das Amantinische Reich noch einige Jahrhunderte aufrechterhalten, bevor es schließlich im Streit untergegangen ist. Heute gibt es die Amantinischen Republiken und das Imperium der Thronländer. Der alte Glanz ist längst verblasst.«

»Schade nur, dass wir die Skyldar nicht mehr fragen können«, meinte Sira.

»Ja. Aber vermutlich gäbe es dann gar nicht so viele menschliche Mechanisten, die versuchen, sich mit immer neuen Spielereien zu übertrumpfen. Letztens habe ich davon gehört, dass in Vilsheil jemand ein mechanisches Huhn erfunden hat, das sogar Körner aufpicken und Wasser trinken kann … und das Futter auch noch verdaut.«

»Es kann mechanisch kacken«, freute sich Falk.

Talmo verdrehte die Augen. »Ja, auch das.«

»Aber es kann niemand mehr *lebendige* mechanische Dinge herstellen«, fasste Sira zusammen.

»Aurinius wollte das ändern«, sagte Talmo.

»Aber das ist doch gut.« Siras Augen leuchteten.

Und auch Falk pflichtete ihr bei. »Stell dir doch mal vor, es gäbe eine zweite Epoche wie die der Skyldar.«

Doch Talmo schüttelte den Kopf. »Ihr versteht das nicht. Aurinius ist gefährlich. Wenn man irgendjemandem auf der Welt keine Skyldar-Technologie anvertrauen sollte, dann Aurinius von Veelyn. Und man sollte ihn erst recht nicht mit den Fähigkeiten ausstatten, selbst welche zu erschaffen. Die Götter mögen dafür sorgen, dass das gesamte Wissen der Skyldar lieber bis in alle Ewigkeiten verlorengeht als dass es in seine Finger gelangt.«

»Ist er so schlimm?«

»Ja.« Talmo spuckte vor sich aus. »Aurinius hat Tiere gefoltert, um die Wirkung bestimmter Substanzen auf sie zu erforschen. Er wollte herausfinden, ob man Lebewesen mit Mechaniken magisch verbinden kann. Und er hätte bestimmt nicht davor zurückgeschreckt, es auch mit Menschen zu versuchen.« Er hielt kurz inne, dann schnellte er hoch und schleuderte seinen Schemel über den Innenhof. »Ach was«, brüllte er. »Wahrscheinlich hat er das längst getan. Das mit uns ist ja eine Ewigkeit her.«

»Oh, da hat aber wirklich jemand schlecht zu Abend gegessen«, kommentierte Falk trocken. »Sicher, dass du nicht doch etwas trinken willst, Talmo?«

Der funkelte ihn bloß zornig an.

»Was will denn dieser von den Skyldar besessene Blödmann überhaupt von dir?«

»Er will den Besten«, sagte Glin leise. Augenblicklich drehten sich alle Gesichter zu ihm. Er sah hoch. »Was denn? Dieser Aurinius will den besten Mechanisten für seine Zwecke haben. Das wollte er damals schon, habe ich recht? Ich weiß ja nicht, wie viel mechanisches Zeug ihr schon gesehen habt, aber ich für meinen Teil kann mich an nichts erinnern, das Talmos Fähigkeiten überboten hätte.« In seiner offenen Hand hielt er Schönheit, die aufmüpfig in alle Richtungen blickte. »Abgesehen von den Mechaniken, die von den Skyldar hergestellt wurden.«

»Du meinst, nach all den Jahren will er immer noch etwas von Talmo?«, fragte Madeire. »Was sollte das denn sein?«

»Keine Ahnung.« Talmo winkte ab. »Vielleicht ist er auch einfach ein sadistischer Bastard und will mich unbedingt an seine jämmerliche Existenz erinnern. Auf jeden Fall hat er mir einen gehörigen Schrecken eingejagt.«

»Komm mit«, meinte Glin auf einmal. Schönheit sprang von seiner Hand hoch und setzte sich in seinen Kragen, als er aufstand. »Komm, ich glaube, mir ist etwas eingefallen, was deine Laune erheblich aufhellen dürfte.« Er fasste Talmo bei der Schulter. Ein verschmitztes Grinsen huschte dabei über seine Züge »Glaub mir, das wird dir gefallen. Und es gehört auch noch zum Plan.«

4.

Den Spinnturm zu erklimmen, war nicht so schwierig, wie es auf den ersten Blick schien. All die Achsen und Verstrebungen der langen Beine boten einen hervorragenden Halt. Man musste keineswegs so gelenkig und wieselflink wie Sira sein, um hinaufzugelangen. Lediglich ein wenig Geduld war vonnöten.

Wächter gab es keine. Glin hatte sich zunächst gefragt, warum. Doch je weiter er sich in der Stadt umgehört hatte, desto mehr Spukgeschichten und Erzählungen voller Aberglaube über den Turm waren ihm zu Ohren gekommen. Von einem Eigenleben des Turmes, über magische Pechsträhnen, die von ihm ausgehen sollten, bis hin zu mechanischen Gargylen aus amantinischer Zeit, die angeblich unter seinem Dach wohnten und gerne jene fraßen, die sich hinaufwagten. Weder nutzten feiernde Jugendliche den Turm zu Mutproben noch Verliebte, um sich an warmen Sommerabenden zurückzuziehen. Sie brauchten etwa zehn Minuten, um es bis in die halb überdachte Kammer zu schaffen, in der die Beine des Ungetüms mündeten. Sie schreckten ein einsames Taubenpaar auf, das sich hierhin verzogen hatte, ansonsten waren sie allein.

Talmo glitt mit den Fingern über allerlei mechanische Armaturen, Hebel und Halterungen, die eine Art Balustrade um die Kammer bildeten. Alles lag unbeweglich seit Jahrhunderten da und war überzogen von einer hauchfeinen Patina aus Grünspan und Rost.

Sie blickten eine Weile schweigend hinaus auf die nächtliche Stadt, wie sie inmitten der schillernden Lagune lag. Die Seegemmen im Wasser ließen das Wasser rötlich schimmern. Es wirkte unterschwellig bedrohlich auf Glin.

»*Das* wolltest du mir zeigen?«, fragte Talmo schließlich. »Du weißt schon, dass ich auf diesem Turm schon herumgeklettert bin, als du in Abaste gerade deine ersten Worte brabbeln konntest, oder?«

»Schon klar«, wiegelte Glin ab und nahm seinen Rucksack vom Rücken. »Was glaubst du denn, was ich hier extra für dich hochgeschleppt habe? Etwas Schrott, den wir besoffen und lachend in den Kanal werfen können?«

»Besoffen klingt zumindest nach einem guten Plan.«

»Es gibt bessere Dinge.«

»Das darfst du nicht Falk erzählen.«

»Deshalb ist der ja auch nicht hier.«

Sie mussten beide grinsen.

Dann holte Glin ein Kleidungsstück hervor. Auf den ersten Blick wirkte es wie eine Jacke aus Drahtgeflecht, Streben und Zahnrädern.

Schönheit sprang von Glins Schulter auf Talmos Jacke und setzte sich in die Brusttasche, um von dort aus zu beobachten, wie Glin seine Erfindung anzog. Es war ein etwas umständliches Prozedere, aber schließlich war Glin hineingeschlüpft und nun offenbarte sich Talmo der Sinn und Zweck des Anzugs.

»Ich nenne es die *Greifenrüstung*«, verkündete Glin und Talmo trat heran, um sie näher in Augenschein zu nehmen.

»Wann hast du das gemacht?«, wollte er wissen.

»Den Winter über. Immer hier und dort, wann gerade etwas Zeit war. Ich habe ein paar deiner alten Ideen eingebaut.«

Er demonstrierte Talmo, wie er eine seiner Seilwinden in den rechten Arm der Rüstung integriert hatte.

»Das Ding frisst leider ziemlich viel Öl«, meinte Glin. »Sonst quietscht es wie ein ganzes Regiment von Eunuchen. Das ist zugegebenermaßen noch eine Schwachstelle der Rüstung. Aber sonst: kleine Repetierarmbrüste, versteckte Klingen und Werkzeuge, mechanische Federn, die per Hebelwirkung die eigenen Arme stabilisieren … alles, was das Herz begehrt.«

»Ziemlich beeindruckend«, meinte Talmo. »Und das musstest

du mir unbedingt hier oben zeigen? Sollte das niemand von den anderen mitbekommen?«

»Ach.« Glin winkte ab. »Sira weiß es vermutlich eh schon, weil sie immer überall herumschnüffelt. Nein, darum geht es nicht, sondern um Folgendes …«

Er legte die Arme an, zog die Ellenbogen an die Brust heran und betätigte mit dem rechten Zeigefinger einen Mechanismus. Als er die Arme wieder ausbreitete, hatte er Flughäute zwischen mehreren Streben an den Armen der Rüstung.

»Du veralberst mich«, sagte Talmo.

»Nicht so ganz«, lachte Glin, nahm Anlauf und schwang sich über die Balustrade. Talmo beugte sich mit angehaltenem Atem vor, um seinen Ziehsohn zu beobachten, der leise und sanft bis zu einem riesigen Beingelenk des Turmes glitt, dort die künstlichen Flügel wieder einfuhr und nun die Seilwinde zur Hilfe nahm, um binnen einer Minute wieder über die Armaturen des Spinnturms zu Talmo in die Kammer zu klettern.

Kaum dort angekommen, fing er sich einen kräftigen Klaps auf den Hinterkopf ein.

»Bei Din Vestros ewig unverschämtem Grinsen«, schimpfte Talmo. »Ich … ehrlich gesagt, das war ein ganz schön starkes Stück, Glin. Warum hast du nichts gesagt?«

»Danke für die Blumen«, sagte Glin und verbeugte sich spöttisch, während er sich die schmerzende Stelle am Kopf rieb. »Ich hoffe, das gute Stück erfüllt heute Nacht noch seinen ersten Zweck.«

»*Heute Nacht*? Ich dachte, du wolltest mir das Teil nur zeigen, weil du ein Angeber bist.«

»Hey«, protestierte Glin. »Hat die kleine Aufmunterung funktioniert?«

»Ich bin ja schon still.«

»Pass auf«, meinte Glin, während er Talmo bei der Schulter packte und ihn sanft in Richtung Stadtpanorama drehte. Es war nach wie vor eine milde Nacht und es roch nach Meer und Salz und Rauch. Hier oben blies ein leiser Wind, der vereinzelte Möwenschreie vom Hafen zu ihnen herüberwehte. »Siehst du das Lagerhaus mit dem dreigeteilten Giebel dort?«

Talmo kniff die Augen zusammen und suchte die Hafeninsel im Südwesten ab, nickte dann aber, als er entdeckte, was Glin meinte.

»Es gibt dort einen abgesperrten Hinterhof, rückwärtig an der Ostseite gelegen. Triff mich dort unten wieder.«

Wieder aktivierte Glin die Mechanik, mit der die künstlichen Flughäute gespannt wurden.

Talmo seufzte. »Das Gleiten kannst du aber auch nur nachts machen.«

»An etwas anderes hatte ich gar nicht gedacht.«

»Woraus sind diese ... Flügel eigentlich?«

»Ganz dünnes Hirschleder. War nicht einfach aufzutreiben – zumindest nicht in der Qualität.«

»Tja, unser Beruf ist eben kostspielig.«

»Also dann.« Glin ging nicht weiter darauf ein. »Wir sehen uns unten. Du weißt doch: mit einem Kuss auf die Stirn.«

Und damit stieg er über die Brüstung des gigantischen mechanischen Spinnenkonstruktes, stieß sich ab und sprang in die Tiefe.

»Und einem Gebet auf den Lippen«, murmelte Talmo und sah ihm nach.

5.

Glin fühlte sich berauscht, während er langsam durch die Nachtluft glitt. Das rührte weniger von seinem Gleitflug her – nein, es kam vielmehr daher, dass seine Erfindung *funktionierte.*

Woher sein Interesse an allem Mechanischen kam, wusste Glin nicht. Nur, dass es schon immer da gewesen war.

Pläne austüfteln, lange über ihnen brüten, sie von der ersten losen Idee an behutsam pflegen und gedeihen lassen – das war seine große Leidenschaft. Sowohl bei mechanischen Erfindungen als auch bei diebischen Coups. Nichts war dem Gefühl ebenbürtig, das ihn überkam, wenn ein Kalkül aufging.

Die Routen der beiden Offiziere hatte Glin sich in den vergangenen beiden Wochen eingeprägt. Auch die Tatsache, dass immer mindestens ein Offizier niederen oder mittleren Ranges bei dieser Patrouille zugegen war. Glin wollte lieber gar nicht wissen, welcher hochstrebenden Kaufmannsfamilie die Lagerhalle gehörte und was sie an Einfluss geltend gemacht hatte, dass die städtische Nachtwache hier dermaßen hochgradig besetzt war. Er vermutete, dass es sich um Waffen handelte, wusste es aber nicht genau – die Ware war samt und sonders in Kisten verstaut.

Und auch heute funktionierte alles wie ein Uhrwerk. Zwei Männer in seinem Alter nahmen exakt die Route, die Glin sich eingeprägt hatte.

Selbst die Ehrengarde des Erzherzogs hätte nicht mit einem Angriff aus der Luft gerechnet.

Als sich die beiden Soldaten nach dem leisen Rauschen hinter ihnen umdrehten, war Glin bereits unmittelbar über ihnen – der Herr der Träume tat sein Übriges. Zwar kostete es ihn einiges an körperlicher Mühe, aber noch bevor Talmo da war, hatte er die beiden Männer entkleidet, fein säuberlich verschnürt und in den schlecht einzusehenden Hinterhof geschafft. Dort schlummerten sie selig, während Glin sich der Greifenrüstung entledigte.

Als Talmo ankam, reichte Glin ihm die Hosen des Offiziers. »Hier, die stehen *dir* besser als mir.«

»Aha«, machte Talmo bloß, als er der beiden Schlafenden gewahr wurde.

»Noch etwas.« Glin langte in seinen Seesack, förderte etwas Glänzendes hervor und drückte es Talmo in die Hand.

»Ein Generalsabzeichen?«, wunderte der sich. »Wann hast du das gestohlen?«

»Gar nicht. Ist selbst gemacht. Aber vom Original nur im direkten Vergleich zu unterscheiden.«

Talmo pfiff anerkennend durch die Zähne. »Manchmal frage ich mich, woher du deine grenzenlose Verschlagenheit hast.«

Glin musste grinsen. »Einen Teil habe ich von dir gelernt. Den anderen von den gar nicht so ruhenden Teilen der Ruhenden Welt.«

6.

Atteo Enzo hatte seine Lektion gründlich verstanden, das hatte Glin in den vergangenen Nächten bereits gemerkt. Der Künstler hatte sich in sein Schicksal gefügt. Wenigstens einmal hatten die Herbstgänger ihn beobachten können, wie er versucht hatte, sie zu verraten. Doch es war eher ein kläglich verzweifelter Versuch gewesen, denn außer einem leicht paranoiden Verweis auf angebliche nächtliche Besucher, die im Haus alle Wächter und Angestellten betäubten aber nichts stahlen, konnte er nichts vorweisen.

Das bezahlte Wachpersonal hatte er überraschenderweise wieder auf eine Person reduziert, einen vierschrötig wirkenden gedungenen Raufbold. Diesem oblag es auch, Enzo zu wecken. Talmo und Glin baten ganz anständig um Einlass, gekleidet in ihre geliehenen Uniformen.

Kurze Zeit später tapperte ein schlaftrunkener Atteo Enzo die Treppe hinunter und rieb sich den Schlaf aus den Augen.

Glin hatte Mühe, nicht zu grinsen bei dem Gedanken, wie oft er diesen Kerl nun schon aus dem Schlaf gerissen hatte. Aber Enzo war einfach so herrlich arrogant, dass er haargenau in ihren Plan passte. Glin zog sich vorsichtshalber die Kapuze seines Umhangs etwas tiefer in die Stirn.

Gute Schauspieler sind die besten Diebe – das war einer von Talmos Glaubenssätzen. Und Glin gab ihm recht.

Talmo straffte sich, verschränkte die Hände hinter dem Rücken und nahm die Haltung eines Mannes ein, der es gewohnt ist, Befehle zu erteilen.

»Signore Enzo«, grüßte er ihn. »Ich bedaure die Unannehmlichkeiten meines Besuchs aber es ist unabdingbar, dass ich nachts zu Ihnen komme.«

»Es ist mir dennoch eine Freude … Generale.« Enzo klang unterwürfig.

Es ist ihm ganz und gar keine Freude, freute sich Glin.

»Von meinem Besuch hier darf niemand erfahren außer denen, die gerade hier sind«, fuhr Talmo fort.

»Wa- warum nicht?«, fragte Enzo.

»Ganz einfach. Ein falsches Wort zur falschen Zeit würde ein seit Langem geplantes staatliches Unterfangen gefährden.« Er zog eine kleine Geldkatze aus einer seiner Gürteltaschen und warf sie Enzos Wachmann zu, der sie verdutzt auffing. »Das gilt auch für Ihren … *Söldner.*« Talmo spie das Wort förmlich aus. »Sollte das Ihr Schweigen nicht gewährleisten, guter Mann, dann seien Sie gewiss: Wir finden einen anderen, bedeutend blutigeren Weg, uns Ihrer Verschwiegenheit zu vergewissern. Habe ich mich klar ausgedrückt?«

Der Mann nickte eifrig.

»Womit …« Enzo räusperte sich, um einem Frosch im Hals loszuwerden. »Womit habe ich denn nun die Ehre Ihres … *Besuches* verdient, Generale …?«

»Girane«, stellte Talmo sich vor. »Generale Girane von der *Squadra Ignoto.*«

»Die Squadra Ignoto? Die Geheimpolizei des Herzogs?«

Talmo deutete ein Nicken an, ging aber nicht weiter darauf ein. »Sie waren zuletzt öfters Opfer von spontanen nächtlichen Besuchen. Habe ich recht, Signore Enzo?«

Enzo bekam große Augen. »In der Tat, woher wissen Sie das?«

Talmo machte eine wegwerfende Bewegung mit der behandschuhten Rechten. »Sie haben versucht, sich Hilfe zu holen und sind mehrfach abgewiesen worden. Die Details kennen Sie vermutlich besser als ich, Sie sind ja schließlich dabei gewesen. Wichtig ist nur, *dass* wir davon wissen.«

»Das ... erleichtert mich, ehrlich gesagt. So skurril sich das vielleicht anhören mag, aber ich habe schon an meinem Verstand gezweifelt.«

»Keine Sorge, das müssen Sie nicht, Signore. Wir sind um das Wohl unserer *angeseheneren* Bürger besorgt – auch wenn wir das in dieser Angelegenheit nicht allzu öffentlich tun können.« Talmo ließ das Gesagte einen Atemzug lang einwirken. »Sagen Sie, Signore, wie oft sind Sie zuletzt nachts belästigt worden? Nach unseren Informationen und dem, was wir beobachtet haben, kommen wir auf drei Mal – aber ich möchte nicht, dass uns etwas entgangen ist.«

»Ja, Generale, drei Mal«, meinte Enzo so erstaunt wie erleichtert. »Einmal sogar in meiner Sommerresidenz in Merazzo. Es war wirklich äußerst unangenehm.«

»Hatten Sie jemals Besuch von mehr als zwei Eindringlingen?«

Enzo verneinte. »Es waren immer nur zwei. Ein Mann und eine Frau. Erstaunlich jung ... etwa im Alter Ihres ... Begleiters.« Er deutete auf Glin.

»Und skrupellos waren sie, das können Sie mir glauben. Sie hatten keinen Respekt vor dem Besitz und dem Hausfrieden anderer. Sie haben mich und alle meine Wachleute jedes Mal mit einer Substanz betäubt ... ich möchte gar nicht wissen, was für Zeug das war.«

»Warum hat diese Bande Sie mehrfach aufgesucht?«

»Sie ... sie sagten, dass sie einen Auftrag für mich hätten. Aber genaue Instruktionen habe ich bislang nicht erhalten. Sie wollten mir lediglich demonstrieren, dass ich mich nicht weigern kann, weil es für mich unmöglich wäre, mich vor ihnen zu verstecken. Oh Generale, ich kann Ihnen gar nicht sagen, wir froh ich bin, dass die Exekutive Mosmeranos hier doch noch eingreift. Ich bin unglaublich erleichtert und dankbar.«

»Das ist selbstverständlich. Hören Sie, Signore Enzo, wir möchten diese Bande fassen. Sie ist uns und unseren Kolleginnen und Kollegen aus anderen Städten schon seit Längerem ein Dorn im Auge. Sie fälschen Kunst und verkaufen sie zu exorbitanten Preisen auf dem Schwarzmarkt.«

»Sehr gut«, freute sich Enzo. »Ich helfe, wo ich kann. Ich könnte –«

Talmo hob die Hand und der Künstler brach ab. »Wir wollen gerne die *gesamte Bande* schnappen – auch alle Strippenzieher und Hintermänner, nicht bloß die Laufburschen.«

»Äh …«, Enzo wirkte verunsichert.

»Diese Bastarde sind leider schlüpfrig wie die Fische«, meinte Talmo. »Wir können nicht einfach nur die Vorhut schnappen, sondern müssen sie hinhalten, bis wir die Hintermänner haben.«

Enzo erblasste. »Sie meinen … ich muss das Spielchen vorerst mitspielen?«

»Wir wissen Ihren Mut zu schätzen, Signore. Organisierte Kriminalität auszurotten, ist aufwendig. Strohmänner, eingeschleuste Agenten, grenzübergreifende Operationen … es braucht leider vor allem eines: Zeit. Finanziell soll es Ihr Schaden nicht sein, wir entschädigen Sie für Ihre Mühen und ersetzen, was Sie an Material benötigen.«

Enzo wirkte unentschlossen.

Also räusperte Talmo sich. »Wir … uns ist zu Ohren gekommen, dass Sie sich seit einiger Zeit darum bemühen, Grund und Boden auf der Insel unter den Fittichen zu erwerben.«

Glin bemerkte, wie von einem Wimpernschlag zum nächsten Gier in Enzos Züge trat.

»Es wäre uns möglich«, fuhr Talmo langsam fort, »Ihren Bemühungen ein wenig unter die Arme zu greifen.«

»Die Insel unter den Fittichen?«, echote Enzo leise.

»Nun, sicherlich wird es kein Grundstück im Zentrum an einem der Parks sein. Sie ahnen sicher, dass ich bei Grund und Boden einen diplomatischen Drahtseilakt mit dem niederen Adel nicht überstrapazieren kann … aber bei einem der am Rand gelegenen Grundstücke ließe sich sicherlich etwas machen.«

Enzo seufzte, als würde er ein schweres Opfer erbringen. »Dieses Angebot ist wirklich großzügig, Generale. Es wird mir eine Ehre sein, meinen Bürgerpflichten nachzukommen.«

Talmo nickte. »Das freut mich zu hören, Signore. Ich hatte darauf gesetzt – immerhin haben Sie einen außerordentlichen Ruf. Ihre Kopien im Museum …« Er hielt inne. »Nein, jetzt werde ich unprofessionell, Signore. Der Bewunderer in mir muss in diesem Fall Zurückhaltung wahren.«

Der gebauchpinselte Enzo konnte sich nur mit sichtlich großer Mühe das zufriedene Grinsen verkneifen.

Genau wie Glin.

»Ich signiere Ihnen gerne etwas, Generale«, gab sich Enzo gönnerhaft.

»Oh.« Talmo kratzte sich am Kopf. »Ich … das ist großzügig, Signore. Ich komme darauf gerne zurück – jedoch erst wenn unsere Operation beendet ist. So lange muss ich Ihnen zunächst einmal eine geruhsame Nacht wünschen.«

»Ich werde wirklich viel besser schlafen«, lachte Enzo.

»In Ordnung. Das ist gut. Noch etwas: Wenn Sie meine Abteilung kontaktieren wollen, Signore Enzo, dann hängen Sie jeweils zwei weiße Wimpel an die Ecken Ihres Balkons. Es reichen auch Fetzen eines zerrissenen Tuches oder etwas in der Art. Sehen Sie nur zu, dass es nicht allzu auffällig ist. Jemand von meinen Leuten wird sich dann binnen eines Tages mit Ihnen in Verbindung setzen.«

»Ich danke Ihnen aufrichtig, Generale.«

»Danken Sie mir nicht, Signore. *Wir* haben zu danken. Dank Ihrer Bereitschaft zur Zusammenarbeit sind wir diesen Kunstfälschern seit Jahren endlich einmal einen Schritt voraus.«

7.

Zurück hinter der Lagerhalle wartete der mit Abstand mühsamste Teil der Nacht auf sie: Sie mussten die beiden schlafenden Soldaten wieder anziehen.

»Warum müssen wir das noch gleich tun?«, ächzte Talmo, während er einem der beiden Unglücklichen seine gestärkten Hosen überzog. »Die werden doch ohnehin Fragen stellen, wenn sie später wieder aufwachen.«

»Es geht aber darum, dass sie die *falschen* Fragen stellen«, erläuterte Glin und schnaufte, als sich das Handgelenk seines Soldaten im Ärmel verhedderte und er von vorn beginnen musste. »Was auch immer die hier bewachen … es wird am Ende der Nacht hoffentlich nicht gestohlen sein. Dann wird ihnen dieses ungewollte Nickerchen vermutlich höchst peinlich sein und sie werden den Vorfall unter den Tisch fallen lassen. Wenn sie es trotzdem melden, wird man ihnen wohl eine saftige Strafe aufbrummen – warum sollten sie also so dumm sein? Sollte tatsächlich etwas gestohlen worden sein, bekommen die beiden ohnehin ganz andere Probleme. Wenn wir ihnen die Uniformen allerdings nur fein säuberlich gefaltet hinlegen und im Lagerhaus außerdem nichts fehlt, könnte irgendjemand auf die Idee kommen, dass das Ausborgen der Uniformen das eigentliche Ziel der Aktion gewesen ist. Du siehst, es ist zwar ziemlich umständlich, aber es hilft nichts: Wir müssen sie wieder ankleiden.«

»Du bist cleverer, als gut für dich ist, Glin Melisma«, brummte Talmo und quetschte den Hintern seines Wachsoldaten in die enge Hose.

»Schön, dass sich deine Laune wenigstens etwas gebessert hat«, resümierte Glin, als sie sich auf den Rückweg machten.

»Ein wenig tatsächlich.« Talmo musste lächeln.

»Aber es beschäftigt dich, oder?«

Talmo nickte. »Ja. Dinge aus meiner Vergangenheit, von denen ich dachte, ich wäre sie los.«

»Du könntest aufhören, allzu geheimnisvoll zu tun, und mir endlich einmal erzählen, was dich bewegt. Du könntest auch überhaupt mal das dämliche Schweigen brechen und aus der Vergangenheit erzählen. Vom Theater, von den Anfängen, von der Zeit davor …«

»Das ist viel.«

»Wir haben Zeit.«

»Das würde ich auch gerne glauben.«

»Versuch es einfach. Am besten gleich! Fang mit etwas an, das weniger belastend ist als deine Geschichte mit Aurinius. Fang mit dem Theater an. Zum Beispiel indem Du mir erzählst, was es mit der Libelle auf sich hat.«

Talmo seufzte.

Und verfiel zunächst wieder in Schweigen.

Doch schließlich überwand er sich.

Und begann.

5. KAPITEL

Die letzten guten Tage

1.

Im Pantheon der Siebenfaltigkeit war Illismea nicht nur die Göttin des Schlafes und des Todes. Die Göttin – die meist als junge Frau mit unter einem Trauerschleier verborgenen Gesicht dargestellt wurde – war außerdem die Herrin der Verschwiegenheit, die Wächterin über Träume, Ohnmacht und Vergessen sowie die Mutter der Nacht und der Dunkelheit.

In Glins Augen gab es also eine Menge Gründe, ihr gleich eine Handvoll Goldsaldi zu opfern. Es beruhigte ihn, nicht in der Schuld der Götter zu stehen.

Zufrieden verließ er das Gotteshaus mit dem nachtblauen Anstrich und gesellte sich zu Shalimo, der an einer niedrigen Mauer stand und in einen Kanal hinabblickte.

»Bist du sicher, dass das richtig ist?«, meinte er, als er zu Glin aufblickte.

Der junge Mechanist fuhr sich durch die Perücke aus feuerrotem Haar. »Meinst du ehrlich? Ich kann mich nicht erinnern, schon einmal so auffälliges Haar gehabt zu haben.«

»An Auffälligkeit ist deine Frisur nicht zu überbieten, das stimmt«, gluckste Shalimo. »Das meine ich aber nicht.«

»Sondern?«

»Deine Opfergabe an Illismea. Als Diebe sind wir doch Anhänger von Din Vestro. Findest du nicht, dass du irgendwie fremdgehst?«

Glin winkte ab. »Din Vestro ist mein Schutzpatron. Aber an die anderen Götter glaube ich trotzdem. Und außerdem pudere ich jedem verdammten übernatürlichen Wesen seinen göttlichen Allerwertesten, wenn ich glaube, dass es mir helfen könnte, unseren Coup durchzuziehen. Din Vestro wird nichts dagegen haben.«

»Du bist … sehr flexibel in Glaubensangelegenheiten.«

»Und du könntest deine theologischen Schluckbeschwerden mit Falk ausdiskutieren – der ist schließlich vom Fach.«

»Hm.«

Sie gingen den Kanal entlang und bogen in südliche Richtung zum Marktdistrikt ab. Die Sonne stand bereits hoch am Himmel und die Lagune kräuselte sich und warf das Licht gleißend zurück. Nicht mehr lange, und es würde sich eine schwer zu ertragende Sommerschwüle über die Stadt legen. Glin schwitzte bereits jetzt in seinem blauen Gehrock aus der Region Goswinter. Der war zwar furchtbar praktisch, um allerlei Messer darin zu verstecken – aber auch alles andere als bequem. Von der Marktinsel ging es hinüber zur Hölzernen Bank und dort zu Enzos Haus.

Ein schlecht gelaunter Söldner öffnete Glin und Shalimo die Tür. Enzo selbst kam aus seinem Atellier und wischte sich die Finger an seiner Malerschürze ab, bevor er ihnen die Hand gab.

»Signori, was kann ich für Sie tun?« Er klang geschäftsmäßig.

»Signore Enzo«, begrüßte er ihn und imitierte den süffisanten Tonfall des Gauners, den er während seiner nächtlichen Besuche verkörpert hatte.

Enzo wurde bleich. »I-ich nehme an … wir *kennen* uns?«

»So ist es«, nickte Glin unter seiner feuerroten künstlichen Haarpracht. »Ich bin hier, um mit Ihnen den Auftrag durchzusprechen, den wir Ihnen gerne erteilen würden. Können wir irgendwo ungestört miteinander reden?«

»S-sicher. Kommen Sie hier entlang, mein Schreibzimmer liegt im Obergeschoss.«

Glin bewunderte, wie schön Enzos Schreibstube bei Tageslicht gelegen war. Aus den unendlich erscheinenden Taschen seines Gehrocks förderte er ein Notizbuch sowie mehrere gefaltete Skizzenblätter zutage und legte sie auf die Arbeitsfläche.

»Ich hatte Ihnen versprochen, dass es Ihr Schaden nicht sein soll, mir behilflich zu sein.« Glin ließ eine kleine Geldkatze in seiner Hand erscheinen und warf sie Enzo zu, der sie mit einem verdutzten Reflex auffing und einen verstohlenen Blick hineinwarf. Glin konnte ihm das Staunen ansehen.

»Ja, Sie sehen richtig, Signore Enzo: Es handelt sich um Goldsaldi«, bestätigte Glin. »Ich möchte nicht nur Ihre Dienste, ich möchte auch Ihr Vertrauen. Ihnen wird nichts zustoßen und Sie werden für gute Arbeit auch angemessen bezahlt – solange Sie für mich arbeiten. Nehmen Sie das als Anzahlung. Welchen Auftraggeber Sie auch immer hintenan stellen müssen, Sie werden es verkraften.«

Gold hatte eine erstaunliche Wirkung auf Menschen, das hatte Glin schon oft beobachtet.

»Ich … danke Ihnen, Signore«, sagte Enzo. Glin konnte es förmlich hinter Enzos Stirn rumoren hören. Mit der Gewissheit der herzoglichen Geheimpolizei im Rücken, wägte Enzo vermutlich gerade ab, wie viel Kapital er darüber hinaus noch aus diesem Arrangement schlagen konnte.

»Was ich von Ihnen möchte, ist immerhin etwas … knifflig«, erklärte Glin weiter. »Werfen Sie doch einmal einen Blick auf das, was ich Ihnen mitgebracht habe. Ihr geschultes Auge wird vermutlich schnell erkennen, worauf unsere Zusammenarbeit hinausläuft.«

Rasch trat Enzo heran und überflog die Notizen und Skizzen, die Glin angefertigt und mitgebracht hatte.

»Sie wollen … also, wenn ich das alles hier richtig interpretiere … Sie möchten von mir, dass ich Vonatis *Nacht vor Tarsica* für Sie kopiere?«

Glin klopfte ihm auf die Schulter. »Ja und nein. Ich möchte gerne eine Version der *Nacht* haben, das ist korrekt …«

»… aber da das Original verschollen ist, wollen Sie, dass ich es male, richtig? Nach den Vorgaben, die Sie zusammengetragen haben.«

»Ich sehe, wir verstehen uns, Signore«, lächelte Glin.

»Eigentlich nicht.« Enzo gewann seine Selbstsicherheit wieder.

»Und da Sie ein absoluter Kenner Vonatis sind und all diese wunderbaren Kopien von seinen Werken angefertigt haben«, führte Glin weiter aus, »ist es für mich nur selbstverständlich, dass Sie die einzige Person sind, an die ich mich in einer solchen Angelegenheit wenden kann. Wenn ich schon ein Werk von Vonati erschaffen muss, dann möchte ich es doch von dem Besten angefertigt wissen.«

2.

Etwa eine Stunde später kam Glin allein die Treppe herab. Er hatte mit Enzo einen beinahe grotesk anmutenden Berg von Einzelheiten erörtert. Aber es hatte sich gelohnt. Die Idee, die ihm bereits vor Jahren gekommen war, hatte er immer mal wieder aufgegriffen. In den großen Bibliotheken von Ittrico und Vilsheil hatte er viele Nachmittage verbracht, um so viele Einzelheiten über dieses verlorengegangene Landschaftsgemälde herauszufinden, wie nur irgend möglich. Die historischen Beschreibungen deckten sich größtenteils und sie waren mit genügend Details angereichert, um eine halbwegs brauchbare Vorstellung davon zu entwickeln, wie das Bild komponiert war, welche Maße es hatte, wie es aufgeteilt war, was es darstellte und wie Lichtstimmung und Farbgebung gewesen waren. Gepaart mit dem Feuer des Ehrgeizes, das er in Enzos Augen hatte auflodern lassen, sollte am Ende etwas dabei herauskommen, das seinen Anforderungen genügte.

Bei den Göttern, was ist Enzo doch für ein eitler Pfau. Wie selbstverständlich geht er davon aus, dass er dem Altmeister Vonati das Wasser reichen kann und ein Gemälde erschaffen kann, das ihm ebenbürtig ist.

Nun gut, Glin wollte Enzo in seinem Eifer nicht bremsen. Der Maler hatte sich umgehend in die Planungen gestürzt.

Unten angekommen war keine Spur von Shalimo zu sehen.

Glin warf der Reihe nach einen Blick in alle anderen Räume, die von der Diele abgingen. Schließlich fand er ihn in der Küche sitzend. Vor ihm ein kleines Gläschen mit einer fast zähflüssigen Substanz von dunklem Purpur. Portwein, wie Glin am Geruch erkannte.

Gegenüber von Shalimo stand ein zweites Gläschen, das leer war. Jemand hatte daraus getrunken.

Glin blickte auf den Boden, wo die schweren Stiefel des Söldners unter einer hölzernen Küchenbank hervorlugten.

»Er schläft den Schlaf der Seligen«, meinte der Chemistiker schlicht und lächelte.

»Warum?«

»Er hat mich genervt.«

»Wie lange schon?«

»Schon seit einer halben Stunde, schätze ich. Und wenn er aufwacht, wird er Kopfschmerzen haben. Aber er ist mir auf die Nerven gegangen mit seiner dämlichen Prahlerei über irgendwelche Huren, die nach Blumen benannt wurden. Bei den Göttern, der wollte gar nicht wieder aufhören, mir genauestens zu beschreiben, welche der Blumen mit welcher Körperöffnung –«

»Ist gut«, unterbrach Glin ihn. »Komm, wir gehen!«

Nach wenigen Straßen packten sie ihre Gehröcke und Perücken zu Bündeln zusammen, die sich jeder von ihnen über die Schulter warf.

»Hat der Port wenigstens geschmeckt?«, fing Glin schließlich ein Gespräch an.

»Ein Zwölferjahrgang, nicht weit von hier gekeltert. Nichts Außergewöhnliches. Aber eine nette kleine Erfrischung.«

»Dachte sich Enzos Wachmann wohl auch«, seufzte Glin.

»Willst du wirklich nicht wissen, wie es ist, wenn zwei der Blumen dich gleichzeitig –«

»Nein, Shalimo.«

»Aber ich hätte jede Menge Details. Weil du mich mit dieser Intelligenzbestie allein gelassen hast.«

Glin seufzte erneut. »Erzähl mir lieber irgendwelche Details aus deiner Giftküche. Sollen wir vielleicht noch ein paar Ingredienzien kaufen, wenn wir ohnehin schon unterwegs sind?«

3.

Am späten Nachmittag war Talmo fort. Ob er Besorgungen in der Stadt machte, jemanden traf oder einfach nur irgendwo an der Lagune entlang flanierte, wusste Glin nicht und es war auch vollkommen ohne Belang.

Die Schatulle war hingegen sehr wohl von Belang. Denn die Schatulle war bisher nicht da gewesen. Und dass es sie auf einmal gab, machte Glin stutzig.

Während der Saison bewohnten er und Talmo winzige Zimmer links und rechts der Bühne. Talmo war ein Meister darin gewesen, den Platz in jedem der vier Wagen ihres Trecks auszunutzen. Der vergleichsweise knappe Raum war geschickt aufgeteilt. Es gab nicht nur Betten, die sich in Wände oder Decken wegklappen ließen, sondern auch Verschläge, Schubladen, verschiebbare Wände, versteckbare Tischchen und kleine Werkbänke. Jeder der vier Wagen war auf die Bedürfnisse seiner Bewohner zugeschnitten und erfüllte gleichzeitig eine spezielle Funktion im Theater. Madeire und Yrrein teilten sich den Wagen, in dem die Requisite und die Garderobe untergebracht war. Shalimo und Sira bewohnten jenen, der als Küche und Labor diente. Und im Tribünenwagen hatte Falk einen Raum mit genügend Platz für einige Bücher.

Die Bühne schließlich besaß – als einziger größerer Raum – mehrere Funktionen: Zum einen war sie natürlich Bühne. Doch abseits der Vorstellungen konnte man sie zu einem Speisezimmer umfunktionieren. Oder aber auch zu einer mobilen Werkstatt, um die größeren Teile des Mechanischen Theaters im Trockenen reparieren zu können.

Auf dem großen Tisch in der Mitte der Bühne stand nun eine Schatulle.

Das an sich war nichts Ungewöhnliches. Talmo und Glin ließen von Zeit zu Zeit die Dinge herumliegen, an denen sie arbeiteten.

Die Schatulle sah jedoch nicht aus, als bedürfte sie der Fertigstellung oder Reparatur.

In Glin keimte der Verdacht, dass Talmo eine Falle für ihn drapiert hatte. Er nahm aus einem Fach unterhalb der Werkbank einen Beitel und ritzte entlang einer Ecke in den Tisch – die Kratzer würden zwischen all den Übrigen nicht weiter auffallen, markierten aber, wo die Schatulle gestanden hatte. Dann griff er sich das kleine Behältnis, drehte und wendete es in den Händen und nahm es in Augenschein. Die Schatulle war vielleicht so groß wie ein etwas dickeres Buch, glatt poliert und besaß Messingbeschlägen an den Ecken – ansonsten war sie schmucklos.

Auf der Vorderseite (in einem weiteren Messingbeschlag) prangte mehr als auffällig das Schlüsselloch. Glin hatte geschwind einen Satz Dietriche aus seiner Gürteltasche gefischt – und binnen weniger Augenblicke hatte er den Beweis, dass Talmo ihn testen wollte: Das Schloss ließ sich nicht knacken. Nicht auf herkömmliche Art und Weise. Im Gegenteil, der Schatulle wohnte eine bemerkenswerte Feinmechanik inne. Verschob man mittels eines Dietrichs einen der Stifte im Schloss, kam man keineswegs dem

Öffnen des Schlosses ein Stückchen näher. Stattdessen wurde ein Mechanismus aktiviert, der es ermöglichte, eine Seitenwand der Schatulle ganz leicht zu verschieben. Glin kannte Trickkästchen, die sich durch das Verschieben ihrer Seiten in bestimmte Richtungen und in bestimmten Reihenfolgen öffnen ließen, doch die Verknüpfung mit dem Schloss erstaunte ihn. Er besah sich die Seite des Kästchens, die sich bewegt hatte, und stellte fest, dass die Beschläge an den Ecken fein säuberlich durchtrennt waren und dünne Linien aufwiesen, sodass ein solches Verschieben der Seitenteile überhaupt erst möglich war.

Glin pfiff anerkennend. Talmo folgte mit dieser Schatulle dem ersten Lehrsatz aller gelungenen Taschendiebstähle und Betrügereien, den er auch Glin beigebracht hatte: *Sorge immer für Ablenkung!* Der Dieb, der seine Opfer dazu bewegen konnte, den Blick dorthin zu richten, wohin er es wollte, konnte alles geschehen lassen – egal, ob es darum ging, die Hand in eine fremde Tasche zu stecken, jemandem ein Armband abzustreifen oder gar den Verschluss einer Kette zu lösen.

Voller Inbrunst (und Dreistigkeit) befolgte er diesen ersten Lehrsatz seither bei nahezu jedem Trick, den er anwendete. Instinktiv hatte er ihn zuvor bereits beachtet, aber erst seitdem Talmo es ausgesprochen hatte, war er in Glins Bewusstsein gerückt.

Und dennoch schaffte es sein Ziehvater immer noch, ihn selbst in die Falle tappen zu lassen: Er hatte sich die Beschläge zunächst gar nicht genauer angesehen, sonst wäre er schneller darauf gekommen, wo man wohl ansetzen musste.

Sorgfältig platzierte er die Schatulle wieder in der zuvor eingeritzten Markierung auf dem Tisch und widmete sich seinem eigentlichen Vorhaben: Eines der mechanisch verschiebbaren Hintergrundbilder der Bühne klemmte oder besser gesagt: Es schabte lauthals in der Schiene, in der es fuhr, und erzeugte bei jeder Aufführung ein fieses Kreischen.

Die Schatulle würde warten müssen. Aber jetzt, da Glin wusste, dass sie existierte, würde er das Spielchen gerne mitspielen, das Talmo ihm hier anbot.

4.

Glin zog sich gerade für den ersten Akt um, als Talmo auftauchte. Er trug einen maßgeschneiderten Gehrock, in dem man ihm den hohen Offizier in zivil problemlos abkaufen konnte – und er wirkte furchtbar abgehetzt. Glin ahnte warum: Enzo hatte seine Wimpel ausgehängt, um die vermeintlichen Agenten des Erzherzogs zu treffen.

»Warum so gestresst?«, fragte Glin.

»Weil mir dein Klient unbedingt ein Ohr abkauen musste, dass er für gesuchte Verbrecher ein Vonati-Gemälde fälschen soll, das gar nicht existiert.«

»Ah«, meinte Glin. »Da hat er dann aber etwas falsch verstanden. Erstens weiß niemand, ob das Bild *Nacht vor Tarsica* nicht doch noch irgendwo auf der Welt existiert. Und zweitens werden wir nicht gesucht.«

»Du elender Witzbold.« Talmo setzte ein gequältes Grinsen auf und begann, sich aus dem Rock zu schälen. »Der Maler musste mir jede verdammte Kleinigkeit erzählen, die du mit ihm besprochen hast. In welchem Winkel der Mondschein auf die Bucht fällt, wie groß oder klein die vertäuten Fischerboote am Ufer sind, wie schwer die Lichtspiegelungen auf dem Wasser darzustellen sind … Vonati selbst wäre vor Langeweile gestorben. Vermutlich hat er es auf der Sonnenlosen Straße mitgehört und sich spontan in einen Busch am Wegesrand übergeben.«

»Gibt es Büsche an der Sonnenlosen Straße?«

»Provozier' mich nicht!«

»Hey, es ist nicht meine Schuld, wenn Enzo das alles überinterpretiert.«

»Doch, genau das ist es. Und das ist ja auch verflucht gut so. Ich will gar nicht wissen, was man im Kerker des Erzherzogs alles mit einem anstellt, wenn man sich fälschlicherweise als deren Agent ausgegeben hat.«

Glin verzog den Mund. »Die sind bestimmt sehr kreativ.«

»Das fürchte ich auch.«

»Seltsam, du hast dich letztens noch beschwert, dass ich zu riskante Raubzüge plane. Jetzt sichern wir alles mehrfach ab und nun ist es dir zu langweilig?«

Talmo warf hilflos die Hände in die Luft. »Heiliger Din Vestro. Deine Pläne sind riskant, Glin. Aber das ist es nicht. Langweilig macht es, dass ihnen immer eine derart akribische Vorbereitung vorausgeht, in der man lieber dem Fassadenputz beim Schimmeln zugucken möchte als sich ellenlange Vorträge über die Beschaffenheit bestimmter Ölfarben anzuhören.«

Glin kam die Tirade seltsam dünnhäutig vor für Talmo. »Alles in Ordnung mit dir? Unsere Coups müssen so minutiös vorbereitet sein, das hast du mir selbst beigebracht. Und darüber hinaus … Enzo etwas vorzuspielen, ist doch bloß eine Fingerübung für dich.«

Für einen Wimpernschlag wirkte Talmo seltsam ertappt. Glin hätte nicht sagen können, warum ihn dieser halb gequälte, halb erschöpfte Blick so sehr schockierte. Doch bevor er weiterdenken konnte, winkte Talmo auch schon ab. »Ich habe mies geschlafen und bin spät dran. Die Aufführung geht gleich los und ich bin noch nicht bühnenfertig. Vielleicht bin ich einfach ein wenig gereizt.«

Wenn du das sagst. Glin entschied, nicht weiter in ihn zu dringen.

Dennoch … seit Talmo zu Beginn der Saison diesen Aurinius im Publikum wiedererkannt hatte, war er reizbar, ungeduldig, beschwerte sich über zu schlechten Schlaf. Und Glin sah ihn seitdem häufiger in sein altes Journal schreiben. Er fragte nicht und versuchte nicht, Talmos Geheimnisse auszuspähen – doch es wirkte, als würde Talmo fieberhaft alte Einträge ausbessern.

5.

Die Vorstellung von *Die siebenfache Witwe* war bereits seit über einer Stunde erfolgreich beendet.

Im schwachen Schein des zerbrochenen Mondes und einer chemistischen Glühkugel saß Glin in der obersten Reihe der Haupttribüne und brütete über weiteren Notizen, auf denen Schönheit voller Ungeduld hin und her trippelte. Glin suchte nach einem Weg, Evenito Cossa wieder ins Spiel zu bringen. Der Kurator des Museums hungerte so sehr nach Anerkennung, dass es einem beinahe schon leid tat. Und jede Charakterschwäche machte einen Menschen in Glins Augen zu einem perfekten Werkzeug in einem Plan.

Es wäre doch gelacht, wenn ich aus Cossa kein Kapital schlagen könnte.

»Du darfst die Pfeife nicht vor dem Anschleichen anzünden, sonst weiß ich, dass du da bist«, sprach er schließlich ohne aufzublicken.

Yrrein war leise zu ihm hinaufgestiegen, begleitet von dem durchschlagenden Duft aromatisierten Tabaks. Glin wusste, dass ihr diese katzengleiche Stille, mit der sie sich bewegte, nach all den Jahren in Fleisch und Blut übergegangen war. Sie hatte sich gar nicht wirklich anschleichen wollen. Aber es konnte auch nicht schaden, sie ein wenig zu necken.

»Dein Kopf fängt vor lauter Nachdenken noch selbst an zu rauchen«, entgegnete sie.

Yrrein setzte sich neben ihn, steckte die Beine durch das Gestänge, das als Geländer diente, und schlug sie übereinander. »Dabei haben wir bestimmt nur noch Geld für … lass mich schätzen … etwa fünf oder gar zehn Jahre. Glaubst du nicht, wir kommen auch einmal ohne die ganz großen Raubzüge aus?«

Glin sah hoch. »Ich dachte, darin liegt der Reiz.«

»Ein Reiz liegt darin«, stimmte sie zu. »Aber ein anderer Reiz des

Lebens liegt auch darin, den Kopf auf den eigenen Schultern zu behalten und sich irgendwo mal zur Ruhe zu setzen.«

»Du willst sesshaft werden?« Glin verfluchte sich sogleich dafür, dass er das Spöttelnde in der Stimme nicht hatte unterdrücken können.

Yrreins Kopf fuhr herum und die Glühkugel zeichnete ihre Konturen scharf vor dem Hintergrund der nächtlichen Stadt. »Immerhin habe ich Träume, in denen ich nicht ein ganzes Leben in diesem fahrenden Theater verbringe.«

Das hatte gesessen. Glin kniff die Lippen zusammen. Er hatte immer befürchtet, dass Yrrein nicht ewig bleiben würde. Vermutlich nicht einmal mehr besonders lange.

Schönheit zirpte protestierend und war mit einem Satz auf Glins Schulter.

»Tut mir leid«, sagte Yrrein augenblicklich.

»Nein, ist schon gut«, wehrte Glin ab. »Ich hätte mich nicht lustig machen dürfen.«

»Du weißt, dass es nicht so hart gemeint war«, sagte Yrrein.

Glin zuckte mit den Schultern. »Familien wandeln sich. Auch solche wie unsere. Menschen kommen hinzu, andere verlassen das Haus … so ist das eben.«

»Ziemlich seltsame Familie, zu der Priester, Chemistiker und mechanische Tierchen gehören, oder?«

»Ich hatte nie eine andere.«

»Ich schon. Und glaub mir, sie war ungefähr der Bodensatz all dessen, was man sich unter dem Begriff Familie vorstellen kann.«

»Du hast nie davon erzählt.«

Sie sah ihn ernst an und ein Windhauch wehte eine Strähne ihres rabenschwarzen Haares über ihre Wange. »Ich hoffe auch, dass ich das nie muss. Glaub mir, verglichen mit dem, was in meiner Familie alles vorgefallen ist, war Arbos Tod ein beschauliches Kuchenessen.«

Sie blinzelte eine Träne weg, nahm die Pfeife aus dem Mund und sah zur Seite, hinaus auf die Lagunenstadt. Glin überlegte, ob er erwidern sollte, dass sie Arbo gar nicht gekannt hatte – ihren Vorgänger, Shalimos Mann, der vor seinem Tod der Choreograph der Truppe gewesen war. Doch er ließ es schließlich sein.

Stattdessen nahm er Schönheit und setzte sie auf Yrreins Unterarm, wo die mechanische Grille ein tröstendes Gurren von sich gab.

»Vermutlich hast du das Sesshaftwerden wirklich verdient«, sagte er. »Ich wollte mich nicht darüber lustig machen – aber der Gedanke, dass du uns verlassen könntest, war so … fremd.«

Sie musste auflachen. Es klang tränenerstickt. »Ich kann dich doch nicht alleine irgendwelche Coups durchziehen lassen. Es müsste nur ein blinder Krüppel mit einem Brieföffner kommen und du wärst auf der Stelle tot.«

Glin lächelte. »Es wäre auf jeden Fall schön, wenn die Sesshaftigkeit noch eine Weile auf sich warten lassen würde.«

»Ich müsste ja auch erstmal einen Kerl dazu finden, Blödmann.«

Und ich wünschte, du würdest ihn hier finden, dachte Glin, sagte aber nichts.

Yrrein stieß ihn an. »Außerdem habe ich nicht gesagt, dass ich sesshaft werden will. Du hast das hineininterpretiert.«

Glin hob eine Augenbraue. »Nicht?«

»Ich will bloß ab und zu meine Ruhe haben.«

»Du meinst, du willst Ruhe vor deinen Gedanken haben?«

»Manchmal schon«, murmelte sie.

6. KAPITEL

Schakale

1.

Es wurde Sommer in der Stadt. Die Lagune nahm einen grünbläulichen Farbton an und es wirkte, als balanciere man die Stadt auf einem Tablett aus matter Jade. Die Luft wurde vor Hitze zum Zerschneiden. An manchen Tagen war es, als würde man sich mühsam durch dicken Sirup bewegen.

Glin wünschte sich nichts sehnlicher als seinen geliebten kühlen Regen. Immerhin ließen die Schmerzen seiner Rippenprellung allmählich nach.

Die Herbstgänger gaben alle zwei Abende eine Vorführung und sorgten dafür, dass Atteo Enzo sich nicht vernachlässigt fühlte. Um alle anderen Pflichten wie Kochen und Reparaturen würfelten sie. (Und sie ließen stets Falk mit seinen Würfeln würfeln. Keiner wollte Würfel benutzen, die einer der beiden Mechanisten hergestellt hatte.)

Ansonsten verbrachten sie die heißen Tage in ihren Wagen, die aufgrund der vielen Holzaufbauten die Wärme ein wenig abhielten.

Als die erste Hitzewelle vorüber war, war aller Löwenzahn und jedes Grasbüschel in den Ritzen der Pflastersteine vertrocknet.

An einem dieser Tage kam Glin aus der Stadt zurück, wo er Enzo getroffen hatte, um die Fortschritte an der *Nacht* zu überprüfen, wie er das Bild insgeheim nur noch nannte. Er war zufrieden, der Maler trödelte nicht und schien sich in der behaglichen Sicherheit zu wiegen, dass es seinen mysteriösen Auftraggebern schon noch dreckig ergehen würde, sobald die Squadra Ignoto des Erzherzogs zuschnappen würde.

Auf der Piazza der würfelnden Götter fanden sich nach und nach andere Schaustellertruppen ein und errichteten ihre Buden. Das Unabhängigkeitsfest, mit dem man alljährlich die historische Lossagung der Stadt vom Amantinischen Reich feierte, nahte. In zwei Wochen würde sich halb Mosmerano hier auf dem Jahrmarkt der Vergnügungssucht hingeben, Süßigkeiten kaufen, Kuchen essen, auf Echsenrennen wetten und dergleichen mehr. Vielleicht würde es sogar ein Karussell für die Kinder geben. Zumindest gab es Gerüchte, dass der Erzherzog vor Monaten bereits eines bei der Mechanistengilde in Thyriss in Auftrag gegeben hatte.

Auch in den übrigen Vierteln der Stadt machte sich Vorfreude breit. Immer mehr Banner mit der weißen Krähe, Mosmeranos Wappentier, hingen an den Palazzi und Türmen und als kleine Wimpel an Girlanden über den Kanälen.

Als Glin die Einfallstraße zur Piazza erreichte, sah er von weitem ein langes Boot in unmittelbarer Nähe des Mechanischen Theaters anlegen. Die eigenartigen Gestalten, die ihre Füße auf das Ufer direkt vor dem Theater setzten, zogen unweigerlich Glins Aufmerksamkeit auf sich. Zwei von ihnen trugen eigenartige Uniformen und irgendetwas stimmte mit ihren Köpfen nicht. Zu zweit stützten sie jemanden in ihrer Mitte, während ihnen eine weitere Person folgte. Dann betraten sie das Mechanische Theater.

Glin überkam ein äußerst ungutes Gefühl. Er lief über die Piazza, hastete an allerlei Buden und Wagen vorbei und kam schließlich schlitternd in dem Durchlass unter dem Tribünenwagen zu stehen, der als Eingang in ihre Wagenburg diente.

Was er sah, sollte sich unauslöschlich in sein Gedächtnis einbrennen.

Yrrein, Falk und Sira standen im Hof, mit ihren stumpfen Übungsschwertern von verschiedener Länge und Breite. Madeire und Shalimo sahen aufmerksam aus den Türen ihrer Wagen. Waren die beiden Gestalten in den mit eigentümlichen Goldstickereien verzierten Uniformen Männer oder Frauen? Es war nicht auszumachen – sie trugen Schakalmasken vor ihren Gesichtern, waren hochgewachsen und wirkten so unnahbar und ungerührt wie Statuen. Mit ihnen war ein Mann gekommen, der noch ungewöhnlicher wirkte: Sein scharf geschnittenes Gesicht hatte ausgeprägte Wangenknochen und seine eigenartig goldenen Augen bedachten Glin mit einem stechenden Blick. Er trug einen schwarzen Gehrock und lief barfuß. Das mit Abstand Markanteste an ihm war jedoch das feuerrote Haar, das in Wellen auf seine Schultern fiel.

Doch all das verblasste vor dem Anblick, den Talmo bot: Er lag in der Mitte der Wagenburg regungslos auf dem Boden. Die beiden Schakale hatten ihn vom Boot hierher geschleppt und einfach in den Staub fallen lassen wie einen Sack voller Sand.

Glin vergaß für einen Moment alles um sich herum. Er stürzte nach vorn, vorbei an den Soldaten mit ihren Schakalmasken und schlitterte auf Knien neben Talmo.

Was, bei allen sieben Göttern …

Behutsam nahm er Talmos Kopf zwischen beide Hände. Sein Ziehvater rührte sich nicht. Das Haar war von blutigem Schorf durchzogen, zahllose feine Schnitte zogen sich über seine Wangen. Sein Hemd war blutdurchtränkt und einige seiner Fingernägel fehlten.

Er atmet. Flach, röchelnd, bewusstlos.

Schönheit gab ein zirpendes Wimmern von sich. Auch Yrrein ging neben Talmo in die Knie – und Glin wusste weder ein noch aus.

»Schnell«, sagte er zu Yrrein. »Wir brauchen einen Medicus, einen Feldarzt … irgendwen.«

»Zuerst muss ich ein Wort mit Ihnen sprechen«, sagte der Rothaarige hinter ihm.

»Aurinius von Veelyn, habe ich recht?«, knurrte Glin. Er musste sich anstrengen, nicht die Beherrschung zu verlieren.

»Talmo hat Ihnen also von mir erzählt?« In der Stimme lag Süffisanz. »Aber ja, in der Tat, der bin ich. Und ich gehe davon aus, dass Sie Glin sind, Talmos … Adoptivsohn, richtig? Ich habe einiges über Sie in Erfahrung gebracht.«

Glin schnellte aus der Hocke hoch. Die Schakalsoldaten zuckten kurz. »Was … glauben Sie denn über mich zu wissen?«

»Zum Beispiel, dass Sie – wie Talmo – ein ganz außerordentliches Talent für alles Mechanische an den Tag legen.« In Aurinius' goldenen Augen blitzte es. »Nur, dass Sie nicht den offiziellen Ausbildungsweg über eine der Gilden wählten, wie Talmo es getan hat. Sie wissen sicher, dass er einer der wenigen Träger des Abzeichens in Gold ist, nicht wahr? Sie hingegen, Glin, sind von klein an frei von all den Regeln und Zwängen aufgewachsen, die das starre Reglement der Gilden mit sich bringt. Sie sind jung, wild und wenn ich mich hier so in diesem Theater umschaue und sehe, woran Sie sicherlich maßgeblichen Anteil haben, dann muss ich Ihnen großes Talent attestieren. Und glauben Sie, ich kenne mich aus.«

»Halten Sie Ihr elendes Maul!«, wehrte sich Glin.

Aurinius seufzte. »An Ihrer Ausdrucksweise können wir sicherlich noch etwas feilen. Aber kurz gesagt: Ich möchte, dass Sie für mich arbeiten.«

Glins Atem drohte auszusetzen. Was war dieser Aurinius eigentlich für ein gottloser Hurensohn?

»Ich … verstehe ich das richtig?« Glin versuchte, so tief wie möglich durchzuatmen, um nicht zu platzen. »Sie foltern Talmo, weil er nicht für Sie arbeiten will und haben dann die Dreistigkeit, *mich* zu fragen? Haben Sie Ihren *Verstand verloren?*«

Die letzten Worte hatte er gebrüllt, es war um seine Beherrschung geschehen. Er schnellte nach vorn und donnerte Aurinius die Faust ins Gesicht. Dieser war noch nicht zu Boden gegangen, als die beiden Schakale mit schleifenden Geräuschen ihre Klingen zutage förderten. Einer von ihnen zog ein Schwert, während dem anderen aus beiden Unterarmen Messer zu wachsen schienen.

Die Schakale von Jaerhella, fiel es Glin wie Schuppen von den Augen. Ein berüchtigtes Regiment von Söldnern aus dem Süden – exzellente Krieger, verschwiegen und grausam.

Glin geriet über den Gedanken ins Stocken, während sich Aurinius langsam hochrappelte und Staub abklopfte.

Glin sah sich um. Sira, Falk und Yrrein hatten ihre Übungswaffen erhoben, Shalimo hielt etwas in der Hand, das wie eine Phiole aussah. Die beiden Schakale hatten lauernde Haltungen eingenommen.

»Vermutlich habe ich das verdient«, seufzte Aurinius schließlich und rieb sich die Wange, wo Glin ihn getroffen hatte. »Aber ich würde jetzt gern wieder zum Geschäftlichen kommen.«

»Es gibt hier nichts *Geschäftliches*«, fauchte Glin. »Sie verschwinden jetzt und sehen zu, dass Sie mir *nie wieder* unter die Augen treten, Aurinius!«

»Bedaure, das kann ich nicht.«

»Raus hier!«, befahl Glin und wies auf den Eingang des Theaters.

Aurinius fuhr sich über das Gesicht. »Glin, ich benötige die Dienste eines äußerst begabten Mechanisten.« Er deutete auf den am Boden liegenden Talmo. »Und Talmo … fühlt sich gerade nicht wohl.«

»Ich werde nicht einen einzigen Finger für Sie krumm machen.«

»Dann muss ich Sie eben davon überzeugen.«

»Keine Chance«, beharrte Glin.

Aurinius wies auf die übrigen Herbstgänger. »Ihre Freunde brauche ich ehrlich gesagt nicht.«

Man bedroht meine Freunde und Familie nicht, man foltert und quält sie nicht. Mit einer einzigen Bewegung hatte Glin ein verstecktes

Messer unter seinem Gürtel gezogen und auf Aurinius geschleudert.

Doch zu Glins großer Überraschung wischte sein Gegenüber beinahe beiläufig mit der Hand durch die Luft, worauf die Klinge an ihm vorbeiflog und irgendwo hinter ihm zu Boden fiel.

Nun lag ein bedrohliches Funkeln in Aurinius' Augen. »Ich habe doch gesagt, dass ich Ihre Freunde nicht benötige.«

Mit gezogenen Klingen schritten die beiden Schakalsoldaten vor. Glin warf aus der Drehung ein weiteres Messer, diesmal nach dem Schakal rechts von ihm – instinktiv riss der den Arm hoch. Das Wurfgeschoss prallte mit einem glockenhellen Ton von der Unterarmschiene ab, doch die Ablenkung reichte aus. Der Schakal kassierte einen Tritt von Yrrein und fiel zu Boden. Glin täuschte einen Tänzelschritt an. Dann rammte er Aurinius unversehens die Schulter vor die Brust und sie fielen beide.

Aus dem Augenwinkel sah er, wie Falk sich dem zweiten Schakal in den Weg stellte.

Er hörte Schreie … von Shalimo, von Sira.

Irgendwo zersprang klirrend Shalimos Phiole und dichter violetter Rauch hüllte alles ein.

Glin konnte nur hören, wie Yrrein sich mit dem zweiten Schakal duellierte und ihre Klingen rasch aufeinandertrafen. Wieder und wieder.

Er rollte sich seitlich ab und schnellte auf die Beine, um sich wieder auf Aurinius zu stürzen. Doch der duckte sich weg und streckte Glin mit einem Fausthieb unter das Schulterblatt nieder, sodass es ihm die Luft aus den Lungen presste. Er stöhnte vor Schmerz und Tränen traten ihm in die Augen, doch er sprang erneut auf. Mit verschwommenem Blick sah er Aurinius erneut mit dem Arm durch die Luft wischen und spürte diesmal, wie eine unsichtbare Kraft ihm die Füße wegzog. Die Welt explodierte in bunten Farben, als er mit dem Gesicht aufschlug. Als er den Kopf hob, um den verdammten Magier bloß nicht aus den Augen zu lassen, förderte dieser etwas Metallenes von der Größe eines kleinen Spielballs aus seiner Tasche zutage. Beinahe lässig schleuderte er das Ding in die Richtung, in der Glin hinter dem Rauch Shalimos Wagen vermutete.

Er hatte gerade die Knie angezogen, um sich erneut auf den Magier zu stürzen, als ein ohrenbetäubender Knall alles beendete. Die Welt vor Glins Augen tauchte in den lodernden Schein eines Infernos. Die Druckwelle warf ihn erneut zu Boden, genau wie alle anderen – der farbige Nebel wurde davongeweht, als Shalimos Wagen explodierte. Trümmer flogen umher, Schreie ertönten, das Chaos war perfekt.

Die Hälfte des Theaters ging augenblicklich in Flammen auf. Alle waren um- und übereinandergefallen wie Marionetten mit durchgeschnittenen Fäden.

Nur Aurinius schritt aufrecht durch die absurde Szenerie.

»Shalimo«, kreischte Sira.

Doch Aurinius zerrte das Mädchen an ihren Haaren auf die Beine. »Shalimo.« Ihre Schreie waren tränenerstickt und wurden zu einem Jammern, während Aurinius sie ohne Erbarmen am Oberarm mit sich schleifte und Glin im Vorbeigehen einen Tritt in die Seite versetzte, sodass es ihm erneut den Atem nahm.

»Lassen Sie sie los!«, hörte Glin Yrrein drohen. »Oder ich bringe Ihren Mann um.«

Glin drehte mühsam den Hals – Yrrein hatte einen der Schakale auf den Bauch gedreht. Sie kniete über ihm und richtete seine eigene scharfe Klinge auf ihn.

»Das ist ein Söldner. Ich habe ihn dafür *bezahlt*, sein Leben zu riskieren. Es würde Sie im Gegenzug nur das Leben Ihrer jungen Freundin hier kosten«, erwiderte Aurinius und schüttelte Sira wie eine Puppe. »Aber wie Sie wollen …«

Ein weiterer Wink mit der freien Hand und Yrreins erobertes Schwert flog fort.

Sira wimmerte kraftlos.

»Sie *werden* für mich arbeiten. Ihre kleine Freundin hier nehme ich als Pfand mit«, drohte Aurinius. »Und jetzt lassen Sie meine Leute gehen!«

Schnaubend ließ Yrrein von dem Schakal ab. Der stand mühsam auf, sein Kamerad, dessen Maske verbeult war, half ihm dabei.

»Begraben Sie Ihre Toten, Glin Melisma«, sagte Aurinius mahnend. »Ich treffe Sie morgen zur Mittagsstunde am Übergang zur Piazza Sublime. Dann werde ich Ihnen mitteilen, was Ihre erste Aufgabe in meinen Diensten sein wird.« Er übergab die weinende Sira dem festen Griff des weniger mitgenommenen Schakals. »Solange Sie tun, was ich von Ihnen verlange, Signore und Signori, wird es Ihrer kleinen Freundin hier an nichts fehlen. Sollten Sie sich hingegen weigern oder gegen mich konspirieren, bekommen Sie am jeweils folgenden Tag Finger per Kurier zugeschickt – die Anzahl richtet sich dann nach der Schwere Ihres Aufbegehrens.«

Geschwind verließen Aurinius und seine Schakale das halb zerstörte Theater. Sie hatten Sira in das Boot gestoßen und abgelegt, ehe die ersten der übrigen Schausteller herbeigeeilt waren, um den Herbstgängern in ihrem zertrümmerten Theater zu Hilfe zu kommen.

2.

Einen Arzt, verdammte Scheiße«, brüllte Glin. Er herrschte einen jungen Kerl an, einen Schausteller, der ratlos vor dem Chaos herumstand. »Hol irgendwen, der etwas von Medizin versteht. Was er kostet, ist mir völlig egal.«

Talmo war bleich, als hätte man alles Blut aus ihm gesaugt. Er war trotz des Infernos nicht aufgewacht, sein Atem war so flach, dass er kaum noch zu spüren war, und der ganze Körper schien zu beben, wenn man die Hand auf ihn legte.

Shalimo sah ebenfalls schlimm aus. Die Explosion hatte ihn

über den halben Platz geschleudert und ihm den linken Arm oberhalb des Ellenbogens abgerissen. Von dem chemistischen Feuer war seine gesamte linke Seite verkohlt – es floss kaum Blut. Er war ebenfalls ohne Bewusstsein, glich mehr einem Toten als einem Lebenden. Madeire und Falk mühten sich nach Kräften um ihn. Yrrein war auf der Suche nach medizinischer Hilfe losgesprintet, als wäre Illismea höchstselbst hinter ihr her, während Glin Talmos Kopf im Schoß wiegte und ihm verzweifelt übers Haar strich.

Was haben sie mit dir gemacht?

Ein paar ausgerissene Fingernägel und eingeschlagene Zähne waren ekelerregend schmerzhaft, aber nicht verantwortlich für Talmos Delirium. Glin fragte sich, ob man ihn mit Giften gefoltert hatte – es gab Chemistiker, die entsetzliche Dinge herstellen konnten.

Immer wieder kehrten seine Gedanken zu Sira zurück. Wo sie vielleicht hingebracht wurde. Was man ihr möglicherweise antat.

Zorn brannte in Glin. Der Zorn auf Aurinius von Veelyn und die Schakale von Jaerhella – und ganz besonders der Zorn auf seine von den Göttern verfluchte Hilflosigkeit. Er versuchte, sie mit Rachegedanken zu betäuben und malte sich aus, wie er Aurinius jeden Finger einzeln abschneiden würde und wie die Herbstgänger in den Süden nach Jaerhella reisen und mit einer Intrige den gesamten Söldnerorden ausradieren würden.

Man demütigte und tötete die Herbstgänger nicht. Nicht, solange die Siebenfaltigkeit über die Welt wachte. Nicht, solange Glin Melisma auf der Ruhenden Welt wandelte.

Irgendwie würden sie aus diesem Elend hier herauskommen. Arme konnte man ersetzen, es gab einige seltene, aber hervorragende von den Skyldar gefertigte mechanische Prothesen – und gemarterte Seelen konnten sich den Schmerz mit Wein aus dem Leib spülen.

Sie würden das hier überstehen, schwor sich Glin leise und vor Zorn glühend, während er auf Hilfe wartete.

3.

Schließlich kam Hilfe; gleich drei Dottores des Spitals der barmherzigen Paiendra mit Trägern. Und sie transportierten Talmo und Shalimo ab. Glin wusste nicht, was Yrrein ihnen für diese Behandlung versprochen hatte – aber ganz gleich, was es war, sie würden es zahlen. Die Herbstgänger häuften seit Jahren ein Vermögen an.

Das Spital ähnelte einem enormen weißen Palazzo und war im Vorhof der Ewigkeit gelegen. Glin wich in den marmorverkleideten Hallen nicht von Talmos Seite, während die Dottores Talmos Puls prüften, an seinem Atem rochen, ihn von oben bis unten abtasteten, seine geschundenen Finger verbanden. Dann legten sie ihm Breiwickel an und schickten nach einem Apotheker, der mittels seiner chemistischen Fertigkeiten Talmos Blut auf bekannte Gifte untersuchen sollte.

Der Erstverantwortliche, hager und mit Spitzbart, wandte sich schließlich an Glin. »Ich fürchte, ich kann Ihnen nicht viel Hoffnung machen, Signore …«

»Melisma.«

»Signore Melisma, richtig. Ich fürchte, die Lebenssäfte Ihres … Freundes …« »Meines *Vaters*«, berichtigte Glin.

»Ja«, der Dottore kratzte sich am Kopf. »Also, ich fürchte, es sieht nicht gut für Ihren Vater aus. Wir können keine inneren Verletzungen ertasten, was aber nicht zwingend heißt, dass er keine hat – doch er scheint im Augenblick kein weiteres Blut zu verlieren. Wir können versuchen, nach althergebrachter Methode, seine Säfte wieder zum Fließen zu bringen. Und vielleicht haben wir auch außerordentliches Glück und stoßen auf ein Gift, für das wir eine Gegenmittel besitzen – aber wissen Sie, wenn ein gerissener Chemistiker hinter dem Zustand Ihres Vaters steckt, ist es eher unwahrscheinlich, dass –«

»Schon gut«, unterbrach Glin ihn. »Sparen Sie sich die Ausführungen und tun Sie einfach, was in Ihrer Macht steht.«

Der Dottore nickte. »Dies ist das *renommierteste* Spital der gesamten Dämmerküste. Unsere –«

Glin drückte ihm umgehend seine Geldbörse in die Hand. Der Dottore stutzte.

»Das ist es doch, was Sie wollen, oder, Dottore?«, knurrte Glin. »Zählen Sie nach! Es müsste sich ungefähr der Gegenwert zweier Goldsaldi darin befinden. So viel haben sonst nur reiche Kaufleute und Fürsten bei sich und Sie erhalten es zusätzlich zu der beträchtlichen Summe, die Signorina Yrrein de'Faey Ihnen sicher bereits gezahlt hat, damit Sie Ihren verwöhnten Hintern durch die halbe Stadt bis hinaus auf den Amboss schleppen. Sie können Saldi von mir bekommen, bis Sie daran ersticken – nur hören Sie auf, viele Worte zu machen und kümmern sich um meinen Vater und Signore Shalimo Vos!«

Er trat einen Schritt auf den Arzt zu.

»Wie lautet Ihr Name, Dottore?«

»Magister Dottore Theresi, Dozent an der *Ehrwürdigen Akademie* von –«

»Dottore Theresi also«, unterbrach Glin die Aufzählung aller medizinischen Ehrentitel. »Hören Sie, Dottore Theresi – wenn Talmo Melisma nicht überleben sollte, ist das eine Tragödie für mich. Sollte er das allerdings nicht tun, weil ich das Gefühl habe, irgendjemand in diesem renommierten Spital hat nicht alles gegeben, um es zu verhindern … dann … Ich weiß zwar nicht, was man meinem Vater alles angetan hat – aber glauben Sie mir, Dottore: Ich bin weitaus kreativer.«

Der Dottore bekam große Augen, zögerte kurz, erhob jedoch keinen Einspruch. Seine Finger klammerten sich um Glins Gold. »Jede und jeder hier wird alles Erdenkliche tun, Ihren Vater zu retten, Signore Melisma. Seien Sie dessen gewiss.«

4.

Als Yrrein Glin schließlich aus dem Spital fortgezerrt hatte, war es bereits früher Abend und die Sonne hatte eine honiggelbe Farbe angenommen.

Wie in Trance hatte Glin den Nachmittag über gedankenversunken bei Talmo und Shalimo gesessen und dabei zugesehen, wie stündlich die Verbände gewechselt wurden. Um beide stand es schlimm. Große Brandwunden überzogen Shalimos linke Körperhälfte, an der der Arm fehlte. Dottore Theresi hatte ihn operiert und viel von dem verkohlten Fleisch entfernt. Nun war Shalimo mit Bandagen, Kräuterpackungen und Salben überzogen, die Entzündungen verhindern oder beruhigen sollten.

Sira hätte es das Herz gebrochen, ihn so zu sehen – aber Aurinius hatte sie ja verschleppt und Glin hatte es nicht verhindern können.

Yrrein hatte lange auf ihn eingeredet. Die anderen brauchten seine Hilfe und für Talmo und Shalimo konnte er nichts tun. So waren sie schließlich aufgebrochen.

Als er nun im Abendlicht die Ruine des Theaters betrat, rollten stumme Tränen seine Wangen hinab. Die Solidarität unter den Schaustellern des Jahrmarktes hatte so weit gereicht, dass man ihre Pferde beruhigt und versorgt hatte und dass man Madeire und Falk dabei geholfen hatte, alle Brandherde zu beseitigen und die allergröbsten Trümmer ein wenig beiseitezuräumen. Dennoch war vom Glanz des Mechanischen Theaters nicht mehr viel übrig. Küche und Labor existierten nicht mehr – Aurinius' Bombe hatte alles in die Luft fliegen lassen, was Shalimo über die Jahre an explosiven Ingredienzien gesammelt hatte. Das rechte Drittel der Bühne war geborsten, ebenso wie an der gegenüberliegenden Seite die Sitzreihen der Tribünenaufbauten.

Madeire war stoisch und mit hochgekrempelten Ärmeln damit

beschäftigt, Schutt und Splitter zusammenzuschaffen. Ihre Augen waren vom Weinen rot und geschwollen. Falk räumte mit versteinerter Miene die größeren Holzbalken fort. Sie hatten ein provisorisches Schild gezimmert, auf das *Vorerst keine weiteren Vorstellungen* gepinselt war.

»Wie geht es ihnen?«, fragte Madeire mit matter Stimme.

Und Glin erzählte, was er wusste.

»Das Spital verriegelt über Nacht die Tore«, schloss er.

»Ach ja?«, brummte Falk. »Ich dachte, Schlösser sind das geringste Problem, das ihr findigen kleinen Mechanisten-Würmer habt.«

»Ich wäre über Nacht geblieben, aber es bringt ja nichts, solange Sira nicht in Sicherheit ist – Talmo hätte mich mit wüsten Drohungen hinausgeworfen, wenn er gekonnt hätte …«

»Hm.« Falk grummelte. »Entschuldige, es war ein unfassbar mieser Tag. Nicht mal als Arbo gestorben ist, war es so schlimm.«

Glin schluckte verbissen.

»Was tun wir jetzt?«, wollte Madeire wissen. Es klang tonlos.

Und Glin wurde auf einmal bewusst, dass sich alle Augen auf ihn richteten. Aber er hatte keine Antwort, keinen Plan, keinen wohlüberlegten Streich, der sie aus allem hier rausreißen würde.

Er blickte in die Runde. Vier von ihnen saßen hier. Sieben hätten es sein sollen. In einer perfekten Welt sogar acht, wenn man Arbo mitrechnete. Vier von acht. Gerade einmal die Hälfte. Es war zum Verzweifeln.

Glin vergrub das Gesicht in beiden Händen und beobachtete, wie bunte Farben vor seinen Lidern tanzten.

Was blieb ihnen noch? Geld. Ja, natürlich. Aber Geld war in der Welt der Diebe und Betrüger keine sonderlich harte Währung, wenn man wirkliche Probleme hatte. Informationen waren die Währung, auf die es ankam – das Wissen darum, was andere antrieb, was sie liebten, was sie fürchteten, was ihnen heilig war und wofür sie sich schämten. Das Wissen darum, wie man andere dazu brachte zu tun, was man von ihnen wollte.

Aurinius hat unsere Schwachpunkte getroffen: Freundschaft und Familie. Mit Sira in seiner Gewalt würden sie alles tun, was er von ihnen verlangte.

Geld konnte beinahe zu völliger Nutzlosigkeit verkommen. Man konnte es weder essen, noch konnte es liebgewonnene Menschen ersetzen.

Zeit. Zeit war eine weitere harte Währung, wenn man ein Dieb war. Zeitdruck konnte in kleinen Dosen ein wunderbarer Antrieb sein. Und größerer Zeitdruck machte unvorsichtig und verwundbar.

Verbündete. Verbündete steckte Glin in eine andere Kategorie. In einem Metier, in dem es darum ging, möglichst viele Leute um möglichst große Summen zu betrügen, waren Verbündete so etwas wie Felsen in der Brandung. Jemanden zu haben, dem man vertrauen konnte in einer Umwelt, die das eigentlich verbot, war ein unschätzbarer Vorteil. Nicht nur fürs Geschäft, sondern allein bereits als Lebensversicherung.

Wie dumm nur, dass die Herbstgänger außer Geld im Grunde genommen nichts von all dem hatten.

Besser, als auch noch pleite zu sein. Glin merkte, wie er sich beruhigte. Wie sein Puls langsamer wurde. Er brauchte also einen Plan. Er musste Informationen beschaffen, Schwächen auskundschaften, Beziehungen knüpfen – und vor allem musste er die Stücke des Mosaiks richtig zusammensetzen.

Ein Plan musste her.

Wer war dieser Aurinius von Veelyn? Warum folterte er Talmo, aber nicht Glin, wenn er doch etwas Bestimmtes von ihnen wollte? Wieso heuerte er Schakale an? Dieser altehrwürdige Söldnerorden nahm nach Glins Wissen nur Aufträge an, bei denen etwas von wirklichem Interesse für den Orden heraussprang. Welche Spielchen spielte hier wer und warum? Je länger Glin nachdachte, desto sicherer wurde er: Hier ging es um mehr als nur um Talmos und Aurinius' Geschichte. Glin wusste nicht, um was es ging – aber die einzelnen Mosaikstücke waren zu groß für etwas Einfaches wie die Rache eines verschmähten Liebhabers.

Glin öffnete die Augen und begegnete den Blicken der anderen drei Herbstgänger. »Wir können wenig tun, außer morgen zu diesem Treffen gehen.«

»Das ist alles, was unser Berufsschlaumeier dazu zu sagen hat?«, knurrte Falk.

Glin sah ihn schief an. »Wenn du einen besseren Vorschlag hast, graue Eminenz, brauchst du ihn nicht vor lauter Höflichkeit zurückzuhalten.«

Falk schwieg.

»Dankeschön«, meinte Glin. »Tatsache ist: Unsere Freunde sind gefangen oder schwer verletzt, wir sitzen hier in den Trümmern unseres Theaters und wir wissen absolut nicht, was hier eigentlich vor sich geht.« Er beugte sich vor. »Aber eines garantiere ich euch, bei Din Vestros grinsender Maske: Wir werden dahinterkommen und Aurinius anschließend jede Rippe und jeden Finger einzeln brechen.«

»Nette Idee, das mit dem Rippenbrechen«, sagte Yrrein. »Aber bislang wissen wir nur, dass es da einen Magier gibt, der uns vernichtend geschlagen hat. Und das scheinbar mühelos – weil er aus irgendeinem Grund sehr viel mehr kann als die eingebildeten Typen, die auf Jahrmärkten ein paar Funken sprühen und bunte Rauchbomben hochgehen lassen. Schlimmer noch: Er weiß nun, dass wir es durchaus mit zwei Schakalen von Jaerhella aufnehmen können und keinen Funken Angst vor ihnen haben.«

»Sie hat recht, Glin«, stimmte Madeire zu. »Unsere Lage ist im Grunde aussichtslos.«

»Das weiß ich selbst, danke.« Glin holte eine blässlich rote Lederbörse hervor und schüttelte den Inhalt in seine Handfläche. »Aurinius hatte Münzen aus einem halben Dutzend Ländern dabei. Florint, Heller, Dinare, Taler, Groschen und Was-weiß-Marcator-noch-alles.«

Madeire und die anderen starrten auf die Münzen.

»Du hast ihm die Geldbörse gestohlen? Wann?«

Glin verzog das Gesicht. »Als ich ihm eine runtergehauen habe. Ich dachte, es würde uns vielleicht etwas über ihn verraten. Aber die ganzen Währungen hier verraten uns nur, dass er viel herumkommt. Das ist also wenig hilfreich.« Er blickte in die Runde. »Also: Habt ihr bessere Vorschläge, außer dass wir uns morgen Mittag mit Aurinius treffen und hören, was er will?«

»Nein«, meinte Madeire – Glin konnte die Tränen in ihren Augen glitzern sehen. »Aber wir müssen doch irgendetwas tun. Wenn ich daran denke, was wir heute alles verloren haben …«

Glin versuchte, einen beruhigenden Ton anzuschlagen. »Wir *können* etwas tun.«

Die anderen horchten auf.

»Es ist nicht viel und es wird sich auch nach nicht viel anfühlen, aber es ist besser als nichts.«

5.

Es fühlte sich tatsächlich nicht nach sehr viel an, doch besser als im Bett zu liegen und nicht schlafen zu können, war es allemal. Das zerstörte Theater musste vor Plünderern geschützt werden. Kurzerhand montierten Glin und Yrrein die zerstörten Teile ihrer ausgeklappten Wagen ab. Verbogene Streben, gesplitterte Latten und Träger, unzählige Zahnräder, Speichen und Achsen fielen mit jeder herausgedrehten Schraube und jeder gelösten Mutter ab. Falk nahm zwei der Pferde und zog alle Trümmer des Laborwagens sowie alle weiteren zu großen Stücke ins Innere ihrer Wagenburg, während Madeire die Kleinteile sammelte.

Schließlich – im Schein ihrer verbliebenen Glühkugeln und während der zerbrochene Mond bereits seine zersplitterte Bahn über das Firmament zog – konnten sie mit den verbleibenden Wagen auf eine Weise rangieren, die es ihnen erlaubte, eine neue, kleinere und schlechter einzusehende Wagenburg aus dem zu bilden, was die Explosion übrig gelassen hatte. Halb tot vor Erschöpfung, Wut und Zweifeln fanden sie sich auf den Stufen zur Requisite wieder, jenem Wagen, den Yrrein und Madeire sich teilten.

»Bei Marcators fettem, haarigem Hintern«, stöhnte Falk. »Ich bin so fertig wie eine Herde Maultiere, die den ganzen Tag über wie blöde geschuftet hat.«

»Du trinkst zu viel«, versetzte Madeire.

»Kann schon sein«, knurrte der Priester.

Yrrein wechselte das Thema. »Was machen wir mit Atteo Enzo?«

Glin überlegte kurz.

»Wir erhalten die Fassade aufrecht«, meinte er schließlich. »Das Gemälde dürfte irgendwann in den nächsten Tagen fertig werden. Wer weiß, wozu es uns nützen kann?«

»Das wird anstrengend.«

Glin nickte. »Das wird es. Aber Aurinius wird lernen, mit wem er sich angelegt hat.«

Er nahm eine Feldflasche mit Trinkwasser und hob sie in die Höhe wie einen Trinkpokal. »Ich erhebe mein Glas auf unsere finsteren Herzen, die unseren Freunden und unserer Familie gehören. Auf die Verletzten und Verschollenen. Auf Rache, so süß wie der letzte Honig vor dem Winter. Auf bessere Zeiten, an denen wir Geschichten erzählen werden, von allzu stolzen Magiern und gefallenen Schakalen. Wenn wir nur dreist genug sind …«

»… stehlen wir die gesamte Ruhende Welt!«, antworteten seine drei Weggefährten im Chor.

Es erfüllte ihn mit einem Funken Hoffnung, der ihm half, die eigene Niedergeschlagenheit zu überspielen. Er hatte nämlich nicht den leisesten Hauch einer Ahnung, wie sie alle heil aus diesem hässlichen Spiel hervorgehen sollten.

»Mit einem Kuss auf die Stirn«, hauchte er in die Nacht.

»Und einem Gebet auf den Lippen«, kam die Antwort.

7. KAPITEL

Illismea und Din Vestro

1.

Glin hasste es, wenn er die Dinge nicht selbst in der Hand hatte oder schlimmer noch: wenn er sie dem Schicksal überlassen musste. Es machte ihn nahezu wahnsinnig, wenn ihm ein Plan entglitt und er nicht bestimmen konnte, wer wann und wo den nächsten Schritt machte.

Ihm war vor Unruhe und Zorn so schlecht, dass er kaum eine Stunde geschlafen hatte. Bereits in der ersten Morgendämmerung saß er wieder oben auf den Überresten der Tribüne und sah den letzten Bruchstücken des Mondes dabei zu, wie sie hinter dem Horizont versanken. In seiner Brusttasche zirpte Schönheit.

Schließlich hielt er es nicht mehr aus und begann, ziellos durch die Stadt zu wandern. Er durchquerte die Hölzerne Bank, die Stählerne Bank, die Insel unter den Fittichen, den Markt. Er wechselte häufig die Richtung und wusste nicht recht, wohin mit sich. Überall waren die Vorboten des nahenden Unabhängigkeitsfestes zu sehen. Die Mosmerani befestigten Wimpel und Girlanden an Hauseingängen und Balkonen, schmückten Straßenlaternen mit Fähnchen, hängten bunte Schilder vor die Türen. Die Zimmer der Gasthäuser füllten sich mit schaulustigen Gästen aus der gesamten Ruhenden Welt. Und auch jenen Handwerkern, Marktleuten und Dockarbeitern, die schon in dieser von den Göttern verfluchten Frühe unterwegs waren, stand die Vorfreude ins Gesicht geschrieben.

Glin hasste all dies.

Eine Woche lang würde die gesamte Stadt feiern, wie vor beinahe sechshundert Jahren die Belagerung durch Vorlana, die Mondsüchtige Kaiserin, niedergeschlagen wurde. Vorlanas Niederlage gegen Mosmerano war ein Wendepunkt im Niedergang von Amantis' Dynastie gewesen. Eine Woche, während der die meisten Menschen verkleidet wie die Idioten durch die Stadt laufen und bis zur Besinnungslosigkeit feiern würden.

Doch Glin war in Gedanken woanders: Talmo, Shalimo, Sira, Aurinius. Die Namen kreisten wie ein Karussell durch seinen Verstand.

Noch nie hatte er einen Magier derartige Dinge tun sehen wie Aurinius. Die wenigen, die mit Magie ihren Lebensunterhalt verdienten, waren meist Schausteller, die ein paar rote und blaue Funken aus den Fingerspitzen aufsteigen ließen und dann mittels einiger Taschenspielertricks scheinbar aus dem Nichts Kröten hervorzauberten – oder durch Magie ein mechanisches Tierchen für ein paar Augenblicke so lebensecht wirken ließen wie Schönheit – oder die aus Rauch flüchtige Kunstwerke in Form von Figuren und Gesichtern woben. Entweder beherrschte Aurinius die besseren Taschenspielertricks oder es gab ein anderes Geheimnis dahinter. Glin musste es herausbekommen.

Dazu kamen noch die Schakale von Jaerhella. Aurinius musste ihnen etwas dermaßen Interessantes angeboten haben, dass sie nicht hatten widerstehen können und in seine Dienste getreten waren. Und wenn es auch nur eine groteske Menge Gold und Silber war – aber irgendetwas *musste* die Schakale überzeugt haben.

Wie fängt man einen durchgedrehten, übermächtigen Magier, der die besten Leibwächter der Ruhenden Welt hat? Und wie bringt man dabei auch noch seine Freunde sicher nach Hause?

Als das Spital öffnete, hatte Glin bereits seit einer halben Stunde vor dem Tor gewartet. Doch sowohl Talmo als auch Shalimo lagen immer noch starr, bewusstlos und mit flachem Atem auf ihren Krankenlagern.

»Dottore Theresi war bis vor wenigen Stunden hier, Signore Melisma«, beteuerte ihm eine der weißgewandeten Paiendraschwestern, deren Augen von zu wenig Schlaf tief umschattet waren. Ihr müdes Gesicht sah so gerädert aus wie Glin sich fühlte. Sie war dabei, Talmos Breiwickel und seine Verbände zu wechseln. »Wir tun, was wir können – aber einige Dinge liegen nicht in unserer Macht. Vielleicht gehen Sie zum Tempel der Paiendra, Signore. Die barmherzige Herrin freut sich sicherlich über Ihr Gebet. Ich weiß, die eigene Untätigkeit ist das Schlimmste, wenn man um jemanden bangt. Aber ich fürchte, Beten ist das einzig Sinnvolle, was Sie tun können.«

Glin spürte erneut die Wut in sich aufwallen – aber gegen wen sollte sie sich richten? Die Schwester hatte Talmo nicht gefoltert. Dottore Theresi ebenfalls nicht.

Er küsste seine beiden Freunde auf die Stirn, bevor er das Spital mit hängenden Schultern wieder verließ. Zu einem Tempelbesuch hatte er jedoch wenig Lust. Wenn im nie vollendeten Mosaik der Götter ein Fehler aufgetreten war, für den Talmo geradestehen musste, dann konnte sich zumindest Glin nicht daran erinnern.

Aurinius war wie ein unbekannter Schatten aus Talmos Vergangenheit aufgetaucht – einer Vergangenheit, über die Glin dachte, Bescheid zu wissen. Aber je länger er darüber nachdachte, desto mehr schien ihm, dass er den jungen Talmo Melisma eigentlich gar nicht kannte und auch nicht einschätzen konnte. Er wusste nicht, ob er möglicherweise irgendwelche Rechnungen offen hatte.

Worin auch immer Talmos Schuld bestand, Glin würde nur zu gerne für sie aufkommen. Das ging vermutlich nicht. Aber zumindest würde er sie auf seine Weise begleichen: mit Aurinius von Veelyns Blut.

Er machte einen erneuten Abstecher über den Markt, erstand einen Viertellaib Brot und etwas mit rotem Kümmel gewürzten Hartkäse, nahm die Brücke unter dem Spinnturm, ging zum Hafen hinunter und setzte sich ans äußerste Ende einer Kaimauer, wo er pflichtbewusst, aber lustlos aß.

Schönheit krabbelte aus seiner Brusttasche und setzte sich leise zirpend auf sein Knie. Der frische Wind wehte von der Lagune her über die Stadt und blies Glin die ungewaschenen Haare aus dem Gesicht.

Erst als er drei Viertel des Käses verschlungen hatte, wurde ihm bewusst, wo er saß: auf einer Kaimauer an einem Hafen. Auf einer ebensolchen Mauer hatte er mit Talmo am Abend ihres Kennenlernens gesessen, nachdem dieser dem Waisenhausbesitzer Finuel Bá viel Silber für den kleinen Dieb gezahlt hatte.

Glins Ohnmacht brach sich einen Moment lang Bahn. Die übrigen Herbstgänger durften die stillen Tränen der Verzweiflung, die er hier draußen vergoss, niemals sehen, schon gar nicht Yrrein. Sie würden allesamt den Mut verlieren, wenn schon ihr dreister Pläneschmied nicht weiterwusste. Er hatte die Dinge nicht selbst in der Hand.

Nur Schönheit zirpte tröstend gegen das Rauschen des Windes an.

2.

Eine Stunde vor dem Mittag war Glin zurück am Mechanischen Theater.

»Es tut mir leid, Yrrein, wirklich.«

»Ich weiß«, murrte sie. »Ich habe nur keine Lust, hier herumzusitzen und nichts zu tun.«

»Alles, was uns bleibt, sind unser Geld und unsere Requisite. Hier darf niemand auf die Idee kommen, dass man bei uns etwas plündern könnte. Du bist unsere Ein-Frau-Armee und kannst die kräftigsten Tritte austeilen, falls es doch jemand versucht.«

»Ach, spar's dir.«

»Es tut mir leid. Wir kommen so schnell zurück, wie wir können«, versprach er.

Yrrein schnaubte zum Abschied. Missmutig stapften Glin und Falk los. Madeire war im Spital.

Zum zweiten Mal betrat Glin heute die Brücke unter dem Spinnturm, der krakengleich seine Beine von einem Ufer des Kanals zum anderen streckte.

Aurinius machte sich gar nicht die Mühe, nicht aufzufallen oder in der Menge zu verschwinden. Er wartete am anderen Ende der Brücke, barfuß, das feuerrote Haar im Wind über dem Kanal flatternd – flankiert von zwei Schakalen, bedrohlich genug, dass alle Fußgänger große Bögen um sie machten.

»Also dann«, murmelte Glin mehr zu sich selbst als zu Falk und schritt zielstrebig auf den Magier zu.

»Glin«, begrüßte Aurinius ihn mit ausgebreiteten Armen wie einen lange vermissten Freund. »Wie schön, dass Sie es einrichten konnten.«

»Dass Sie ein Arschloch sind, ist vermutlich keine Neuigkeit für Sie, oder?«

Aurinius wiegte den Kopf. »Ich glaube, meine Mutter erwähnte so etwas bereits, als sie mich gestillt hat – man gewöhnt sich an alles. Aber für jemanden, der als Schauspieler getarnt durch die Lande zieht und regelmäßig stielt, urteilen Sie überraschend leichtfertig über andere, Glin.«

»Sagen Sie einfach, was Sie von mir wollen.«

»Ah, nicht so schnell.« Aurinius klatschte begeistert in die Hände. »Ich möchte mich gerne ein Weilchen mit Ihnen unterhalten.«

»So wie Sie sich mit Talmo *unterhalten* haben? Daumenschrauben, Skalpelle und Knochenbrecher? Nein, danke, ich verzichte.«

Der Magier mimte den Enttäuschten. »Ach Glin, ich habe doch

gesagt, dass ich Ihre Hilfe benötige, da kann ich Sie nicht zuvor arbeitsunfähig machen.« Er warf einen seitlichen Blick auf Falk. »Ihren dicken, alten Freund dort … bei dem könnte ich es mir überlegen. Ich glaube, seine Dienste benötige ich nicht.«

»Unterstehen Sie sich!«

»He, Sie!«, rief Aurinius in Richtung Falk. »Lassen Sie mich bitte mit Signore Melisma allein.«

Falk brummte etwas bedrohlich Klingendes in seinen Bart, aber Glin warf ihm einen flehenden Blick zu. »Bitte.«

Widerwillig zog sich der Din-Vestro-Priester zurück, während Aurinius Glin einlud, ihm zu folgen.

Sie verließen die Brücke in Richtung Markt, bogen jedoch bald ab und folgten einem Gewirr aus kleinen Gassen, bis sie zu einem Bootsanleger kamen, an dem ein weiterer Schakal wartete und einen jener überlangen Riemen bereithielt, mit dem schlanke Holzboote durch die Kanäle und Wasserstraßen Mosmeranos manövriert wurden.

»Wie viele von diesen Schakalen haben Sie eigentlich gemietet?«, wollte Glin wissen.

»Genug, damit Leute wie Sie mir nicht gefährlich werden können. Ziehen Sie doch bitte Ihre Schuhe aus.«

»Wie bitte?«

»Ziehen Sie bitte Ihre Schuhe aus, Glin. Und legen Sie alle Messer ab, die sich in den Ärmeln und Falten Ihrer Kleidung befinden.«

Glin förderte drei kleine Messer zutage und warf sie missmutig auf den Steg. Dennoch wies Aurinius seine Schakalsoldaten an, ihn gründlich zu filzen, sodass Glin bald auch die übrigen beiden Messer, das Stilett in seinem Ärmel sowie die Rasierklinge in seinem linken Schuh los war.

»Sie sollten des Öfteren barfuß laufen, Glin«, merkte Aurinius an. »Das hilft, die Bodenhaftung zu bewahren. Und jetzt steigen Sie bitte ein.«

Der Steg und das Holz des Bootes fühlten sich rau an unter

Glins nackten Fußsohlen. Nur Aurinius und der Schakal mit der Stocherstange betraten nach ihm das Boot, die beiden anderen Leibwächter blieben am Ufer.

Sie wissen genau, dass ich ihnen nichts anhaben kann.

Der Schakal fing an zu staken und sie bogen in den Bootsverkehr ein, weg vom Spinnturm, und begannen, entlang des Marktbezirks in Richtung Norden zu fahren. Die Kanäle der Stadt waren von dunklem, undurchsichtigem Grün. Grund dafür waren Allerlei Schlick und Algen, die sich an den Fundamenten absetzten – und wohl auch Unrat, Müll und sonstiger Dreck. Dazwischen lebten Hellebardenfische und Pestrochen, die auf alles warteten, was sich zur falschen Zeit zu ihnen ins Wasser gesellte.

Selbst hier auf den Kanälen war man vor dem geschäftigen Treiben der Markleute nicht sicher. Manche hatten sich schwimmende Stände auf Booten gezimmert, weil sie keine festen Standplätze auf dem Markt hatten ergattern können, und boten ihre Waren nun hier feil. Vorbeifahrende Passagier- und Transportboote gab es reichlich – es musste sich also lohnen.

»Also«, eröffnete Glin schließlich das Gespräch. »Was wollen Sie von mir?«

»Sie sind ein Dieb, nicht wahr?«, äußerte Aurinius.

»Denken Sie in dieser Hinsicht, was Sie möchten.«

»Ich werte das als ein *Ja*.«

»Was wollen Sie dann von mir hören?«

»Ich möchte Sie nur ein wenig aufziehen Glin. Ich muss dieses Gespräch ohnehin mit Ihnen führen. Es geht nicht anders. Also lassen Sie mich mein Vergnügen dabei haben.«

Jetzt drehte sich Glin um und sah dem Magier zum ersten Mal direkt ins Gesicht. Wie hatte er den Ausdruck dort zu deuten? War es Stolz? Überheblichkeit? Arroganz?

»Erzählen Sie mir nicht, dass Sie meine Freunde foltern oder töten müssen, weil es nicht anders geht. Weil es Ihnen die pure Selbstlosigkeit so gebietet.«

Aurinius kniff die Lippen zusammen. »Es gibt ein paar Dinge, die größer und bedeutender sind als Ihre kleine Theatertruppe.«

»Und das rechtfertigt, was Sie getan haben?«

»Absolut.«

Er öffnete die obersten beiden Knöpfe seines schwarzen Hemdes und heraus baumelte Talmos Gildenabzeichen in Gold.

Nun war Glin tatsächlich kurz davor überzukochen. »Sie haben kein Recht, es zu tragen!«

»Wer sagt, dass es nicht mein eigenes ist?«

»Sie sind ein verdammter Magier, kein Mechanist.«

»Wieso kann ich nicht beides sein?« Aurinius schenkte ihm ein schiefes Grinsen. »Warum kann ich nicht Magier *und* Mechanist zugleich sein? Sie können doch auch gleichzeitig Mechanist, Dieb und Schauspieler sein.«

»Es ist nicht Ihres«, beharrte Glin. Er spürte, dass er recht hatte, auch wenn er nichts beweisen konnte.

»Bis gestern hat es Talmo Melisma gehört«, sagte Aurinius. »Das ist richtig. Jetzt ist es *meines*. Sie als Dieb müssten doch wissen, dass Besitz mitunter flüchtig sein kann. Hören Sie auf, vorschnell zu urteilen, Glin! Ich habe mir dieses Abzeichen verdient. Vor Jahrzehnten schon – und ich habe mir nur genommen, was mir rechtmäßig zusteht.«

»Sie sind widerlich.«

»Wie Sie sehen, Glin, kann ich gut damit leben, Sie schlaksiger Querulant.«

Das Schöne daran, so ein schlaksiger Kerl zu sein, ist: Man unterschätzt mich fortwährend, dachte Glin. *Niemand fürchtet sich vor einem jungen und zu dünnen Kerl.*

Er schnaubte. »Würden Sie mir dann freundlicherweise *endlich* erklären, was ich für Sie tun soll?«

»Sie sollen etwas für mich stehlen.« Aurinius behielt unbeirrt ein Lächeln auf dem Gesicht.

»Sie zwingen einen Dieb dazu, etwas zu stehlen? Originalität ist offenbar nicht Ihre Stärke. Vielleicht haben Sie deswegen kein *eigenes* Abzeichen.«

Das Lächeln des Magiers erstarb. »Sie haben ein ziemlich loses Mundwerk, Glin Melisma.«

»Ich glaube, meine Mutter erwähnte so etwas bereits, während sie mich stillte«, äffte Glin ihn nach.

Er hatte erwartet, von Aurinius zumindest einen zornigen Blick zu erhalten, doch der Magier wandte sich stattdessen ab und sah hinaus auf den Kanal. Sie hatten mittlerweile das nordöstliche Ende des Marktviertels erreicht und bogen nach Westen ab, sodass man hinter ihnen einen Blick auf die Ertrunkene Stadt erhaschen konnte. »Was hat Talmo Ihnen alles über mich erzählt?«

»Dass Sie ein elender Bastard sind.«

»Hören Sie auf, so unverschämt zu sein, sonst beginne ich, Körperteile Ihrer kleinen Freundin zu verschicken. Sie glauben gar nicht, wie viele davon man verlieren kann, bevor man stirbt.«

So stolz und von sich selbst eingenommen, Aurinius. Deshalb auch diese Possenspielchen mit so viel Überschwenglichkeit und Gehässigkeit.

Glin seufzte. »Talmo hat mir erzählt, dass Sie einer Gruppe namens Magietechniker angehören. Sie wollten ihn vor einer Ewigkeit ebenfalls für *deren* Sache gewinnen.«

Aurinius legte den Kopf schief. Sein Blick wurde leicht glasig. »Das ist eine sehr vereinfachte und einseitige Version der Geschichte. All die Dinge, die Talmo Melisma … *verbrochen* hat, hat er verschwiegen, oder?«

Glin blickte ihn an, sagte jedoch nichts.

Da lachte Aurinius auf. »Oh ja, sehen Sie sich an, Glin. Haben Sie ernsthaft geglaubt, Talmo Melisma wäre sein Leben lang nichts weiter gewesen als ein äußerst begabter Mechanist mit einem Hang zur Theaterbühne und zu Gaunereien? Ein mehr oder weniger unschuldiger Exzentriker?«

Es ärgerte Glin, dass er sein kurzes Erstaunen nicht besser hatte verbergen können. »Sie waren einmal Liebhaber.«

Aurinius' Lachen erstarb so plötzlich, wie es gekommen war. »So, das hat er Ihnen erzählt?«

Glin schüttelte den Kopf. »Eigentlich nicht. Das schließe ich aus der Art und Weise, wie Sie sich äußern. Es *muss* Ihnen etwas an Talmo liegen. Etwas ist zwischen Ihnen beiden vorgefallen. Etwas, das so weh getan hat, dass Sie sich dafür rächen wollten. Etwas Persönliches, etwas Intimes. Nichts, das mit Ideologie, mit der Arbeit für irgendwelche Untergrundgruppen oder mit der Leidenschaft für Ihre Magie zu tun hat. So wie Sie reagiert nur jemand, der zutiefst persönlich verletzt wurde.«

Der Magier kam ihm für einen Moment so nahe, dass er seinen parfümierten Atem riechen und einen Blick in die Abgründe der schillernden goldenen Augen werfen konnte. Doch er beherrschte sich und zuckte nicht einen Fingerbreit zurück. »Vielleicht bin ich auch einfach bloß ein Monster, Glin Melisma. Vielleicht schlägt in meiner Brust ein Herz, das seine Kraft aus Sadismus und Bosheit zieht. Haben Sie schon einmal an diese Möglichkeit gedacht?«

Er wandte sich abrupt ab und deutete nach Westen in die Ferne. »Sehen Sie die Hochwohlgeborene Insel und den Palast von Erzherzog Borgessa dort, Glin?«

Glin antwortete mit einem Brummen.

»Ich möchte, dass Sie von dort etwas für mich stehlen.«

»Aus dem Palast des Erzherzogs?« Glin biss sich auf die Lippe. *Na gut, das ist tatsächlich eine Herausforderung.*

»Genauer: Ich möchte, dass Sie etwas aus dem *Tresor* des Palastes für mich stehlen«, ergänzte Aurinius.

»In Ordnung. Was soll es sein?«, fragte Glin lediglich.

»Sie stellen sich nicht quer?«, wunderte sich Aurinius.

»Sie haben meine Freundin – Sie bestimmen die Regeln«, sagte Glin.

»Und ich dachte, Sie würden mich jetzt um ein Lebenszeichen anbetteln.«

»Würden Sie mir eines geben?«

»Nein.«

»Dann habe ich Sie doch richtig eingeschätzt, während Sie so aufgeplustert schwadroniert haben, Aurinius«, konterte Glin und registrierte die versteinerte Miene des Magiers. »Also brauchte ich auch nicht nach einem Lebenszeichen zu fragen.«

Der Magier schwieg.

»In Ordnung«, nickte Glin, um das Thema nicht zu vertiefen. »Erzählen Sie mir, was ich für Sie aus diesem Tresor holen soll.«

»Einen Herzstein«, sagte Aurinius.

»Was soll das sein?« Glin konnte mit dem Wort *Herzstein* nichts anfangen.

Aurinius verzog das Gesicht. »Sie sind ja herrlich unwissend, Glin. Ein Herzstein ist ein altes Skyldarartefakt. Ein Stein, der so lichtlos schwarz ist, dass man meint, man würde in ein bodenloses Loch gucken.«

»Ich dachte, Skyldarartefakte sind Mechaniken?«

»Das sind sie auch. Bis auf die Herzsteine. Sie sind Teil der Skyldarmagie, die hinter den kleinen und großen mechanischen Wundern steckt, die dieses Volk seinerzeit erschaffen hat.«

»Ich suche also einen schwarzen Stein?«

»Nicht irgendeinen klumpen Granit oder Marmor, Glin. Herzsteine sind magische Schöpfungen.«

»Und mal angenommen, ich würde es tatsächlich bis in den Tresor des Erzherzogs schaffen – wie finde ich dann diesen Stein?«

Aurinius führte beide Hände zu einer Schale zusammen. »Er ist ungefähr so groß und annähernd kugelrund. Er ist völlig glatt geschliffen – ohne Makel. Steht man vor ihm, erkennt man ihn mühelos.«

»Weil er so schwarz ist, dass er überhaupt kein Licht spiegelt – wie Sie bereits sagten, richtig?«

Aurinius nickte. »Sie werden Schwierigkeiten haben, ihn mit Ihren Augen scharf zu fokussieren. Er wird immer etwas unscharf erscheinen – aber es wird kein Problem sein, ihn zu erkennen.«

»Klingt unheimlich. Aber nicht halb so unheimlich, wie es klingt, für Sie zu arbeiten. Was muss ich noch wissen?«

»Mir ist nur bekannt, dass der Stein dort unten aufbewahrt wird. Es ist der größte seiner Art. Andere Herzsteine sind oft nur so klein wie Murmeln oder Stecknadelköpfe.«

»Aber Sie haben ihn noch nie mit eigenen Augen gesehen?«

Aurinius zog die Augenbrauen zusammen. »Es ist – wie gesagt – der Tresor Erzherzog Borgessas und nicht irgendeine Wanderausstellung. Glauben Sie, ich würde mich an Sie wenden und diesen ganzen Zirkus hier veranstalten, wenn ich einfach dort hineinspazieren könnte? Ich brauche den fähigsten Mechanisten und Dieb, den ich auftreiben kann.«

»Das wäre Talmo Melisma.«

»Er war so freundlich, mich an Sie zu verweisen. Oder so unverschämt – je nach Perspektive.«

»Ich fühle mich keineswegs geehrt«, meinte Glin. »Aber ich dachte, Sie wären neben Ihrer Profession als Magier zudem selbst ein Mechanist und hätten sich das Abzeichen verdient.«

»Ich habe nie behauptet, dass ich ein Mechanist wäre – nur, dass ich das Abzeichen verdient habe.«

»Das verstehe ich nicht.«

Aurinius lachte wieder. »Das kann ich mir vorstellen. Aber keine Sorge – Sie neigen dazu, überhaupt nicht viel von dem zu verstehen, was hier vor sich geht. Das ist aber auch gar nicht Ihre Aufgabe. Die lautet nämlich so: Beschaffen Sie mir den Herzstein aus dem erzherzoglichen Tresor. Anschließend können Sie Ihre junge Freundin Sira wiedersehen – hoffentlich in einem Stück.

Ach ja, und ganz am Ende, wenn jeder von uns hat, was er will, werden wir uns niemals wiedersehen, Glin Melisma. Je länger ich mich mit Ihnen unterhalte, desto mehr komme ich zu der Überzeugung, dass das sogar der Teil an der ganzen Sache ist, der mir am besten gefallen wird.«

Mittlerweile hatten sie den Tempelbezirk passiert und waren

wieder in Richtung Süden abgebogen. Glin beobachtete Händlerboote, deren Besitzer mit lautem Geschrei allerlei Plunder anpriesen. »Wie lange habe ich Zeit?«

»Was halten Sie zunächst von vier Wochen?«

»Was heißt *zunächst?*«

»Sie sind clever und begabt, Glin. Aber Palast und Tresor des Erzherzogs sind ein hartes Stück Arbeit. Wenn Sie in vier Wochen nicht vorangekommen sind, werden wir uns darüber unterhalten müssen, auf welche Extremitäten mein junger Gast am ehesten verzichten kann.«

Glin wollte nicht darüber nachdenken, was Aurinius Sira anzutun drohte. Vier Wochen hatten sie also. Er konzentrierte sich folglich besser aufs … Geschäftliche. »Was wissen *Sie* über den Tresor, Aurinius?«

»Leider zu wenig. Es gibt nicht viele Personen, die der Erzherzog für vertrauenswürdig genug hält, dass sie ihn betreten dürfen.«

»Aber Sie müssen doch *irgendwelche* Informationen haben. Irgendeinen Anhaltspunkt, wo ich beginnen soll. Sonst würden Sie sich doch gar nicht an mich wenden. Ihnen ist doch sicherlich bewusst, dass allein die Fähigkeit, einen Tresor zu knacken, mich noch längst nicht dort hinein- und wieder hinausbringt, oder? Ich muss wissen, wo er liegt, wie er beschaffen ist, was ich an Werkzeug brauche, wer ihn bewacht, wie ich überhaupt in den Palast komme … Es ist ja schön und gut, wenn Sie glauben, dass Sie meine übrigen Freunde nicht benötigen – aber *ich* brauche sie, um dieses Vorhaben in die Tat umzusetzen.«

»Ich kann Ihnen Schakale zur Verfügung stellen – und Zugang zum Palast habe ich ebenfalls.«

»Auch zum Tresor?«

»Nicht direkt.«

»Also brauchen wir dafür schon einmal eine Ausrede. Ist der Tresor bewacht?«

»Zu jeder Tages- und Nachtzeit. Aber von niemandem, mit dem es meine Schakale nicht aufnehmen könnten.«

Glin verdrehte die Augen. »Sie wollen, dass ich gute Arbeit mache – dafür benötige ich mein Ensemble.«

»In Ordnung.«

»Also dann: Was wissen Sie über den Tresor? Ich brauche ein paar harte Fakten. Irgendeinen Ansatzpunkt. Womit habe ich es zu tun?«

Aurinius seufzte und schloss kurz die Augen. Dann begann er: »Unter dem Palast hat sich seit jeher eine Art Tresor befunden, zumindest eine gut gesicherte Schatzkammer. Er liegt an der seewärtigen Seite in den Fundamenten verborgen. Im Laufe der Zeit hat man diesen Tresor immer weiter ausbauen lassen. Unter anderem von Linhard von Birkenau.«

Glin wusste, wer von Birkenau gewesen war. Ein beinahe legendärer Mechanist der Gilde von Vilsheil.

»Aber auch nach dem Ausbau durch von Birkenau haben Herzoginnen und Herzöge von Mosmerano den Tresor erweitern und verbessern lassen«, fuhr Aurinius fort. »Borgessa hat mehr als einmal damit geprahlt, dass es überall Verstärkungen aus abitreijischem Stahl gäbe – und dass es zusätzlich Fallen im Inneren gäbe.«

»Klingt ja alles richtig unappetitlich«, bemerkte Glin. »Sie sagten, der Tresor läge an der seewärtigen Seite des Palastes. Haben Sie mal darüber nachgedacht, einfach die Seitenwand wegzusprengen?«

Aurinius schüttelte den Kopf. »Daran gedacht habe ich selbstverständlich. Aber es geht nicht. Die angesprochenen Stahlverstärkungen hat man aus eben diesem Grund angebracht. Außerdem müsste man eine enorme Sprengkraft aufbringen. Überlegen Sie mal: Die Tresorwand liegt unter Wasser. Hitze gedeiht dort nicht gut und es herrscht immenser Druck. Und selbst wenn es gelänge, wäre damit noch nichts von seinem Inhalt geborgen. Ausgeschlossen.«

»Besitzen Sie zufällig andere Arbeiten von Birkenaus, sodass man sie studieren könnte?«

»Nicht hier in Mosmerano. Aber die Bibliothek der Hochehrwürdigen Fakultät hier erscheint mir ganz gut aufgestellt, was Literatur über von Birkenau angeht.«

»Immerhin etwas«, murrte Glin. »Haben Sie sonst noch eine Information, die ich verwerten kann?«

»Ich lasse es Ihnen zukommen, wenn mir noch etwas einfällt.«

Vor ihnen war wieder der Spinnturm aufgetaucht. Sie hatten den Marktbezirk tatsächlich beinahe einmal komplett umschifft. Wortlos gesteuert von dem Soldaten hinter seiner metallenen Schakalmaske.

»Ist er nicht atemberaubend?«, entfuhr es Aurinius mit einem Mal. Er hatte sich extra aufgerichtet, um einen besseren Blick auf den Turm zu ergattern. »Die Skyldar waren einfach … perfekt. Manchmal kommen mir Menschen mit ihren mechanischen Versuchen so … kläglich vor. Selbst Genies wie von Birkenau.«

Glin war nicht nach Schwärmerei zumute. »Seien wir einfach froh, dass die Skyldar nicht den Tresor entworfen haben.«

Der Schakal steuerte einen der öffentlichen Anlegeplätze an, nicht jene Nische in der Kaimauer, wo sie eingestiegen waren.

»Ja, vermutlich sollten wir das sein«, entgegnete Aurinius und wies Glin mit einer Hand an auszusteigen.

»Und wie komme ich an meine Schuhe und Messer?«, empörte dieser sich.

»Die Messer hätten Sie gar nicht mitbringen sollen. Vielleicht liegen sie noch an unserer Ablegestelle. Was die Schuhe betrifft … ach, betrachten Sie sie einfach als Bezahlung für die Bootsrundfahrt.«

»Elender Bastard.«

»Stets zu Diensten, Signore Melisma.« Aurinius deutete eine Verbeugung an. »Ich freue mich auf unsere Zusammenarbeit … und noch viel mehr darauf, dass sie auch wieder enden wird.«

»Fragen Sie mal«, giftete Glin zurück und stieg die Stufen hinauf, um auf Höhe der Straßen der Hölzernen Bank zu gelangen. Von dort blickte er Aurinius und dem Schakal noch eine Weile nach, bis sie erneut abbogen.

Missmutig und auf jeden Schritt mit seinen nackten Füßen bedacht, machte er sich zu ihrer alten Ablegestelle auf. Aber es war eine vergebliche Hoffnung, jemand könnte die kostenlosen Schuhe und Messer übersehen haben. Also ging er barfuß zum nächsten Schuster im Handwerkerviertel. Als er endlich ein paar dünne Lederschuhe erstanden hatte, war es bereits früher Nachmittag und er beeilte sich, zur Piazza der würfelnden Götter zurückzukommen.

3.

Als das Theater in Sichtweite war, beschlich Glin ein eigenartiges Gefühl. Irgendetwas stimmte nicht. Zugegeben, seit gestern stimmte eigentlich überhaupt nichts mehr. Das Theater sah in seiner verkleinerten Form heruntergekommen und schäbig aus, aller Glanz war dahin. Trotzdem war etwas noch eigenartiger als zuvor.

Und dann geschah es.

Als er durch den Eingang trat, fiel sein Blick auf die beiden aufgebahrten Gestalten.

Sie müssen doch eigentlich im Spital sein, wie kommen sie hierher?

Panik stieg in ihm auf. Von Yrrein und Madeire war keine Spur zu sehen. Lediglich Falk saß dort, gegen ein Wagenrad gesackt, im Staub, die Hände auf die Knie gestützt und das Gesicht vergraben.

»Nein«, sagte Glin ungläubig. Es klang heiser. Zu kraftlos für das, was er ausdrücken wollte …

»Nein«, schrie er.

Und wirklich. Es waren Talmo und Shalimo, die dort lagen.

»Nein.« Er wurde schrill. »Nein, nein, nein.«

Er machte unbeholfene Schritte, stolperte und fiel in den Dreck.

»Nein«, heulte er. Er konnte seine Tränen nicht mehr zurückhalten. In heißen Strömen liefen sie ihm die Wangen hinab.

»Nein.« Er heulte wie ein kleines Kind und schlug mit der Faust auf den Staub in der Wagenburg ein. Immer wieder. Bis die Kraft der Schläge nachließ – ebenso wie seine Stimme.

»Nein.«

Es war ein Wimmern am Ende. Schönheit zirpte sachte, während das Dunkel Glin mehr und mehr umschloss.

4.

Din Vestro, Herr der Gerissenheit und des vorteilhaften Handels, Begünstiger des geschickten Diebstahls, dein geweihter Diener ruft dich an.«

Falks Gesicht wirkte entrückt und eingefallen. Es war ihm deutlich anzumerken, dass er die Gebete bereits eine Ewigkeit nicht mehr rezitiert hatte.

Glin schluckte. Trotz der Hitze des Nachmittags hatten die verbliebenen Herbstgänger sich in dunkle Mäntel gehüllt und die Kapuzen tief in ihre Gesichter gezogen.

Sie hatten Talmo und Shalimo gewaschen, sie mit teuren Ölen gesalbt und ihnen die besten Kleider angezogen, die zu finden gewesen waren. Madeire hatte Meter um Meter edler Stoffe aus ihrem Wagen geholt, in die die beiden Toten im Anschluss an die Trauerfeier eingeschlagen wurden.

Falk sprach mit einem schweren Tremolo in der Stimme. »Wir senden dir Talmo Melisma, der dich zu seinem Schutzpatron erwählt hat. Wir bitten dich, nimm dich seiner Seele an. Geleite Talmo sicher und übergib ihn in die Hände deiner Schwester Illismea, der schweigenden Begleiterin, der Wegweiserin des Schlafes und des Todes.

Talmo hat dir treu gedient. Treuer als viele deiner Schutzbefohlenen. Aber auch Talmo war nicht frei von Schuld dir gegenüber. Wir bitten dich, sieh gnädig auf ihn herab und bitte für ihn, damit er die Prüfungen bestehe, die deine Schwester Illismea ihm auferlegen wird.

Was wir ihm an Gebet und Unterstützung mitgeben können auf die Sonnenlose Straße, kommt aus tiefstem Herzen.«

Er beugte sich herunter, nahm eine Flasche eines edlen Brandweines aus Goswinter, den er sich für einen besonderen Tag aufgehoben hatte, und bettete sie in Talmos Arme, wie ein Neugeborenes. Dann murmelte er ein leises Gebet, das nicht für die Ohren der anderen bestimmt war, trat wieder zurück und gab den übrigen ein Zeichen, ihre Geschenke vorzubringen.

Yrrein war die Erste. Sie zog ein Stilett aus dem Ärmel und legte es zu der Flasche. Anschließend ging sie auf die Knie und verharrte dort lange mit gesenktem Haupt und in tiefem Schweigen.

Als Madeire vortrat, schwammen ihre Augen in Tränen.

»Talmo, du verdammter Idiot. Ich weiß nicht, womit du diesen Dämon gegen dich aufgebracht hast … aber ich …« Sie verstummte kurz. »Wir … wir sehen uns eines Tages wieder, wenn wir gemeinsam auf der Sonnenlosen Straße reisen und auf unsere nächsten Prüfungen warten. Und spätestens dann wirst du mir alles erklären müssen.«

Behutsam gab sie ihm die mechanische Libelle in die Finger, sowie einen Briefumschlag mit einem Siegel aus violettem Wachs.

Als Letzter war Glin an der Reihe. Auch er fiel auf die Knie. Nach den Totenriten des Siebenfaltigkeitsglaubens war es üblich, dem Verstorbenen etwas mit auf den Weg zu geben, das ihm die Prüfungen der Illismea erleichtern würde. Die Göttin mit dem Trauerschleier prüfte die Seelen der Verstorbenen daraufhin, ob sie sich selbst und ihrer Schutzgottheit treu gewesen waren – und ob sie ihre Rolle in der Welt der Lebenden gewissenhaft ausgefüllt hatten. Angeblich bestanden die Wenigsten Illismeas Prüfungen auf Anhieb. Stattdessen mussten sie mit zahllosen anderen auf der Sonnenlosen Straße reisen, bis sie von der Totengöttin erneut zu Prüfungen gebeten wurden. Durchbrach man diesen Kreislauf, durfte man Einzug halten in die Ewigen Hallen. Allerdings sollte es auch uneinsichtige Verdammte geben, die seit Jahrhunderten oder Jahrtausenden rastlos auf der Sonnenlosen Straße reisten.

»Es wäre würdig gewesen, dir eine Mechanik mitzugeben«, sprach Glin. Er musste sich stark konzentrieren, denn es fiel ihm schwer, die Fassung zu wahren. »Eigentlich müsste ich dir die Greifenrüstung und noch viel mehr mit auf die Reise geben. Am besten das ganze verdammte Theater. Aber in der Welt der Lebenden werden diese Dinge noch gebraucht. Ich enthalte sie dir nicht aus Eigennutz vor, sondern weil wir sie benötigen, um Sira zu retten. Und dein altes Journal habe ich nicht gefunden. Dabei hättest du es auf deiner Reise vermutlich gut gebrauchen können, so oft, wie du in letzter Zeit hineingeschrieben hast. Ich hoffe nur, dieser Magier hat es nicht in die Finger bekommen.« Er band eine kleine Lederbörse von seinem Gürtel los. Darin befand sich ein einzelner Goldsaldo. »Deshalb ist ein wenig Gold das Einzige, was ich habe. Nutze es, um Illismea zu bestechen, falls sie sich bestechen lässt. Oder um dir auf der Sonnenlosen Straße einen guten Wein als Wegration zu kaufen. Wenn man dort etwas kaufen … ach egal.« Er band die Börse nun an Talmos Gürtel und gab ihm einen allerletzten Stirnkuss.

»Du bist nicht fertig geworden mit dem Erzählen«, flüsterte er, damit die anderen es nicht hörten. »Du hättest mir schon viel früher deine ganze Geschichte erzählen sollen. Ich weiß nicht, was ich ohne dich machen soll.«

Und bevor er zurücktreten konnte, sprang Schönheit mit einem Satz von Glins Schulter hinunter auf Talmos Brust. Sie krabbelte hinauf zu seinem Gesicht und setzte sich auf seine Nase. Glin hielt in seiner Bewegung inne und beobachtete das eigenartige Gebaren des mechanischen Tierchens. Sie schien Talmo ins Gesicht zu blicken und zirpend Zwiesprache mit dem Verstorbenen zu halten.

Dieses Skyldarwesen ist ein Mitglied der Herbstgänger wie alle anderen auch. Sie trauert wie wir um ihre Toten.

Schließlich verstummte Schönheit und machte aus dem Stand einen Satz zurück auf Glins Schulter. Dieser nickte Falk zu und trat zurück.

Der Priester räusperte sich und sie wandten sich gemeinsam Shalimo zu. »Din Vestro, Herr der Gerissenheit und des vorteilhaften Handels, Begünstiger des geschickten Diebstahls, dein geweihter Diener ruft dich an. Wir senden dir Shalimo Vos, der einst an die Herren der Elemente und Gezeiten glaubte, denen das Königreich in den Wäldern huldigt. Leider ist es uns nicht möglich, einen Geistlichen dieser Religion aufzusuchen. Außerdem denke ich nicht, dass Shalimo ihnen noch einen hohen Stellenwert beigemessen hätte, denn er war um ihretwillen ein Verratener und Verfolgter in seinem Land. Man hat ihn heimgesucht, geblendet und vielleicht Schlimmeres, über das er nie sprach. Doch Shalimo war ein Dieb wie er im Buche steht, mit tausend Wassern gewaschen und ein findiger Geist, wenn es darum ging, unsere Raubzüge durch seine chemistische Expertise zu unterstützen. Deshalb erwähle ich dich zu seinem Schutzpatron, Din Vestro. Shalimo hat in seinem Leben nach Kräften zu deiner Verherrlichung beigetragen – wenn vielleicht auch nicht immer bewusst. Wir bitten dich, nimm dich seiner Seele an. Geleite Shalimo sicher und übergib ihn in die Hände deiner Schwester Illismea …«

5.

Die Lagune widerte Glin an. Sie strahlte in Türkisblau, glitzerte im Schein der Abendsonne und mit der heraufziehenden Nacht würden die Seegemmen ihr unnachahmliches Leuchten beginnen. Das Leben an einem solch herrlichen Tag war zum Kotzen.

Glin und Falk pullten schweigend jeder an einem Riemen und ruderten ihr gemietetes Boot in westlicher Richtung fort von der Stadt. Schönheit saß auf der Bugspitze und gab ebenfalls keinen Laut von sich. Anderthalb Meilen weit draußen in der Lagune lag die Insel der Illismea, der Friedhof von Mosmerano.

Als Falk und Glin anlegten, waren sie schweißgebadet und sonnenverbrannt. In einer Art gedrungener Kaserne wachten einige abgeordnete Ordensbrüder der Illismea über das Totenfeld. Hier gab es Staub und viel vom Sommer verdorrtes Gras.

Die Insel war übersät mir Grabsteinen – im seltensten Fall bloß einfache Holzschilder mit eingelassenen Namen, öfter Bodenplatten und hier und dort auch ein ganzes Mausoleum, das die sterblichen Überreste adeliger Dynastien beherbergte. Hin und wieder ragten zwischen den Grabmälern überlebensgroße Statuen auf, die die Götter der Siebenfaltigkeit in ihrer vermenschlichten Gestalt abbildeten. Glin erblickte einen Marcator mit beinahe grotesk breitem Oberkörper und der weiten Toga, eine Evisandre in einem kleidförmigen Hauch von Nichts, einen Din Vestro hinter seiner ewig gleich lächelnden Maske.

Falk trug zum ersten Mal seit vielen Jahren die Kette mit dem Anhänger in der Form eben jener Maske und hatte ein hoch zugeknöpftes Reiseornat angelegt. Beides zusammen wies ihn als Ordensmann aus. Glin hatte gar nicht gewusst, dass Falk überhaupt noch priesterliche Kleidung besaß.

Der Illismeabruder, der sie am Steg empfing, zeigte sich überrascht davon, einen Priester eines anderen Ordens hier willkommen zu heißen.

»Es handelt sich um Freunde«, erklärte Falk knapp.

Die Brüder liehen ihnen Schaufel und Hacken. Sie wiesen ihnen einen abgelegenen Platz in der Nähe zweier verkrüppelter Zypressen zu und halfen, die Leichname vom Boot herzutragen. Glin spendete eine Handvoll Silbersteli.

»Sollte es dunkel werden, während Sie sich Ihre Zeit zum Trauern nehmen, Signori, dann suchen Sie uns einfach auf«, meinte einer von ihnen. »Ich werde Ihnen dann eine Sturmlampe zur Verfügung stellen.«

»Wie freundlich«, nickte Falk ihm zu.

»Ich bitte Sie. Bei einer Spende von fünf Steli an die Mutter der Nacht und Dunkelheit … da ist eine Lampe wohl das Mindeste, was ich tun kann.«

Glin und Falk hielten sich nicht weiter damit auf, Konversation zu betreiben, sondern machten sich an die Arbeit. Dennoch benötigten sie mehrere Stunden, um dem ausgetrockneten Totenacker zwei angemessen große Löcher abzuringen und die Körper ihrer Freunde hineinzubetten.

Als sie ihr schweißtreibendes Werk vollbracht hatten, klopften und trampelten sie Erde, Sand und Schutt so fest wie möglich. Sie wollten nicht riskieren, dass sich jemand an den Gräbern zu schaffen machte.

»Ich glaube nicht, dass jemand an die Gräber geht«, stöhnte Falk. »Die Brüder bestimmt nicht. Das würde ihnen ihre Göttin nie verzeihen.«

»Wie du meinst. Ich möchte es trotzdem niemandem zu leicht machen.«

Und so benötigten sie am Ende tatsächlich die angebotene Lampe, als sie über die Lagune zurückruderten. Auf das trügerische Licht der Gemmen konnten sie sich nicht verlassen. Zu nächtlicher Stunde lieferten sie schließlich das Boot in der Hölzernen Bank ab (sie hatten einen ganzen Stelo extra draufgelegt, um ruhigen Gewissens auch außerhalb üblicher Geschäftszeiten beim Bootsverleiher anklopfen zu dürfen).

Als sie zurück beim Theater waren, saßen Yrrein und Madeire schweigend um ein kleines Feuer. Yrrein hatte auch diesmal das Theater bewachen müssen, anstatt mit zum Begräbnis zu kommen. Madeire war bei ihr geblieben – keine von beiden wollte allein sein.

Irgendwann begann Glin, von dem Treffen mit Aurinius zu berichten – endlich war Zeit dazu und das bedrückte Schweigen wurde ihm unangenehm.

»Und was sollen wir jetzt tun?«, fragte Madeire niedergeschmettert, als Glin geendet und einige Nachfragen beantwortet hatte. »Das hört sich für mich alles an, als wären wir ziemlich geliefert.«

»Stimmt«, pflichtete Falk ihr bei.

»Kann man so ausdrücken«, meinte Glin. Er hatte das Gefühl, als müsste er drei Tage durchschlafen. Doch an Schlaf war nicht zu denken. Herz und Seele taten zu weh.

»Was soll das heißen?«, wollte Yrrein wissen.

»Das heißt: Es stimmt, wir sind geliefert, niedergeschlagen, haben unsere halbe Familie verloren …« Glin holte Luft, weil er merkte, dass er angefangen hatte, laut zu werden.

»Schon gut.« Falk legte ihm eine seiner Pranken auf die Schulter.

»Nein, nichts ist gut«, fauchte Glin, schob die Hand des Priesters weg und sprang auf. »Gib … gib mir einfach einen Tag Zeit. Ich muss nachdenken.«

»Und dann?«

Er blickte ihnen nacheinander direkt in die Augen. »Dann werde ich euch sagen können, wie wir aus diesem Elend herauskommen. Und wie wir Aurinius von Veelyn vernichten werden.«

8. KAPITEL

Der Blütenpalast

1.

»Wie viel Geld haben wir?«

Das war die erste Frage, die Glin stellte, als sich alle zum Frühstück eingefunden hatten. Das dunstgetränkte Sommerlicht der Lagunenstadt wirkte fahl an diesem Morgen.

»Lass es mich mal grob überschlagen«, meinte Madeire, die für die Buchhaltung des Ensembles zuständig war. Sie klang nüchtern, als sie sprach – als hätten die vielen Tränen der letzten Nacht sie ausgetrocknet. »Das ist nicht ganz einfach umzurechnen – zu viele verschiedene Währungen. Bar haben wir vielleicht den Gegenwert von fünftausend oder sechstausend Silbersteli hier. Darüber hinaus hatten wir eine Menge Schuldscheine diverser Kreditinstitute. Das meiste davon ist verbrannt.«

»Wie viel ist verbrannt?«, wollte Falk wissen.

Madeire hob die Augenbrauen. »Ich schätze, etwa Scheine im Wert von vierzigtausend Steli.«

»Scheiße«, brummte Falk. »Das wäre genug für ein schönes Leben gewesen. Für uns alle.« Die Augenringe des Priesters waren über Nacht enorm geworden. Glin vermutete, dass auch er die zweite Nacht in Folge nicht geschlafen hatte. »Also bleiben uns etwa fünftausend Steli?«, vergewisserte sich Glin.

Madeire nickte. »Einige wenige Schuldscheine haben bloß angesengte Ecken. Wir könnten versuchen, sie bei *Vemiliano und Söhne* in Bargeld umzutauschen.«

»Nein. Das wäre zu auffällig. An verkokelte Papiere erinnert man sich.«

»Was hast du vor, Glin?«, fragte Yrrein.

Glin blickte in die Runde. »Wir werden all unser Geld ausgeben müssen. Und vielleicht noch etwas stehlen, wenn es nicht reicht.«

Falks Miene hellte sich ein wenig auf. »Das heißt, du dürres Rabenaas hast tatsächlich schon einen Plan? Ich dachte, du brauchst noch einen Tag Zeit dafür.«

Glin schüttelte den Kopf. »Eine durchwachte Nacht kann lang sein. Außerdem ist es noch kein ausgereifter Plan. Aber es gibt ein paar Dinge, über die ich bereits nachgedacht habe, bevor ich Aurinius gestern getroffen habe – und die ich heute Nacht weiterverfolgt habe. Doch ich würde das noch keinen *Plan* nennen.«

»Der Hass auf den Magier macht deinen Verstand schnell«, meinte Yrrein. Es war keine Frage, sondern eine Feststellung und Glin stellte überrascht fest, dass sie zutraf.

Er hatte das Bedürfnis, sich zu rechtfertigen. »Sagen wir mal so: Hass und Sorge um Sira geben mir gerade eine Menge Energie. Und wenn ich schon kaum schlafe, dann muss die Energie eben woanders herkommen. Hass ist da bislang die beste Quelle.«

»Der barmherzigen Mutter Paiendra würde das nicht gefallen«, sagte Falk.

»Gut, dass du kein Paiendra-Priester bist«, sagte Glin. »Das, was wir uns für Aurinius ausdenken werden, wird dem guten alten Din Vestro mehr als genug zur Ehre gereichen. Den Überschuss darf er dann gerne an Paiendra abtreten, wenn sie möchte.«

»Nichts da!«, erwiderte der Priester.

Glin kniff die Lippen zu einem dünnen Strich zusammen. »Gut. Aber es gibt einiges vorzubereiten …«

»… und währenddessen darf ich wieder Wache schieben, damit uns niemand ausraubt«, murrte Yrrein.

Glin verneinte. »Das steht ganz oben auf der Liste: Wir brauchen eine neue Bleibe. Ein bisschen Geld haben wir ja – auch wenn es leider so ziemlich das Einzige ist, was wir haben.«

»Willst du etwas kaufen?«

»Quatsch. Aber wir brauchen einen Ort, von dem aus wir operieren können. Und es schmerzt mich, das sagen zu müssen: Aber das Mechanische Theater taugt dazu nicht länger. Wir können nicht Yrrein pausenlos zur Bewachung abstellen. Völlige Verschwendung. Und außerdem sitzen wir hier wie auf dem Präsentierteller.«

Die Übrigen quittierten das mit einem betretenen Nicken.

»Gut, suchen wir also eine Bleibe mit genügend Platz für unser Zeug. Vielleicht ein extravagantes Gasthaus oder dergleichen, ich habe das noch nicht genauer durchdacht. Wir –«

»Ich weiß, wo«, unterbrach Madeire ihn.

»Bitte?«

»Ich weiß, wo wir unterkommen können. Ich glaube, es wäre ideal.«

Glin kratzte sich am Kopf. Das ging schneller, als er gedacht hatte.

Das Mechanische Theater hinter sich zu lassen, tat weh. Es tat verdammt weh. Das hier war sein Zuhause.

Ich darf jetzt weder wehleidig noch nostalgisch werden.

»Perfekt«, meinte er also zu Madeire. »Erzähl uns, was du hast.«

2.

Der Blütenpalast – das angesehenste Bordell der Stadt – lag ausgerechnet im Tempelbezirk an der Evisandre-Promenade.

Welche Ironie des Schicksals, dachte Glin.

»In Abaste ist es genau so«, merkte er Madeire gegenüber an, als sie auf die Prachtstraße einbogen. »Die Edelbordelle liegen in der Nähe des Evisandre-Tempels.«

»Woher weißt du das? Du warst doch viel zu klein damals?«

Glin winkte ab. »Man lernt als kleiner Straßendieb schnell, dass Menschen viel zu oft nur darauf aus sind, miteinander zu vögeln. Das macht sie unvorsichtig und man kommt leichter an ihre Geldbörsen und ihren Fingerschmuck.«

»Ach, daher weht der Wind.«

»Vor luxuriösen Bordellen ist die Beute für kleine Diebe reicher als bei den billigen Freudenhäusern in den Hafenvierteln. Dummerweise bekommt man von den Türstehern auch eine viel luxuriösere Tracht Prügel, wenn man sich beim Herumlungern erwischen lässt.«

Madeire verdrehte die Augen. »Na, dann wird der Blütenpalast ja ganz wunderbare Erinnerungen in dir wecken.«

»Evisandre – Gönnerin aller Künste und Schönheit«, rezitierte er schwach lächelnd. »Patronin aller, die schöne Dinge erschaffen.«

»Und eine strahlende Verführerin«, ergänzte Madeire. »Göttin der Leidenschaft, des Rausches, der Begierde …«

Sie schoben sich weiter durchs Gedränge. Während die übrigen Tempel zumeist in den etwas ruhigeren Quartieren des Bezirks lagen, hatte man der Göttin aller schönen Dinge eine Residenz an einer komfortabel breiten, mit hellem Granit gepflasterten Straße errichtet. Schöne Dinge wurden hier in der Tat massenhaft verkauft. Viele der Häuser und Palazzi der Promenade hatten leerstehende Erdgeschosse, die als Verkaufsflächen an die meistbietenden Maler, Bildhauer, Kunsthandwerker und Juweliere aus der Hölzernen Bank vermietet wurden. Es wirkte ein wenig, als würde man in jedem Palazzo einen Miniaturmarktplatz mit zwei oder drei Ständen betreten.

Schließlich kamen sie zu einem größeren Palazzo, der sich von den umgebenden Gebäuden nicht nur dadurch abhob, dass sein Erdgeschoss ganz gewöhnlich zu allen Seiten hin geschlossen war – sondern auch dadurch, dass das Gebäude ganz in dunklen Grün- und Grautönen gehalten war. Lediglich bei den Blumenornamenten, die sich an der Fassade wie Ranken entlangschlangen, hatte man den dunklen Putz ausgespart. Das Gebäude fiel zweifellos als etwas Besonderes auf. Je nach Perspektive entweder als Zahnlücke oder als dunkles Juwel im Antlitz der Promenade.

Madeire klopfte am Eingangsportal, woraufhin eine darin eingelassene Tür geöffnet wurde und ein breit gebauter Mann mit einem stark vernarbten Gesicht herausschaute.

»Ja bitte?«, fragte er und offenbarte eine fast samtene Stimme, die in einem interessanten Kontrast zu seinem grobschlächtigen Äußeren stand.

»Ich bin auf der Suche nach Illistra Gaon«, brachte Madeire vor. »Sagen Sie ihr, Madeire Kuska möchte ihr ein Geschäft vorschlagen.«

»Ich denke nicht, dass sie irgendjemanden sehen möchte«, meinte der Wächter. Er trug eine abgewetzte Lederjacke und stählerne Ringe an den Fingern, die kein Schmuck waren, sondern ausschließlich einem einzigen Zweck dienten: Menschen wehzutun.

»Versuchen Sie es einfach«, insistierte Madeire. »Wir haben vor vielen Jahren zusammen in Vilsheil gearbeitet. Sie wird sich zumindest anhören, was ich ihr zu sagen habe.«

»Ich sehe, was ich für Sie tun kann«, beschied ihn der Türsteher kurz angebunden.

»Du hast tatsächlich mal mit einer Puffmutter zusammengearbeitet?«, fragte Glin erstaunt.

»Damals war sie Schauspielerin am Patriarchischen Schauspielhaus in Vilsheil, genau wie ich. Aber sie hatte schon immer eine Schwäche für … sagen wir mal für viele Formen der Sinnlichkeit. Als ich vor ein paar Jahren erfuhr, dass sie dieses Freudenhaus übernommen hat, war ich jedenfalls nicht verwundert. Du wirst sehen, es ist etwas Besonderes.«

»Ich vergesse manchmal, mit welch interessanten Gestalten Talmo sich stets umgeben hat.«

Madeire schenkte ihm ein Lächeln. Verschmitzt hätte es sein sollen, heute wirkte es eher aufmunternd. »Schätze dich glücklich dazuzugehören, Glin.«

»Hm«, machte Glin. »Talmo hat mich zwar adoptiert, weil ich Pläne schmieden kann und geschickte Finger habe – aber das hat auch nicht gereicht, ihn zu retten.«

Madeire zog ihre dünnen Augenbrauen zusammen. »Sieh mich an, Glin!« Widerwillig folgte er der Aufforderung und begegnete einem konzentrierten Blick. »Niemand von uns konnte wissen, dass da ein solcher Schatten in Talmos Vergangenheit lauerte. Aber ihn oder uns jetzt dafür zu verurteilen, bringt uns auch nicht weiter. Wer Schuld daran hat, ist nicht wichtig. *Trauern wir um unsere Toten und sorgen wir uns um die Lebenden,* so sagt man in Daworje. Und die Lebenden sind in diesem Fall wir, vor allem aber Sira.«

Glin schluckte. »Du hast recht. Aber es ist nicht leicht.«

»*Niemand hat uns versprochen, dass dieses Leben leicht wird.* Auch ein Sprichwort aus Daworje. Aber es gab doch wirklich viel Gutes in unserem Leben als Herbstgänger, oder? Auch wenn das Bittere derzeit schwer wiegt.«

Glin nickte bloß.

»Siehst du. Wir werden schon irgendetwas daraus machen. Und untersteh' dich, den Kopf hängen zu lassen, Glin!«

In diesem Moment ging die in das Portal eingelassene Tür erneut auf und heraus trat eine hochgewachsene Frau. Sie war im selben Alter wie Madeire und sah umwerfend aus – Kurven zum Niederknien, karamelbrauner Teint, ein markantes Gesicht mit durchdringenden hellgrünen Augen, umrahmt von dunklen Locken, die weit bis über ihren Rücken herabfielen.

Illistra Gaon ging auf ihre alte Weggefährtin zu und umarmte sie herzlich.

»Ich hatte schon gehört, dass ihr wieder in der Stadt seid«, sagte sie. »Aber bislang hast du dich noch nicht dazu herabgelassen, mir einen Besuch abzustatten.«

»Du hättest ja ebenfalls hinaus zur Piazza der würfelnden Götter kommen können.«

Signora Gaon machte eine wegwerfende Handbewegung. »In der Tat. Aber die Geschäfte lassen einem kaum einmal Ruhe. Immer dann, wenn ihr eine Aufführung habt, habe ich das Haus voller Kundschaft. Indes – wer ist eigentlich dieser etwas zu dürr geratene junge Mann neben dir?« Sie musterte Glin mit einem Blick, unter dem er sich eigenartig nackt vorkam.

»Glin Melisma«, stellte er sich vor. Signora Gaon reichte ihm die Hand und Glin nahm sie, deutete eine Verbeugung und einen Handkuss an.

Sie lachte auf. »Ich bin Illistra Gaon – sagen Sie ruhig Illistra zu mir.«

»Glin, angenehm.«

Sie wandte sich wieder Madeire zu. »Elonte sagte mir, dass du mit mir etwas … Geschäftliches besprechen willst?«

»Sozusagen.« Madeire nickte.

»Wir besprechen das bei einem Glas Gewürztee.«

Illistra winkte die beiden herein und der Türsteher Elonte schloss hinter ihnen zu. Sie durchquerten eine geflieste Diele, die nach wenigen Schritten an einem weiteren Tor mit einer weiteren eingelassenen Tür endete. Glin nahm interessiert zur Kenntnis, dass sich so ein verschließbarer Durchlass hervorragend dazu eignen musste, um sich ungebetene Gäste vom Hals zu halten und gebetene Gäste gegebenenfalls gründlich zu filzen. Und wenn man die vordere Tür schloss, konnte man hier – verborgen vor anderer Leute Augen – allen Aufbegehrenden eine schnelle und unkomplizierte Abreibung verpassen.

Elonte öffnete ihnen die zweite Tür und schob einen dicken Vorhang aus besticktem Wollstoff zur Seite, der den direkten Blick auf das Herz des Blütenpalastes freigab – den Salon. Vor ihnen lag ein Heiligtum der Lüste und auch wenn es in diesem Moment ein wenig wie ein erloschener Vulkan wirkte, war dennoch gut zu erahnen, mit welchem Rausch an Leben er sich allabendlich füllte. Der hohe Raum war über und über mit Wandteppichen behangen. Ein Springbrunnen erhob sich in der Mitte und darum herum waren Sitzgruppen, zwei Tresen und mehrere in den Boden eingelassene Wasserbecken angeordnet. Über allem lag ein feiner Duft von Zimt und Aprikosen und seltenem Weihrauch. Es gab Hunderte Kerzen und chemistische Zierlampen und von der Decke hing ein Kristallleuchter von beinahe monströsen Ausmaßen.

Vor allem aber gab es Blumen in Hülle und Fülle. Sie wuchsen aus Vasen, Kübeln und Ampeln, standen zwischen Sesseln und Tischen und umrahmten ein Labyrinth von mit Teppichen ausgelegten Gängen. Blütentreibende Ranken mäanderten wild durch den gesamten Salon. Kunstwerke und lebensgroße nackte Statuen wurden von ihnen ebenso überwuchert wie die Säulen und Rundbögen, die eine Galerie trugen, welche den ganzen Salon im ersten Stock umgab. Und obwohl Kerzen und Lampen nicht brannten und nur indirektes Licht den Salon schummrig erhellte, wirkte er doch bereits in dieser Form wie ein Aufruhr der Sinne.

Glin verstand, dass der Name dieses Ortes nicht alleine eine Metapher für die angebotenen körperlichen Freuden war.

»Willkommen in meinem bescheidenen Reich der Begierden«, verkündete Illistra. »Elonte, würdest du uns eine Kanne Tee bringen?«

»Sehr wohl.« Der Schrank von einem Mann nickte unterwürfig und macht sich auf, zu tun, worum Illistra ihn gebeten hatte.

Derweil bat die Hausherrin Madeire und Glin in eine Sitzecke und entzündete durch mehrmaliges Antippen die Lampe auf dem Sofatisch, deren chemistische Reaktion auf diese Weise in Gang gesetzt wurde. Sie begann, ein warmes Licht abzugeben.

»Also«, sagte Illistra, »worüber wollt ihr mit mir sprechen?«

»Wir brauchen eine Wohnung«, brachte Madeire es direkt auf den Punkt.

Illistra machte große Augen. »Eine *Wohnung*, sagst du?«

Madeire nickte. »Ja. Eine Wohnung für vier Personen und ihre persönliche Habe. Sie muss nicht übermäßig groß sein, aber sicher. Und ich weiß, dass das Dachgeschoss dieses Palazzos leer steht. Mehr noch: Du hast dich bei unserem letzten Treffen sogar darüber beklagt, dass es hier tagsüber weiträumig und einsam sein kann.«

Illistra klang ungläubig. »Was … aber … ist etwas mit eurer Wunderkonstruktion von einem fahrenden Theater geschehen?«

»Mehr oder weniger. *Geschehen* trifft es ganz gut. Sagen wir einfach, wir müssen gerade dringend irgendwo anders unterkommen. Wir bezahlen auch mehr als angemessen. Bar, keine Schuldscheine.«

»Nein, nein, nein«, schüttelte die Freudenhausbesitzerin den Kopf. »Geld ist schön und gut und ich nehme gerne welches – aber nicht, damit ich keine Fragen stelle. Also, raus damit! Warum seid ihr so scharf darauf, hier einzuziehen?«

Glin warf Madeire einen fragenden Blick zu. Die Schauspielerin wiegte den Kopf hin und her. »Ich denke, wir müssen es ihr schon sagen.«

Illistras Blick blieb an Glin hängen. »Ich habe kein Interesse daran, Dinge auszuplaudern – aber ich hole mir auch nicht sehenden Auges die Pest ins Haus. Ich muss wissen, worauf ich mich einlasse. Entweder, ihr erzählt mir, was hier vor sich geht, oder ich beende dieses Gespräch, noch ehe der Tee serviert ist.«

Glin knirschte mit den Zähnen. Es war nie gut, Mitwisser zu haben. Auf der anderen Seite war es verlockend, hier einzuziehen. Nicht, weil Glin fleischliche Gelüste hegte, sondern weil dieser Ort sicher war. Wohlhabende Bordellbesitzer sicherten sich grundsätzlich ab. Sie zahlten an die richtigen Stellen, damit keine Fragen gestellt wurden, und sie beschäftigten ein Heer von Aufpassern und Schlägern, die darauf Acht gaben, dass niemand über die Stränge schlug und niemand seine Nase in irgendetwas steckte, das ihn nichts anging. Außerdem konnte man sich am besten dort verstecken, wo viel Trubel herrschte. Und das würde hier zweifellos der Fall sein – sogar noch gesteigert vom bevorstehenden Unabhängigkeitsfest.

Er dachte fieberhaft nach. *Ist es all das wert, Illistra Gaon zur Mitwisserin zu machen? Und wenn ja, wie viel muss ich ihr tatsächlich erzählen?*

Doch es gab zwei sehr gewichtige Faktoren, die für Glin schnell zum Zünglein an der Waage wurden. Zum einen: Die Herrin des Blütenpalastes hatte garantiert gute Kontakte in die Unterwelt von Mosmerano und konnte einem bestimmt Informationen beschaffen. Zum anderen: Die Zeit drängte! Denn das Vorhaben, das in Glins Kopf langsam Gestalt annahm, war kompliziert und hatte einen eng bemessenen Zeitplan.

»Also gut, Folgendes ist geschehen …«, begann der junge Mechanist schließlich und erzählte eine Version der Geschichte, die nicht an grausigen Details sparte.

Als Glin geendet hatte, hatte Elonte schon lange den Tee serviert, der in den Gläsern mittlerweile erkaltet war.

Illistra schwieg einen Moment lang und strich sich durch die langen Locken, die kein einziges graues Haar durchzog.

Weil sie wohl ebenso teuer und aufwendig gefärbt werden wie bei Madeire, vermutete Glin.

Schließlich beugte sich die Bordellbesitzerin vor und stützte die Ellenbogen auf die Knie. Sie sah ernst drein. »Ich würde euch gerne helfen, Madeire. Aber … bei den Göttern, Ihr wollt *beim Herzog* einbrechen! Wenn das schiefgeht, gehe ich mit euch zugrunde. Ihr wisst, wie man in dieser Stadt mit den zum Tode Verurteilten verfährt?«

Glin wusste es. Als sie das letzte Mal hier gewesen waren, hatte er der Prozession zugeschaut, die zum festen Bestandteil jedes Unabhängigkeitsfestes gehörte: Die zum Tode verurteilten wurden mit glühenden Zangen gefoltert, dann wurden ihnen die Hände sauber amputiert und an einer Kette um den Hals gehängt. Anschließend wurden sie von den Schwestern und Brüdern des

Illismea-Ordens begleitet und in einer Prozession nackt durch die Stadt geführt. Die Ordensleute hatten es sich zur Aufgabe gemacht, die Todgeweihten zum Hinrichtungsplatz zu begleiten, damit diese nicht auch noch vom Pöbel bespuckt und mit Unrat beworfen wurden. Am Ende wurden die Verurteilten am Spinnturm aufgehängt, langsam, ohne Genickbruch, damit sie qualvoll erstickten.

Glin überkam eine Gänsehaut bei der Vorstellung. Aber er hatte Illistra nicht seine Geschichte gebeichtet, um sich jetzt abwimmeln zu lassen. »Wieso glaubst du, dass wir *tatsächlich* in den Tresor des Erzherzogs einbrechen wollen, Illistra?«

»Hast du das nicht gerade erzählt? Der übermächtige Magier, der eure Freundin entführt hat – erinnerst du dich?«

»Schon – aber in den Tresor des Erzherzogs *kann* man nicht einbrechen. Wir wollen lediglich irgendwo unterkommen, um uns zurechtzulegen, wie wir Sira befreien und Aurinius in den magischen Hintern treten können. Wir benötigen bloß ein wenig Luft zum Atmen – ein wenig Freiraum. Und den bekommen wir auf der Piazza der würfelnden Götter nicht.«

»Sieht wohl so aus. Aber wie wollt ihr diesem Magier beikommen – wenn der angeblich so unglaubliche Dinge kann?«

»Das weiß ich eben noch nicht. Dazu benötigen wir ja einen Ort, von dem aus wir uns etwas freier bewegen können. Hier schmieden wir einen Plan. Vielleicht ist er erpressbar. Vielleicht können wir ihn hinterrücks ermorden. Vielleicht können wir unsere Freundin unbemerkt befreien. Vielleicht täuschen wir auch einfach vor, in den Tresor einzubrechen und –«

»Aha«, machte Illistra. »Also doch.«

Glin seufzte. »Selbst wenn wir so tun, als würden wir dort einbrechen, und erwischt werden sollten: Wir würden doch gleich an die Stählerne Bank überstellt und in den Kerker geworfen. Eine Verbindung hierher könnte uns niemand nachweisen.«

»Sie könnten es aus euch herausfoltern«, warf Illistra ein. »Ich habe gehört, es gibt einige sehr kreative Köpfe in den Folterkellern der Stählernen Bank.«

Glin verdrehte die Augen.

In Ordnung, dann muss ich jetzt wohl improvisieren.

»Illistra, jetzt, wo ich einmal hier war und weiß, dass es hier eine passable Zuflucht gäbe, könnten sie diese Information auch aus uns herausfoltern, wenn wir *nicht* hier wohnen, oder? Den herzoglichen Folterknechten wird doch egal sein, wo wir tatsächlich untergekommen sind. Aber wenn man ihnen das leerstehende Dachgeschoss des Blütenpalastes als Möglichkeit nennt …« Er ließ den Satz unvollendet.

Wie Illistra reagieren würde, wusste er nicht. Es war gut möglich, dass sie Elonte herbeirief, um ihnen alle Knochen brechen zu lassen.

Doch ganz im Gegenteil, ein breites Grinsen stahl sich auf das Gesicht der Bordellbesitzerin. »Du weißt schon, wen du vor dir hast, Glin Melisma, oder?«

Er nickte. »Ein Puffmu-… äh Bordellbesitzerin.«

In Illistras Augen blitzte es angriffslustig. »Richtig. Aber nicht irgendeine. Hier ergeht sich die Elite Mosmeranos in unvergleichlicher Lust. Kriegsminister, Richter, Prinzen, die reichsten Bankiers und Erben der höchsten Häuser. Wie weit, glaubst du, reicht meine Macht?«

Glin hielt dem Blick stand und zuckte mit den Schultern. »Nicht allzu weit, würde ich vermuten. Wer eine solche Kundschaft bedient, muss absolut diskret sein. Du kannst also niemanden von Rang und Namen erpressen und für deine Zwecke einspannen, Illistra, denn sonst würde dir diese Kundschaft weglaufen. Ich würde also sagen, deine Macht reicht genau bis vor deine Haustür. Davor ist man sicher und du kannst uns nichts. Das hier ist also ein Handel auf Augenhöhe.«

Illistra Gaon musterte ihn scharf. Das Grinsen auf ihrem Gesicht verschwand dabei nicht. »Du bist unverschämt, Glin. Und clever. Und dreist. Du kannst mit einem schlechten Blatt einen guten Bluff spielen.«

Glin zuckte mit den Schultern und winkte ab. »So schlecht ist mein Blatt nicht, glaub mir. Wir zahlen dir insgesamt dreitausend Steli. Im Voraus. Und wir sind spätestens zum Schlächtermond schon wieder verschwunden.«

»Dreitausend?«

»Schöne, handfeste Silbersteli«, bestätigte Glin. »Davon kann man den Laden hier eine ganze Weile am Laufen halten – oder Teile davon gehörig aufmöbeln.«

Illistra zog die Brauen zusammen. »Nein, Glin. Ich will *fünftausend*. Dann bekommt ihr eure Wohnung.«

Also beinahe alles, was wir haben.

Neben ihm schnaubte Madeire, doch Glin blieb äußerlich so gelassen wie möglich.

»Abgemacht! Die Hälfte im Voraus, die andere beim Auszug.«

Seine und Illistras Blicke trafen sich für einen unangenehm langen Moment.

»In Ordnung, ihr beiden«, sagte sie schließlich. »Ich bin einfach neugierig auf den Zirkus, den ihr in Mosmerano veranstalten wollt. Ihr könnt die Wohnung haben.«

3.

In der dritten Nacht nach Talmos und Shalimos Beerdigung flog das Mechanische Theater in die Luft.

Die vier verbliebenen Herbstgänger beobachteten das Ganze vom Hafen aus.

Es war ein entsetzliches Spektakel, als die Wagenburg, die so lange ihr Zuhause gewesen war, in einer lauten Explosion hochging und Feuerbälle grelle Flecken in die Nacht malten. Glin stand neben Yrrein, Falk und Madeire auf einem der Landungsstege und konnte keinen der anderen ansehen. Details der Zerstörung konnte er kaum erkennen, denn seine Sicht schwamm in Tränen, gegen die er mühsam ankämpfte. Schönheit lugte aus Glins Brusttasche und verfolgte das Geschehen aus ihren stecknadelkopfgroßen nachtschwarzen Äuglein.

Es hatte einiges Organisationstalent erfordert, in der Nacht zuvor eine Wagenladung voller Dinge wegzuschaffen, die sie weiterhin benötigten. Vor allem auf ihre Requisite, die Kostüme und diverse Werkzeuge konnten sie nicht verzichten. Glin hatte ausgerechnet einen zeitweise ungenutzten Jauchewagen auftreiben können. Der Gestank war erbärmlich gewesen, aber so hatten sie nach einem geschickt gestaffelten Plan von drei komplizierten Fahrten auf indirekten Wegen durch mehrere Viertel nacheinander sowohl ihre Wertsachen fortschaffen als auch die Pferde wechseln können, sodass ihre eigenen Zugpferde nun sicher in einem Mietstall auf der Hölzernen Bank untergebracht waren. Später hatte Glin in Begleitung von Yrrein einen schwarzen Chemistiker aufgesucht und sich ein hochexplosives Gebräu mixen lassen, das ihren Ansprüchen genügte – selbstverständlich gegen eine Bezahlung, die dermaßen großzügig ausgefallen war, dass sie sowohl einen gierigen Schimmer in den Augen des Chemistikers weckte, als auch jeglichen Bedarf an Nachfragen seinerseits im Keim erstickt hatte. Das Geld rann ihnen durch die Finger. Aber wer keinen eigenen Chemistiker mehr unter den engsten Verbündeten hatte, musste eben zur teureren Methode greifen, wenn es schnell gehen sollte.

Eine alte Taschenuhr zu einem Zeitzünder umzufunktionieren, die im richtigen Moment einige Funken in das feurige Gemisch überspringen ließ, war hingegen ein Kinderspiel für Glin gewesen. Und so hatten sie in einer Hafenspelunke Hafnar-Schwarzbier getrunken, bis es spät genug gewesen war, um zum Feuerwerk hinauszugehen.

Und während sich Geschrei und panisches Stimmengewirr im

Amboss erhoben, ging Talmo Melismas Traum von einem mechanischen Theater mit Krachen und Getöse für immer unter. Es war ein verfrühter, sehr dramatischer und äußerst endgültiger Schlusspunkt hinter der diesjährigen kurzen Saison. Glin hatte sich versichern lassen, dass ihre chemistische Bombe nicht dazu neigte, das Feuer allzu leicht überspringen zu lassen. Er wollte lediglich das Theater bis zur Unkenntlichkeit zerstören, aber nicht den ganzen Jahrmarkt abfackeln.

Schweigend machten sie sich schließlich auf den Weg zum Tempelbezirk.

Zurück im Dachgeschoss des Blütenpalastes stand Glin eine Weile herum wie Falschgeld. Und während zwei Stockwerke unter ihnen das Leben in seiner erotischen Form tobte, war ihm alles andere als zum Feiern zumute.

Diese absurd teuer gemietete Wohnung war tagsüber von Licht durchflutet. Hohe Fenster ermöglichten einen großzügigen Ausblick über die Stadt. Der Boden war mit weißen und schwarzen Marmorkacheln gefliest und hier wie dort waren kleine Läufer ausgelegt. Ringsum standen Kommoden, Ziertischchen, Bücherregale und an den Wänden hingen vielerlei Malereien, meist Porträts ernst dreinblickender Frauen und Männern, aber auch eine ganze Reihe Landkarten. Diese große Wohnung war für Illistra Gaon eine Art Dachboden. Sie stellte hier alles ab, was sie im Laufe ihres ausschweifenden Lebens angesammelt hatte und womit sie nicht ihre privaten Gemächer im Stockwerk darunter möblierte. Für jeden von ihnen gab es Zimmer sowie lange Dielen, eine gute Stube, eine große Küche und Balkone zu drei Seiten.

Eine traumhafte Unterkunft, dachte Glin. *Und dennoch schmeckt alles bitter.*

Er entzündete eine chemistische Lampe in seinem Zimmer und öffnete die lackierte Balkontür, um das kühle Rauschen der Nacht über Mosmerano hereinzulassen. Immer mehr Details seines Planes rasteten in den für sie vorgesehenen Stellen ein. Trotzdem blieb die übliche Euphorie aus und er fühlte sich leer. Er betrachtete das Schreibpult, das neben dem großen Bett stand, und sein Blick glitt darüber hinweg, weiter zu dem großen Gemälde an der Wand. Gottkaiser Amantis war dort dargestellt, wie er in heroischer Pose ein Heer von Thronländern gegen die Skyldar schickte, die hier als gesichtslose Schattenwesen abgebildet waren.

»Guter Stoff für Legenden«, sagte Yrrein hinter ihm.

Glin erschrak und fuhr herum. »Dass du dich immer anschleichen musst.«

»Tut mir leid – dumme Angewohnheit.« Es klang versöhnlich und erschöpft. Ihr langes rabenschwarzes Haar hatte sie mit einer Nadel in einen Dutt gesteckt, was sie noch strenger und katzenhafter wirken ließ als ohnehin schon.

»Du findest auch keine Ruhe, oder?«, fragte Glin.

Sie schüttelte den Kopf und lehnte sich in die offene Balkontür. Das silberne Licht, das die Bruchstücke des Mondes abstrahlten, ließ ihr ohnehin schon blasses Gesicht noch heller erscheinen – gespenstisch und zauberhaft schön zugleich, in Glins Augen.

Er schob sich an ihr vorbei auf den Balkon und stützte sich schwer auf die Balustrade. Schönheit krabbelte leise zirpend über seinen Ärmel und ließ sich hinuntergleiten zwischen seine Hände. Glins Blick schweifte über die Kanäle der Stadt. Am Amboss war der Betrieb nach wie vor groß – dort wurde aufgeräumt, gelöscht, von Wache und Garde womöglich nach Hinweisen auf den Verbleib der Schauspieler gefragt, die das seltsam konstruierte fahrende Theater einst bespielt hatten. Flammen waren aus der Entfernung keine mehr zu sehen. Glin würde im Laufe des morgigen Tages dort vorbeischauen und sich ein Bild davon machen, ob die Verwüstung ausreichend groß war.

»Was meinst du mit *Guter Stoff für Legenden?*«, fragte er.

Yrrein drehte sich vom Balkon zu ihm um. »Was auch immer wir tun werden – wir schreiben Geschichte. Ist es nicht so? Wir versuchen in den Tresor des verdammten Erzherzogs von Mosmerano einzubrechen. Wenn man uns erwischt, wird es ein Spektakel sein. Und wenn nicht, dann vermutlich auch. Keine drei Tage später würden sich Legenden um uns ranken, wie auf dem Bild über deinem Bett. Vielleicht nicht ganz so großspurig.«

Glin spürte, wie zum ersten Mal seit Tagen der Anflug eines Lächelns seine Mundwinkel umspielte. So zänkisch sie beide sich auch geben konnten, er genoss die nächtlichen Gespräche mit Yrrein.

»Wenn ich Aurinius nicht angegangen wäre, würde Shalimo noch leben«, sprach er schließlich aus, was ihm wie ein Mühlstein auf der Seele lastete.

»Das glaube ich nicht. Vermutlich wäre ich sonst als Erste ausgerastet.«

»Tja«, meinte Glin. »Nur, dass du ihm vermutlich schneller die Kehle durchgeschnitten hättest als er sein dämliches gönnerhaftes Grinsen hätte aufsetzen können.«

»Ich stand doch gar nicht in seiner Nähe«, wiegelte Yrrein ab. »Bis ich ihn zu packen bekommen hätte, hätte er vermutlich sonst etwas mit uns angestellt. Du hast doch gesehen, was er mit seiner Magie anstellen konnte. So etwas hat keiner von uns bislang gesehen.«

»Ja.« Glin nickte. »Und ehrlich gesagt, bereitet mir das am meisten Sorge.«

»Dass du nicht weißt, welche übermenschlichen Fähigkeiten er hat?«

»Genau. Ich habe noch nie einen Magier so etwas tun sehen. Aber …«

»Ja?«

»Aber ich habe auch schlichtweg keine Ahnung von Magie.«

Da legte Yrrein eine Hand auf seine. Glin wäre beinahe unter der Berührung zusammengezuckt – so etwas kannte er von ihr nicht. Doch nach einem Wimpernschlag ließ er es geschehen, dass sie seine Hand zwischen ihre Finger nahm und er begegnete ihrem

Blick. Die chemistischen Lichter der Stadt spiegelten sich flackernd in ihnen – und er spürte, dass sie bald von einer Träne fortgeschwemmt würden.

»Doch, Glin Melisma«, sagte sie. »Du hast Ahnung von Magie. Überleg doch einmal, was du und Talmo dort mit dem Mechanischen Theater erschaffen habt. All die Uhrwerke, all die selbst wechselnden Bühnenbilder, all die Falltüren, Klappen und Hebebühnen, und all die mechanischen Spielzeuge, Kartenspielereien und Zaubertricks. Denk an all die verrückten Coups, die du geplant hast, an all die Grafen und eingebildeten Kaufleute, die du genarrt hast. Du hast wahrlich mehr Ahnung von Magie als irgendjemand, den ich sonst kenne.«

Dankbar wollte er ihr ein Lächeln schenken – aber sie zog blitzschnell die Hand zurück und drehte den Kopf in Richtung Stadt. Als wäre ihr schlagartig bewusst geworden, wie besonders dieser Augenblick zwischen ihnen gerade gewesen war.

»Gib dir nicht so viel Schuld, Glin«, flüsterte sie. Und damit verschwand sie und ließ ihn allein zurück, mit Schönheit und dem Anblick des zerbrochenen Mondes.

Glin spürte immer noch ihre kühlen Finger auf der Haut. Es war ein gutes Gefühl – aber ein anderer Gedanke drängte sich dazwischen und nahm ihn gefangen.

Ich habe keine Ahnung von Magie, hatte er gesagt.

Nun, das war ein Umstand, den er dringend ändern musste.

INTERLUDIUM I

Die Libelle im Abendrot

AUS TALMOS GESCHICHTE

Von Glin rekonstruiert anhand von Erzählungen und gefundenen Aufzeichnungen. Die Ereignisse des vorliegenden Abschnitts fanden statt in Vilsheil, der Hauptstadt des Imperiums der Thronländer. Im Jahre 995 nach Amantis. Achtzehn Jahre, bevor die Herbstgänger nach Mosmerano reisten.

1.

Talmo öffnete in Windeseile ein Türschloss im *Patriarchischen Schauspielhaus des Din Vestro* – ohne den dafür vorgesehenen Schlüssel zu verwenden, versteht sich. Er hatte sich fein gemacht und trug die angemessene Kleidung für einen Abend im Theater. Das Schauspielhaus, das am *Platz des Archonten* in Vilsheil stand und das angesehenste Theater der ganzen Ruhenden Welt war, betrat er trotz seiner Abendgarderobe lieber durch einen Boteneingang. So gelangte er direkt in ein Gewirr von Gängen, das sich hinter und unter der Bühne im großen Saal verbarg. Hier herrschte reger Betrieb, denn in nicht einmal einer halben Stunde würde sich der Vorhang von der Bühne heben und Anasandra Gentavillos *Gesang der Orchideen* würde von einigen der besten Schauspieler aller Zeiten zur Aufführung gebracht werden – für einige der mächtigsten Menschen aller Zeiten.

Talmo selbst war ein großer Liebhaber des Theaters und gespannt auf die Darbietung, denn er hatte bereits die Proben gesehen – versteckt von einer der Logen aus.

Zielstrebig bog er ab, vorbei an Räumen voller Requisiten und der Bühnenwerkstatt, stieg mehrere Treppen hinab, bis er schließlich den Gang erreichte, von dem aus es zu den Umkleiden der Schauspielerinnen ging.

Eine Wolke aus verschiedenen chemistischen Duftwässerchen und Aromakerzen hing in der Luft.

An den einzelnen Zimmertüren hingen keine Namensschilder, doch Talmo wusste bereits, hinter welcher Tür er finden würde, wen er suchte: Ein Seidenwimpel, mit einer prächtigen blauen Libelle bestickt, kennzeichnete die gesuchte Umkleide.

Leise klopfte er.

»Ja, bitte?«, kam es von drinnen.

Er verschwendete keine Zeit mit einer Antwort, sondern trat ohne zu zögern ein. Die Schauspielerin, die an einem Schminktisch umgeben von chemistischen Glühkugeln saß, hätte kaum größere Augen machen können.

»Bei den Göttern, wer *sind* Sie?«

Talmo machte eine elegante Verbeugung. »Talmo Melisma, zu Ihren Diensten.«

»Raus hier!«

»Bitte, werte Frau Kuska, lassen Sie mich kurz den Grund meines ungebetenen Besuches erklären.«

»Sie sind ein Verehrer.« Es war keine Frage, sondern eine Feststellung. Schöner, als ein Dichter sie hätte beschreiben können, saß sie dort in einem Unterkleid, die Lippen geschürzt, die Hände vor der Brust verschränkt: Madeire Kuska, eine der begabtesten Schauspielerinnen der gesamten Ruhenden Welt.

»Ich möchte Sie gerne zu einem Essen einladen.«

Madeira verdrehte die Augen. »Natürlich, weil Sie ein verdammter *Verehrer* sind.«

»Nur ein Verehrer Ihrer Kunst und des Theaters«, rechtfertigte Talmo sich. »Ihre Schönheit ist für mich nicht von Bedeutung. Ich … bevorzuge das männliche Geschlecht.«

»Oh«, machte Madeire.

Sie ist wohl nicht daran gewöhnt, dass sich ein Mann nicht auf diese Art und Weise für sie interessieren könnte, vermutete Talmo.

»Ich verschwinde augenblicklich wieder«, versprach er ihr. »Aber nicht, bevor ich Sie zu einem Abendessen überredet habe.«

»Warum ein Abendessen, wenn Sie doch angeblich nicht an mir interessiert sind?« Sie hatte ihre Sprache wiedergefunden.

»Ich sagte nicht, dass ich nicht an Ihnen *interessiert* sei«, entgegnete Talmo. »Aber eben nicht als Partnerin, Ehefrau, Mätresse, Bettgefährtin oder dergleichen.«

»Dann verstehe ich Ihr Anliegen nicht.«

Talmo musste lächeln. »Fühlen Sie sich hier manchmal wie eine majestätische Libelle in einem goldenen Käfig?«

»Ich bin eine der angesehensten Schauspielerinnen, die diese Lande hier jemals –«

»Das war nicht meine Frage«, unterbrach Talmo sie. »Ich denke aber, Sie haben mich verstanden. Wenn Sie meine Frage also für sich mit *Ja* beantworten können, dann treffen Sie mich morgen Abend zur sechsten Stunde in der *Gläsernen Nachtigall* zu einem Essen.«

»Sie sind direkt. Und ein wenig dreist.« Ein Schmunzeln umspielte Madeires Mundwinkel. »Ich werde es mir überlegen.«

»Das werte ich mal als Zusage und freue mich auf unser Wiedersehen.«

Rasch war er zur Tür hinaus und sah zu, dass er im Gewirr verschwand.

2.

In Talmos Wahrnehmung gab es zwei Sorten von Menschen in Vilsheil. Die einen nannten die Stadt gerne *Die Unvergängliche.* Sie war die alte Hauptstadt des Amantinischen Reichs gewesen, der Sitz des alten Gottkaisers und seiner Dynastie – nun war sie die Hauptstadt des Imperiums der Thronländer. Sie war unverwüstlich, unerschütterlich, unvergänglich.

Die andere Sorte Menschen nannte die Stadt *Die verblühte Rose,* denn obwohl sie nur so strotzte vor majestätischen und protzigen Palästen und Tempeln, hatte doch alles schon bessere Zeiten gesehen. Die einen warfen den anderen vor, sie würden in der Vergangenheit leben, weil die Stadt bloß noch wie ein Geschwür an den Ufern des Stromes Berenost entlangwucherte.

Talmo tendierte mal zur einen, mal zur anderen Sichtweise. Doch heute Abend war Vilsheil für ihn *Die Unvergängliche,* die Stadt, in deren Staub man die glanzvolle Geschichte atmen konnte. Wie durch ein Fenster in der Zeit konnte Talmo sich förmlich vorstellen, wo stolze und hochgewachsene Aristokraten über die drei großen Brücken und all die Plätze und öffentlichen Gärten flanierten, im goldenen Schein großer chemistischer Laternen.

Als die sechste Stunde ausgerufen wurde, hielt eine Droschke vor der Gläsernen Nachtigall. Der Kutscher öffnete die Tür und Madeire Kuska entstieg dem Inneren in all ihrer umwerfenden Schönheit – gehüllt in ein mattblaues Seidenkleid, das Haar zu schwarzen Engelslocken gewickelt.

Ein Lächeln stahl sich auf Talmos Gesicht, als er ihr die Hand reichte, um ihr aus der Kabine zu helfen. Er bewunderte, welchen Sinn für Eleganz Madeire besaß, die sich maßvoll schminkte und wenig Schmuck trug.

»Sie haben wirklich einen Tisch in diesem Gourmettempel reservieren können, Herr Melisma? Oder sollte ich *Monsieur* oder

Signore sagen? Aus welchem Land stammt der Name Melisma eigentlich? Sie reden wie ein Thronländer – aber Ihr Name passt nicht dorthin. Wer sind Sie, Melisma?«

Talmo hob die Schultern. »Nur ein Mann, der eine Frau zu einem Essen ausführt.«

»Und Sie sind geheimnistuerisch. Sagen Sie mir doch einfach, was Sie von mir wollen.«

»Aber wenn Ihnen nicht gefällt, was ich zu sagen habe, müsste ich allein an dem teuer reservierten Tisch speisen. Und das wäre sehr schade.«

Er bot ihr seinen Arm und gemeinsam betraten sie die Gläserne Nachtigall.

3.

Die Magistratenloge lag auf dem Dach des Restaurants. Zu drei Seiten umgeben von einem blühenden Garten, konnten Talmo und Madeire von hier direkt über die Wasser des Berenost blicken. Allerorten erhellten chemistische Laternen die Abenddämmerung und ließen die Stadt glitzern.

Sie hatten bei belanglosem Gespräch allerlei Köstlichkeiten verspeist.

Nachdem Madeire den letzten Bissen ihrer kleinen Nachtischskulptur verspeist hatte, nippte sie an ihrem Likör und beendete das Plaudern. »Jetzt rücken Sie mit der Sprache heraus! Wer genau *sind* Sie? Und damit meine ich nicht bloß Ihren Namen, Herr Melisma.«

»Ein Dieb.«

»Sie machen sich über mich lustig.«

Talmo konnte nicht sagen, wie viel von Madeires Empörung gespielt war, immerhin war sie eine brillante Schauspielerin.

»Keineswegs, Frau Madeire. Ich bin weder so reich noch so berühmt, dass ich mir diese Loge leisten könnte.«

»Also war Ihnen jemand einen Gefallen schuldig?«

»In gewisser Weise.«

»Aber nicht, weil Sie diesen Jemand erpresst haben, sondern weil Sie ihm zuvor einen Gefallen getan haben, richtig? Dieser Jemand *wollte* Ihnen noch einen Gefallen tun.«

Talmo zwinkerte ihr zu. »Sonst hätten wir kaum in Ruhe unser Mahl genießen können, sondern wären wohl längst irgendeinem ausgeklügelten chemistischen Gift zum Opfer gefallen.«

»Was für eine Art Dieb sind Sie dann, wenn Sie nichts stehlen und niemanden erpressen?«

Talmo versuchte, seine innere Aufregung zu verbergen. »Ich bin niemand, der anderen Menschen die Geldbörsen vom Gürtel stibitzt, wenn Sie das unter einem Dieb verstehen. Zumindest nicht nur. Ich bin erfinderisch, spiele den Menschen etwas vor, tausche Gefälligkeiten gegen Gefälligkeiten ein, manövriere Menschen in ausweglose Situationen und reiche ihnen dann den rettenden Strohhalm. Glauben Sie mir, Madeire, es gibt einen Grund, warum Diebe ebenso die Diener und Schützlinge des Gottes Din Vestro sind, wie es die Schauspieler sind.«

Madeire nickte ernst. »Der Gott hinter der lächelnden Maske.«

»Der Patron jedes gerissenen Plans und jeder brillanten Lüge«, bestätigte Talmo.

Die Schauspielerin schüttelte den Kopf. »Aber ich verstehe immer noch nicht, was das alles *mit mir* zu tun hat.«

Da zog Talmo etwas aus seiner Gürteltasche. Er öffnete die Hand über dem Tisch und zeigte Madeire fünf Würfel. Auf den ersten Blick wirkten sie wie ein Würfelspiel, doch sie waren eine Spur zu groß und ihre Oberflächen zeigten weder Zahlen noch Symbole.

Er würfelte in die Mitte des Tisches – und die Würfel platzten auf wie Eierschalen. Fünf winzige Wagen mit Pferdchen aus metallenen Drähten, Federn und Rädchen formten sich. Mit großer Sorgfalt gefertigte kleine Mechaniken. Sie zogen in einem Treck hintereinander her und bildeten schließlich eine Wagenburg. Dort falteten sie sich auf, zogen sich auseinander und bildeten bald ein kleines Theater in einer klassischen Form mit Innenhof, Zuschauerrängen und Bühne.

Talmos Anspannung löste sich ein wenig, als er bemerkte, wie Madeire vor lauter Faszination beinahe das Atmen vergessen hätte.

»Das ist mein Traum«, erklärte er. »Meine Berufung ist die eines Diebes. Meine Leidenschaft ist das Schauspiel. Und mein Handwerk ist das eines Mechanisten.«

Er holte aus seinem Kragen das Gildenabzeichen in Gold hervor, das er wenige Jahre zuvor für seine außergewöhnlichen mechanischen Fertigkeiten verliehen bekommen hatte.

Madeire hatte derweil jegliche Haltung vergessen und starrte ungehemmt und mit offenem Mund auf Talmos kleine Wunder und das blitzende Abzeichen.

»Vor sich sehen Sie meinen Plan, werte Frau Kuska. Meinen Lebenstraum. Das Leben eines Diebes, wie ich es mir erträume: die Welt sehen, den schönen Künsten frönen, mit List und Tücke mehr Geld erbeuten, als man in einem Leben ausgeben kann. Doch noch fehlen mir dazu Verbündete. Und die suche ich gerade. Ich glaube, Din Vestro ist auf meiner Seite und würde vor Stolz platzen, wenn alles so kommt, wie ich es mir vorstelle.«

»Ganz schön selbstbewusst«, hauchte Madeire.

»Ich bin davon überzeugt, dass Schauspieler hervorragende Diebe sind, denn sie verdienen ihren Lebensunterhalt ja bereits damit, besser zu lügen als andere. Kommen Sie mit mir, Madeire. Entfliehen Sie Ihrem goldenen Käfig. Sehen Sie die Welt. Leben Sie ein Abenteuer. Und halten Sie all jene bedeutenden und adeligen Gecken zum Narren, die uns nicht freiwillig geben, was wir wollen.«

Madeire schwieg.

Lange.

Sie hatte einen Finger an die Lippen gelegt und dachte nach.

Talmo konnte beinahe sehen, wie es hinter ihren grünen Augen arbeitete.

»Ich kann nicht«, sagte sie schließlich und alle Siegesgewissheit verließ Talmo schlagartig.

Es war ein Traum, diese berühmte Schauspielerin für deine Zwecke zu gewinnen, versuchte er sich selbst zu beruhigen. *Bloß ein Traum, Talmo. Du wusstest, dass die Chancen schlecht stehen.*

»Ich danke Ihnen trotzdem für Ihre Ehrlichkeit, Herr Melisma. Auf solch ehrliche Art hat sich noch nie ein Mann um mich bemüht. Sie hatten mich immer nur in ihr Bett locken wollen.«

Talmo atmete leise und tief ein, um die Fassung zu bewahren. »Darf … darf ich fragen, warum Sie an meinem Angebot nicht interessiert sind?«

Sie schürzte die Lippen. »Es ist reizvoll. Das gebe ich ja zu. Aber ich mag mein jetziges Leben. Es ist angenehm und ich schwelge in einem Luxus, den ich mir nicht ein weiteres Mal hart erarbeiten möchte.«

Talmo hörte die Bestimmtheit aus Madeires Entschluss heraus und schluckte. »Es sei Ihnen gegönnt«, sagte er leise. »Und ich wünsche Ihnen alles Gute für dieses Leben – auch, wenn ich es nach wie vor für einen goldenen Käfig halte.«

Er stand auf, zahlte für das opulente Mahl und ging.

4.

Für den Abend des Rasttages der nächsten Woche hatte Talmo ganz regulär eine Karte für *Der Gesang der Orchideen* ergattern können. Günstigste Kategorie, oberster Rang, quasi unter der Decke des Schauspielhauses.

Hier wartete er an diesem Abend bis zum zweiten Aufzug – Madeire war mitten in ihrem Auftritt als verschmähte Geliebte eines schneidigen Grafen.

Genau in diesem Moment setzte Talmo sein Werk der letzten Tage aus und hoffte, dass er alles korrekt berechnet und bedacht hatte.

Din Vestro, Patron aller sauber geschmiedeten Pläne, betete er stumm, *wenn es in deinen Augen würdig ist, dann lass das hier bitte gelingen.*

Eine metallen schillernde Libelle hob von der Brüstung des obersten Ranges ab, glitt mit Flügeln aus Draht und Wachspapier hinab und querte den Zuschauerraum des Schauspielhauses. Mitten auf der Bühne hielt sie inne und verharrte in der Luft, genau auf Madeires Augenhöhe, bloß einen Schritt von ihr entfernt.

Und die große Madeire Kuska verlor beim Anblick ihres Lieblingstieres ihre Zeile, vergaß ihren Text. Sie hatte nur Augen für das elegante künstliche Tierchen, das sich sanft auf ihre ausgestreckte Hand setzte und dort einen winzigen gefalteten Zettel ablegte, auf dem stand:

Sie können die gesamte Ruhende Welt aus diesem Käfig heraus betrachten.
Oder Sie können sie bereisen und besitzen.
Dieses Wunder schenke ich Ihnen.
Alle weiteren werden Sie sich selbst schenken müssen.
Ich reise morgen ab.
Haben Sie Dank für einen schönen Abend in der Nachtigall hoch oben über dem Berenost.
Und leben Sie wohl.

T. Melisma

5.

An diesem Abend war nicht mehr viel los auf der *Brücke der Gehängten.* Die meisten Marktstände hatten bereits eingepackt und abgebaut und ein sachter Wind wehte über den Fluss und trug den süßlichen Verwesungsgeruch der letzten Gehängten mit sich, die an der Unterseite des gewaltigen Bauwerks baumelten.

Talmos Wagen fuhr langsam über das breite Kopfsteinpflaster – ein Zweispänner trotz seiner geringen Größe. Doch das Gewicht des Wagens erforderte ein zweites Pferd.

Talmo auf dem Kutschbock hatte seine Kapuze tief ins Gesicht gezogen und sich einer leichten Wehmut ergeben.

Ich werde jemand anderes finden für meinen Traum eines fahrenden Theaters, tröstete er sich.

Vorn auf der Straße ging jemand nicht aus dem Weg und Talmo musste bremsen.

Die Person war schlank und trug ebenfalls eine Kapuze, unter der ein schmales, hübsches Kinn hervorlugte. Das Abendrot, das von Westen her schien, malte ihre Konturen in Feuer.

Die Gestalt streckte eine Hand nach vorn, öffnete sie und eine mechanische Libelle erhob sich daraus und steuerte in Richtung Kutschbock, wo Talmo sie behutsam mit zwei Fingern auffing.

»Sie haben etwas vergessen, Herr Melisma«, sagte Madeire schlicht.

Doch Talmo schüttelte den Kopf. »Sie war ein Geschenk. Ein Zeichen der Anerkennung. Sie darf gerne hierbleiben.«

»Ich spreche nicht von der Libelle«, präzisierte Madeire und schenkte Talmo ein Lächeln. »Ich spreche von mir.«

9. KAPITEL

Das Gemälde, das es nicht gibt

1.

Gut.« Glin klatschte voller Tatendrang in die Hände und stand von seinem Stuhl auf. Die Übrigen schauten eher müde und zerknirscht drein. Vor ihnen stand ein verhältnismäßig üppiges Frühstück aus diversen Brot- und Käsesorten, dazu Obst. Außerdem feiner Kaffee, der in der Nähe von Tal Schadod in Abitreija angebaut wurde.

Zwischen all dem stolzierte Schönheit umher. Glin hatte die schlaflose Nacht mit Gedankenspielchen verbracht, die sich um Magier und Nichtmagier drehten. Dann war er früh aufgebrochen, um Frühstück einzukaufen. »Die erste Stufe unseres Vorhabens haben wir erklommen.«

»Kannst du nicht warten, bis wir einen Schluck Kaffee getrunken haben?«, murrte Falk und legte die Laute weg, auf der er gedankenverloren herumgeklimpert hatte. »Wir sind müde.«

»Ich habe jede Menge Kaffee getrunken. Die ganze Nacht über.« Glin lief weiter vor ihnen auf und ab.

»Du siehst auch noch beschissener aus, als ich mich fühle«, konterte Falk und Glin war nur zu bewusst, dass das stimmte. Dass er sich so aufgedreht fühlte, war auf Pump gekauft – aber die Energie musste er nutzen, solange sie da war.

»Wir haben ein sicheres Quartier, können uns halbwegs frei

bewegen und verfügen über die meisten unserer heiß geliebten Spielzeuge: Kostüme, Perücken, Schminke, Werkzeug, Waffen ...«

»Und Kaffee«, stöhnte Falk und schenkte sich nach.

»Ich werde heute zwei wichtige Besuche vornehmen«, meinte Glin. »Und währenddessen möchte ich euch darum bitten, euch umzuhören.«

»Uns umzuhören?« Yrrein sah ratlos drein.

»Genau. Ich möchte wissen, was an Gerüchten über Aurinius von Veelyn in der Stadt kursiert. Ob es überhaupt etwas gibt. Niemand kann derart großkotzig auftreten, ohne dass er Spuren hinterlässt. Ich vermute, dass er in irgendeiner Form im Palast des Erzherzogs tätig ist. Er hat Andeutungen gemacht.«

»Er sitzt also mitten im Zentrum der Macht?«, hakte Madeire nach. »Klingt unantastbar.«

Doch Glin verneinte. »So unantastbar kann er nicht sein, sonst bräuchte er niemanden, der ihm Borgessas Tresor knackt. Ich möchte, dass du dich auf der Insel der Speichellecker umhörst. Zieh dich teuer, aber praktisch an, nimm von dem Geld, das wir noch haben, genug mit. Spiel eine weltgewandte Kauffrau, die auf eine Warenlieferung und eine Passage ins Imperium wartet. Geh ins Museum, in die Galerien und Kaffeehäuser und wirf mit verführerischen Blicken um dich. Ich bin sicher, früher oder später wirst du mit irgendjemandem ins Gespräch kommen, der etwas aufgeschnappt hat.«

Madeire nickte und schlürfte an ihrem Kaffeetässchen.

»Gut«, meinte Glin erneut. »Yrrein, ich möchte dich bitten, dich ebenfalls halbwegs vorzeigbar zurechtzumachen und dich in den Parks der Grünen Insel herumzutreiben.«

»Bin ich sonst nicht so vorzeigbar?«, foppte sie.

Glin setzte ein schiefes Lächeln auf. »Sieh zu, dass man dich für eine Kaufmannstochter oder etwas Ähnliches halten könnte. Und zieh dir *unbedingt* eine Perücke über. Wenn du in den Parks kein Glück hast, versuchst du es bei den Stadtherolden. Mach einem unschuldigen Trottel dort schöne Augen und erzähl, du wolltest immer schon mal wissen, wie das Sammeln und Verbreiten von Nachrichten für die Bürger so effizient funktionieren kann.«

»Ah, die Damen dürfen sich zurechtmachen«, meinte Falk. »Mich schickt er vermutlich zu den Gerbern oder zu den Totengräbern oder dergleichen.«

Glin zog die Augenbrauen hoch. »Was willst du denn da? Nein, ich möchte, dass du hier im Vorhof der Ewigkeit bleibst. Du bist ordinierter Priester des Din Vestro – du wirst genau das wieder ein bisschen mehr herauskehren und dich bei deinen ehemaligen Ordensgeschwistern umhören. Und wenn die nichts liefern, gehst du unter Vorwänden in die Tempel der anderen Götter und fragst dich durch.«

»Ich hasse die Orden«, sagte Falk. »Was meinst du, warum ich damals von denen weg bin? Das ist ein ekelhaftes Volk, das es sich unter dem Mantel der Scheinheiligkeit gutgehen lässt.«

»Ich bitte dich einfach darum«, sagte Glin.

»Ich mach es ja. Bin ich Talmo schließlich schuldig«, murmelte Falk. »Aber fast lieber wäre ich zu den Gerbern gegangen. Der Gestank ist wenigstens offensichtlich und man muss ihn nicht erst freilegen.«

»Danke«, meinte Glin und klatschte erneut in die Hände. »Dann verschwinde ich jetzt und verrichte mein eigenes Tagwerk, bevor ich aus Versehen irgendwo hundemüde zusammenklappe.«

»Können wir uns nicht wenigstens einen halben Tag ausruhen, Glin?«, fragte Madeire vorsichtig. »Wir haben gerade Freunde und Zuhause verloren, haben seit Tagen kaum geschlafen und –«

»Nein«, unterbrach er sie. »Die Zeit ist knapp. Und nur, weil die Wohnungssuche schneller ging als erhofft, dürfen wir noch lange nicht trödeln. Es muss alles so rasch wie möglich geschehen. Aber keine Panik: Es wird noch die eine oder andere Stunde geben, in der wir uns in Geduld üben müssen. Die Frage ist, ob wir das überhaupt wollen. Ich für meinen Teil fühle mich jedes Mal beschissen, wenn ich zur Ruhe komme. Dann kommen all die Bilder wieder hoch, die ich nie wieder sehen möchte.«

Er spürte, wie betretenes Schweigen eintrat.

Dankenswerterweise unterbrach Madeire. »Wo wir gerade von Geld sprechen … Wir müssen dringend an welches kommen. Spätestens, wenn wir wieder aus dem Blütenpalast ausziehen, müssen wir Ilistra noch mal zweieinhalbtausend Steli zahlen.«

»Auch dazu werde ich mir etwas ausdenken. Und wenn ich das Geld jeden Tag auf dem Markt aus Börsen und Geldkatzen zusammenstehlen muss.« Glin wusste, dass es ein schwacher Versuch war, Optimismus zu verbreiten. Aber zumindest stellte keiner weitere Fragen.

Er ließ die anderen frühstücken und verschwand in seinem Zimmer.

Ich brauche einen zweiten Coup, um den ersten Coup zu finanzieren. Großer Mist, den die Götter uns hier eingebrockt haben.

2.

Die Garderobe und die Requisite möglichst vollständig mitgenommen zu haben, war essenziell für alles, was sie weiter vorhatten. Die Möglichkeit, sich rein äußerlich in jemand anderes zu verwandeln, war ein unschätzbarer Vorteil in diesem tödlichen Spiel. In Windeseile war Glin in Pluderhosen geschlüpft und hatte ein Barett über eine rote Perücke gezogen.

Er schnappte sich einen Rucksack und füllte ihn mit Wechselkleidern und dem kläglichen Rest des Herrn des Schlafes. Ohne Shalimo würden sie wohl bald auf chemistische Spielereien verzichten müssen. Sie würden nicht ewig die Preise zahlen können, die schwarze Chemistiker für ihre Gemische (und ihre Verschwiegenheit) verlangten. Um das Theater zu sprengen, hatte Glin einmal auf diese Option zurückgreifen müssen. Aber er konnte sein Glück nicht unnötig strapazieren.

Es gibt überhaupt wenig, das wir strapazieren können, dachte er. *Und unsere Finanzen gehören eigentlich auch schon nicht mehr dazu.*

Ein neuer Wachmann öffnete ihm die Tür von Atteo Enzo. Er hatte eine Glatze, Tätowierungen erstreckten sich über seine linke Gesichtshälfte – und er war ein Pechvogel, fand Glin. Denn kaum hatte er Glin hereingebeten, lag er bereits schlafend auf dem Dielenboden.

Atteo Enzo kam die Treppe hinuntergelaufen und raufte sich bei dem Anblick seines bewusstlosen Söldners die Haare. »Warum, bei allen sieben Göttern, müssen Sie das immer wieder tun?«

Glin ging gar nicht darauf ein. »Ich habe gehört, dass Sie ein geschwätziger Mann sind, Enzo.«

Er sah einen Hauch von Unsicherheit über Enzos Gesicht huschen. Das war gut so, denn es würde den Fälscher beschäftigen. Die quälende Frage, ob er nicht doch irgendwem gegenüber eine unvorsichtige Andeutung gemacht hatte, ein Wörtchen zu viel gesagt hatte und Glin womöglich irgendwie Wind von seiner Zusammenarbeit mit der Squadra Ignoto bekommen hatte.

»Entschuldigen Sie«, stöhnte Enzo. »Ich … ich werde mich einfach nie daran gewöhnen, dass Sie meine Wachleute … umlegen.«

»Müssen Sie ja auch gar nicht«, meinte Glin. »Sobald Sie *Nacht vor Tarsica* fertiggestellt haben, bekommen Sie eine angemessene finanzielle Entschädigung und werden mich nie wiedersehen.«

Der Maler funkelte ihn an. »Sie glauben gar nicht, wie sehr ich das hoffe.«

»Doch, doch«, entgegnete Glin. »Genau das war ja meine Absicht: Sie sollen froh sein, mir zu Diensten zu sein, und gleichermaßen auch, mich danach wieder loszuwerden.«

Enzo verdrehte die Augen.

»Also«, sage Glin. »Wie weit ist Ihre Arbeit gediehen? Lang kann es ja nicht mehr dauern. Und ich war wirklich geduldig.«

»Sie wissen schon, dass es dem Werk abträglich ist, mich zur Eile zu drängen, oder?«

»Je schneller Sie fertig sind, desto eher sind Sie mich los und um ein paar Tausend Steli reicher.«

Die Erwähnung des Geldes tat ihre beschwichtigende Wirkung. »Ich schätze, Sie wollen sehen, wie weit das Bild gediehen ist?«

»Selbstverständlich.«

»Dann folgen Sie mir.«

Sie gingen die Treppe hinauf in Enzos Atelier, wo der Maler an drei Staffelleien parallel arbeitete. Das linke Bild zeigte die *Nacht vor Tarsica*. Alles, was Glin über Vonatis verschollenes Gemälde recherchiert und in Erfahrung gebracht hatte, hatte er auf Skizzen und in Beschreibungen festgehalten und Enzo ausführlich erklärt, worum es ging. Auf Glin wirkte das Gemälde fertig. Es zeigte die Klippen vor Tarsica im Gegenlicht des zerbrochenen Mondes, das einen glitzernden Teppich aus Wellen über die Bucht legte. Boote der Mondfischer tummelten sich darauf und vom Ufer zog sich die Stadt die Hänge hinauf bis zu den Palästen, die auf den Klippen hoch über das Meer ragten.

»Beeindruckend«, meinte Glin. »Es sieht im Grunde fertig aus.«

»Es muss noch den künstlichen Alterungsprozess durchlaufen. Dafür benötige ich einige Tage. Es bedarf einiger chemistischen Substanzen. Aber vor allem nehme ich Eiklar, verteile einen dünnen Film über das Gemälde und lasse es dann über Tage in der Nähe einer Hitzequelle. Üblicherweise stellt mir eine Bäckerei aus der Via Legno einen Platz oberhalb ihres Ofens zur Verfügung …«

Während Enzo in Ausführlichkeit erklärte, trat Glin näher heran und nahm die Details des Bildes in Augenschein. Vor allem aber machte er sich auf die Suche nach Signaturen – kleinen und unscheinbaren Pinselstrichen oder Schraffuren, die einen Hinweis auf den wahren Schöpfer des Bildes gaben. Glin wusste zwar in etwa, wonach er suchen musste, aber dennoch waren seine Augen alles andere als geübt.

Wenn Sira doch hier wäre.

Tatsächlich fand er selbst etwas: Im Schatten, den das Mondlicht durch das Geäst eines ufernahen Baumes warf, konnte man spiegelverkehrt *Enzo* lesen. Glin sah noch einmal genauer hin, um sich zu vergewissern, dass er sich nicht einfach von einigen wilden Pinselstrichen täuschen ließ. Aber Enzo arbeitete akkurat und wusste genau, was er tat – dieser Umstand hatte ihn schließlich zu dem begehrten Kunstfälscher werden lassen, der er war.

Also brauchen wir etwas mehr Dramatik hier, beschloss Glin.

Er fuhr herum, ließ ein Stilett aus dem Ärmel in seine Hand fallen und zielte mit der Spitze am ausgestreckten Arm auf den erbleichenden Enzo.

»Sie. Haben. Signaturen. Eingearbeitet«, knurrte Glin. Er betonte jedes Wort und legte ein beinahe albernes Maß an Bedrohlichkeit hinein.

»I-ich … ich wollte.« Enzo stammelte herum, war leichenblass geworden und seine Knie zitterten. »Das m-macht man halt so.«

Schwache Entschuldigung!

»Sie sollten einen Vonati malen, keinen Enzo«, fauchte Glin und machte einen schnellen Schritt auf den Künstler zu, der rückwärts über einen Schemel mit Ölfarben fiel.

Glin überlegte fieberhaft, was er dem ach so schlauen Enzo antun könnte. Er war schon ein erbärmliches Häufchen, wie er sich dort auf dem Fußboden beschmiert und wimmernd auf die Ellenbogen stemmte.

»Hoch mit Ihnen!«, befahl er. Der Schrecken, den er Enzo durch seinen Zornesausbruch eingejagt hatte, musste fürs Erste genügen.

Ängstlich rappelte der Maler sich hoch.

»Folgendes wird jetzt passieren«, erörterte Glin. »Sie werden alle Signaturen von diesem Gemälde entfernen. Alles, was auch nur im Ansatz verraten könnte, dass das Bild nicht von Vonati selbst stammt.«

Enzo nickte.

»Gut«, meinte Glin. »Das und diesen künstlichen Alterungsprozess – wie lange benötigen Sie dafür, wenn Sie sich beeilen?«

Enzo überlegte kurz. »Ich benötige fünf Tage, besser eine Woche.«

Von Shalimo wusste Glin, dass das Verfahren nicht ganz so lange brauchte – und wenn seine neue Idee zündete, war es auch nicht mehr ganz so wichtig. »Ich gebe Ihnen drei Tage.«

»Drei?«, japste Enzo.

Glin ging nicht weiter darauf ein. »In vier Tagen werde ich das Gemälde abholen und Sie bezahlen. Sorgen Sie dafür, dass es bis dahin fertig ist.«

Ohne dem Kunstfälscher ein weiteres Wort zu gönnen, verschwand er die Treppe hinunter und war auf der Straße. Enzo würde Wimpel aushängen, um Kontakt zu den angeblichen Agenten aufzunehmen – eine Sache, die in diesem Fall Falk würde erledigen müssen. Wichtig war nur, dass der Maler sich in Sicherheit wiegte.

3.

Glin entfernte sich rasch von Enzos Haus, bog ab, durchquerte verschiedene fensterlose Gassen, zog die zweite von drei verschiedenen Jacken aus seinem Rucksack an und nahm wie so oft einen anderen Weg zurück, als er gekommen war.

Diesmal wählte er eine Route, die ihn über den Amboss führte und zur Piazza der würfelnden Götter.

Das Dickicht aus Buden und Zelten wurde kurz vor Beginn des Unabhängigkeitsfestes immer dichter. Vor Kurzem noch war das Mechanische Theater eine Landmarke auf der weitläufigen Piazza gewesen. Jetzt zeichnete es sich nicht länger vor dem übrigen Gewirr des Jahrmarkts ab, ehe man sich nicht auf einen Steinwurf genähert hatte. Dann jedoch spürte Glin, wie es ihm die Kehle zuschnürte. Was der schwarze Chemistiker ihnen bei der Herstellung seiner speziellen Mixtur versprochen hatte, hatte sich mehr als erfüllt.

Wo vor drei Tagen noch eine Wagenburg mit allerlei Aufbauten trutzig gestanden hatte, war nur ein Trümmerfeld geblieben. Alles, was aus Holz gewesen war, war zu schwarzer und grauer Asche zerfallen. Dazwischen ragten die verformten Reste von Metall heraus – Achsen, Geländer, Hebevorrichtungen.

Glin schluckte gegen die zugeschnürte Kehle an.

»Bei allen sieben verdammten Göttern«, hauchte er leise. *Welchen Schatz an Erinnerungen und Träumen habe ich hier quasi mit einem Fingerschnipsen ausgelöscht?*

Beinahe zwanzig Jahre hatte es die Herbstgänger gegeben. Sie hatten so vieles erlebt, bezwungen, überstanden … dann kam ein einzelner rothaariger Schatten aus Talmos Vergangenheit daher – und binnen eines Augenblicks war alles fort. Als wäre ein plötzlicher Windstoß gekommen und hätte ein Kartenhaus vom Tisch gefegt.

»Was ist denn dort vorgefallen?«, wandte Glin sich an den schmerbäuchigen Besitzer eines Standes für Zimtliköre und Heidelbeerbrände.

»Das war ein Radau, sag ich Ihnen«, sagte der Spirituosenhändler, der gerade versuchte, das Schild über seinem Stand halbwegs waagerecht auszurichten. Seinem harten Akzent war zu entnehmen, dass er aus dem Norden der Thronländer kam. »Das Ding ist mitten in der Nacht einfach in die Luft gegangen und zu Asche verbrannt. Das muss man über die halbe Stadt gehört haben, bis zum Hafen oder zum Markt mindestens. Sehr merkwürdig … als ob jemand gewollt hätte, dass nur dieses Theater abbrennt. Alles andere wurde verschont, den Göttern sei Dank.«

»Ein Theater also?«

»Das waren schräge Vögel, die dort gelebt haben. Aber begabt. Bei jeder Aufführung haben die ein volles Haus gehabt. Komisches Ding, dieses Theater – man konnte es zusammenfalten oder so, damit es auf wenige Wagen gepasst hat. Fragen Sie nicht, wie die das gemacht haben. Mit irgendjemandem müssen die es sich auch mächtig verscherzt haben.«

»Wieso? Glauben Sie, es war ein Anschlag?«

»Ein so punktgenaues Feuer, das nur dieses Ding abfackelt? Und dann noch in dieser Geschwindigkeit?« Der Mann beugte sich von seiner Trittleiter vor und zu Glin herunter. »Ich wette, da hat jemand ein Menge Geld für finstere Chemistik auf den Tisch gelegt, damit das alles genau so vor sich ging.«

»Verrückt«, raunte Glin. »Sind die … *Schauspieler* dabei ums Leben gekommen?«

»Schwer zu sagen.« Der Spirituosenhändler kratzte sich am Schnauzbart. »Das war so heiß, dass buchstäblich alles zu Asche verbrannt ist – schauen Sie doch.«

Glin folgte dem ausgestreckten Arm des Mannes pflichtbewusst mit den Blicken, aber er hatte eigentlich schon genug gesehen – zu Asche gewordene Träume.

»Also entweder sind die bei lebendigem Leib verbrannt«, folgerte der Schnauzbart. »Oder sie waren gewarnt und sind bereits vorher über alle Berge gewesen. Zurückgekommen ist zumindest keiner. Aber an deren Stelle würde ich mich hier auch nicht mehr blicken lassen.«

»Warum nicht? Ich würde doch wenigstens nachsehen, ob irgendetwas vom meinem Hab und Gut die Flammen überstanden hat.«

Der Mann schüttelte den Kopf. »Also wenn es jemand, der so einen gezielten Anschlag verüben kann, auf mich abgesehen hätte … ich wäre vermutlich schon weit auf der Straße nach Thyriss. Selbst wenn die Göttin Evisandre sich höchstpersönlich splitternackt in der Mitte dieses Aschehaufens nur für mich räkeln würde – nichts würde mich hierher zurücktreiben.«

Glin nickte. »Das sind beunruhigende Dinge, die Sie da erzählen.«

»Ich hoffe nur, es vertreibt nicht die Kundschaft. Die Stadt ist zu diesem Unabhängigkeitsfest immer ein Tollhaus aber von so etwas werden vielleicht auch die Mosmerani vorsichtig.«

»Aber wenn es doch gezielt um diese Schauspielertruppe ging, dann hat doch niemand sonst etwas zu befürchten. Warum sollte Ihnen dann die Kundschaft wegbleiben?«

»Ach Junge, wissen Sie«, seufzte der Mann, »Menschen sind verrückt. Vieh läuft weg, wenn es laut knallt – aber Menschen? Die kommen erst neugierig gucken und dann bekommen einige Schiss, obwohl gar nichts mehr passieren kann, andere werden panisch, wieder andere todesmutig und noch andere würden ihr letztes Hemd verkaufen, nur damit sie sich das Maul zerreißen können. Aber alles in allem kann niemand vorhersehen, wie eine Horde Menschen reagiert. Ihr Wort in Marcators Ohr, Junge. Ich hoffe, Sie haben recht. Das Trinken verlernen die Menschen jedenfalls nicht – entweder wollen sie feiern oder sie wollen etwas vergessen.«

»Ich wünsche Ihnen auf jeden Fall viel Glück!«

Damit verabschiedete sich Glin und schlich durch den im Aufbau begriffenen Jahrmarkt davon. Nahe dem Ostufer der Insel gab es einige provisorische Mietställe für die Dauer des Jahrmarktes. Viele Tiere, wenige Menschen – ein idealer Ort, um in eine weitere Verkleidung zu schlüpfen. Doch gerade, als er seinen Rucksack an der Rückwand einer Baracke abgelegt hatte, fühlte er eine Hand auf der Schulter.

Das Stilett glitt aus seinem Ärmel und er wirbelte herum – doch die Klinge flog ihm aus der Hand und landete mehrere Schritte weiter zwischen Pferdeäpfeln.

Glin fand sich nur wenige Fingerbreit von einem widerwärtig

vertrauten Gesicht wieder – unter einer Kapuze, doch von feuerrotem Haar gerahmt.

»Glin Melisma«, imitierte Aurinius zischend eine höfliche Begrüßung. Glin spürte die Hand des Magiers an seinem Kragen und wie er gegen die Wand gedrückt wurde. »Ich habe mich schon gefragt, wann Sie hier auftauchen. Immerhin haben Sie hier dem Vernehmen nach ein respektables kleines Feuerwerk abgebrannt.«

»Die Freude ist ganz meinerseits«, plapperte Glin. »Sie haben aber Glück, mich hier zu treffen.«

Verdammt, verdammt, verdammt!

»Quatschen Sie nicht so blöd, Glin. Sie sind sentimental, den Göttern sei Dank. Sentimentale Menschen sind berechenbar, wenn man weiß, woran ihr Herz hängt. Auch, wenn Sie sich für ach so gewitzt halten. Auf der Piazza zu warten, bis ein schlaksiger Kerl mit federndem Gang auftaucht, war nicht schwer – Perücken und bunte Jacken blenden einen nur dann, wenn man nicht weiß, wonach man Ausschau halten muss.«

Glin fühlte sich überrumpelt. Und er hasste dieses Gefühl.

»Erwischt«, las Aurinius offenbar in Glins Gesicht. »Sie haben Talmo Melismas Lebenswerk in nur einer Nacht niedergebrannt – fühlt sich vermutlich echt beschissen an.«

»Sie wiederum haben Talmo Melisma zerstört. Der darf jetzt ein paar Dinge mit der Todesgöttin Illismea aushandeln und schert sich gerade einen Dreck um sein Theater.«

Da ließ Aurinius plötzlich ab und wich einen Schritt zurück, als hätte er sich die Fingerspitzen an Glin verbrannt.

»Er hat es also nicht überlebt«, murmelte der Magier. Ob Bedauern darin lag, konnte Glin schwer einordnen.

Glin rückte sein Hemd zurecht. »Herzlichen Glückwunsch, Sie haben ihn zu Tode gefoltert.«

Doch Aurinius winkte ab. »Sie wissen doch gar nicht, worum es geht.«

»Erklären Sie es mir!«

»Bestimmt nicht. Was Sie wissen müssen, das wissen Sie bereits.«

»Würde ich anders sehen.«

Aurinius hob die Schultern. »Das ist Ihr Problem, nicht meines. Aber mir stinkt es, wenn ich nicht weiß, wo ich Sie auftreiben kann. In Ihrem Mechanischen Theater wohnen Sie ja ganz offensichtlich nicht mehr.«

»Das war einfach zu unpraktisch, wissen Sie.«

Der Magier fixierte ihn mit seinen goldenen Pupillen. »*Wo* sind Sie untergekommen, Glin?«

Glin musste auflachen. »Es ärgert Sie tatsächlich, dass Sie das nicht wissen, oder?«

»Ich hatte Ihnen doch erklärt, dass ich Ihnen die einzelnen Finger Ihres jüngsten Ensemble-Mitglieds zukommen lassen werde.«

»Werden Sie nicht.«

Aurinius hob erstaunt eine Augenbraue an. »Nicht?«

»Solange Sie nicht wissen, wo ich bin, können Sie mir auch nichts zukommen lassen.«

Der Magier ließ den Kopf sinken, als ob er des Diskutierens müde wäre. »Ich betone es noch einmal, Glin: Unterschätzen Sie mich niemals! Schwören Sie von mir aus bittere Rache, verfluchen Sie mich oder was immer Sie auch wollen. Aber halten Sie mich nicht zum Narren! Ich finde ohnehin heraus, wohin Sie sich verzogen haben – es dauert vielleicht ein, zwei Tage länger. Sie sind sentimental, deshalb werden Sie nicht zulassen, dass ich Ihnen gleich die ganze Hand oder einen Fuß Ihrer kleinen Artistin liefern lasse, wenn ich dann endlich herausgefunden habe, wo Sie sich aufhalten. Das flinke Klettern der Kleinen wird dann wohl für immer Geschichte sein.« Jegliche Süffisanz war aus dem Blick des Magiers verschwunden. »Ich verfüge über beste Beziehungen in dieser Stadt. Ich habe Ihre Freundin in meiner Gewalt. Ich weiß viel mehr über Sie, als Sie sich ausmalen können, Glin Melisma – und nein, das habe ich nicht aus Talmo herausgefoltert. Ich weiß, woher Sie stammen, wo sie groß geworden sind und warum Sie besessen von allem sind, was mit Zahnrädern und Federn zu tun hat.«

Er zeichnete mit dem Finger ein Symbol in die Luft und das Stilett erhob sich, schoss durch die Luft auf Glin zu und nagelte dessen Ärmel an die Barackenwand. »Und außerdem verfüge ich ganz schlicht und ergreifend über sehr viel mehr Macht und Willen zu Gewalttaten als Sie. Ich frage Sie also ein letztes Mal: Wenn es mich aus irgendeiner verrückten Laune heraus das nächste Mal nach Ihrer Gesellschaft verlangt und ich nicht stundenlang an der Ruine eines ehemals fahrenden Theaters warten will – wo suche ich Sie dann auf?«

4.

Ich habe einen Fehler gemacht«, schloss Glin seinen Bericht von der Begegnung mit Aurinius.

»Du machst *nie* Fehler«, stellte Yrrein fest.

Sie saßen an dem großen Mahagonitisch im Esszimmer der Wohnung über dem Blütenpalast. Das Licht des frühen Abends fiel schwer und honiggelb durch die hohen Fenster und spiegelte sich im Karomuster des Marmorbodens. Schönheit hatte sich auf Glins Schulter gesetzt und schmiegte sich an seinen Hals.

Ich habe es verbockt. Ich wollte Aurinius einen Schritt voraus sein – den Magier mit der Suche nach uns beschäftigen, um Zeit zu gewinnen.

»Glin«, sagte Yrrein und nahm seine Hand. Zum zweiten Mal seit gestern Nacht. »Hör auf, dir Vorwürfe zu machen, verdammt noch mal.«

Falk kam aus der Küche und stellte einen großen Becher dampfenden Kräutertee mit Kiefernhonig direkt vor Glins Nase ab.

»Weißt du noch, was Talmo in einer solchen Situation immer gesagt hat?«

Glin zwang seinen Blick zu ihm hoch. »Wer nicht träumt, der hat nicht gelebt?«, zitierte er eine von Talmos Lebensweisheiten.

»Nein, du kleiner Blödmann.« Falk gab ihm einen Klapps auf den Hinterkopf. »Hör auf, dich selbst zu bemitleiden. Dann läuft es halt mal nicht ganz so, wie du dir ausgedacht hast. Es läuft doch eh schon alles mies, da fällt das auch nicht mehr ins Gewicht. Bei den Göttern, wie schlimm kann es sein, dass Aurinius weiß, wo wir wohnen? Dann lenken wir ihn halt mit etwas anderem ab. Was hat Talmo zu so etwas immer gesagt?«

Glin seufzte. »Wenn jemand Angst hat, dass du ihn mit der rechten Hand austricksen könntest, dann zeig sie vor – und trickse ihn mit der linken aus.«

»Korrekt«, meinte Falk. »Soll der Magier sich doch zwanghaft dafür interessieren, wo wir hausen. Wichtig ist ja erstmal, dass wir hier nicht so sehr auf dem Präsentierteller sitzen wie auf dem Jahrmarkt. Wir können uns freier bewegen und müssen nicht auf unser Hab und Gut achtgeben – es ist ja kaum noch was davon übrig.«

Glin lächelte schief. »Das Beste aus der Situation machen … ich habe schon verstanden.«

»Etwas anderes bleibt uns ohnehin nicht übrig, oder?«

Die Wohnungstür schlug hörbar zu und wenige Atemzüge später stiefelte Madeire in die Küche und schlug die Kapuze eines hellen Mantels zurück. Ihr Gesicht darunter war verschwitzt, die aufgetragene Schminke zerlaufen.

»Spätestens als ich den Vorhof der Ewigkeit betreten habe, dachte ich, ich müsste mich gleich an eine Straßenecke setzen und einfach schwitzend sterben«, hechelte sie.

»Zu dumm, dass du in diesem aufgetakelten Zustand keine Wechselkleidung mitnehmen kannst«, säuselte Yrrein.

»Sehr witzig, junge Dame.« Madeire verdrehte sich, um an sich hinunterzuschauen. »Bin ich kleiner geworden? An irgendeiner Stelle vom Schweiß eingelaufen? Ich fühle mich nämlich so.«

»Diese Diva«, stöhnte Falk und tippte sich an die Schläfe. »Vielleicht ist tatsächlich etwas eingelaufen …«

»Lass mich.« Madeire zwinkerte ihm zu. »Ich habe einige brauchbare Informationen.«

Glin schnellte von seinem Stuhl hoch. »Wie bitte?«

»Ich habe heute mit einem sehr netten Herren vorzüglich zu Mittag gegessen. Dass ich mich als Kauffrau gab, war ziemlich erfolgreich. Ich habe erwähnt, dass ich gehört hätte, ein gewisser Aurinius von Veelyn hielte sich in der Stadt auf und dass ich ihn gerne treffen würde, um ihm ein Geschäft vorzuschlagen. Meine Begleitung hat mir die weitere Fragerei fast automatisch abgenommen und wollte wissen, ob ich den eigenartigen Kerl meinen würde, der barfuß und mit knallroten Haaren herumlaufen würde. Und später war ich dann im Museum und bin bis zu diesem Kurator namens Cossa durchgedrungen, den ihr mir beschrieben habt. Und jetzt haltet euch fest …«

Es war Madeire anzusehen, wie sehr sie die aufgebaute Spannung genoss.

»Aurinius von Veelyn zählt seit einigen Wochen zum persönlichen Beraterstab von Großherzog Irico Borgessa.«

»Ist nicht wahr«, platzte es aus Glin heraus. Auch wenn er Aurinius für das hasste, was er tat, wurde Glin langsam echt neugierig, wer der Magier eigentlich war. Woher der Einfluss? Woher die Macht? Warum hatten sie dann noch nie von ihm gehört?

»Bei Din Vestros verdammter Maske«, meinte Falk. »Wie ist ihm *das* denn gelungen?«

»Das weiß ich nicht. Aber Aurinius muss quasi aus dem Nichts aufgetaucht sein. Cossa betonte mehrfach seine eigenen guten Freundschaften mit zwei der sechs höchsten Richter. Außerdem, dass er sich mit Borgessas Ministerstab mehr oder weniger duzen würde. Und alle hätten sich bereits den Mund darüber fusselig geredet.«

»Das mit den Richtern ist interessant«, sinnierte Glin.

»Warum?«, wollte Yrrein wissen.

»Ganz einfach. Laut Verfassung von Mosmerano ist der Rat der sechs Richter das einzige Gremium, das ein Veto gegen Erlasse des Erzherzogs einlegen kann. Sie werden von der Versammlung der Conti gewählt, die auch den Erzherzog selbst wählen.«

»Praktisch kann der Erzherzog trotzdem fast immer als Tyrann herrschen«, ergänzte Falk.

»Denn wenn genug Geld aus den Einnahmen des Palastes in die Taschen der Richter fließt …«

»… dann würden sie sich selbst schaden, wendeten sie sich gegen den Erzherzog«, beendete Yrrein den Satz. »Aber warum ist das jetzt ausgerechnet für uns gut?«

»Das ist ganz und gar nicht gut«, erklärte Glin. »Aber es sorgt dafür, dass ich Cossa glaube. Denn wenn schon die Richter in Aurinius einen einflussreichen Emporkömmling sehen, dann steht zu vermuten, dass er bei Erzherzog Borgessa möglicherweise wirklich etwas zu melden hat. Vielleicht ist er ein alter Bekannter oder gar Freund des Erzherzogs. Das macht es fast unmöglich, ihn irgendwie zu diskreditieren.«

»Kurator Cossa hat sogar die Schakale erwähnt«, sagte Madeire.

»Ja?« Glin war Feuer und Flamme. »Was hat er gesagt?«

»Ich glaube, sein Interesse war eher kunsthistorischer Natur. Er hat von dieser alten, religiösen Kriegerkaste von Jaerhella geschwärmt wie von einer archäologischen Ausgrabung. Er hat sie korrekt beschrieben. Schakalmasken, fließend geschnittene Uniformen, die manche Bewegungen schwer durchschaubar machen …«

»Hm«, machte Glin. »Den Schakalen haftet schon etwas Legendäres an. Wir leben in friedlichen Zeiten. Außerhalb von Jaerhella bekommt man sie so gut wie nie zu sehen. Konnte Cossa sagen, wie viele es sind?«

Madeire schüttelte den Kopf. »Er sprach von zwei Leibwachen. Aber du sagst, du hast mindestens noch einen dritten gesehen.«

»Ja, zwei haben mich und Aurinius durch das Marktviertel eskortiert und ein dritter wartete am Boot.«

Yrrein meldete sich. »Weiß jemand, wie teuer die Dienste der Schakale sind?«

Glin sah sie an. »Das ist eine gute Frage. Ich dachte, du warst diejenige, die in Jaerhella gelebt hat?«

Doch Yrrein schüttelte den Kopf. »Ich weiß nur, dass sie in Soldatenkreisen bekannt sind. Aber das trägt eher sagenhafte Züge. So wie zum Beispiel Amantis' persönliche Leibgarde, die *Schildleute von Mavree*, die *Smaragdlegion* oder andere legendäre Regimenter in der Geschichte. Allerdings haben sie niemandem Loyalität geschworen – es heißt, sie würden im Notfall zwar die Stadt Jaerhella verteidigen, sich aber unter kein anderes Kommando stellen als ihr eigenes. Wenn man den Begriff Söldner in einer Enzyklopädie nachschlagen würde, könnte man die Schakale praktisch als Paradebeispiel heranziehen. Sie gehen nur Kontrakte ein, die aus ureigenen Beweggründen interessant für sie sind – vor allem finanziell. Ich habe nie davon gehört, dass sie politische Ziele verfolgen.«

»Die sind ja richtig sympathisch«, stöhnte Glin. »Im Grunde die perfekten Söldner. Effektiv und loyal. Aurinius hat also offenbar so viel Geld, Macht und Einfluss, dass man eigentlich den ganzen Tag lang kotzen möchte.«

»Treffsichere Analyse«, komplimentierte Falk nüchtern.

»Also gut«, meinte Glin und stand auf. »Danke, Madeire. Das gleicht mein Versagen zwar nicht aus – aber es gibt mir einige neue Spielsteine, wenn auch nicht besonders schöne. Ich versuche sie zu irgendeinem sinnvollen Zug zu ordnen.«

Damit verließ er das Esszimmer – hinter ihm setzte Madeire sich zu Yrrein und Falk an den Tisch.

»Was ist denn los mit ihm?«, hörte er sie noch fragen, bevor er in seinem Balkonzimmer war und die Tür hinter sich zugemacht hatte.

5.

Glin hatte sich auf sein Bett geworfen und starrte an die mit Stuck verzierte Decke.

Er sehnte sich nach einem schönen kühlen Herbstregen vor seinem Fenster – das hätte ihm geholfen, zu entspannen und klarere Gedanken zu fassen.

Um sich abzulenken, nahm er schließlich die Schatulle in die Hand und probierte mit einem Dietrich daran herum. Sie war perfekt gearbeitet. Es gab keine Chance, einen Hebel anzusetzen. Also musste er das mechanische Rätselspielchen wohl oder übel mitspielen, das Talmo sich hier ausgedacht hatte. Glin schob den Dietrich ins Schlüsselloch und bewegte einen der Stifte, woraufhin sich eine der Seitenwände verschieben ließ. Je nachdem, mit wie vielen und mit welchen Stiften im Schloss man das tat, konnte man die Seitenwände der Schatulle jeweils ein wenig in verschiedene Richtungen bewegen – was wiederum dazu führte, dass die Stifte im Schloss nun andere Bewegungen der Wände erlaubten. Dermaßen raffiniert gearbeitet, konnte dieses Rätselkästchen wirklich nur an Glin adressiert sein. Niemand sonst würde es auf diese Weise probieren. Die Verlockung war einfach zu groß, es schlicht wie eine Nuss aufzubrechen.

Doch das komplizierte Rätselkästchen bot ein gutes Mittel, um die eigenen Finger zu beschäftigen, während Glin seinen Gedanken nachhing.

Er ärgerte sich maßlos über sich selbst. Und alles innere Beteuern, dass der ursprüngliche Fehler – oder zumindest der Ausgangspunkt ihrer Misere – wohl weit in Talmos Vergangenheit lag, machte es nicht besser.

Talmo ist nicht mehr hier. Wie kann stattdessen ich diesem Aurinius beikommen? Magische Kräfte, enorme Mittel, brillante Kontakte. Es ist zum Verzweifeln.

Alles in Glin widerstrebte dem Gedanken, sich einfach dem Willen des Magiers zu fügen. Sie hatten die verrücktesten und unwahrscheinlichsten Dinger durchgezogen in den letzten Jahren – es musste doch irgendeine Möglichkeit, irgendeinen Plan geben, um aus dieser Situation herauszukommen.

Sie hatten teure Gemälde gestohlen, Kartenturniere manipuliert, mit den Wertanteilen großer Handelshäuser Schabernack getrieben und Zigtausende eingestrichen. Sie hatten einen dramatisch schlechten Bildhauer weltberühmt gemacht, sie waren in die große Wasserburg von Vesterdam eingebrochen, sie hatten renommierte Wettfahrten durch Betrug gewonnen …

Glin ging in seinem Kopf alles durch, was ihnen geglückt war. Die Pläne dahinter waren ausgeklügelt, aber meist auch ein wenig verrückt (wenn nicht gar völlig absurd) gewesen. Aber sie hatten nie gelernt zu verlieren, ohne überhaupt gespielt zu haben.

Seit Glin bei den Herbstgängern war, war nur der Einbruch bei Mizzoli und de'Vaag in Thyriss schiefgegangen. Der dafür aber richtig.

Dennoch gab es einen Unterschied: Damals waren sie selbst Schuld an ihrer Misere gewesen, die Arbo das Leben gekostet hatte. Diesmal jedoch traf keinen Beteiligten eine Schuld.

Aber einmal war immer das erste Mal.

Jetzt hatten sie verloren. Sie hatten eine volle Breitseite abbekommen, waren förmlich vorgeführt worden und Glin überlegte fieberhaft, wieso er Fehler machte. Dass sie nie lernen mussten, im großen Stile zu improvisieren, war geschenkt – es entsprach zwar den Tatsachen, durfte aber nicht als Ausrede dafür herhalten, dass alles so gekommen war, wie es nun einmal war.

Jammern hilft nicht.

Sira zu befreien (wenn man denn herausfand, wo sie war) und Aurinius davonkommen zu lassen, würde keine Garantie mit sich bringen, nie wieder von ihm zu hören.

Es war ein verdammtes Dilemma.

»Wenn jemand Angst hat, dass du ihn mit der rechten Hand austricksen könntest, dann zeig sie vor – und trickse ihn mit der linken aus.« Das war eine der Lektionen gewesen, die Talmo ihnen immer wieder vorgebetet hatte, wenn sie einen Coup planten und mit ihren Ideen in eine Sackgasse gekommen waren.

Ein anderer seiner Sprüche war gewesen: »Wenn du ein Spiel nicht gewinnen kannst, dann ändere die Regeln.«

Das klang alles so einfach, wenn man es bloß in Form von Phrasen vor sich herdrosch. Aber die Wahrheiten, die sich dahinter verbargen, waren fundamental.

Bislang hatte Glin Aurinius' Spiel gespielt. Der Magier diktierte scheinbar die Regeln – er war viel mächtiger als die Herbstgänger, sah alle Schritte voraus, behielt die Kontrolle über das Spielbrett und hatte obendrein noch Sira in seiner Gewalt. Sie hatten versucht, sich Luft zu verschaffen, doch wenn der Gegenspieler zu viele Steine in den richtigen Positionen auf dem Brett hatte, konnte man sich höchstens von einer bedrohten Stellung zur nächsten manövrieren. Man war immer auf der Flucht. Pausenlos getrieben. Von einer Schachstellung in die nächste.

Was wäre aber, wenn die Herbstgänger einfach parallel ein zweites Spiel eröffnen würden?

Die Idee zog Glin an.

Wie eröffne ich unbemerkt eine zweite Partie nebenher?

In diesem Moment sprang der Deckel der Schatulle auf – er hatte das Rätsel offenbar gelöst, während er gegrübelt hatte.

Doch ein Blick hinein bestätigte Glins Vermutung: Es hatte sich nur der obere Teil der Schatulle geöffnet. Unter einem doppelten Boden musste noch ein zweiter Hohlraum liegen, der ungefähr zwei Drittel der Schatulle barg. In den Zwischenboden war eine in Messing gefasste, sternförmige Vertiefung eingelassen – ein weiteres Schlüsselloch, jedoch nicht für einen herkömmlichen Schlüssel.

Was Glin benötigte, musste aussehen wie ein flacher Stern.

Aber da war noch etwas: ein klein gefaltetes Stück Papier.

Glin fischte es heraus und bemerkte beim Auseinanderfalten, dass es größer war, als er zunächst angenommen hatte. Glin erkannte Talmos Schrift und begann hastig, die Zeilen zu lesen.

Mein lieber Glin,
ich halte dich für einen der begabtesten Mechanisten in der Ruhenden Welt, auch wenn Du nicht gerade die klassische Ausbildung durchlaufen hast (wenn man mal von dem einen Jahr in Thyriss absieht). Deine Fingerfertigkeit ist ein Phänomen, ansonsten hättest Du das Kästchen niemals aufbekommen und könntest dieses Schreiben gar nicht lesen. Kein anderer, den ich kenne, stellt so ideenreiche Mechaniken her, begeht so leichtfüßig einen Taschendiebstahl oder betrügt so hingebungsvoll beim Kartenspiel. Umso reizvoller ist es für mich als Ziehvater (und Lehrer), noch einmal mein eigenes Können an Dir zu testen. Dass diese Schatulle ein zweites Fach enthält, ist Dir sicherlich schon aufgefallen, bevor Du dieses Papier hier auch nur eines Blickes gewürdigt hast. Dieses zweite Fach zu öffnen, dürfte Dir allerdings unmöglich sein, wenn Du nicht den richtigen Schlüssel dafür besitzt. Für den Fall, dass jemand es gewaltsam probieren sollte, habe ich einige sehr zerbrechliche Phiolen eingearbeitet. Sie enthalten eine Säure, die Shalimo liebevoll Gefräßiges Wasser *genannt hat. Wendest Du Gewalt an, zerbrechen die Phiolen und die Säure zerfrisst augenblicklich Holz, Metall, Leder und Papier. Der Inhalt des zweiten Fachs wäre vernichtet. Aber ich gehe ohnehin davon aus, dass Dein Stolz und Deine Ehre als Mechanist Dich davon abhalten werden, es gewaltsam zu versuchen.*
Wenn die Zeit gekommen ist, wirst Du die Lösung des Rätsels direkt vor Augen haben. Solange bin ich davon überzeugt, dass Du in dieser Schatulle Deinen Meister finden wirst, ganz egal, wie sehr Du Dich auch bemühst.

Mit den besten mechanistischen Grüßen
Dein Talmo

10. KAPITEL

Lektionen über Magie

1.

Bislang hatten die Herbstgänger Aurinius' Spiel gespielt. Doch jetzt fand Glin, dass es höchste Zeit war, ein eigenes Spiel zu eröffnen.

»Du willst *wann* in den Tresor?«, entfuhr es Yrrein. »Sag das nochmal! Ich habe nämlich verstanden *›während des Unabhängigkeitsfestes‹*. Aber das kannst du nicht gesagt haben. Das wäre nämlich bereits *in wenigen Tagen.*«

»Doch. Genau das habe ich gesagt«, entgegnete Glin. »Warum klingt das so absurd?«

»Bei allen sieben Göttern, wie willst du denn bis dahin einen funktionierenden Plan ausgebrütet haben? Du brauchst doch sonst Monate dafür. Unter Umständen sogar Jahre.«

Glin schnäuzte sich in ein Taschentuch. »Erstens: Wir haben keine Monate oder gar Jahre. Zweitens: Während der Festtage spielt die ganze Stadt verrückt. Die Aufmerksamkeit liegt auf dem Trubel. Drittens: Ich habe bereits einen Plan.«

»Erstens: Dass du seit Tagen nicht richtig geschlafen hast, beunruhigt mich. Du siehst wirklich schlecht aus«, erwiderte Yrrein. »Zweitens: Dass du einen Plan hast, ist ein wenig beruhigender. Drittens: Erklärst du mir jetzt endlich genauer, was, um alles in der Welt, wir hier oben tun?«

Sie befanden sich im vierten Stockwerk des Hauptgebäudes der Hochehrwürdigen Fakultät von Mosmerano. Es war die siebte Morgenstunde und Yrrein und Glin saßen in einem deutlich zu großzügig bemessenen Schreibzimmer, beinahe schon einem Saal, dessen Wände deckenhohe Regale säumten, die mit Folianten, Schriftrollen und allerlei exotischem Schnickschnack vollgestopft waren. Die beiden Diebe hatten sich Stühle hinter einen Wandvorsprung gestellt, sodass sie zur Tür in einem toten Winkel saßen und nicht auf Anhieb zu entdecken waren. So warteten sie bereits seit anderthalb Stunden. Die erste Ahnung einer Dämmerung hatte sich längst in sattes Morgenrot verwandelt.

Yrrein inspizierte die Armschienen der Greifenrüstung, die Glin ihr überlassen hatte, fasziniert davon, wie sich kleine Armbrüste, eine Schleuder oder die federbetriebenen Seilwinden ausfahren und aktivieren ließen.

»Wenn wir heil aus dieser Sache herauskommen, könntest du in die Dienste irgendeines thronländischen Heeres treten«, murmelte sie dabei. »Du würdest einen Haufen Kohle machen, wenn du ihnen solche Kinkerlitzchen bastelst.«

»Wenn ich heil aus der Sache herauskomme, werde ich die Herbstgänger wohl wieder auf Vordermann bringen müssen.«

Sie warf ihm einen verächtlichen Blick zu. »Ja? Was willst du denn tun? Klar, du kannst ein neues Mechanisches Theater bauen. Aber von der Inszenierung der Stücke hast du keine Ahnung.«

»Ich inszeniere jedes verdammte Jahr ein Stück – das spielt nur nicht auf einer Theaterbühne, sondern in den fetten Geldbörsen von Grafen und Kaufleuten.«

Yrrein wiegte den Kopf. »Darin bist du tatsächlich gut, das stimmt. Aber mit Talmos Gespür fürs Theater kannst du nicht mithalten.«

»Ich habe aber das Gefühl, ihm etwas schuldig zu sein.«

Sie lachte trocken. »Talmo hat uns den ganzen Mist doch erst eingebrockt. Und jetzt guck nicht so entsetzt. Ja, ich vermisse ihn auch. Aber dieser Aurinius war eigentlich Talmos altes Problem – jetzt ist er unseres.«

Glin wusste, dass seine Schuldgefühle irrational und schlecht begründet sein mochten. Darum taten sie jedoch nicht weniger weh.

»Was willst du denn anschließend tun, wenn wir Mosmerano tatsächlich allesamt lebend verlassen sollten?«, fragte er. »Wolltest du nicht letztens noch sesshaft werden?«

»Sehr witzig«, bemerkte Yrrein. »Ohne passenden Mann ist das ja wohl kaum möglich.«

In Glin zog sich etwas zusammen. *Das ist auch ein idiotisches Gesprächsthema. Ich hätte es nicht darauf anlegen sollen.*

Er konnte sich ein Leben ohne die Herbstgänger schlecht vorstellen. Ohne Falk, Sira, Madeire … und schon gar nicht ohne Yrrein.

Themenwechsel! Themenwechsel!

»Meinst du nicht, wir wären in der Pflicht, erst einmal dafür zu sorgen, dass Falk und Madeire klarkommen? Dass sie sich vielleicht irgendwo zur Ruhe setzen können?«

Jetzt funkelte Yrrein ihn aus ihren smaragdgrünen Augen an. »Die beiden sind keine mittellosen Greise. Die sind beide um die fünfzig und sie haben keine Krankheiten oder Beschwerden außer ein bisschen verletztem Stolz. Also sind sie noch weit entfernt vom Siechenhaus. Ich für meinen Teil habe keine Lust, noch zwanzig Jahre Geld anzuhäufen, damit die beiden sich die letzten paar Sommer ihres Lebens schön saufen können. Dann wäre ich nämlich so weit, dass ich mir selbst schon ernsthafte Gedanken machen müsste, was ich ein paar Jahre später für den Ruhestand tue. Nein, Glin, überleg mal: Dann wäre ich im ewigen Kreislauf eines fahrenden Theaters gefangen, das wir nur um der Nostalgie willen betreiben. Sei ehrlich: Wenn wir hier rauskommen, würdest du das Mechanische Theater doch nur auferstehen lassen, weil es eine verdammt schöne Zeit war. Aber es würde nie wieder dasselbe werden. Du würdest ein Leben lang einem Schatten nachjagen. Es wäre wie der Versuch, den Wind einzufangen – eine unmögliche Aufgabe, die mehr Kraft verzehrt und mehr Energie raubt, als sie einem zurückzahlt.«

Glin schwieg. Yrreins Worte sackten wie ein Stein in seinem Herzen auf den Grund.

Ja, natürlich, sie hat recht, dachte er. *Es ist vorbei. Die Herbstgänger existieren nicht mehr. Zumindest nicht als Theatertruppe. Nur noch als eine Gruppe von gejagten Dieben.*

Wenn sich das Ensemble der Herbstgänger also auflösen sollte? Was sollte er, Glin Melisma, dann tun?

Sein Blick fiel auf Schönheit, die auf seiner Schulter herumkrabbelte. *Ich könnte mich den Magietechnikern widmen, jener mysteriösen Gruppe, zu der Aurinius gehört. Offenbar sind denen die skrupellosen Methoden des Magiers recht. Ich könnte herausfinden, wer sie sind – und mir einen Plan ausdenken, wie man sie vernichten kann.*

Doch es war müßig, über ungelegte Eier zu spekulieren. Immerhin, die Aussicht, dem eigenen Leben durch einen Rachefeldzug neuen Sinn zu verleihen, war in Glins Augen nicht die schlechteste.

In diesem Moment drehte sich ein Schlüssel im Schloss und die Tür schwang auf. Ein breitschultriger Mann in einer hellen Gelehrtenrobe betrat den Raum. Er hatte einen dicken Folianten unter den Arm geklemmt.

Glin und Yrrein warteten, bis die schwere Eichentür wieder zugefallen war, bevor sie sich erhoben. Der Gelehrte war bereits halb bis zu einem großen Schreibtisch gelangt, in den eine große Krähe eingeschnitzt war, weiß ausgemalt.

Glin räusperte sich vernehmlich. Der Mann fuhr herum und ließ den Folianten fallen.

»Wer sind Sie?«, fragte er mit einer Stimme, die höher war als Glin bei dem beachtlichen Brustumfang des Mannes vermutet hätte.

»Das tut nichts zur Sache. Wichtig ist erstmal, wer *Sie* sind.«

Der Gelehrte hatte kurze und dichte Locken, ehemals von herbstlichem Rotbraun, doch mittlerweile ergraut. Vor seinen kleinen Augen saß eine Lesebrille, die auf der breiten Nase etwas verloren wirkte.

»Toss de'Meeren«, nannte er etwas zögerlich seinen Namen.

»Wunderbar, dann haben wir den Richtigen ausfindig gemacht«, meinte Glin und klatschte voller Tatendrang in die Hände. »Dekan der Hochehrwürdigen Fakulät von Mosmerano, richtig?«

Der Dekan nickte.

»Blödsinnige Frage«, schalt sich Glin gespielt. »Es ist auch unwahrscheinlich, dass ein zweiter Mann mit diesem belynthischen Namen in dieses Studierzimmer käme.«

»Was wollen Sie?«, fragte der Dekan de'Meeren.

»Eigentlich wollen wir nur ein längeres Gespräch führen«, erklärte Glin.

»Und … warum besorgen Sie sich nicht einfach einen Termin?«

»Es muss ehrlich gesagt ziemlich schnell gehen. Also dachten wir, wir schauen gleich morgens als Erste bei Ihnen herein.«

»Äh … und wie sind Sie überhaupt hier hereingekommen … also wenn ich fragen darf?«

So langsam schien Dekan de'Meeren seine Fassung und zumindest einen Hauch seines Selbstbewusstseins wiederzuerlangen. Vorsichtig ging er in die Hocke und sammelte den ledergebundenen Folianten wieder ein – ganz behutsam, beinahe liebevoll, als würde er einen Säugling auf den Arm nehmen.

»Sein halbes Leben besteht aus Schlössern«, sagte Yrrein und deutete auf Glin. »Ob Sie es glauben oder nicht – die meisten knackt er schneller, als ich mir ein Butterbrot schmieren kann. So sind wir hier reingekommen.«

»Aber die Tür war doch gerade eben abgeschlossen«, entgegnete de'Meeren.

Glin hob die Schultern. »Na ja, ein Schloss einfach nur zu öffnen, ist ja auch nur die halbe Miete. Sie wären ja auf der Stelle misstrauisch geworden, Dekan, wenn Sie Ihre Tür eben gerade unverschlossen vorgefunden hätten.«

De'Meeren seufzte. »Vermutlich wäre ich das. Und Sie wollen hier tatsächlich nur reden und nichts stehlen? Das irritiert mich. Warum dann die Heimlichtuerei?«

Glin setzte das breiteste und diebischste Grinsen auf, zu dem er fähig war. »Dass Sie das verwirrt, hatte ich erwartet. Aber tatsächlich: Ich möchte nichts anderes von Ihnen stehlen als vielleicht eine Stunde Ihrer Zeit.«

»Und das muss unbedingt jetzt gleich sein?«

»Unbedingt.«

Der Gelehrte ging zu dem enormen Schreibtisch hinüber und setzte den Folianten dort behutsam ab, als wäre er aus dünnem Glas.

»Um was soll es in unserem Gespräch denn gehen?«

»Um Magie.«

Toss de'Meerens großer Kopf schwenkte herum und seine Äuglein fokussierten Glin. »Was will ein Dieb … ähm, nein … was will jemand, der anderer Leute Türschlösser knackt, über Magie wissen?«

»Setzen Sie sich, Dekan.« Glin wies auf den Sessel hinter dem Schreibtisch. »Ich will nichts weiter wissen, als wie sie funktioniert.«

Der Dekan lachte und setzte sich nicht in den Sessel, sondern pflanzte seinen breiten Hintern schlichtweg auf die Kante des Schreibtisches. »Sie fangen an, mich mehr zu belustigen als zu beunruhigen. Warum, glauben Sie, forschen Hochschulen auf der gesamten Ruhenden Welt daran, wie Magie funktioniert? Ich verrate es Ihnen: Weil man es nicht genau weiß.«

Glin verdrehte die Augen. »In Ordnung. Aber diese billigen Jahrmarkttricks, die viele sogenannte *Magier* beherrschen, die müssen Sie doch irgendwem irgendwie beibringen? Solche Dinge, wie mit der Hand wedeln und am anderen Ende des Raumes wird ein Glas vom Tisch geweht.« Er machte eine unbeholfene Bewegung, indem er versuchte zu imitieren, was er bei Aurinius gesehen hatte.

»Dazu benötigt man eine gewisse Begabung. Die hat man entweder von Geburt an oder nicht.«

Jetzt war es Glin, der auflachte. »Ich will es doch gar nicht selbst erlernen – ich will nur wissen, wie es funktioniert. In der Theorie. Ich will den Grundkurs haben. Das, was Sie Ihren Studierenden im ersten Semester beibringen. Die groben Zusammenhänge. Es muss doch irgendwelche einfachen Gesetzmäßigkeiten und Regeln geben, denen dieses ganze Herumgefuchtel folgt.«

De'Meeren räusperte sich. »Und wenn ich kein Interesse daran habe, Ihnen diese Dinge zu erklären?«

Glin ließ die Schultern hängen und wandte sich an Yrrein. »Oh nein, was machen wir, wenn Dekan de'Meeren uns nichts erklären will? Gehen wir dann einfach wieder?«

Yrrein schlenderte zu einem der Bücherregal und ließ ihre Finger über die Buchrücken wandern. »Das ist eine gute Frage. Was hältst du von einem kleinen Feuerchen? Ich weiß nicht, wie viel diese Werke hier wert sind, aber –«

»Das würden Sie nicht wagen«, fiel ihr de'Meeren ins Wort.

Diesen wunden Punkt zu treffen, war nicht schwer gewesen.

»Wissen Sie, Dekan de'Meeren, ich bin auch ein Magier.« In Glins Hand erschien ein Kartenspiel und mit einem Finger schnippte er eine Karte heraus, ließ sie einen Salto fliegen und fing sie mit der anderen Hand wieder auf. »Ich kann zwar weder Löffel kraft meiner Gedanken verbiegen noch Gegenstände durch den Raum schweben lassen, aber die eine oder andere meiner Fähigkeiten mag Sie verblüffen.«

Er ließ die Karte verschwinden – statt ihrer lag nun ein kleiner Stapel Goldsaldi in seiner Hand. »Stellen Sie sich doch einmal vor, wie viele Bücher Sie von diesem Gold kaufen könnten, Dekan.«

Er sah etwas in de'Meerens Augen aufflackern.

»Vielleicht könnte er einige von denjenigen Bänden neu erwerben, die ich zuvor zu Asche verwandelt habe«, fragte Yrrein hinter Glin und zog eine Zunderbüchse aus ihrer Hosentasche.

Der Dekan fing sich wieder. »Warum gehen Sie eigentlich davon aus, dass ich mich von Ihnen erpressen lasse?«

Glin hob eine Augenbraue. »Na los, Dekan, dann werfen Sie uns schon hinaus. Entfesseln Sie einen magischen Sturm, rufen Sie den Wind beim Namen, auf dass er uns zum Fenster hinausträgt. Beschwören Sie ein Flammenmeer, das nur zwei winzige Häufchen Asche von uns beiden übrig lässt. Befehlen Sie der Luft, uns so platt zu drücken wie ein Blatt Pergament. Los, kommen Sie!«

Er ließ die Münzen im Ärmel verschwinden, zog eine neue Karte aus dem Paket und schleuderte sie mit einer peitschenden Bewegung aus dem Handgelenk auf den wenige Schritte entfernten Dekan. Erschrocken riss dieser den Ärmel hoch und wehrte die Karte ab. Doch Glin hatte Spaß an dieser vor Jahren entwickelten Wurftechnik und ein weiteres Kartengeschoss schnellte auf den Dekan zu. Und noch eins. Und noch eins. »Kommen Sie, Dekan!«

Der Gelehrte schlug nach mehr und mehr Karten vergebens und bald schon brachten Glins Geschosse seinen Wangen und Handrücken allerlei Kratzer und Schnitte bei.

»Genug!«, brüllte de'Meeren auf einmal, machte eine ausholende Bewegung mit der Hand und Glins Karten verbrannten auf der Stelle und rieselten als Asche auf die Steinfliesen des Studierzimmers.

Ungerührt förderte Glin einen weiteren Satz Spielkarten aus dem Ärmel zutage.

»Oh, bitte«, der Dekan verdrehte die Augen.

»Dann klären Sie mich über Ihr Geheimnis auf, Dekan. Andernfalls muss ich davon ausgehen, dass auch der Dekan der hiesigen Fakultät ein Mann ist, dessen Macht nicht auf seinen unglaublichen magischen Fähigkeiten beruht …«

»… sondern auf Forscherdrang und Expertise?«

Glin funkelte den Gelehrten an, der wehrlos vor ihm stand. »Sie *können* mich also nicht hinauswerfen? Ich könnte Ihnen hier und jetzt die grässlichsten Dinge antun und Sie wären mir trotz Ihrer magischen Kräfte hilflos ausgeliefert? Sie können also ein wenig heiße Luft erzeugen, vielleicht könnten Sie sogar meine Messer schmelzen lassen. Das ist schön und gut. Aber was ich mich frage: Warum ist Magie so eine so erbärmlich schwache Fähigkeit, dass mich sogar der Dekan der Hochehrwürdigen Fakultät von Mosmerano nicht einmal aus seinem eigenen Studierzimmer werfen kann, sondern anfängt zu flennen, wenn man droht, seine Bücher anzuzünden?«

»Ich –«, setzte der Dekan an.

Doch Glin unterbrach ihn. »Und warum kenne ich einen verdammten Magier, der das alles kann? Das passt doch hinten und vorne nicht zusammen.«

2.

Dekan de'Meeren bekam große Augen.

»Moment«, sagte er. »Sie kennen jemanden, der Sie mittels Magie aus diesem Fenster dort werfen würde?« Er deutete auf die hohen Bogenfenster, durch die das blaue Licht des Morgens schimmerte.

Glin nickte. »Und noch einige Dinge, die viel gemeiner sind.«

»Aber …«, stammelte de'Meeren. »Also, das erscheint mir kaum möglich.«

»Sie können mir ruhig glauben, Dekan. Sonst wäre ich in diesem Moment nicht hier. Ich wäre bei nicht ihnen eingebrochen und wir könnten uns diese alberne Unterhaltung sparen.«

»Ich dachte, Sie wollten mich bestehlen.«

»Unsinn«, meinte Glin. »Wenn ich Sie bestehlen wollte, hätten wir uns niemals getroffen. Wozu bei Ihnen vorstellig werden? Wenn wir irgendeines Ihrer heißgeliebten Bücher hätten stehlen wollen, wäre es heute morgen einfach fort gewesen.«

Der Dekan nickte.

Na also, die Argumentation scheint ihm einzuleuchten.

»Stattdessen«, fuhr Glin fort, »werden wir von einem Magier terrorisiert, der ein paar Dinge kann, die ich bei Ihrer Zunft noch nie gesehen habe. Ich hatte nicht einmal gewusst, dass sie möglich sind. Also bin ich hergekommen, weil ich gehofft hatte, dass einer der einflussreichsten Wissenschaftler dieser von den Göttern verdammten Stadt mir vielleicht einen Hinweis liefern könnte, wie ich mich vor einem Magietechniker schützen kann.«

Bei dem Wort Magietechniker ging ein kaum merkliches Zucken durch de'Meerens Züge. Glin registrierte es. Er hatte gehofft, dass die Erwähnung irgendeinen Effekt zeigen würde.

»Hm«, machte der Dekan und legte einen Finger ans Kinn. »Können Sie mir eventuell beschreiben, was vorgefallen ist? Dann kann ich Ihnen vielleicht eine Antwort geben.«

Glin lächelte grimmig. »Anscheinend verstehen wir uns nun etwas besser, Dekan.«

»Wenn Sie noch das Gold haben, das Sie mir vorhin angeboten haben …«

Glin ließ einen Saldo aus seinem Ärmel fallen und schnippte ihn zum Dekan hinüber, der ihn etwas ungeschickt auffing. »Jetzt bin ich gespannt, was das Gold damit zu tun hat.«

»Eine ganze Menge«, sagte der Dekan. »Passen Sie auf.«

Er ging um den großen Schreibtisch herum, zog eine Schublade auf und legte etwas auf den Tisch. Glin konnte zunächst nicht erkennen, um was es sich handelte – es sah aus wie ein großer Krümel. Er trat heran und fischte ihn von dem polierten Holz, um ihn näher in Augenschein zu nehmen. Es war ein kleiner Stein und er sah aus wie ein Mineral oder ein ungeschliffener Edelstein.

»Es ist ein Rubin«, klärte der Dekan ihn auf. »Nicht geschliffen.«

»Und warum zeigen Sie mir den?«

»Legen Sie ihn bitte wieder hin.« De'Meeren deutete auf den Schreibtisch und Glin tat wie geheißen. Anschließend öffnete der Dekan eine Klappe auf seiner Seite des Schreibtischs und förderte eine Tasse aus Porzellan zutage. Und bevor Glin auch nur irgendetwas sagen konnte, ließ de'Meeren die Tasse auf die Fliesen fallen, wo sie mit einem dumpfen Klirren zersprang.

Fragend sah Glin den Dekan an.

Der Vorsitzende der Fakultät jedoch malte mit den Fingern der rechten Hand rasch ein paar unsichtbare Zeichen in die Luft. Es sah elegant und geschwungen aus, wie die Schnörkel einer schönen Handschrift.

Vor Glins Augen erhoben sich die Scherben vom Boden in die Luft und fügten sich wieder zu der Porzellantasse zusammen, die am Ende – kaum zu glauben – wieder in Toss de'Meerens Hand ruhte.

Der Dekan stellte die Tasse auf seinen Schreibtisch. »Und jetzt sagen Sie mir bitte, dass Sie das mit Ihren Kartentricks auch hinbekämen, Signore …«

»Melisma«, sagte Glin. Es war nicht nötig, seinen Namen zu verschweigen. Aurinius durfte ruhig wissen, dass er und Yrrein hier gewesen waren. »Glin Melisma.«

»Signorina?«, erkundigte sich de'Meeren.

»De'Faey«, gab Yrrein tonlos zu verstehen.

De'Meeren hob die Augenbrauen an. »Das Haus de'Faey wirkte stets ein wenig … melancholisch auf mich. Wie geht es Ihnen dort mittlerweile?«

»Gute Frage«, entgegnete Yrrein. Es klang gereizt. »Jedem gebührt sein eigenes bisschen Melancholie, finden Sie nicht? Ich kann mich nicht daran erinnern, dass wir jemals viel mit einem Haus de'Meeren zu tun gehabt hätten.«

Der Dekan nickte bekümmert, bevor er sich wieder seinem Schreibtisch zuwandte. »Ich will auch nicht weiter in Sie dringen.

Stattdessen … nun, wir waren bei dem Grundprinzip aller Magie.« Er deutete auf den Rubin. Auf das, was davon übrig geblieben war.

»Huch«, entfuhr es Glin.

Dort, wo der ungeschliffene Rubin von der Größe einer halben Fingerkuppe gelegen hatte, war nun ein winziges Häufchen Asche.

»Das ist das Dilemma, Signore Melisma«, dozierte de'Meeren. »Und deshalb habe ich auch den Saldo an mich genommen: Um Magie zu wirken, ist nicht nur ein angeborenes Talent vonnöten – es ist auch unverhältnismäßig teuer.«

»Sie meinen, es verbrennt jedes Mal so ein Edelstein, wenn jemand eine Tasse repariert?«

De'Meeren nickte. »Manche Menschen werden mit der Gabe geboren, magische Energie zu lenken. Das geht üblicherweise sehr gut, indem man sich einer Sprache von Fingerzeichen bedient. Aber die magische Energie selbst bezieht man aus Edelsteinen. Dabei steigt die Menge der enthaltenen Energie quasi mit dem Wert des Steins. Also mit dessen Dichte und Größe.«

»Und mich einfach aus dem Fenster zu werfen …«

»… wäre recht kostspielig gewesen. Richtig!«, beendete de'Meeren den Satz.

»Aber … ich meine, Sie könnten mir doch einfach mit einem Fingerschnippen die Luftröhre durchschneiden oder mein Herz einfrieren oder mir die Pulsadern öffnen. Das wäre sparsamer.« Glin verstand das ganze Gewese nicht. Sollte Magie seinetwegen doch ein paar Edelsteine kosten – die Möglichkeiten schienen ihm trotzdem unbegrenzt.

Doch de'Meeren winkte ab. »Nein, man kann mittels Magie nur tote Materie beeinflussen. Lebende Organismen nicht. Sonst könnten Sie sicher sein, dass die Ruhende Welt von tyrannischen Magiern beherrscht würde, die mit wenigen Handbewegungen ganze Heere vernichteten.«

»Aur… der Magier, mit dem wir es zu tun haben, hat ihn tatsächlich durch die Luft geschleudert«, warf Yrrein ein.

Aber der Dekan verneinte. »Nein, er hat vielleicht Ihre Kleidung durch die Luft gewirbelt – in der Sie dummerweise dringesteckt haben.«

»Dummerweise«, quittierte Glin mit einem schiefen Lächeln.

»Aber das muss ein teures Kunststück gewesen sein«, kehrte de'Meeren zum Ausgangspunkt seiner Demonstration zurück.

»Ich glaube, an Geld mangelt es da nicht«, sagte Glin. »Wie trägt man denn üblicherweise seine magische Energie durch die Gegend? Hat man Edelsteine im Geldbeutel?«

»Zum Beispiel«, sagte de'Meeren. »Sie müssen nur wissen, woher Sie die Energie nehmen können.«

»Wieso wissen? Reicht es nicht, wenn jemand mit einem hübschen juwelenbesetzten Armband durch die Gegend stolziert? Auf der Hochwohlgeborenen Insel muss doch genug magische Energie herumlaufen, um den herzoglichen Palast sprengen zu können.«

»Nein«, meinte der Dekan. »Sie müssen schon ganz genau wissen, wo sich Ihre Energiequelle befindet. Und außerdem: Haben Sie schon einmal etwas vom *Versiegeln* gehört?«

»Sie meinen das, was ein Juwelier tut?«

»Genau das. Was glauben Sie denn, geschieht während so einer Versiegelung?«

Glin ging ein Licht auf und er schlug sich vor die Stirn. »Ich dachte immer, das wäre ein handwerklicher Prozess, der am Ende des Schleifens steht. Aber wahrscheinlich verhindert man damit, dass Magier wie Sie so einen Stein anzapfen können.«

De'Meeren nickte wieder. »Sonst könnte man teure Schmuckstücke niemals offen tragen. Denn man müsste fürchten, dass irgendein dahergelaufener Jahrmarktsmagier die Steine in Asche verwandelt, um ein paar Töpfe und Pfannen durch die Gegend schweben zu lassen.«

Auf einmal fielen eine ganze Menge Mosaiksteinchen in Glins Kopf an die richtige Stelle. *Deshalb* war Magie oft so unspektakulär – die Schaustellermagier mussten sparsam mit ihren Ressourcen umgehen, denn Magie war wirklich teuer. Sie halfen mit Tricks nach. Ein chemistisches Feuerwerk aus der Entfernung zu zünden, kostete vermutlich deutlich weniger Energie, als es eigens heraufzubeschwören. Wenn man doch bloß im Theater einen Magier hätte …

»Bei Ihnen scheinen einige Groschen zu fallen, Signore Melisma«, unterbrach der Dekan Glins Gedankengänge.

»Ja, eigentlich ist alles ganz einfach. Wie bei einer Gleichung.«

Doch der Dekan verdrehte die Augen. »Das ist bloß ein Grundprinzip. Magie ist durchaus komplexer, weshalb Menschen an dieser Fakultät ja jahrelang studieren. Der Wirkungsgrad von Magie hängt von vielerlei Dingen ab: Talent, Grad der Effizienz der Lingua, spontanen astronomischen Berechnungen, Fachwissen über die zu beeinflussende Materie –«

»Gut, verstanden«, brach Glin die Aufzählung ab.

Der Dekan nickte. »Dann möchte ich Ihnen im Gegenzug auch die eine oder andere Frage stellen.«

»Bitte, nur zu.«

»Was genau haben Sie jenen Magier tun sehen, von dem Sie immer so geheimnisvoll berichten?«

Glin schilderte de'Meeren eine kurze Version des Geschehens, wobei er ausließ, woher das alles kam und wohin es führen sollte. Jedoch gab er Aurinius' Werk so detailreich wie möglich wieder. De'Meeren hörte sehr konzentriert und aufmerksam zu. Als Glin geendet hatte, ging der Dekan zu einem der großen Bogenfenster und blickte hinaus auf den Komplex, den die Fakultät in Form eines U um einen weit unten gelegenen Innenhof bildete. Das Gebäude sah erhaben und verschroben zugleich aus – ein wenig wie sein Dekan. Überall hatte man im Laufe von Jahrhunderten angebaut, Türmchen und Erker ergänzt, Gauben und Giebel verzweigt und trotzdem wirkte alles merkwürdig wie aus einem Guss, wie eine Kerze, deren Wachs durch das Abbrennen nach und nach Tropfen und Ausbuchtungen formte. Hier an der Fakultät wurde viel gelehrt – Mechanik, Chemistik, Mathematik, Philosophie. Magie war nur ein kleiner Bereich unter anderen. Es traf sich aber, dass ausgerechnet der Dekan jemand war, der die Magie erforschte.

»Magietechniker«, murmelte de'Meeren vor sich hin. »Das ist kein besonders häufig gebrauchter Begriff.«

»Aber Sie haben ihn schon mal gehört. Also: Wer nennt sich so? Und warum?«

»Das sind Fragen, die ich mir ebenfalls ab und zu stelle, Signore Melisma.«

»Na toll«, brauste Yrrein auf. »Hat sich ja richtig gelohnt, beim Dekan einzubrechen. Die paar Infos hätte uns bestimmt auch irgendein lausiger Straßenmagier gegeben. Für einen Goldsaldo allemal.«

Doch Glin legte ihr eine Hand auf den Arm, um sie zu beruhigen. Es hatte durchaus seinen Sinn, dass sie hier waren – aber zuerst wollte Glin noch mehr über Aurinius erfahren.

»Was wissen Sie über diese Magietechniker?«, wandte er sich an de'Meeren. »Mein Ziehvater muss ihnen einmal in die Quere gekommen sein – das habe ich mir zusammengereimt.«

»Ihr Ziehvater war ebenfalls Mechanist?«, fragte der Dekan.

»Sie wären überrascht gewesen«, murmelte Glin. »Was tut das zur Sache?«

Der Dekan drehte sich um und schritt durch den Raum, vorbei an seinem Schreibtisch, zu einem Regal dahinter. Dort zog er eine Rolle hervor, in der mehrere Papiere ineinandersteckten. Er legte sie auf den Tisch und entrollte den Inhalt und fixierte die Enden der großen Blätter mit Briefbeschwerern und Notizbüchern, sodass sie alle drei gut erkennen konnten, was darauf zu sehen war.

»Mechanische Tiere«, stellte Yrrein fest.

Es waren eine Menge gezeichneter Abbildungen von mechanischen Tieren dort aneinandergereiht. Hunde, Pferde, Ratten – aber auch Käfer, Vögel, Echsen und Schlangen in vielen verschiedenen Größen.

»Skyldartechnologie«, präzisierte Glin.

Obwohl die Zeichnungen mehr Skizzen waren als detaillierte Pläne, war die Machart der abgebildeten Tiere doch unverkennbar. Eine bestimmte Linienführung, gewisse sich wiederholende Übertreibungen, der typische Wechsel von Verblendungen und offenliegenden mechanischen Elementen – ganz zu schweigen von Hunderten fremdartiger Schriftzeichen, mit denen die Tiere übersät waren und die bislang noch niemand entziffern konnte. Der Stil war für Glin unverkennbar.

Diese Dinge haben die Skyldar entworfen und gebaut.

»Richtig«, meinte de'Meeren. »Dinge, die heutige Mechanisten nicht kopieren können.«

Glin nickte.

»Und wissen Sie, was ebenfalls niemand kopieren kann?«, fragte der Dekan.

»Die Magie, die darin steckt«, sagte Yrrein.

Natürlich, dachte Glin. *Das macht sehr viel Sinn.*

»Genau«, entgegnete de'Meeren. »Die Magie der Skyldar hat nichts mit der Magie zu tun, die wir nutzen. Wir können Gegenstände bewegen, die Temperatur verändern, Illusionen erzeugen. Einige Magier sind effizienter, andere kreativer. Aber es gibt immer einen klaren Zusammenhang: Magische Energie wird manipuliert und in eine andere Form gebracht.«

Klingt so weit logisch.

»Das ist jedoch nicht alles«, fuhr de'Meeren fort. »Über diese halbwegs berechenbare Magie hinaus gibt es auch Dinge, die sich nicht berechnen lassen: Wahrsagen, Geisterbeschwörungen, so etwas. Und in diesem Bereich bewegt sich das, was die Skyldar konnten. Ich weiß nicht, ob Ihnen jemals ein echtes Skyldar-Artefakt untergekommen ist.«

Yrrein und Glin tauschten einen vielsagenden Blick aus –

Schönheit blieb brav versteckt in einer Tasche und das Schwert Wehklage steckte zusammengefaltet in Yrreins Tasche.

»Was dieses untergegangene Volk geschaffen hat«, erklärte de'Meeren weiter, »ist sowohl von mechanistischer als auch von magischer Seite bislang unerreicht. Um ehrlich zu sein, haben wir nicht einmal den Hauch einer Ahnung, auf welche Weise man magische Energie manipulieren muss, um eines dieser Tiere hier zum Leben zu erwecken.« Er deutete auf die Skizzen. »Die Magie der Skyldar entzieht sich unserem Zugriff. Wir können sie nicht nachahmen und haben auch nicht die leiseste Ahnung, wie sie funktionieren könnte.«

»Nirgends?«, wunderte Yrrein sich. »Es muss doch Tausende Magier auf der Welt geben. Irgendjemand muss doch mal auf eine Idee gekommen sein.«

Der Dekan sah sie schief an. »Es ist auch gut möglich, dass es Tausende von Magiebegabten gibt. Aber nur die wenigsten werden akademisch ausgebildet. So ein Studium ist nahezu verschwenderisch teuer. Und man kann kaum etwas damit werden.«

»Man kann Dekan werden«, entgegnete Yrrein.

Die Mundwinkel des Dekans zuckten, aber ein richtiges Lächeln wollte nicht zustande kommen. »Städte bezahlen einige wenige Plätze für Akademiker wie mich. Meistens aus Prestige. Aber haben Sie abseits eines Jahrmarktes schon einmal jemanden richtige Magie wirken sehen?«

»Ja, eben diesen Magietechniker, von dem wir hier berichten.«

»Natürlich.« Der Dekan verdrehte die Augen. »Aber ansonsten wohl eher nicht. Doch es gab immer schon Gerüchte um einen exklusiven Kreis von Leuten, die sich der Erforschung der alten Magie der Skyldar verschrieben haben. Wie gesagt: Lediglich Gerüchte, dass es da eine Geheimgesellschaft gäbe. Vermutlich halten sie sich auch deshalb so hartnäckig, weil es frustrierend ist, so dermaßen im Dunkeln zu tappen. Die Vorstellung, dass eine mysteriöse Gruppe irgendwo vielleicht etwas Licht ins Dunkel bringt, klingt doch wie ein Hoffnungsschimmer. Wie hatten Sie gesagt, heißt der Magier, der von sich behauptet, ein Magietechniker zu sein?«

»Ich hatte seinen Namen nie erwähnt.«

Der Dekan musterte ihn, während Glin seine Chancen abwog. Wenn Aurinius so viel mächtiger war, als es übliche Magier offenbar waren, dann hatte Toss de'Meeren ein nachvollziehbares Interesse an ihm. Auf der anderen Seite: Wenn ein so mächtiger Magier in die Stadt kam … wie wahrscheinlich war es dann, dass ausgerechnet die Magier der Hochehrwürdigen Fakultät von Mosmerano keinen Schimmer davon hatten?

Verdammt. Soll ich den Dekan einweihen oder nicht?

»Aurinius von Veelyn«, überging Yrrein Glins Abwägungen.

Der Dekan staunte. »Der neue Berater des Erzherzogs? Dieser arrogante Adelige aus Goswinter, der immer barfuß läuft?«

»Eben der«, bestätigte Glin. »Er hat uns quasi im Alleingang überwältigt.«

»Aber …«, der Dekan wirkte verwirrt. »Also, es ist natürlich möglich, dass dieser von Veelyn eine magische Ausbildung genossen hat. Aber mir ist nicht bekannt, dass ein Aurinius von Veelyn sich jemals irgendwo durch besondere Leistungen in akademischer Magie hervorgetan hätte. So etwas bekommt man als Dekan dann doch schon mit. Und wenn dieser von Veelyn ein so außergewöhnlicher Magier sein sollte, hätte ich gewiss davon gehört.«

»Haben wir nicht gerade davon gesprochen, dass die Magietechniker eine Geheimgesellschaft sind?«

»Ja und?«

»Der Zweck einer Geheimgesellschaft ist doch, dass sie *geheim* ist und keinen Einblick in ihr Handeln gewährt.«

De'Meeren sah ihn an. »Nein, Signore Melisma, das kann nur ein Gerücht sein, nicht mehr. Vielleicht jemand, der Schabernack treibt oder der sich wichtigmacht, oder –«

»Bei Aravellons haarigen Hammelbeinen!«, brauste Glin auf und der Leiter der Fakultät wirkte augenblicklich wieder kleiner, als er war. »Sie wissen halt nicht alles, was in der Ruhenden Welt vor sich geht. Na und? Hören Sie auf, so verdammt eingebildet zu sein!«

Er schnaubte und trat ans Fenster. Dort atmete er bewusst tief ein und steckte die Hände in die Taschen. »Entschuldigen Sie.«

»Ich … also, ausschließen kann ich es natürlich nicht«, unternahm de'Meeren einen Beschwichtigungsversuch, »aber was immer Herr von Veelyn Ihnen erzählt hat, es war vielleicht etwas zu dick aufgetragen.«

»Ich habe die Information von meinem Ziehvater, der keinen Grund hatte zu lügen oder auch bloß zu übertreiben.«

»Ihr Ziehvater hat eine gemeinsame Vergangenheit mit Aurinius von Veelyn?«

»Ja.«

»Vielleicht hat Herr von Veelyn ja gegenüber Ihrem Ziehvater seinerzeit ein bisschen dick aufgetragen?«

Glin stockte. Woher hatte Talmo eigentlich die Information, dass Aurinius ein Magietechniker war? Hatte dieser es ihm gesagt? In einer intimen Stunde vielleicht? Hatte Talmo es herausgefunden? Und wenn ja, auf welche Weise? Schon wieder türmten sich gefühlte tausend Fragen in seinem Kopf auf. Dabei war er doch eigentlich mit der Hoffnung auf ein paar Antworten hergekommen.

»Das kann ich am Ende nicht ausschließen«, gestand er also. »Aber Aurinius von Veeylyn ist offensichtlich sehr einflussreich und beherrscht ein paar magische Tricks, die Ihre bei Weitem in den Schatten stellen, Dekan.«

Der nickte. »Ich könnte ihn darauf ansprechen. Während der Feierlichkeiten zum Unabhängigkeitsfest wird es sicher mal eine Gelegenheit geben.«

Glin zog eine Augenbraue hoch. »Und Sie denken, er wird dann alles ausplaudern?«

»Nein, aber ich erkenne einen Fachmann im Gespräch.«

»Tun Sie, was Sie nicht lassen können. Aber was erhoffen Sie sich dadurch?«

Glin erntete einen verdatterten Blick. »Na ja … dann weiß ich, ob er ein brillanter Magier ist oder nicht.«

So blöd ist Aurinius nicht. Im Gegenteil.

»Sie wissen, dass der Mann gefährlich ist, oder? Was meinen Sie, warum ich bei Ihnen einbreche, Dekan, und nicht bei Aurinius selbst?«

»Hm«, machte de'Meeren. »Das mag natürlich etwas heißen.«

Glin verschwieg, dass er auf der Stelle bei Aurinius einsteigen würde, wenn er nur wüsste, wo der verfluchte Magier abends sein Haupt bettete. »Würden Sie mir noch zwei Gefallen tun, Dekan?«

»An Dreistigkeit mangelt es Ihnen zumindest nicht, Signore Melisma.«

»Wenigstens eine Sache, von der ich zu viel habe. Ich würde Dreistigkeit aber lieber gegen Informationen eintauschen.«

»Na, jetzt rücken Sie schon damit raus. Sie haben mich immerhin neugierig auf diese Sache mit den Magietechnikern gemacht.«

»Ich brauche ein Dokument, das mir den Zugang zur Bibliothek der Fakultät gewährt.«

Das überraschte den Dekan offensichtlich. »Warum, bei den Göttern, sollte ich Ihnen so etwas ausstellen?«

»Sagen wir mal, ich würde gerne selbst noch ein wenig recherchieren.«

»Wenn Sie meinen, dass Sie als fachfremde Person … ach, egal … Die Bibliotheksleitung stellt Ihnen entsprechende Papiere aus.«

»Ich hätte es gerne von Ihnen unterschrieben, Signore de'Meeren.«

Der Dekan stöhnte. »Warum?«

Weil sich eine falsche Spur viel einfacher legen lässt, wenn ein großer Name auf dem Papier steht.

Eine Spielkarte flippte gegen die Stirn des Dekans und er schlug reflexhaft danach, wie nach einer Mücke.

»Au!«, jammerte er. »Ja, schon gut, von mir aus.« Er ging um seinen Schreibtisch herum, zog eine Schublade auf und holte einen Bogen Briefpapier heraus. Bevor er anfing zu schreiben, zögerte er. »Was ist das Zweite, um das Sie mich … bitten wollen?«

»Ich brauche noch einen Tipp von Ihnen: Wer ist zurzeit Ihr begabtester Student?«

De'Meeren musste nicht lange überlegen. »Es ist eine Studentin. Ihr Name lautet Fenja Vannagren. Mit Abstand die talentierteste. Allen weit voraus, selbst dem Lehrpersonal.«

»Das klingt gut.«

»Warum fragen Sie?«

»Tut nichts zur Sache«, meinte Glin. »Wo finde ich Frau Vannagren?«

Da breitete sich zum ersten Mal so etwas wie Zufriedenheit auf dem Gesicht des Dekans aus. »Wie praktisch, dass Sie jemand sind, der sich gut mit Türschlössern auskennt, Signore Melisma. Wenn Sie Frau Vannagren wirklich aufsuchen wollen, stelle ich Ihnen dieses Schreiben für die Bibliothek sogar zehn Mal aus, wenn es sein muss.«

Glin schwante, dass die Sache einen Haken haben musste. »Wie schön, dass ich mir bald neue Kleider aus all den Dokumenten nähen lassen könnte, die Sie für mich unterschreiben, Dekan. Aber wo genau finde ich diese Frau Vannagren denn jetzt?«

INTERLUDIUM II

Der Gott hinter der lächelnden Maske

AUS TALMOS GESCHICHTE

Von Glin rekonstruiert anhand von Erzählungen und gefundenen Aufzeichnungen. Die Ereignisse des vorliegenden Abschnitts fanden statt in Jarrein, dem Stadtstaat am Indigomeer. Im Jahre 996 nach Amantis. Siebzehn Jahre, bevor die Herbstgänger nach Mosmerano reisten.

1.

Der Din-Vestro-Tempel in Jarrein war vergleichsweise bescheiden. Es war ein nicht zu großer Kuppelbau, eher ein wenig gedrungen. Das Innere war in nüchternem Weiß gehalten.

Im hinteren Teil stand die typische überlebensgroße Statue Din Vestros. Die Maske zu einem undurchsichtigen Lächeln geformt.

Opferstöcke, Schalen für Gaben und jede Menge Kerzenständer waren im Raum verteilt und auf dem Boden lagen Sitzkissen für jene, die beten wollten oder das Gespräch mit einem Seelsorger suchten.

Talmo saß auf einem solchen Kissen und grübelte vor sich hin. Er hatte einen mechanischen Hasen gebaut, mit dem er eine Adelige der Stadt beeindrucken wollte, um Zugang zu ihrem Anwesen zu erlangen. Aber an einigen Details des Plans haperte es noch und er war in den Tempel gekommen, um die benötigte Ruhe zum Nachdenken zu finden, die er parallel zu den Theaterproben nicht fand.

»Talmo Melisma«, wurde er angesprochen. Er sah hoch. »Ich benötige Ihre Hilfe.«

Ein breit gebauter Priester setzte sich im Schneidersitz auf das Kissen neben Talmo und zog sich die Din-Vestro-Maske vom Gesicht. Die Züge, die darunter zum Vorschein kamen, waren rundlich mit roten Wangen. Der Priester trug einen Bart, der von der Oberlippe über die Grübchen bis zum Kinn reichte.

»Erstens: Woher kennen Sie meinen Namen?«, wollte Talmo wissen. »Und zweitens: Bin *ich* als Glaubender nicht eigentlich derjenige, der in den Tempel kommt, um nach Hilfe zu fragen? Und drittens: Wer sind *Sie* überhaupt?«

»Entschuldigen Sie, ich wollte Sie nicht erschrecken«, sagte der Priester. »Sie sind der Intendant des fahrenden Theaters, das zurzeit im Lärchenchor residiert. Ich liebe das Schauspiel und war bei einer Ihrer letzten Aufführungen von Atornis *Katzenoper*. Eine spannende Interpretation, wenn Sie mich fragen.«

»Ich frage allerdings gar nicht.«

»Ich finde die mechanischen Hilfsmittel spannend, die Sie einsetzen. Und außerdem haben Sie eine begnadete Diva in Ihren Reihen, die alle anderen förmlich an die Wand spielt. Es ist nicht zufällig die verschwundene Madeire Kuska?«

»Sie ist ein Glücksfall«, sagte Talmo schlicht.

»Ich habe mir einfach Ihren Namen gemerkt, Signore Melisma. Meiner lautet Falk von Imbre.«

»Angenehm«, schüttelte Talmo dem Priester die Hand. *Eigentlich ist mir das hier gerade alles andere als angenehm.*

»Sie sind ein Pläneschmied und Dieb, Talmo.«

»Ich bin ein Schauspieler und suche das Gebet zu meinem Gott.«

»Natürlich sind Sie ein Schauspieler«, meinte der Priester. »Aber ich erkenne einen Dieb, wenn ich einen vor mir sehe: Vergessen Sie nicht, welchem Gott ich geweiht bin.«

»Mal langsam!«, mahnte Talmo. »Von mir aus können Sie mir alles ansehen, was Sie möchten – auch meine Lieblingsfarbe und wann ich morgens aufs Örtchen muss. Jeder billige Wahrsager auf einem Jahrmarkt kann das behaupten.«

»Sie haben Madeire Kuska aus dem Patriarchischen Schauspielhaus in Vilsheil gestohlen.«

»Ich habe Sie nicht *gestohlen*. Wie soll das denn auch gehen? Eine berühmte Frau stehlen.«

»Sehen Sie. Sie müssen ein gerissener Kerl sein, wenn eine so große Schauspielerin sich Ihnen anschließt, um fernab des gewohnten Luxus durch die Lande zu tingeln.«

»Vielleicht bin ich ja ein guter Liebhaber?«, schlug Talmo vor.

»Quatschen Sie nicht. Sie lieben Männer«, stellte Falk von Imbre nüchtern fest. »Und jetzt fragen Sie nicht, woher ich *das* weiß. Ich habe ein untrügliches Gespür für Menschen, sonst hätte ich meinen Beruf verfehlt.«

Talmo versuchte sich zu konzentrieren, denn die Szenerie mutete merkwürdig an. »In Ordnung. Also noch einmal langsam: Was *wollen* Sie?«

»Ihre Hilfe.«

»Gut, dass Sie Priester sind und kein Chirurg, so präzise, wie Sie sind.«

»Entschuldigung. Ich brauche einen Plan, um von hier zu verschwinden.«

»Wie wäre es: Sie schnüren sich ein Bündel mit ein paar Wegrationen, ziehen Ihre priesterlichen Sandalen an, nehmen so viele Silbersteli mit, wie Sie greifen können, und gehen dort zur Tür hinaus.«

»Das geht nicht.«

»Wieso nicht?«

»Weil ich zuvor einige meiner Mitbrüder hinter Gitter bringen muss und nicht weiß wie.«

Darauf wusste Talmo endgültig nichts mehr zu erwidern.

»Deshalb benötige ich Hilfe«, schloss Falk.

2.

»Deine Mitbrüder tun was?« Talmo prustete beinahe sein Hammertosser Bockbier über den Tisch in einer abgelegenen Nische der Taverne Zum Flaschenhals.

Seufzend wiederholte der Priester sein Anliegen. »Das ist kein Spaß. Sie missbrauchen Frauen. Sie laden Prostituierte ein. Und weil niemand etwas Übles denkt, wenn man das Haus eines Priesters betritt, hegen die leichten Mädchen auch nie einen Argwohn. Sie fallen dann zu dritt oder zu viert über sie her und bedrohen die Mädchen anschließend, damit sie auch ja den Mund halten. Es ist furchtbar.«

»Und du veralberst mich ganz sicher nicht? Wie oft geschieht denn so etwas Unglaubliches?«

»Ich bin erst seit wenigen Wochen im Tempel und ich habe es nur einmal erlebt. Aber ich bin mir sehr sicher, dass es weder das erste noch das letzte Mal gewesen ist.

Weißt du, früher war ich einmal ein Soldat mit einigen sehr … speziellen Fertigkeiten – sehr schlagkräftig, könnte man sagen. Ich habe die Brüder windelweich geprügelt. Das war zwar gerecht, aber auch ein Fehler. Sie haben mich im Schlaf überfallen und mir sehr nachdrücklich und mit scharfen Klingen gedroht, mich in ›diese Geschichte‹, wie sie es nannten, nicht einzumischen. Wenn sich meine verdorbenen Ordensbrüder hier zusammenrotten, habe ich leider keine Chance.

Und um dem Ganzen die Krone aufzusetzen, halten sie das auch noch für vertretbar nach der Lehre von Din Vestro: Es sei doch alles ein verdammt ausgeklügeltes Vorgehen. Und mit denen, die sorgsam und raffiniert planen, ist unser Gott bekanntermaßen.«

»Din Vestro ist sicherlich nicht mit so miesen Ratten. Wie entsetzlich!«

»Ich habe bislang nur das eine Mädchen ausfindig machen können – und ihr habe ich so viel Geld aus der Tempelkasse zukommen lassen wollen, wie ich unauffällig entwenden konnte. Aber sie wollte es nicht einmal haben.«

»Und Weglaufen ist nach wie vor keine Option?«

Falk blickte finster drein. »Wie könnte ich jemals wieder mein eigenes Spiegelbild betrachten, wenn ich nichts unternehme?«

»Aber wenn du doch so gut an der Waffe ausgebildet bist – warum erdolchst du deine feinen Brüder nicht einfach im Schlaf?«

Der Priester kippte einen großen Schluck seines Bockbieres hinunter. »Das wiederum könnte ich nicht vor meinem Gott rechtfertigen. Din Vestro ist ein Gönner jeder List und jeder gut durchdachten Strategie. Wenn ich die fraglichen Brüder irgendwie drankriege – dann, weil jemand schlauer ist als sie. Sie sollen an ihrem eigenen Glauben zugrunde gehen, dass der bessere Plan obsiegt.«

»Verständlich … Und eine Idee hätte ich … vielleicht.«

3.

Einige von Erzherzogin Anathea Peirellas Indigogardisten waren von der Stadtwache dazugerufen worden, weil diese den vorliegenden Fall so eigenartig fand, dass sie nicht allein darüber entscheiden wollte:

Eine schöne Frau, aufreizend angezogen – aber mit einigen blauen Farbflecken auf den Schultern – saß auf den Stufen des Din-Vestro-Tempels. Im Licht vieler chemistischer Laternen und des zerbrochenen Mondes lagen drei Männer in Priesterroben, die sorgfältig in eine kauernde Haltung gefesselt worden waren. Es wäre ihnen nicht möglich gewesen, sich auch nur ein paar Fingerbreit zu bewegen – hätten sie nicht ohnehin friedlich und fest geschlummert wie Neugeborene.

Neben der vermeintlichen Edelprostituierten lehnte ein weiterer Bruder des Ordens, ein sehr kräftig gebauter Mann, mit verschränkten Armen in der Eingangspforte zum Tempel.

Oben auf dem Vordach saß Talmo und ließ die Beine baumeln, während er den Ausführungen von Madeire und Falk unten zuhörte, die den Gardisten alles noch einmal erzählen mussten, wie zuvor bereits der Stadtwache.

»Sie haben den Brüdern also eine Falle mit einem Schlafmittel gestellt?«, fragte die Kommandierende noch einmal nach.

»Das habe ich Ihren Kollegen doch bereits erklärt«, meinte Madeire. »Es gab bereits zuvor Übergriffe der drei Priester.«

»Wir haben mehrere Zeuginnen aufgetrieben. Sie sitzen hinten im Tempel in Sicherheit«, meinte Falk. Der Teil war am kompliziertesten gewesen, erinnerte sich Talmo. Zutiefst gedemütigte junge Frauen dazu zu bewegen, gegen die Priesterschaft des Din Vestro auszusagen, war nicht einfach gewesen. Letztlich hatten sie jedoch erschreckend viele Opfer der Priester gefunden und genügend von ihnen davon waren nun überzeugt, dass sie von den Din-Vestro-Brüdern nichts mehr zu befürchten hatten.

»Jedenfalls ist meine Haut mit einem Schlafmittel namens *Illismeas bessere Hälfte* eingepudert«, fuhr Madeire fort. »Es ist geruchs- und geschmacklos und leider arg teuer, aber man kann es prima in Bühnenschminke einrühren.«

»Der Chemistiker, der es hergestellt hat, sitzt ebenfalls hinten im Tempel«, ergänzte Falk.

»Diese Bastarde haben das Vertrauen, das man ihnen als Seelsorger gibt, missbraucht, um was-weiß-ich wie viele Frauen zu vergewaltigen.« Madeire wies auf die vor ihnen schlafenden Männer. »Ich weiß, dass Erzherzogin Peirella es hasst, wenn Frauen zu

Objekten gemacht werden, die nur dazu dienen, Männern Vergnügen zu bereiten.«

»In der Tat«, seufzte die Kommandierende. »Einer der großen Verdienste unserer Herrscherin. Trotzdem, Ihr ... Beweis ist leider etwas dürftig. Sie könnten diesen Männern auch einfach ein Schlafmittel ins Essen gemischt haben, es würde keinen Unterschied machen. Dann könnten Sie mir genau dieselbe Geschichte auftischen.«

»In Reaktion mit Speichel ergibt sich eine stark färbende blaue Substanz«, erläuterte Madeire die Wirkungsweise des Mittels. »Ihre Münder müssten innen blau gefärbt sein.«

Auf einen Wink der Kommandierenden hin öffnete ein Gardist einem der Priester den Mund und zog eine tiefblaue Zunge heraus, was im Laternenlicht gut zu sehen war.

Skeptisch blickte die Kommandierende Madeire an. »Es könnte trotzdem im Essen gewesen sein.«

»Nein. In Verbindung mit Öl verliert das Mittel seine färbende Wirkung.« Zur Demonstration hatte Falk einen ölgetränkten Lappen zur Hand und wischte Madeire die blauen Flecken von Schultern und Oberarmen. Dann zog die Diva eines ihrer Beine aus dem seitlichen Schlitz ihres Rockes hervor, spuckte auf ihre Finger und verrieb ein wenig davon, sodass sich ein gut sichtbarer blauer Fleck auf ihrem Oberschenkel bildete.

»Oh«, meinte die Kommandierende. »Das Problem ist nur ...«

»Sie benötigen Versuchskaninchen, richtig?«, beendete Falk ihren Satz.

»In gewisser Weise schon«, entgegnete die Gardistin mit dem Kommando, hob jedoch gleichzeitig die Hand, um den dicken Priester von einer Demonstration abzuhalten. »Es könnte immer noch ein raffiniertes Spiel sein, das Sie mir hier darbieten.«

Ein Soldat der Stadtwache musste schließlich herhalten und mit der Zunge über Madeires Unterarm fahren, was sie mit sichtlichem Ekel über sich ergehen ließ. Es dauerte nur wenige Augenblicke, bis auf Madeires Arm ein blauer Streifen erschien und der arme Soldat umkippte und in einer tiefen Basslage zu schnarchen begann.

»Und Sie haben weitere Opfer der Männer aufgetrieben, die bestätigen können, was Sie den Priestern vorwerfen?«, erkundigte sich die Kommandierende.

Madeire nickte.

Die Kommandierende gab den Soldatinnen und Soldaten mit einem Wink Befehle. »Transportiert die fragwürdigen Priester ab. Werft sie in den Kerker des Palastes. Nehmt eine von den besonders feuchten Zellen an der Westseite. Danke. Und …« Sie deutete auf den armen Soldaten, der zu Versuchszwecken hatte herhalten müssen und selig schlief. »Tragt ihn in seine Wachstube, lasst ihn ausschlafen und gebt ihm zwei freie Schichten.«

4.

Talmo passte Falk noch im Tempel ab. »Woher weiß ich eigentlich, dass du nicht auch einer von den Perversen bist, die den Frauen so was angetan haben?«

Falk musste offensichtlich einen Moment überlegen. »Keine der Frauen hat mich belastet, oder? Aber wenn du ganz sicher gehen willst: Nimm mich mit!«

»Dich mitnehmen?«

»Ja, natürlich! Ich *liebe* das Theater. Und einen eigenen Priester zu haben, ist sicher gut für die Moral deiner Truppe. Außerdem weiß ich eine Menge über Bühnenstücke, kenne alle großen Klassiker, von Atorni über de'Holm bis Silvani. Und wenn ich mir je etwas zuschulden kommen lasse, das über einen guten Suff hinausgeht, kannst du mich persönlich gefesselt von Tarsicas Klippen werfen. Nach dem, was ich hier in den wenigen Wochen seit dem Frühling erlebt habe, will ich nichts weiter als weit fort vom Orden des Din Vestro. Ich bin an das harte Leben unterwegs gewöhnt und habe geringe Ansprüche.«

»Hm«, meinte Talmo und dachte einen Moment lang nach. »Das wäre ein Handel, auf den ich mich eventuell einlassen würde, um dir zu helfen.«

Erleichterung breitete sich auf Falks Gesicht aus.

»Allerdings«, warf Talmo scharf ein. »Sollte ich jemals auch nur ein winziges Indiz dafür erhalten, dass du dich ebenfalls an einer der Frauen vergangen hast – dann schneide ich dich in Scheiben. Und zwar sehr langsam. Verstanden?«

Er erhielt ein knappes Nicken als Antwort – und eine dargebotene Hand, um die Abmachung zu besiegeln.

11. KAPITEL

Hinter Gittern

1.

»Wer von euch vertraut hier eigentlich wem nicht?«, wollte Yrrein wissen, als sie unterwegs zurück zum Blütenpalast waren. Zwar hatte Dekan Toss de'Meeren sie freundlich entlassen, aber im Stockwerk drunter waren sie trotzdem über ein Nebenzimmer der Bibliothek zu einem toten Winkel zwischen zwei Erkern geschlüpft. Dort hatten sie sich abgeseilt und waren durch eine Hecke zurück auf einen schlecht einzusehenden Teil des Campus geschlichen.

»De'Meeren ist entweder erfrischend naiv – oder verdammt gerissen«, meinte Glin.

»Ich glaube, dass es das Erste ist. Der ist Dekan geworden, weil er ein brillanter Wissenschaftler ist, nicht weil er so große Menschenkenntnis hat. Er hat keinen Grund, irgendwelche von langer Hand geplanten Spielchen mit uns zu spielen. Wir haben ihn überrascht und er hat das Beste daraus gemacht.«

»Wir haben ihm einen Köder hingeworfen in der Hoffnung, dass er mit großen dummen Fischaugen danach schnappt.«

»Und das hat er auch getan«, sagte Yrrein. »Oder etwa nicht? Wir haben jetzt zumindest eine grobe Idee, wie Magie funktioniert, wir wissen von der begabten jungen Magierin und außerdem haben wir den Wisch für die Bibliothek. Was eigentlich willst du dort?«

»Ich will mir Bücher ansehen. Über die Geschichte der Stadt und des herzoglichen Palastes, über Schatzkammern, über die Mechaniken des Linhard von Birkenau … ich will Pläne einsehen.«

»Du willst wissen, wie man Borgessas Tresor knackt.«

»Nein. Ich weiß, wie Linhard von Birkenau seine mechanischen Werke konstruiert hat. Diesen Tresor zu knacken, dürfte nahezu unmöglich sein.«

»Dann verstehe ich das mit der Bibliothek nicht.«

»Es soll dort dokumentiert werden, was ich gelesen habe, wonach ich gefragt habe und was ich mir aus dem Archiv habe herausgeben lassen. Aurinius soll mitbekommen, dass ich mich für Dinge interessiere, die mit dem Tresor zu tun haben. Deshalb muss ich in der Hinsicht etwas auffällig sein. Hier an der Fakultät und unter meinem richtigen Namen geht das gut.«

Yrrein nickte. »Du willst ihm weismachen, dass wir uns tatsächlich darauf vorbeireiten, den Herzstein zu stehlen.«

»Wir bereiten uns ja tatsächlich darauf vor. Nur eben nicht so, wie Aurinius möchte. Aber er darf nicht misstrauisch werden.«

»Und du bist sicher, dass de'Meeren nicht in direktem Kontakt zu Aurinius steht? Es kann doch sein, dass beide sich kennen und der Dekan uns von vorn bis hinten belogen hat.«

»Ja, verdammt!«, schrie er sie plötzlich an. Tauben flatterten wild auf. Tränen der Wut traten ihm in die Augen. »Ja, bei allen sieben verdammten Göttern. Natürlich kann es sein, dass auch de'Meeren nur ein Spiel mit uns spielt. Aber was soll ich tun, Yrrein? Was soll ich *tun*? Sira ist allein dort – bei wem auch immer. Sie ist ganz allein. Ich kann sie dort nicht lassen. Wir … ich *muss* irgendetwas tun. Irgendetwas!«

Yrrein war stumm vor ihm zurückgewichen und erwiderte nichts.

Sie waren stehen geblieben, mitten auf einer winzigen Piazza, beinahe bloß ein größerer Hinterhof. Rings um sie herum hatten die Häuserfassaden Risse und alte Wäscheleinen spannten sich von Balkon zu Balkon. Außer den aufgescheuchten Tauben, die sich vorsichtig zurück zu einigen vergessenen Brotkrumen wagten, waren sie allein. Zwischen zwei Häusern konnte man auf den Kanal und auf die Ertrunkene Stadt dahinter blicken, jene einzige Insel Mosmeranos, die damals während der Belagerung durch die umnachtete Kaiserin zerstört worden war – und die zur Mahnung nie wieder aufgebaut worden war.

Glin merkte, wie ihm die Augen brannten und seine Sicht verschwamm.

Durchatmen!, befahl er sich selbst. *Es hilft niemandem, die Beherrschung zu verlieren. Und Sira schon gar nicht.*

Er sammelte sich kurz, richtete sich auf.

»Nein«, sagte er mit beruhigter Stimme. »Ich kann nur mit Wahrscheinlichkeiten rechnen, Yrrein. Und ich halte Dekan de'Meeren für einen gutgläubigen Idioten. Er hat keine direkte Verbindung zu Aurinius – sonst wären wir nicht heil wieder aus seinem Studierzimmer herausgekommen. Aber sie kennen beide den Erzherzog – haben sogar mehr oder weniger direkten Kontakt zu ihm. Sie werden sich also früher oder später über den Weg laufen. Ich vermute, spätestens beim Eröffnungsball des Unabhängigkeitsfestes. Das wäre das nächste hohe gesellschaftliche Ereignis, bei dem alle großen Persönlichkeiten der Stadt zugegen sind. Und dann wird de'Meeren Aurinius anquatschen und sich wahrscheinlich etwas tölpelhaft nach den Magietechnikern erkundigen.«

Yrrein zögerte mit ihrer Antwort. »Ist … alles in Ordnung mit dir?«

»Nein, aber es hilft ja nichts.«

Sie nickte stumm und wartete noch einige Atemzüge lang, bevor sie weitersprach. »Wenn sich de'Meeren und Aurinius während des Balls begegnen und der Dekan sich ungeschickt verplappert … dann wird Aurinius wissen, was wir hier hinter seinem Rücken tun.«

»Nicht zwangsläufig. Aber er könnte in jedem Fall misstrauisch werden. Und das ist gefährlich für Sira.«

»Du hast ohnehin die ganze Zeit gesagt, dass wir schnell sein müssen bei dem, was wir tun«, sagte Yrrein. »Wir könnten dem Dekan zuvorkommen, ihn nochmals warnen. Aurinius eine Lüge über ihn erzählen … Glin, hörst du mir zu?«

Doch Glin reagierte träge. Während sie geredet hatten, war ihm eine Idee gekommen und die Mosaiksteinchen seines Plans ergaben auf einmal ein schärferes Bild.

Ja, vielleicht ist das eine Möglichkeit, hier herauszukommen, dachte er und blinzelte eine Träne weg. *Din Vestro, dein treuer Diener ruft dich an und bittet dich um ein wenig Nachsicht … nicht für mich selbst, sondern für das Leben und Wohl meiner Freunde.*

»Ich fürchte, wir müssen nicht bloß schnell sein«, sagte er schließlich. »Wir müssen sogar noch schneller sein als ursprünglich gedacht.«

»Du meinst, schneller als de'Meeren Aurinius während des Balls auf die Magietechniker ansprechen kann?«

»Ja.« *Und es ist mir sogar recht so – allein um Siras Leben willen.*

»*Wie* schnell genau?« Es klang streng.

Glin brummte. »Dass der Dekan auf dem Ball in Aurinius hineinstolpert und den großen Tölpel spielt, ist ohnehin nur auf *eine* Art und Weise zu verhindern.«

Yrrein warf ihm einen skeptischen Blick zu. »Du willst den Dekan der Fakultät ausschalten? Wäre das nicht ziemlich verdächtig? Und außerdem kannst du ihn doch nicht … *umbringen,* nur weil er vielleicht ein Trottel ist, der aus Versehen etwas zu viel verraten könnte.«

Glin musste unwillkürlich lächeln, weil Yrrein sich plötzlich um den Dekan sorgte. »Nein, ich will de'Meeren nicht umbringen, wenn es eine andere Möglichkeit gibt, ihm zuvorzukommen«, entgegnete er. »Ich will zu diesem Ball.«

2.

Ins Gefängnis kommen, war eine erstaunlich leichte Angelegenheit. Glin hatte sich zuvor zu viele Gedanken gemacht. Er hatte Stadtpläne studiert und war Kanäle und Inseln abgeschritten, hatte sich allerlei dunkle Ecken und Winkel angesehen und sich Gedanken über Ablenkungsmanöver und mechanische Tricksereien gemacht. Aber es war ihm alles zu kompliziert, um glatt zu laufen. Mit einer zu den Göttern stinkenden Schnapsfahne einige Wachposten auf der Stählernen Bank zu verspotten und mit Taubendreck zu bewerfen, hatte ausgereicht, um zu bekommen, was er wollte: eine Nacht im Stahlpalast.

Der Stahlpalast. Das Gefängnis auf der Stählernen Bank.

Seit Jahrhunderten leistete sich Mosmerano eine starke, stehende Marine als Garantin für die eigene Unabhängigkeit. Die hervorragend ausgebildeten Seeleute genossen einen legendären Ruf in der Ruhenden Welt. Und die Stählerne Bank war so etwas wie das Brutgebiet dieser Marine. Hier befanden sich nicht nur Festungsanlagen, Speicher, Quartiere und Werften – hier wurden an einer Akademie junge aufstrebende Frauen und Männer ausgebildet, um die Freiheit der Republik Mosmerano zu verteidigen.

Und wo Soldaten waren, da gab es auch Kerker. In diesem Fall den Stahlpalast, einen bulligen Turm aus grobem Bruchstein, beinahe so breit wie hoch, der am nordöstlichen Ende der Stählernen Bank emporragte – als hätten die Götter einen zu groß geratenen grauen Würfel an dieser Stelle fallen lassen. Hier fristeten die Insassen aus unterschiedlichsten Gründen ihr Dasein und warteten entweder auf eine Verurteilung oder auf die Vollstreckung eines Urteils. Durch die Nähe zum Hafen gab es jedoch auch einen Bereich mit Ausnüchterungszellen, reserviert für Trunkenbolde und Störenfriede aller Art – zum Beispiel für solche, die es für eine gute Idee hielten, Wachleute mit Taubenkot zu bewerfen.

Zwei vormittägliche Stunden in der Bibliothek der Fakultät hatte Glin gebraucht, um die Grundrisse des Stahlpalastes zu studieren – alles Weitere ergab sich mit etwas Geduld. Als auf der Stählernen Bank die vierte Morgenstunde geschlagen wurde, hatte er nach einigem Versteckspiel gefunden, wen er suchte: Fenja Vannagren. Sie war in Glins Alter. Im flackernden Licht zweier chemistischer Lampen, die weiter unten im Gang angebracht waren, konnte Glin ihre langen zu wilden Zöpfen geflochtenen Haare erkennen, die von einem so hellen Blond schienen, dass es bereits an Weiß grenzte, und in denen allerlei Holzperlen eingeflochten waren. Man hatte sie in einer Einzelzelle einquartiert, in einem Trakt, der ansonsten recht überschaubar belegt war – ihre einzigen Mitbewohner in diesem Stockwerk waren zwei muskelbepackte und für Glins Geschmack etwas zu bunt tätowierte Seemänner, die in einer Zelle am anderen Ende eines langen Korridors friedlich vor sich hinschnarchten.

Als Glin sich auf Fenja Vannagrens Pritsche setzte, schnellte die junge Frau aus ihrem vermeintlichen Schlaf hoch.

»Verflucht«, zischte sie Glin an, »wer sind *Sie* denn?«

Flink war Glin wieder auf den Beinen. »Ein Dieb, ein Lügner, ein Scharlatan mit einer Leidenschaft für Türschlösser. Unter Umständen hole ich Sie hier raus.«

Sie legte den Kopf schief. Die Farbe ihrer Augen konnte Glin in dem funzeligen Licht nicht klar erkennen, möglicherweise hatten sie gar unterschiedliche Farben. Schlank war sie, jedoch nicht so gnadenlos gestählt wie Yrrein, und zwischen ihren wilden Haaren lugte ein hübsches Gesicht mit runden Wangen hervor. Von der rechten Schläfe zog sich eine feine Narbe hinunter bis zum Kiefer.

»Ist wohl mein Glückstag«, seufzte sie. Überzeugt klang es nicht.

»Sieht so aus.«

»Nicht wahr? Vier Tage lang war das Essen mies und die Gesellschaft ziemlich langweilig.«

»Die Gesellschaft wird mit mir vermutlich deutlich besser.«

»Zumindest dürrer«, meinte Fenja Vannagren, während sie ihn musterte. »Also, was wollen Sie hier?«

»Wie gesagt, unter Umständen hole ich Sie hier heraus«, sagte Glin.

»Guter Plan, ich bin dabei.« Sie schlug die speckige Wolldecke über ihrer Pritsche zurück, stand auf und ging zur Gittertür der Zelle. Doch obwohl sie dagegendrückte, blieb sie zu.

Die Magierin wandte sich um. »Sie wollen mich hier herausholen und schließen die Tür wieder ab? Möglicherweise haben Sie was am Prinzip des Herausholens nicht verstanden.«

»Ich habe gesagt *unter Umständen.*«

Sie verdrehte die Augen. »Und diese Umstände können wir nicht draußen klären?«

»Nein«, entgegnete Glin. »Denn dann sind Sie ja draußen und haben keinen Grund mehr, mir zuzuhören.«

Die junge Magierin schnaubte. »Gut, was wollen Sie von mir?«

»Ein Gespräch.«

»Ein Gespräch?«, fragte sie ungläubig. »Hier? Natürlich, warum nicht? Wollen wir vielleicht eine der Wachen fragen, ob wir noch ein wenig Tee und Gebäck haben könnten? Und wie wäre es mit einem kleinen Kammerorchester – ich liebe Musik.«

»Verschaukeln Sie mich?«

»Müsste ich das nicht eigentlich Sie fragen? Sie sitzen plötzlich auf meiner Pritsche. Im Gefängnis. Dann wollen Sie mich rausholen, haben aber die Tür abgeschlossen. Stattdessen wollen Sie reden. Immer noch im Gefängnis. Ich bin mir also gerade nicht ganz sicher, wer hier wen verschaukelt.«

Glin schloss für einen Atemzug die Augen.

Schön, dachte er. *Immerhin ist sie nicht auf den Mund gefallen. Mein Schicksal hat offenbar eine unerklärliche Vorliebe für die Begegnung mit Frauen, die mich auflaufen lassen.*

»Setzen Sie sich!« Er wies mit der Hand auf die Pritsche. »Bitte.«

»Damit wir reden können?«

»Bitte«, insistierte Glin.

Artig setzte sich Fenja Vannagren auf die Kante ihrer Pritsche und schlug die Beine übereinander. »Wer sind Sie überhaupt?«

»Mein Name ist Glin Melisma. Und Sie sind Fenja Vannagren, korrekt?«

»*Eure Hoheit* für Sie.«

»Neuer Versuch: Ich bin Glin.« Er streckte ihr die Hand hin, die sie jedoch nicht schüttelte.

»*Sie* wollten mit mir reden. Dann fangen Sie doch einfach mal an. Wer Sie sind, interessiert mich möglicherweise mehr, wenn Sie etwas Spannendes zu erzählen haben.«

»Also ich will –«

»… mich hier herausholen. Das hatten wir bereits. Springen wir doch einfach bis zum interessanten Punkt vor.«

An anderen Tagen, wenn ihm nicht dieser von allen Göttern verfluchte Aurinius im Nacken gesessen hätte und es nicht um das Leben seiner Freundin gegangen wäre, hätte Glin dieses Spielchen sogar liebend gerne mitgespielt. Jetzt zerrte es vor allem an seinen Nerven. Aber er brauchte eine Magierin – und Fenja Vannagren war ihm vom Dekan empfohlen worden. Außerdem war er dafür in ein Gefängnis eingebrochen. Glin musste nur die Fassung bewahren. Das war alles. Nur die Fassung bewahren …

»Ich will, dass Sie für mich arbeiten. Dann hole ich Sie hier raus.«

Die Magierin kratzte sich gespielt nachdenklich am Kinn. »Wenn ich recht überlege, können Sie mich nur hier herausholen. Ich könnte Ihnen versprechen, den zerbrochenen Mond wieder zusammenzusetzen oder das Meer rosa zu streichen. Wie wollen Sie denn ein Versprechen einfordern, wenn ich einmal hier raus bin? Schlechte Verhandlungsbasis, würde ich mal sagen.«

»Vielleicht habe ich ja noch etwas, das Sie wollen, wenn Sie bereits wieder draußen sind.«

»Und das wäre?«

»Ich biete Ihnen zweitausend Silbersteli.«

»Meine Dienste gehören Ihnen«, sagte sie prompt, stand wieder auf und trat erneut an die Tür. Dann zögerte sie kurz. »Außer, Sie möchten irgendwelche Schweinereien von mir.«

»Bei Din Vestros Grinsen, jetzt haben Sie doch einen Moment lang Geduld«, entfuhr es Glin, der sich ob seiner Unbeherrschtheit die Hand vor den Mund presste.

Fenja Vannagren zuckte mit den Schultern. »Die beiden Haudegen da hinten in ihrer Zelle sind so voll wie eine ganze Hochzeitsgesellschaft in Daworje, die hören Sie nicht. Aber mich wundert es, dass Sie es immer noch nicht eilig haben. Sie finden es echt gemütlich hier, oder?«

»Ich will erst wissen, wieso genau Sie hier sind.«

»Fenja.« Jetzt war sie es, die ihm die Hand entgegenstreckte.

Glin schüttelte sie, ohne zu zögern. »Glin. Warum der Sinneswandel mit dem Vornamen?«

»Zweitausend Steli?«, sagte sie, als sei er schwer von Begriff.

»Natürlich«, meinte er. »Das entbindet dich allerdings noch nicht von der Beantwortung meiner Frage: Wieso bist du hier? Der Dekan hat mir nur gesagt, *dass* du hier bist – nicht *warum*. Er wollte sogar einen Advokaten für deine Verteidigung bezahlen.«

»Oh, du bist ein Advokat? Die hatte ich mir irgendwie immer … schicker vorgestellt.«

Glin sah an sich herunter. Außer Hose, Stiefeln und Hemd hatte man ihm nicht viel gelassen. »Ich bin im Augenblick weniger Advokat als mehr so etwas wie ein Richter: Ich entscheide, ob du heute Nacht hier hinausspazierst oder ob du noch ein wenig länger die erlesene Gefängnisküche genießen darfst. Also: Was hast du angestellt?«

Fenja streckte voll Ekel die Zunge heraus, als er das Essen erwähnte. »Ich habe gestohlen. Und bin erwischt worden.«

»Was hast du gestohlen?«

Sie hob die Schultern. »Vieles. Immer schon. Wenn die Eltern

Fischer sind, gibt es kaum eine andere Möglichkeit, um Magie zu studieren. Ist ziemlich teuer.«

»Hast du auch für den Dekan gestohlen?«

»Für de'Meeren? Nein. Ich habe für andere Studenten gestohlen. Vor allem alte Bücher. Die sind meist leichte Beute, weil sie nicht so gut bewacht werden wie Gemälde oder Schmuck.«

Eine Diebin also. Na immerhin in dieser Hinsicht passen wir zusammen, dachte Glin.

»Wie bist du eigentlich hier hereingekommen?«, fragte sie.

»War nicht schwer. Wenn man Gefängniswachen ärgert, laden die einen schneller zu einer Besichtigung ein, als man glaubt.«

»Aber die haben dich doch nicht geräuschlos zu mir in die Zelle gesteckt. Wie kommst du hierher?«

Glin zauberte aus einer Ärmelfalte einen Satz Dietriche hervor.

Fenja nickte skeptisch. »Aber die Wachen ziehen einen doch vorher bis auf die Haut aus, bevor sie einen hier hineinwerfen.« Dann bekam sie große, belustigt dreinblickende Augen. »Oder sag mir bitte, dass du dir die in den Hintern gesteckt hast.«

Glin rümpfte die Nase und hob die Arme. »Ich bin hier, oder?«

»Ja, du hast quasi deinen Hintern für mich riskiert. Meine Hochachtung! Das hätte ich nicht für jemanden getan, den ich gar nicht kenne.«

Spott zu ertragen, war er von Yrrein gewohnt.

Also überging Glin sie. Aus seinem anderen Ärmel schüttelte er zwei makellose Smaragde in seine Hand und hielt sie der Magierin direkt vor die Nase.

Das ließ ihr Gegacker verstummen. »Hübsche Steinchen!«, meinte sie anerkennend. »Nicht versiegelt. Perfekt, um ein wenig Magie damit zu wirken.«

»Ich dachte, ein Gastgeschenk wäre nicht verkehrt. Nur für alle Fälle.«

Die beiden Edelsteine flogen von Glins Hand in Fenjas, bevor er auch nur reagieren konnte. Er hatte sie keine der typischen Luftzeichnungen mit den Fingern machen sehen, die er bei Aurinius oder dem Dekan beobachtet hatte. Auch war keiner der Steine zu Asche verbrannt.

Interessiert hielt Fenja einen der Steine gegen das Licht des zerbrochenen Mondes, das durch das vergitterte Fenster hereinfiel.

»Du weißt schon, dass ich dir damit ganz leicht in deinen Hintern treten könnte, dessen Jungfräulichkeit du so tapfer für mich geopfert hast, und dann einfach hier hinausspazieren könnte?« Der Tonfall der Magierin hatte etwas Amüsiertes an sich.

»Könntest du nicht. Wie weit willst du denn mit diesen beiden Steinchen kommen? Du würdest zu viel Lärm machen – oder kannst du eine Tür leise aufsprengen?«

Etwas blitzte auf in Fenjas Augen. »Ich könnte den Schall abdämpfen.«

»Was auch wieder Energie in Form von Edelsteinen kosten würde.«

»Aber nicht so viel, wie du vielleicht denkst.«

Glin hob die Schultern. »Deine Entscheidung. Aber wenn die Zellentür offen ist, bist du noch lange nicht aus dem Stahlpalast heraus.«

»Ich bin einfallsreich.«

»Was willst du tun? Fünf bewachte Stockwerke in die Tiefe springen? Außerdem bin ich mit einem Angebot gekommen: Du arbeitest ein paar Tage für mich und bekommst im Gegenzug zweitausend Steli.«

Fenja zögerte keinen Augenblick und schlug ein. »Abgemacht. Und jetzt sag mir bitte: Wie kommen wir an all den Wachen in den Tiefen des Stahlpalastes vorbei?«

Nun war Glin mit dem Grinsen an der Reihe. »Wir gehen einfach.«

Fenja hob eine Augenbraue.

Doch Glin war noch nicht fertig. »Was glaubst du denn, war das

Erste, was ich nach der Flucht aus meiner eigenen Zelle getan habe? Dich aufzusuchen? Sicher nicht …«

Mit den Dietrichen hatte er binnen eines Atemzugs die Tür wieder geöffnet und ließ das Gitter an sich vorbei ins Innere der Zelle schwingen. Dann griff er um die gemauerte Ecke, wo er zuvor zwei zusammengerollte Uniformen abgelegt hatte.

»Das Erste, was ich getan habe«, meinte Glin, »war die Wäscherei dieses Gefängnisses aufzusuchen. Türschlösser sind eben eine Leidenschaft von mir – und nachts macht niemand hier die Wäsche. Die Edelsteine brauchen wir vermutlich gar nicht, die sollten dich vor allem beeindrucken.« Er warf Fenja eine der Uniformen zu, die sie locker mit der linken Hand auffing und ihm zunickte. Glin zwinkerte. »Ich hoffe, ich habe deine Größe halbwegs richtig eingeschätzt – das ist im Halbdunkel nicht immer ganz so einfach.«

INTERLUDIUM III

Die Menagerie

AUS TALMOS GESCHICHTE

Von Glin rekonstruiert anhand von Erzählungen und gefundenen Aufzeichnungen. Die Ereignisse des vorliegenden Abschnitts fanden statt im Niemandsland zwischen Envaustille und den Amantinischen Republiken. Im Jahre 997 nach Amantis. Sechzehn Jahre, bevor die Herbstgänger nach Mosmerano reisten.

1.

Neugierde ist oft eine schlechter Ratgeberin. So lautete ein Sprichwort aus Envaustille. Und Talmo hatte seine Neugierde nicht im Zaum halten können. Die Herbstgänger hatten eine Einladung aus dem *Niemandsland* erhalten, das sich südlich von Envaustille an das Imperium der Thronländer anschloss – ein Landstrich, der zu unwirtlich war, um ihn in großem Stile zu beackern, der außer einigen giftigen Salzseen keine nennenswerten Bodenschätze besaß und dem keinerlei strategische Bedeutung zukam.

Talmo war noch nie dort gewesen. Und aus einer Laune der Neugierde heraus hatte er die Einladung angenommen, obwohl sein Ensemble zum Teil protestiert hatte.

Er bereute seinen Mut jedoch, als sie in Guldstetten eintrafen, der Residenz, des sogenannten *Aschfahlen Königs* Bresken.

Talmo hatte zwar geahnt, dass der Name Guldstetten möglicherweise ein geschönter Begriff war und hier nicht alles vor Überfluss funkeln würde. Doch auf den tatsächlichen Ort, der sich Guldstetten nannte, war Talmo nicht im Geringsten vorbereitet.

Der Ort war eine schmutzige Kleinstadt, um die man eine windschiefe Palisade und einen stinkenden Graben gezogen hatte.

Die Herbstgänger waren kurz davor, in Sichtweite des Ortes umzukehren. Doch fürchtete man die Reaktion Breskens. Das Mechanische Theater war schwerfällig und vor allem wehrlos. Jemandem, der an einem Ort wie diesem hauste und genug Heruntergekommene um sich geschart hatte, um sich König zu nennen, dem war alles zuzutrauen.

2.

Die Männer und Frauen des Ortes wirkten teils gebrochen, teils verängstigt, teils als hätten sie es sich mit allen anderen Städten der Ruhenden Welt verscherzt. Talmo fiel auf, wie viele es waren. Viel mehr als die Fassade von Guldstetten vermuten ließ. Es schien ihm beinahe, als wäre dieser Ort hier eine Art Zuflucht für alle, die in den Republiken und den Thronländern keine Hoffnung mehr auf ein Zuhause hatten. Hier galt das Gesetz des Stärkeren oder des Gerisseneren. Dieser Ort lag am Ende der Welt, wo es nichts außer Steppengras, Wind und Regen gab und man auf kümmerlichen Äckern zu wenig anbauen konnte, als dass es für einen Funken Hoffnung gereicht hätte. Kinder sah er keine.

Höflich geleitete man Talmos Ensemble über die einzige gepflasterte Straße zu einer brachialen Holzhalle – dem einzigen Bauwerk weit und breit, dem Talmo zutraute, dass es einen Sturm überstehen könnte.

»Womit finanzieren die sich?«, fragte Arbo, einer jener Schauspieler, die Talmo und Madeire für die Saison angestellt hatten.

»Überfälle«, raunte Falk ihm zu. Und Talmo fürchtete, dass er wohl recht hatte.

Bresken, der selbsternannte König, empfing das Ensemble schließlich auf der Treppe, die zu seiner Halle hinaufführte. Er war großgewachsen und wirkte auf den ersten Blick ein wenig schlaksig. Doch Talmo erkannte schnell, dass das ein Trugschluss war. Die Proportionen waren bei Bresken einfach ein wenig in die Länge verschoben, aber seine Arme und Beine waren mit stahlharten Muskeln bepackt. Nur so war es wohl möglich, der Gierigste unter den Aasgeiern zu werden.

Er war unrasiert und hatte langes, vorzeitig ergrautes Haar, das in fettigen Strähnen bis auf seine Brust herabfiel. Der seltsam blasse Ton seiner Haut und die rötlichen, leicht entzündeten Augen machten es schwierig, Breskens Alter zu schätzen.

Mit einem zufriedenen Grinsen, das mehrere goldene und einige faule Zähne offenbarte, begrüßte er Talmo, der sich vor seine Truppe stellte.

»Herr Melisma, es ist mir eine Ehre, Sie in unserer bescheidenen Hauptstadt begrüßen zu dürfen. Wie Sie sich denken können, liegen die künstlerischen Errungenschaften der thronländischen Kultur oft außer Reichweite dieses tapferen Völkchens von Pionieren.« Er machte eine präsentierende Geste über die Schar seiner Untertanen hinweg. »Aber Sie sehen hier eine zukünftige Metropole vor sich. Ein stolzes Reich, das einer Vision folgt. Ich freue mich, dass ein solch renommiertes Theaterensemble den Weg hierher gefunden hat, um uns mit seinen Darbietungen zu bereichern. Es bestätigt uns, dass die Kunde von Guldstetten in der Ruhenden Welt gehört wird.«

Er schritt die Stufen hinab zu Talmo, begleitet von einigen seiner Gardisten. Aber selbst als er direkt vor Talmo stand, war Bresken über einen Kopf größer als der Mechanist, dem gewiss kein

Ruf von Welt vorauseilte. Er fragte sich, ob die Bewohner Guldstettens das wussten.

»Sie spielen drei Abende für uns«, meinte Bresken schlicht zu Talmo, so leise, dass es außer ihnen beiden niemand hörte. »Dann dürfen Sie wieder ziehen, Sie Trottel. *Mit* Ihrem Leben und – falls Sie uns wirklich gut unterhalten sollten – auch *mit* einer kleinen Bezahlung.«

»Klingt irgendwie gerecht«, murmelte Talmo und dachte: *So eine Scheiße.*

»Kommen Sie!«, sprach Bresken nun wieder für alle hörbar. »Ich zeige Ihnen die Bühne – Ihr künstlerisches Zuhause für die kommenden Tage.«

Sie folgten ihm zu einer kleinen Holzbühne an einem schlammigen Platz, auf dem sich gut zweihundert Leute zusammenfinden konnten.

»Und ich habe bis heute Morgen noch gedacht, ich hätte es bei dir mit jemandem zu tun, der von Din Vestro gesegnet ist«, meinte Falk neben ihm.

»*Der Segen der Götter ist wie die Aussaat*«, zitierte Talmo aus den Schriften des Din-Vestro-Ordens. »*Manchmal geht eine Saat erst nach Jahren auf. Manchmal wachsen bloß kümmerliche Pflänzchen. Und manchmal fällt etwas in den Staub des Weges und verdorrt.*«

»Ich dachte, ich wäre fürs religiöse Klugscheißen zuständig.«

»Sieh einfach nur zu, dass wir alle bei Laune bleiben, dann sind wir hier in drei Tagen wieder fort.«

»Dein Wort in Din Vestros Ohr!«

3.

Sie spielten Heerm de'Holms *Der Kapitän des gläsernen Schiffs.* Es war alberner, belangloser Klamauk, ohne versteckte Kritik an Politik oder Gesellschaft, aber sie hielten es für das Beste, sich möglichst unverfänglich zu geben. Narrenfreiheit konnte sich hier niemand erlauben.

Es war eine routinierte Arbeit, die sie auf der kleinen Bühne verrichteten, deren Bau Bresken seinem Volk auf welche Weise auch immer abgepresst hatte. Talmo wollte es gar nicht so genau wissen.

Der Platz vor der Bühne jedenfalls war am ersten Abend gerammelt voll und die Menschen lachten sich die Kehlen aus dem Leib – was das Ensemble nicht wirklich wunderte, angesichts der freudlosen Umstände, in denen die Menschen hier hausten.

»Sehen wir es mal so«, resümierte Falk am Ende des Abends, »wir haben zwar bald kein Geld mehr, um den Pferden Futter zu kaufen – aber immerhin haben wir ein gutes Werk getan, indem wir diese Leuten das Lachen als völlig neue Gefühlsregung haben entdecken lassen.«

Talmo überhörte Falks Zynismus nicht.

Der Aschfahle König überraschte sie schließlich doch noch. Denn nach Beendigung der Aufführung stieg über der hölzernen Halle ein kleines, aber hübsches Feuerwerk in den klaren Nachthimmel. Chemistische Lichteffekte schossen empor, explodierten in farbenfrohen Sternen oder verglühten langsam schimmernd in der Nacht.

Talmo staunte und konnte sich zunächst keinen Reim darauf machen, wie der ranzige König in seinem ranzigen kleinen Reich an ein derart eindrucksvolles Feuerwerk gekommen sein mochte.

4.

Nachdem es jedoch auch am zweiten Abend ein Feuerwerk gegeben hatte, fragte Talmo Bresken danach, als dieser sie bei ihren vormittäglichen Proben zum letzten Auftritt besuchte.

»Woher ich das Feuerwerk beziehe? Das ist einfach: Ich habe

einen Chemistiker, der so etwas aus Vogelmist und einigen wenigen anderen Zutaten herstellen kann. Eine Art Wunderknabe, der eine exotische Besonderheit und außerdem nicht ganz richtig im Kopf ist.«

»Wieso nicht ganz richtig im Kopf?«

»Er stammt aus dem Königreich in den Wäldern. Dort hat man ihn wohl dabei erwischt, wie er mit einem Mann herumgevögelt hat. Ekelhaft. Aber die Bewohner des Königreiches verschenken Potential, wenn sie ihre Arschficker blenden oder ihnen den Schwanz amputieren oder sie gleich köpfen. Der Gute ist geflohen und dann bei mir aufgeschlagen. Und ich habe gute Verwendung für ihn.«

Talmo konnte knapp verhindern, dem König vor die Füße zu kotzen. »D-darf ich ihn vielleicht sprechen? Mich interessiert immer, woher Ausnahmetalente ihre … Inspiration nehmen.«

Bresken zuckte mit den Schultern. »Nichts leichter als das. Kommen Sie mit, Talmo!«

Sie umrundeten die große Halle und kamen zu einem bewachten Haus. Die Wachen ließen sie ein und Bresken führte Talmo ins Innere, das nur von Fenstern direkt unter der Dachkante erhellt wurde. Massiv gearbeitete Holzwände ließen neben den Wachleuten keinen Zweifel daran, dass die Bewohner dieses zugigen Heims Gefangene waren.

An den Wänden standen Stockbetten, in einer abgetrennten Nische gab es Blecheimer für die Notdurft – und dementsprechend stank es in dem Haus, das bloß aus einem einzigen großen Raum bestand.

»Ich nenne das hier liebevoll *die Menagerie*«, erklärte Bresken. »Hier finden Sie nur die widerlichsten Kuriositäten aus allen Himmelsrichtungen. Unglückliche Kreaturen, die das Schicksal oder der Wille der Götter hierher verschlagen hat, damit ich sie zweimal im Monat ausstellen und Kunststückchen vollführen lassen kann.«

Die Gestalten, die Talmo erblickte, waren jämmerlicher, als er es sich hätte ausmalen können. Die Bewohner Guldstettens hatten dagegen ein wahrhaft güldenes Leben. Selbst wer in den Republiken oder den Thronländern eingekerkert war, hatte wenigstens die Hoffnung auf ein anständiges Gerichtsverfahren. Diese Menschen hier waren jedoch der Willkür des Aschfahlen Königs ausgeliefert.

Talmo sah bestimmt zwei Handvoll durch das Schicksal oder das Leben missgestaltete Personen: Kleinwüchsige, ein junge Frau ohne Beine, ein Junge mit grotesken Beulen und Dellen am Schädel, zwei an der Hüfte zusammengewachsene alte Männer, ein über und über mit Haaren bewachsenes Mädchen … Talmo sah diese traurige Wohngemeinschaft und hatte Mühe, seine Tränen zurückzuhalten. Diese Menschen hatten nichts getan, außer vom Schicksal geschlagen zu sein. Sie hatten es vermutlich ohnehin schwer genug, weil Gesellschaften dazu neigten, vornehmlich aus selbstsüchtigen Bastarden zu bestehen. Aber irgendwie waren sie Bresken in die Hände gefallen.

Mit einem Male wusste Talmo haargenau, wie der Aufenthalt des Ensembles in Guldstetten enden würde.

Er unterdrückte das Zittern in der Stimme. »Und wo ist der Chemistiker, den Sie mir angekündigt haben?«

»Shalimo!«, brüllte der König.

Nach einigen Wimpernschlägen kam ein junger Mann des Königreiches zu ihnen. Ihm fehlte ein Auge, das man ihm allem Anschein nach ausgebrannt hatte.

»Das ist der Chemistiker?«

Bresken nickte und schlug Shalimo mit seiner Pranke anerkennend auf die Schulter. Der junge Kerl zuckte zusammen.

»Wie passt er denn zu den anderen hier?«, wollte Talmo wissen. »Ich meine, er hat ja keine … *körperlichen* Auffälligkeiten so wie die Übrigen.«

»Ach«, Bresken winkte ab, »zum einen läuft hier ja sonst niemand mit dieser Hautfarbe herum. Sie erinnert mich an Zeiten, als man noch Schokolade auf dem Markt in Vesterdam kaufen konnte. Und zum anderen ist er ein ekelhafter Perverser.«

»Ja, das hatte ich vergessen«, log Talmo. »Eigentlich fand ich bloß das Feuerwerk beeindruckend und wollte wissen, wie jemand hier draußen etwas Derartiges hinbekommt – die Mittel, die zur Verfügung stehen, sind doch bestimmt nicht gerade üppig.«

Shalimo sah ihn unschlüssig und leicht verwirrt aus seinem verbliebenen, fast schwarzen Auge an.

Bresken versetzte ihm einen Stoß. »Antworte gefälligst, wenn du gefragt wirst, du schwanzlutschende Ratte.«

»I-i-ich mische einfach den vor Jahren verwesten Vogelkot als Pulver in lange Holzröhren, dass sie Funken in die Luft stoßen. Die Farben kommen teils von zerstoßenen Hühnereiern, teils von den Salzen, die sich am Rande der Seen ablagern.«

Talmo versuchte ihn so aufmunternd wie möglich anzulächeln. »Dankeschön. Das ist *bemerkenswert.*«

Bresken lachte. »Ja, ich habe mit meinen kleinen Ungeheuern hier schon bemerkenswertes Glück.«

5.

Am letzen Morgen in Guldstetten – als der dritte Abend endlich erfolgreich überstanden war – stattete Talmo Breskens großer Halle erneut einen Besuch ab.

Waffen und Schilde zierten die dicken Wände im Innern und das Licht fiel nur in schmalen Streifen durch den kalten Rauch von Kohlefeuern und Tabak.

Talmo schätzte die Höhe der Decke auf etwa drei bis vier Mannslängen.

Bresken saß auf einem Thron und war ins Gespräch mit einigen Beratern vertieft (oder Leuten, die nach Talmos Ansicht eine vergleichbare Position an Breskens Hof einnahmen). An allen Türen waren Wachen postiert. Es waren ausschließlich Männer und sie gaben sich keine Mühe zu verbergen, dass sie bis an die Zähne bewaffnet waren.

Bresken bedeutete dem Mann, mit dem er gerade etwas beratschlagte, still zu sein. »Talmo Melisma, mein unterhaltsamer Freund«, rief er. »Was kann ich für Sie tun? Ich dachte, Sie wären schon längst abgereist.«

»Nun, da gäbe es noch eine Kleinigkeit zu besprechen«, begann Talmo und ließ es bewusst zögerlich klingen.

Breskens Augen hellten sich auf. »Sie möchten ein Honorar, Talmo? Ganz ehrlich, ich hatte Ihnen gar nicht den Mut zugetraut, danach zu fragen. Das respektiere ich.« Er wandte sich an einen seiner Speichellecker. »Gebt dem Mann eine Handvoll Silberstücke in irgendeiner unbedeutenden Währung.«

»Eigentlich wollte ich mit Ihnen über den Chemistiker Shalimo sprechen«, erwiderte Talmo.

»Aus irgendeinem Grund beschäftigt Sie der Kerl.«

Talmo nickte. »Ich möchte Ihnen ein Geschäft vorschlagen: Ich kaufe Ihnen diesen Shalimo ab.«

Die geröteten und immer leicht tränenden Augen des Aschfahlen Königs wurden groß. »Abkaufen, sagen Sie?«

Doch Talmo fuhr einfach fort. »Das Einzige von Wert, das ich bei mir trage, ist das hier.«

Er holte einen Gegenstand aus seiner Tasche, den er im Stillen immer das *Skyldar-Ei* genannt hatte. Ein antikes Artefakt, das er vor einigen Jahren auf einer Expedition gefunden hatte. Es war etwas heikel gewesen, die Funktionsweise des Gegenstandes in Erfahrung zu bringen – aber das musste König Bresken ja nicht stören. »Ich biete Ihnen das hier an. Im Gegenzug lassen Sie den Chemistiker mit mir kommen.«

Bresken bedeutete Talmo, ihm das Ei zu reichen. Mit gespieltem Widerwillen gab Talmo den Gegenstand fort und beobachtete, wie Bresken neugierig und voller Staunen über die feinen Kerben und Linien fuhr, die allein auf Skyldarartefakten zu finden waren und eine Art Schrift zu bilden schienen.

»Es ist ohne Zweifel das Werk von Skyldar«, erklärte Talmo. »Auch wenn ich nie herausgefunden habe, wie es genau funktioniert oder wozu es dient. Aber solche Artefakte sind üblicherweise eine Menge wert. Es wird den Verlust des Chemistikers mehr als wettmachen.«

Aber Bresken schüttelte den Kopf. »Sie sind wahrhaft ein gutgläubiger Trottel, Melisma. Das habe ich Ihnen schon bei Ihrer Ankunft gesagt. Wie Sie es überhaupt lebend bis nach Guldstetten geschafft haben, ist mir ein Rätsel – aber vermutlich stehen Sie unter irgendeinem undurchschaubaren Segen der Götter. Ich gebe Ihnen einen Rat: Verschwinden Sie! Laufen Sie mit Ihrer kleinen Truppe davon, fort aus dem Niemandsland und zurück in Ihre geliebten Amantinischen Republiken. Tun Sie das, solange Sie noch können.«

»Schade.« Talmo streckte seine Hand nach dem Ei aus.

Doch Bresken zog rasch seine Pranke mit dem kleinen mechanischen Wunderding zurück.

»Lassen Sie es hier«, meinte er. »Sehen Sie es als Bezahlung für Ihre Dummheit an, Melisma. Als Gegenleistung erhalten Sie bloß noch einen Rat von mir: Beten Sie, dass die Götter Ihnen endlich zu etwas mehr Kalkül und Verstand verhelfen. Wenn Sie weiterhin so hemmungslos unvorsichtig und neugierig sind, wird Sie eines Ihrer Theaterstücke womöglich noch das Leben kosten.«

Es folgte ein schmutziges Lachen, in das die Männer rings um den Aschfahlen König einfielen.

»Verschwinden Sie!«, bellte Bresken.

Und Talmo verließ die hölzerne Halle im Niemandsland für immer.

6.

Draußen wartete Falk auf ihn.

»Du bist ein hinterhältiger Bastard, Talmo«, grinste der Priester.

»Bin ich nicht«, entgegnete Talmo. »Im Vergleich zu Bresken bin ich wie eine blühende Wiese im ärgsten Winter. Er ist ein wahrhaft hinterhältiger Bastard. Ich könnte gar nicht so viel essen, wie ich darüber kotzen möchte, wie er Menschen behandelt.«

»Behandelt hat«, korrigierte Falk ihn.

»Ach ja, stimmt«, erinnerte sich Talmo und der Gedanke zauberte jene Sorte von Lächeln auf sein Gesicht, vor der er sich selbst gruselte.

Als sie die Menagerie erreichten, grüßte Talmo die beiden Wachleuten noch, ehe er und Falk Stilette aus ihren Ärmeln zogen. Die Männer waren schneller, als Talmo vermutet hatte. Während Falk in einen Ringkampf mit dem rechten Mann geriet, griff der linke nach dem Schwert an seinem Gürtel. Talmo reagierte instinktiv und trat nach dem Knauf. Der Mann schrie auf, bekam aber Talmos Hand mit dem Stilett seinerseits zu packen. Er war viel kräftiger als Talmo und bevor der sich versah, wurde er auf den Rücken geschleudert und spürte, wie die Knie des Wachmannes schmerzhaft auf seine Brust drückten.

Mit einem breiten Grinsen voller Zahnlücken bog der Mann Talmos Arm mit der Waffe langsam nach innen, sodass die Klinge auf seinen Hals zeigte.

»So hast du nicht gewettet, was?«, knurrte der Mann mit stinkendem Atem.

Talmo ruckte und zerrte und versuchte gegenzuhalten, doch ihm fehlte schlicht die Kraft. Die stählerne Spitze senkte sich unaufhaltsam.

Bis ein schmatzendes Geräusch ertönte und auf einmal eine

Klingenspitze aus dem Auge des Mannes ragte. Der Druck auf Talmos Brust ließ nach, als Falk dem Erdolchten einen kräftigen Tritt versetzte und er von Talmo herunterrollte.

»Als du mir deinen Plan vorgestellt hast, wusste ich nicht, dass du nicht kämpfen kannst«, tadelte Falk ihn.

Talmo rieb sich das schmerzende Handgelenk. »Als ich das vorgeschlagen habe, dachte ich auch, ich sei besser«, gab er zu. »Danke!«

Falk reichte ihm eine Hand und zog ihn hoch. »Einer rettet den andereren«, meinte er. »Passiert in unserem Geschäft vermutlich noch ein paarmal.«

»Möglich«, meinte Talmo und machte sich so gut es ging am Türschloss zu schaffen.

Kurze Zeit später stand er erneut in der Hütte. Vor Staunen geweitete Augenpaare starrten ihn von allen Seiten an.

»Tja, nun.« Talmo musste sich räuspern. »Wie sag ich das jetzt am besten: Ihr seid frei.«

Falk trat grinsend neben ihn. »Wer von euch mit in die Amantinischen Republiken kommen möchte, dem bieten wir gerne eine Mitfahrgelegenheit an. Kostenfrei, versteht sich natürlich.«

Zögernd traten die Gefangenen vor.

Der junge Chemistiker Shalimo war der Einzige, der zielstrebig auf Talmo zueilte und ihm begeistert die Hand schüttelte. »Ich habe geahnt, dass wir uns nicht zum letzten Mal gesehen haben. Ich weiß gar nicht, wie ich Ihnen jemals danken soll.«

Talmo lächelte milde. »Erstmal hörst du auf mich zu siezen.«

»Gerne«, sagte Shalimo ohne zu zögern. Freudentränen rannen ihm über die linke Wange und hinterließen glänzende Spuren im fahlen Licht. »Aber … wie haben Sie das überhaupt gemacht? Wieso bringt der König uns nicht alle um?«

»Du sollst uns doch nicht siezen«, stöhnte Falk.

»*Du*«, verbesserte Shalimo sich. »Wie hast *du* das gemacht? Ich meine ihr. Wie habt ihr –«

»Schon gut«, unterbrach Falk.

Talmo boxte Falk freundschaftlich in die Seite. »Ich erkläre es dir auf der Fahrt, Shalimo. Aber wir sollten jetzt schleunigst abreisen.«

Und während das Ensemble über die verfluchten Ebenen des Niemandslandes in Richtung Westen zog, erläuterte Talmo die Funktionsweise des Skyldar-Eis:

Löste man einen bestimmten Mechanismus aus, blieb noch eine gewisse Zeit, bevor das mechanische Wunderding begann, Hunderte von dünne Nadeln in alle Richtungen zu schießen. Talmo hatte nach dem Fund als junger Artefaktjäger sehr ausdauernd geflucht und einen halben Tag damit verbracht, sich Nadeln aus dem Körper und ringsum aus den Wänden zu ziehen. Was der Nutzen eines solchen Gegenstandes im Krieg gewesen sein mochte, war nicht schwer zu erraten. Es war sozusagen die Skyldarvariante einer Wurfbombe, deren Lunte bereits brannte. Dass die Nadeln einst vergiftet gewesen waren, stand ebenfalls zu vermuten. Doch im Laufe der Jahrtausende hatte sich das Gift glücklicherweise verflüchtigt, war schlecht oder unwirksam geworden. Jedenfalls hatte Talmo keine bleibenden Schäden davongetragen, nachdem die Einstiche der Nadeln verheilt waren. Anschließend verbrachte er Stunde um Stunde damit, den Mechanismus zu knacken, ohne dass es ihm gelungen wäre, ihn im Detail nachzubauen. Aber wie er die Federn im Innern des Eis neu spannen konnte, fand er relativ bald heraus – und auch, wie die Vorrichtung funktionierte, mit der man ein Gift oder ein Betäubungsmittel in das Gerät füllen konnte. Die vergangene Nacht war die passende Gelegenheit gewesen, die Nadeln sorgfältig wieder einzusetzen und eines der Mittelchen aus seinem Notfallkoffer zu verwenden.

Menschen waren von Natur aus neugierig, das wusste Talmo. Man musste ihnen bloß einen Zaun oder eine Mauer zeigen und sie wollten nur noch wissen, was auf der anderen Seite lag.

Dass Bresken nicht würde widerstehen können, das Artefakt an sich zu nehmen, war klar gewesen; wie auch, dass er aus lauter Neugierde recht schnell den Mechanismus aktivieren würde.

Und Talmo hatte dieses uralte Artefakt gerne dafür hergegeben, um alle aus Breskens Fängen zu befreien, die nun mit ihnen zurück in die Republiken reisten.

12. KAPITEL

Die Frau mit den Schwingen

1.

Seit ihrer Ankunft im Blütenpalast war sich Yrrein nicht gänzlich sicher, was sie von jenen halten sollte, die hier für Illistra Gaon arbeiteten. Sicher, wenn man es aufs Einfachste herunterbrach, war der Blütenpalast vor allem ein Bordell, in dem junge Männer und Frauen ihre Körper zur Befriedigung anderer feilboten. Allerdings war es ein sehr gehobenes, teils nobles Bordell. Auf Hygiene wurde enormen Wert gelegt und außerdem – und Yrrein rechnete es Illistra hoch an, dass ihr dieser Punkt wichtig war – wurde hier niemand zur Arbeit gezwungen. Alle leichten Jungen und Mädchen hier waren frei, jederzeit einen anderen Beruf zu ergreifen und ihr Geld auf andere Weise zu verdienen. Illistra wahrte sogar ihre Identitäten, indem sie darauf bestand, dass sich all ihre »Angestellten« einen Decknamen zulegten. Wer hier verkehrte, ließ sich also verführen von Sittaria, der Fürstin der Leidenschaft, oder von Darlo, dem Stier des Morgens, oder Laria, der Honigprinzessin – niemand war gezwungen, einen echten Namen zu verwenden.

Den zweiten Abend in Folge saß Yrrein nun auf der Galerie, die den großen Salon einrahmte, und blickte durch die Balustrade auf das Treiben unter ihr hinab. Dort wurde gebadet, Wein floss über die Maßen, viel nackte Haut war bereits hier zu sehen und ein Ensemble von Musikern unterlegte von einer unauffälligen Bühne aus alles mit exotischen Klängen. Illistras Angestellte trugen oft nicht mehr als das Nötigste am Körper – und gerne auch nicht einmal das. Neben den Theken, den Sitz- und Liegeecken und Bassins zum Baden gab es diverse Séparées und natürlich jede Menge Nebenräume oder hinter verzweigten Gängen liegende Einzelzimmer, in die man sich zu zweit oder auch zu mehreren zurückziehen konnte, um dort zu tun, was mancher nicht gern vor Zuschauern tat.

Yrrein war keine Theologin, dennoch ergab es in ihren Augen Sinn, dass dieser Palast der Lüste hier im Vorhof der Ewigkeit stand, Mosmeranos Tempelbezirk. Denn hier wurde der Göttin Evisandre gehuldigt, der strahlenden Verführerin, Wegbegleiterin von Liebe und Leidenschaft, Gönnerin aller Schönheit und Künste, aller Obsession und des Rauschs. Einen besseren Tempel konnte man ihr im Grunde genommen gar nicht errichten. Und der öffentliche Evisandretempel wirkte im Vergleich zu den Festen, die allabendlich im Blütenpalast gefeiert wurden, beinahe wie eine biedere Taverne.

Das Treiben, das Yrrein unter sich beobachten konnte, wirkte auf sie eher ermüdend als erregend. Zwar war ihr persönlich Körperliches nicht gleichgültig – aber der Nähe, die hier unter dem Schleier eines ausschweifenden Festes ausgetauscht wurde, haftete in ihren Augen etwas Verzweifeltes an. Die Menschen, die dort nach Erfüllung suchten, fanden sie in ihrem Leben außerhalb des Blütenpalastes offenbar nicht. Das Gefühl, nach Erlösung zu hungern, aber sie trotzdem nie erreichen zu können, war eines, das Yrrein alles andere als fremd war. Sie hatte kein Zuhause mehr. In den Thronländern hatte sie nicht bleiben können. Bei den Herbstgängern hatte sie nie für eine Ewigkeit bleiben wollen – zumindest hatte sie sich dies eingeredet, bis es die Herbstgänger auf einmal nicht mehr gab.

Es war ein Gefühl des Unerlöstseins. Und alles, was sie dort unter sich erblickte, erinnerte sie daran. Sie sah Dutzende von Unerlösten unter sich. Und sie verabscheute sie alle.

Als der Mann auftauchte, den sie nun schon die zweite Nacht in Folge suchte, wollte sie es zunächst gar nicht wahrhaben. Der Abend war noch gar nicht besonders weit fortgeschritten, aber die Beschreibung passte haargenau: ein in ein fliederfarbenes Brokathemd mit goldenen Borten verpackter Schmerbauch sowie ein dicker schwarzer Schnauzbart, der säuberlich gestutzt an den Mundwinkeln vorbei bis zum Kinn wuchs. Verschiedene Bilder und Zeichnungen aus jüngeren Jahren hatte Yrrein sich tags zuvor aus den zeitgenössischen politischen Bänden der Bibliothek an der Fakultät herausgesucht. Außerdem kam der Mann wie angekündigt in Begleitung zweier persönlicher Wachen, die jedoch im Vorraum warten mussten. Illistra Gaons eigenes Sicherheitspersonal – ein Haufen tüchtiger wie zuverlässiger Leute, die Yrrein in den letzten Tagen hatte kennenlernen dürfen – ließ es nicht zu, dass irgendjemand außer ihnen hier für Ordnung sorgte. Der Fehler der Bordellbesitzerin Illistra war hingegen gewesen, vor Glin den Beruf und die Position dieses gewissen Freiers auszuplaudern. Und Yrrein wusste, dass Glin zu gut war, um so eine Chance nicht zu wittern. Illistra Gaon hatte nichts weiter als prahlen wollen, bis in welch erhabene Kreise sich ihre Kundschaft erstreckte – und wie viel Macht sie besaß. Sie konnte die geheimen Fantasien der Mächtigsten im Staate erfüllen.

Der Mann, der das Etablissement nun betreten hatte, war niemand Geringeres als Tito Orleone, einer der sechs Minister des Erzherzogs, stellvertretend für diesen zuständig für die Organisation und Logistik von Heer und Marine der Republik. Er war der Herr der Stählernen Bank – aber vor allem war er verheiratet, hatte zwei heranwachsende und sehr hübsche Töchter sowie eine ebenso einflussreiche wie nichtsahnende Ehefrau.

Yrrein beobachtete Orleone genau. Eine Weile saß er einfach in den weichen Polstern einer Sitzecke, umgeben von künstlichen, in die Wand eingelassenen Wasserläufen und Orchideenblüten. Gleich drei junge Frauen leisteten ihm Gesellschaft, während er sich ein Glas eines bernsteinfarbenen und garantiert sündhaft teuren Weinbrandes genehmigte. Die Frauen lachten an den richtigen Stellen über vermutlich belanglose Witze. Illistra garantierte ihren Gästen Seriosität – und das auf einem so hohen, ja möglicherweise vollkommenen Niveau, dass es sogar die Staatsmänner und -frauen Mosmeranos hierher zog.

Orleone für seinen Teil zelebrierte den Abend ausgiebig. Er verkostete noch zwei weitere Getränke, die Yrrein aus der Entfernung für schillernde Fruchtliköre hielt, bis er sich offenbar für eine der drei jungen Damen entschied: Miana, die Zimtblüte.

Yrrein erhob sich von ihrem eigenen Sitzpolster und stieg die Stufen von der Galerie hinab in das wummernde Herz des Blütenpalastes. Sie nahm nicht den direkten Weg, sondern drehte eine Schleife und tat, als betrachte sie interessiert das Vergnügen in einem der hellblauen Bassins, in dem sich zwei junge Männer um eine ältere Frau räkelten, die für diese Art der Zuwendung an diesem Ort gewiss ein achtbares Sümmchen gezahlt hatte.

Schließlich begab sich Yrrein in den Gang, in dem die Zimtblüte mit Kriegsminister Orleone verschwunden war. Sie hatte die Räumlichkeiten am Vortag bereits ausgiebig ausgekundschaftet und interessierte Fragen gestellt. Miana hatte ihr eigenes Zimmer nicht weit von hier. Yrrein wartete etwas ab, dann betrat sie den Raum so leise wie unvermittelt – niemand war da. Doch es gab noch eine zweite Möglichkeit. Neben den Zimmern, die Nour, der Perle Abitreijas, und Gianella, der wütenden Göttin, gehörten, gab es noch ein privates Bad am Ende des Traktes. Offenbar war dem Minister nicht so sehr nach Baden vor anderer Leute Augen zumute – was Yrrein sehr gut verstehen konnte.

Wieder schlich sie leise hinein, dank der lautlosen Türen im Blütenpalast war das kein Problem. Hinter mehreren Sichtschutzen aus dickem Wachspapier fand sie zunächst die Kleidung des

Ministers und darin alles, was für ihr Vorhaben wichtig war. Sie nahm es an sich und folgte dem Stöhnen.

Als sie den Sichtschutz zum Umkleiden hinter sich gelassen hatte, eröffnete sich ihr der widerwärtige Anblick: In der Mitte des mit grünem Marmor ausgekleideten Raumes lag ein beheizter Bassin. Weiterhin hatte man den Baderaum mit Kerzen und chemistischen Glühkugeln in vielerlei Farben dekoriert und Räucherstäbchen verbreiteten ätherische Düfte. Auf der anderen Seite des Bassins stand eine Bank, ursprünglich wohl für Massagen gedacht. Heute Abend diente sie einem anderen Zweck: Tito Orleone lag auf dem Rücken, während die Zimtblüte ihn mit all ihrer gekauften Leidenschaft ritt. Beinahe hätte Yrrein laut losgelacht, weil es lächerlich aussah, wie sich das Mädchen an dem dicken Wanst des Ministers festkrallen musste, um aufrecht auf ihm sitzen zu können.

»Guten Abend, Signore Orleone«, sagte Yrrein mit dunkler Stimme.

Miana fuhr vor Schreck zusammen und glitt von dem Minister hinunter, doch bevor sie sich in Richtung Tür aufmachen konnte, ließ Yrrein bereits ein langes Stilett aus ihrem Ärmel gleiten und hielt es der Prostituierten an die Kehle. Orleone hingegen ächzte und hatte Mühe, sich hinzusetzen. Yrrein versetzte ihm einen Schlag mit den Fingerknöcheln in seine Seite.

»Bleiben Sie liegen, Signore – oder machen Sie sich zumindest wegen mir keine Umstände.«

Sie konnte ihn viel leichter in Schach halten, wenn er auf dem Rücken lag – wehrlos wir ein umgedrehter Mistkäfer.

Die Zimtblüte hingegen wähnte Yrrein abgelenkt und unternahm einen Fluchtversuch. Doch sie war noch keine zwei Schritte weit gekommen, da hatte Yrrein ihr Handgelenk gepackt. Sie verdrehte der jungen Frau den Arm und trat ihr in die Kniekehlen, sodass sie schließlich nackt und wimmernd vor ihr kauerte.

»Entschuldige, meine liebe Miana«, meinte Yrrein. »Wenn du artig bleibst, dauert es nicht lange und du kannst ganz ungestört weiter auf dem ministerlichen Schwanz herumrutschen. Wenn du hingegen nicht artig bleibst, könnte dieser Abend deutlich weniger leidenschaftlich, aber sehr viel schmerzvoller für dich enden.«

Die Zimtblüte erwiderte nichts, sondern biss die Zähne zusammen.

»Was – bei allen sieben Göttern – wollen Sie von mir?«, stöhnte Orleone, der gerade wieder die ersten Atemzüge nach Yrreins Schlag tun konnte. »Ich dachte, dieses Etablissement wäre seriös und diskret – offenbar habe ich mich getäuscht.«

»Das haben Sie nicht«, entgegnete Yrrein. »Und dieses Etablissement wird auch nach diesem winzigen Intermezzo mit uns beiden wieder ganz genau so diskret und seriös sein, wie Sie es gerne hätten. Und wenn Sie Illistra Gaon nach diesem Abend irgendwelche Probleme bereiten sollten, dann seien Sie gewiss, dass wir Sie finden werden.«

»Sie wissen, wer ich bin, oder?«

Yrrein warf das Stilett in einer beiläufigen Bewegung hoch und fing es blind wieder auf. »Überlegen Sie selbst: Wäre ich sonst hier, wenn ich das nicht wüsste?«

»Hm.« Orleone seufzte.

»Schauen Sie mal, Minister: Ich habe Sie hier gefunden, obwohl dieser Tempel der Lüste wirklich sehr seriös und diskret ist. Ich habe Sie in Ihrem wehrlosesten Moment erwischt und Sie können weder Hilfe herbeirufen noch sich überhaupt aufsetzen, ohne dass ich es erlaube. Glauben Sie mir ruhig, wenn ich Ihnen sage, dass ich Sie auch außerhalb des Blütenpalastes finde, wenn ich es nur will – und dass Sie schon bis zu den Neunundneunzig Inseln segeln müssten, um mir zu entkommen. Außerdem verspreche ich Ihnen bei Din Vestros gerissenem Lächeln Folgendes: Sollten wir uns jemals wieder treffen – zum Beispiel weil Sie irgendwie versucht haben, mir das Leben schwer zu machen –, dann werde ich Sie *nicht* töten.«

In Orleones Blick las sie Verwirrung.

»Ich werde Ihnen stattdessen Ihre ministerialen Eier abschneiden. Und alles, was Sie dann noch an Racheschwüren auf Lager haben sollten, macht plötzlich nur noch halb so viel Spaß, weil das Leben ein grauer Ort ohne Libido und mit dem Gefühl von tausend brennenden Nadeln beim Pinkeln geworden ist. Haben wir uns verstanden?«

Der Minister nickte langsam.

»Was übrigens noch viel besser wirkt als die Androhung roher Gewalt, Minister Orleone, ist das hier.«

Yrrein stieß den verdrehten Arm von Miana, der Zimtblüte fort, und das Mädchen rollte sich auf dem Boden vor ihr zusammen und versuchte, sich nicht zu regen. Stattdessen holte Yrrein aus ihrer Tasche, was sie vor wenigen Augenblicken in der Kleidung des Ministers gefunden hatte: ein großes rundes Medaillon.

Mit einem Fingernagel löste sie den Schnappmechanismus und das Schmuckstück klappte auf. In den Innenseiten beider Hälften waren kleine Porträts hinter hauchdünnen Glasscheiben eingeklemmt. Drei Frauen waren zu sehen. Rechts eine Schönheit von etwa vierzig Sommern mit dem gebräunten Teint der Mosmerani und schulterlangen schwarzen Locken. Links waren zwei Mädchen abgebildet, die an Schönheit ihrer Mutter in nichts nachstanden – ungefähr fünfzehn und siebzehn Namenstage. Alt genug, um zu wissen, was es bedeutete, wenn man ihnen steckte, dass ihr Vater gerne mal einen Ausflug hierher unternahm.

»Ihre Frau und Ihre Töchter«, erklärte Yrrein langsam. »Ich gehe davon aus, es wäre Ihrem Familienfrieden abträglich, wenn Sie diesen Gegenstand verlieren würden. Und vermutlich wäre es umso abträglicher, wenn Gerüchte laut würden, dieses Medaillon wäre im Blütenpalast gefunden worden. Oder wenn man arrangieren würde, dass Ihre Frau oder Ihre Töchter es auch noch aus der Hand eines eher verführerisch leicht – wenn nicht gar nuttig – gekleideten Mädchens erhalten würden.«

Sie ließ ihre Worte auf Orleone wirken. Der Blick des Ministers zuckte hin und her, als suche er einen Ausweg aus seiner ungeschickten Lage.

Nach einigen Augenblicken voll beklemmenden Schweigens fügte sich der Minister in sein Schicksal.

»Verflucht«, brummte er. »Was wollen Sie von mir? Geld? Dann müssten Sie nur noch einmal meine Kleidung durchwühlen.«

»Netter Scherz«, meinte Yrrein ohne zu lachen. »Nein, Signore, ich will einen Gefallen von Ihnen. Erst wenn Sie mir den erfüllt haben, bekommen sie das Medaillon wieder.«

»Meine Frau ist mit einem Politiker verheiratet. Sie weiß, welche Gelüste mich von Zeit zu Zeit umtreiben.«

»Ich lasse es drauf ankommen«, sagte Yrrein, ließ das Medaillon in ihre Hosentasche gleiten und hielt dem glänzenden Blick aus den kleinen Augen des Ministers stand.

Als sie Anstalten machte, sich zum Gehen zu wenden, lenkte Orleone ein. »In Ordnung, Sie Aas. Sagen Sie, was Sie von mir wollen!«

Yrrein lächelte. »Ich will eine Einladung für zwei Personen zum herzoglichen Ball.«

Orleone machte ein verdutztes Gesicht. »Sie wollen zum Ball?«

»Nicht ich«, erklärte Yrrein. »Zwei Personen, die ich kenne.«

»Und was wollen Sie da? Wenn es ein Anschlag sein soll …« Orleone deutete auf das Stilett in Yrreins Hand. »Niemand mit Waffen wird hereingelassen.«

»Quatschen Sie nicht so dummes Zeug, Minister! Intelligenz steht Ihnen besser. Nein, ich will keinen Anschlag verüben. Ich will nur etwas verkaufen. Und der Ball ist die beste Möglichkeit, an meine Kundschaft zu kommen.«

»Ich dachte, Sie können Leute *überall* finden?«

»Ja«, meinte Yrrein unumwunden. »Aber zum einen wähle ich gerne den Weg des geringsten Widerstandes – sonst hätte ich Sie nämlich einfach in Ihrer Villa auf der Hochwohlgeborenen Insel aufgesucht. Und zum anderen benötige ich den passenden Rahmen für mein Geschäft – meinem Kunden will ich nämlich im Gegensatz zu Ihnen keine Angst machen.«

»Das klingt … eigenartig.«

»Ich bin ja auch nicht hier, um mit Ihnen meine Pläne zu erörtern.«

»Gut«, seufzte Orleone ergeben. »Wie lauten die Namen Ihrer beiden … Freunde?«

Yrrein nannte sie ihm. Zweimal. Und sie ließ sie den Minister wiederholen um sicherzugehen, dass sie richtig übermittelt würden.

»Wenn alles so klappt, wie Sie es wünschen, finden Sie das Medaillon am Folgetag morgens in ihrem Sekretär.«

»Welchem Sekretär?«, fragte der Minister misstrauisch.

»Den im Obergeschoss, in der Schreibstube an der Ostseite Ihres Anwesens.«

Orleone wurde blass.

Yrrein hingegen wandte sich eben wieder zum Gehen, als ihr etwas ganz anderes einfiel.

»Eine Bitte habe ich allerdings noch«, sagte sie und pikste Orleone mit des Spitze des Stiletts in das weiche Fleisch seiner Schulter.

Der Minister zuckte zurück.

»Verraten Sie mir alles, was Sie über Aurinius von Veelyn wissen.«

»Diesen neuen Berater des Herzogs, der immer barfuß geht?« Es war klar herauszuhören, dass Orleones Meinung von Aurinius nicht die beste war.

Zufrieden über diese Feststellung ließ sich Yrrein zu einem breiten Grinsen hinreißen. »Genau über diesen komischen neuen Berater würde ich gerne alles wissen, was Sie ebenfalls wissen, Signore Orleone.«

2.

Nicht einmal eine Stunde später hing Yrrein an einem Mauervorsprung des Stahlpalastes und kam sich vor wie eine Fledermaus, die auf der Lauer liegt und auf das nächste Glühwürmchen wartet.

Sie war sich noch unschlüssig, ob sie es ihm jemals gestehen würde, aber die Greifenrüstung war das Raffinierteste, was sich Glin ausgedacht hatte, seit sie sich kannten. In Kombination mit Siras Kletterklauen konnte Yrrein beinahe wie ein Insekt an Wänden hochklettern, von Dach zu Dach springen und sich mittels der federbetriebenen Seilrollen von Ebene zu Ebene katapultieren. Für jemanden wie Glin war dies eine nette Spielerei – in den Händen einer Person wie Yrrein wurde Glins mechanischer Einfallsreichtum zu einem Quell tödlicher Instrumente.

Während sie sich hier oben an der großen Seefestung festhielt, die der Marine von Mosmerano als Hauptquartier diente, betrachtete sie es als seltsame Ironie der Götter, dass Glin zur gleichen Zeit ebenfalls hier war. Während Yrrein jedoch eine Reihe Fenster fest im Blick hatte, die zu den Offiziersquartieren der gehobenen Klasse gehörten, musste Glin sich irgendwo in den Zellen und Gängen auf der anderen Seite des Stahlpalastes durchschlagen, um diese Magierin Fenja Vannagren zu befreien.

Yrrein setzte darauf, dass Tito Orleones Abneigung gegen Aurinius von Veelyn nicht gespielt gewesen war. Da der Minister allerdings Gefahr lief, andernfalls vor seiner Familie entblößt zu werden, ging Yrrein eigentlich sogar fest davon aus, dass er die Wahrheit gesagt hatte.

Als endlich das Licht in den beiden Fenstern ganz links gelöscht wurde, wartete sie noch ab, bis eine Wolke die hellen Bruchstücke des Mondes verdeckte und zählte hundert Herzschläge ab, bis sich ihre Augen an das Dunkel gewöhnt hatten. Sie küsste ihren Finger, tippte an ihre Stirn und sprach ein stummes Stoßgebet an Din Vestro.

Mit einem Kuss auf die Stirn und einem Gebet auf den Lippen.

Dann stieß sie sich von der Wand ab und glitt mit den Lederschwingen zu dem linken Fenster hinüber. Sie wusste, dass jeder Atemzug kostbar war. Ihre Gegner waren schnell. Folglich hielt sie sich nicht damit auf, leise einen Mechanismus auszuhebeln, sondern nutzte den Schwung ihres Gleitflugs und trat das Fenster geradewegs ein.

Es klirrte, als das Glas auf dem Boden zerbarst. Yrrein erfasste den Raum. Sekretär, Waschtisch, zwei Betten. Aus einem schnellte eine Gestalt hoch und warf etwas nach Yrrein, das in der Holzwand hinter ihr steckenblieb.

Woher das schlanke Schwert kam, das der vormals Schlafende im nächsten Moment in der Hand hielt, wusste Yrrein nicht. Sie fuhr die Klingen aus, die durch Mechaniken unsichtbar an den Unterarmen angebracht waren und parierte die präzise geführten Streiche ihres Gegners. Ihren Unterarmklingen fehlte es an Reichweite und ihr Gegenüber war ein guter Kämpfer.

Verflucht, ich habe keine Zeit.

Ein weiteres Stoßgebet zu Din Vestro, eine Parade. Dann aktivierte sie die Mechanik, die aus ihrem linken Armschutz eine Miniaturarmbrust schnellen ließ und schoss, ohne zu überlegen. Der Bolzen traf oder streifte das Bein ihres Gegners.

Die Irritation reichte, damit Yrrein Wehklage vom Gürtel nehmen konnte. Die Skyldarklinge setzte sich zusammen und begann ihren unheilverkündenden Gesang.

Der Schakal fing sich wieder, schlug eine Mühle und wirbelte auf Yrrein zu.

Die duckte sich weg und parierte zwei Streiche in rascher Folge. Ihr Gegenüber drängte sie in eine Ecke des Raumes. Er schlug nun von oben her zu und traf erneut auf Wehklages Parade.

Ich brauche mehr Platz!

Yrrein deutete einen Ausfallschritt an, zog zurück und stach mit der Schwertspitze nach dem Schakal. Der wich nun seinerseits aus. Aber die Zimmerwand war bereits zu nahe und Wehklages Spitze bohrte sich in das Holz eines Balkens.

Nein!

Ihr blieb nichts übrig, als den Griff des Schwertes loszulassen und mit einer Hechtrolle an ihrem Gegner vorbeizuspringen. Doch war das Stockbett im Weg und sie kam nicht auf die Beine.

Nun drehte sich der Schakal um, stand über ihr und bedrohte sie mit seiner Schwertspitze. »Du hast einen Fehler gemacht, Mädchen. Wie kannst du ernsthaft glauben, einen Schakal von Jaerhella übertölpeln zu können?«

»Du hast einen Fehler gemacht … Junge!«, äffte sie seinen überheblichen Tonfall nach.

»Und zwar?«

Doch Yrrein hatte bereits die mechanische Feder an ihrem Unterarm aktiviert. Der Enterhaken ihrer Seilwinde schoss direkt ins Gesicht des Schakals. Reflexhaft wandte der Getroffene sich ab.

Dieser Wimpernschlag genügte Yrrein: Sie griff nach Glins Dolch an ihrem Gürtel und rammte ihrem Gegner den Dorn am Knauf in den nackten Fuß.

Die allerletzten Reste des Herrn der Träume entfalteten ihre Wirkung. Ihr Gegenüber brach bewusstlos zusammen und Yrrein dankte dem Gott mit der lächelnden Maske, dass sie in diesem Zimmer bloß einen der beiden Schakale angetroffen hatte, die hier untergebracht waren.

Sie nutzte das Seil einer der Winden, um den Mann zu verschnüren. Anschließend nahm sie das zweite Seil, machte den verpackten Schakal daran fest und schlang sich das andere Ende um die Hüften. Sie wuchtete das unförmige Paket aus dem Fenster, stemmte die Beine gegen den Rahmen und stöhnte leise, als ihre Fracht etwa anderthalb Mannslängen unter ihr mit einem Ruck hielt und nun in der Luft baumelte. Mit einem dritten Stoßgebet sprang sie selbst aus dem Fenster und breitete die Schwingen aus. Sie sackte nach unten. An einen langen Gleitflug war bei dem zusätzlichen Gewicht nicht mehr zu denken, aber sie schaffte es immerhin über die niedrige Mauer im Schatten eines Turmes und um dessen Ecke, bis sie schließlich unsanft zu Boden plumpste.

In Windeseile entledigte sich Yrrein der Rüstung und stopfte sie mitsamt der Seile in den großen Leinenrucksack, den sie unweit ihrer Landestelle deponiert hatte. Dann hievte sie den Mann hoch, der zwar jung und schlank war, aber trotzdem mehr wog als sie selbst. Sie besaß zwar die nötigen Muskeln – trotzdem brach ihr bereits auf den ersten Schritten der Schweiß aus. Sie hatte einen Arm des Schakals über ihre Schultern gelegt. Auf diese Weise einen Körper durch die Gegend zu schleppen, war unfassbar anstrengend. Doch es sollte den Eindruck machen, als ob der Schakal lediglich bis zur Besinnungslosigkeit betrunken wäre.

Sie musste es nur bis zu den billigen Kneipen der Hölzernen Bank schaffen, dort würde sie niemandem auffallen, wenn ein Sturzbetrunkener sich bei ihr aufstützte. Das Unabhängigkeitsfest begann morgen und die Stadt war zum Bersten voll mit Menschen, die aus allen Himmelsrichtungen nach Mosmerano gekommen waren, um sich hemmungslos zu betrinken. Eine Mietbarke oder eine Gondel zu finden, die sie gegen die passende Bezahlung bis zum Vorhof der Ewigkeit fahren würde, würde hoffentlich nicht allzu schwer werden.

Tausend Schritte waren es in etwa bis zu den ersten Ausläufern der Hölzernen Bank am Ufer entlang. Zweitausend, wenn man einen Schlafenden schleppen musste. Sie schwor sich, dass sie bei ihrer Rückkehr in den Blütenpalast ein ganzes Fass Wasser leersaufen würde.

3.

»Das ist tatsächlich einer der Schakale?«, wunderte sich Falk über den gefesselten jungen Mann, den Yrrein unsanft vor ihnen auf den Esstisch geworfen hatte. Schönheit saß auf der breiten Schulter des Priesters und beäugte neugierig, was Yrrein da angeschleppt hatte.

Im Schein der chemistischen Glühkugeln sah der junge Mann, der vor Yrrein auf dem Tisch lag, blasser aus, als man jemanden aus dem sonnigen Jaerhella eingeschätzt hätte – und außerdem jungenhafter, als Yrrein es von einem solchen Krieger erwartet hatte.

Wie alt mag er sein mit seiner blassen Haut, dem schwarzen Haar und dem Bartschatten an Kinn und Oberlippe? Achtzehn Namenstage? Neunzehn?

Es war egal, er war Teil dieser ganzen Misere, in die die Herbstgänger hineingezogen worden waren, und er würde seine Rolle in diesem Stück spielen müssen – auch, wenn diese nun sicher anders ausfiel, als sich der Junge vorher ausgemalt hatte.

»Ja.« Yrrein nickte.

Orleone hatte aus seiner Abneigung gegen Aurinius keinen Hehl gemacht. Im Gegenteil, Yrrein vermutete, dass der Minister sogar eine gewisse Befriedigung daraus gezogen hatte, dem verhassten Emporkömmling eins auswischen zu können. Der Marineminister war von Erzherzog Borgessa angewiesen worden, Quartiere für vier Schakale bereitzustellen. Vier weitere wohnten zu Aurinius' eigener Sicherheit im herzoglichen Palast. Sie wechselten sich in Schichten ab.

Nun aber ist einer von acht Schakalen hier bei uns in der Wohnung über dem Blütenpalast, dachte Yrrein. *Das heißt, dass wir schon wieder fort müssen. Sobald Aurinius von der Entführung des Schakals Wind bekommt, wird er hier auftauchen und uns fertigmachen.*

Madeire versuchte, den Jungen mit Riechsalz aufzuwecken.

»Du weißt, dass ich das ständige Umziehen echt satt habe«, kommentierte sie, während sie ihr Bestes gab, die Wirkung des Herrn der Träume bei dem Söldner verfliegen zu lassen.

Ihr und Falk war es zugefallen, ihr Hab und Gut in Taschen, Rucksäcke und Kisten zu verpacken. Die Götter allein wussten, wohin es sie diesmal verschlagen würde. Es gab keinen Ausweichplan für den Blütenpalast, kein Refugium, dessen Türen ihnen offen standen.

Endlich regte sich der Schakal unter einer Kaskade Backpfeifen, die Madeire ihm gab. Ein wenig mehr von dem Riechsalz beschleunigte den Prozess des Aufwachens zusätzlich. Er kam immer mehr zu Bewusstsein und schließlich weiteten sich seine Augen vor Schrecken, als er bemerkte, wie perfekt er von Yrrein verschnürt worden war.

»Guten Abend«, begrüßte die ihn.

»Sie sind die Frau mit den Flügeln, habe ich recht?«, argwöhnte er.

Falk musste grinsen. »Die Flederfrau, so so …«

Die Flederfrau. Yrrein verdrehte die Augen, stieß Falk sanft in die Rippen … und wurde dann schlagartig ernst.

»Es gibt da ein paar Dinge, die ich von dir wissen will«, sagte sie zu dem Krieger vor ihr auf dem Tisch.

»Ich sage nichts«, erwiderte der.

Yrrein ließ theatralisch den Kopf hängen. »So etwas in der Art hatte ich befürchtet. Aber ich fange trotzdem erst einmal mit den direkten Fragen an: Ihr Schakale haltet eine Freundin von mir gefangen. Fünfzehn Sommer jung, kann sehr gut klettern, ist ziemlich neunmalklug und außerdem rotzfrech.«

»Ich sage nichts«, wiederholte der Schakal.

Yrrein seufzte. »Du bist ein ziemlich hübscher Junge. Aber du kannst mir glauben: Das werde ich Stück für Stück ändern, wenn du mir nicht jede verdammte Frage, die ich dir stelle, zu meiner

Zufriedenheit beantwortest. Wir sind hier über einem der größten und besten Bordelle der gesamten Stadt und morgen beginnen die Feierlichkeiten zum Unabhängigkeitsjubiläum. Unter uns wird gerade eine Orgie gefeiert, die Evisandre vor Neid erblassen lassen würde. Kurz und gut: Du kannst so laut und erbärmlich schreien, wie du möchtest – es wird dich hier niemand hören.«

Sie wartete ab, ob das Gesagte einen Effekt auf den Gefesselten vor ihr haben würde. Der starrte immer noch voller Trotz zu ihr auf.

»Also gut«, fuhr sie fort und strich sich eine Strähne ihres vom Schweiß verklebten Haares aus der Stirn. »Ich weiß nicht, was du gerne tust im Leben. Vielleicht isst du gerne ein herzhaftes Stück gebratenes Fleisch. Vielleicht bist du gerne künstlerisch unterwegs, schreibst Gedichte oder machst Musik. Auf jeden Fall ist deine große Leidenschaft das Kämpfen – du bewegst dich leichtfüßig, weißt deinen Körper perfekt auszubalancieren und bist fingerfertig. Und wer weiß – vielleicht feierst du auch gerne Orgien wie jene, die gerade unter uns im Blütenpalast stattfindet. Aber: All das wird ein für alle mal vorbei sein, wenn ich mit dir fertig bin.«

Sie nahm eine Kneifzange in die Hand, begutachtete sie demonstrativ, legte sie zurück auf einen Stuhl und nahm stattdessen ein Skalpell und drehte es zwischen den Fingern.

»Vielleicht warst du ja sogar dabei, als der Magier meinen Freund Talmo zu Tode gefoltert hat. *Ich* werde dich jedenfalls nicht töten. Aber ich werde dafür sorgen, dass du Schmerzen leiden wirst. Jeden Tag, für den Rest deines Lebens. Die Augen öffnen, Nahrung zu dir nehmen, die Notdurft verrichten – alles wird entsetzlich weh tun. Du musst mich verstehen: Ich will meine Freunde in Sicherheit wissen – und ich tue, was immer dafür notwendig ist.«

13. KAPITEL

Die Ertrunkene Stadt

1.

Yrrein hatte gar nicht so weit gehen müssen, wie sie befürchtet hatte. Ja, sie hatte das Messer nicht bloß vorzeigen müssen. Aber sie hatte auch bei Weitem keinen blutigen Exzess anrichten müssen, wie sie befürchtet hatte.

Falk und Madeire hatten schnell den Raum verlassen wollen, als es losging. Doch Yrrein hatte sie gezwungen zu bleiben. Das hier war ihr gemeinsamer Krieg. Sie alle waren von Aurinius in ihn hineingezogen worden. Und sie alle würden gemeinsam zu Monstern werden – oder keiner von ihnen.

Aber dann war der Schakal auf einmal verblüffend gesprächig geworden. Sein Name war Ereshkan. Und das war nicht das Einzige, das er preisgegeben hatte.

Sollten seine Informationen falsch sein, hatten sie ihm unmissverständlich klargemacht, dass sie zurückkehren und diese Nacht zur längsten seines Lebens machen würden.

Während sie zu dritt durch die Straßen der Tempelinsel stapften, flehte Yrrein im Stillen zu Din Vestro, dass er bei seiner Schwester Illismea ein gutes Wort für sie alle einlegen würde.

Aber selbst, wenn die Todesgöttin meine Taten verdammt, wandere ich mit Freuden viele Jahre extra auf der Sonnenlosen Straße – wenn ich dadurch nur Sira retten kann.

Folter war kein gerissener Plan, kein ausgeklügeltes Vorhaben – aber Yrrein war eben auch kein Glin Melisma, der es auch dann noch fertigbrachte, ein Ass aus dem Ärmel zu zaubern, wenn er eigentlich nackt war.

So betraten Madeire, Falk und Yrrein die Ertrunkene Stadt. Die vom Krieg zerstörte Insel war der einzige Ort in Mosmerano, der wirklich heruntergekommen war. Wie stabil die Insel selbst war, wusste niemand – die Baracken und Häuser, die auf ihr standen, waren es zumindest nicht in nennenswertem Maße. Hier türmten sich Jahrhunderte der Armut und Improvisation Schicht auf Schicht übereinander. Niemand wusste, welche Fundamente noch aus amantinischer Zeit stammten und wo es vielleicht überhaupt keine Fundamente mehr gab. Alles war windschief und krumm, teils verlassen, teils von Menschen bewohnt, die so arm waren wie die Ratten, die in Mosmeranos Kanälen schwammen. Wer in dieser Stadt, die ansonsten so schön, poliert und glänzend daherkam, nach Verkommenem suchte – hier wurde er fündig. Es stank bis zu den Göttern und die Menge an Dreck stand der in den Armenvierteln anderer großer Städte in nichts nach. Straßenlaternen, die mit chemistischen Glühkugeln bestückt waren, gab es hier keine – nicht einmal welche mit Öl- oder Pechlampen oder gar billigen Kerzen. Die Nacht an diesem Ort wurde einzig durch den zerbrochenen Mond erhellt, dessen Scherben hoch oben ihre Bahn über das Firmament zogen.

Eine ehemalige Kriegerin aus den Arenen von Jaerhella und ein Priester, der in irgendeinem früheren Leben einmal ein Soldat in Diensten des Imperiums gewesen war, hatten an einem Ort wie diesem nachts jedoch nicht allzu viel zu befürchten. Hier gab es Reibereien und es ging sehr rau zu, aber Überfälle waren ohnehin selten an der Tagesordnung. Warum auch? Schließlich gab es hier niemanden, den es auszurauben lohnte.

Brücken gab es nur zwei, die in die Ertrunkene Stadt führten. Eine vom Amboss und eine direkt vom Vorhof der Ewigkeit aus.

Beide waren in bedenklichem Zustand und außerdem weit am Rand der jeweiligen Viertel gelegen. Von einer zur anderen führte die *Vergiftete Promenade* in einem weiten Bogen direkt durch das schäbige Viertel. Sie folgten der Straße, deren Jahrhunderte altes Pflaster teils gebrochen, teils von Dreck verschluckt war, und bogen an einem Platz, den man gemeinhin nur *Das Bettlerkarussell* nannte, in Richtung Nordufer ab.

Yrrein selbst trug die Greifenrüstung, Glins Wunderwerk, ihre zweite Haut. Falk hatte sich aus ihrem verkleinerten Fundus mit ledernen Armschienen und einem Buckler versorgt sowie mit mehreren Dolchen und Messern und dem einzigen geschärften Breitschwert, das sie neben den stumpfen Theaterwaffen besaßen. Madeire trug eine Armbrust und ein Beil, doch sie sollte sich zurückhalten. Die Schakale waren zu gefährlich, als dass man ihnen eine ungeübte Fechterin zum Fraß vorwerfen sollte.

Die wenigen Spelunken, an denen sie vorbeikamen, trugen Namen wie *Der einbeinige Kaiser, Die verdorrte Makrele* oder in Anspielung auf den Mond *Die zerbrochene Sonne.*

Das Haus, das sie letztlich fanden, lag am Ufer der Lagune. Es war grob aus Holz gezimmert, vermutlich auf den Ruinen älterer Gebäude errichtet. Oder es war mit ihnen zu etwas Neuem verschmolzen – wer konnte das schon sagen? Es gab zwei Stockwerke und ein achteckiges turmartiges Eckzimmer im Obergeschoss, in dem schwaches Licht brannte.

»Wie sollen wir vorgehen?«, raunte Falk.

Yrrein verzog das Gesicht. »Ich fange oben an und wenn jemand zur Vordertür hinauskommen sollte, hältst du ihn auf, bis ich dazustoße.«

»Wir sollen hier einfach warten?«, fragte Madeire.

»Besonders du solltest bitte hier warten! Halte die Armbrust schussbereit, alles andere ist zu gefährlich.«

»Na ja, die eine oder andere Fechtstunde habe ich am Theater auch absolviert.«

»Das hier ist aber kein Theater. Diese Schakale sind nahezu pervers gefährlich.«

»Alles hier ist pervers gefährlich. Was tun wir eigentlich, wenn die Schakale Sira etwas antun?«

»Noch etwas?«, fragte Falk. »Ich glaube nicht, dass sie noch weiter gehen. Überleg mal: Sira ist ihr Druckmittel, um uns zu etwas zu zwingen. Bringen sie sie um, haben sie nichts mehr in der Hand.«

»Dein Wort in Din Vestros Ohr«, murrte Madeire.

»Los jetzt!«, gab Yrrein das Kommando.

Vielleicht sollte ich die beiden umarmen … solange ich noch die Chance dazu habe?

Sie verwarf den Gedanken rasch und schoss einen ihrer Enterhaken hinauf und zog ihn fest, sodass er sich hinter einer Strebe des überstehenden Daches verkeilte. Dann betätigte sie den Federmechanismus und schoss hinauf zum Obergeschoss. Sie klinkte das Seil aus und sprang durch das breiteste Fenster in ein Zimmer. Zwei Sessel und ein Sofa standen hier, auf dem jemand schlief.

»Sira«, entfuhr es Yrrein, während die kleine Person sich langsam umdrehte und aus dem Schlaf räkelte.

Der Angriff kam von links aus dem Halbdunkel. Yrrein riss gerade noch rechtzeitig ihre Armschienen hoch. Der abgewehrte Schlag warf sie zurück außer Reichweite.

Ihre Gegnerin war eine Frau, etwa in ihrem Alter. Sie trug die typische wallende Uniform der Schakale, die kleinere Bewegungen verschleierte, hatte aber ihre Maske nicht aufgesetzt.

»Yrrein«, hörte sie Sira als Warnung schreien.

Doch Yrrein wusste, was sie tat – die Erinnerungen an Ereshkans geschmeidige Bewegungen waren noch präsent. Die Ausbildung der Schakale war überragend. Doch kannte man einen, kannte man alle anderen.

Yrrein zog Wehklage von ihrem Gürtel und auf Knopfdruck begann das Schwert, sich vor den staunenden Augen der Schakalfrau zusammenzusetzen, wobei es seinen klagenden Singsang im Innern anstimmte.

Das Schwert der Schakalin sauste heran und Yrrein wich zurück, nur um postwendend zuzustoßen. Es entbrannte ein tödlicher Tanz der beiden Frauen, über den hinweg Wehklage schaurig seine Weise von Tod und Vernichtung summte.

Den beißenden Schmerz nahm Yrrein zunächst bloß als kleines Ziepen wahr. Erst als sich die Kontrahentinnen für einen Augenblick voneinander lösten, spürte Yrrein, wie ihr das warme Blut von der Schläfe herablief. Sie hatte jedoch keine Zeit um nachzufühlen. Die Schakalin ging erneut auf sie los.

Yrrein ging in die Offensive, mobilisierte ihre Reserven und deckte ihre Gegnerin mit schnellen Schlägen ein, die diese rückwärts zwangen.

Es war Sira, die den Kampf beendete. Die junge Akrobatin war mit einer langen Kette an der Wand festgeschmiedet – und zog sie im richtigen Augenblick straff. Die Schakalsoldatin sprang zwar darüber, kam jedoch aus dem Tritt. Und Wehklage gab ein saugendes Geräusch ab, als sich die Spitze seiner Klinge in den Hals der Frau bohrte. Yrrein riss das Schwert blitzschnell zur Seite. Die Schakalin ging mit einem erstickten Laut zu Boden, während aus ihrer Kehle Blut sprudelte.

»Es gibt zwei von denen hier«, sagte Sira.

Yrrein nickte knapp. »Ich weiß.«

»Dein Ohr!«

»Scheiße!« Yrrein fluchte, als sie mit der Hand an die Wunde langte. Blut verklebte ihr die Finger und es brannte.

Aber der Schmerz machte sie auch wach. Denn es war noch nicht vorüber.

Wehklage fing wieder an zu summen, als sie den Flur des Obergeschosses betrat. Doch dann hörte sie von unten eine Tür zuschlagen und Falk draußen vor dem Haus brüllen. Yrrein wusste augenblicklich, was geschehen war: Der andere Schakal hatte die

Falle vor seiner Haustür gewittert und wollte die anderen unschädlich machen, solange Yrrein hier oben beschäftigt war.

Sie sprintete zurück in das Zimmer und war mit einem Satz aus dem Fenster, faltete die Lederschwingen auf und riss den Schakal um, der den knienden Falk bedrängte.

Madeire zielte auf den Schakal am Boden und ein Bolzen schoss ihm in die Seite. Falls das den Kämpfer beeinträchtigte, ließ er es jedenfalls nicht erkennen. Yrrein drängte sich zwischen ihn und Falk und trat nach dem Mann, doch der rollte beiseite und kam wieder auf die Füße.

»Verschwinden Sie!«, grollte ihr Gegner, ein gestandener Mann mit Glatze und geflochtenem Kinnbart. »Sie können es nicht mit dem Magier aufnehmen.«

»Was für eine lächerliche Drohung«, presste Falk hinter Yrrein zwischen den Zähnen hervor. »Der Magier ist nicht hier und Sie sind in der Unterzahl. Lassen Sie doch stattdessen einfach von uns ab.«

»Sie können dieses Spiel nicht gewinnen«, warnte der Schakal.

»Möglich«, stöhnte Falk. »Aber wir können Sie gehörig beim Gewinnen nerven.«

Mit diesen Worten warf er sein Schwert mit aller Kraft auf den Mann und im selben Moment schoss Madeire einen zweiten Bolzen. Der Schakal schlug Falks Schwert mit der eigenen Klinge aus der Luft und wich dem Bolzen aus.

Doch mit Schönheit rechnete er nicht. Die Grille hatte ihn pfeilschnell angesprungen und ihm eines ihrer drahtigen Beinchen ins Auge gestochen. Der Mann musste unwillkürlich zucken und schlug mit der Hand nach dem Insekt. Dieses Mal konnte der Schakal nicht ausweichen, als Yrrein die Miniaturarmbrust an ihrem Handgelenk abschoss und der Bolzen traf ihn in die Wange.

Er schrie vor Schmerz auf und Wehklage gantwortete mit einem boshaften Summen, als Yrrein auf ihn losging. Der Schakal vermochte zwar noch Wehklages ersten Streich abzulenken, doch auf die folgende Pirouette konnte er nicht mehr reagieren. Singend und schmatzend hieb Wehklage in die Seite seines Schädels. Der Mann erschlaffte augenblicklich. Sofort ging Yrrein vor Falk in die Hocke. Der Priester hatte einen tiefen Schnitt im Oberschenkel, aus dem mehr Blut strömte, als gut war.

Madeire reagierte blitzschnell, riss den Gürtel von ihrer Hose und Yrrein band damit das Bein ab.

»Lass das«, knurrte der Priester. »Du blutest selbst wie abgestochen.«

»Ich sterbe nicht.«

»Dein Ohr!«

Yrrein kämpfte eine Träne weg. »Ist wenigstens noch etwas davon da?«

»Ja, aber nicht mehr alles.« Falk riss nun im Sitzen mit seinen Pranken einen Hemdärmel an der Schulter ab. »Hier!« Er reichte Madeire den Stoff. »Mach ihr eine verdammte Kompresse.«

»Lass mich«, fauchte Yrrein.

»Nichts da!«, entgegnete Madeire. »Glin bringt uns um, wenn du uns umkippst.«

»Bitte!«, flehte Madeire.

Da gab Yrrein nach, nahm ihr den Ärmel ab und reichte ihn Falk. »Madeire soll Sira endlich da rausholen. Falk verbindet mich.«

Erst als Sira bei ihnen unten war und sie sich in die Arme fielen, ließ auch die Anspannung ein Stück weit nach. Sie hatten die einmalige Chance genutzt, die sich in dieser Nacht geboten hatte, und hatten den Fluch gebrochen, der über ihnen allen lag. Yrrein spürte, wie ihr die Tränen über das Gesicht liefen. Und sie war heilfroh, dass diese von Siras Haar aufgesogen wurden – und niemand sie sah.

2.

»Ahhhh!«

Es tat höllisch weh, als sie Yrrein die Wunde ausbrannten. Sie hatte sich den Verband zwischen die Zähne gesteckt und biss darauf.

Die untere Hälfte ihres Ohrs fehlte.

Falk versorgte das Ohr mit allem, was sein Medizinköfferchen hergab. Viel war das nicht, hatten sie sich doch bislang immer auf Shalimos Fähigkeiten als Apotheker des Ensembles verlassen können.

»Keine schöne Sache das«, brummte der Priester, dem sie kurz zuvor selbst den Schnitt am Bein ausgebrannt und ihn genäht hatten. Falk hatte nicht ein einziges Mal gezuckt, obwohl die Schmerzen grässlich sein mussten. Yrrein rechnete ihm diese Tapferkeit hoch an. Sie selbst konnte das nicht und jammerte sich die Seele aus dem Leib.

Bevor Madeire ihr einen großzügigen Verband anlegen konnte, verschwand sie in ihrem Zimmer und sackte auf den Stuhl vor dem Schminktischchen.

Sie entzündete zwei chemistische Glühkugeln. Langsam, ganz langsam hob sie den Kopf, blinzelte, blickte in den Spiegel vor ihr.

Ihr Haar glänzte von getrocknetem Blut. Sie wusch es, so gut es ging.

Doch auf ihre Züge wollte sich keine Anmut mehr legen.

Ein halbes Ohr, dachte sie. *Eigentlich ein fairer Preis, dafür dass Sira wieder in Sicherheit ist.*

Sie betastete das pochende Ohr. Der Schnitt zog sich noch über die Schläfe, Madeire hatte ihn genäht. Was die Arena in Jaerhella über Monate nicht geschafft hatte – ihr eine ernsthafte Verletzung zuzufügen – das war den verdammten Schakalen gelungen.

»Scheiße!«, brüllte sie, schnellte hoch und warf den Schminktisch um. Wasser spritzte, der Spiegel splitterte.

Sie versuchte, ruhiger zu atmen.

Ich wollte es so. Ich habe es immer darauf angelegt, dass so etwas eines Tages passieren könnte. Es fühlt sich verdient an. Und trotzdem macht es nichts besser.

Das Leben, vor dem sie geflohen war. Der Mord aus Rache an jemandem, der es nicht verdient hatte, am Leben zu bleiben. Das Wissen um die verletzten Seelen derer, die sie in Belynth zurückgelassen hatte. Alles zog an ihr vorbei.

Sie hob eine der größeren Scherben auf und betrachtete sich erneut.

Es gibt nichts Besseres als das hier. Als diese Leute hier, für die ich mein Leben geben würde. Mir hätte nie etwas Besseres passieren können.

»Sieh es endlich ein, Yrrein!«, schrie sie ihr Spiegelbild an. »Sieh es ein!«

Sie pfefferte auch die Scherbe in die Ecke und spürte die heißen Tränen ihre Wangen hinunterlaufen.

Nun selbst nicht mehr unversehrt zu sein, bei all dem Leid, das sie angerichtet hatte … vielleicht war es verdient – aber es machte nichts ungeschehen.

Niemand kann dir vergeben, außer du selbst. Das hatte Talmo ihr vor Jahren gesagt.

Noch ein Versuch, ruhiger zu atmen.

Ein.

Aus.

Es ging.

Langsam.

Das Ohr pochte wie verrückt.

Sie riss einen langen Streifen des Bettlakens ab und bandagierte ihren Kopf fest.

Dann krempelte sie die Ärmel hoch und verließ das Zimmer. Es gab noch viel zu tun heute Nacht.

3.

Yrrein verfrachtete mit Madeire zusammen mehrere Kisten und Säcke sowie Falk und Sira in eine nächtliche Mietbarke und schafften sie zur *Kupferfeder*, einem Gasthaus auf der *Insel der Tore*. Sie bestachen den Wirt – einen rotgesichtigen Fettwanst –, sodass sie zunächst ihr Hab und gut in einem abgeschlossenen Vorratsraum unterbringen konnten. Einige völlig durchgelegene Matratzen gab es als Dreingabe. Für morgen versprach der Dicke ihnen jedoch zwei Zimmer, was in der von Besuchern überschwemmten Stadt kurz vor dem Unabhängigkeitsfest eigentlich unmöglich war – außer natürlich, man legte eine Summe auf den Tisch, die ein praktisch denkender Gastwirt unmöglich ausschlagen konnte, und schröpfte damit weiter unnachgiebig die eigene Barschaft.

Den geschundenen Ereshkan, der völlig erledigt war, legten Yrrein und Madeire in einem dunklen Winkel hinter dem Paiendratempel ab, unweit des Blütenpalastes. Die Brüder und Schwestern der barmherzigen Mutter würden sich seiner annehmen, wenn man ihn am Morgen fände.

Dann schilderte Yrrein der altgedienten Schauspielerin, was sie vorhatte. Madeire wollte Einwände geltend machen.

Doch Yrrein schmetterte ab. »Wir müssen Glin finden – wir können ihn nicht einfach im Dunkeln tappen lassen, jetzt, da wir spontan auf eigene Faust gehandelt haben.«

»Was ist, wenn Aurinius vor ihm in den Blütenpalast kommt? Wer beschützt *dich* dann vor ihm? Du kannst nicht erst Sira retten und dann selbst zur Geisel des Magiers werden.«

»Ich werde ihm keine Gelegenheit dazu geben.«

Madeires Blick fixierte sie. »Was willst du tun? Dich vorher in dein eigenes Schwert stürzen?«

»Nein, überleg doch mal – Aurinius müsste einen ziemlichen

Radau veranstalten, bevor er überhaupt zu unserer Wohnung durchkäme.«

»Er könnte durch das Fenster kommen. Das kannst du mit dieser feschen Greifenrüstung doch auch.«

»Ich denke nicht, dass er das kann. Dazu müsste er wissen, durch welches Fenster er kommen muss. Nein, ich bekomme vorher eine Chance unterzutauchen.«

Madeire musterte sie von oben bis unten. »Dass du in keiner guten Verfassung bist, weißt du hoffentlich? Du hast heute Nacht unfassbar viel geleistet und siehst aus, als hättest du das Sieben-Tage-Rennen von Tarsica nach Ittrico hinter dir. Bist du sicher, dass du nicht einfach zusammenklappst und einschläfst, wenn du dich irgendwo zum Warten hinsetzt?«

»Sie schenken Kaffee an den Theken des Blütenpalastes aus.«

Die Schauspielerin seufzte. »Dann komme ich mit.«

»Nein, bitte nicht. Jemand muss sich um Falk und Sira kümmern. Und jemand muss sie obendrein von hier fortschaffen, wenn ich oder Glin oder wir beide tatsächlich nicht bis morgen auftauchen.«

Madeire setzte an, brachte dann aber kein weiteres Wort hervor. Stattdessen nahm sie Yrrein in den Arm und drückte sie. »Pass auf dich auf, du blöder Dickschädel.«

»Pass auf Sira auf!« Dann entschwand sie schnellen Schrittes durch die Straßen und Gassen der Stadt, blinzelte die Tränen aus ihren Augenwinkeln weg und redete sich ein, dass diese nur ein Zeichen ihrer Müdigkeit wären.

Diejenigen, die für die extravaganten Zuwendungen und Genüsse des Blütenpalastes bezahlten, schienen unter so etwas Profanem wie Müdigkeit nicht zu leiden.

Während sich Yrrein beim Betreten des Lusttempels zum Umfallen müde fühlte, waren die Kunden und ihre Triebe immer noch hellwach.

»Darf ich fragen, was dort oben vor sich geht?«, fing Illistra

Yrrein ab, bevor diese sich zu einer der Theken und damit zu einem lebensrettenden Kaffee durchgeschlagen hatte.

»Wir ergreifen Vorsichtsmaßnahmen«, erwiderte sie tonlos.

»Wie beruhigend«, blaffte Illistra sie an. Im bunten Halblicht des rauchgeschwängerten Salons erschien ihr Gesicht zwischen den dichten, sich kräuselnden Locken wie ein düsteres Porträt. Sie deutete vielsagend auf die Bandage um Yrreins Kopf. »Ich habe doch gesagt, dass ich keinen Ärger will in meinem Haus. Das sieht danach aus, als gäbe es Ärger.«

Yrrein konnte es nicht fassen. »Was haben Sie eigentlich? Sie haben einen Haufen Silber bekommen und Sie wussten ganz genau, dass wir uns mit einem Drecksmagier anlegen. Sie haben eingewilligt. Also wo ist Ihr verdammtes Problem?«

»Ich habe euch die Wohnung überlassen, weil ich Madeire einen Gefallen schuldig war.«

»Das kann ja kein großer Gefallen gewesen sein, wenn Sie so viel Silber dafür genommen haben, dass man die Wohnung noch mal neu einrichten könnte.«

In Illistras Augen spiegelte sich Geringschätzung, aber Yrrein war mit einem schnellen Schritt so nah an die Bordellbesitzerin herangetreten, dass ihre Nasen nur noch ein Fingerbreit trennte. »Wagen Sie es nicht, uns Ärger zu machen!«

Illistra wich unwillkürlich einen halben Schritt zurück und Yrrein konnte in ihren Augen lesen, wie sie dieses kurze Zeichen der Schwäche ärgerte. »Ich könnte meinen Türstehern einfach befehlen, Sie zu filetieren«, schnaubte sie.

»Dann machen Sie sich Glin Melisma zum Feind«, knurrte Yrrein. »Geben Sie Glin einen Grund und er wird von diesem Palast hier jeden Stein abtragen, sich darauf erleichtern und ihn in der Lagune versenken.«

»Der dürre junge Mann, der so viel plappert? Sie erzählen Blödsinn, Mädchen.«

»Überlegen Sie: Hätte die berühmte Madeire Kuska ihre glänzende Karriere weggeworfen, um sich einer schlichten fahrenden Theatertruppe anzuschließen? Und glauben Sie ernsthaft, so eine Truppe könnte einfach so Ihre unverschämte Miete zahlen, Illistra? Nein, Sie haben gewusst, wie hoch die Einsätze in diesem Spiel sind. Und jetzt bekommen Sie Angst.«

Illistra schnaubte. »Gut. Sie haben noch drei Wochen und zwei Tage.«

»Wunderbar«, zog Yrrein einen Schlussstrich. »Und jetzt lassen Sie mich verdammt noch mal einen Kaffee trinken.«

Sie gönnte Illistra kein weiteres Wort und begab sich zum nächsten Tresen. Die Wut hatte sie wieder wachgemacht, einen Kaffee würde sie trotzdem trinken. Plötzlich wünschte sie sich, Aurinius würde hier auftauchen und den gesamten Blütenpalast in Schutt und Asche legen.

Sie hasste es, sich wortreich mit Leuten streiten zu müssen. Das war immer Glins Part gewesen, der viel besser mit Worten war als sie. Das einzig Positive, was sie dem Schlagabtausch mit Illistra Gaon abgewinnen konnte, war die Erkenntnis, dass Tito Orleone offensichtlich nicht wie ein heulendes Blag, dem man ein Bonbon weggenommen hatte, zu der Bordellbesitzerin gerannt war und Yrrein verpetzt hatte. Das Medaillon wirkte als Druckmittel nach wie vor.

4.

Trotz des mittlerweile dritten Kaffees, den ihr der Mann in der ärmellosen Lederweste an der Theke als besonders starke abitreijische Röstung angepriesen hatte, wurde es in den frühen Morgenstunden schwer, den Eingang des Blütenpalastes wachsam im Auge zu behalten. Yrreins Ohr schmerzte und ihre Lider wurden bleischwer. Sie hatte sich wieder auf ihren Posten auf der Galerie zurückgezogen, in einen Sessel, der so weich und flauschig war, dass es schon beinahe wieder ekelerregend war. Illistra Gaon hatte sie nicht weiter behelligt. Allerdings hatte sich die Herrin des Blütenpalastes auch nur noch einmal im Salon blicken lassen und Yrrein einen Herzschlag lang mit einem Blick wie aus nadelspitzen Eiszapfen beschossen.

Einschlafen ist tabu.

Ich. Darf. Nicht. Einschlafen!

Jetzt umso weniger, da ich nicht nur vor Aurinius auf der Hut sein muss, sondern auch vor Illistra.

Der Magier jedoch konnte nur einen einzigen Eingang benutzen, während Illistra theoretisch jeden Winkel ihres Reiches in- und auswendig kannte und sie im Zweifelsfall auch überraschen konnte. Doch hätte Yrrein wetten müssen, hätte sie darauf gesetzt, dass die Bordellbesitzerin im Grunde froh war, wenn sie unterm Strich ihre Ruhe vor den Herbstgängern hatte.

Einen Augenblick glaubte Yrrein schließlich, sie würde halluzinieren: Dort betrat jemand Schlaksiges das Bordell in Begleitung einer jungen Frau mit auffallend hellem Haar.

Doch Schönheit pellte sich augenblicklich aus Yrreins Kragen und flog in mehreren Sätzen als silberner Pfeil von der Balustrade, erst zum Treppengeländer, dann zu einer Rankenpflanze und über einen großen Blumenkübel, um direkt auf Glins Schulter zu landen.

Er ist es tatsächlich!

Yrrein ging eiligst die Treppe hinunter und durch das abebbende Gewirr aus Körpern hin zu ihrem Freund und Pläneschmieder. Alle Müdigkeit war mit einem Schlag wie weggeblasen und sie fiel Glin unbeherrscht um den zu dünnen Hals.

»Allen verfluchten Göttern sei Dank«, hauchte sie. »Die müssen heute Nacht wirklich alle sieben einen Narren an uns gefressen haben.«

Nach einem Wimpernschlag des Zögerns erwiderte Glin die Umarmung, bis Yrrein aufging, dass sie länger und intensiver wurde als beabsichtigt. Aber es war tatsächlich alles gut gegangen in dieser Nacht. All ihre geflickschusterte Improvisation hatte zu einem guten Ende geführt.

»Was ist mit deinem Kopf?«, flüsterte Glin.

»Nichts Wichtiges. Wir haben Sira wieder!«

Glin löste sich von ihr und musste sich schütteln, als ob ihm jemand ein Glas Wasser ins Gesicht gegossen hätte. »Wie bitte? Sag das noch mal!«

So schnell sie konnte, erzählte sie ihm das Wichtigste. Ein Leuchten trat in seine Augen und noch bevor sie alles in den gröbsten Zügen geschildert hatte, hatte er wieder seine langen, schlaksigen Arme um sie geschlungen. Sie wehrte sich nicht. Ganz im Gegenteil. Wärme durchflutete ihren Körper – das Gefühl, der eigenen Heimat nahe zu sein.

»Das ändert alles!«, sagte Glin schließlich mit einem Lächeln, das Yrrein beinahe zu Tränen rührte.

»Was heißt hier *Das ändert alles?*«, meldete sich die Frau, die mit Glin gekommen war, zu Wort. »Ich hoffe, das ändert nichts an den zweitausend Steli.«

Glin stöhnte und wandte sich um. »Daran sicher nicht.«

»Du hast mir nicht gesagt, dass es da jemanden gibt, der sich so honigsüß schmachtend nach dir verzehrt, Glin«, merkte die Frau mit dem wilden Haar an. Sie musste die Magierin sein. »Das hätte mich vielleicht ein wenig schneller davon überzeugt mitzukommen.«

Glin seufzte. »Das ist Fenja Vannagren, Magierin, frisch entflohene Gefangene. Yrrein de'Faey, verteilt die kräftigsten Tritte.«

»Herzallerliebst.« Fenja reichte Yrrein die Hand. Mit der anderen deutete sie auf den Verband. »Offenbar steckt sie auch kräftige Tritte ein.«

»Hallo.« Yrrein drückte Fenjas Hand wenig begeistert und musterte die Magierin. Genau wie Glin trug sie einfache und dünne Kleidung – abgesehen von den Stiefeln, die wohl zu einer Marineuniform gehören mussten. Ihre Augen waren … besonders. Soweit Yrrein im rauchigen Halbdunkel des Blütenpalastes erkennen konnte, hatten sie zwei verschiedene Farben. Und sie loderten förmlich vor Spott.

»Hast du die nicht vorhin erst aus dem Kittchen geholt?«, fragte Yrrein irritiert.

Glin zuckte mit den Schultern. »Ja, aber die Götter haben bei ihr etwas vergessen einzubauen. Wie nennt man das noch gleich? Ach ja, ich weiß: Dankbarkeit.«

»Ich glaube nicht an eure Götter«, entgegnete die Magierin.

»Selbst, wenn man bloß an große geröstete Tintenfische glaubt, könnte man trotzdem dankbar sein«, schoss Glin zurück.

»Ich glaube, du bist jetzt überflüssig«, meinte Yrrein schließlich, um das Geplänkel zu unterbinden. Bei den Göttern, warum konnte das rotzfreche Stück nicht einfach die Freiheit nehmen, die es bereits geschenkt bekommen hatte, und von dannen ziehen? »Wir haben unsere Freundin wieder, also brauchen wir dich nicht mehr.«

»Moment«, ging Glin dazwischen, bevor die Magierin mit ihrer vergifteten Zunge etwas Freches erwidern konnte.

»*Moment?*«, fragten Yrrein und Fenja zeitgleich.

»Ich brauche Fenja noch.«

Yrrein spürte, wie sich etwas in ihr zusammenzog. »Wofür denn?«

»Glaubst du, ich lasse Aurinius einfach so davonkommen?«

Yrrein stutzte. Sie glaubte, sich verhört zu haben. »Willst du mich eigentlich für dumm verkaufen, Glin Melisma? Ich habe dir doch gerade erzählt, dass wir Sira zurückhaben. Und du denkst allen Ernstes noch an Rache? Nachdem dir dieser verdammte Magier mehr als einmal gezeigt hat, wo es lang geht?«

Ich fasse es nicht!

Yrrein war kurz davor, inmitten des Blütenpalastes auf Glin loszugehen. Wie konnte dieser Idiot noch etwas anderes im Sinn haben, als dass sie endlich alle mit heiler Haut diese von den Göttern verfluchte Lagunenstadt verlassen konnten?

Doch Glin war schneller und trat dicht an sie heran. »Lass uns bitte rausgehen dafür. Nicht, dass jeder hört, was wir zu reden haben. Ich möchte auch zu Sira und Falk und Madeire.«

Sein Gehabe machte sie wütend. Sie blickte sich ein letztes Mal um und ihre Blicke kreuzten die von Illistra. Dann folgte sie Glin und Fenja hinaus.

Sie hörte, wie Glin die Magierin beschwichtigte. »Du bekommst dein Geld. Allerdings wirst du dafür hart arbeiten müssen. Ich verschenke nicht einfach so Steli.«

Von wegen, dachte Yrrein. *Du könntest der Kleinen lieber gestehen, dass wir kaum noch Steli haben.*

Draußen gingen sie auf der Promenade nach Norden. Aber schon nach wenigen Dutzend Schritten hielt Yrrein es nicht mehr aus.

»Was soll das? Soll das unsere Rache sein?«, fuhr sie Glin an. »Der Magier hat bewiesen, dass er uns überlegen ist.«

»Hm«, machte Glin. »Du willst also Aurinius einfach so davonkommen lassen? Nach allem mit Shalimo und Talmo? Hast du nicht das Gefühl, den beiden irgendetwas schuldig zu sein?«

»Glaub mir, ich würde Aurnius am liebsten bei lebendigem Leib die Haut von den Knochen schälen wegen dem, was er uns angetan hat«, zischte Yrrein. »Aber ich sehe keine Chance dazu.«

»Ich sehe die Chance«, raunte Glin, ohne stehen zu bleiben. »Jetzt, da er Sira nicht mehr als Druckmittel einsetzen kann, haben wir die Chance.«

Das war zu viel. Yrrein riss ihn am Ärmel herum. »Du kannst dir doch nicht von deinen Rachegelüsten den Blick vernebeln lassen«, schrie sie ihn fassungslos an. »Du trägst Verantwortung, Glin Melisma. Sira darf so etwas nicht noch einmal passieren. Keinem von uns.«

Sie schniefte und spürte, wie sich ein trotziger Kloß in ihrem

Hals bildete. Das konnte doch alles nicht wahr sein. Mit dem Ärmel wischte sie sich Rotz und Tränen aus dem Gesicht.

Dann spürte sie Glins Finger an den Wangen, wie er ihr Gesicht in beide Hände nahm und sie sachte zwang, ihm in die Augen zu sehen, auf einmal ganz dicht vor ihren eigenen.

»Ja, ich trage die Verantwortung, Yrrein«, sagte er, während er selbst mit seiner Stimme zu kämpfen hatte. »Und gerade deshalb müssen wir Aurinius ausschalten. Dieser Magier vergisst nicht. Er hat grausame Rache an Talmo geübt – für etwas, das Jahrzehnte her ist. Wenn er wütend auf uns ist, droht uns ständig Gefahr. Und euch Gewalt anzudrohen, ist ein Mittel, mit dem er mich zu allem bewegen könnte. Ich soll in diesen verdammten Tresor? Bitte! Ich soll ihm ein Stück des zerbrochenen Mondes vom Himmel stehlen? Nichts leichter als das! Ich soll Gibsabdrücke der Eier des Imperators in Vilsheil nehmen? Sag mir, wann ich aufbrechen soll!

Versteh doch, Yrrein, solange Aurinius euch bedroht, würde ich *alles* für ihn tun. Deshalb muss ich die Chance nutzen, die sich mir bietet.«

Yrrein sah, wie Glins Augen glänzten, wie die chemistischen Laternen und das frühe Morgengrauen in seinem Blick schwammen. Sie hatte bislang nicht darüber nachgedacht, dass es mitunter nicht ausreichen könnte, einfach davonzulaufen.

Bei den Göttern, ich war immer so gut darin davonzulaufen. Vor allem.

»Ich würde es auch alleine tun«, fuhr Glin fort, als sie nicht antwortete. »Ich würde euch falsche Namen und sichere Passagen ans Ende der Welt organisieren und hierbleiben, um den Magier zu beschäftigen, damit ihr –«

»Psst.« Sie legte ihm einen Finger auf die Lippen. »Ich habe verstanden. Ich … Es gibt wohl keinen anderen Weg.«

Glin nickte stumm und Yrrein stellte sich rasch auf die Zehenspitzen und gab ihm einen flüchtigen Stirnkuss.

»Ein Kuss auf die Stirn …«, sagte sie.

»… und ein Gebet auf den Lippen«, lächelte er zurück.

Die Worte machten Mut.

»Wenn ihr darüber verhandelt, meine Bezahlung zu erhöhen, könnt ihr euch ruhig noch etwas Zeit lassen«, tönte Fenja hinter Glin. »Andernfalls … Würde es euch etwas ausmachen, die privaten Kuschelstunden etwas zu verschieben, bis die Arbeit getan ist?«

Glin und Yrrein lösten sich voneinander.

»Also«, versuchte Yrrein so sachlich wie möglich zu klingen, »was schwebt dir vor?«

Glin zwinkerte ihr zu. »Zuerst muss ich wissen, wo genau die Schakale Sira versteckt gehalten haben.«

Yrrein hob die Augenbrauen an. Aber eigentlich wunderte sie sich nicht. Wenn Glin einen Plan fasste, kamen darin oft skurrile Anliegen vor.

INTERLUDIUM IV

Die flinkesten Finger der Welt

AUS TALMOS GESCHICHTE

Von Glin rekonstruiert anhand von Erzählungen und gefundenen Aufzeichnungen. Die Ereignisse des vorliegenden Abschnitts fanden statt in Abaste, der Hauptstadt des gewaltigen Wüstenreiches Abitreija. Im Jahre 999 nach Amantis. Vierzehn Jahre, bevor die Herbstgänger nach Mosmerano reisten.

1.

Es hatte die Herbstgänger nach Abaste verschlagen, der Hauptstadt von Abitreija. Die Stadt erstreckte sich auf beiden Seiten der Meerenge, die die Eingeschlossene See mit dem Opalmeer verband.

Nicht weit entfernt begannen die ersten Ausläufer der großen Wüsten und bereits hier war Sand so allgegenwärtig, dass Talmo sich Sorgen um die Funktionstüchtigkeit seiner mechanischen Bühne machte.

In der Stadt lag der weitläufige *Platz des Staubkönigs*. Neben Basaren und allerlei öffentlichen Wettkämpfen, durften hier auch Schausteller und fahrende Spielleute ihre Künste darbieten. Die mechanische Bühne stand am Rand des Platzes und das Ensemble führte allabendlich im Schein von chemistischen Laternen *Das letzte Licht* von Jasma Leoporta auf.

Talmo war auf seinem Weg zum Podest des Ausrufers am Markt, um das Stück ankündigen zu lassen. Er atmete die abendliche Frühlingsluft ein, sie roch nach Staub und Salz. Die Menschen drängten sich dicht an dicht und das Vorankommen war nicht leicht, dennoch genoss Talmo es. Das wechselnde Licht der bunten Stoffbahnen über den Ständen, die exotischen Gerüche, das nahe Meer, der Sand unter seinen Sohlen …

Und dann rempelte er aus Versehen jemanden an.

Der Junge, den er übersehen hatte, schrie auf, als Talmo ihm auf den Fuß trat, und versuchte noch, sein Gleichgewicht zu halten. Doch der Eimer mit Obstabfällen, den der Junge getragen hatte, war bereits ausgekippt und sie beide rutschten in der Lache aus. Jemand drittes stolperte im Gedränge hinein und dann eine vierte Person.

»Verfluchte Götter«, brüllte Nummer drei. Ein breiter und bärtiger Mann, der sich aufrappelte und nach dem Jungen trat. »Du dummes Stück Kamelscheiße. Du hässliches Kind einer Sandratte. Kannst du nicht aufpassen?«

Talmo hatte sich den Ellenbogen aufgeschürft und ärgerte sich über das Missgeschick, ging aber sofort dazwischen.

»Das reicht, Mann«, sagte er und schob den Bärtigen beiseite, damit er seinen Weg über den Platz fortsetzte. »Es ist ja nichts zu Bruch gegangen. Der Junge ist gestraft genug, wenn er alles wieder einsammeln muss.«

Der Mann wollte etwas erwidern, entschied sich jedoch kurzerhand um und ging grummelnd seiner Wege.

»Geht es dir gut?«, wollte Talmo von dem Jungen wissen. Das Kind war schmal gebaut, wirkte beinahe zerbrechlich.

»Danke, Herr«, stammelte der Kleine, stand unsicher auf und begann, die herumliegenden Bananen- und Melonenschalen aufzulesen.

»Sei in Zukunft einfach ein wenig vorsichtiger«, gab Talmo ihm noch mit, bevor er sich den hellen Staub von der Hose klopfte und durch die Menge in Richtung der Marktschreier weiterzog.

Als er mit gewohntem Reflex zu dem Anhänger unter seinem Hemd griff, ging ihm schlagartig auf, was soeben geschehen war.

Das in Gold gefasste Abzeichen der Mechanistengilde war verschwunden.

»Bei allen sieben dreckig grinsenden Göttern!«, entfuhr es ihm.

Talmo überlegte fieberhaft, wie er ausgesehen hatte. Das Gesicht hatte er noch einigermaßen vor Augen. Auch die Kleidung … ein einfaches helles Hemd. Ziemlich dünn war das Kind auf jeden Fall gewesen.

Er griff in seine lederne Umhängetasche und stellte erleichtert fest, dass ihm zumindest daraus nichts abhanden gekommen war. So schnell er konnte, rannte er über den Platz zur nächstgelegenen Seitengasse.

Die mit einer Feder betriebene Seilwinde hatte Talmo über den Winter entworfen, es hatte sich jedoch noch keine Gelegenheit ergeben, sie außerhalb des Theaters einzusetzen.

Er kletterte auf ein Fass, das in einer Ecke stand, und warf den am Seil befestigten Enterhaken hinauf, wo er am Rand eines Flachdaches Halt fand.

»Din Vestro, Herr des geschickten Diebstahls und aller gerissenen Pläne«, murmelte er ein leises Stoßgebet. »Wenn du irgendwo ein wenig Glück für deinen leichtsinnigen Diener Talmo erübrigen kannst … jetzt gerade würde ich mich über ein kleines Zeichen der Gunst echt freuen.«

Sich auf diese Weise Mut zuzusprechen, war albern, da der Junge gerade einen eleganten kleinen Diebstahl durchgezogen hatte und sich die Gunst des Gottes mehr verdient hatte. Aber Talmo musste sein Abzeichen wiederbekommen! Er umgriff die Winde fest mit beiden Händen und legte mit dem rechten Daumen das Hebelchen um, das die Feder entsicherte. Das Seil wurde in rasantem Tempo aufgerollt und Talmo flog die Hauswand hoch, an seinem Haken vorbei auf das Dach.

Sein Herz hämmerte.

»Danke«, murmelte er gen Himmel und spurtete los. Über die engen Gassen von einem Dach zum nächsten zu springen, war im dicht bebauten Abaste kein großes Kunststück.

Immer wieder spähte er auf den Platz des Staubkönigs hinunter, während er die breiten Brüstungen der Flachdächer entlanglief.

Wie, bei allen Göttern, soll ich einen kleinen Jungen inmitten von Hunderten –

Doch da war etwas.

Ein Junge kam aus einer der Seitengassen herausspaziert.

Talmo musste ein zweites, sogar ein drittes Mal hinsehen.

Tatsächlich, der kleine Bastard, der ihn mit dem Eimer zum Ausrutschen gebracht hatte – bloß ohne Eimer. Statt des Hemdes trug er nun ein grünes Wams und hatte die wuscheligen Haare mit viel Wasser glatt nach hinten gestrichen. In aller Seelenruhe schlenderte er zurück über den Platz und ging in die entgegengesetzte Richtung.

Talmo schnaubte teils vor Bewunderung, teils vor Erleichterung.

Der Kleine hatte wohl alles gut geplant. Er musste von dem Abzeichen gewusst haben und er hatte geschickte kleine Finger. Din Vestro war ganz sicher mit diesem kleinen Bastard.

Der Dieb in Talmo begann, eine Neugierde auf den Jungen zu entwickeln.

2.

Die Gegend war keine besonders gute. Der Dreck türmte sich in Ecken und Winkeln der Straßen, es stank erbärmlich und in den Hauseingängen lauerten finstere Gestalten. Als die Statik der Dächer weniger vertrauenerweckend wurde, war Talmo rasch über eine Markise hinabgerutscht.

Der Junge hatte ihn noch nicht bemerkt. Er hatte ein anderes Problem: Eine Gruppe verwahrloster Kinder hatte ihn umzingelt und auf dermaßen kreative Weise beschimpft, dass selbst Talmo staunen musste. Obwohl sie größer und in der Überzahl waren, rührte jedoch keiner den Jungen an. Talmo hatte bei dem Ganzen den Namen des Jungen mithören können: Glin.

Das Waisenhaus, hinter dessen Haustür der Junge verschwand, hätte unscheinbarer kaum sein können. Eines von Dutzenden in den ärmeren Vierteln der Stadt.

Als Glin die Tür hinter sich geschlossen hatte, wagte sich Talmo aus seiner Deckung und huschte hinüber. Er ignorierte den Türklopfer, trat einfach ein und erlebte sogleich eine Überraschung: Das Hausinnere sah überraschend aufgeräumt und sauber aus.

»Scheiße«, entfuhr es dem Jungen, der sich im Hausflur gerade des übergeworfenen grünen Wamses entledigte. Seine großen Augen verrieten echte Überraschung.

»Hallo«, grüßte Talmo ihn im Plauderton. »Ich habe ein Abzeichen verloren und dachte mir, du könntest mir vielleicht helfen, es zu finden.«

Talmo sah aus dem Augenwinkel, wie es metallen aufblitzte, und duckte sich instinktiv. Zu spät, er spürte einen Stich oder einen Schnitt an der Schläfe und schlug danach. Im Gegenangriff warf er mit der Winde nach dem Jungen, der ausweichen wollte, stolperte und mit dem Kopf gegen den rückwärtigen Türrahmen prallte.

Ein zweiter Messerangriff von der Seite. Talmo wischte reflexhaft mit seinem weiten Ärmel danach und etwas verfing sich darin. Doch es war gar kein Messer, sondern etwas völlig anderes: eine mechanische Grille, so groß wie Talmos Handfläche. Vorsichtig hielt er sie durch den Ärmel an den Hinterbeinen fest, denn sie wehrte sich nach Leibeskräften und hackte mit spitzen Fängen nach seinen Fingern.

Solch eine faszinierende kleine Mechanik war sehr selten. Sie war übersät mit den ganz typischen, nie entzifferten Symbolen: ein Skyldar-Artefakt.

»Lassen Sie sie in Ruhe!«, hörte er den Jungen, der sich hochrappelte. Seine Hose hatte einen Schnitt am Oberschenkel, aber die Verletzung darunter schien nicht besonders tief zu sein.

»Bitte«, sagte der Junge diesmal. Es klang flehend. Er hielt ihm ohne zu zögern das in Gold gefasste Abzeichen entgegen. »Bitte, lassen Sie sie in Ruhe. Sie können Ihren Anhänger wiederhaben. Aber tun Sie ihr nichts.«

Bevor der Junge es sich anders überlegte, fischte Talmo ihm das Abzeichen aus den Fingern. Dann ließ er die Beine der Grille los, die mit einem Satz zu dem Jungen sprang und sich hinter seiner Schulter versteckte.

»Wo hast du die her?«, fragte Talmo.

»Das wird er Ihnen nicht sagen«, dröhnte eine tiefe Männerstimme. Sie gehörte einem Mann, der in diesem Augenblick die Treppe zum ersten Stock herunterkam. Sein Blick war zugleich väterlich und unbarmherzig. Er war klein, aber hatte eine sehr breite Statur und kräftige Oberarme. Die ergrauten kurzen Haar- und Bartstoppeln verrieten schließlich, dass er nicht mehr zu den Allerjüngsten gehörte.

»Was tun Sie hier in meinem Haus?«, donnerte er.

»Talmo Melisma ist mein Name.« Er streckte dem Mann die Hand entgegen.

»Wie schön, dass Sie einen Namen haben«, entgegnete der, ignorierte Talmos dargebotene Hand und funkelte ihn an. »Finuel Bá lautet meiner. Und Sie werden sich sehr schmerzhaft an ihn erinnern, wenn Sie mir nicht augenblicklich erklären, was hier vor sich geht!«

»Ihr Junge – Glin, wenn ich den Namen richtig mitbekommen habe – hatte sich etwas von mir geborgt. Aber wir haben das bereits unter uns ausgemacht.«

»Das war nicht zu überhören«, meinte Bá und bedachte Glin mit einem bitterbösen Blick. Er deutete auf das Bein des Jungen. »Geh und lass den Kratzer versorgen!«

Dann wandte er sich wieder Talmo zu und knurrte. »Dieser Junge hat die flinkesten Finger der Welt. Aber wenn ich bloß einen Viertel Kupferspeso für jede Flause bekäme, die er sich ausdenkt, wäre dieses Waisenhaus ein Palast.«

Talmo musste unwillkürlich grinsen über Bás Bemerkung. »Das mit den Flausen trifft sich gut. Denn genau darüber würde ich gerne mit Ihnen sprechen.«

3.

Später, als es Abend geworden war – als die Vorstellung der Herbstgänger vorüber und die letzten Zuschauer gegangen waren – saßen Talmo und der Junge auf einer Kaimauer und blickten auf das Pastellmeer hinaus. Ein warmer Wind aus der Wüste wehte sanft durch die Stadt und trug die Düfte von Gewürzen mit sich, bis er im Hafen schließlich den Wald aus Segelmasten zum Schaukeln brachte. Die von Chemistikern betriebenen Straßenlaternen glommen überall entlang des Ufers auf – goldgelbe Punkte, die sich beinahe wie Perlen in die Kulisse der sandfarbenen Stadt einfügten.

Die mechanische Grille lugte aus der Brusttasche des frischen Hemdes, das Glin trug. Dann krabbelte sie heraus, klickte leise und strich sich über die Drähte, die ihr als Fühler dienten. Sie waren aus einer Legierung, deren Zusammensetzung nur die Skyldar kannten. Das ganze Tier war übersät mit bislang nicht entzifferten Schriftzeichen.

»Wo hast du die Grille eigentlich her?«, fragte Talmo leise. Er bewunderte das kleine mechanische Tier und sprach beinahe ehrfürchtig von ihr.

»Ich habe sie immer schon gehabt. Sie war bereits bei mir, als man mich als Säugling bei Finuel abgegeben hat.«

»Und er hat sie dir nicht weggenommen?«, wunderte sich Talmo.

Glin schüttelte den Kopf. »Nein. Sie hat sich immer gut versteckt – oder Finuel hat sie versteckt, wenn es nötig wurde. Und als ich größer wurde, hat er mich eindringlich gewarnt, sie niemandem je zu zeigen. Damit die Leute sie nicht stehlen.«

»Ein erstaunlich gütiger Mann«, meinte Talmo nachdenklich. Es war in der Tat ungewöhnlich. Er hätte gewettet, dass jemand, der wie Finuel Bá ein Haus voller Waisenkinder zu versorgen hatte, für jede Einnahmequelle dankbar war. Und für den Erlös einer solchen Skyldar-Grille hätte er seine ganze Bande jahrelang durchfüttern können.

Die Grille fuhr indes fort, sich zu putzen.

»Ich habe sie *Schönheit* genannt«, sagte Glin. »Weil sie sich immer sauber macht und oft ein wenig … eitel wirkt.«

»Schönheit«, sinnierte Talmo. »Das ist wirklich ein passender Name. Sie ist ja auch eine kleine Schönheit.«

»Und sie ist meine Freundin.«

»Sie hat dir oft geholfen, oder?«

»Immer mal wieder«, gab der Junge zu. »Aber das meiste haben Finuel und die älteren Kinder mir beigebracht. Stehlen, meine ich. Sie sagen, ich hätte besonders geschickte Finger. Schönheit habe ich nicht oft gebraucht. Sie hat ihren eigenen Kopf. Aber manchmal kann man sie auch um etwas bitten und sie tut es.«

»Verstehe.« Talmo nickte. Dieser Junge war so eigenartig, dass es schon beinahe an ein Wunder grenzte, dass er in einer rauen Stadt wie Abaste so lange unter Dieben überlebt hatte. Finuel Bá hatte sich den Jungen förmlich versilbern lassen. Talmo hatte tief in die Theaterkasse greifen müssen, um ihn mitnehmen zu dürfen. »Musstet ihr viel stehlen für Finuel?«

Glin zuckte die schmalen Achseln. »Jede Woche ein bisschen. Dafür hat Finuel uns aber auch Schreiben und Rechnen beigebracht und ein wenig Kochen und einige Benimmregeln der Kaufleute. Das hat das Stehlen leichter gemacht, weil man die Leute besser täuschen konnte.«

Talmo zog eine Augenbraue hoch. »Dieser Finuel wird in meiner Vorstellung immer ungewöhnlicher. Ihr passt gut zusammen. Ein ungewöhnlicher Waisenjunge und ein ungewöhnliches Waisenhaus.«

»Aber jetzt gehöre ich dir.«

»Bestimmt nicht.« Talmo packte ihn fest an beiden Schultern und sah ihm tief in die Augen. »Du gehörst *niemandem*, junger Glin. Din Vestro, der Behüter aller Diebe und Gauner sei mein Zeuge. Wenn du willst, darfst du mich begleiten, ich würde mich sehr darüber freuen. Ich würde dir alles beibringen, was ich kann. Aber ich besitze dich nicht, Glin. Kein Mensch besitzt einen anderen.«

»Dann gehe ich mit dir«, sagte er Junge ohne zu zögern.

Finuel hatte gesagt, Glin wäre ungefähr neun Namenstage alt, auch wenn er schmächtig war und aussah, als wären es höchstens sieben. An seiner Aufgewecktheit konnte Talmo erkennen, dass Finuel ihn nicht belogen hatte.

Diebe unter Dieben, dachte Talmo bei sich. Da bestahl ihn ein frecher Junge und er war auch noch so dumm und kaufte das Kind frei. Aus reiner Neugierde darauf, zu was für einem Steinchen im großen Mosaik der Welt ihn die Götter einst werden lassen würden.

14. KAPITEL

Zu früh

1.

Bei ihrem Umweg über die Ertrunkene Stadt hatten sie Fenja Vannagren am Bettlerkarussell zurückgelassen. Glin hatte nicht die Absicht, der Magierin den Aufenthaltsort der anderen Herbstgänger zu verraten – den er obendrein selbst noch gar nicht kannte. Da sie mit ihrer zweifelhaften Loyalität kokettierte und immerzu bloß auf das versprochene Geld aus zu sein schien, blieb ihnen keine andere Wahl, als dass sich ihre Wege vorübergehend trennten. Wer dem Meistbietenden folgte, war als Partner eben nur zuverlässig, solange man selbst jener Meistbietende war. Glin beschloss, Fenja eine noch bessere Bezahlung in Aussicht zu stellen. Er musste Aurinius jede Möglichkeit nehmen, ihm Fenja abspenstig zu machen. Dabei wusste er nicht einmal, wie er die zweitausend Steli auftreiben sollte, die er ihr bereits versprochen hatte.

Der Besuch in der *Kupferfeder* war kurz und emotional gewesen. Glin musste sich zusammenreißen, um pragmatisch zu bleiben und nicht einfach draufloszuheulen, als gäbe es kein Morgen. Sira hatte sich beinahe hysterisch in einen erschöpften Schlaf geweint, nachdem Madeire und Falk ihr von Talmo und Shalimo erzählt hatten. Dennoch war es für Glin ein beruhigender Anblick, wie die kleine Klettermeisterin mit schweißnassem Haar schlummerte.

Er vergewisserte sich, dass die übrigen Herbstgänger am Vorabend alles besorgt hatten, was sie benötigten. Dann zog er sich um und ließ sich über ihre verbliebene Barschaft aufklären.

Im Grunde gab es eine solche nicht mehr. Das Unterkommen in der Kupferfeder hatte fast den gesamten Rest geschluckt.

Überteuerte Miete im Blütenpalast, einige grundständige Vorräte an explosiver und betäubender Chemistik sowie einiger anderer Kleinigkeiten, das Beschaffen von Kostümen für das Unabhängigkeitsfest, die Bestechungsgelder zum Durchsickernlassen gewisser Informationen ... Das Geld war einfach weniger und weniger geworden. Und jetzt musste Falk zu einem Arzt, für dessen Dienstleistungen sie ebenfalls wieder eine unverschämte Summe würden berappen müssen, damit es schnell und diskret ging.

Als sie zusammenwarfen, kamen immerhin noch rund fünfzig Goldsaldi zusammen. Für einen armen Fischer oder Holzfäller war das ein Vermögen. Für das, was die Herbstgänger vorhatten war es ... ziemlich knapp bemessen, eigentlich sogar zu wenig.

Mist, dache Glin. *Ich habe im Grunde nichts, womit ich bei Fenja auch nur eine Bezahlung vortäuschen könnte.*

Sie einigten sich darauf, die Garderobe Stück für Stück zu verkaufen, um halbwegs flüssig zu bleiben.

Unsere Garderobe und Requisite! Unsere Heiligtümer! Din Vestro, ich hoffe, du weißt unsere Opfer zu würdigen.

2.

Als Glin wieder zum Blütenpalast gehetzt kam, war es kurz vor Sonnenaufgang.

Fenja empfing ihn übertrieben herzlich mit offenen Armen auf der Promenade. »Mein Held und Retter – und ich dachte schon, du hättest dich aus dem Staub gemacht, um mich um meinen Lohn zu prellen.«

Er fischte aus seinem Ärmel eine kleine, aber schwere Geldkatze und warf sie ihr zu. Geschickt fing die Magierin sie auf und öffnete sie.

»Das sind aber keine Silbersteli«, sagte sie mit einem dicken Grinsen.

»Goldsaldi«, entgegnete Glin. »Dreiunddreißig, um genau zu sein. Plus fünf Silbersteli. Macht den Gegenwert von fünfhundert Steli – zehn Prozent Anzahlung, damit du weißt, dass ich es ernst meine, und aufhörst, ständig hinter dem versprochenen Geld herzujammern.«

Außerdem ist es der größere Teil dessen, was wir überhaupt noch haben – und das bloß, um mir deine verdammte Loyalität zu sichern.

In Fenjas Augen stahl sich ein Glitzern.

»Außerdem habe ich beschlossen, deine endgültige Bezahlung noch zu erhöhen.«

»Noch mehr?«, fragte die Magierin.

Glin nickte. »Das hängt ein wenig von dem Erlös ab, den mir der Verkauf eines gewissen Gegenstandes einbringen wird.«

»Womit habe ich das denn verdient?«

Glin trat an sie heran und zauberte einen Goldsaldo hinter ihrem Ohr hervor, wie Gaukler es auf Jahrmärkten mit Süßigkeiten für Kinder taten. Fenja griff danach und Glin nutzte die Gelegenheit. Innerhalb eines Lidschlags hatte er ihr die Finger und den ganzen Arm nach hinten gebogen, sodass sie vor Schmerzen keuchte. Die Geldkatze landete auf den Pflastersteinen.

»Mistkerl«, entfuhr es ihr beinahe ohne Stimme.

»Ich kann dir sagen, womit du das alles verdient hast«, raunte Glin ihr ins Ohr. »Damit, dass du dich zusammenreißt und verdammt noch mal gute Arbeit machst. Denn nur dafür bekommst du am Ende diesen Haufen Geld: Indem du tust, was ich von dir will. Und hör bitte auf, dich für klüger und gewitzter zu halten als mich – du bist es nicht. Dich aus dem Kittchen zu holen, war nur ein kleines Kunststück für jemanden, der bereits Herzöge und

Grafen bestohlen und übers Ohr gehauen hat. Begehe nicht den Fehler, mich zu unterschätzen, Fenja Vannagren. Mein Vorschlag lautet also wie folgt: Du arbeitest für mich – das heißt, du tust, was ich will – und anschließend bekommst du eine Menge Geld dafür. Haben wir eine Abmachung?«

Fenja grunzte etwas, das Glin nicht verstand. Stattdessen drückte er fester zu, sodass die Magierin beinahe in die Knie ging – sie blieb nur deshalb stehen, weil ihr das Hinfallen vermutlich die Finger gebrochen hätte, die Glin fest umklammert hielt.

»Magierinnen brauchen ihre geschickten Finger genau so dringend wie Diebe. Diese Finger zu brechen, macht irgendwie keinen Spaß, weil man damit jemandes Lebenszweck zerstören würde«, warnte Glin sie. »Sag es noch mal laut und deutlich für mich: Haben wir eine Abmachung?«

»Ja, verdammt«, presste sie zwischen den Zähnen hervor. »Ja, wir haben eine Abmachung.«

Glin ließ los und endlich konnte Fenja sich auf die Knie fallen lassen.

Zuerst warf sie ihm einen bitterbösen Blick aus ihren verschiedenfarbigen Augen zu – doch dann ging dieser ganz langsam in etwas Schelmisches über.

»Alle Achtung, Glin Melisma«, sagte sie. »Ich wusste nicht, dass du schmalbrüstiger Kerl über solche Kraft verfügst. Ich mag Menschen mit verborgenen Talenten.«

»Das Beste an meiner hageren Statur ist, dass mich die Leute unterschätzen.«

»Ich denke, diese Lektion habe ich verstanden.«

»Gut«, meinte Glin und reichte ihr die Hand. Sie ergriff sie, zum Aufstehen – jedoch nicht ohne zuvor die Geldkatze von der Straße aufzuklauben.

»Allerdings hätte ich mir gewünscht, du hättest das schon begriffen, nachdem wir einfach so unbehelligt aus dem Stahlpalast marschiert sind.«

Fenja erwiderte nichts, sondern klopfte sich den Staub von der Hose. Dann folgte sie Glin in den Blütenpalast.

»Meodore«, begrüßte Glin den sehnigen Türsteher. »Vermutlich bekomme ich im Laufe der nächsten Stunden Besuch von jemandem. Würdest du ihn reinlassen? Er ist eine auffällige Erscheinung.«

»So ein Kerl mit roten Haaren, der barfuß läuft?«, fragte Meodore direkt zurück.

Glin stutzte. »Ja, genau der.«

»Der kam bereits vor einer halben Stunde hier an. Hat gesagt, er sei ein Kunde, hat artig eine Menge für den Eintritt bezahlt und sich absuchen lassen. Eigentlich ist das keine Uhrzeit mehr für neue Gäste – die meisten sind ja schon längst gegangen. Aber ich stelle auch keine Fragen. Jeder hat seine Vorlieben.«

Aurinius ist also schon da. Glin war sich nicht sicher, ob das gut war oder nicht. Auf der anderen Seite: Die Konfrontation mit ihm fand ohnehin früher oder später statt. Dennoch fing sein Herz an, schneller und lauter zu schlagen.

»Hatte er Begleitung?«, erkundigte sich Glin.

Meodore verneinte.

»Danke«, sagte Glin und passierte den Türsteher mit Fenja im Schlepptau.

Die eigene Nervosität sich nicht anmerken zu lassen, war leichter gesagt als getan. Einen Schritt zurück gab es jetzt allerdings nicht mehr. Schwäche zu zeigen, musste Glin jetzt unbedingt vermeiden.

»Arbeitsauftrag an dich«, sagte er zu der Magierin. »Was auch immer der Kerl anstellt: Beobachte es genau und erkläre mir später, wie es funktioniert!«

»Du hast ja Nerven«, murrte Fenja, doch Glin war bereits vorausgegangen, sodass sie ihm nachhetzen musste.

Ohne Umwege stieg Glin hinauf zur Wohnung, rauschte durch die Diele in das Esszimmer. Hinter ihm Fenja.

»Da kommen Sie ja doch hierher zurück«, begrüßte Aurinius ihn in seinem üblichen überschwenglichen Tonfall. Der Magier saß am Tisch und hatte sich offenbar auf dem kleinen chemistischen Herd einen Kaffee gekocht, dessen Aroma sich im Raum verbreitet hatte.

Glin ahnte, dass Aurinius ikonische Auftritte genauso liebte wie er selbst: hier alleine auf Glins Rückkehr zu warten, sich langsam erhebend, das feuerrote Haar zu einem Pferdeschwanz in den Nacken gebändigt. Der Magier wirkte beinahe wie aus einem Gemälde entsprungen.

Glin begegnete den seltsam goldenen Augen des Mannes.

»Mal wieder ohne ihre maskierten Schoßhunde unterwegs?«, nahm er die Konversation auf, unterdrückte seine Atemlosigkeit und legte eine Portion Überheblichkeit in die Stimme.

Der Magier schrieb blitzschnell etwas in die Luft und Glin wurde durch die Luft gestoßen und an die Wand neben der Tür gedrückt.

»Sie halten sich für so verdammt witzig«, knurrte Aurinius.

»Eigenartig«, erklang da Fenjas Stimme, die in diesem Moment den Raum betrat. »So etwas in der Art behauptet er sonst von mir.«

Ein Lächeln erschien auf Aurinius' Zügen. Glin fiel mit einem dumpfen Schlag zu Boden und nun wandte sich der Magier Fenja zu. Er machte flinke Bewegungen mit den Fingern, doch die junge Magierin konterte sie offenbar, denn es trat keine Wirkung ein.

Verwunderung stahl sich in Aurinius' Blick, wurde aber im nächsten Moment zu einem breiten Lächeln. Aus seinen Händen sprühten Funken, doch Fenja ließ sie verschwinden, bevor sie irgendwo Schaden anrichten konnten.

Glin war derweil dazu verdammt, auf dem Hosenboden sitzend dem magischen Duell zuzusehen. Ein gleißend roter Blitzstrahl entrang sich Aurinius' Händen und schoss einer zuschnappenden Giftschlange gleich auf Fenja zu. Die machte eine fließende Fingerbewegung und schien den Blitz aufzufangen, der so eine Weile als zuckendes und leuchtendes Band zwischen ihnen in der Luft schwebte. Es wirkte wie ein knisterndes und zischendes Kräftemessen zwischen den beiden, das Fenja schließlich verlor, worauf sie zurückgeschleudert wurde.

Doch noch bevor sie zu Boden ging, hatte Aurinius sie mit seiner Magie aufgefangen und katapultierte sie durch den Raum. Eines der großen Fenster schwang auf und er ließ Fenja kopfüber davor in der Luft schweben, die Haare noch zerzauster als ohnehin schon. Die Unglückliche schrie verzweifelt.

»So, so«, meinte Aurinius zu Glin, der gerade wieder auf die Beine kam. »Sie haben also eine Magierin in Ihren Reihen.«

Glin rieb sich das geprellte linke Schulterblatt. Der Ausdruck des Schreckens auf Fenjas Gesicht berührte ihn mehr als er zugeben mochte – dabei versuchte er sich einzureden, dass sie im Grunde ein unverschämtes Biest war.

»Unverbesserlich. Sie machen immer den gleichen Fehler, Glin: Sie geben mir ein Druckmittel an die Hand.« Aurinius schüttelte tadelnd den Kopf und ließ Fenja langsam über die Balustrade nach draußen schweben. »Dabei ist Ihre Magierfreundin hier sehr talentiert. Es wäre schade, wenn sie hinunterfallen würde.«

»Von mir aus lassen Sie sie fallen«, meinte Glin schlicht.

»Du Barstard!«, schrie Fenja.

Aurinius wirbelte herum und funkelte Glin aus seinen goldenen Augen an. »Sie bluffen.«

»Probieren Sie es aus«, entgegnete Glin mit einem Schulterzucken. Er sah Fenja weiter erbleichen, bevor er fortfuhr. »Aber stellen Sie sich in Ihrer Unbeherrschtheit bitte zwei Fragen, Aurinius. Erstens: Wäre ich wirklich so dumm, Ihnen ein weiteres Druckmittel an die Hand zu geben, nachdem ich Ihnen das erste gerade erst wieder weggenommen habe? Und zweitens: Wenn Sie mich mit dem Wohlergehen dieser Frau dort erpressen wollen, wäre es nicht ziemlich verschwenderisch, sie aus dem Fenster zu werfen? Dann wäre sie nämlich mit großer Wahrscheinlich tot und würde als Druckmittel nicht mehr taugen. Gewöhnen Sie sich vielleicht einfach an den Gedanken, dass Sie keine Druckmittel gegen mich mehr haben und auch keines mehr bekommen werden.«

Aurinius schnaubte.

»Die Lektion habe ich beim ersten Mal gelernt«, schloss Glin.

Der Magier mit dem feuerroten Haar schwenkte den Arm wie einen Kranausleger, woraufhin Fenja in den Raum hereinpurzelte und gegen die Stühle polterte, die um den Esstisch standen.

»Was, bei allen verdammten Göttern, tun Sie dann hier?« Aurinius schien einen Moment durchzuatmen. »Sie sollten längst fort aus der Stadt sein. Vielleicht auf dem Weg in die Hegemonie oder nach Daworje oder über das Opalmeer ins Königreich in den Wäldern. Sie dämlicher Scharlatan. Haben Sie nicht gesehen, was ich Menschen anzutun vermag? Warum fürchten Sie mich nicht und rennen um ihr beschissenes, kleines, von Din Vestro verdammtes Leben?«

Mit Unbehagen fielen Glin die Parallelen zwischen ihm und dem Magier auf: scharfer Verstand und gleichzeitig voller Wut, wenn man sie reizte.

Ich muss am Ende derjenige sein, der sich besser unter Kontrolle hat.

»Ich habe kein Interesse daran zu rennen«, sagte er kühl. »Deshalb bin ich hier.«

Während sich Fenja an der gegenüberliegenden Wand ächzend aus dem Gewirr von Stuhlbeinen befreite, sah Aurinius ihn fragend an. »Sie fürchten meine Rache?«

»Das tue ich«, gab Glin unumwunden zu. »Ich habe gesehen, was Sie Talmo Melisma angetan haben.«

Bei der Erwähnung des Namens huschte ein Schatten über Aurinius' Antlitz. Kurz nur, aber Glin war sich sicher, dass es keine Einbildung war. »So ist der Lauf der Dinge, Glin. Die Schwächeren werden von den Stärkeren gefressen.«

»Möglich, dass die Natur so funktioniert«, meinte Glin. »Aber wie definieren Sie Stärke, Aurinius? Rohe Gewalt? Pure Kraft, die Sie dank Ihrer Magie in einem Maße anwenden können, das ich so noch nie gesehen habe? Oder liegt Stärke nicht auch in Gerissenheit, Schläue, Fingerfertigkeit, Einfallsreichtum?«

»Worauf wollen Sie hinaus?«

»Ich will eine Abmachung mit Ihnen treffen.«

Der Magier musterte ihn. »Ist es dazu nicht ein wenig spät? Sie haben zwei meiner Leute umgebracht und einen dritten haben wir bislang nicht finden können.«

»In der Tat, ich habe zwei Ihrer Söldner auf dem Gewissen«, erwiderte Glin. »Sie hingegen haben zwei der teuersten Menschen in meinem Leben ermordet. Eine sehr verrückte Person würde daher vielleicht sagen, wir sind zumindest zahlenmäßig quitt.«

»Und was würde eine *nicht-verrückte* Person sagen?«

»Ich weiß nicht, ob ich mich guten Gewissens dazu zählen dürfte. Ich für meinen Teil würde liebend gern ein ganzes Bataillon Schakale ausrotten und Sie, Aurinius, obendrein bei lebendigem Leib in kleine Scheibchen schneiden. Dummerweise würde es sich anschließend trotzdem noch so anfühlen, als hätten wir beide eine Rechnung offen. Das wird wohl immer so bleiben.«

Aurinius legte einen Finger an die Lippen. »Das klingt nach einem unlösbaren Dilemma.«

Bei den Göttern, was ekelt dieser Mann mich an. »Ich kann nur versuchen, das Beste daraus zu machen – Shalimo und Talmo wieder unter die Lebenden zurückholen gehört leider nicht dazu.«

»Ich verstehe immer noch nicht. Wäre es in diesem Fall nicht das Beste, wenn Sie und Ihre Freunde sich vor zukünftigen Begegnungen mit mir hüten würden?«

Glin nickte. »Genau das haben wir vor. Folgende Abmachung: Ich hole für Sie den Herzstein aus dem Tresor des Erzherzogs – und wenn Sie ihn in Besitz genommen haben, können Sie damit tun, was immer Sie mögen. Vorausgesetzt, wir gehen anschließend getrennte Wege, sehen uns niemals wieder und sowohl ich als auch meine Freunde bleiben auf immer von Ihnen unbehelligt.«

Aurinius lachte auf.

Es klingt viel heller und reiner, als Marcator, der Gott aller Rechtschaffenheit, es einem solch verkommenen Mann eigentlich erlauben darf, urteilte Glin bei sich.

»Für wen halten Sie sich, Glin Melisma? *Sie* wollen mit *mir* verhandeln?«

»Ja«, sagte Glin. Es gab nur einen Weg, mit Menschen umzugehen, die sich zu sehr an ihrer Macht berauschten: Man musste ihnen die eigenen Schwächen klar vor Augen führen.

Der Magier runzelte die Stirn. »Verraten Sie mir, warum ich Ihnen nicht einfach alle Knochen im Leib brechen sollte, um Sie zu Ihrem Ziehvater ins Grab zu legen?«

»Zunächst einmal wissen Sie gar nicht, *wo* Talmo begraben liegt. Und darüber hinaus: Sie brauchen mich, Aurinius.«

Jeder Funke eines Lachens in den goldenen Augen erstarb. »Wie bitte?«

»Sie werden mir kein Haar krümmen, denn Sie brauchen meine Hilfe, um an den Herzstein zu gelangen.«

»Wie um alles in der Welt kommen Sie denn darauf? Ich könnte mir einfach mit purer Gewalt holen, was ich will. Das wäre nur deutlich auffälliger, als mir lieb ist.«

Doch Glin schüttelte bloß den Kopf. »Sie hätten es doch schon längst getan, wenn Sie wirklich dazu imstande wären, alles mit roher magischer Potenz zu lösen.«

Aurinius kniff die Lippen zu einem schmalen Strich zusammen.

»Sie besitzen beeindruckende magische Fähigkeiten oder Kräfte oder wie das Fachwort in Ihrer Zunft auch immer sein mag«, fuhr Glin fort. »Aber Magie ist eben doch nur ein begrenztes Mittel. Klar, Sie vermögen offensichtlich mehr damit zu tun, als eine bloße Zirkusattraktion kann – aber in den Tresor gelangen Sie ohne fremde Hilfe nicht. Sonst hätten Sie sich gar nicht erst an Talmo und darauf an mich gewandt. Talmo war entbehrlich für

Ihr Vorhaben, weil es ja noch mich gab. Aber ohne mich kommen Sie nicht an den Herzstein. Ich bin der einzige Mechanist auf der ganzen Ruhenden Welt, der brillant genug ist, um einen Birkenau-Tresor zu knacken.«

Allein daran, dass er keine schnelle und überhebliche Antwort von Aurinius bekam, merkte Glin, dass er ins Schwarze getroffen hatte.

»Das ist alles, was Sie wollen? Dass ich Sie zukünftig in Ruhe lasse?«, fragte der Magier schließlich nach kurzem Nachdenken.

»Ich will meine Leute in Sicherheit wissen – und wenn ich Ihnen dazu ein Bruchstück des verdammten Mondes stehlen müsste, würde ich es zumindest versuchen.«

Gut, ein wenig Schwäche zeigen lässt die Rolle überzeugend wirken.

Aurinius antwortete gedehnt. »Ich verstehe trotzdem noch nicht ganz. Es wäre doch für die meisten Menschen viel leichter davonzulaufen und sich in einem fernen Land zu verstecken.«

»Ich will aber nicht in einem fernen Land leben, sondern hier bleiben in den Republiken oder im Imperium. Und ich möchte es tun, ohne Angst haben zu müssen, Ihnen noch einmal über den Weg zu laufen.«

»Klingt nachvollziehbar.«

»Allerdings will ich auch wissen, was es mit diesem Herzstein auf sich hat und warum Talmo dafür sterben musste.«

»Talmo Melisma musste sterben, weil er vor langer Zeit einmal eine gemeinsame Idee verraten hat.«

»Eine ziemlich drastische Bestrafung für einen verlorenen Traum, finden Sie nicht?«, hakte Glin nach.

»Das kommt ganz auf die Perspektive des Betrachters an. Sie haben ja keine Ahnung, worum es ging.«

»Klären Sie mich auf«, forderte Glin. »Hatte es mit diesen Magietechnikern zu tun?«

»Darüber werde ich Ihnen ganz sicher nichts verraten können.«

»Das werte ich mal als *Ja.*«

»Ich habe Ihnen schon einmal gesagt: Halten Sie sich nicht für zu gewieft, Glin«, drohte Aurinius.

Doch dieses Spiel konnte Glin mittlerweile mühelos kontern. »In Ordnung«, meinte er schlicht. »Vielleicht suche ich mir doch lieber ein abgelegenes Plätzchen auf den Neunundneunzig Inseln. Das Wetter dort soll das ganze Jahr über halbwegs annehmbar sein, wenn man die Herbststürme ausnimmt. Und mit Piraten komme ich wunderbar zurecht – ich bin ja selbst so etwas Ähnliches.«

»Bluffen Sie nicht, wenn Sie es eigentlich gar nicht können«, warnte Aurinius. »Sie haben doch gerade gesagt, Sie wollen hier bleiben.«

»Natürlich – aber nur, wenn ich es auch kann. Ansonsten verschwinde ich und Sie werden mich nie wieder sehen, Aurinius.«

Glin sah zu Fenja hinüber, die zitternd in der Ecke des Esszimmers stand. Sie tat ihm leid – aber viel konnte er ohnehin nicht für sie tun. Also drehte er auf dem Absatz um und ging. Der Vorhang, der im Durchgang zwischen Esszimmer und Diele hing, schlug wie von selbst zu.

»Ich kann nicht zulassen, dass Sie gehen, Glin.«

Der wirbelte herum. »Was wollen Sie dagegen tun, Aurinius?«, fauchte er. »Sie haben nichts gegen mich in der Hand. Gar nichts. Sie können mich nicht foltern oder wie Talmo gar töten.«

»Kann ich nicht?«

»Nein. Ich habe es doch schon gesagt: Weil Sie mich brauchen, um an den Herzstein zu gelangen.«

»Ihre Beine zum Beispiel brauchen Sie nicht, um einen Tresor aufzubrechen«, schlug Aurinius vor.

»Wenn Sie mich so weit foltern, ist es auch nicht mehr weit bis zum Tod. Sie können mich auch nicht vor Schmerzen den Verstand verlieren lassen, denn den benötigen Sie ja auch.« *Zeit für ein Crescendo!*

Glin breitete theatralisch die Arme aus wie zu einer Einladung, schritt auf den Magier zu und wurde lauter. »Los, kommen Sie schon, Aurinius. Fügen Sie mir unendliche Schmerzen zu! Verkrüppeln Sie mich! Töten Sie mich oder treiben Sie mich in den heillosen Wahnsinn! Nichts davon wird Sie dem Herzstein auch nur ein kleines Stückchen näher bringen. Sehen Sie es ein: Sie haben keine Kontrolle mehr über mich – und das macht Ihnen gerade mehr Angst als aller Zorn der Götter es jemals könnte.«

Der Magier mahlte mit dem Unterkiefer. Glin war, als könnte er Zähne knirschen hören.

»In Ordnung«, lenkte Aurinius schließlich ein. »Fragen Sie, was Sie wissen wollen!«

»Wer sind die Magietechniker?«, legte Glin in nüchternem Tonfall los.

Der Magier zögerte kurz und fuhr sich mit der Rechten durch den roten Pferdeschwanz.

Fenja Vannagren hingegen schien endlich ihre Fassung wiedergewonnen zu haben. »Darum geht es hier?«, schaltete sie sich ein.

»Weißt du mehr und möchtest ein paar Details beitragen?« Glin sah sie scharf an.

»Angeblich ist das eine Gruppe, die sich mit der alten Skyldarmagie beschäftigt. Aber niemand weiß Genaues.«

»Danke für den Hinweis, Frau Vannagren«, knurrte Glin sie an. War das Gelingen seiner Vorhaben denn so sehr von Din Vestro verflucht, dass Fenja Vannagren ausgerechnet jetzt ihre kokettierende Geschwätzigkeit zurückerlangen musste? »Was glaubst du, warum ich hier dieses kleine Spielchen auf Leben und Tod spiele? Weil ich irgendwelchen hübsch klingenden Gerüchten nachlaufe?«

»Ich könnte die Magierin auch erst endgültig zum Schweigen bringen, bevor ich Ihre Fragen beantworte, Glin«, schlug Aurinius vor.

»Können Sie nicht«, meinte Glin scharf. »Es sei denn, Ihnen ist ganz plötzlich völlig egal geworden, wie Sie an Ihren Herzstein kommen. Sie ist nämlich Teil des Plans. Dewegen habe ich sie angeheuert.«

Aurinius seufzte. »Schon gut.«

»Also?«, hakte Glin nach. »Wer sind die Magietechniker?«

Der Magier musste sich räuspern und wies auf Fenja. »Im Grunde hat die junge Frau Vannagren es schon ganz zutreffend beantwortet. Es gibt eine Gruppe von einflussreichen Personen, die sich für die Magie der Skyldar interessieren.«

»Wer interessiert sich nicht dafür, wie die Skyldar ihre kleinen mechanischen Wunderdinge erschaffen haben?«, meinte Glin. »Geht das vielleicht ein wenig genauer?«

»Was wollen Sie denn wissen?«

»Zum Beispiel, wer zu diesem Kreis von einflussreichen Personen gehört. Oder was Sie bislang Interessantes herausgefunden haben, das ja immerhin so spannend sein muss, dass Sie in den Tresor des Erzherzogs einbrechen wollen.«

»Das wollen Sie ernsthaft wissen?«, fragte Aurinius. Er klang ungläubig.

»Sie wollen ernsthaft in den Tresor?«, äffte Glin ihn nach.

»Ich könnte Ihnen auch etwas vorlügen. Etwas, das Sie glauben würden und dann zufrieden wären und mir helfen.«

»Erstens bin ich nicht dumm, Aurinius. Sie können es gerne versuchen, aber das eine oder andere kann ich mir schon ganz brauchbar zusammenreimen. Sie vergessen, dass Talmo Melisma mich großgezogen hat.« Er beobachtete, wie Aurinius nickte. Glin deutete auf Fenja. »Und zweitens kann mir bei der komplizierten magischen Materie Ihre liebe Magierkollegin hier sicherlich sagen, ob das, was Sie mir erzählen, Sinn macht.«

»Ah«, meinte Aurinius. »Dann werfe ich die Kleine vielleicht doch aus dem Fenster.«

»Und. Dann. Kommen. Sie. Nicht. In. Den. Tresor.« Glin betonte es sorgsam, als ob er einen komplexen Sachverhalt einem Schwachsinnigen erklären müsste.

»Ist ja gut.« Aurinius hob abwehrend die Hände. »Sie sind wahnsinnig stur.«

»Und Sie sind ein perverses Stück Dreck. Ich sehe, wir sind beide gut mit Komplimenten. Kommen Sie schon, Aurinius, jetzt reden Sie endlich!«

Erneut seufzte der Magier mit den goldenen Augen. »Die Magietechniker sind kein Mythos, wie Sie sich sicherlich schon gedacht haben«, sagte er schließlich.

»Klar, sonst wäre das hier ja alles sicher nicht so dramatisch«, entgegnete Glin. »Wie ist diese Gruppe entstanden? Wer sind sie? Und was haben sie vor?«

»Viele Fragen auf einmal«, meinte Aurinius abschätzig. »Mal sehen, was ich davon ausreichend beantworten kann. *Wann* die Magietechniker entstanden sind, weiß ich tatsächlich nicht. Das muss lange gewesen sein, bevor ich dazugestoßen bin. Ich schätze, die Anfänge reichen sogar Jahrhunderte zurück, nur haben sie sich vielleicht damals noch nicht so genannt. Zuerst muss es vor allem eine Art Kreis von Artefaktsammlern gewesen sein – betuchte Leute, die eine Vorliebe oder ein Interesse an den Überbleibseln der Skyldar besaßen und mit Geld einfach alles zusammentrugen, was ihnen in die Finger fiel. Sie trafen sich dann und haben voreinander mit ihren Sammlungen geprahlt, viel getrunken und noch mehr palavert. Dinge, die privilegierte Kaufmänner und Adelige eben so zum Zeitvertreib tun. Talmo hat sich übrigens ein paar Jahre als Artefaktjäger verdingt und den reichen Spinnern ihre Skyldartechnik verschafft.«

»Ich weiß, dass das sein Beruf war. Nur die Kundschaft kannte ich nicht«, entgegnete Glin. *Die Frage ist allerdings, ob Aurinius weiß, dass Talmo einige der wertvollsten Skyldarartefakte für sich selbst behalten hat.* »Erzählen Sie weiter.«

»Nun ja, irgendwann ist man auf die Idee gekommen, dass man die Technologie der Skyldar ja auch erforschen könnte. Denn wie Ihnen bekannt sein dürfte, konnten die Skyldar Dinge tun, zu denen weder ein Mechanist noch ein Magier aus unseren heutigen Tagen fähig ist.«

»Zusammenfaltbare Schwerter, skurrile und sich selbstständig bewegende Tiere … Solche Dinge meinen Sie, oder?« Glin vermied es tunlichst, Schönheit zu erwähnen. Das mechanische Insekt blieb brav versteckt in seiner Brusttasche.

»Richtig, so etwas meine ich.«

»Und was hat das mit den Herzsteinen zu tun?«

»Ganz einfach: Diese Steine treiben die Skyldarartefakte an.«

»Sie treiben sie an?«

Aurinius nickte. »Nimmt man einen Herzstein heraus, erlischt das Eigenleben des Artefakts – setzt man ihn wieder ein, erwacht es wieder.«

Glin kamen sofort tausend Ideen, wie man das sinnvoll für einen Coup nutzen konnte. »Auf welche Weise funktionieren diese Herzsteine?«

Der Magier seufzte. »Das ist möglicherweise das ganz große Geheimnis hinter den Skyldar. Entschlüsselt hat es bislang niemand.«

»Auch nicht die Magietechniker?« Glin war skeptisch.

»Wir haben nicht die geringste Ahnung, wie es funktioniert«, gab Aurinius zu. »Wir haben viel versucht. Beispielsweise, die Energie der Herzsteine selbst für Magie zu gebrauchen – aber das scheint unmöglich. Egal, unter welchen Voraussetzungen. Die Steine scheinen einen vorbestimmten Zweck zu erfüllen. Wir hatten nur teilweisen Erfolg, als wir versucht haben, Herzsteine der gleichen Größe auszutauschen.«

»Auszutauschen? Sie meinen, Sie haben die Herzsteine von Artefakten vertauscht?«

Aurinius nickte. »Ja. Manche Artefakte funktionieren mit einem fremden Herzstein gar nicht, andere funktionieren … anders. Mechanische Tiere mit fremden Herzsteinen beispielsweise wirken vollkommen orientierungslos.«

Vor seinem inneren Auge stellte Glin sich vor, wie Aurinius

Schönheit zu sogenannten Forschungszwecken langsam ein Bein nach dem anderen ausriss, um zu sehen, wie viele die Grille brauchte, um noch stehen zu können. Er musste aufpassen, dass ihm nicht übel wurde. »Und was wollen Sie dann mit dem großen Herzstein aus dem Tresor des Erzherzogs? Wollen Sie damit auch Experimente machen?«

Aurinius verneinte. »Ich will einen Krieg verhindern.«

Einen Augenblick lang glaubte Glin, sich verhört zu haben.

»Sie wollen *was?*«, fragten er und Fenja dann gleichzeitig wie aus einem Munde.

»Ich will einen Krieg verhindern«, wiederholte der Magier. »Sie haben mich schon verstanden.«

»Was hat der große Herzstein mit einem Krieg zu tun?«, fragte Fenja.

»Ich dachte, Signore Melisma stellt hier die Fragen«, gab Aurinius spitz zurück.

»*Auf welche Weise* soll der große Herzstein einen Krieg verhindern?«, ging Glin direkt darauf ein.

»Erzherzog Irico Borgessa hat eine Vorliebe für Skyldarmechaniken.«

»Das höre ich zum ersten Mal«, sagte Glin. »Ich dachte, er hat eine Vorliebe für Kunst – Gemälde, Büsten, Bildhauerei ...«

»Die hat er auch«, bestätigte Aurinius. »Und die pflegt er auch nach außen hin weithin sichtbar. Das lässt ihn nämlich seiner zweiten Leidenschaft etwas ungestörter nachgehen – dem Sammeln von Skyldarartefakten.«

»Sie meinen, er bezahlt ebenfalls Artefaktjäger?«

Aurinius nickte. »Er tut im Prinzip dasselbe, was die Magietechniker Jahrzehnte oder länger getan haben: Er ist fasziniert von den Skyldarmechaniken und trägt zusammen, was er beschaffen kann. Allerdings wusste er lange nichts von der Existenz der Magietechniker. Bis letztes Jahr, als unsere ... Gruppe nach längerer Beratung an ihn herantrat. Es war einfach zu verlockend, Zugang zur Sammlung und zum Wissen des Erzherzogs von Mosmerano zu haben.«

»Auf diese Weise sind Sie also so schnell zum persönlichen Berater des Erzherzogs aufgestiegen, obwohl Sie hier niemand kannte«, fiel es Glin wie Schuppen von den Augen.

»Sie haben gut recherchiert«, meinte Aurinius säuerlich.

Glin zuckte mit den Achseln. »Ansonsten klingt das alles doch nach einem Geben-und-Nehmen für beide Seiten.«

»So dachten wir auch, weil wir etwas Entscheidendes lange Zeit nicht wussten: Es gibt einen sehr mächtigen Herzstein, der seit Jahrhunderten von den Herrscherinnen und Herrschern Mosmeranos gehütet wird.«

»Der Herzstein im Borgessas Tresor«, mutmaßte Glin.

»Natürlich. Deshalb reden wir doch die ganze Zeit, oder? Aber entscheidend ist nicht der Herzstein an sich. Jahrhundertelang wussten die Herzoginnen und Herzöge von Mosmerano nur, dass es ein völlig außergewöhnlicher und immens wertvoller Edelstein ist, den sie da in ihren Schatzkammern aufbewahrt haben.«

»Aber Borgessa weiß dank Ihnen nun, was er dort unten bei sich im Palast verwahrt, richtig?«

»Ja, und weil Irico Borgessa alles andere als auf den Kopf gefallen ist, wird die Sache dadurch enorm gefährlich.«

»Das verstehe ich nicht«, sagte Glin. »Ich dachte, mit diesen Steinen kann niemand etwas anfangen – außer man setzt sie in die Mechanik ein, zu der sie gehören. Das haben Sie mir doch gerade erst erklärt. Also hat Borgessa erstmal nichts weiter als einen außergewöhnlichen Stein.«

»Genau.« Aurinius nickte und fokussierte Glin. »Talmo war so stolz auf Ihren messerscharfen Verstand und Ihren erfinderischen Geist, Glin – ich bin sicher, Sie kommen darauf, worin genau das Dilemma besteht. Ein großer Herzstein für eine große Skyldarmechanik …«

Eine riesige, uralte Mechanik der Skyldar. Wo könnte …

Glin schlug sich mit der flachen Hand vor die Stirn als ihn die Erkenntnis traf. »Der große Herzstein gehört zum *Spinnturm*. Denn der Spinnturm ist nichts weiter als eine gigantische Mechanik.«

»Völlig richtig.« Aurinius wies mit dem Finger auf Glin. »Sie sind tatsächlich so gewitzt, wie Talmo meinte.«

»Moment«, mischte sich Fenja ein. »Heißt das, mit dem Herzstein aus dem herzoglichen Palast könnte man diesen riesigen exotischen Turm an der Piazza des Wassers wiederbeleben?«

»Genau das will ich sagen«, erwiderte Aurinius. »Und glauben Sie mir: Der Spinnturm ist kein zahmes Haustier. Wir haben Aufzeichnungen und Malereien gefunden, aus denen wir schließen, dass Mechaniken wie der Spinnturm als Waffen gebaut wurden.«

Es war wie eine faszinierende und zugleich beängstigende Geschichtsstunde für Glin. »Deshalb galten die Armeen der Skyldar als unbesiegbar und es brauchte erst jemanden wie den Gottkaiser Amantis, der solchen Kriegsmaschinen irgendwie beikommen konnte.«

»Wie auch immer er das angestellt hat«, ergänzte Aurinius. »Die Skyldar waren gegen die Menschen nicht in der Überzahl. Und auch wenn sie über ihre mechanischen Schwerter, Speere, Ballisten oder ähnliches verfügten, waren es wohl solche kolossalen Kriegsmaschinen wie der Spinnturm, die ihnen die Oberhand sicherten. Möglicherweise ist Amantis hinter das Geheimnis mit den Herzsteinen gekommen, konnte sie entfernen und so die Maschinen unbrauchbar machen.«

»Und Borgessa will mit dem Spinnturm einen Krieg anzetteln?«

»Was glauben Sie denn? Seit Monaten zieht Borgessa immer mehr Frauen und Männer für Heer und Marine ein. Langsam, beinahe unbemerkt. Er tut das unter dem Vorwand, das große Unabhängigkeitsfest absichern zu wollen, was natürlich ausgemachter Quatsch ist – das Fest lief Jahrhunderte lang auch ohne Militär friedlich ab. Nein, Borgessa will seine mechanische Sammlung einsetzen, um Krieg zu führen. Und der Spinnturm würde ihm eine absolute Überlegenheit im Feld geben. Stadtmauern wären plötzlich nur noch Zäune, die man überspringen müsste. Es gäbe ein Massaker in den Amantinischen Republiken.«

»Und *Sie* wollen das verhindern?«

»Niemand will Krieg, Glin! Und wir können Borgessa nicht ausschalten, ohne eine Krise heraufzubeschwören. Also muss man ihm den Stein wegnehmen.«

»Das … klingt leider erschreckend logisch«, räumte Glin ein. *Also sind Talmo und Shalimo in einem viel größeren Spiel tatsächlich bloß Bauernopfer – nur sind sie das eben nicht für mich, und deswegen wird es Aurinius noch leidtun.*

»Kann ich also auf Ihre Unterstützung zählen, Glin?«, forschte Aurinius nach.

Das klang alles so unglaublich. Borgessa sollte ein Kriegstreiber sein? Wenn ja, war dies ein Charakterzug, den der Erzherzog von Borgessa sehr gut vor der Öffentlichkeit verborgen hielt. Auf der anderen Seite waren da ja die vielen Soldaten in der Stadt. Die starke Militärpräsenz ließ sich nach Glins Dafürhalten wohl kaum mit der Unabhängigkeitsfeier erklären.

»Deshalb sind Sie also dermaßen skrupellos«, sagte Glin schließlich.

Aurinius nickte. »Auch, ja. Ich habe Ihnen ja gesagt, ich würde mir wünschen, dass meine Ziele nicht bekannt würden. Was glauben Sie denn, wäre los, wenn die übrigen Republiken Wind davon bekämen, dass der Spinnturm ein lebendes Artefakt ist? Mir wäre es lieber, wenn wir die Gefahr im Keim erstickten.«

»In Ordnung«, sagte Glin. »Ich helfe Ihnen.«

Er behielt für sich, dass er die Morde an Talmo und Shalimo nicht vergessen würde und dass ihm alle höheren Ziele des Magiers mehr als egal waren. Er hatte Talmo Melisma getötet. Und Shalimo Vos. Das war alles, was für Glin zählte. Und dafür würde der Magier bezahlen.

»Sie … verstehen vielleicht, dass ich manchmal kein wirklich guter Mensch bin«, meinte Aurinius. »Aber es dient einem höheren Zweck, für dessen Erreichen ich aufgrund meiner charakterlichen Schwächen vielleicht prädestiniert bin.«

»Was labert er denn da?«, fragte Fenja an Glin gewandt.

»Aurinius«, sagte Glin. »Ihre Biographie und Ihre höheren Ziele sind mir vollkommen egal. Aber jemandem eine solche Kriegsmaschine in die Hände zu geben, wäre verwerflich und es würde totales Chaos bedeuten. Wenn das tatsächlich Ihr Antrieb ist, kann ich ihn zumindest verstehen, auch wenn ich nicht gutheiße, was Sie deswegen anrichten.«

»Schön«, meinte Aurinius. »Dann erzählen Sie mir, was Sie sich für den Tresor ausgedacht haben und ich werde Ihnen helfen.«

Glin nickte. »Überrascht es Sie, wenn ich sage, dass heute bereits der große Tag ist?«

»Sie wollen *heute* dort einbrechen?«, fragte Aurinius.

»Ja. Und mit einem persönlichen Berater von Erzherzog Borgessa habe ich auch genau den Einfluss, den ich brauche.«

»Was genau wollen Sie von mir?« Auf Aurinius' Gesicht machte sich Skepsis breit.

»Ich will auf den Ball«, sagte Glin.

Die Züge des Magiers entspannten sich augenblicklich. »Den Eröffnungsball heute Abend in Borgessas Palast?«

»Genau den. Verschaffen Sie mir und Frau Vannagren Zutritt. Theoretisch stehe ich sogar schon auf der Gästeliste.« Aurinius quittierte das mit überrascht hochgezogenen feuerroten Augenbrauen. »Aber dieser Verbindung traue ich nicht genug. Sie ist nicht allzu belastbar. Wenn Sie mir direkt zwei Einladungen verschaffen würden, wäre mir deutlich wohler.«

»Das ist kein Problem«, sagte der Magier. »Also wollen Sie während des Balls in den Tresor? Wie wollen Sie das anstellen? Sie können doch unmöglich einen Werkzeugkoffer mitnehmen zu den Festlichkeiten.«

Glin lächelte. »Ich brauche kein Werkzeug für den Tresor.«

Auf Aurinius' Gesicht spiegelte sich Verwunderung.

Doch Glin bewegte die Finger seiner erhobenen Hände. »Meine Finger sind die geschicktesten Mechanistengriffel auf der ganzen Ruhenden Welt, haben Sie vergessen? Deswegen brauchen Sie mich lebend und bei Verstand.«

15. KAPITEL

Die Herrin der Blüten

1.

Eigentlich brauchte Glin dringend eine Pause – doch woher sollte er sie nehmen? Noch auf der Promenade setzte er sich mit Fenja an den Stand eines fahrenden Barrista und bestellte den stärksten und dunkelsten Kaffee, den dieser ihm zu brühen bereit war. Der Mann verstand sich als eine Art Künstler seines Fachs. Er benutzte für das Aufbrühen eine mechanische Apparatur, die erstaunlich viel Druck durch Dampf erzeugen konnte, und erklärte Glin ohne Punkt und Komma alles über besondere Kaffeepflanzen und schonende Zubereitung. Am Ende standen zwei Becherchen vor ihnen, die eine fast mitternachtschwarze Flüssigkeit enthielten und neben dem Kaffeeduft auch ein starkes Aroma von Kardamom und Honig verströmten.

»Dieser Typ ist unheimlich«, beschwerte Fenja sich.

»Aber er kocht doch bloß Kaffee.« Glin grinste.

»Ich meine den Magier mit den roten Haaren«, versetzte sie. »Ich würde ja am liebsten meine Sachen packen und zurück in die Waldungen ziehen.«

»Morgen früh bist du frei und kannst tun und lassen, was du willst.«

»Sehr witzig, Melisma«, murrte sie. »Du hast mir den ganzen Mist doch eingebrockt. Wärst du nicht im Stahlpalast eingestiegen –«

»Ach, jetzt hör auf, dich ständig als Opfer darzustellen. Die arme Fenja Vannagren, die man quasi *genötigt* hat, aus dem Gefängnis auszubrechen.«

»Das angebotene Geld ist quasi Nötigung«, protestierte sie. »Das ist, als würde man einem Trinker eine Flasche vor die Nase halten. Ich bin Magierin – ich bin süchtig nach Edelsteinen. Und die kosten Geld.«

»Bei den Göttern«, stöhnte Glin. »Du bist vor allem eine ziemlich feige Ratte, Fenja. Geld zu kriegen ist in Ordnung – die nötigen Risiken dafür eingehen aber nicht.«

»Ich könnte immer noch davonlaufen, tue es aber nicht.«

»Weil du – wie gesagt – feige bist. Wenn du dich jetzt verdrückst, gibt es nicht nur mich, sondern *auch* Aurinius von Veelyn, vor dem du dich ein Leben lang verstecken müsstest.«

»Danke übrigens, dass du dem fiesen Kerl meinen Namen genannt hast.« Sie prostete ihm anerkennend mit dem Kaffeebecher zu. »Damit hast du quasi eine Zielscheibe auf meine Stirn gemalt.«

»Genau das. So kannst du nämlich nicht das tun, was du am liebsten würdest: dich auf- und davonmachen.«

»Arschloch.«

»Das gebe ich gerne zurück.«

Für einen Moment tranken sie schweigend das würzige Gebräu, bevor Glin versuchte, einen versöhnlicheren Ton anzuschlagen. »Warum bist du eigentlich aus den Waldungen fort? Der Dekan hat mir gegenüber erwähnt, dass Magie mit den Nordlichtern zusammenhängt. Also dachte ich, eigentlich müssten alle versierten Magier in den Norden wollen. Aber du bist anscheinend lieber hier.«

»Sagen wir mal, ich habe mich mit einigen Leuten dort nicht verstanden.«

»Das kann ich mir ja gar nicht vorstellen«, meinte Glin.

»Was bist du heute für ein Witzbold, Melisma. Mir gefiel das Ganze besser, als ich diejenige war, die dich hat auflaufen lassen.«

Glin hob entschuldigend die Arme. »Man kann nicht alles haben. Erklär mir besser, was Aurinius so besonders macht, dass er dich quasi einfach so beiseitegefegt hat.«

»Hey, dafür, dass ich bloß zwei läppische Steinchen von dir bekommen hatte, habe ich mich ganz gut geschlagen«, protestierte Fenja.

»Das kann ich nicht beurteilen. Ich sehe Magier sonst immer nur auf Jahrmärkten dabei zu, wie sie Kinder mit Albernheiten bespaßen. Soll ich jetzt einfach annehmen, dass Aurinius schlichtweg enorme Mengen an Edelsteinen gehortet hat und die damit verschwendet, andere Leute an den Stiefeln aus dem Fenster zu halten?«

»Hm«, machte Fenja. »Das wäre zumindest die erste Möglichkeit, die mir einfiele.«

»Gibt es noch mehr?«

Sie überlegte und schien auf einmal voll in ihrem Element zu sein. »Wie stark ein magischer Effekt ist, hängt von vielen Faktoren ab. Nicht nur von der Energie, die einem theoretisch durch einen Stein zur Verfügung steht. Es ist zum Beispiel wichtig, wie stark die magische Begabung ist. Die meisten magisch Begabten können aus einem Rubinsplitter gerade mal ein paar Funken sprießen lassen – einige Ausnahmetalente bringen eine ganze Feuersäule hervor.«

»Aurinius könnte also einfach Edelsteine effizienter … verwerten?«

»Sozusagen. Aber dann müsste er wirklich extrem begabt sein.«

»Das ist ja durchaus möglich. Hast du noch mehr Ideen?«

»Er könnte die magischen Zeichen sehr kreativ verketten.«

»Das, was ihr da mit euren Fingern in die Luft schreibt?«, fragte Glin.

»Ja, wenn du so willst. Vieles hängt damit zusammen, wie geschickt man diese Zeichen webt. Aurinius ist da besonders kreativ. Vielleicht gehört er zu den wenigen Magiern, die sogar eigene Zeichen erfinden können. Das kann ich alles nicht genau sagen. Es kann gut sein, dass es eine Mischung aus allem ist oder die Wahrheit irgendwo dazwischen liegt.«

»Auf jeden Fall ist er furchtbar gefährlich. So sehr, dass *jeder* am liebsten davonlaufen würde – wenn es nur etwas bringen würde.«

»Das fasst es im Grunde ganz gut zusammen«, resümierte Fenja und verzog das Gesicht, als sie den letzten bitteren Schluck Gewürzkaffee hinunterkippte.

Sie standen auf und verließen den Stand des Barrista.

»So, mein edler Held und Retter, wohin verschlägt es uns jetzt?«, wollte Fenja wissen.

»Wir müssen in die Hölzerne Bank.«

»Um *was* zu tun?«

»Erkläre ich Dir dort. Du kannst doch sicher auf Kommando einen glühenden Funken hervorrufen?«

»Nicht ohne Edelstein.«

Glin warf ihr mit einer lässigen Bewegung einen kleinen Rubin zu, den sie nur knapp mit beiden Händen auffangen konnte.

Dann trat sie ihm vors Schienbein. »Du hast noch Edelsteine dabei, Melisma? Hättest du mir das nicht oben bei dem verdammten Magier sagen können?«

»Hätte es irgendetwas gebracht, dir oben so ein mickriges Steinchen zur Verfügung zu stellen?«

Fenja hielt inne – doch die Szene, mit der Glin fest gerechnet hatte, blieb aus.

»Ach, vermutlich hätte der rothaarige Blödmann auch so gewonnen«, besann sie sich zähneknirschend.

»Ich brauche deine Fähigkeiten für einen anderen Teil des Plans. Deshalb habe ich dich doch überhaupt aus dem Stahlpalast geholt. Und deswegen habe ich oben auch nicht weiter eingegriffen.«

Sie sah ihn schräg an. »Du hättest mich dort oben auch geopfert, oder?«

Glin ging nicht darauf ein. Er hätte ungern dabei zugesehen, wie

Aurinius sie getötet hätte, denn er begann, die so dreiste wie freche Magierin zu mögen. Aber er hatte Aurinius auch glaubhaft machen müssen, dass er unangreifbar war und sich nicht davon beeinflussen ließ, ob Fenja Vannagren überlebte oder nicht. Es war eine kalkulierte Wette gewesen.

»Ach, egal«, meinte sie schließlich. »Ich hätte deinen Arsch ja auch geopfert, um meinen zu retten.«

Glin seufzte ergeben. So war es wohl – Fenja und die Herbstgänger würden eine Zweckgemeinschaft bleiben. »Denk einfach an die vielen Steli.«

Sie überquerten die Brücke zur Marktinsel, die trotz der frühen Stunde voller schien als sonst. Die ersten Menschen trugen bereits ihre Kostüme für das Unabhängigkeitsfest.

Um die Vorgänge während des Sieges gegen die kaiserlichen Belagerer hatten sich im Laufe der vergangenen sechshundert Jahre zahlreiche Legenden gebildet. Jedes Jahr zum Unabhängigkeitsfest verkleideten sich die Menschen Mosmeranos als die Heldengestalten von damals – der scharlachrote Pantomime, die Mondmagierin, die einäugige Contessa, der Fischersoldat, der Seidenmann und unzählige mehr. Im Laufe von Jahren und Jahrhunderten waren etliche dieser Gestalten dazugedichtet worden und niemand wusste, ob es Helden mit solch grotesk anmutenden Namen wie der Brecher oder die zweibeinige Wölfin je gegeben hatte. Und niemand wusste, wie die Menschen, auf denen solche Geschichten teils beruhten, tatsächlich gewesen waren. Die vielen bunten Heldinnen und Helden waren zu einem Nationalmythos verschmolzen, der sich aus Hunderten kleinen Mosaiksteinchen zusammensetzte. Die Hauptsache war, dass man sich in Schale schmeißen konnte – mit aufwendigen Kostümen, wallenden Gewändern und verzierten Masken. Der Hässliche war in diesen Tagen des Festes nicht mehr hässlich und der Schöne nicht mehr schön. Alles war bunt und schillernd und extravagant.

Die Einwohner und zahlreichen Besucher der Stadt nahmen alljährlich das Gedenken an die Belagerung durch die Mondsüchtige Kaiserin Vorlana zum Anlass, um verrückt zu werden. Mosmerano würde sich binnen der nächsten Stunden in ein vergnügungssüchtiges Tollhaus verwandeln und in diesem Zustand etwa eine Woche lang verweilen. Tavernen, Gasthäuser und Bordelle würden völlig überfüllt sein. Es würde Jahrmärkte mit Hunderten von Attraktionen geben, von exotischen Süßigkeiten über schauspielerische und magische Darbietungen aller Art bis hin zu Wettfahrten und Arenakämpfen. Bälle würden in den Palazzi stattfinden. Und der Pöbel freute sich bereits auf die öffentlichen Hinrichtungen. Täglich würden große Gottesdienste unter freiem Himmel zelebriert und Prozessionen abgehalten werden, allen voran die Lagunenzeremonie zur Mitte der Festwoche, bei der die Geistlichen aller sieben Götter auf der Piazza des Wassers einen Gottesdienst voller Pomp und Dramatik feiern würden.

Man konnte festhalten: Die Feierlichkeiten zur Unabhängigkeit waren ein Paradies für all jene, die nicht ganz aufrichtige Spielchen spielten – wie zum Beispiel für Glin und seine Herbstgänger.

Es machte Glin Spaß zuzusehen, wie sich langsam mehr und mehr Kostümierte unter die Menschenmassen mischten, von denen die meisten noch mit den Vorbereitungen beschäftigt waren. Bald würden die Verkleideten in der Überzahl sein und Mosmerano noch bunter, verworrener und chaotischer wirken, als es ohnehin schon der Fall war. Und Glin bedauerte mehr denn je, dass das Mechanische Theater nicht mehr existierte. Vor drei Jahren hatten sie in der einen Woche des Festes beinahe ebenso viel eingenommen wie im Rest der Saison davor und danach.

»Was war das eigentlich für ein eigenartiger Schwurspruch, heute morgen?«, brach Fenja schließlich ihr Schweigen, als sie eine kleinere Brücke passierten.

»Was meinst du?«

»Das mit dem Kuss auf die Stirn. Ich sehe ja, dass ihr beide vernarrt ineinander seid – aber ihr seid kein Paar.«

»Wieso interessiert dich das überhaupt?«

Die Magierin zögerte. Eine ganze Weile. »Es klang schön«, gab sie schließlich zu.

Glin musste unwillkürlich lächeln. »Es war tatsächlich ein Schwurspruch«, sagte er dann. Vielleicht konnte er sich so wieder ein wenig mit Fenja vertragen. Das käme ihren weiteren Vorhaben nur zugute. »Die Bande, die diesen Schwur gebrauchte, gibt es leider nicht mehr.«

»Der Spruch war poetisch«, meinte Fenja.

»So sind gute Schwüre nun einmal«, sagte Glin. »*Wenn wir nur dreist genug sind, stehlen wir die gesamte Ruhende Welt, mit einem Kuss auf die Stirn und einem Gebet auf den Lippen.* So lautet er im Ganzen.«

Fenja runzelte die Stirn. »Die erste Hälfte verstehe ich. Aber was hat es mit dem Kuss und dem Gebet auf sich?«

»Ein Kuss besiegelt einen Pakt. Man gehört fest zueinander.«

»Und das Gebet?«

»Es ist immer gut, ein Gebet auf den Lippen zu haben, oder? Wer weiß, wozu es einem nützt, mit den Göttern im Reinen zu sein.«

Fenja dachte eine Weile nach. »Das ist eine gute Erklärung«, entschied sie schließlich.

In einer Mischung aus Wehmut und Nostalgie kaufte Glin bei einem der Stände eine Tüte mit Mandelkernen, die man zusammen mit Backpflaumen in Vanillezucker karamelisiert hatte. Dafür reichte ihr Geld allemal.

Und während sie sich die Süßigkeiten teilten, erklärte Glin Fenja, was er in der Hölzernen Bank vorhatte.

2.

Ich möchte auch einfach Edelsteine aus meinem Ärmel schütteln können. Das ist einfach viel zu praktisch«, merkte Fenja an, als Glin ihr zwei Amethyste überreichte.

»Ich erschaffe sie ja nicht aus dem Nichts.«

»Aber du lässt es so aussehen.«

Glin hob die Schultern. »Zwei verschiedene Arten von Magie, wenn du so willst. Ich beherrsche deine nicht und du meine nicht. Deshalb arbeiten wir ja zusammen.«

Sie zog die Augenbrauen zusammen. »Beides beruht nur teilweise auf unseren persönlichen Fähigkeiten – ansonsten eher auf Effekthascherei. Und wir arbeiten zusammen, weil du mich dazu zwingst.«

»Fängt das schon wieder an?«, stöhnte Glin. »Los, geh schon. Verzieh' dich in irgendeinem Winkel der Ruhenden Welt und wir sehen uns niemals wieder.«

Fenja blieb stumm.

»Siehst du?«, meinte er. »Du maulst gerne rum und spielst gerne die Genötigte. Dabei gehst du genauso gerne diese Risiken ein wie ich. Gib es zu: Du kannst einfach der Möglichkeit nicht widerstehen, in Erzherzog Borgessas Schatzkammer zu gelangen.«

»Na gut« entgegnete sie. »Ich mag schöne Dinge, ich mag Magie und ja, verdammt, ich will *auch* in diesen Tresor.« Dann setzte sie wieder ein Grinsen auf. »Aber noch lieber würde ich einfach Edelsteine aus meinem Ärmel fallen lassen können.«

Glin verdrehte die Augen zum Himmel. Selbst wenn Din Vestro ihm persönlich anvertraut hätte, dass die größte Herausforderung dieses Coups wäre, eine Magierin unter Kontrolle zu halten, die noch kindischer war als er – er hätte es nur schwerlich geglaubt.

Auf der Hölzernen Bank gab es noch kaum Kostümierte. Das

war aber auch nicht weiter verwunderlich. Hier lagen Zentrum, Stolz und Ehre der Handwerker von Mosmerano, kein besonders guter Ort für illustre Feste. Wenn hier kräftig gefeiert wurde, dann laut und derb mit viel Bier und Gebranntem. Wer das Schillernde und Exotische der Kostüme und Masken suchte, musste den Markt, den Hafen, den Vorhof der Ewigkeit, den Amboss oder die Insel der Speichellecker aufsuchen.

Glin zauberte aus seinem Rucksack jene rote Perücke hervor, die er bislang gerne in Atteo Enzos Haus getragen hatte.

»Was wird *das* denn?«, wollte Fenja wissen.

»Sorgt für Dramatik«, erklärte Glin knapp.

»Du weißt schon, dass du damit aussiehst wie eine billige Kopie dieses Aurinius, oder?«

Ja, das weiß ich. Und die Vorstellung ekelt mich an. Aber es geht nicht anders. »Du meinst also, die Verkleidung ist auffällig genug?«

Fenja legte den Kopf schräg. »Wenn man das *Verkleidung* nennen kann.« Dann half sie, den künstlichen roten Schnurrbart in Glins Gesicht zurechtzurücken.

»Egal. Es ist nur wichtig, dass Atteo Enzo mich auf dem Ball heute Abend nicht sofort erkennt, sondern mir ein Moment der Überraschung bleibt.«

»Na ja, zumindest *das* wird tatsächlich funktionieren«, entgegnete Fenja. Es klang überzeugt und schadenfroh zugleich in Glins Ohren. »Lächerlich ist es trotzdem.«

»Ganz wie du meinst.«

Schließlich kamen sie zu Atteo Enzos Haus, wo ihnen einer der Schläger die Tür öffnete, die der Künstler bereits seit Wochen engagierte. Glin fragte sich ernsthaft, warum sich nicht herumgesprochen hatte, dass das eine Arbeit war, bei der man ständig auf die Mütze bekam. Auf der anderen Seite: Für Geld machten Menschen viel verrücktere Dinge – sein Blick huschte kurz zu Fenja.

»Guten Morgen, großer Mann«, begrüßte die den Haudegen mit diebischer Fröhlichkeit, schrieb blitzschnell etwas in die Luft und ihr Gegenüber wurde an seinem eigenen Wams durch die Luft nach hinten gerissen und krachte in eine Kommode. Glin nutzte die Gelegenheit, schlitterte auf Knien zu dem benommenen Mann und spritzte ihm aus einem Flakon etwas von einer milchiggrünen Flüssigkeit in den Mund. Falk hatte das Zeug bei einem Chemistiker erstanden und dieser hatte es als hochpotentes Schlafmittel angepriesen, das er Ärzten verkaufte, wenn diese Operationen an ihren Patienten vorzunehmen hatten. Es musste geschluckt werden, damit es wirkte.

Der Herr der Träume war entschieden einfacher zu handhaben, dachte Glin. Aber von Shalimos Mittel war nichts mehr übrig.

»Ich hätte es ahnen müssen«, erklang Enzos Stimme von oben. Er stand etwa auf der Hälfte der Treppe ins Obergeschoss, trug ein schludriges Hemd und war unrasiert. Nur die Locken fielen seitlich auf seine Schultern herab, so bildschön, als wäre er der Ikone eines daworjestischen Heiligen entsprungen. »Warum habe ich mich auch darauf verlassen, dass Sie Wort halten würden? Anstatt Verabredungen einzuhalten, tauchen Sie hier einfach zu einem Zeitpunkt auf, der Ihnen passt.«

»Ich hatte nicht vor, Ihrer kleinen Verabredung mit der Squadra Ignoto beizuwohnen, Enzo.«

Der Maler wurde bleich.

»Ja, ich weiß davon, dass die Agenten der Squadra Ignoto Sie gekauft haben«, versetzte Glin. »Halten Sie mich für derart leicht zu fangen? Ich weiß viel mehr über die Geheimpolizei von Borgessa, als dem guten Herzog lieb wäre. Dass die herzoglichen Agenten sich eingemischt haben, ist mir ehrlich gesagt sogar ganz gelegen gekommen, denn so haben Sie einfach fleißig für mich weitergearbeitet, Enzo – ohne dass ich weiter Gewalt anwenden musste.«

Der Maler sackte in sich zusammen und stützte den Kopf in die Hände.

»Das ist dieser große Künstler, von dem du erzählt hast?«, fragte Fenja ungläubig in Glins Rücken. »Sag ihm, er soll aufhören, Bilder zu kopieren, und sich lieber mal ein paar Eier suchen. Damit kann er ja dann vielleicht ein wenig Tapferkeit von anderen Leuten kopieren.«

»Sei nicht so hart zu ihm«, meinte Glin. »Er hatte es schwer mit mir.«

»Was wollen Sie hier?«, stöhnte Enzo. »Ist es das Bild? Es ist fertig. Nehmen Sie es mit, bei den Göttern. Bitte! Und dann lassen Sie mich bitte ein für alle Mal in Ruhe!«

»Ah, ich fürchte, so einfach funktioniert es leider nicht, Signore Enzo. Aber ich verspreche Ihnen, dass der Tag nicht mehr fern ist, an dem ich die Stadt verlasse und Sie nie wieder von mir hören werden. Aber zuerst: Wo ist das Gemälde?«

Der Maler ließ die Schultern hängen, stand auf und ging das Gemälde holen. Glin und Fenja folgten ihm ins Obergeschoss in die lichtdurchfluteten Räume, in denen er Schreibstube und Atelier eingerichtet hatte. Enzo überreichte ihm das Bild, das in Wachspapier eingeschlagen war, und Glin packte es sofort eifrig aus.

»Was tun Sie da?«, wunderte sich Enzo.

»Ich kontrolliere, weil ich Ihnen nicht vertraue, Signore Enzo«, entgegnete Glin, während er die letzten Reste der Verpackung entfernte und das Bild in Augenschein nahm. »Sie haben mir bislang verhältnismäßig wenig Anlass dazu gegeben.«

Der Maler erwiderte nichts, während Glin das Gemälde ganz genau in Augenschein nahm. Er musste anerkennen, dass Enzo grandiose Arbeit geleistet hatte. Es wirkte tatsächlich so, als hielte Glin ein Jahrhunderte altes Gemälde in den Fingern, das mit dem Pinselstrich des berühmten Ornardo Vonati gemalt war. Glin untersuchte zuerst die Stellen, an denen er zuvor geheime Signaturen von Enzo entdeckt hatte, bevor er den Rest des Bildes genauer betrachtete und immer wieder über die gekonnten Schraffuren oder die glaubhaft gealterte Struktur staunte.

Nacht vor Tarsica. Es erforderte einige Beherrschung, um nicht laut loszulachen – er hielt tatsächlich eine quasi perfekte Version von Vonatis verlorenem Gemälde aus der Tageszeiten-Reihe in Händen.

Schließlich fand er keine weiteren Hinweise auf die wahre Urheberschaft des Kunstwerkes, packte es zufrieden wieder ein und zurrte die Schnüre fest, die das Wachspapier hielten.

»Das sollte auch Experten für die Kunst der ausgehenden amantinischen Zeit überzeugen«, stellte er zufrieden fest.

»Wenn Sie meinen«, murrte Enzo.

»Oh doch, mein lieber Signore Enzo«, meinte Glin, zog aus seinem Rucksack einen Gürtel hervor und schnallte ihn um einen Schemel, der vor einem von Enzos Regalen stand.

»Ich verstehe nicht«, sagte der Künstler. »Es ist immer noch möglich, dass ein wirklicher Kenner von Vonatis Kunst eine Kleinigkeit entdeckt, die ich übersehen habe. Und wenn es bloß ein zu kräftig geführter Pinsel ist oder –«

»Ach, keineswegs, Signore«, unterbrach Glin ihn. »Denn unser Experte werden *Sie selbst* sein.«

»*Was?*«

»Natürlich«, meinte Glin. »Das ist doch völlig selbsterklärend. Als Kopist der übrigen Vonatis haben Sie sich in Fachkreisen einen entsprechenden Ruf erworben. Niemand wird Ihre Expertise infrage stellen.«

»Aber … Und wenn ich mich weigere?«

Glin sog die Luft ein und warf Fenja einen vielsagenden Blick zu. »Nun, mit diesem Einwand habe ich gerechnet, Signore.«

»Also?«

»Sie haben eben sehr verdutzt geschaut, als ich Ihren Hocker dort umgürtet habe.« Glin deutete überflüssigerweise zu dem Schemel, den er mit dem Ledergürtel umspannt hatte. »Ich habe diesen Gürtel etwas … präpariert. Stellen Sie sich nun einmal vor, Sie würden so einen Gürtel tragen, Signore …«

Es kostete Fenja kaum einen Wink mit dem Finger und der Schemel flog krachend in die Luft.

Enzo zuckte zusammen, als wäre er von einem Katapult getroffen worden, während Papier, Schreib- und Malutensilien aus einem nahen Regal durch den Raum stoben und sich unter der Zimmerdecke ein Rauchteppich bildete.

Ungerührt schritt Glin zu einer der Balkontüren und öffnete sie, um den Rauch abziehen zu lassen. »Ja, Sie haben richtig gesehen, Signore Enzo. Man könnte sagen, das Präparat hat eine nahezu *bombastische* Wirkung. Stellen Sie sich vor, in der entscheidenen Situation tragen ausgerechnet *Sie* einen solchen Gürtel am Körper.«

»Zumindest müsste er danach nicht mehr als Experte auftreten«, überlegte Fenja lauter als nötig.

»Auch wieder wahr«, meinte Glin. »Aus dieser Pflicht wäre er dann selbstverständlich entlassen – oder das, was von ihm übrig bliebe.« Er musste nicht hinsehen, um zu wissen, dass der Maler schon wieder weißer als jede frisch getünchte Wand war und am ganzen Leib schlotterte. »Ich finde, ich habe mich die letzten Wochen über sehr glaubwürdig gegeben, Signore Enzo. Also denke ich, Sie können mir ruhigen Gewissens auch dies glauben: Im entscheidenden Moment werden Sie mein Experte sein.«

3.

Das Badehaus, das sie auf der Insel der Speichellecker aufsuchten, trug den Namen *Tausend Lilien.* Es wurde zwar *Salon* genannt, blieb aber dennoch in seiner Seele ein Badehaus.

Glin betrachtete es als kleine Ironie des Schicksals, dass sie vom Blütenpalast in einen Salon gerieten, der nach Blumen benannt war. Der Duft im Inneren machte dem Namen jedenfalls alle Ehre.

Es herrschte reger Betrieb – die gesamte Insel schien sich mächtig in Schale geworfen zu haben. Glin und Fenja wurden gegen Zahlung einiger Steli eingelassen.

Die unangemessene Kleidung, die sie beim Betreten des Salons getragen hatten, war drinnen ohnehin nicht wichtig. Sie nutzten die unterschiedlich warmen und mit diversen Duftwassern und chemistischen Badezusätzen versehenen Becken, bevor Glin eine Massage mit Rosen- und Lavendelölen bezahlte. Und auch wenn der zuständige Masseur jeden verspannten Muskel und jedes überbeanspruchte Gelenk schmerzhaft durchknetete, musste Glin aufpassen, auf der Massagebank nicht einfach in einen wohlverdienten Schlaf zu fallen.

Anschließend ließen sie sich rasieren und frisieren. Aus Glins ungebändigtem braunen Haupthaar wurde eine schnittige Kurzhaarfrisur mit angedeutetem Seitenscheitel, wie sie die Männer in den Thronländern in den letzten Jahren trugen. Fenjas wilde und teils verfilzte Mähne wurde mühsam gebändigt und ein Stück weit abgeschnitten. Es war, als würde nach und nach aus einem groben Granitblock eine feingliedrige und beinahe graziöse Figurine herausgearbeitet. Fenja verwandelte sich in Glins Augen in eine nordische Schönheit mit ihren etwas spitzen Zügen und dem hellblonden, nun glänzenden Haar.

Frisch frisiert und duftend wie ein ganzes Beet von Orchideen verließen sie die *Tausend Lilien* und begaben sich zu *Casatti & Söhne*, einem Schneiderbetrieb im selben Bezirk. Casattis Vorteil war, dass sie größer als all ihre Konkurrenten waren, ausgestattet mit einem Schwarm von Untergebenen und Mitarbeitern, die den zahlenden Kunden auf der gesamten Fläche des Erdgeschosses eines kleinen Palazzo berieten, maßen und Kleidung verkauften. In höheren Adelskreisen (und jenen unter den Speichelleckern, die besonders viel auf sich hielten), hatte *Casatti & Söhne* bereits den Ruf des Exklusiven verspielt. Die gleichen Kleidermodelle in verschiedenen Größen vorrätig zu haben, um alle Kunden schnellstmöglich zufriedenstellen zu können, war jenen nicht mehr gut genug, die persönliche Maßanfertigung als Statussymbol schätzten. Doch Casatti hatte seine Kundschaft, denn hier war es möglich, sich der höheren Gesellschaft entsprechend einzukleiden – immer noch teuer, aber nicht zu Unsummen.

Casatti war zweifach wichtig für Glin: Zum einen fielen sie hier nicht auf, schon gar nicht am Unabhängigkeitsfest. Es gab einfach viel zu viele Ausländer, die sich nach langen Reisen noch eben schnell für diesen oder jenen Ball einkleiden mussten. Und alle strömten zu Casatti. Zum anderen konnte Glin Casatti bezahlen – Maßanfertigungen hätten seine letzten Reserven hingegen gesprengt.

Fenja entschied sich schnell für ein sehr schlank geschnittenes Kleid, tiefblau wie die erste Morgendämmerung eines langen Sommertages. Es entsprach der neuesten Mode aus Ittrico. Der Rock fiel schmal und verlieh Fenja eine Menge Beweglichkeit, war aber trotzdem elegant, wie an ihm mehrere mattschwarze Borten übereinanderfielen. Ebenso schwarz waren die Ärmel des Kleides, die jedoch erst am Oberarm ansetzten und die Schultern frei ließen.

Glin selbst bekam einen Anzug mit Jacke und Plusterhosen im selben Farbton. Das Kleidungsstück war bewusst als Ergänzung zu dem morgenblauen Kleid entworfen worden und kam außerdem mit einem blutroten Einstecktuch daher. Glin gefielen besonders die Brusttaschen der Jacke, denn so hatte auch Schönheit wieder ein bequemes Plätzchen in seiner unmittelbaren Nähe.

Frisch ausgestattet begaben sie sich zurück zum Vorhof der Ewigkeit, um in der Wohnung über dem Blütenpalast endlich, endlich ein paar wohlverdiente Stunden Schlaf nachholen zu können.

Doch dazu kam es nicht.

Sie hatten gerade die neuen Sachen über die Stühle rund um den Esstisch ausgebreitet, als plötzlich Illistra Gaon die Wohnung betrat, Meodore und einen weiteren ihrer Türsteher im Schlepptau. Es war ein imposanter Auftritt der Bordellbetreiberin mit ihrer überwältigenden Lockenpracht, den vielen Ringen und Perlen – flankiert von zwei großen, düster dreinblickenden Kerlen.

»Entschuldigung?«, fragte Glin.

»Tut mir echt leid, Glin«, meinte Meodore. Es klang dumpf und verlegen. »Aber –«

»Ich möchte Sie mit Nachdruck bitten zu gehen«, fiel Illistra ihrem Untergebenen ins Wort. »Und zwar auf der Stelle, wenn es keine Umstände macht.«

Illistra war ins geschäftsmäßige Siezen verfallen. Hinfort war alle Sympathie, die vielleicht auf einer alten, längst verblassten Freundschaft mit Madeire beruhte.

In Glins Gemüt zogen dunkle Wolken auf, wo sich über den Vormittag hinweg eigentlich eine sachte Zuversicht eingestellt hatte. »Und wenn es *doch* Umstände macht?«

»Dann bitte ich diese beiden netten Herren hier, Ihnen bei der Abreise behilflich zu sein.«

Fenja beugte sich zu Glin. »Ich weiß, dass du noch irgendwo Steine versteckt hast. Ich könnte –«

Doch Glin winkte ab. »Ist schon gut, wir bekommen ja doch keine Ruhe, wenn wir hier großen Streit anfangen.« Dann wandte er sich an Illistra. »Dürfte ich den Grund für die Beendigung unseres Mietverhältnisses erfahren?«

»Sie machen Ärger«, sagte die Besitzerin des Blütenpalastes unumwunden. »Ich habe ja verstanden, dass Sie Rache an einem Magier üben wollen. Aber ehrlich gesagt wird mir das Ganze zu heikel, nachdem ich in Erfahrung gebracht habe, dass besagter Magier ein persönlicher Berater des Erzherzogs ist. Vielleicht waren Sie ehrlich zu mir und wussten es bei Ihrem Einzug hier nicht, Signore Melisma. Aber das ist mir einerlei. Mit so etwas möchte ich nichts zu tun haben.«

Glin hob eine Augenbraue an. »Gut«, nickte er schließlich und versuchte, so nüchtern wie möglich zu klingen. »Dann hätte ich gerne meine Steli wieder – abzüglich des Anteils für die Zeit, in der wir hier bereits gewohnt haben.«

Doch Illistra schüttelte den Kopf. »Bedaure. Ich nehme das Geld als Aufwandsentschädigung für den potentiellen Ärger, der mir vielleicht noch droht.«

»Moment. Verstehe ich das richtig? Sie enthalten mir das viele Geld vor, das ich Ihnen im Voraus gezahlt haben – nur, weil Sie sich jetzt plötzlich *nicht mehr so wohl* bei der Geschichte fühlen?«

»Interpretieren Sie es, wie Sie wollen, Signore Melisma. Aber gehen Sie jetzt!«

Ihn überkam kalter Zorn. Was bildete sich diese Premium-Puffmutter eigentlich ein? *Bei Din Vestros verdammter lächelnder Maske, sind denn alle in dieser Stadt plötzlich so durchgedreht, dass sie ernsthaft glauben, sie könnten den Herbstgängern die Regeln diktieren?*

Er atmete mehrmals tief durch, um nicht die Beherrschung zu verlieren, und versuchte es dann mit gepresster Stimme. »Ich mache Ihnen folgenden Gegenvorschlag, Illistra: Sie lassen mich in Ruhe und ich lasse Sie in Ruhe. Ich gebe Ihnen die absolut einmalige Chance, alles, was Sie in den letzten Augenblicken gesagt haben, zurückzunehmen.«

Illistra Gaon brach in schallendes Gelächter aus.

Glin wartete, bis sie sich ein wenig beruhigt hatte, bevor er fortfuhr. »Falls Sie es allerdings wirklich ernst meinen, dann werde ich Ihr Etablissement noch vor Ablauf der Unabhängigkeitswoche vernichtet haben und Sie können Ihr Geschäft fortan in irgendeiner Bruchbude am Hafen betreiben.«

Die Herrin des Blütenpalastes verstummte schlagartig.

»Raus hier!«, bellte sie. »Meodore, Uido, werft sie hinaus!«

Blitzschnell ließ er die verbliebenen Stein aus seinem Ärmel in seine Rechte fallen und drückte sie Fenja in die Hand.

Die Magierin zögerte nicht einen Wimpernschlag, bewegte ihre schlanken Finger und Meodore und Uido polterten umgehend übereinander und begruben Illistra unter sich.

Glin trat Uido, der oben in dem Gewirr aus Armen und Beinen lag, gegen die Schläfe und der bullige Körper erschlaffte in Bewusstlosigkeit. Dann griff er nach Illistras Geldbörse und ließ sie unter Fluchen und Zetern der Bordellbesitzerin in seiner Hosentasche verschwinden.

»Ich nehme das als Anzahlung«, knurrte er und drohte Meodore mit dem Finger liegen zu bleiben, während er die Kleider einsammelte und das Gemälde unter den Arm klemmte. Fenja verhinderte gleichzeitig, dass Meodore überhaupt versuchen konnte aufzustehen.

Bevor sie die Wohnung verließen, ging Glin noch vor Illistra in die Hocke, die ihn aus ihren dunklen Augen anstarrte. »Meine liebe Illistra – ich finde es bedauerlich, dass wir nicht länger beim Du bleiben konnten. Aber prägen Sie sich diesen Moment gut ein. Hier oben, in Ihrer eigenen Wohnung, begraben unter den von Ihnen bezahlten Rausschmeißern. Was für ein erbärmlicher Anblick. Halten Sie das als Erinnerung gut fest, denn bald schon werden Sie Mühe haben, gute Männer wie Meodore überhaupt bezahlen zu können. Oder haben Sie ernsthaft gedacht, ich würde mich auf ein Kräftemessen mit einem der – wie haben Sie gesagt? – *engsten Berater Borgessas* einlassen, wenn ich nicht die Mittel und die Skrupellosigkeit dazu hätte?«

Illistra schnaubte nur.

»Erinnern Sie sich gut an diesen Tag, an dem Sie Glin Melisma so sehr verärgert haben, dass Sie noch vor Ablauf der Woche auf der Straße stehen werden.«

»Werden wir sehen«, spie sie.

»Oh nein«, plapperte Glin munter weiter. »Sie haben gerade Ihr Schicksal verspielt, Herrin der Blüten. Nutzen Sie die kommenden Stunden, um sich von Ihrem Blütenpalast zu verabschieden.«

Sie entgegnete nichts.

»Tja«, meinte Glin. »Es mag etwas hart sein, sein Lebenswerk zu verlieren, nur weil man einen Moment lang unachtsam war und meinte, Glin Melisma hintergehen zu können. Auf der anderen Seite: So ist das Schicksal. Gerade Din Vestro ist gerne mit jenen, die sorgfältig überlegen, hinterlistig sind und langfristig planen –

und er verabscheut es, wenn man unbedacht aus bloßen Impulsen heraus handelt. Vielleicht spenden Sie etwas von dem Geld an seinen Tempel, solange Sie noch können.«

»Ach, hauen Sie einfach ab, Glin Melisma«, schrie sie wutentbrannt.

Glin erhob sich und tat so, als klopfe er sich den Staub von den Knien. »Denken Sie an meine Worte, Illistra.«

Damit wandte er sich um und verließ den Blütenpalast.

»Und was tun wir jetzt?«, fragte Fenja noch auf der Treppe.

Glin wedelte mit Illistras Geldbörse in den Fingern. »Jetzt gehen wir ein paar unversiegelte Edelsteine kaufen, ich habe nämlich keine mehr. Und dann zahlen wir irgendeinem Gastwirt in dieser völlig überfüllten Stadt eine viel zu hohe Summe dafür, dass er uns ein paar Stunden lang in Ruhe schlafen lässt.«

Zu seiner Überraschung schien Fenja das mit grimmiger Zufriedenheit zu erfüllen. Er wusste, dass sie sich ebenso ungerne wie er von Leuten wie Illistra herumschubsen ließ. »Klingt nach einem guten Plan.«

INTERLUDIUM V

Die Blüten von Ittrico

AUS TALMOS GESCHICHTE

Von Glin rekonstruiert anhand von Erzählungen und gefundenen Aufzeichnungen. Die Ereignisse des vorliegenden Abschnitts fanden statt im Stadtstaat Ittrico. Im Jahre 1000 nach Amantis. Dreizehn Jahre, bevor die Herbstgänger nach Mosmerano reisten.

1.

Es hatte die Herbstgänger einige Arbeit gekostet, Falk dazu zu überreden, seine priesterlichen Aufgaben wieder zu übernehmen. Er hatte sich gesträubt und lauter Argumente vorgebracht, die weder Hand noch Fuß hatten.

Schließlich hatten sie ihn weichgeklopft und er willigte ein – er konnte seine Freunde schließlich nicht im Regen stehen lassen.

Und so heirateten Arbo und Shalimo.

Gäste waren nicht viele gekommen an diesem Frühlingstag – lediglich einige Familienmitglieder Arbos. Doch auch so war es es ein helles und ausgelassenes Fest.

Sie waren im vergangenen Herbst von Abaste aus aufgebrochen und über das Opalmeer bis hinauf nach Thyriss gefahren, wo sie in den meisten Jahren überwinterten. Im Frühjahr waren sie dann nach Ittrico gereist, um über die Saison unter anderem Tresco Silvanis *Der König unter der Stadt* aufzuführen. Die bewaldeten Ittrikanischen Berge im Hintergrund boten ein atemberaubendes Panorama, auch wenn hin und wieder noch kalte Winde von den immer noch schneebedeckten Gipfeln in die Stadt hinab wehten. Für wenige Wochen blühten die Kirschbäume und blassrosa Blüten legten sich wie Puderzucker über die Natur

»… und so halte Din Vestro, Herr des vorteilhaften Handels und Patron aller Schauspielerei, seine schützenden Hände über euch und euren Lebensbund«, beendete Falk gerade die Zeremonie, bevor Gratulationen und Glückwünsche an der Reihe waren. »Möge euer gemeinsamer Weg lang und von Glück und Zufriedenheit gesäumt sein, bis die gemeinsame Reise einst in dieser Welt endet und ihr sie auf der Sonnenlosen Straße fortsetzt.«

Der Applaus der kleinen Hochzeitsgesellschaft brandete auf, als Shalimo und Arbo sich in der Mitte des Mechanischen Theaters in den Armen lagen.

Nicht direkt unter der Feiergesellschaft, sondern auf der Tribüne, saß der Junge Glin, der seit einem Jahr zum Ensemble gehörte. Auch er strahlte und applaudierte. Die mechanische Grille Schönheit saß auf seiner Schulter und wiegte sich im Takt einer Melodie, die außer ihr niemand zu hören schien.

»Wieso sitzt du hier oben allein?«, fragte ihn Talmo, der Glins Abwesenheit sofort bemerkt hatte, aber erst jetzt, nach der Zeremonie, zu ihm hinaufklettern konnte.

»Ich mag es, das Glück der beiden zu beobachten«, sagte der Junge. Er war ein Stück gewachsen in dem knappen Jahr seit ihrer ersten Begegnung in Abaste und ständig damit beschäftigt, unter Madeires Anleitung neue Hosen mit längeren Beinen zu nähen.

»Du könntest mit hinunterkommen und ihnen persönlich gratulieren. Außerdem wolltest du doch das Blütenstreuen übernehmen.«

Glin sah ihn mit einem unergründlichen Blick an. »Keine Sorge, das mache ich noch.«

Talmo verdrehte die Augen. »Du hattest genau eine Aufgabe bei diesem Fest – du solltest Blumen streuen.«

»Ich hab doch gesagt, dass ich das noch mache«, maulte Glin. »Außerdem habe ich bereits Falk überredet, dass er als Priester die Zeremonie leitet.«

»Du hast ihn nicht überredet. Du hast seinen Wein, seinen Schnaps und sein Geld versteckt und ihm das Versprechen abgenommen, Arbo und Shalimo zu trauen. Das nennt man nicht *überreden*, das nennt man *Erpressung*.«

»Scheint sich beides ähnlicher zu sein, als die Leute immer glauben.«

Talmo stöhnte. Er war blauäugig gewesen, als er angenommen hatte, einen viel zu jungen, aber höchst unverschämten Dieb erziehen zu können. »Sei einfach nicht so vorlaut!«

»Keine Sorge«, sagte Glin. »Die beiden bekommen ihre Blütenblätter.«

Er holte eine Mechanik aus einer Umhängetasche, die er neben der Bank abgestellt hatte. Sie wirkte der Libelle sehr ähnlich, die Talmo damals für Madeire angefertigt hatte. Aber Glin holte noch eine und noch eine und noch eine heraus.

»Woher hast du die?«

Der Junge hob die Schultern. »Ich habe die Baupläne für diese Libellen in einer Schublade unter deiner Werkbank gefunden.«

Natürlich waren sie unter meiner Werkbank, dachte Talmo. *Es sind ja auch* meine *Pläne.*

»Aber ich fand sie viel zu kompliziert«, plapperte Glin weiter. »Also habe ich sie vereinfacht und dann auch gleich mehrere von ihnen gebaut. Und außerdem habe ich noch eine Extrafunktion eingebaut.«

Geschwind zog er eine der Libellen auf, griff neben sich, hängte ihr ein dünnes Stoffbeutelchen voller Blütenblätter um und ließ sie elegant hinabschweben, über die Köpfe der Feiernden hinweg, wo sie durch sachtes Schütteln des Beutels nach und nach die Blütenblätter verlor. Und so begann es, rosa Kirschblüten über Shalimo, Arbo und ihren Hochzeitsgästen zu regnen.

»Hier, hilf mir mal«, meinte Glin und reichte Talmo zwei seiner Libellen. Der Meistermechanist staunte nicht schlecht darüber, dass Glin tatsächlich die gesamte Konstruktion verändert hatte, damit man sie viel leichter herstellen konnte.

Kurz wusste er nicht, ob er sich nicht vor dem immensen Talent des Jungen fürchten sollte. Aber was konnte schon besser sein, als den womöglich begabtesten Mechanisten der Ruhenden Welt in der eigenen Familie zu wissen?

Talmo spürte das breite Lächeln auf seinem Gesicht, als seine Libelle davonschwebte und Blütenblätter streute. Und er genoss es, wie alle anderen lachten und tanzten und wie die Götter es an diesem Tag schlicht gut mit ihnen allen meinten.

16. KAPITEL

Der Ball

1.

Glin war tatsächlich ein wenig erstaunt, dass Fenja Vannagren immer noch da war. Bis zuletzt hatte er die stille Befürchtung gehegt, die Magierin könnte eine der Gelegenheiten nutzen, um sich aus dem Staub zu machen.

Doch die Anziehungskraft, die das viele Geld, der herzogliche Ball und der Inhalt des Tresors auf sie ausübten, war offenbar groß genug, um sie bei der Stange zu halten. In dem engen Zimmer war Glin einfach wie ein Stein eingeschlafen und erst am späten Nachmittag wieder erwacht – zu seiner Belustigung sogar *vor* der schnarchenden Magierin, die die Chance gehabt hätte, mit einer Handvoll Edelsteine das Weite zu suchen.

Die zweite Erleichterung erfuhr Glin, als sie in einer gemieteten Droschke auf der Hochwohlgeborenen Insel vorfuhren und ihre falschen Namen tatsächlich auf der Gästeliste des herzoglichen Balls zu finden waren. Der nahezu quadratische Bau des weitläufigen Palastes, der mit weißem und grünem Marmor verkleidet war, wirkte aus der Entfernung schlicht. Doch je näher man ihm kam, desto mehr Fenster und von Spitzbögen gerahmte Gänge in der Fassade waren sichtbar und gaben einen Vorgeschmack auf das verwinkelte Innere. Es war sinnvoll gewesen, den Grundriss in der Bibliothek der Fakultät zu studieren, denn die asymmetrische und im Gegensatz zur Fassade oft nicht im rechten Winkel verlaufende innere Aufteilung des Palastes sollte Ahnungslose ganz bewusst täuschen. Von hier wurde die Republik Mosmerano regiert, deren Herzog auf Lebenszeit gewählt war. Dieser halbwegs demokratische Zug wurde jedoch durch ein kompliziertes Wahlrecht und Seilschaften innerhalb des hohen Adels weitgehend außer Kraft gesetzt. Wahlmonarchie wäre in Glins Augen der treffendere Begriff gewesen. Doch was scherte ihn das *Warum*? Das *Wie* war das einzig Wichtige: Wie funktionierte dieser Staat? Wie kam man an seinen Herrscher heran? Wie konnte man den mächtigsten Mann dieses Stadtstaates so sehr nach Strich und Faden verschaukeln, dass Din Vestro Tränen lachen würde?

Glin hatte das Gemälde so eingeschlagen, dass die Verpackung mit wenigen Handgriffen zu öffnen war – so konnte er der Palastwache vorführen, dass es sich bei dem Geschenk für den Herzog um keine Waffe handelte, die er für ein Attentat zu nutzen gedachte. Das Angebot, sein Geschenk zu den anderen Mitbringseln auf einen von protzigen Spezialitätenkörben, Schmuckstücken und edlen Weinen überfüllten Gabentisch zu legen, schlug Glin allerdings aus. Er bestand darauf, das Bild persönlich zu übergeben, teilte er dem diensthabenden Hauptmann mit, der ihm erstaunt viel Glück dabei wünschte. Der Erzherzog sei sicherlich zu beschäftigt, um einen kaufmännischen Emporkömmling aus den Thronländern – für den Glin sich ausgab – persönlich zu begrüßen. Glin insistierte, dass er es darauf ankommen lassen wollte, woraufhin der Hauptmann sie gewähren ließ und ihnen abermals viel Glück wünschte.

Sie wurden mit anderen Gästen durch viele großzügige Gänge geschleust, die von verschwenderisch großen chemistischen Lampen in Gelb- und Orangetönen erhellt waren und so das Innere des Palastes im Kontrast zur Abenddämmerung in loderndes Licht tauchten.

Der größte Saal des Palastes wurde ironischerweise *Der verzo-*

gene Tänzer genannt, in Anlehnung an die beiden Spitznamen der Stadt Mosmerano – *Die Verzogene* und *Die Tänzerin über dem Wasser.* Er hatte beinahe die Ausmaße einer Piazza. Nach Westen hin eröffneten viele bodentiefe und nur selten unterteilte Glasfenster den Blick auf die Lagune. Sie wirkte dunkel im Kontrast zur untergehenden Sonne, die durch die Fenster hereinstrahlte und den Verzogenen Tänzer mit Feuerschein flutete. Mit Blattgold überzogene Ranken und Ornamente sowie der Stuck an der freitragenden Decke spiegelten das flammende Licht der Abendsonne und trugen es in jeden Winkel des Saales, der überdies von Dutzenden chemistischen Kronleuchtern erhellt wurde. Bald schon würde das Licht der Seegemmen die Abendsonne ablösen und die Lagune eine ganze Spur gespenstischer erscheinen lassen.

Die übrigen Seiten des Saales waren mit enormen Fresken bedeckt, die vor allem die Götter der Siebenfaltigkeit darstellten. Das größte Fresko jedoch befand sich den Fenstern gegenüber an der Ostseite und zeigte den Gründungsmythos der Republik Mosmerano: eine gewaltige Seeschlacht vor der Kulisse der Stadt – jener entscheidende Sieg über die Armada der Mondsüchtigen Kaiserin. Der Tag, der die Unabhängigkeit vom Amantinischen Reich bedeutet hatte.

Welch eine Ironie ist es doch, ausgerechnet an einem solchen Unabhängigkeitsfest diese kleine Republik um ihren wertvollsten Schatz zu erleichtern, dachte Glin.

»Eines muss ich dir lassen, Glin«, raunte Fenja ihm ins Ohr. »Du betrügst Leute auf wirklich hohem Niveau.«

Mit so viel Anerkennung hatte Glin nicht gerechnet.

Man wies ihnen Plätze auf dem letzten Viertel der östlichen Tafel zu, weit weg vom Erzherzog – aber das hatte Glin nicht anders erwartet.

Ihnen gegenüber saß eine Kauffrau, die aus Varone angereist war und sich als Madame Neline Demorique vorstellte. Sie war dermaßen beleibt, dass der Abstand zu ihren Nachbarstühlen größer war als üblich – auch der zu ihrem spindeldürren Mann zu ihrer Linken. Essen war offensichtlich eine ihrer Lieblingsbeschäftigungen. Und da es noch nichts zu essen gab, begann sie zu plaudern, einer weiteren Lieblingsbeschäftigung. Bald wussten Glin und Fenja alles über jeden einzelnen Weinhang in ganz Envaustille, über die vielen Sonnentage, über ungewöhnliche Gerbsäure in manchen Rebsorten und die schleppende Korkenproduktion in Abitreija. Glin fürchtete bereits, dass Fenja der Geduldsfaden reißen könnte, da es unter Madame Demoriques quäkend lautem Geschnattere nicht möglich war, auch nur ein paar Worte mit ihren direkten Nachbarn links und rechts zu wechseln.

Einsilbigkeit brachte indes gar nichts. Auf die Frage nach ihrer Herkunft antwortete Fenja schlicht »Die Waldungen«, was Madame Demorique zu weiterem ausschweifenden Erzählen über die Trinkgewohnheiten der Nordleute verleitete. Außer an ein paar wenige ausgesuchte Adelige dort lohnte es sich – wie sie erfuhren – nicht, Wein in diese Gegend zu liefern.

»Kannst du kein Messer oder so aus dem Ärmel holen und es ihr in den verdammten Hals rammen?«, flüsterte Fenja Glin ins Ohr, als die schwabbelige Madame gerade in ihr Spitzentaschentuch schnäuzen musste. »Ich fürchte, sonst muss ich es tun. Notfalls mit einem Suppenlöffel.«

»Entschuldigen Sie«, schniefte Madame Demorique. »Ich habe Sie nicht verstanden, würden Sie vielleicht etwas lauter –«

»Meiner Begleitung geht es nicht gut«, entschuldigte Glin sich. »Sie hat den ganzen Tag noch nichts gegessen.«

»Sie Ärmste«, säuselte die Kauffrau. »Das kann wirklich auf die Laune und den Kreislauf schlagen.«

Und so plapperte sie in einem fort. Glin fragte sich, warum er eigentlich Sorgen gehabt hatte, Fenja könne im Laufe des Nachmittags die Beherrschung verlieren und türmen – *jetzt* war der Zeitpunkt, sich Sorgen zu machen, dass die Magierin etwas Unbedachtes tun könnte.

Endlich ließ ein Gong alle Gespräche im Saal schlagartig verstummen. Glin warf Fenja einen scharfen Blick zu, dass sie es bloß nicht wagte, erleichtert aufzuseufzen.

»Hochverehrte Signore und Signori«, ertönte die Stimme eines Heroldes von jenem Ende der mittleren Tafel, das der Herzogstafel direkt gegenüberlag. »Ich heiße Sie alle im Namen unseres großzügigen Gastgebers willkommen. Bitte begrüßen Sie mit mir Erzherzog Irico Borgessa.«

Applaus brandete auf und die Gäste erhoben sich, während durch eine der Seitentüren der Erzherzog mit seiner Frau schritt und sich zur Tafel begab. Borgessa hatte denselben schwarzen Schnauzbart, den Glin vom Gedenktag des Tempels in Erinnerung hatte. Er trug ein wallendes rotes Sommergewand, auf das mehrfach die weiße Krähe Mosmeranos gestickt war. Auf seinem Kopf saß die unverwechselbare spitze Haube, die in dieser Form lediglich von den regierenden Herzoginnen und Herzögen Mosmeranos getragen wurde – von niemandem sonst auf der gesamten Ruhenden Welt.

Ranella Borgessa, die Frau des Erzherzogs, ging neben ihm, schön wie eine Blume. Und ein wenig hinter ihnen kam stolzen Schrittes Mandolo, der Sohn der Familie, etwa so alt wie Glin, schwarzes Haar, brauner Teint, und die Sicherheit im Rücken, Erbe eines großen Adelshauses zu sein. Er war die offensichtliche Verkörperung allen mosmeranischen Stolzes.

Die Herzogsfamilie hatte ein dermaßen einnehmendes Charisma, dass selbst Glin fasziniert war. Er spürte regelrecht, wie sich um ihn herum die Gedanken der Menschen nur noch darum zu drehen begannen, den Borgessas nach Möglichkeit zu gefallen.

Doch in dem Augenblick, in dem sich Glin dieser Wirkung bewusst wurde, verblasste sie bei ihm selbst. Er schüttelte sie ab wie eine schlechte Angewohnheit und begann stattdessen die Gäste des Banketts genau zu mustern. Jetzt, wo alle standen, hatte er den Überblick.

Es dauerte nicht lange, bis er alle Ziele ausgemacht hatte.

Aurinius von Veelyn war noch am auffälligsten. Das rote Haar verriet ihn weithin. Aber auch Atteo Enzo, Evenito Cossa und Dekan Toss de'Meeren hatte Glin bald gesichtet. Allesamt saßen sie viel weiter vorn als er und Fenja. Doch das würde spätestens dann keine Rolle mehr spielen, wenn sie zu dem Teil des Abends übergingen, der dem Tanz gehörte. Verteidigungsminister Tito Orleone hatte er überdies an der Tafel des Erzherzogs erspäht.

Als die Borgessas ihre Plätze erreicht hatten, verstummte der Applaus auf einen beinahe nachlässigen Wink des Erzherzogs hin.

»Signore und Signori, werte Gäste«, erhob er seine sonore Stimme mit Leichtigkeit über die Köpfe aller Anwesenden hinweg. »Ich denke, es ist würdig, wenn ich es mit einer kleinen Ansprache nicht übertreibe. Der Legende nach sollen Gäste während mehrstündiger Eröffnungsreden schon eingeschlafen sein …«

Gelächter erschallte.

»Unserer stolze Republik Mosmerano ist in der Ruhenden Welt immer vorangeschritten. Wir waren das Riff, an dem die kaiserliche Armada vor fünfhundertachtzig Jahren zerschellte. Wir haben den Handel vorangetrieben. Haben die Ruhende Welt durch Erfindungsreichtum und Kultur bereichert. Der Geist des mosmeranischen Voranschreitens erstreckt sich auf unzählige Felder: Chemistik, Mechanik, Handel, Militär – ich vergesse sicherlich etwas, wenn ich versuche, alles aufzuzählen.«

Magie lässt er bewusst aus, fiel Glin auf.

Der Erzherzog fuhr fort. »Der erfinderische Geist und der unbändige Wille der Mosmerani, neue, fortschrittliche und elegante Dinge zu erschaffen, ist ebenso legendär wie die Figuren, die unsere Straßen während dieses Festes bevölkern – der Messergaukler, die bucklige Königin, die Flammentänzerin und unzählige andere Helden aus den Tagen des Sieges über die Armada. Ich bin allen Göttern dankbar, dass wir uns so deutlich von allen anderen Ländern abheben.«

Borgessa machte eine Kunstpause, in der es keine laute Reaktion der Gäste gab, denn diese Aussagen irritierte sie offenbar ein wenig.

»Genießen Sie mit mir zusammen eine kleine, aber zauberhafte Darbietung überlegener mosmeranischer Kunst und Musik.«

Zögerliche Klatscher ertönten, doch sie mehrten sich rasch, als durch eine der Seitentüren etwas hereingefahren wurde – jemand, um genau zu sein. Eine Frau vor einem Cembalo sitzend, beides auf einem fahrbaren Boden. In mosmeranisches Blau gekleidete Diener rollten sie über eine Rampe auf jene Bühne vor der Nordseite des Saales, auf der den Rest des Jahres über der Thron des Erzherzogs stand.

Kaum war der Applaus verebbt, begann die Frau zu spielen. Es war ein schönes Stück. Da Glin nicht allzu viel Ahnung von Musik hatte, konnte er es schlecht einordnen. Vielleicht war es eine klassische Partitur aus der postamantinischen Zeit, die hörte man oft auf Bällen und –

Er stockte, als er etwas entdeckte, wozu er sehr wohl die nötigen Fachkenntnisse besaß. Es ärgerte ihn sogar, dass es ihm nicht sogar augenblicklich aufgefallen war: Nirina, die Cembalospielerin, war *eine Mechanik.*

Auf den ersten Blick – und im trügerischen Licht des Abends – bewegte Nirina sich beinahe mit der Anmut eines echten Menschen. Doch eben nur beinahe.

Ich erkenne doch eine Mechanik, wenn ich eine sehe!

Glin musste den Mechanisten des Herzogs großen Respekt zollen für die Konstruktion und er versuchte sogleich, sie auf ihre Details hin zu analysieren. Nirina trug ein wallendes Abendkleid, das über ihren Sitz herabfiel. Dort – im vermeintlichen Hocker – saß eine grandiose Apparatur von Gestängen, Federn und Achsen, die als Antrieb für die mechanische Musikerin diente. Das erklärte, warum man den Hocker kaschierte und die Musikerin im Sitzen hereingefahren hatte.

Nicht schlecht, dachte Glin. Aber aus seiner Sicht war es auch nicht über die Maßen raffiniert. *Raffiniert wäre es, wenn es des falschen Hockers nicht bedurft hätte.*

Aber für unkundige Leute – wie die allermeisten Anwesenden – bot sich eben ein kleines Spektakel.

Ja, auf diese Weise konnte Borgessa sich aufplustern und behaupten, dass sich andere in der Tat eine Scheibe von Mosmeranos Fortschritt abschneiden konnten, auch wenn Glin davon ausging, dass es zumindest in Vilsheil und Thyriss mindestens gleichwertige Mechanisten gab, denn dort lagen die angesehensten Gilden. Nichtsdestotrotz bot Nirina eine beeindruckende kleine Vorstellung.

Nachdem die Musik und anständiger kleiner Applaus verklungen waren, enthüllte Borgessa das Geheimnis. »Es wäre schön, wenn Nirina aufstehen und sich verbeugen könnte, aber das wäre von einer Mechanik dann doch etwas zu viel verlangt.« Ein Raunen ging durch den Saal. »Sie sehen, was mosmeranische Mechanisten zu erschaffen imstande sind. Glauben Sie mir, wenn ich Ihnen sage: Mosmerano wird die Welt verändern.«

Frenetischer Beifall brandete auf und hielt eine Zeit lang an.

»Na, kannst du so etwas auch, du Meistermechanist?«, foppte Fenja Glin leise.

»Gib mir die nötigen Mittel und ich baue dir eine Nirina, die auch aufstehen und sich verbeugen kann«, murmelte Glin zurück. »Aber ich kann noch etwas, das alle hochdekorierten Mechanisten nicht vermögen, egal, wie viele von ihnen Borgessa auch anstellen mag: Ich kann uns in diesen verdammten Tresor bringen.«

»Wir werden sehen«, grinste Fenja, während sie applaudierte.

»Danke«, tönte Borgessa schließlich, als das Klatschen ein wenig nachließ. »Möge Mosmerano stets in jenem Glanz erstrahlen, der ihm seit alters her zusteht. Und in diesem Sinne: Lassen Sie uns mit dem Festessen beginnen!«

Auf dieses Kommando hatten Aberdutzende von Dienerinnen

und Dienern bloß gewartet. Die Flügeltüren des Saales schwangen auf und auf vielen Servierwagen wurde das Beste hereingefahren und aufgetischt, das die Palastküche zu bieten hatte. Es gab mit Linsen und Leber gefüllte Fische, süße Gurken aus den Thronländern, Riesenhummer aus der Stahlblauen See, Fasanenbraten mit Senfgelee aus Daworje, gedünstete kaiserliche Wildschweine mit Honigbirnen und kandiertem Pfeffer, frittierte schwarze Süßkartoffeln aus dem Königreich in den Wäldern, serviert mit Aprikosencreme, mit Rubinkäse überbackene Orangen sowie Rebhühner mit Zimtmarmelade und Wacholdersalat. Dazu wurde ein Himbeer-Kardamom-Wein serviert, außerdem ein saphirfarbener Wein aus Envaustille, über den Madame Demorique dermaßen in Verzückung geriet, dass Glin ernsthaft fürchtete, sie würde im nächsten Augenblick einfach mit einem schmatzenden Geräusch platzen.

Als sie samt und sonders satt waren, wurden die Desserts aufgefahren: Nester aus roter Schokolade, ein kaltes Vanillerisotto mit Esskastanien und Datteln, Sesambraten mit Traubensirup sowie eine Cremetorte mit Marzipan und einer scharfen Beerensauce.

Glin musste mehrfach an ihren ersten Abend in Mosmerano denken, an dem sich die Herbstgänger mit einem extravaganten Mahl für die strapaziöse Anreise selbst belohnt hatten. Doch gegen dieses herzogliche Festbankett waren ihre eigenen Kochkünste beinahe armselig zu nennen, auch wenn Glin viele Jahre lang geglaubt hatte, dass die Herbstgänger mit einer höheren Küche mithalten konnten, wenn sie sich ins Zeug legten. Aber gegen die Küche des Palastes am höchsten Feiertag des Jahres konnte niemand ankochen.

Und so genoss Glin das gute Essen, das er sich erschlichen hatte – es war schließlich immer noch gut möglich, dass es seine Henkersmahlzeit war.

2.

Die Tafeln bestanden aus zwanzig bis dreißig großen Einzeltischen, deren raffinierte Mechaniken ermöglichten, sie zusammenzuklappen und in Windeseile abzutransportieren.

Binnen weniger Minuten hatte sich Der verzogene Tänzer von einem Bankett- in einen Tanzsaal verwandelt. Auf die Bühne war ein exklusives sechzehnköpfiges Streicherensemble getreten.

Erzherzog Borgessa und seine Frau Ranella eröffneten den Ball mit einem klassischen *Mitrischen Walzer*, bevor mit dem *Schwanenschritt* und dem *Jaerhellachor* zunächst zwei höfische Reihentänze angeboten wurden.

Fenja überraschte Glin damit, beide zu beherrschen, kannte jede Bewegung beinahe besser als Glin, dem es vorkam, als lägen seine Tanzstunden bei Madeire mehrere Ewigkeiten zurück.

Das Eröffnungsprogramm des Balls schloss mit einem Paartanz, der den exotischen Namen *Vernarrte Pfauen* trug. Auch hier zog Fenja sich nicht zurück, sondern zwang Glin förmlich zu einem Tanz mit ihr. Und es war ihm erstaunlich unangenehm, mit dieser wilden Person so eng zu zweit zu tanzen – denn waren sie beide nicht eigentlich Geschäftsleute und er abhängig von ihr, weil sie über großes magisches Talent verfügte?

»Du tanzt gut«, meinte er, während sie zu hellen Streicherklängen über das Parkett des Saales wirbelten. Die Sonne war mittlerweile untergegangen und das Innere des Palastes strahlte durch Tausende Kerzen und chemistische Lichter wie ein Juwel.

»Danke«, entgegnete sie. »Bei dir geht es so mit dem Tanzen.«

»Ich liebe Komplimente«, meinte Glin und verdrehte die Augen.

»Immerhin machst du keine Schrittfehler«, sagte sie. »Das ist schon einmal viel wert.«

Es war ein wenig wie mit Yrrein. Kleine Seitenhiebe, die sich aber vertraut anfühlten.

Aber Fenja ist bloß ein Werkzeug!, ermahnte er sich. Anders ließ es sich gar nicht machen. Bekäme Glin plötzlich Angst vor einem persönlichen Verlust, hätte Aurinius leichtes Spiel mit ihm.

Das Streicherensemble endete mit einem Crescendo und einem anschließenden Tusch, woraufhin sich die Tänzerinnen und Tänzer vor dem Applaus der Umstehenden verbeugten.

Der Erzherzog wünschte mit seiner gewinnenden Art allen Anwesenden ein frohes Fest. Anschließend tanzten einige Paare weiter – viele andere jedoch traten in Grüppchen zusammen und führten Gespräche über Geschäftliches, Belangloses oder einfach Klatsch und Tratsch. Von denjenigen, die den Eröffnungstänzen ferngeblieben waren, trauten sich hingegen nun auch einige auf die Tanzfläche, als nicht mehr haargenau festgelegt war, ob man einen Walzer nun nach der Art tanzte, wie sie in den Amantinischen Republiken üblich war oder wie er in Daworje getanzt wurde, wo sich ein starker Einschlag in Richtung Polka durchgesetzt hatte.

»So, es ist Zeit für den ersten kleineren Auftritt des Abends«, meinte Glin und zog sein blaues Jackett glatt.

»Und zwar welchen genau?«, fragte Fenja.

»Ich habe neuerdings – ganz frisch und aktuell sozusagen – eine Rechnung offen, die noch beglichen werden muss.«

»Hm?«

»Pass bitte einen Moment lang auf das Gemälde auf, ich bin sofort wieder da«, sagte Glin und schritt langsam durch die Menge, bis er bei einem dicken Mann mit einem ebenso dicken Schnauzbart angelangt war, der sich in einen mit Goldfäden besticken Anzug gekleidet hatte. Es war kein Geringerer als Kriegsminister Tito Orleone und er unterhielt sich mit zwei hohen Offizieren der Marine, die ihre Paradeuniformen trugen.

Glin wartete höflich eine Weile und schlüpfte dann elegant zwischen die Gesprächspartner, wobei es sich nicht vermeiden ließ, Orleone anzurempeln – es war sogar zwingend notwendig. Wäre noch mehr Wein im Pokal des Ministers gewesen, hätte er ihn vermutlich über Hemd und Anzug verschüttet, so grunzte er Glin einfach unfreundlich an.

»Entschuldigen Sie vielmals, Minister«, gab sich Glin unterwürfig.

»Ja ja, schon gut«, brummte Orleone.

Der Minister wollte sich bereits wieder wegdrehen als Glin den Finger hob. »Dürfte ich … vielleicht ganz kurz, Signore Orleone.«

Der Minister verdrehte die Augen, behielt aber seine Fassung. »Was kann ich nun für Sie tun, Signore …«

»Vastagaard«, stellte Glin sich vor.

»Herr Vastagaard«, nickte Orleone.

»Aus Goswinter«, sagte Glin. »Aber aufgewachsen in Abaste. Ich hätte mir nie träumen lassen, einmal solch ein Fest zu besuchen.«

Orleone wirkte angestrengt. »Die Götter spielen eben manchmal Schabernack mit dem Schicksal.«

»Zum Beispiel im Blütenpalast«, ließ Glin fallen.

Die Augen des Ministers weiteten sich kurz. Und hätte sich Glin nicht so sehr auf die Züge seines Gegenübers konzentriert, wäre ihm diese Regung vielleicht entgangen. Er trat geschwind an den Minister heran und senkte die Stimme. »Hören Sie, Minister, ich hege Groll auf dieses Etablissement. Schauen Sie doch bitte einmal in Ihrer rechten Jacketttasche nach.«

Irritiert bewegte sich Orleones Hand in besagte Tasche und seine Augen wurden groß. Er zog das Medaillon hervor, das Glin eben dort versenkt hatte, und stockte. Eine milde Blässe trat in das fleischige Gesicht, die er aber sofort wieder abschüttelte. Mit einer kurzen Bewegung des Daumens ließ Orleone das Medaillon aufschnappen, vergewisserte sich des Inhaltes und ließ es wieder in die Tasche gleiten.

»Wie kommen Sie dazu?«, fragte er Glin, ganz harmlos ohne Drohgebärde. Glin vermutete, dass der Minister vor allem erleichtert war.

»Sagen wir, die Götter haben es mir zugespielt. Denn wie Sie bereits sagten: Die Götter spielen mitunter sehr eigenartigen Schabernack mit dem Schicksal.«

Die Augen des Ministers verengten sich zu Schlitzen. »Was wollen Sie von mir? Und warum geben Sie mir Ihr einziges Druckmittel zurück, das Sie gegen mich haben? Das ist nicht sehr clever, Herr Vastagaard.«

Glin zuckte mit den Achseln. »Ich will Sie ja gar nicht erpressen und Ihnen auch nicht schaden, ganz im Gegenteil, Sie haben ja nun Ihr Schmuckstück wieder. Es gelangte in meinen Besitz während einer Auseinandersetzung mit Illistra Gaon. Wie ich meinerseits nämlich bereits erwähnte, hege ich Groll gegen diese Frau und ihren Blütenpalast. Sie hat mich zutiefst gekränkt. Sie ist eine Kriminelle und schreckt auch vor Erpressung nicht zurück. Dabei habe ich gar keine Geschäftsinteressen in dieser Stadt, die mit denen von Signora Gaon konkurrieren könnten. Sie hat es einfach nur auf mein Geld abgesehen.«

An Orleones Gesicht war abzulesen, dass Glin seine ganze Aufmerksamkeit hatte.

»Ich verlange nichts von Ihnen, Minister Orleone. Das steht mir gar nicht zu. Aber ich hätte eine Bitte: Vernichten Sie doch bitte dieses Etablissement! Als mir das Medaillon in die Finger fiel, war es nicht schwer, eins und eins zusammenzuzählen, Minister. Sie konnten vermutlich nicht gegen Signora Gaon vorgehen. Und ich dachte, wenn ich Ihnen das Schmuckstück zurückgebe, schaffe ich diesbezüglich vielleicht eine Hürde aus der Welt.«

Ein Grinsen breitete sich auf Tito Orleones fettem Gesicht aus. »Ich weiß nicht, wer Sie sind, Herr Vastagaard. Aber seien Sie gewiss: Ihrem Anliegen werde ich nachkommen. Schon zu meiner persönlichen Genugtuung.«

Glin nickte schuldbewusst.

Doch der Minister kam noch einen Schritt näher. »Und ich werde den Namen Vastagaard in guter Erinnerung behalten. Sollten Sie einmal etwas benötigen …« Er ließ den Satz unvollendet.

Aber Glin winkte ab. »Ich denke, dass das unnötig sein wird. Ich bin völlig zufrieden, wenn Illistra Gaon so bald wie möglich ohne Geld, Besitz und Ansehen dasteht.«

Der Minister nickte ihm wissend zu und reichte ihm seine Pranke. Glin erwiderte den Händedruck ohne zu zögern.

»Ach, vielleicht doch etwas …«

»Ja, bitte?«, erkundigte der Minister sich.

»Würden Sie an meiner statt vielleicht auf das Wertvollste urinieren, das Sie in Signora Gaons Besitztümern finden?«

»Das ist eine eigenartige Bitte. Aber: mit Vergnügen.«

Statt einer Entgegnung deutete Glin bloß eine Verbeugung an.

»Entschuldigen Sie mich bitte«, meinte der Minister. »Aber jetzt möchte ich mich kurz zurückziehen. Für ein, zwei Stunden vielleicht. Ich habe noch zu arbeiten. Eine dringende Angelegenheit kann ganz plötzlich nicht länger warten, wenn Sie wissen, was ich meine …«

»So ist das Leben von vielbeschäftigen Leuten eben manchmal«, säuselte Glin und beobachtete, wie Orleone zielstrebig den Saal in Richtung Tür verließ, nur einen kleinen Schlenker machte, um seiner Frau einen Kuss auf die Wange zu drücken – und sich vermutlich zu entschuldigen, weil die vermeintliche Pflicht ihn rief.

Zurück bei Fenja und dem Gemälde, sah ihn die Magierin mit großen Augen an. »Und?«

»Der Blütenpalast wird demnächst einem anderen Zweck zugeführt«, meinte Glin.

»Ah, jemand hat seine intriganten Finger wieder in anderer Leute Angelegenheiten gesteckt«, entgegnete Fenja. »Gerissen, Glin!«

»Hoffen wir, dass ich auch für den weiteren Verlauf dieses Abends gerissen genug bin. Also, auf zum zweiten Akt! Wo ist Atteo Enzo?«

3.

Es gab oft keinen verwundbareren Moment im Leben eines Menschen, als wenn dieser seine grundmenschlichsten Bedürfnisse erfüllte.

Glin und Fenja mussten Atteo Enzo lediglich im Auge behalten, wie er mal dieser, mal jener Dame schmeichelte und immer mal wieder einen Becher von dem Wein zu sich nahm, der auf dem Ball reichlich angeboten wurde.

Irgendwann – laut Fenja nach viel zu langer Zeit – musste Enzo schließlich den Abort aufsuchen.

Die Aborte des herzoglichen Palastes, die sich in der näheren Umgebung des Verzogenen Tänzers befanden, waren großräumig angelegt. Es gab Urinale, eine neumodische Erfindung aus der Kaiserstadt Vilsheil.

Glin und Fenja warteten ab, bis Atteo Enzo sich die Hände mit einem der aushängenden feuchten und parfümierten Tücher abwischte. Schneller als überhaupt irgendwer im Raum reagieren konnte, hatte Glin ihm von hinten den zweiten präparierten Gürtel umgelegt und schlang ihm kumpelhaft einen Arm um die Schulter.

»Atteo, du alter Feierwütiger«, mimte er einen Betrunkenen und zerrte Enzo geschwind hinaus auf den Gang. »Schön, dass du es einrichten konntest.«

Erst dann schaffte Enzo es, ihn abzuschütteln.

»Grundgüte Götter«, schimpfte er. »Was –«

Da erkannte er Glin – und als er sich umdrehte, lächelte ihm Fenja direkt ins Gesicht.

»Einen hübschen neuen Gürtel tragen Sie da, Signore Enzo«, bemerkte Glin.

»Verdammt«, keuchte Enzo so laut, dass sich zwei Gäste umdrehten.

»Sturzbetrunken«, meinte Glin zu ihnen und hob die Schultern. »Passiert auch bei den besten und größten Feiern.«

Niemand wollte Betrunkene in seiner Nähe haben – nachher erbrachen sie sich noch und man bekam einen Spritzer ab. In dieser Hinsicht waren die Hochwohlgeborenen und Privilegierten nicht anders als die Arbeiter.

»Ihnen passiert gar nichts, Signore Enzo«, beruhigte Glin den Maler. »Sie müssen lediglich im richtigen Augenblick das Richtige sagen, dann müssen wir hier niemanden in die Luft sprengen.«

Atteo Enzo funkelte ihn an.

»Und wagen Sie es nicht, um Hilfe zu rufen.«

Der Künstler antwortete mit zusammengepressten Zähnen. »Von mir aus. Hauptsache, ich bin Sie dann ein für alle Mal los.«

»Versprochen.« Mit zum Schwur erhobenen Handflächen strahlte Glin ihn an. »Und ein wenig Geld für Ihre Unkosten werden wir auf eines Ihrer Konten überweisen. Auf welches genau, das verrate ich Ihnen, wenn Sie Ihren Part gespielt haben.«

»Pah«, lachte Enzo trocken auf. »Als ob –«

»Viereinhalb. Tausend. Silbersteli.« Glin unterbrach ihn ernst. »Immerhin haben Sie dann gute Arbeit geleistet und ich hatte versprochen, Sie zu bezahlen.«

Der Maler verstummte.

Glin klopfte ihm freundschaftlich und aufmunternd auf die Schulter. »Sehen Sie, Signore? Alle Verspechen, die ich Ihnen von Anfang an gemacht habe, gehen in Erfüllung.«

Von wegen, Enzo. Viereinhalbtausend Steli wollte ich dir ursprünglich tatsächlich einmal zahlen. Aber du schleimiger Künstler hast dich so sehr geziert, dass du keinen Kupferpeso von mir sehen wirst. Zumal ich vermutlich nicht mal mehr einen solchen übrig haben werde.

17. KAPITEL

Zwei Fehler

1.

Atteo Enzo war fortan gestattet, sich mit genau einer einzigen Dame zu unterhalten: mit Fenja Vannagren. So konnten sie ihn im Auge behalten.

»Keine Panik«, hatte Fenja Glin versichert. »Wenn er versucht, den Gürtel aufzumachen, halte ich ihn magisch zusammen. Genug Steine habe ich.«

Glin verließ sich nun darauf, während er zum riskantesten Teil des Abends schritt. Mit dem Gemälde unter dem Arm, bahnte er sich einen Weg zu Aurinius.

»Und, amüsieren Sie sich gut?«, begrüßte ihn der Magier mit den goldenen Augen. »Immerhin bekommt man nicht alle Tage ein derartiges Menü, dazu in solcher Gesellschaft.«

»Halten Sie die Backen, Aurinius. Ich bezahle das hier mit meinen Nerven. Auf, stellen Sie mich dem Erzherzog vor!«

»Sie glauben, ich kann den Herzog einfach so –«

Glin ließ ihn den Einwand nicht vollständig vorbringen. »Wollen Sie Ihren verdammten Herzstein? Dann haben Sie genau diese eine verdammte Möglichkeit dazu.«

Aurinius verzog das spitze Gesicht, sagte aber nur: »Warten Sie hier!«

Glin schaute dem Rotschopf nach und übte sich in Geduld.

»Sind Sie etwa auch neu hier? Sie hätten das Geschenk am Eingang abgeben sollen«, wurde er von der Seite angesprochen. Eine junge Dame in seinem Alter mit einem mausartigen Gesicht versuchte offenbar, Konversation zu machen, und deutete auf das verpackte Gemälde in seiner Hand. Glin hatte Mühe, seine Nervosität zu verbergen.

»Ja, ich bin neu und mir ist genauso langweilig wie Ihnen«, erwiderte er, ohne ihr in die Augen zu sehen. »Es ist aber auch nervig, wenn man dauernd versucht, durch belangloses Palavern gesellschaftlich aufzusteigen, oder? Was halten Sie davon, wenn wir uns irgendwo in diesem Palast eine stille Ecke suchen und uns so lange um den Verstand vögeln, bis Ihnen nicht mehr langweilig ist?«

Seine Gesprächspartnerin musste kurz die Luft anhalten, um sich nicht zu verschlucken. Dann stieß sie einen Laut der Geringschätzung aus, zog pikiert von dannen und versuchte sich erst wieder in Eloquenz, als sie den halben Saal zwischen sich und Glin gebracht hatte. Der überlegte noch kurz, ob er vielleicht etwas hart mit ihr umgesprungen war, entschied aber für sich: Nein.

Er sah, wie Aurinius ihm zuwinkte. Mit einem tiefen Atemholen straffte er die Schultern und ging zu dem Grüppchen hinüber, von dem der Erzherzog und Aurinius umringt waren. Im Gehen entfernte Glin mit wenigen Handgriffen die papierne Hülle des Gemäldes, hielt es aber weiter mit der bemalten Seite am Körper.

»Herzogliche Hoheit, es ist mir eine enorme Ehre«, deutete er eine Verbeugung vor Erzherzog Borgessa an.

»Katzbuckeln Sie nicht, Signore …«

»Vastagaard«, ergänze Glin und sah Irico Borgessa zum ersten Mal aus der Nähe in die Augen.

Wie Glin vor Wochen bereits im Gottesdienst aufgefallen war, schien Borgessa älter, als es Schnurrbart und Haar vermuten ließen, das sattschwarz unter der herzoglichen Haube hervorlugte. Borgessas Gesicht war braungebrannt und wirkte mit den vielen

Falten von sicherlich fünfzig Sommern sogar ein wenig ledrig, so als hätte er zeit seines Lebens viel körperlich an der frischen Luft gearbeitet. Der Blick seiner kaffeebraunen Augen wirkte so konzentriert, als könnte er durch Glins Haut, Fleisch und Knochen direkt bis in seine Seele sehen.

Glin registrierte schnell die übrigen Umstehenden. Mandolo Borgessa sah aus wie eine Version seines Vaters in jung. Die beiden anderen Personen neben Aurinius identifizierte er als Mitglieder des Ministerrates. Signora Gia Omendo und Signore Enricomo Mavorne, wenn sein Gedächtnis ihn nicht täuschte.

»Was kann ich denn für Sie tun, Herr Vastagaard?«, fragte der Erzherzog abweisend.

»Entschuldigen Sie vielmals, Hoheit. Aber ich dachte, *dies hier* erregt vielleicht Ihre Aufmerksamkeit.«

Noch bevor Borgessa oder irgendeiner der Umstehenden etwas entgegnen konnte, drehte Glin das Gemälde um.

Zufrieden beobachtete er, wie sich die Augen des Erzherzogs und auch die seines Sohnes merklich weiteten. Die beiden Borgessas versuchten gar nicht, ihre Überraschung zu verbergen.

»Wer *sind* Sie?«, beherrschte sich der Erzherzog schließlich. »Und woher, bei allen sieben Göttern, haben Sie *das*?«

»Meine Familie … Wir sind unbedeutende kaufmännische Emporkömmlinge aus der Nähe von Hammertoss«, erklärte Glin. »Mein Vater hat vor einigen Jahren angefangen, ein Auge auf den Handel mit Kunstwerken zu werfen – allerdings nur im unteren bis mittleren Preissegment, für alles andere fehlt es uns leider an Kapital. Manchmal jedoch treibt man sich zwischen lauter Banausen und Unwissenden herum und macht eine Entdeckung. Was ist es für ein Glücksfall, an das verschollen geglaubte Gemälde aus Vonatis Tageszeiten-Reihe gelangt zu sein? Alle Experten, die ich bislang konsultiert habe, haben mir die Echtheit des Bildes bestätigt. Sie können sich denken, dass ich immer noch weiche Knie bekomme bei dem Gedanken. Aber es scheint tatsächlich so. Und da die gesamte Welt der Kunstliebhaber weiß, wo sich der Rest der Sammlung befindet, habe ich alles daran gesetzt, bis zu Ihnen vorzudringen, Hoheit.«

»Bei den Göttern«, hauchte Borgessa erneut und streckte bereits die Finger nach dem Bild aus. »Darf ich?«

»Selbstverständlich.« Glin reichte ihm das Kunstwerk seines Begehrens.

Behutsam nahm der Erzherzog es entgegen, beinahe als würde er ein Neugeborenes in Empfang nehmen.

»Und Sie sind den weiten Weg aus den Thronländern gekommen, um dies hier zu überbringen?«, äußerte sich nun erstmals Mandolo Borgessa argwöhnisch.

»Es muss in Ihren Augen beinahe ein wenig lächerlich klingen, Signore Borgessa.« Glin erinnerte sich rechtzeitig daran, dass in einer Wahlmonarchie der Sohn des Herzogs nicht automatisch dessen Titel erbte und folglich auch kein Prinz war. »Aber in den bürgerlichen Schichten, in denen ich üblicherweise verkehre, ist der Umgang mit Kunstwerken dieses Ranges alles andere als ein alltägliches Geschäft. Ich bin darauf angewiesen, jede Chance, die sich mir bietet, zu ergreifen – und wenn einem einmal ein Mosaiksteinchen der Götter in die Finger fällt, tut man gut daran, es an der richtigen Stelle einzusetzen.«

»Sie wollen mir das Gemälde also verkaufen?«, fragte der Erzherzog über den Rahmen des Bildes hinweg. »Vorausgesetzt, es ist echt.«

»Oh nein, mitnichten.« Glin schüttelte energisch den Kopf. »Ich möchte es Ihnen gerne zum Geschenk machen, Hoheit.«

Borgessas dichte Augenbrauen zitterten.

»Ich betrachte solch ein Gemälde als Kapital«, führte Glin weiter aus. »Und ich hoffe, dass ich sozusagen eine sinnvolle Investition tätige, indem ich es Ihnen überlasse.«

»Und was versprechen Sie sich davon, Herr Vastagaard?«

»Ich hoffe darauf, dass Sie mich empfehlen, Hoheit. Würde bekannt, dass ich den Erzherzog von Mosmerano mit Kunst beliefert habe, würde das meinen anderen Geschäften sehr zugute kommen.«

»Ah.« Borgessas Gesicht hellte sich auf. »Ich sehe, Sie setzen darauf, sich einen guten Namen zu machen.«

»Das dürfte auf lange Sicht den Verkaufserlös mehr als ersetzen, den ich bei einer Auktion für ein echtes Vonati-Gemälde erhalten hätte.«

Ein zufriedenes Lächeln stahl sich auf die Züge des Erzherzogs. »Ich habe großen Respekt vor Frauen und Männern, die sich durch geschicktes Wirtschaften, harte Arbeit und gekonntes Taktieren nach oben arbeiten. Sogar sehr viel mehr Respekt als vor jenen, die von Geburt an privilegiert sind. Wenn es nach mir geht, so lasse ich mich auf einen derartigen Handel gerne ein. Ich lasse noch im Laufe der Woche verkünden, welchen Dienst Sie mir erwiesen haben. Ich bin sicher, Sie werden nach den Feierlichkeiten mit einer ganzen Liste neuer Klienten aus unserem großartigen Mosmerano abreisen.«

Glin senkte gleichsam verlegen den Kopf.

»Allerdings«, wandte Borgessa ein. »Möchte ich mich erst von der Echtheit des Vonati überzeugen. Denn ich bin ehrlich – es scheint beinahe zu schön, um wahr zu sein, dass ich endlich in Besitz der gesamten Gemäldereihe wäre. Schon lange hoffe ich, dass *Nacht vor Tarsica* sich eines Tages in einem Nachlass oder ähnlichem finden würde. Sie verstehen das, Herr Vastagaard, oder?« Er wandte sich an seinen Sohn. »Siehst du Evenito Cossa irgendwo, Mandolo? Ist er eventuell gerade beim Tanz?«

Der Sohn des Herzogs verschwand augenblicklich. Aurinius hatte sich noch nicht eingemischt und hielt auch jetzt den Mund. Aber er bedachte Glin mit einem Blick aus seinen Goldaugen, in dem Respekt mitschwang. Den Göttern zum Dank kehrte Mandolo Borgessa nur Augenblicke später mit dem Kurator des Museums im Schlepptau zurück.

»Das ist nicht möglich«, platzte Cossa voller Begeisterung heraus, noch bevor er den Erzherzog oder irgendeinen Anwesenden in ihrer Runde überhaupt wahrgenommen hatte. Der erste Blick auf das Gemälde schlug ihn schon vollkommen in seinen Bann.

»Es sieht verdächtig danach aus, Evenito, findest du nicht auch?«, fragte Borgessa.

»Entschuldige«, fuhr der Kurator zurück. »Ich wollte nicht unhöflich erscheinen, es ist nur –«

»Es ist gut«, beruhigte ihn der Erzherzog. »Deshalb habe ich ja überhaupt nach dir suchen lassen. Ich will wissen, ob das Gemälde, das dieser junge Kunsthändler hier aufgetrieben hat, tatsächlich die *Nacht vor Tarsica* ist.«

Cossa schüttelte Glins Hand und der Dieb stellte mit großer innerlicher Genugtuung fest, dass der Kurator ihn nicht einmal der Spur nach wiedererkannte. Glins Verkleidung wirkte.

Als sich der Kurator in seiner Erregung wieder dem Bild zuwenden konnte, trat Fenja neben den überraschten Glin und drückte ihm einen Kuss auf die Wange.

»Du bist also tatsächlich hier«, flötete sie. Dann erst wandte sie sich dem Herzog zu und machte einen Knicks. »Herzogliche Hoheit Borgessa, es ist mir eine große Ehre.«

»Ich wusste gar nicht, dass Sie in Begleitung einer hübschen Dame reisen«, wandte sich der Erzherzog an Glin.

»Es … ist kompliziert«, entgegnete der.

»Mella Lundberg«, stellte Fenja sich umgehend unter falschem Namen vor.

»Sie sind nicht verheiratet?«

»Sie ziert sich seit Jahren«, seufzte Glin.

»Das Herz einer stolzen Frau zu erobern, ist ein Abenteuer, das zu bestreiten sich lohnt, Herr Vastagaard«, lächelte Borgessa.

Hinter ihnen hüstelte Atteo Enzo, den Fenja im Schlepptau mitgebracht hatte.

»Signore Enzo«, rief der Herzog. »Sie haben das mit dem Gemälde bereits mitbekommen.«

»Um … ja … äh … genau deswegen bin ich hier.« Enzo klang heiser und nervös.

Zusammen mit Cossa beugte er sich eine Weile über das Gemälde. Sie diskutierten über Striche und Pinselführung, über Komposition, verwendete Pigmente und die strukturelle Beschaffenheit des Werkes.

Schließlich sah Cossa zum Erzherzog auf.

»Wir sind uns einig, dass es sich tatsächlich um einen echten Vonati zu handeln scheint«, erklärte er. »Wenn auch mit einer kleinen Unsicherheit.«

Das Gesicht des Erzherzogs hatte sich während der ersten Worte von Cossas Erklärung sichtlich aufgehellt. Nun legte er seine Stirn aber in Falten. »Welche *Unsicherheit?*«

Ein kalter Schrecken fuhr Glin durch die Glieder. *Nein, verdammt, ausgerechnet jetzt darf es doch keine Zweifel geben. Ich habe keinen Fluchtplan.*

»Wir können nicht mit Gewissheit sagen, ob es tatsächlich die *Nacht vor Tarsica* ist«, meinte Cossa.

Borgessa stutzte. »Was soll es denn sonst sein?«

»Nun, es ist zweifellos mit dem Bild verwandt. Und alles, was Signore Enzo und ich aus dem Gedächtnis heraus sagen können, ist eine Übereinstimmung mit wesentlichen Beschreibungen des Werkes. Vielleicht handelt es sich auch wirklich um das berühmte verschollene Gemälde aus der Reihe der Tageszeiten. Aber einen letzten Vorbehalt müssen wir aus professioneller Sicht vorbringen: Vielleicht ist es aber auch eine Studie – oder eine Kopie in einer anderen Lichtstimmung, wie Künstler sie manchmal im Verborgenen anfertigten, um sich selbst zu überprüfen.«

»Also kann es sein, dass es lediglich eine *Variante* der *Nacht* ist?«, fragte Borgessa.

»Das liegt zumindest im Bereich des Möglichen. Wir müssten in den kommenden Tagen Berge an Monographien studieren, um es mit Gewissheit ausschließen zu können.«

»Aber ein echter Vonati ist es auf jeden Fall?«

»Das schon, ja!«

Glin fiel ein Stein vom Herzen.

Der Erzherzog klatschte begeistert in die Hände. »Das ist zumindest mehr als ich mir für den heutigen Tag überhaupt hätte ausmalen können. Und selbst wenn es nur eine Variante der Nacht ist – so ist es doch auch dann *Nacht vor Tarsica* von Ornardo Vonati, oder nicht?«

Cossa und Enzo wechselten einen Blick. Dann nickten beide.

»Ausgezeichnet.« Der Erzherzog sah wieder zu Glin. »Das ist eine wirklich schöne Überraschung. Herr Vastagaard, ich weiß gar nicht, wie sehr ich Ihnen danken kann.«

Glin trat von einem Fuß auf den anderen, als würde er sich nicht richtig trauen, seine Bitte vorzubringen. Dann tat er es selbstverständlich doch. »Es gäbe da vielleicht schon noch etwas, Hoheit.«

»Lassen Sie hören, Vastagaard. Lassen Sie hören!«

»Ich bin ja selbst ein Bewunderer der alten Künstler. Und ich weiß, dass im Museum nur Kopien ausgestellt sind. Diese kopierten Werke sind zwar fantastische Kunstwerke. Aber … ach, der Kenner in mir wünscht sich nichts weiter als einmal einen Blick auf die Originale werfen zu dürfen.«

Borgessa lächelte erneut. »Wissen Sie, Herr Vastagaard, Sie haben mir eine große Freude bereitet – nichts fällt mir leichter, als wenigstens dieser kleinen Bitte nachzukommen.«

2.

Sie müssen sich wegen mir wirklich keine Umstände machen, Hoheit«, sagte Glin während sie einem von chemistischen Lampen erhellten Gang folgten, der nach Glins Berechnungen unter der Südflanke des Palastes lag. Er war fest davon ausgegangen, den

Stolz, den der Erzherzog auf seine Kunstsammlung empfand, so sehr zu herauszukitzeln, dass er gar nicht anders konnte, als ihm noch am selben Abend einen Blick auf die Originale zu gewähren. Allerdings war er nicht davon ausgegangen, dass Borgessa ihm seine Sammlung *persönlich* zeigen wollte.

Auch Fenja hatte der Erzherzog mit eingeladen. Aurinius, Cossa und Enzo hingegen waren im Saal geblieben.

Glin, Fenja und Borgessa wurden von sechs Wachen flankiert, jeweils mit Hellebarde, Helm und Kürass, in den die weiße Krähe Mosmeranos eingeätzt war. Es war das Minimum an Begleitschutz für Borgessa und Glin hatte noch nicht exakt überlegt, wie er mit sechs Leibwächtern fertig werden sollte – er hoffte, dass Fenjas Edelsteine reichten, um ihnen einen ernsten Vorteil zu verschaffen.

»Das geht schon in Ordnung, Herr Vastagaard«, beschwichtigte ihn der Erzherzog. »Ehrlich gesagt, bieten Sie mir eine hervorragende Entschuldigung, mich mal für ein Viertelstündchen von dem Trubel dort oben zurückzuziehen. Hier sind wir.«

Die Tür des Tresors wirkte im ersten Moment unscheinbar, weil sie mit Marmor in denselben Grüntönen verkleidet war wie die umgebenden Wände.

Es war zu sehen, wo die schwere Tür endete, auch ein großer Hebel, ein Griff und fünf Räder, um per Hand eine komplizierte Folge von Schlüsselzeichen einzustellen, mittels derer man den Tresor entriegeln konnte. Nachdem er Risszeichnungen von anderen Birkenau-Tresoren gesehen hatte, war Glin nun doch überrascht, wie vergleichsweise unauffällig sich alles ineinanderfügte. Hier hatte man im Verlaufe von Jahrzehnten oder gar Jahrhunderten aufs Feinste nachgebessert, wo es eigentlich wenig zu verbessern gab.

Borgessa trat vor, stellte die Räder auf die richtigen Positionen ein und verschob den Hebel dreimal in verschiedene Winkel, um dann die wuchtige Tür aus Stahl und Marmor aufzuziehen. Nachdem er mit einem speziell geformten Schlüssel einen in die Wand eingelassenen Mechanismus aktiviert hatte, begann eine Reihe chemistischer Lampen zu leuchten und das Innere des Tresors mit bläulichem Licht zu erhellen.

»Bitte sehr, Herr Vastagaard, nach Ihnen. Das Licht hat bewusst die Färbung des Tageslichtes, damit die Farben beim Betrachten der Gemälde nicht verfälscht werden.«

Er wies Glin und Fenja an, den Tresor zu betreten.

Sie befanden sich nun unter der südwestlichen Ecke des Palastes und hinter einer der Außenwände lag die Lagune – von ihnen durch Stahl und Granit getrennt. Der erste Raum maß etwas mehr als zwanzig Schritt in der Breite und die Wände hingen voller Gemälde und Skulpturen. Besonders fiel Glin auf, dass all diese Kunstwerke in dicken gläsernen Rahmen steckten.

Einen der Glaskästen nahm er näher in Augenschein. »Warum steckt das alles hier in diesen eigenartigen Konstrukten?«

»Diese Schutzvorrichtungen sind exzellente Handwerksarbeiten, beinahe eigene Kunstwerke. Sie bestehen aus verstärktem Glas und sind absolut wasser- und luftdicht. So kann man die Bilder vor jeglicher Feuchtigkeit bewahren, was für ihren Erhalt notwendig ist. Und doch kann man sich auf diese Weise noch an ihnen erfreuen.«

Fenja fuhr mit den Fingern über den abgedichteten stählernen Rahmen eines der Kästen. »Faszinierend. Müssen Sie hier unten all Ihre Schätze so vor Feuchtigkeit schützen?«

»Nicht alle«, meinte Borgessa. »Geld und Schmuck rosten vielleicht ein wenig, aber das können ein paar fleißige Hände mit Polierwachs wieder entfernen. Gemalte Bilder sind viel empfindlicher.«

Unterdessen war Glins Blick auf einen kleinen Sockel gefallen, der sich in einem der gläsernen Kästen auf Brusthöhe befand. Und darauf lag, weswegen er hergekommen war: der Herzstein des Spinnturmes. Er war etwa so groß wie eine Faust und so schwarz, dass er beinahe wie ein Loch im Gefüge der Welt erschien – so wie Aurinius ihn beschrieben hatte.

Aber Glin durfte sich nicht zu sehr davon vereinnahmen lassen. Mittlerweile war er überzeugt, dass er mit seiner Beute hier überhaupt nur wieder herauskäme, wenn er Borgessas Leben glaubhaft bedrohte – anders würden seine Leibwachen den Weg nicht freimachen.

»Faszinierend«, murmelte er.

»Dieser Tresor ist in sich selbst ein einzigartiges Kunstwerk, das ich zudem fortwährend verbessern lasse«, sagte Borgessa.

»Er ist beeindruckend.«

Der Erzherzog nickte. »Außerdem lasse ich stets die Schutzmechanismen verfeinern, mit denen man sich vor Eindringlingen schützen kann.«

»Sie leben in einem Palast, der von sehr gut ausgebildeten Frauen und Männern bewacht wird«, hielt Glin das Gespräch am Laufen. »Hier kann niemand eindringen, Hoheit.«

»Das ist wahr. Und weil bis jetzt noch niemand überhaupt so weit gekommen ist, habe ich die spannendste dieser Schutzvorkehrungen auch noch nie ausprobieren können. Ich habe mich daher spontan entschlossen, es heute Abend zu tun. Sie geben mir die beste Gelegenheit dazu, Signore Melisma.«

Glin erstarrte beim Klang seines Namens. Er spürte, wie alle Farbe aus seinem Gesicht wich, während er entgeistert Erzherzog Borgessas Blick begegnete.

»Sie waren wirklich gut«, sprach der Erzherzog ihm ein Kompliment aus. »Ich wäre nie auf den Gedanken gekommen, dass jemand so dreist sein könnte: mir ein antikes Gemälde anzudrehen, nur um im Gegenzug Zutritt zu einer ganzen Sammlung zu bekommen.«

Glin biss sich auf die Lippe. Aus dem Augenwinkel sah er die ebenfalls vor Schreck wie leblos wirkende Fenja, während sich sechs Hellebarden auf sie beide richteten. Glin betrieb reflexhaft

Konversation, während seine Gedanken zu rasen begannen und nach einem Ausweg suchten. »Wo habe ich einen Fehler gemacht, Hoheit?«

»Es waren gleich zweit Fehler, Signore Melisma: Der eine war, sich als Mitglied der Squadra Ignoto auszugeben. Einer der beiden Soldaten, denen Sie vor einigen Wochen die Uniform abgenommen haben, ist eher aufgewacht, als er sollte. Er hat sich weiter bewusstlos gestellt, während Sie ihm seine Sachen wieder angezogen haben. Ein guter Mann, eine Beförderung ist ihm mehr als gewiss. Er hat Sie ein paar Dinge sagen hören, die er nicht einordnen konnte. Aber es fielen neben dem Begriff *Squadra Ignoto* noch zwei Namen: Talmo und Glin.«

»Verdammt!«, murmelte Glin.

»Und außerdem können Sie sich sicher an den bestechlichen Signore Gretti erinnern, oder?«

»Den Offizier, der für die Platzvergabe auf der Piazza der würfelnden Götter zuständig ist«, erinnerte sich Glin stöhnend. »Er ist von der Squadra Ignoto?«

»Nein, wo denken Sie hin?«, wunderte Borgessa sich. »Aber nachdem ich wusste, dass Sie sich als meine Geheimpolizei ausgeben, hat Signore Gretti eine Zusatzaufgabe erhalten und die Squadra über Ihre kleine Truppe auf dem Laufenden gehalten.«

»Mist.«

»Wissen Sie, was für eine Geheimpolizei wie die Squadra Ignoto von allergrößter Bedeutung ist, Signore?«, fragte Borgessa und beantwortete sich die Frage prompt selbst. »Dass sie *geheim* bleibt und niemandem davon erzählt, Sie Einfaltspinsel.«

Glin schnaubte ob der Belehrung. »Was war mein zweiter Fehler?«

»Schauen Sie sich einmal die Gemäldereihe von Vonati genau an, Melisma!« Borgessa wies mit der Hand hinter Glin.

Der wandte sich um und musste einen Moment lang die Sammlung der Dutzenden, wenn nicht gar Hunderten Bilder mit Blicken absuchen. Dann entdeckte er, was Borgessa meinte: Die Reihe über die Tagzeiten war hier vollständig. Dort hing das Bild *Nacht vor Tarsica*.

»Sie haben das Bild bereits?«, fragte er laut.

Borgessa nickte. »Seit einigen Jahren schon. Dabei muss ich Ihnen lassen, dass Ihre Fälschung sehr gut ist.«

»Aber *warum?*«

»Wie bitte?«

»Warum stellen Sie das Gemälde nicht aus, sondern lassen die gesamte Ruhende Welt glauben, es sei verschollen?«, wollte Glin wissen.

Borgesse kräuselte die Lippen. »Es gefällt mir einfach, als Einziger ein großes Geheimnis zu kennen. Nichts weiter.«

»Aber Ihre Soldaten hier«, Glin wies auf die Hellebardenträger, die ihn und Fenja bedrohten. »Und erst Cossa …«

»Cossa weiß von nichts«, entgegnete der Erzherzog. »Und meine Frauen und Männer hier im Palast kenne ich alle persönlich. Ich kenne jeden einzelnen Namen, jedes einzelne Gesicht. Ich weiß haargenau, wer außer mir von dem Bild Kenntnis hat. Zweiundzwanzig Personen genau. Nein, vierundzwanzig, wenn ich Sie beide mit einrechne. Aber in Kürze werden es wieder bloß zweiundzwanzig sein.

Und jetzt gucken Sie nicht so, Signore Melisma. Haben Sie denn wirklich gedacht, Sie wären gerissener als jede andere Person auf der ganzen Ruhenden Welt? Ich bin so frei und muss Ihnen sagen: Es gibt noch viel gewitztere Gestalten als Sie und Ihre Theaterfreunde. Manche von ihnen lenken gar Staaten und machen Gesetze, so wie ich.«

»Sie sind vor allem ein größerer Scheißkerl als Glin«, warf Fenja ein.

Doch Borgessa tat die Beleidigung ab. »Das gehört eben manchmal dazu. In diesem Sinne: Leben Sie wohl, Signore Melisma, Frau de'Feay.«

Er hält Fenja für Yrrein. Das erleichterte Glin zumindest ein wenig. *Yrrein schwebt also nicht in Gefahr, selbst wenn ich heute sterben sollte.*

Borgessa drehte sich um und verließ mit seinen Leibwächtern den Tresor. Als sich die gewaltige Tür schloss, waren Fenja und Glin in der Dunkelheit allein.

Er hörte es rechts von sich klatschen.

»Bravo.« Fenja spendete ihm einen zynischen Applaus. »Dankeschön, du legendärer großer Dieb. Jetzt sitzen wir hier fest.«

Glin erwiderte nichts. Stattdessen lauschte er in die Dunkelheit.

»Los, sag schon, wie kommen wir hier wieder raus?«, wollte Fenja wissen.

»Psst!«, machte Glin. »Hörst du das?«

Es rauschte leise. Irgendwo im Hintergrund.

Dann platschte es leise. Wieder. Und wieder. Es klang wie jemand, der in eine Pfütze tritt.

»Wir stehen im Wasser«, sagte Fenja. »Verdammt, *das* war die Falle, von der der Erzherzog gesprochen hat. Und deshalb ist hier auch alles wasserdicht verpackt: Er flutet diesen Raum einfach mit Wasser und ersäuft uns wie Ungeziefer.«

»Ja«, bestätigte Glin.

Und seine Gedanken rasten.

INTERLUDIUM VI

Der Prinz von Tarsica

AUS TALMOS GESCHICHTE

Von Glin rekonstruiert anhand von Erzählungen und gefundenen Aufzeichnungen. Die Ereignisse des vorliegenden Abschnitts fanden statt in Tarsica, der nördlichsten der Amantinischen Republiken. Im Jahre 1006 nach Amantis. Sieben Jahre, bevor die Herbstgänger nach Mosmerano reisten.

1.

Sie hat was getan?«, fragte Madeire ungläubig.

»Du hast schon richtig gehört«, entgegnete Arbo. »Sie ist die Klippen hochgeklettert, ohne Hilfsmittel, ohne Werkzeug.«

»Bei diesem Wetter?«

Arbo nickte. »Als wäre sie eine kleine Eidechse.«

Die Herbstgänger standen nachts im Schein mehrere chemistischer Glühkugeln um ein Mädchen. Sie war vielleicht acht Namenstage alt und trug einfache, mehrfach geflickte Sachen – und sie war klatschnass vom Regen. Sie blickte trotzig in die Runde.

Sie waren in Tarsica und spielten in dieser Saison Silvanis *Der Kanzler und die Schäferin* (und planten nebenbei, ein renommiertes Wagenrennen zu ihren Gunsten zu manipulieren). Das Mechanische Theater hatten sie direkt oben an den berühmten Klippen der Stadt aufgebaut, in direkter Nachbarschaft zum *Luftmarkt* und den *Hängenden Siedlungen.*

Arbo hatte die erste Wache gehabt. »Ich habe sie eine ganze Weile beobachten können. Eigentlich habe ich sie nur durch einen Zufall entdeckt, weil ich aus Langeweile um das Theater herumgegangen bin – es rechnet ja keiner damit, dass jemand die Felswände hochklettern könnte. Dann habe ich eine Weile zugeschaut und erst, als die Kleine anfing, heimlich, still und leise das Theater zu durchsuchen, hab ich sie mir geschnappt.«

»Irgendwie zieht das Theater junge Diebe in diesem Alter an, kann das sein?«, meinte Talmo und zwinkerte Glin zu. »Beinahe so etwas wie eine Tradition.«

»Zur Tradition würde es erst, wenn wir sie auch bei uns aufnehmen würden«, ergänzte Glin.

Talmo ging vor dem Mädchen in die Hocke. »Also, wie heißt du?«

»Sira«, antwortete die Kleine.

Talmo nickte. »Sira also. Pass auf, kleine Sira, du hast genau zwei Möglichkeiten. Möglichkeit eins: Du machst bei uns mit. Jemanden, der selbst im strömenden Regen steile Klippen hochklettern kann, können wir sicher gut gebrauchen. Möglichkeit zwei: Du landest im Kerker der Erzherzogin.«

Das Mädchen schien zu überlegen. »Bei euch wirkt es eigentlich ganz nett. Aber ich nütze euch doch gar nichts. Ich bin keine Schauspielerin.«

»Das könnte man ja ändern.«

»Außerdem gehöre ich dem Prinzen. Und der lässt mich bestimmt nicht ziehen.«

Die Herbstgänger sahen einander an. »Welchem *Prinzen?*«

2.

Die Amantinischen Republiken waren allesamt Wahlmonarchien. Erzherzog oder Erzherzogin wurde man nicht durch Erbe, sondern durch eine Wahl nach dem Ableben oder Abdanken des Vorgängers.

Folglich gab es *keine* Prinzen oder Prinzessinnen in den Republiken.

Aber Sira erzählte von jemandem, der sich so nannte:

Der *Prinz von Tarsica* war ein kräftiger Gauner, vielleicht achtzehn oder neunzehn Namenstage alt. Er residierte in einem längst nicht mehr gebrauchten und halb eingefallenen Speicher im alten Teil des Hafens der Stadt, dessen Stege und Buhnen unterhalb der Klippen ins Meer hinausragten. Der Speicher war ein Zufluchtsort für jene heimatlosen Kinder geworden, die in keinem der Waisenhäuser der Stadt Platz gefunden hatten.

Eines Tages war dann einer der älteren Jungen im Speicher auf die Idee gekommen, dass er doch gar nicht selbst zu stehlen brauchte, wo es doch genug jüngere Kinder gab, die das für ihn übernehmen konnten. Zusammen mit einem Kreis halbwüchsiger Schläger übernahm er den Speicher und herrschte von nun an über einen kleinen Staat von Miniaturdieben. Er organisierte warme, halbwegs genießbare Mahlzeiten und eine Matratze für jeden Bewohner des Speichers. Im Gegenzug stahlen die Kinder für ihn und seine Lakaien, die es sich – gemessen an ihren bisherigen Verhältnissen – recht gut gehen ließen. Und weil sie die Ältesten und Kräftigsten im Speicher waren, fiel es ihnen nicht schwer, jede Revolte bereits im Keim zu ersticken – oder im Hafenbecken zu ertränken.

Im Speicher angekommen, stellte Talmo sich in die Mitte des offenen Erdgeschosses.

»Ich will den Prinzen von Tarsica sprechen«, rief er laut.

Irgendwie komme ich mir selbst ein wenig lächerlich vor, wenn ich so etwas sage, dachte er.

Trotzdem rief er wieder und wieder, bis endlich eine Abordnung stinkender Jungen vor ihm standen.

Der mit den breitesten Schultern, dessen Stirn eine breite Narbe zierte und der einen halben Kopf größer war als Talmo, trat vor.

»Was möchtest du hier?«, fragte er.

»Ich möchte dir die kleine Sira abkaufen.«

»Sira?«, der Prinz hob interessiert die Augenbrauen an. »Ich würde sagen: Sie ist unverkäuflich.«

Talmo seufzte. Er zückte eine Geldkatze und warf sie dem Prinzen von Tarsica hin. »Hier«, meinte er. »Das dürfte deine Unkosten für eine Weile decken.«

Der Prinz jedoch lachte nur und steckte die Geldkatze ein. »Dankeschön, du Idiot. Und jetzt: raus hier!«

»Erst möchte ich, dass das Mädchen mit mir kommt und dass keiner von euch Nichtsnutzen sie mehr belästigt.«

Der Prinz trat vor. »Pass mal auf, du komischer Vogel. Ich weiß zwar nicht, was *du* denkst, was das hier ist, aber so läuft das nicht.«

Talmo lächelte ungerührt und als der Große nahe genug an ihn herangetreten war, rammte er ihm ansatzlos das Knie in den Unterleib. Der Oberkörper des Jungen ruckte nach vorn, woraufhin Talmo seine Haare ergriff und ihm das Knie diesmal ins Gesicht rammte. Und weil es so schön war, wiederholte er das noch zweimal. Als er losließ, plumpste der Prinz von Tarsica zur Seite und hielt sich mit der einen Hand die blutende, gebrochene Nase.

Hinter Talmo betraten nun Falk und Arbo den Speicher, gefolgt von Sira. Während die Mitglieder der königlichen Garde aus Grünschnäbeln sich noch unschlüssig ansahen, begannen die beiden erfahrenen Kämpfer, die Jungs auseinanderzunehmen.

Als wenig später alle Verbündeten des Prinzen am Boden lagen, beugte sich Talmo zu dem königlichen Quälgeist herab und nahm ihm die Geldkatze wieder ab. »Ich nehme die mal als kleine Aufwandsentschädigung wieder an mich. Sira kommt mit uns und ihr Jungs werdet einfach höflich vergessen, dass ihr gerade von einer Truppe fahrender Schauspieler vermöbelt worden seid.«

Als sie schließlich gingen, meinte Sira zu Talmo: »Du hättest ihm nicht verraten sollen, wer ihr seid. Der Prinz macht bestimmt nur Ärger.«

Doch Talmo blinzelte ihr zu. »Ach, mach dir darum mal keine Sorgen. Hat der Prinz eigentlich auch einen anderen Namen als *Prinz?*«

»Bestimmt«, sagte Sira. »Aber wir mussten ihn immer mit *Prinz* anreden.«

»Na immerhin nicht mit *königliche Hoheit* oder so einem Schwachsinn.«

»Ich meine es ernst – der Prinz wird bestimmt wütend sein.«

»Soll er«, sagte Talmo bloß. »Soll er.«

3.

Sira selbst war die Tochter eines Netzeknüpfers und einer Schneiderin im Dorf Attalerno, nicht weit von Tarsica. Dann waren dort die Violetten Blattern ausgebrochen. Aus Angst vor einer Ausbreitung der Krankheit hatten einige Dorfbewohner Feuer mit chemistischen Brandbeschleunigern gelegt … und dabei mehr oder minder den gesamten Ort in Schutt und Asche gelegt. Siras kranke Eltern hatten keine Chance gehabt, dem Inferno zu entkommen.

Sie selbst konnte sowohl vor der Epidemie als auch vor dem Feuer fliehen und hatte sich bis in die Stadt durchgeschlagen.

Das Talent zum Klettern hatte sie schon als kleines Mädchen gehabt.

Talmo hatte noch keine Ahnung, wozu er sie brauchen konnte – doch sie war wissbegierig und hatte von ihren Eltern schreiben und sogar etwas rechnen gelernt. Madeire sah in ihr bereits eine Kostümschneiderin, während Glin dem Mädchen gleich ein paar Klauen verpasste – mechanische Greifvorrichtungen, die kleine Spitzen in Holz treiben konnten oder mit Sägezähnen das Abrutschen auf schwierigen Untergründen verhinderten und unterstützt durch Spannfedern kräftiger zupacken konnten.

Den größten Gefallen taten ihr aber wohl Shalimo und Arbo, die sich anboten, das Mädchen zu adoptieren und bei sich im Wagen wohnen zu lassen.

Nun war es tiefe Nacht. Und als die erste brennende Flasche auf das Theater flog, hörte man lediglich lautes Johlen. Die Glasflasche zerplatzte auf dem Dach von Madeires Wagen und der brennende Alkohol lief zu allen Seiten herab – um samt und sonders zu verlöschen, noch bevor der erste Tropfen den Boden erreichte.

Das Jubeln geriet ins Stocken, doch dann loderten weitere Flammen auf und gleich mehrere Flaschen auf einmal flogen und zerplatzten an den Wagen des Mechanischen Theaters. Doch auch diesmal erloschen die Flammen beinahe so schnell, wie sie gekommen waren.

Irritiert, aber vor allem wütend, krempelte der Prinz von Tarsica die Ärmel hoch, betrat das Theater und stieg das Treppchen zur Tür des nächsten Wagens hinauf, um die Tür aufzureißen. Doch Falk war schneller und knallte ihm von innen die Tür seines Wagens ins Gesicht. Dann packte er den taumelnden Prinzen und warf ihn in die Mitte der Arena, die das Wagenrondell des Mechanischen Theaters bildete. Die Nase des Prinzen blutete erneut entsetzlich.

»Man kann dieses Theater nicht anzünden«, ertönte Talmos Stimme, blechern durch zwei mechanische Resonatoren auf den Wagendächern verstärkt. Und die junge Räuberbande zuckte zusammen, bevor Talmo ergänzte: »Außer, man weiß, wie es geht.«

Da entflammte ein Ring aus Feuer in der Mitte der Wagenburg und schloss die jungen Raufbolde ein. Die Flammen schlugen schulterhoch, sodass es unmöglich war, sie zu überspringen – und zwei Handvoll halbstarker Möchtegernschläger saßen nun in der Mitte des Theaters in der Falle.

Einer von ihnen schüttelte seine Starre ab und näherte sich dem Flammenring, doch er zuckte zurück, als ihn etwas stach. Zwei Atemzüge später brach er ohnmächtig zusammen.

Talmo betrat den Flammenkreis, ohne auch nur im Geringsten gefährdet zu sein. Er wischte sich das züngelnde Feuer bloß wie ein Stäubchen von der Schulter.

Zwei der Halbstarken wollten sich auf ihn stürzen. Auch sie legten sich augenblicklich ohnmächtig zum Schlafen nieder, bevor sie Talmo auch bloß nahe gekommen waren – ebenfalls getroffen von den winzigen Pfeilen der Blasrohre, die im Dunkel jenseits des Feuers auf sie gerichtet waren.

Talmo vollführte eine Verbeugung.

»Prinz von Tarsica, Hoheit«, begann er. »Hast du wirklich gedacht, ich würde mich mit einer Bande Kinder anlegen, wenn ich Angst vor euch hätte? Nur zu, versucht zu entkommen oder mir etwas anzutun! Entweder verbrennt ihr schreiend bei lebendigem Leibe oder ihr legt euch zu euren Freunden schlafen. Wenn ihr Letzeres vorzieht, werfen wir euch einfach von den Klippen.«

Während seine Gefolgsleute einige Schritte zurückwichen, blieb der Prinz trotzig in der Mitte des Flammenzirkels stehen und begegnete Talmos Blick. Der Blutschwall, den er mit der Hand in seiner Nase zurückbehielt, dämpfte seine Stimme. »Bist du ein verdammter Magier oder so etwas in der Art?«

Talmo wiegte den Kopf. »Sag du es mir.«

»Pah.« Der Prinz spuckte Blut vor ihm aus. »Du hältst dich wohl für besonders gerissen. Aber warte nur ab, bis ich einen von euch in die Finger bekomme.«

»Und dann was?«, fragte Talmo.

Der Prinz griff sich hastig ans rechte Bein, bevor es unter ihm wegbrach und er auf die Schulter fiel.

»Oh, die Dosierung war wohl etwas schwach«, meinte Talmo in gespieltem Bedauern. »Da ist wohl nur das Bein eingeschlafen, anstatt des ganzen Kerls.«

Talmo wandte sich an den Rest der Bande. »Also hört zu: Ich könnte euch im Handumdrehen heute Nacht samt und sonders aus eurem elenden Dasein erlösen. Ich könnte euch die Klippen hinunterwerfen oder euch im Schlaf jeden zweiten Finger amputieren und mir eine Kette daraus machen. Oder ich mache das nur mit der Hälfte von euch oder entscheide einfach per Münzwurf, wem ich ein Ohr abschneide und wem einen Fuß.« Die Jungs des Prinzen tauschten Blicke aus. »Ich könnte auch einfach bloß den Prinzen von der Klippe schubsen. Nur so zum Spaß, um zu sehen, wie sich Anarchie bei euch im Staate breit macht. Wer von euch wäre denn der nächste Prinz von Tarsica? Na? Keiner?« Die geweiteten Augen der Truppe sprachen Bände. »Ich könnte auch einfach regelmäßigen Tribut von euch fordern. Was haltet ihr von acht Zehnteln eurer Beute? Klingt eigentlich ziemlich gerecht, dafür, dass ich euch am Leben lasse.« Talmo schüttelte den Kopf. »Nein, Spaß beiseite, Jungs. Ihr seid ganz schöne Dreckskerle. Halbwüchsige Dreckskerle mit finsteren oder verängstigten Herzen. Aber ihr seid ja nicht blöd. Wir haben euch jetzt zweimal überrumpelt, obwohl die Initiative beide Male bei euch lag. Ihr habt es nicht mal geschafft, uns im Schlaf zu überraschen, was man darauf zurückführen kann, dass ich ein Magier bin; oder vielleicht bin ich auch ein verrückter Chemistiker, der das Feuer entstehen lassen kann, wie es ihm beliebt; oder es könnte auch einfach heißen, dass wir größere und gerissenere Dreckskerle sind als ihr.« Er wandte sich an den am Boden liegenden Prinzen. »Kannst du mir so weit folgen, Hoheit? Ich will gar nichts von euch. Du kannst dein elendes kleines Königreich von mir aus behalten. Nur das kleine Mädchen, das so gut klettern kann – das bleibt bei mir. Und wenn ich diese Stadt verlasse, werde ich sie mitnehmen. Sollte ihr während unseres Aufenthaltes in Tarsica etwas zustoßen oder sollte einem von uns etwas zustoßen oder sollte ich einfach bloß verdammt beschissene Laune haben – dann werdet ihr das büßen. Und glaub mir, ich bin sehr einfallsreich, was Bestrafungen angeht.«

Talmo verbeugte sich noch einmal theatralisch. »Ich denke, wir haben uns verstanden. Aber da ich etwas für die Ambitionen nachwachsender Künstler übrig habe, hier noch eine großzügige Lektion, die ihr miesen kleinen Halunken euch hinter die grünen Ohren schreiben könnt: Man wird nicht zu einem großen Räuber, indem man es in alle Welt hinausschreit, auf großem Fuß lebt und nichts Besseres weiß, als anderen immer bloß auf die Fresse zu hauen. Man wird dadurch ein großer Schurke, dass andere gar nicht wissen, dass man einer ist.«

Als auch der Rest der Bande schlafen gelegt worden war, verfrachteten Arbo und Falk den Prinzen und seine kleine Garde auf einen gemieteten Heuwagen, mit dem sie Futter für ihre Pferde herangeschafft hatten, und fuhren sie hinunter in den Hafen, wo sie sie in einer Gosse hinter ihrem Speicher abluden.

»Das waren verdammt gute Tricks«, sagte Sira, als sie die kleinen Gauner schließlich hinter sich gelassen hatten.

Talmo zwinkerte ihr zu. »Bedank dich bei Shalimo – die meisten der chemistischen Tricks gehen auf ihn zurück. Allerdings war dieses kleine Feuerwerk auch nicht ganz billig. Am besten, wir beginnen morgen mit dem Mathematikunterricht, damit du dir ausrechnen kannst, wie oft und wo du überall hinaufklettern musst, um uns die chemistischen Spielereien des heutigen Abends zurückzubezahlen.«

18. KAPITEL

Zwei Schakale zu viel

1.

Kannst du Licht machen?«, fragte Glin.

»Pah.« Fenja musste lachen. »Ist das *alles,* was dir zu dieser Situation einfällt?«

Eine Kugel aus weißem Licht erschien und schwebte oberhalb ihrer Köpfe zwischen ihnen. Ihr Schein war ungefähr mit dem einer Pechfackel vergleichbar. Es reichte, um den Raum gerade so notdürftig zu erhellen.

»Du kannst mich nach Herzenslust beschimpfen, wenn wir hier heil rausgekommen sind.«

»*Falls* wir hier herauskommen«, flüsterte die Magierin.

»Kannst du das Licht ein wenig hierher bewegen? Wie lange kannst du diese Magie aufrechterhalten?«

Die Kugel wanderte durch die Luft und erhellte die Wand neben der Tür, an der Glin nach der Mechanik suchte, mit der sich die chemistischen Lampen entzünden ließen.

»Vielleicht eine Viertelstunde, wenn ich sie nicht allzu hell leuchten lasse.«

»Wenn es länger dauert, sind wir vermutlich ohnehin verloren.«

Fenja stapfte hinter Glin her durch das Wasser, das ihnen mittlerweile bis über die Knöchel reichte und langsam stieg.

Glin förderte zwei Dietriche zutage und versuchte, den Mechanismus auszulösen. Ohne Erfolg. Es war zu schummrig und er hatte keine Ahnung, auf welchem mechanischen Prinzip die Funktionsweise beruhte. Also langte er in seine Brusttasche, wo sich Schönheit augenblicklich an seine Finger klammerte.

»Hey, meine Schöne«, flüsterte Glin der Grille zu, als sie auf seiner Hand saß. »Ich finde den Schlüssel für das Licht nicht, kannst du mir vielleicht aushelfen?«

Die Grille zirpte leise und sprang von seiner Hand in die Öffnung neben der schweren Tür des Tresors, in die der Erzherzog vorhin seinen Schlüssel gesteckt haben musste. Es klickte und ratterte und wenig später gingen nach und nach die chemistischen Leuchten an.

»Du besitzt ein mechanisches Skyldartier?«, rief Fenja, während sie die Lichtkugel mit einem Fingerwischen verschwinden ließ. »Verflucht, Glin. Und dann willst du noch etwas aus dem Tresor des Erzherzogs stehlen? Du könntest die Grille verkaufen und dir ein ziemlich großartiges Leben von dem Erlös gönnen.«

»Schönheit verkauft man nicht«, erwiderte Glin. »Sie ist eine Freundin.«

»Ob deine mechanische Freundin dir einen Grabstein kaufen wird, wenn sie den kleinen Tauchgang überlebt, den wir gleich unternehmen?«

Glin suchte die Tür des Tresors von oben nach unten ab. »Wir sollten langsam etwas unternehmen. Kannst du diese Marmorplatte hier wegsprengen?«

Binnen eines Atemzugs flog ihm der grüne Stein um die Ohren und er spuckte Staub. »Danke.«

»Du wolltest es so. Und wozu war das jetzt gut?« Unter der Marmorplatte war lediglich blanker Stahl zum Vorschein gekommen.

Es gibt keine Möglichkeit, die Mechanik für die vermaledeite Tür von innen auszulösen.

So richtig hatte Glin auch nicht damit gerechnet, dazu waren die Arbeiten des Meisters von Birkenau zu perfekt. Aber eine minimale Hoffnung hatte er gehegt. »Gut, versuchen wir es anders.«

»Kann deine Grille nicht den Tresor knacken?«

»Ich fürchte nicht.« Aber er sah Schönheit an. »Oder kannst du irgendwo doch einen Zugang zum Inneren der Tür finden?«

Die kleine mechanische Grille sprang fort und machte sich augenblicklich auf die Suche.

»Komm mit!«, sagte Glin zu Fenja und stürmte in den zweiten Raum hinter der Gemäldeausstellung. Hier stapelten sich Truhen und Kisten übereinander. »Ah, alles aus bestem Stahl, vermutlich auch noch chemistisch behandelt – damit bloß nichts zu Schaden kommt, wenn Borgessa hier mal jemanden ersäufen lässt – genau wie bei seinen Bildern.«

Er zog an einer flachen Truhe, doch die erwies sich als deutlich zu schwer.

»Wie viele Edelsteine hast du noch dabei?«

»Zwei. Und die Reste von einem dritten.«

»Was kann man damit tun?«

»Was *willst* du denn damit anstellen?«

»Moment noch!«

Er kletterte einen Stapel stählerner Kisten hinauf, um bis zum westlichsten Teil der Marmordecke zu kommen. Dort waren breite Spalten eingelassen, durch die das Wasser ungebremst in den Raum strömte. Glins Schuhe schmatzten und seine Hosenbeine waren vollgesogen, als er an den Öffnungen ankam. Doch das Lagunenwasser drang mit solcher Heftigkeit ein, dass er keine Chance hatte, eine Hand in einen der Spalte zu stecken.

»Kannst du in einer dieser Öffnungen das Wasser einen Moment lang anhalten?«

Wenige Herzschläge später stoppte das Wasser in dem Spalt vor Glin. Doch als er hineingreifen wollte, schoss es wieder mit voller Wucht heraus. Er verlor den Halt, stolperte und fiel die Kisten hinunter, um mit einem lauten Platschen in dem wadentiefen Wasser aufzuschlagen. Es war eiskalt.

»Tut mir leid«, sagte Fenja. »Da ist so viel Druck drauf, die Steine waren im Nu verbraucht.«

»Grundgütige Götter«, stöhnte Glin, während er sich in dem Wasser hochrappelte. Der Sturz hatte zum Glück nicht wehgetan, aber er hatte ihn frustriert. Er zog seine vollgesogene Jacke aus. »Wenn das wirklich der Wasserdruck der gesamten Lagune ist, von der aus es eingelassen wird, dann haben wir hier auch keine Chance, uns dagegenzustemmen. Gut – lass mich überlegen, was wir stattdessen machen.«

»Überleg schneller!«, drängte Fenja. Nun schwang Panik in ihrer Stimme mit.

»Schönheit«, rief Glin und stapfte durch das Wasser in den ersten Raum. »Wo bist du? Ich glaube, ich brauche dich hier dringender.«

Im Nu war die mechanische Grille ihm auf die Schulter gesprungen. Sie zirpte und gestikulierte mit den Beinchen als wollte sie sich entschuldigend erklären.

»Schon gut, Kleine«, meinte Glin. »Ich mache dir keinen Vorwurf. Die Tresortür ist vermutlich auch für dich eine Nummer zu groß. Aber ich habe ein paar andere Schlösser hier, die ich sehr, sehr schnell knacken muss.«

Er eilte zurück in den Raum mit den abgedichteten Kisten und bearbeitete das Schloss der nächstbesten mit seinen Dietrichen.

»Was machst du denn da, verdammt?«, wollte Fenja wissen.

»Schlösser knacken. Ich bin ganz gut darin.«

»Das sind die *falschen* Schlösser – wir müssen aus der *großen* Tür raus, falls es dir noch nicht aufgefallen ist.«

Das Schloss, das den abgedichteten Deckel fest auf den Korpus der kastenförmigen Truhe drückte, sprang auf. Glin stieß den Deckel fort – doch alles, was er zu sehen bekam, waren Papiere. Er nahm eines in die Hand und entzifferte irgendwelche Zeilen, die verdächtig nach Buchhaltung aussahen. Oder waren es Wertpapiere? Egal!

»Mist«, murmelte er. Dann hielt er inne und überlegte. Um ihn herum stieg das Wasser. Es ging längst bis zu den Oberschenkeln.

»Was ist Mist? Was, verdammt?«, schrie Fenja. »Wir haben keine Steine mehr und wir ersaufen hier drin wie Ratten in der Kanalisation. Ich dachte, du hast eine Idee mit deiner Skyldargrille.«

»Ja«, meinte Glin und sah sich um. Die Kisten und Truhen standen übereinander, allein vom Gewicht her konnte er nicht auf den Inhalt schließen. »Schönheit knackt so viele Schlösser wie möglich und du öffnest die Deckel. Ich mache das Gleiche.«

»Was soll das bringen? Willst du Boote bauen?«

»Nein. Und jede Frage, die du stellst, kostet uns Zeit. Aber wenn Borgessa diesen verflucht sicheren Tresor wirklich als Schatzkammer verwendet, dann sind vielleicht auch Edelsteine unter den Sachen hier. Er hat Schmuckstücke erwähnt.«

Fenjas Gesicht hellte sich auf. »Hoffen wir, dass du recht hast.«

»Beten könnte auch helfen«, meinte Glin und machte sich ans Werk, um in Rekordzeit ein Schloss nach dem anderen aufzubrechen. Er kam sich vor wie bei einem Wettbewerb dafür. Und zu allem Überfluss waren die Schlösser hier nicht von der billigen Machart. Er fragte sich sogar zwischenzeitlich, wer wohl den zugehörigen enormen Schlüsselbund verwahren mochte. Borgessa selbst? Als perfides Spielchen, bei dem niemand anderes außer ihm selbst wusste, welche von Dutzenden oder gar Hunderten Truhen mit welchem Schlüssel zu öffnen war? Der Erzherzog prahlte ja mit seinem Gedächtnis und seinem Hang zur Geheimniskrämerei.

In Glins Rücken gaben die Schlösser unter der Bearbeitung der kleinen Grille nach, während Fenja immer lauter fluchte, wenn sie wieder nur Münzen, Barren oder schlimmstenfalls nur die Papiere irgendeines Archivs fand. Die untersten Truhen waren ohnehin nicht mehr zu erreichen, ohne dass sie tauchen mussten – und Glin fürchtete obendrein, dass ab einem bestimmten Pegelstand die chemistische Beleuchtung ausfallen würde.

»Sieh es mal so«, rief er über das Wasser hinweg. »Wenn wir hier drin ertrinken, dann haben wir zumindest ein gehöriges Chaos angerichtet. Borgessa wird fluchen wie ein ganzer Schwarm seiner weißen Krähen. Er hat das Zeug hier ja extra wasserdicht eingelagert, um Eindringlinge im Notfall jämmerlich ersaufen zu lassen.«

»Wenn du nicht aufhörst zu reden und verflucht nochmal schneller arbeitest, bewahre ich dich vor dem Ertrinken, Glin Melisma – indem ich dich vorher erschlage!«

»Danke, ich verzichte«, murmelte Glin und stemmte den nächsten Truhendeckel auf, nur um ein Dutzend Armbänder zu finden. Einige waren jedoch mit Brillanten besetzt. »Hier. Kannst du damit schon mal etwas anfangen?«

Fenja stieß sich ab und schwamm zu ihm herüber. »Was soll ich denn damit machen? Noch mehr Licht?«

»Oder du sprengst eine Reihe Schlösser auf«, schlug Glin ihr vor.

Sie grunzte und nahm eines der Schmuckstücke in die Hand. Eine Fingerbewegung später warf sie es wütend zurück in die Truhe. »Die Edelsteine sind versiegelt.«

»Mist.«

Sie kämpfte sich halb schwimmend zurück zu der Stahlkiste, deren Schloss Schönheit in der Zwischenzeit entriegelt hatte, und stemmte den Deckel auf. Glin arbeitete derweil wie besessen an einer Truhe von der Größe eines Rucksacks, deren Schloss ein besonders hakeliger Mechanismus zugrunde lag. Das Schlösserknacken würde er auf der Sonnenlosen Straße wohl vermissen – und seine kleine mechanische Grille ebenfalls. Bald würde er den Halt unter den Füßen verlieren und er würde schwimmend fortfahren müssen, jene Schlösser zu öffnen, die noch nicht unter der Wasseroberfläche lagen.

Da ertönte ein schriller Schrei.

Er fuhr herum. »Fenja! Was ist passiert?!«

»Sie sind alle unversiegelt«, schrie die Magierin bloß wie von Sinnen. Und tauchte ihre Hand in eine Kiste, so groß wie ein Eimer. Als sie die Faust wieder herauszog, hielt sie jede Menge Smaragde in der Hand, die zwischen ihren Fingern hervorquollen. Grün, glänzend, funkelnd. Sie lachte glückselig. »Das ganze verdammte Ding ist voller unversiegelter Steine.«

Und Glin spürte, wie sich der Griff einer Bärenfalle löste, die sich kalt um sein Herz gelegt hatte.

Das hier war also doch nicht das Ende. Danke, Din Vestro! Ich werde dir die Beute des gesamten nächsten Coups opfern müssen, um auch nur einen Teil meiner Schuld wieder abzutragen.

Schönheit sprang über die zwei Truhen, die aus dem Wasser ragten, hinweg und landete auf Glins durchnässter Schulter. Ihr Zirpen war beinahe zärtlich.

2.

Das Zischen und Ächzen der mächtigen Stahltür drang erst nach draußen, kurz bevor die Angeln und Dichtungen durchgeglüht waren. Den Rest erledigte der enorme Wasserdruck, der sich im Inneren der Tresorkammern aufgebaut hatte. Die Tür wurde nach außen weggedrückt und eine Sturzflut ergoss sich in den Gang. Wer nicht von dem Ungetüm von Tür erschlagen wurde, der wurde von den Wassermassen fortgeschwemmt, die eine verheerende Kraft entwickelt hatten. Mit vernichtender Gewalt rissen sie alles um oder drückten fort, was sich ihnen in den Weg stellte.

Chaos und Panik brachen in den Kellergeschossen und unter den Wachmannschaften des Palastes aus.

Geschrei wurde laut.

Ein Anschlag!

Und auch wenn die Garden des Erzherzogs versuchten, nach

oben hin alle zu beschwichtigen, um bloß das Fest nicht zu unterbrechen, machte sich doch Unruhe unter den Gästen breit. Viele brachten fadenscheinige Entschuldigungen vor, um überhastet abzureisen, und wer blieb, dem gelang es kaum, die eigene Verunsicherung zu verbergen und stattdessen standhaft oder gar unbeteiligt zu wirken.

Als die ersten bewaffneten Gardisten es schafften, den Fluten im Kellergeschoss zu trotzen und bis zu ihrer Quelle vorzudringen, fanden sie lediglich den verwüsteten Innenraum des Tresors vor. Stählerne Kisten und Truhen waren heillos durcheinandergewirbelt und im hinteren Bereich klafften Löcher in der Decke, durch die weiter große Wassermengen nachströmten.

Lediglich die Sammlung seltener Gemälde, Figurinen und Skulpturen in ihren ebenso eigenartigen wie teuren Glaskästen schien zum größten Teil unbeschädigt zu sein. Nur eine Handvoll der gläsernen Schutzhüllen war so in Mitleidenschaft gezogen oder gar zerstört, dass die Kunstwerke im Inneren auf immer verloren waren.

Verletzte wurden versorgt und es wurde nach Priestern gerufen für jene Unglücklichen, die von der Tresortür oder einem anderen Gegenstand in den Tod gerissen worden waren. Zwei der Toten waren nackt, als hätten die entfesselten Naturgewalten der Lagune sie entkleidet.

Die unteren Geschosse des herzoglichen Palastes von Mosmerano glichen einem Schlachtfeld nach dem Krieg, übersät mit Trümmern und Körpern.

Für Diebe hingegen gab es kein besseres Versteck als das allgemeine Durcheinander. Und so bemerkte niemand einen dünnen Mann und eine Frau in durchnässten Uniformen und mit prall gefüllten Tornistern, die über zuvor einstudierte Routen aus Nebengängen und Botenwegen den Palast verließen. Hinter ihnen herrschte das Chaos. Überall dort, wo man sich sonst so sehr um Contenance bemühte. Es war ein Desaster, dem die beiden Diebe am späten Abend entkamen – heilfroh, selbst am Leben zu sein.

Glin hatte ein stilles Dankgebet an Din Vestro auf den Lippen, während sie so würdevoll, wie es eben ging, die Hochwohlgeborene Insel durchquerten und sich in südlicher Richtung hielten. Die Straßen des mit Villen und prächtigen Palazzi übersäten Stadtteils waren nahezu verwaist. Jeder, der auch nur etwas auf seinen Stand hielt, war irgendwo zu irgendeiner Feierlichkeit eingeladen – wenn nicht sogar zum Ball des Erzherzogs selbst. Und Fenja und Glin huschten durch die tiefsten Schatten, die sich ihnen boten.

Wenn man in Mosmerano nicht über ein Boot verfügte, führte der einzige Weg von einer Insel zur nächsten immer über eine Brücke. Und Brücken waren Flaschenhälse, an denen sich alles verengte und staute, hier ging es nur vor oder zurück, wenn man nicht nach links oder rechts ins Wasser sprang. Und gleichfalls Nadelöhre waren jene kleinen Plätze und Straßenkreuzungen, die vor den Brücken lagen. Kurzum: Wollte man in Mosmerano jemanden am Fortgehen hindern, dann übernahm man die Kontrolle über einen Brückenzugang.

Die *Piazza Pisello* war prädestiniert dafür. Der Platz lag geradewegs vor der Brücke, die den Übergang zur Insel der Speichelecker markierte. Er war nicht groß und in schicken Mustern gepflastert – nur etwa doppelt so breit wie die Straße und erhellt von chemistischen Straßenlaternen.

Glin und Fenja preschten aus dem Garten einer Wohnanlage über den Hofeingang und direkt auf die Hauptstraße, die in die Piazza Pisello mündete. Dann mussten sie bremsen, denn vor der Brücke hatte sich jemand breitbeinig aufgebaut.

Gedämpft wurden die Geräusche der Feierlichkeiten aus anderen Vierteln von dem nächtlichen Sommerwind über die Lagune getragen. Jener Wind ließ den Gehrock, die Robe und die langen Haare der Gestalt flattern. Im Schein der Straßenlaternen waren sie von einem noch unheimlicheren Rot als bei Tageslicht.

Aurinius von Veelyn hatte die Arme vor der Brust verschränkt.

Langsamen Schrittes traten Fenja und Glin in die Mitte der kleinen Piazza.

»Ein ganz schönes Chaos haben Sie da hinterlassen, Glin«, sprach der Magier langsam. »Wie geschickt, sich in Gardeuniformen hinauszuschleichen.«

»So sind wir eben«, entgegnete Glin. »Ich würde sagen, wir haben unseren Auftrag erfüllt.«

»Das ist richtig. Ich verteile nur ungern Komplimente, aber in diesem Fall muss ich es wohl tun.«

»Der Krieg mit einem Skyldarmonster ist abgeblasen, alle Beteiligten sind am Leben – eigentlich könnten wir uns an dieser Stelle verabschieden und uns daran erfreuen, dass keiner von uns den anderen jemals wiedersehen muss.«

»Zuerst überlassen Sie mir den Herzstein, Glin«, sagte der Magier.

Aus den Schatten der Hauseingänge links und rechts der Brücke traten Gestalten heran. Sie alle trugen Uniformen – so weit geschnitten, dass schnellste Bewegungen möglich waren. Sie hatten metallene Schakalmasken mit spitz zulaufenden Schnauzen auf.

»Was ist, wenn ich den Herzstein einfach in der Lagune versenkt habe?«, fragte Glin.

Aurinius' Brauen zogen sich zusammen und seine goldenen Augen funkelten. »Das wäre ziemlich bedauerlich.«

Glin setzte seinen Tornister ab. »Hier, schauen Sie rein. Sie werden nichts finden. Und wenn Sie mich abtasten wollen … bitte sehr. Mich von Ihnen berühren zu lassen, stelle ich mir zwar ziemlich widerlich vor … aber durch manche Dinge muss man eben durch.«

»Was halten Sie davon, wenn ich Sie einfach töte und mir dann ansehe, was Sie so am Körper tragen?«

»In diesem Fall würde ich etwas anderes vorschlagen: Wie wäre es, wenn ich Ihnen jetzt sage, dass ich den Herzstein versteckt habe und der Einzige bin, der weiß, wo er ist?«

»Sie bluffen, Glin. Das können Sie zwar nicht schlecht, aber Sie vergessen, dass ich den Mann sehr gut kannte, von dem Sie das gelernt haben: Talmo Melisma.«

Glin seufzte. »Also schön. Ich würde gerne am Leben bleiben. Was halten Sie davon?«, sagte er frei heraus.

Aurinius begann zu feixen. Höhnend und schmutzig lachte er, wie die üblen Gegenspieler der romantisierten Helden es gerne taten – dies erinnerte an jene Theaterstücke, die das Mechanische Theater all die Jahre über aufgeführt hatte. Talmos Gildenabzeichen, das um Aurinius' Hals baumelte, setzte dem Spott die Krone auf.

Auch der Blick in die Runde war bedrückend. Glin sah von einer ausdruckslosen Maske zur anderen. Die Schakale von Jaerhella – gefürchtet und tödlich.

»Sehr witzig«, unterbrach Glin den Magier, als dessen Gelächter allmählich verebbte. »Es gibt also keine Möglichkeit für mich, mit Ihnen zu verhandeln?«

Aurinius tat, als müsse er sich Tränen der Heiterkeit aus den Augenwinkeln wischen. »Sie haben doch nie ernsthaft geglaubt, dass ich Sie mit all dem Wissen, das ich Ihnen anvertraut habe, einfach davonkommen lasse? Haben Sie wirklich angenommen, ich könnte zulassen, dass diese Dinge öffentlich werden, weil ein begabter, aber unbeherrschter kleiner Mechanist seine vorlaute Klappe nicht halten kann, mit der die Götter ihn verflucht haben? Nein, Glin. So leid es mir tut, Ihr Talent vergeudet zu wissen, aber ich kann Sie nicht am Leben lassen, selbst wenn ich wollte.«

Nun reichte Glin das Possenspiel. »Sie irren sich, Aurinius. Ich behaupte genau das Gegenteil: *Sie* haben doch nicht ernsthaft geglaubt, dass *ich Sie* so einfach davonkommen lasse.«

Der Magier sah irritiert drein, doch Glin war noch nicht fertig. »*Sie* waren es schließlich, der *meine* Freunde ermordet hat. Und auch wenn Sie sich einreden, dass alles einem höheren Zweck dient – es hat Ihnen auch noch Freude bereitet und Befriedigung verschafft, Sie widerlicher Scheißkerl. *Ich* bin es, der *Sie* nicht davonkommen lässt!«

Aurinius legte den Kopf schief. »Soll ich jetzt etwa wieder anfangen zu lachen?«

Glin schüttelte den Kopf. »Ich wusste ganz genau, wo Sie mir auflauern würden. Die Piazza Pisello ist der perfekte Ort für einen Hinterhalt. Verraten Sie mir, Aurinius: Mit wie vielen Schakalen sind Sie vor Wochen nach Mosmerano angereist? Nach meinen Informationen waren es acht. Zwei davon sind tot, einer wird noch von den Paiendraschwestern aufgepäppelt. Macht nach meiner Rechnung fünf. Aber wieso zähle ich *sieben* Schakalmasken?«

Aurinius' Augen weiteten sich. Blitzschnell wirbelten die Schakalkrieger herum, doch die beiden zusätzlichen Schakale, die hinter ihnen leise aus den Schatten getreten waren, schossen bereits ihre Armbrustbolzen ab.

Zwei Krieger brachen zusammen, noch bevor sie die Chance hatten, auch bloß die Arme zu heben. Ein weiterer flog in hohem Bogen krachend gegen die nächste Hauswand, als Fenjas Magie ihn dorthin schleuderte.

In der Hand eines der der beiden neu aufgetauchten Schakale erschien eine Schwertklinge, die sich binnen weniger Wimpernschläge allein aus dem Griffstück heraus in einer komplizierten Faltmechanik zusammensetzte. Die Waffe gab einen singendsummenden Ton von sich, als sich ihre Herrin ins Duell mit einem weiteren Maskenträger stürzte.

Der letzte Schakal wollte seinem Kameraden zu Hilfe eilen, doch Glin zog den Paradesäbel vom Gehänge seiner Uniform und warf ihn etwas ungelenk zwischen die Beine des Schakals – der sich als Kriegerin entpuppte. Stolpernd landete sie auf dem Straßenpflaster.

»Sie von allen Göttern verfluchtes kleines Stück Dreck«, knurrte Aurinius Glin an.

»*Gesegnet* träfe es vielleicht eher«, konterte Glin und bereute seine Unverschämtheit umgehend, als Aurinius ihn mittels einer magischen Druckwelle auf das Pflaster der Piazza schickte.

Eine erste Attacke von Fenja wehrte er irgendwie ab, doch die Magierin beschwor wie schon in der Wohnung eine Art gleißenden Blitzstrahl herauf, der auf Aurinius' eigene magische Energie traf – und das bizarre Kräftemessen begann erneut, wie schon in der Wohnung über dem Blütenpalast. Glin hoffte, dass Fenjas bis zum Rand mit Smaragden gefüllter Tornister ausreichen würde, um Aurinius eine Weile standzuhalten. Während die Piazza Pisello in flackerndes Licht getaucht wurde und krachende magische Funken in alle Richtungen stoben, schnappte sich Glin den liegengebliebenen Säbel und kam Madeire in ihrer Schakaluniform zu Hilfe.

Madeire, die zwar das Bühnenfechten beherrschte, kam in Bedrängnis gegen die Schakalsöldnerin, die geschwind wieder auf die Beine gekommen war. Die Schakale hatten ihren Ruf nicht von ungefähr. Es schien ihrer Gegnerin ein Leichtes, sie nicht bloß beide gleichzeitig in Schach zu halten, sondern sie obendrein auch noch beide auf einmal in die Defensive zu drängen. Den blitzschnellen Drehungen und Pirouetten sowie der Fähigkeit, jeden abgeblockten Streich irgendwie doch postwendend wieder in eine Attacke umzumünzen, hatten Madeire und Glin nicht viel entgegenzusetzen.

Das Knistern und Krachen der magischen Blitze erstarb hinter ihnen und plötzlich wurde Glin gleichsam am Kragen rückwärts aus dem Geschehen gezogen. Er blieb kopfüber in der Luft vor Aurinius schweben – Fenja war verschwunden. Einfach fort.

Aurinius war wieder Herr der Lage. Geschwind hatte der Magier Glins Taschen inspiziert und sich enttäuscht vergewissert, dass der den Herzstein tatsächlich nicht am Körper trug. Nun fiel der goldene Blick des Magiers auf den abgestellten Soldatentornister. Er ließ Glin auf den Kopf fallen – Schmerz und bunte Lichter flammten vor dessen Augen auf.

Bei den Göttern, er hat ihn, dachte Glin, doch vor seinem Blick tanzten farbige Schlieren auf rotem Grund und schränkten sein Gesichtsfeld ein.

Er wollte sich hochstemmen, doch der Schwindel machte es unmöglich.

Was ist passiert? Wo bei allen sieben Göttern ist Fenja? Wie schlägt sich Madeire? Warum höre ich das Singen von Wehklage nicht mehr?

Endlich erbrach er sich, würgte und würgte, bis sich vor ihm ein gelber Teppich aus stinkendem Mageninhalt gebildet hatte. Nein, er durfte nicht erschöpft den Kopf sinken lassen. Also kämpfte er mit aller Macht gegen den Schwindel, sodass er wenigstens mit dem Oberkörper hochkam.

Dann folgte ein Donnerschlag. Dumpf und kraftvoll. Entfesselte magische Energie fegte ringsum alle von den Füßen. Kraftlos kippte auch Glin wieder um.

In der Mitte über ihnen allen stand Aurinius, in der linken Faust den schwarzen Herzstein.

Selbstverständlich hatte Glin geblufft. Der Stein war in seinem Tornister gewesen.

Doch der Magier verschwendete hier nicht länger seine Zeit. Er drehte sich um, begann zu laufen und verschwand über die Brücke in südliche Richtung.

Glins Sichtfeld verschwamm an den Rändern.

Ist es vorbei?

Kann es das tatsächlich gewesen sein?

Was konnte er schon gegen diesen rothaarigen Dämon von Magier ausrichten, der es mit ihnen allen gleichzeitig aufgenommen hatte?

Vielleicht sollten sie es tatsächlich gut sein lassen, wie Yrrein vorgeschlagen hatte. Sie konnten weit fortgehen. Auf die Neunundneunzig Inseln, in die Waldungen, nach Daworje – dort könnte Yrrein unter falschem Namen sesshaft werden, so wie sie es immer gewollt hatte.

Yrrein … Der Name, der geliebten Freundin war ein schöner Gedanke, um wegzudämmern.

»Glin?« Jemand klatschte ihm wiederholt auf die Wange. »Glin!«

Es folgte ein ungeduldiges Trippeln und Pieksen auf seiner Wange.

Mühsam schob Glin die Lider auseinander und Schönheit machte einen Satz von seinem Gesicht auf seine Brust.

Er blinzelte und blickte in den Himmel über der Stadt. Yrrein kniete über ihm, ihre Schakalmaske war fort. »Den Göttern sei Dank, du bist einfach nur umgekippt. Jetzt ist aber keine Zeit zum Schlafen. Komm schon!«

Sie zog ihn an den Armen hoch, bis er saß. »W- was hat Madeire?«

»Einen Schnitt an der Hüfte. Ist nicht so schlimm. Sie hat sich tapfer geschlagen.«

»Aurinius hat –«

»Ja, ich hab gesehen, was er getan hat.«

»Hat er Fenja getötet?«

Yrrein zog die Brauen zusammen. »Die feige Magierin ist einfach abgehauen.«

Seine Beine fühlten sich wackelig an, als sie ihm aufhalf.

»Warum hilfst du Madeire eigentlich nicht?«, fragte er.

»Ich muss einen verdammten Magier jagen«, entgegnete sie. »Sonst lässt er uns nie in Frieden.«

Und damit ließ sie ihn in der Mitte der Piazza Pisello stehen.

»Nein«, hauchte Glin fassungslos und blickte Yrrein nach, wie sie mit ihren katzenhaften großen Schritten und mit wehender Schakaluniform über die Brücke eilte.

Das durfte sie nicht. Sie durfte Aurinius nicht nachjagen. Nicht jetzt, wo alles beinahe vorbei war. Glin würde sie verlieren.

Nein, das werde ich nicht!

»Nein«, schrie er. Die Panik rief neue Lebensgeister in ihm hervor. »Nein!«

Er sah sich um und sah Madeire gegen einen Türpfosten gelehnt, die Hand auf ihre Seite gepresst. Die letzten Schritte zu ihr rutschte er beinahe auf den Knien über das Pflaster. »Madeire, bitte stirb mir hier nicht einfach weg.«

Die Diva hatte ihre Schakalmaske ebenfalls abgenommen und lachte trocken. »Ich komme schon klar!«

Glin warf einen Blick auf ihre vom Blut nassen Finger. So viel Blut kam nicht ausschließlich von einem oberflächlichen Schnitt an der Hüfte. »Bist du sicher?«

»Hier liegen genug Tote herum und ihre Gewänder reichen für mehrere Dutzend Druckverbände. Kümmere dich nicht um mich!«

»Ich kann nicht noch mehr Herbstgänger verlieren. Es geht einfach nicht.«

Unerwartet klatschte Madeire ihm einen ihrer Lederhandschuhe ins Gesicht. »Hier, nimm das!« Sie pulte mit schmierigen Fingern an einer großen Armschiene herum, die unter dem weiten Ärmel der Robe verborgen lag. Glin erkannte sie augenblicklich: Es war ein Teil der Greifenrüstung – mit versteckten Klingen und Seilfeder. Madeire riss das Ding mehr oder weniger von ihrem Arm. »Die zweite davon hat Yrrein. Und jetzt sieh zu, dass du sie wieder einfängst! Ansonsten wirst du dir dein ganzes Leben lang Vorwürfe machen, Glin!«

Der Dieb zögerte kurz.

Die Schakale schienen alle tot oder bewusstlos.

Er blickte zurück zu Madeire, deren Augen von Tränen glänzten – sie hatte offensichtlich starke Schmerzen. Es fiel ihm schwer, sie so zurückzulassen.

»Mach schon!«, knurrte sie ihn an. »Ich habe keine Angst vor der Sonnenlosen Straße – nur davor, dass das Essen dort vielleicht schlecht ist.«

Glin versuchte über ihren Galgenhumor zu lachen, es gelang ihm nicht.

Doch schließlich nickte er.

Er konnte Yrrein noch viel weniger gehen lassen.

Niemals, wenn er ehrlich war.

Nach den ersten unsicheren Schritten verfiel er bereits ins Laufen. Es gab nur noch ein einziges Ziel in der heutigen Nacht.

Er küsste seinen Handrücken, berührte mit ihm seine Stirn und schickte ein kurzes Gebet in Richtung Din Vestro.

INTERLUDIUM VII

Der Tanz der tausend Schmerzen

AUS TALMOS GESCHICHTE

Von Glin rekonstruiert anhand von Erzählungen und gefundenen Aufzeichnungen. Die Ereignisse des vorliegenden Abschnitts fanden statt in Jaerhella, der südlichsten der Amantinischen Republiken, kurz vor der Grenze zu Abitreija. Im Jahre 1008 nach Amantis. Fünf Jahre, bevor die Herbstgänger nach Mosmerano reisten.

1.

Talmo hatte Jaerhella stets als den heißesten Ort in den Amantinischen Republiken empfunden. Die Hitze Jaerhellas wohnte nicht allein in den hohen Temperaturen. Nein, alles in dieser Stadt verströmte vielmehr eine rastlose Hitze und Energie: Die Menschen und ihr unruhiges Treiben, die überhastet erbauten Sandsteinhäuser, das stete Ein- und Auslaufen der Schiffe auf die *Eingeschlossene See,* die wilden Hunde und Katzen, der Müll in den Straßen, der Schutt einiger eingefallener Gebäude, die Basare und wilden Märkte, die Zeltstädte und wild wuchernden Viertel, die längst die Grenzen der Stadtmauer gesprengt hatten – alles hier knisterte vor Unruhe, Bewegung, Hitze.

Glin hätte es hier nicht ausgehalten. Das Klima war Abaste zu ähnlich – zu viel heißer Staub und zu wenig Regen. Aber Glin war fort. Talmo hatte ihn diese Saison über in Thyriss gelassen für eine richtige Mechanistenausbildung.

Die Herbstgänger hatten seit einigen Tagen Quartier in Jaerhella bezogen und das Mechanische Theater auf einem seewärts gelegenen, von Lehm verkrusteten Platz aufgebaut – hier, am Ende der Amantinischen Republiken und doch nie weit genug weg von der Trauer um Arbo. Doch das Geschäft musste weitergehen und Talmo war auf dem Weg zu den Arenen. Er wollte das Theater wieder nach seinen Vorstellungen zum Laufen kriegen – und dazu fehlte ihm nun jemand, der Schaukämpfe und Raufereien choreographierte und inszenierte und der Salti, Balanceakte oder Stürze unbeschadet hinlegen konnte.

Wenn der Stadtstaat Jaerhella für eines berühmt war, dann für den Umgang mit Waffen. Hier hatte der Kampf von Angesicht zu Angesicht einen hohen gesellschaftlichen Stellenwert. Grundständiges Fechten lernte jedes Kind und selbst ein Blumenhändler hatte hinten im Laden eine oder zwei scharfe Klingen, mit denen er sich notfalls gut zu wehren wusste. Jaerhella hatte mehrere ruhmreiche Regimenter hervorgebracht, die Geschichte geschrieben hatten, sowie eine Vielzahl berüchtigter Kriegergestalten wie beispielsweise die mysteriösen Schakale – eine Vereinigung von ebenso fähigen wie unverschämt teuren Söldnerinnen und Söldnern, die ihre Identitäten hinter metallenen Masken verbargen und in einer Festung außerhalb der Stadtmauern residierten. Auch wenn es ein offenes Geheimnis war, dass das große Abitreija sich die Ländereien Jaerhellas gerne einverleiben würde, so hatte das mächtige Wüstenreich in seiner Geschichte nie auch nur einen Fuß eines Soldaten auf das Gebiet Jaerhellas gesetzt. Sollte eine Eroberung des Stadtstaates überhaupt je gelingen, standen die zu erwartenden Verluste in keinem guten Verhältnis zum Nutzen.

Auch die drei Arenen, die im Osten der Stadt lagen, waren Ausdruck der waffenreichen Tradition der Jaerhelli. Wer wollte, konnte sich jederzeit als Gladiatorin oder Gladiator versuchen. Die Arenakämpfe waren eine äußerst beliebte Unterhaltung. Es gab ganze Gilden, die Mannschaften ausbildeten. Und die Tavernen, Gasthäuser und Schreibstuben der Buchmacher, in denen man Wetten platzieren konnte, florierten rund um den Arenabezirk teils besser als das ausufernde Bordellviertel der Stadt.

Und genau hier, in diesem waffenstarrenden Kessel voller rastloser Energie, über dem die rötliche Morgensonne wie eine drohende Fackel stand, suchte Talmo nach jemandem, der zum Mechanischen Theater passen könnte.

2.

Gegen Nachmittag wurde Talmo des Beobachtens allmählich überdrüssig. Nicht, dass die Kämpfe nicht abwechslungsreich waren. Die Wahl der Waffen, verschiedene Konstellationen von Duellen oder Kämpfen von Gruppen oder Verbänden gegeneinander, die teils bunten Rüstungen und Gewänder der Kämpferinnen und Kämpfer, die johlende Anhängerschaft mancher Mannschaften oder einzelner Ikonen, die mechanischen Effekte und Besonderheiten der Arenen, die sich sogar für nachgespielte Seeschlachten fluten ließen – all das bot zunächst eine beeindruckende, ja sogar berauschende Kulisse. Doch Talmo ermüdete dies. Zwar fanden in der Arena nur jene den Tod, die extrem vom Pech verfolgt waren (oder die es sich eventuell mit den Göttern verscherzt hatten?), aber Prellungen, ausgekugelte Schultern, Schnittwunden oder offene Brüche waren an der Tagesordnung. Und während man beim ersten Mal noch schockiert und vor Ekel zusammenzuckte, hatte man sich beim fünften Knie, das in die falsche Richtung gebogen wurde, irgendwie daran gewöhnt. Talmo merkte, wie er unempfindlicher dem Anblick gegenüber wurde – und das gefiel ihm nicht.

Doch gerade als er sich eine Weile mit dem Gedanken trug, ob er es für heute gut sein lassen und morgen wiederkehren sollte, betrat ein junges Mädchen die Arena. Talmo traute seinen Augen nicht. Diese junge Gladiatorin konnte nach seinem Dafürhalten kaum achtzehn oder neunzehn Namenstage alt sein. Ihr langes, seidenschwarzes Haar hatte sie zu einem Knoten zusammengesteckt. Der Blick in ihren smaragdgrünen Augen war hochkonzentriert, traurig, wütend, gleichgültig – und alles auf einmal. Sie trug über einer schlichten Tunika eine seltsam offene Lederrüstung, die gerade so die empfindlichsten Teile ihres Oberkörpers schützte. Zwei simpel anmutende, kurze Schwerter oder eher lange Messer komplettierten ihren Aufzug.

Talmo konnte nicht anders als sie offen anzustarren.

Was hat ein solches Mädchen hier verloren?

Der Sprecher der Arena kündigte sie schlicht als »Yrrein« an.

Ihr Kontrahent, der den Sand der Arena betrat, war einen Kopf größer als sie, mindestens fünfzehn Sommer älter und hatte ein gegerbtes Gesicht, das Narben diverser vergangener Kämpfe deutlich zur Schau stellte; eben ein erfahrener Arenakämpfer, dessen abgenutzte Rüstung und dessen Rundschild stolze Spuren vieler vergangener Siege trugen. »Rahul dal Emrahan« war sein Name und er wurde als »Verheerender Klingensturm der östlichen Salzländer« tituliert.

Talmo wäre sich beinahe sicher gewesen, dass die Kleine dem erprobten Gladiator mit all seiner Erfahrung nicht viel entgegenzusetzen hatte und dass hier gleich ekelhafte Mengen Blut vergossen würden. Doch zum einen war da diese leicht ehrfürchtige Zurückhaltung des Publikums gewesen, als Yrrein aufgerufen wurde – zum anderen die eigenartige Ausstrahlung des Mädchens, die Talmo faszinierte und verstörte.

Die beiden Kontrahenten begrüßten sich mit einem kurzen Nicken. Und während dar Emrahan auf eine treue Schar von Anhängern im Publikum blicken konnte und sie mit reißerischen Armbewegungen zur lautstarken Unterstützung aufforderte, prüfte Yrrein die Griffe ihrer Waffen und ließ sie probehalber ein paar Mal in Mühlen durch die heiße Luft kreisen.

Der Kampfrichter ließ zwischen ihnen ein hauchdünnes rotes Seidentuch aus der Hand gleiten, das langsam zu Boden segelte und das Signal für den Beginn war.

Dal Emrahan führte einen bedrohlich kräftigen Probeschwung seines Langschwerts neben dem Schild aus und lächelte. Langsam, Schritt für Schritt umkreisten sich die beiden Kontrahenten, wobei den Zuschauern nicht verborgen blieb, dass es die sehr viel leichter bewaffnete Yrrein war, die den Kreis mit jeder Runde immer und immer enger zog. Ihre Bewegungen wirkten geschmeidig und Talmo musste unwillkürlich an das Schleichen einer Katze denken.

Dann machte dal Emrahan den ersten Zug. Er führte einen Schwung von rechts, der ganz offensichtlich nur zum Test dienen sollte, wie sich die junge Yrrein schlug.

Er hätte den Streich besser nie geführt.

In einem einzigen fließenden Bewegungsablauf, der Talmo den Atem stocken ließ, parierte Yrrein mit ihren beiden Waffen die Klinge und trat gleichzeitig gegen den unteren Rand des Rundschildes. Dal Emrahan drehte seinen Arm und machte eine unwillkürliche Ausgleichsbewegung mit dem Schild, woraufhin Yrrein die Unterkante packte, sie hochriss und sich mit der Schulter dagegen warf, sodass sie dem Krieger den oberen Rand seines Schildes förmlich ins Gesicht stieß. Er taumelte einige Schritte zurück, während ihm Blut aus der Nase sprudelte. Doch Yrrein setzte bereits nach. Unter einer hastigen und unbeholfenen Abwehr duckte sie sich einfach hindurch, drehte sich und ließ eine ihrer Klingen durch eine ungeschützte Lücke der Rüstung über dar Emrahans Seite streichen. Der Krieger stöhnte und versuchte mit einem unkontrollierten Schlag nach hinten, sie aus seiner Nähe zu scheuchen. Doch Yrrein duckte sich erneut katzenhaft darunter hindurch, versetzte dem Schwertarm des Kriegers einen Stoß und verlängerte dessen Schwung, sodass der ganze Mann sich drehte, und schließlich trat sie ihm mit voller Wucht in die Kniekehle. Noch während der gestandene Kämpfer in die Knie sackte, stieß ihm das Mädchen den Fuß zwischen die Schulterblätter und der Kämpe kippte in den Staub. Die junge Frau stemmte nun ein Knie in den Rücken des Kriegers und setzte ihre langen Messer zu einer gefährlichen Schere in seinen Nacken, die dal Emrahan an nahezu jeder Bewegung hinderten. Das Einzige, was ihm noch blieb, war, mit der flachen Hand auf den Boden der Arena zu schlagen. Das signalisierte, dass er aufgab.

Der Schiedsrichter gab mit einer schrillen Holzpfeife das Ende des Kampfes an, der nur ein paar Atemzüge gedauert hatte.

Als hätte sie einen alten Lumpen oder einen abgenagten Knochen weggeworfen, ließ Yrrein augenblicklich von dal Emrahan ab. Sie ignorierte den Schiedsrichter, der sie lautstark zur Siegerin erklären wollte, und verschwand zielstrebig und ohne ein weiteres Wort oder einen weiteren Blick in den Katakomben der Arena.

Talmo hatte gefunden, wen er gesucht hatte.

3.

Es kostete Talmo ziemlich viel Bestechungsgeld, bis er herausgefunden hatte, wo er Yrrein am besten abpassen konnte. In dem Teil der Katakomben, in den man ihn schließlich einließ, ohne dass er sich selbst als Gladiator für die Arena einschreiben musste, gab es einen Flur, der nur durch ein Holzgitter von einem Durchgang getrennt war, den auch die Kämpferinnen und Kämpfer der Arena nutzten.

Talmo wartete über eine Stunde geduldig und sah eine Menge Gestalten kommen und gehen in dieser Zeit. Als er es schon fast aufgeben wollte, ging das Mädchen vorbei, das Gesicht in den langen schwarzen Haaren verborgen.

»Yrrein«, rief er.

Doch sie beachtete ihn nicht und strebte stur weiter geradeaus.

»Spielen Sie in einem *Theater* mit!«, versuchte es Talmo etwas hilflos.

Doch die Angesprochene drehte nicht einmal den Kopf und verschwand, während Talmo der vertanen Chance nachtrauerte.

4.

Am folgenden Tag war Talmo erneut in der Arena. Die anderen Herbstgänger hatten ihn für verrückt erklärt, ein möglicherweise leicht irres Wundermädchen überreden zu wollen, sich ihnen anzuschließen.

Das Spiel war dasselbe wie am Vortag. Yrrein besiegte eine bis an die Zähne bewaffnete Gegnerin in wenigen Atemzügen, ließ es nahezu lächerlich einfach aussehen und verließ schnurstracks die Arena.

Talmo befragte andere Zuschauer, aber er bekam bloß verstörende Antworten.

»Mit der kleinen Yrrein ist es immer langweilig.«

»Sie gewinnt immer. Seit vielen Wochen macht sie das schon. Jeder hofft, dass sie nicht dem eigenen Favoriten als Gegnerin zugelost wird. Dann kann man die Wettquoten gleich vergessen.«

»Sie hat keine Anhänger. Niemanden, der sie anfeuert. Sie kommt, besiegt jemanden und geht. Kein Kontakt zu den Zuschauern, keine höfliche Geste … Sie wartet nicht einmal den Applaus ab, schon ist sie weg.«

Egal, wen Talmo fragte, der Tenor war derselbe: Sie konnten Yrrein hier nicht leiden, weil sie anders war als die übrigen Kämpferinnen und Kämpfer. Weil sie offensichtlich weder für Ruhm noch für eine Anhängerschaft focht. Weil sie nicht einmal ein längeres Spektakel bot. Und weil sie ihnen die Quoten versaute.

Doch Yrrein reagierte auch an diesem Tag nicht auf Talmo.

Also beschloss er, es auf eine andere, noch kostspieligere Art und Weise zu versuchen.

5.

»Yrrein! Nehmen Sie *das hier!*«, rief er am dritten Tag, als er nach ihrem gewonnen Kampf in den Katakomben auf sie wartete. Natürlich wusste Talmo, dass sie seiner Stimme wieder keine Aufmerksamkeit schenken würde.

Einer anderen Stimme jedoch schon.

Er aktivierte den Mechanismus des magischen Skyldarschwertes, das er vor Jahren geborgen hatte und das zu seiner Freude noch immer funktionierte. Schnappend, klickend und surrend setzte sich binnen eines Atemzuges aus dem bloßen Griffstück eine scharfe Schwertklinge zusammen, die kontinuierlich ein hohes Summen von sich gab. Es klang beinahe wie ein leiser klagender Gesang. Schwang man das Schwert hin und her, schwoll der hintergründige Singsang an oder ebbte ab. Es war ein Lied des Todes, das dieses Tötungswerkzeug anstimmte. Talmo war fasziniert davon, hatte es aber nie gebraucht. Wozu auch? Er war Dieb und Schauspieler.

Und mit dieser ganz besonderen Waffe zog er erstmals den schwer zu deutenden Blick des Mädchens auf sich.

»Was wollen Sie?«, fragte sie. Sie sprach reinstes Belynth-Thron.

»Eigentlich will ich Sie fragen, ob Sie meinem fahrenden Theater beitreten möchten.«

Yrrein trat an das hölzerne Gitter heran. Die Quer- und Längsstreben besaßen Schnitzereien in landestypischer Kalligraphie – zwischen ihnen wirkte ihr erstaunlich makelloses Gesicht wie gemalt. »Hätte ich Interesse an einem fahrenden Theater, hätte ich bereits vorgestern meine Aufmerksamkeit an Sie verschwendet.«

»Stimmt«, meinte Talmo. »Ich musste erst mit dieser einzigartigen Waffe kommen, um überhaupt ein Stückchen von Ihrer ach so wertvollen Aufmerksamkeit zu ergattern.«

Er ließ das Schwert einmal singend kreisen, dann löste er den Mechanismus aus und das Schwert faltete sich zusammen, bis nur noch das Griffstück übrig war.

Sehr genau registrierte Talmo dabei, wie sich die Faszination für die Waffe in Yrreins smaragdgrünen Augen spiegelte. Also reichte er ihr das Griffstück durch das Gitter hindurch.

»Warum sollte ich es nehmen?«, fragte sie.

»Weil Sie es wollen«, entgegnete Talmo.

Sie griff danach, aktivierte den Mechanismus und ließ die Klinge sich zusammensetzen. Dann vollführte sie einige Übungsschwünge unter dem tödlichen Gesang der Skyldarwaffe und nickte. »Sie ist einzigartig.«

»*Sie?*«, erkundigte Talmo sich.

»Ich würde sie *Wehklage* nennen«, meinte Yrrein versonnen.

»Dann nennen Sie sie doch so!«

»Warum wollen Sie mir diese Klinge schenken?«, fragte sie. »Ich bin nicht käuflich, ich bin keine Hure und ich werde niemals eine. Ich werde keinem privaten Zirkus angehören und auch nicht für Sie tanzen.«

»Was wollen Sie denn?«, fragte Talmo schließlich.

»Sterben«, sagte das Mädchen knapp, ließ die Klinge einfahren und streckte Talmo den Griff wieder durch die Streben entgegen.

Doch Talmo verweigerte die Annahme. »Sie haben keine Träume mehr, Yrrein. Sie fühlen sich so leer, als könnten Sie genauso gut tot sein. Ich weiß nicht, was Ihnen widerfahren ist oder was Sie in diese Stadt treibt. Ich weiß auch nicht, warum Sie kämpfen können wie eine Legende. Ich weiß nur, dass Sie zu jung und zu begabt sind, um ins Nichts zu fallen und dieses erschöpfte Spiel zu spielen, bis Sie eines Tages durch eine Unachtsamkeit sterben oder an Altersschwäche.

Ich biete Ihnen einen Traum an. Helfen Sie mir, die Schaukämpfe meines Theaters eleganter, gefährlicher und echter aussehen zu lassen. Helfen Sie mir, *meinen* Traum zu verwirklichen. Und ich verspreche Ihnen im Gegenzug, dass Sie etwas von Ihrem Lebenswillen wiederfinden werden.«

Sie hielt ihm immer noch stumm das Schwert hin.

»Behalten Sie es«, meinte Talmo nachdrücklich. »Ich habe kein Interesse am Knochenbrechen und Töten. Aber genau dazu ist dieses Kunstwerk vor langer Zeit gefertigt worden. Benutzen Sie es, um noch effizienter einen Gegner nach dem nächsten in Windeseile aus dem Weg zu räumen. Und sollten Sie eines Tages den Wunsch verspüren, sich ein Stück weit selbst zu vergeben, dann suchen Sie uns auf. Wir sind noch den Sommer über in der Stadt. Fragen Sie nach dem Mechanischen Theater der Herbstgänger – dann finden Sie uns.«

Ohne ihr die Chance zu lassen, etwas zu erwidern, drehte er sich um und verschwand. Mehr konnte er nicht tun. Er *wollte* diese beste Schwertkämpferin als Choreographin haben – sie wirkte so verloren, dass sie gut in sein Ensemble von Verlorenen passen würde.

Und er war sich sicher, dass sie kommen würde.

Wenn sie vielleicht auch zu stolz war, um gleich morgen vor der Tür zu stehen – aber irgendwann im Laufe der kommenden Tage oder Wochen würde sie das Mechanische Theater besuchen und sich ihnen anschließen. Davon war er fest überzeugt, denn das hatte ihm der ertappte Blick verraten, als er ihr sein Angebot unterbreitet hatte.

Sie würde kommen!

Und er sollte recht behalten.

19. KAPITEL

Die Lagune

1.

Die Stadt lag vor ihm wie ein Labyrinth aus Lichtern und Masken. Glin stolperte vorwärts, so schnell er eben konnte. An jeder Straßenecke und hinter jedem Häuserblock suchte er den Spinnturm am Horizont und hastete darauf zu. Auf der Zunge lagen ihm eine Reihe Gebete und Gelöbnisse an die Götterwelt, sie mögen Yrrein doch vor dem Allerschlimmsten behüten. Aber nichts davon sprach er aus. Die Götter hatten sicher bereits entschieden, ob sie Glin wohlwollend bedenken würden.

Auf der Insel der Speichellecker waren die Straßen noch beinahe leer gewesen. Glin war es gelegen gekommen, denn so hatte er den Weg nutzen können, um seine Benommenheit abzuschütteln und die Armschiene festzuziehen, die mit einem seiner mechanischen Enterhaken bestückt war.

Doch sobald er auf die Marktinsel kam, wurde er beinahe von der Menge an Menschen erdrückt, die sich hier drängte. Mondmagier, Scharlachrote Pantomimen, Fischersoldaten und Seidenfrauen verstopften selbst die größten Marktplätze und machten sie kaum passierbar. Glin schob und zerrte und kämpfte sich Stück für Stück vorwärts. In Erwartung des großen Feuerwerks, das traditionell am ersten Abend des Festes vom herzoglichen Palast aus in den Himmel steigen würde, trieb es die Mosmerani nach draußen. Alle Orte, von denen aus man eine gute Sicht auf die Hochwohlgeborene Insel und den Palast hatte, waren begehrt.

Glin wusste nicht, ob das Feuerwerk nach den Unruhen im Palast überhaupt stattfinden würde – doch er mutmaßte, dass Borgessa sich keine Blöße geben würde.

Die Menschen um ihn herum waren ausgelassen – Gerüchte von einem Unglück im Palast hatten sich offensichtlich bislang nicht herumgesprochen.

Glin schob weitere Kostümierte beiseite und versuchte, ausgerechnet jenen unheimlichen Ort zu erreichen, von dem aus man den allerbesten Blick auf den Palast haben musste. Er hoffte, dass sich keine Wagemutigen oder verliebten Dummköpfe dort oben herumtrieben, um das Feuerwerk zu bestaunen, wenn der Magier den Turm erreichte. Vielleicht war Aurinius auch schon längst dort? Glin hatte durch das Gedränge das Gefühl für die Zeit verloren.

Vor allem anderen aber hoffte er inständig, dass Yrrein nichts geschah.

Zur Piazza des Wassers hin nahm die Dichte der Feiernden ab. Der Spinnturm ragte erhaben, aber nun zum ersten Mal auch bedrohlich über der Szenerie auf. Glin lief an der Kaimauer entlang zu jener Stelle, an der eines der gigantischen metallenen Beine des Skyldarkonstruktes ins Wasser stieß und von wo aus er den Turm bereits zuvor erklommen hatte. Verglichen mit dem Geschiebe und dem Trubel am Markt, war es hier beinahe gespenstisch still.

Er zielte mit dem Enterhaken und ließ ihn von dem Mechanismus getrieben in die Höhe schnellen, wo er Halt an einem der Gelenke des Beines fand. Er aktivierte die zweite gespannte Feder und hob, von dem Seil getragen, ab, rauschte durch die Luft und griff haltsuchend in den Wust aus dicken Rädern und Speichen am Bein des mechanischen Monsters.

Von oben hörte er einen langen spitzen Schrei.

Yrrein!

Ihm blieb keine Zeit, die Federn des Enterhakens mühsam wieder aufzuziehen. Also machte er sich daran, den Koloss mit Händen und Füßen zu erklimmen, und dankte den Göttern, dass Tausende von chemistischen Lichtern die Stadt erhellten. Das Blut rauschte in seinem Kopf.

Je näher er der offenen Kammer kam, in die die Beine des Turmes mündeten, desto mehr Geräusche meinte er zu hören. Er kletterte schneller und zielstrebiger.

Schließlich ergriff er den Rand der Balustrade, die um die Schaltzentrale des Spinnturmes führte und von einem großen metallenen Baldachin vor Regen geschützt wurde. Er zog sich hoch und erhaschte gerade noch einen Blick auf Yrrein, die von Aurinius in hohem Bogen aus einer der offenen Seiten geschleudert wurde. Die helle Bandage um ihren Kopf flatterte im Wind.

»Nein«, hauchte er entsetzt und verfolgte den tiefen Fall durch die erleuchtete Nacht. Mit einem Platschen schlug sie im Wasser auf und Glin hielt den Atem an.

Ich muss hinterher!

Doch er konnte sich nicht einfach fallen lassen, dann würden ihn die Stangen und Gelenke des Turms auf dem Weg nach unten zerschmettern. Stattdessen musste er hinauf, um –

In diesem Moment tauchte Yrrein unter ihm wieder auf.

Und über ihm Aurinius von Veelyn.

Der Magier packte ihn mit erschreckend starkem Griff und zog ihn über die Balustrade hoch. Er trat Glin in den Bauch und warf ihn in eine Ecke, wo er nach Luft ringend liegenblieb. Glin würgte trocken und schnappte verzweifelt nach Luft – da war nichts mehr, was er erbrechen konnte.

»Ich dachte mir, dass Sie Ihre Freundin nicht einfach allein auf die Jagd nach mir schicken, Glin«, hörte er den Magier sprechen. Glin musste die Augen zusammenkneifen, um ihn scharf sehen zu können.

Aurinius zündete eine Handvoll chemistische Glühkugeln an

und legte sie in den Kuhlen und Vertiefungen ab, die das mechanische Konstrukt um ihn herum bot.

»Ich denke, Sie haben es sich verdient, noch dabei zuzusehen, wie sich dieser Turm aus seiner Totenstarre erhebt, die beinahe ein Jahrtausend währte. Sie sind ein begabter Mechanist, genau wie Talmo – und Sie sind ebenso hartnäckig und listig. Dummerweise sind Sie jedoch ebenfalls ein gnadenloser Idealist und treten für eine komische Form von Rechtschaffenheit ein. Und das, obwohl Sie ein Dieb sind. Nun bleiben Sie gefälligst dort liegen, dann lasse ich Sie dieses Wunder noch erleben. Apropos Wunder: Woher wussten Sie, dass ich Ihnen auflauern würde?«

Schleim hustend versuchte Glin, sich an der Konversation zu beteiligen, nur um Zeit zu gewinnen. »Das … war einfach gut geraten. Ich hatte vermutet, dass Sie mich nicht mit dem Stein davonkommen lassen wollten. Sie haben nämlich im Gegensatz zu mir *überhaupt kein* Gefühl von Rechtschaffenheit im Herzen. Wir mussten die Hochwohlgeborene Insel ja verlassen – und das geht am schnellsten über die Südbrücke.«

»Sie haben die Piazza Pisello also bereits vorher als idealen Ort für einen Überfall ausgemacht?« Aurinius hantierte an den Hebeln herum, die wohl irgendwie zur Steuerung des Ungetüms dienen mussten. »Nun ja«, gab er sich selbst eine Antwort, »ich habe mich mit Dieben eingelassen, was hatte ich erwartet?«

Er holte aus einer Gürteltasche den Herzstein hervor und setzte ihn in eine Art Fassung. Das Klicken, mit der er einrastete, war deutlich zu vernehmen, ebenso wie das Knirschen der uralten mechanischen Gelenke, die den Stein nun umklammerten.

Ebenso verblüfft wie resigniert musste Glin feststellen, dass die Geschichte, die Aurinius ihm über den Herzstein erzählt hatte, wahr gewesen war.

Warum hätte er dabei auch lügen sollen? Der Aufwand, um an den Stein zu gelangen, wäre ansonsten noch grotesker gewesen, als er ohnehin schon war.

Aber in anderer Hinsicht hatte der Magier gelogen: Er wollte nicht verhindern, dass Borgessa einen Krieg anzettelte. Nein, Aurinius wollte schlicht und ergreifend selbst den Turm.

Und es war ihm gelungen.

Die kolossalen alten Gelenke und Federn kamen in Bewegung, nachdem sie eine Ewigkeiten lang stillgestanden hatten. Alles knirschte und ächzte lautstark, aber die rätselhafte Magie der Skyldar hatte ebenso wie die von ihnen geschaffene Materie überdauert. Glin konnte unter seinem Körper spüren, wie der Turm erzitterte.

Aurinius bediente einige Hebel und langsam, ganz langsam senkte sich die Kammer. Die gigantischen Beine wurden angezogen, als ob sich ein Insekt von absurder Größe zum Sprung bereitmachte.

Keine menschliche Mechanistin und kein Mechanist hatten jemals auch nur im Ansatz ein solches Wunder vollbringen können. Glin wurde von einer gewaltigen Ehrfurcht erfüllt.

Was tue ich hier eigentlich? Dieser Platz in der Geschichte gebührt mir nicht.

Da fiel sein Blick auf etwas Vertrautes: Wehklage.

Das in seinem Griff zusammengefaltete Schwert lag nur wenige Armeslängen von ihm entfernt in einer Ecke. Yrrein musste es verloren haben.

Mühsam zog Glin sich hoch, ließ sich aber sofort wieder theatralisch fallen, gerade in Reichweite des Schwertes.

»Ich habe Ihnen doch gesagt, dass Sie liegen bleiben sollen!«, rief Aurinius zu ihm hinüber, während er sich auf die Steuerungselemente des Turmes konzentrierte.

»Keine Sorge«, meinte Glin. »Ich kann sowieso kaum laufen. Aber Sie skrupelloser Arsch haben doch bereits gewonnen. Was soll das hier werden, wenn es fertig ist?«

Aurinius musste lachen. »Ist es nicht faszinierend?«

Es donnerte und ein leichtes Vibrieren ging Glin durch Mark

und Bein. Dann wieder ein Donnern. Schreie drangen an Glins Ohren. Erst da begriff er, dass der Spinnturm Schritte machte. Gewaltige Schritte, groß wie Grundstücke.

Er wollte besser gar nicht hinuntersehen.

In diesem Moment begann es zu blitzen und zu krachen. Lichter flackerten und hüllten sie jeweils für Wimpernschläge in bunten Schein. Das Feuerwerk hatte begonnen.

»*Dafür* all der Tod und die Vernichtung, Aurinius?«, schrie Glin, während der Turm über die große Marktinsel schritt und unter ihm die Pflastersteine bebten und splitterten. »*Dafür* haben Sie Talmo ermordet? Und wer weiß wie viele noch? Wie können Sie eigentlich mit sich selbst leben, Sie widerwärtiger Bastard?«

»Ich tue, was getan werden muss«, knurrte der Magier, über dessen Gesicht immer wieder Licht und Schatten des Feuerwerks huschten.

»Sie verraten alles und jeden für eine fixe Idee. Haben Sie Talmo nicht sogar mal *geliebt?* War es nicht so?«

Aurinius wirbelte herum. In seinen Augen loderte dunkles Feuer. »Talmo hat Ihnen wirklich nichts von dem erzählt, was damals vorgefallen ist?«

»Klären Sie mich auf! Bislang wirkt es auf mich, als seien Sie ein ziemliches Arschloch gewesen … was sich übrigens bis heute nicht geändert hat.«

»Dieser Talmo, den Sie gekannt haben, muss ja ein wahrer Heiliger gewesen sein, Glin. Dass wir einmal dieselben Ziele verfolgt haben, hat er Ihnen verschwiegen, schätze ich?«

Glin wusste nichts zu erwidern – natürlich, wenn sie sich geliebt hatten, mussten sie auch an etwas Gemeinsames geglaubt haben. Aurinius hatte es ja auch schon einmal angedeutet.

Der Turm zitterte bei jedem Schritt.

»Überrascht?«, rief Aurinius. »Auch Talmo Melisma hatte sich einmal zum Ziel gesetzt, die Menschen der Ruhenden Welt durch Skyldartechnologie voranzubringen. Was könnte man nicht alles erreichen, wenn man die Magie der Skyldar entschlüsselt? Wenn Mechaniken selbstständig und effizient unsere Felder bestellen oder unser Wasser schöpfen oder unsere Kleider weben würden?«

Das klang schon mehr nach Talmo als Kriegsvorbereitung mittels Skyldarmechaniken.

Der Turm schritt unaufhaltsam voran. Das Feuerwerk flackerte um sie her.

»Was hat Talmo dann davon abgehalten, diesen Weg weiterzuverfolgen?«, wollte Glin wissen.

»Skrupel«, meinte Aurinius. »Wir hatten einen Plan: Er setzt alles daran, ein herausragender Mechanist zu werden, und ich als der magisch Begabte gebe meine Ausbildung zum Mechanisten auf, um mich dem Studium der Magie zu widmen – und zusammen ergründen wir die Geheimnisse der Skyldar. Doch Talmo hat den Plan verraten. Wenn ich mich nicht auf ihn eingelassen hätte, wäre *ich* heute derjenige mit dem Abzeichen und anschließend hätte ich immer noch Magier werden können.«

Aurinius' Finger umklammerten das Gildenabzeichen um seinen Hals.

»*Das* war Ihre Motivation? *Rache?*«, staunte Glin.

»Er hat meinen Traum zugunsten eines anderen zerstört – also habe ich seinen Traum zerstört.«

»Sie haben sein Theater zerstört und seine Freunde verletzt«, folgerte Glin. »Und? War es das wert?«

Der Spinnturm steuerte immer weiter über die Stadt. Dröhnende Schritte, das Feuerwerk krachte im Hintergrund – es war gespenstisch.

»Ich habe bekommen, was ich wollte«, sagte Aurinius bloß.

Glin sammelte all seine Kraft. »Nein, das haben Sie nicht.«

»Wie bitte? Ich stehe auf einem der größten Wunder der Geschichte dieser ganzen verdammten Welt.«

»Wenn Sie bekommen hätten, was Sie wollten, würden Sie heute mit Talmo an den Mechaniken der Skyldar forschen. Vermutlich hätten Ihre gemeinsamen Nachforschungen sogar Früchte getragen. Stattdessen thronen Sie hier auf einem mechanischen Ungetüm und wissen nicht mal, wie man es steuert.«

Ein ohrenbetäubendes Pfeifen ertönte. Eine Rakete des Feuerwerks schoss in die offene Kabine und explodierte in einem blauen Funkenregen. Aurinius hob reflexhaft einen Arm zur Abwehr. Aber Glin nutzte die Ablenkung und schnellte hoch. Im Sprung setzte sich Wehklages Klinge zusammen. Das Schwert heulte auf.

Doch Aurinius drehte sich geschickt auf ihn zu und Glin prallte mit der Brust gegen die Schulter des Magiers. Während Glin mit Mühe und nach Luft schnappend wieder auf die Füße kam, setzte sich in Aurinius Hand ebenfalls eine Skyldarklinge mit dem charakteristischen Klicken und Rattern zusammen. »Versuchen Sie so etwas Dummes nicht noch mal, Glin. Bitte. Sie sind kein Krieger.«

Aurinius' Schwert sang nicht so hoch und wimmernd wie Wehklage, sondern gab ein tiefes, beinahe sonores Brummen von sich, wie die tiefen Saiten eines Cellos.

»Sie haben auch so eines?«, fragte Glin.

Aurinius hob die Schultern. »Schon vergessen, wem ich angehöre?«

»*Magietechniker*, ein erlesener Kreis eingebildeter Saftsäcke«, titelte Glin. »Auf der anderen Seite zeigt mir das eines.«

»Und zwar?«

»Wenn Sie sich mit mir schlagen wollen, heißt das: Sie haben keine Edelsteine mehr bei sich, aus denen Sie Ihre magische Kraft ziehen können.«

Der Magier legte den Kopf schief und blickte ihn mit seinen goldenen Augen durchdringend an. »Brauche ich etwa Steine, um Sie zu töten, Glin?«

»Schauen wir mal.« Er stürmte los und hieb nach Aurinius' Kopf, doch der Magier wich mit dem Oberkörper geschickt zurück. Im Gegenzug konnte Glin Wehklage gerade noch hochreißen, um einen Stich abzulenken. Die Klingen fauchten, als sie sich trafen. Helle Funken sprühten. *Das* kannte Glin noch nicht. Er hatte Wehklage bisher nur im Kontakt mit menschengemachten Klingen erlebt – und dabei gab es kein Zischen und Fauchen, sondern die Klinge sang seelenruhig ihren sphärischen Todesgesang weiter.

Eine weitere Rakete explodierte unweit der Kammer und Funken stoben herein, sodass die beiden Kontrahenten schutzsuchend voreinander zurückwichen.

Doch schnell sprang Glin wieder nach vorn und setzte einen Schwung von rechts an. Aber Aurinius fing den Hieb genauso routiniert ab wie auch die beiden folgenden.

Glin versuchte sich an Yrreins Lektionen aus den Fechtstunden im Mechanischen Theater zu erinnern.

Die Beinarbeit! Nicht aus Versehen den Stand verlieren! Immer mit unerwarteten Manövern rechnen!

Doch Aurinius ließ Glin kaum Zeit, sich darauf zu besinnen, was er ohnehin nur mehr schlecht als recht für die Theateraufführungen gelernt hatte. Der Magier trieb ihn mit einer schnellen Hiebfolge quer über die Brücke des Turms, begleitet von dem Zischen der Skyldarwaffen und dem Funkenschlag, wenn sie aufeinandertrafen.

Der Boden unter ihnen erzitterte bei jedem Schritt, den der Spinnturm tat. Und das Flackern des Feuerwerks machte Glin noch nervöser, als er ohnehin schon war. Er wich mit einigen langen Sätzen zurück und erhaschte einen Blick auf die Szenerie: Der Turm war führerlos nach Westen marschiert und verließ den Markt gerade in Richtung der Insel der Speichellecker. Glin mochte sich gar nicht ausmalen, über wen oder was der Gigant dabei alles getrampelt sein mochte. So ein faszinierendes Wunderwerk dieses Konstrukt auch war – es war so schwer wie ein Gott.

Aurinius war wieder bei ihm. Glin tänzelte ungeschickt zwei Schritte rückwärts, um einen Streich des Magiers gar nicht erst parieren zu müssen, doch er stieß mit der Ferse gegen eine Achse und stolperte. Reflexhaft versuchte er sich wegzudrehen – doch so hatte Aurinius statt seines Oberarms nur die Rückseite seiner Schulter erwischt.

Der Schnitt durchzuckte Glin mit heiß brennendem Schmerz. Er schlug der Länge nach hin und Wehklage fiel ihm aus der Hand.

»Verdammt«, keuchte Glin und wollte nach der Waffe greifen, doch sein Arm versagte ihm den Dienst.

Ein kräftiger Tritt von Aurinius beförderte ihn auf den Rücken. Wieder bekam er keine Luft – die nackten Füße des Magiers waren ebenso hart wie Stiefelleder.

Die Spitze seines Skyldarschwertes war bedrohlich brummend direkt auf Glins Kinn gerichtet.

»Ich fürchte, das war es nun endgültig mit unserer Zusammenarbeit, Glin. Es war mir ein Vergnügen, Ihrer letzten Aufführung beizuwohnen.«

»Na los!«, spie Glin ihm verächtlich entgegen. »Beenden Sie es endlich! Dann muss ich wenigstens Ihre verdammte Visage nicht mehr sehen.«

Doch Aurinius zögerte.

Zunächst verstand Glin nicht, warum. Er hörte das Stampfen des Turms und spürte die Erschütterung bei jedem Aufkommen eines Beines. Das Knallen des Feuerwerkes war verstummt, dafür begleitete lautes Platschen und Schmatzen jeden Schritt, den der große Turm tat – und der unheimliche Schein der Seegemmen strahlte düsterrot unter die Decke des mechanischen Baldachins.

Der Turm hat die Stadt verlassen und watet durch die Lagune.

Doch dann begriff Glin, was Aurinius eigentlich ablenkte.

Es war die mechanische Grille auf seiner Brust.

Und was dann geschah, war ein Wunder.

Schönheit saß dort und zirpte. Und jedes Zirpen der Grille wurde von Aurinius Klinge beantwortet, indem der brummende Todesgesang anschwoll und abebbte.

Zirpen.

Brummen.

Zirpen.

Brummen.

Es war eine eigenartige Zwiesprache, die die beiden Artefakte dort hielten.

Schließlich war Schönheit mit einem Satz auf dem Heft des Schwertes gelandet und die Klinge faltete sich kurzerhand zusammen – als hätte die Grille sie darum gebeten.

Fasziniert sah Aurinius zu, wie Schönheit auf seine Hand krabbelte. Er führte sie näher an sein Gesicht heran.

»Ich wusste nicht, dass Sie so etwas besitzen«, sagte Aurinius leise zu dem vor Schmerzen und Wut zitternden Glin. »Es gibt nichts auf dieser Welt, was erhabener ist als die Perfektion, mit der die Skyldar gearbeitet haben. Und doch sind es nicht mehr als Rätsel, die sie uns hinterlassen haben. Wenn wir Menschen mit unseren klobigen Werken doch nur ein einziges Mal überhaupt in die Nähe dieser Anmut kämen.« Er lächelte beinahe versonnen. »Jetzt fügt sich vieles zusammen. Sagen Sie, woher haben Sie diese Grille?«

»Was geht Sie das an?« Glin war perplex.

»Etwa von Ihren Eltern?«

»Wie kommen Sie denn auf so etwas?«

»Ich kannte einmal zwei außergewöhnlich begabte Mechanisten, die eine solche Grille besaßen. Die Grille habe ich eine Ewigkeit nicht gesehen. Jahrzehnte. Vielleicht … vielleicht würde es ja einen Sinn ergeben, wenn man Ihr Talent bedenkt, Glin.«

Da sprang Schönheit vom Handrücken des überraschten Magiers an das Gildenabzeichen an seinem Hals.

Wie die Grille den dort verborgenen Mechanismus auslöste, konnte Glin nicht erkennen. Aber wohl, dass das Abzeichen in einen seckszackigen Stern auseinandersprang und mittels einer Feder scharfkantig anfing zu rotieren.

Aurinius kreischte, schlug mit der Hand nach dem Abzeichen.

Er schrie, bekam es schließlich irgendwie zu packen und riss es von seinem Hals und Gesicht fort. Es fiel zu Boden. Schmerzerfüllt stolperte Aurinius zur Seite und wischte sich mit der Hand über das blutüberströmte Gesicht.

»Mein Auge«, schrie er.

Geistesgegenwärtig rollte Glin sich nach vorn und trat blitzschnellnach dem Magier. Mit einem weiteren Schrei taumelte Aurinius. Scheppernd landete er in der Balustrade, verlor den Halt und kippte schließlich darüber.

Im Fallen schrie er weiter.

Der Schrei wurde leiser.

Dann war er verstummt.

2.

Vorbei.

Alles.

Der warme Seewind des späten Sommers wehte durch die offene Kammer des Turmes, während dieser sich langsam seinen Weg durch die Lagune bahnte, in der er mühelos stehen konnte.

Glin zog sich mühsam mit der linken Hand hoch in eine sitzende Position. Blut lief an seinem rechten Arm hinab.

Er hob Talmos Abzeichen auf, das nun nicht mehr aufgezogen war und dessen sternförmig angeordnete Klingen sich einfach einklappen ließen. Einen abgeschnittenen Finger des Magiers warf Glin in die Lagune.

Wie viel Blut er selbst verloren hatte, wusste er nicht – nur dass der Schnitt an seiner Schulter tief war und blutig suppte und dass er vermutlich irgendwann zu viel Blut verlieren würde.

»Nun«, meinte er zu der Grille, die sich auf seinen Oberschenkel gesetzt hatte. Es schien, als blicke sie mit ihm zusammen auf das von Seegemmen glühende Meer hinaus, in dessen Antlitz sich die

Scherben des zerbrochenen Mondes spiegelten. Die Stadt war noch nicht sehr weit weg, sie näherten sich gerade der Insel der Illismea, der Friedhofsinsel, die vor dem Mondschimmer im Wasser sehr gut auszumachen war. »Es gibt wohl deutlich schlechtere Möglichkeiten, der Ruhenden Welt Lebewohl zu sagen und sich aufzumachen zur Sonnenlosen Straße, habe ich recht?«

Die Grille zirpte etwas, das Glin als Zustimmung deutete,

»Ein guter Weinbrand wäre vermutlich das Richtige für diesen Moment, was? Es könnte kaum stilvoller sein.« Er seufzte ergeben und in seinen Augen sammelten sich Tränen, nun da er Gewissheit besaß, dass dies das Ende sein würde. »Ein kleiner Teil von mir wünscht sich, dass du den Magier hättest ausreden lassen, als es um meine Eltern ging.«

Wieder ein Zirpen. Es kam in mehreren verschiedenen Tonfolgen. War es eine Erklärung von Schönheit für ihr Handeln? Oder gar ein an ihn gerichteter Tadel, er solle doch gefälligst ein wenig dankbarer sein?

Mit Schönheit zu sprechen, fühlte sich vertraut an. Und es beruhigte ihn, schließlich doch eine Freundin bei sich zu haben in diesem Moment, in dem alles zu Ende ging.

»Na ja«, hauchte er, während er seine Kräfte schwinden spürte, »Familien sind halt immer auch Gespinste aus Verheißung, Schicksal und Traum. Auf der anderen Seite: Wer keine Träume hat, ist eigentlich schon tot, oder?«

Er hörte ein schwaches Zirpen.

»Vielleicht gehen mir ja langsam die Träume aus, wer weiß?«, lächelte er matt.

Regen wäre jetzt schön.

Ein schöner, seidener Herbstregen, der seine Wunden und seine Lider kühlte. Oh, wie Glin den Regen liebte …

Ein letzter Versuch, noch einmal nach der Stadt zu sehen, wollte ihm nicht recht gelingen. Sein Blick verschwamm bereits. Und als er sich anstrengte und die Augen zusammenkniff, um vielleicht doch noch einen Blick zu erhaschen, fühlte er, wie ihn die Lebensgeister endgültig verließen.

Kurz meinte er, einen Schemen in der Nähe wahrzunehmen. Aber er war doch ohnehin schon dabei, in die Schatten zu gleiten.

Sein Oberkörper kippte zur Seite.

Dann war es endlich dunkel.

3.

Yrrein hatte den Magier in die rötlich schillernde Lagune stürzen sehen, als sie das Stadtgebiet bereits verlassen hatten. Panik hatte Besitz von ihr ergriffen. Doch seit der Turm sich bewegte, war es ungleich schwerer geworden, ihn zu erklimmen – ständig lief man Gefahr, von den uralten Gelenken und Getrieben eingeklemmt zu werden. Und auch wenn der Turm beinahe anmutig zwischen Häuser und Palazzi trat und überhaupt erstaunlich wenig Zerstörung anrichtete – heillose Panik löste er dennoch aus.

Die Schreie der Mosmerani taten in den Ohren weh und der Abendwind war längst nicht so warm, wenn er auf ihre durchnässte Kleidung traf.

Doch trotz aller Widrigkeiten hatte Yrrein den Aufstieg schließlich geschafft.

Sie stürzte schlitternd neben Glin auf die Knie. Ihre Hände fuhren über sein Gesicht, ihr Haar fiel herab, den durchweichten Verband hatte sie abgestreift.

Sie gab Glin Ohrfeigen, rief seinen Namen.

Er atmete, aber zeigte keine weitere Reaktion.

Wie auch immer Glin es angestellt hatte, den Magier zu schlagen – es hatte ihn einiges gekostet. Im schummrigen Licht einiger Glühkugeln, die in Halterungen verstreut steckten, konnte Yrrein Blutspuren erkennen. Und Glin, der bewusstlos auf die Seite gekippt da lag, hatte einen hässlichen Schnitt an der Schulter. Es schienen dabei vor allem Muskeln in Mitleidenschaft gezogen. Die Blutung hatte bereits erheblich nachgelassen. Trotzdem hatte Glin sicherlich einiges davon verloren.

Die Frage war: Wie bekam man einen Bewusstlosen von einem ziellos durch die Lagune watenden Koloss herunter?

Yrrein versuchte es an den Hebeln des Apparates, in den der Herzstein eingesetzt war, doch sie ließen sich nicht bewegen. Auch der Herzstein selbst war nicht mehr aus seinem Sockel zu entfernen.

»Schönheit?«, rief sie fragend, weil sie die Grille nirgends entdecken konnte.

Doch das kleine mechanische Insekt kam bereits herbeigesprungen.

»Kannst du dem Turm irgendwie … *sagen*, dass er in eine andere Richtung steuern soll?«

Die Grille kletterte auf den Armaturen herum, zirpte hier und dort, doch es passierte nichts.

Yrrein begann, nervös zu werden. Die Greifenrüstung mit ihren Lederschwingen, die sie unter der Schakaluniform getragen hatte, war klatschnass. Selbst wenn sie mit Glin im Schlepptau springen sollte … die Stadt war mittlerweile zu weit weg – und dorthin schwimmen, war unmöglich.

Außer …

Yrrein hatte eine Idee und eilte zur anderen Seite der Balustrade.

Ja, tatsächlich, das könnte funktionieren!

Die Friedhofsinsel lag mehr oder weniger an dem Weg, den sich der Turm durch die Lagune bahnte. Selbst wenn die nassen Schwingen der Rüstung sie nicht bis auf die Insel tragen würden, wäre es vielleicht möglich, den Rest der Strecke irgendwie zu schwimmen.

Sie verstaute alles Wichtige – auch Schönheit. Um Glin zu sichern, nutzte sie die dünnen Seile in den federbetriebenen Winden.

Sie drückte ihm einen Kuss auf die Stirn.

Schließlich musste sie nur noch den Moment erwischen, in dem der Turm die Insel in größtmöglicher Näher passierte …

… und springen …

… und beten.

INTERLUDIUM VIII

Die Adeligen von Belynth

AUS TALMOS GESCHICHTE

Von Glin rekonstruiert anhand von Erzählungen und gefundenen Aufzeichnungen. Die Ereignisse des vorliegenden Abschnitts fanden statt in Jarrein, dem Stadtstaat am Indigomeer. Im Jahre 1009 nach Amantis. Vier Jahre, bevor die Herbstgänger nach Mosmerano reisten.

1.

Es war ein lauer Sommerabend und man konnte immer noch in einem dünnen Hemd draußen sitzen, obwohl die Sonne schon seit einer Weile untergegangen war.

Talmo saß auf einem kleinen Steg in Jarrein und sah auf das Indigomeer hinaus. Der Schein der vielen chemistischen Laternen des Hafens zauberte eine Schicht von glitzerndem Staub auf die sich kräuselnde Wasseroberfläche. Und die Scherben des zerbrochenen Mondes spiegelten sich darin wie silbrige Glutnester.

Immer wieder schloss er die Augen und lauschte bloß. Den Wellen des Binnenmeeres, die seicht an den Kai schwappten. Dem Trubel der Feiernden in den späten Stunden. Den Arbeiterinnen und Arbeitern, die Frachtkähne beluden oder eingetroffene Waren an Land hievten.

Er wusste nicht, warum er es mochte, an Ufern zu sitzen. Ob an Flüssen, Seen oder Meeren. Auf dem Wasser selbst hielt er sich nicht gerne auf. Er wurde zu schnell seekrank. Aber an einem Ufer zu sitzen und hinaus aufs Wasser zu blicken, das beruhigte ihn. Es nahm allen Druck von ihm. Wenn er an einem Ufer saß, lagen Verpflichtungen hinter ihm und vor ihm bloß das Wasser, das sich in seiner Menge nicht einsperren ließ und das fließen konnte, wohin das Schicksal es verschlug.

Ufer halfen Talmo, zu sich selbst zu finden und sich zu orientieren. Und er hoffte inständig, dass auch die Sonnenlose Straße das eine oder andere Ufer bereithielt, an dem man einen Augenblick verweilen konnte.

Das Gefühl war eigenartig, dass Glin nun die grundlegende Planung ihrer Coups übernommen hatte. Der Junge war voller wilder Ideen. Und wenn Talmo ehrlich zu sich selbst war, würde es nicht lange dauern, bis Glin ihn in beinahe jeder Hinsicht übertrumpfen würde: was die mechanistischen Fachkenntnisse anging ebenso wie die Fähigkeiten als Dieb.

Aber das ist nun einmal das Los eines jeden guten Mentors, dachte Talmo. *Dass die eigenen Schüler eines Tages besser werden als man es selbst je war.*

Und dennoch bedeutete es Überwindung, in dieser Rolle aufzugehen und sich daran zu erfreuen, dass man seinen Zweck erfüllt und seinen Platz als Steinchen im Mosaik der Götter gefunden hatte.

2.

Du musst dich nicht anschleichen«, lächelte Talmo.

Yrrein setzte sich neben ihn und tat es ihm gleich, indem sie die Füße vom Steg baumeln ließ. »Ich habe mich nicht angeschlichen. Dann hättest du mich *gar nicht* gehört. Ich bin einfach nur leise.«

»Du bist sehr gut in dem, was du tust«, meinte Talmo.

»Deshalb fahre ich ja nun mit euch durch die Lande, oder? Weil ihr dringend jemanden Gutes wolltet.«

»Eigentlich bist du dabei, weil *du* es so wolltest – ich habe dich nicht gezwungen.«

»Du hast mich so neugierig gemacht, dass ich nicht anders konnte.«

»Ich habe dir eine Perspektive eröffnet, die in meinen Augen sehr viel interessanter klingt, als sich in den Arenen von Jaerhella mit Gladiatoren zu schlagen – so lange bis man einmal einen nicht ganz so brillanten Tag hat und es einen erwischt.«

»Hm«, machte Yrrein nur.

Talmo lächelte. »Es funktioniert nicht, so zu tun, als hätte ich dich hierhin genötigt. Rede dir so etwas bitte nicht ein! Du bist hier, weil du allein es so wolltest. Das ist der einzige Grund. Nicht weniger – aber auch nicht mehr.«

»Schon gut.«

»Aber du schiebst die Verantwortung für eine solche Entscheidung gerne von dir, oder?«

Jetzt fuhr ihr Kopf herum und sie blickte ihn böse an. »Tue ich nicht.«

»Aber du läufst vor irgendetwas weg, habe ich recht?«

Die junge Kriegerin sog scharf die Luft ein und Talmo wappnete sich innerlich davor, gleich angeschrien zu werden.

»Du läufst doch ebenfalls fort«, entgegnete sie schließlich.

»Wie kommst du darauf?«

»*Melisma* ist nicht dein richtiger Name. Du stammst irgendwo aus den Thronländern, und zwar nicht aus der Region Envaustille, sondern aus Goswinter oder Belynth. Wenn du dich beim Sprechen nicht konzentrierst oder auch bloß angetrunken bist, dann hört man den Akzent heraus. So spricht niemand, der in den Republiken groß geworden ist. Und in Goswinter und Belynth heißt niemand Melisma. Das klingt zu …« Sie zögerte.

»Südländisch?«, machte Talmo einen Versuch, ihren Satz zu beenden.

»Von mir aus. Ja, südländisch.«

Talmo musste grinsen. »Wie kommst du darauf, dass Melisma nicht mein richtiger Name ist?«

»Man hat dir bei deiner Geburt einen anderen Namen gegeben.«

»Vielleicht habe ich jemanden geheiratet?«

»Wo ist diese Person dann?«

Talmo schüttelte den Kopf. »Nein, habe ich nicht. Das war nur eine Finte. Tatsächlich habe ich mir den Namen Melisma selbst ausgesucht. Ich bin ein Dieb. Ich habe den Namen gehört und er gefiel mir. Also habe ich ihn mir genommen. Aber warum heißt das, dass das nicht mein *richtiger* Name ist?«

»Namen sucht man sich nicht selbst aus«, beharrte Yrrein.

»Aber warum nicht?«

»Sie werden einem gegeben. Und sie sind entweder Segen oder Fluch – ganz, wie es den Göttern in ihr ewiges Mosaik des Schicksals passt.«

»Hm«, machte Talmo nachdenklich und sie schwiegen eine Weile, bis er sich schließlich überwand. »Der Name, den man mir zu meiner Geburt gegeben hat, lautet Talmo de'Groon.«

Yrrein sah ihn mit geweiteten Augen an. »Du bist *ein Adeliger* aus Belynth?«

Talmo nickte sanft. »Meinem Namen nach wäre ich das. Genau wie du, *Yrrein de'Feay*. Aber das Haus de'Groon ist vor Jahrzehnten untergegangen und seinen Namen zu tragen, ist für mich eher eine Bürde als ein Privileg. Man hat mich im Hause de'Groon immer wie adeligen Abfall behandelt, weil ich mich von Männern angezogen fühle und ich deshalb niemals einen Erben zeugen würde. Ich war wie ein Aussätziger. Wie eine Last. Wie ein Schicksalsschlag, den man tapfer zu tragen hatte, weil ich nun einmal mit dem Namen de'Groon geboren wurde und man mich nicht einfach ausradieren konnte wie eine fehlerhafte Zeichnung. Warum hätte ich den Namen also behalten sollen? Sollte er mir eine Strafe sein? Wenn ja: Wofür sollte ich bestraft werden?«

Yrrein erwiderte nichts.

»Ich habe dich nun ein Jahr lang bei uns beobachtet, junge Frau de'Feay. Und ich spüre es nicht nur, ich bin mir mehr als sicher: Irgendetwas im Hause de'Faey hat dich zutiefst verletzt. Ich weiß nicht, was es ist, und ich will dich auch nicht bedrängen, es mir zu sagen. Aber es gibt Lasten, die man tragen muss, – und solche, die man sich selbst auferlegt. Du müsstest den Namen de'Faey nicht führen, wenn du nicht willst.«

Erneut schwiegen sie eine Weile und hörten dem Plätschern der Wellen zu.

»Was ist dem Haus de'Groon zugestoßen?«, wollte Yrrein schließlich wissen.

»Ein Unfall. Etwas, woran ich tatsächlich nicht schuld war, wenn es das ist, was du andeuten wolltest.«

Sie sah weg.

»Ich habe bloß die Chance genutzt«, fuhr Talmo fort. »Niemand weiß, dass Talmo de'Groon jene nächtliche Feuersbrunst überlebt hat. Es gibt nur eine andere Person, der ich das je erzählt habe.«

»Glin?«, mutmaßte Yrrein.

»Nein.« Talmo schüttelte den Kopf. »Die einzige andere Person, die diese Geschichte kennt, heißt Yrrein de'Feay.«

Die junge Frau schluckte.

»Du kannst mit diesem Wissen tun und lassen, was du möchtest, Yrrein. Das Einzige, was ich dich wissen lassen möchte: Wir Herbstgänger sind Leute, die es gut mit dir meinen. Wir sind schräg und haben Macken und komische Marotten und sind manchmal alles andere als höflich. Aber wir vertrauen einander. Jedes Mitglied dieser skurrilen Familie hat einen Weg hinter sich, auf dem sie oder er hierhergefunden hat. Manche Wege haben mehr wehgetan als andere – aber schmerzhaft waren sie alle. Ob du mir je dein Herz ausschütten möchtest, ist nicht so wichtig, Yrrein. Wichtig ist nur, dass wir dich respektieren.«

Die junge Frau überlegte kurz.

»Es ist meine Entscheidung gewesen, mit euch mitzuziehen«, kam sie schließlich auf den Ausgangspunkt ihres Gesprächs zurück. »Ich bereue sie nicht.«

»Wir sind gewöhnungsbedürftig«, wandte Talmo ein. »Das ist mir schon bewusst.«

»Das macht nichts«, meinte Yrrein. »Es ist irgendwie bloß schwer … Danke zu sagen.«

»Keine Ursache. Noch viel schwerer, als sich zu bedanken, ist es übrigens, sich selbst zu vergeben.«

»Wie meinst du das?«

Talmo stand auf. »Ich weiß, was es bedeutet, sich schuldig zu fühlen. Und du siehst aus wie jemand, der sich schuldig fühlt. Ich kenne mich da aus. Das Dumme an Schuldgefühlen ist: Niemand kann dir vergeben, außer du selbst.« Und damit wandte er sich zum Gehen und ließ sie sitzen.

20. KAPITEL

Feuer über Wasser

1.

»Din Vestro, Herr der Gerissenheit und des vorteilhaften Handels, Begünstiger des geschickten Diebstahls, dein geweihter Diener ruft dich an …«

Falks Worte klangen tonlos – als würde er seine Gefühle betäuben, um vor Trauer nicht in lautes Schluchzen zu verfallen, während er den Ritus vornahm.

Glin war elendig schlecht. Ihm war schwindelig. Seine Knie zitterten.

Er vermisste Madeire.

Und er verfluchte sich, nicht besser auf alle aufgepasst zu haben.

Ja, ich weiß, Schuldgefühle sind eine Spezialität von mir. Aber wenn ich mir nicht die Schuld gebe, tut es trotzdem nicht weniger weh …

Madeire hatte freiwillig gekämpft. Niemand hatte sie gezwungen. Und sie war an einem tiefen Stich durch Milz, Magen und Leber verblutet, den sie vor Glin und Yrrein verborgen hatte.

Niemand hätte ihr noch helfen können. Selbst wenn Glin auf der Piazza Pisello geblieben wäre und ihr beigestanden hätte, so hätte er doch nichts ausrichten können.

Die Schauspielerin hatte das gemacht, womit sie ihr ganzes Leben bestritten hatte: Sie hatte eine meisterliche Darbietung gegeben – so gut, dass Glin nicht geahnt hatte, wie schlimm sie wirklich verletzt war.

Nun standen die Herbstgänger hier, im fahlen Licht des Nachmittags, einmal mehr auf der Insel der Illismea, zwischen Abertausenden von Grabsteinen, zwischen großen Götterstatuen und jeder Menge Staub. Und schon wieder trugen sie jemanden Geliebtes zu Grabe, während in der großen Lagunenstadt die Menschen feierten, dass man glauben konnte, selbst die Götter würden einen Schwips davon bekommen.

Doch auf den Feierlichkeiten lag eine bleierne Schwere. Es war das verdammte Unabhängigkeitsfest, man hatte die Verpflichtung zum Feiern.

Doch ein Anschlag, verübt mit einem uralten Apparat der Skyldar, der Jahrhunderte mitten unter ihnen geruht hatte – das erschütterte die Stadt im Mark. Der Frohsinn in den Straßen war eine Maske, die wirkte, als gehörte sie zu den Kostümen. Darunter war man ängstlich und verschreckt.

Die verbliebenen Herbstgänger hingegen sahen nicht nur im Innern erbärmlich aus.

Vier von ihnen waren noch am Leben – oder eher dreieinhalb, wenn man all die Verletzungen an ihren Körpern und Seelen mit einrechnete. Falk hielt sich auf Krücken, auch während er die etwas klägliche Zeremonie leitete. Glin trug eine Schiene, um seine genähte Schulter zu fixieren. Sira schluchzte in einem fort. Und Yrrein sah aus als hätte sie Geister gesehen und wäre auf dem besten Weg, selbst einer zu werden.

Glins Gedanken wanderten fort und er überlegte, an welchem Punkt er versagt hatte – und falls er das nicht hatte, warum er sich dennoch so fühlte.

Wer keine Träume hat, ist bereits tot.

Vielleicht war dies nicht nur Talmos Leitspruch gewesen, sondern auch die wichtigste Lektion, die sein Ziehvater mitzuteilen hatte.

Rache war kein Traum, Rache war eine Krankheit – oder sie konnte es zumindest werden. Sich von Rachegelüsten leiten zu lassen, war meist alles andere als erstrebenswert, weil es einen blind vor Hass zu machen drohte. Glin wusste das alles und doch vergaß man es allzu leicht.

Das hehre Ideal desjenigen, der allen Schmerz in Seelenruhe hinnimmt und in jedem Bösen immer nur den verletzten Menschen sieht, war in Glins Augen eine idiotische Erfindung. Damit konnte man wunderbar den Moralprediger geben und immer etwas finden, das man an den Menschen aussetzen konnte.

Sie waren alle nicht perfekt und würden immer auf der Abbruchkante zwischen dem Licht und dem Dunkel balancieren.

Wer nicht träumt, ist bereits tot.

Aber Glin fühlte sich leer nach den letzten Wochen in Mosmerano, die ihn und alle Beteiligten mehrfach an den Rand des Unmöglichen getrieben hatten. Da waren keine Träume mehr außer dem Verlangen nach Ruhe. Doch auch die würde ihnen verwehrt bleiben. Sie waren vollkommen pleite. Es würde nicht mehr lange dauern, bis sie sich etwas einfallen lassen mussten für ihren Lebensunterhalt. Noch konnten Glin und Sira das Gedränge in der Stadt nutzen, um sie von einfachen Taschendiebstählen zu ernähren.

Doch bald würden sie anfangen müssen, ihre verbliebene Habe zu verkaufen.

Und dann würden sie irgendwo einen neuen Coup entwickeln müssen.

Einen neuen gemeinsamen Traum.

Oder sie würden getrennte Wege gehen.

Doch das war etwas, wovor Glin Angst hatte.

Davor, dass mit dem Traum vom Mechanischen Theater auch ihre gemeinsame Zeit enden würde.

Ein Ausruhen würde es also erst einmal nicht geben. Stattdessen musste er auf die Suche nach einem neuen Traum gehen.

Bitte, ihr Götter, gebt mir einen Traum. Gebt uns *einen Traum!*, flehte er stumm, als er Madeire jenen Gegenstand mit ins Grab gab, ohne den alles ganz anders ausgegangen wäre: die rechte Armschiene der Greifenrüstung.

2.

Glin hatte Talmos Handwerk in dem falschen Abzeichen sofort wiedererkannt.

Löste man mit einem dünnen Stift oder Häkchen den Mechanismus aus, klappten die sechs Strahlen eines messerscharfen Sterns hervor. Wenn eine Feder im Innern noch stramm gezogen war, konnten diese Klingen sogar schnell um ihr Zentrum rotieren. Schönheit hatte diesen Mechanismus mit ihren Beinchen ausgelöst und Aurinius hatte die verheerende Wirkung der wildgewordenen Rasierklingen zu spüren bekommen.

Talmo hatte dem Magier eine Falle gestellt.

Als Glin am nächsten Nachmittag in der Kupferfeder aus seiner Ohnmacht erwacht war, hatte er sofort erkannt, wozu der Stern außerdem noch diente: als Schlüssel für den doppelten Boden in der schweren Schatulle, die Talmo ihm hinterlassen hatte.

Doch manche Dinge mussten sich gedulden – und es war wichtiger gewesen, Madeire zu bestatten.

Als sie von der Friedhofsinsel zurückgewesen waren, hatte er sich hinlegen müssen und war erst mitten in der Nacht wieder aufgewacht.

Nun allerdings war es so weit. Glin atmete tief ein. Es war schon eigenartig: Man konnte sich todesmutig in die Klingen jener stürzen, die die Menschen bedrohten, die einem am liebsten waren – aber bot sich die Chance, Geheimnisse über eben jene liebsten Menschen zu erfahren, so wirkte das um ein Vielfaches bedrohlicher als jeder kalte geschliffene Stahl.

Selbstverständlich hatte Glin sich zwei- oder dreimal daran probiert, den Mechanismus zu knacken, der den doppelten Boden der Schatulle fest an Ort und Stelle hielt. Allerdings waren seine Versuche halbherzig gewesen. Die Ankündigung Talmos, hier ein absolutes Meisterstück geschaffen zu haben, sowie die Drohung, rohe Gewalt könne den Inhalt zerstören, hatten Glin zurückgehalten.

Vorsichtig darauf bedacht, sich nicht an den Klingen zu schneiden, setzte Glin den Stern sachte in die Vertiefung am Zwischenboden der Schatulle und war verblüfft, *wie* perfekt das gefährliche Stück tatsächlich hineinpasste. Nach einer Achteldrehung ließ sich der doppelte Boden abnehmen.

Dahinter lag etwas, das er erwartet hatte: das *echte* in Gold gefasste Abzeichen der Mechanistengilde von Vilsheil – nicht Talmos Replik mit ihrer tödlichen kleinen Spielerei. Er nahm das Abzeichen heraus und drehte es zwischen den Fingern. Sollte er es Talmo nachträglich ins Grab legen?

Nein! Sein Ziehvater hatte es sicher nicht hier vor Aurinius verborgen, damit Glin es von sich wies. Aber um den Hals tragen würde Glin es auch nicht – solch ein Abzeichen verdiente man sich ehrenhaft und nicht dadurch, dass man seinen einstigen Träger bestattete.

Dann jedoch zog der weitere Inhalt der Schatulle Glins Aufmerksamkeit noch viel mehr auf sich: ein Häufchen Papiere, eng mit Talmos winziger Handschrift beschrieben. Glin griff nach dem obersten Zettel. Er war gefaltet und ein schlichtes *Für Glin* stand darauf geschrieben. Glin faltete ihn auseinander und hielt das kalte Licht der Glühkugel dicht darüber, um jedes Wort genau lesen zu können.

Auch dies hier war Talmos Handschrift – doch sie war lange nicht so gestochen scharf wie üblich. Er hatte langsam geschrieben, aber den Federkiel fest aufgedrückt. Und er hatte gezittert, als er die Worte verfasst hatte.

Lieber Glin,

ich hoffe still, dass es nie so weit kommen wird, dass Du diese Zeilen lesen musst. Ich hoffe, dass mein Leben nicht bedroht ist, und ich hoffe, dass sich dieser Sommer bald in den Schatten von Erntemond und Schlächtermond auflösen wird, wenn es Herbst wird und wir weiterziehen werden, um in Thyriss zu überwintern.

Ich hoffe, dass Du im Laufe der Jahre irgendwann an der wuchtigen Schatulle verzweifeln und sie niemals öffnen wirst, sondern ich dir alles erzählen kann, was Du hier findest.

Wenn ich ehrlich zu mir selbst bin, fürchte ich jedoch, dass dies ein frommer Wunsch bleiben wird. Womöglich habe ich nicht mehr die Zeit, um Dir an langen Winterabenden alles zu erzählen, was ich gerne erzählen würde.

Ich schäme mich für manche Taten und Begebenheiten der Vergangenheit. Aber Scham und Schmach gehören zum Leben leider ebenso dazu wie das Essen und das Atmen.

Ich hoffe, ich kann Aurinius von Veelyn davon abhalten, Euch allzu große Scherereien zu machen. Aber sein Hass auf mich ist wohl immer noch beträchtlich. Dabei hatte ich gehofft, wir wären miteinander fertig. Er hatte schon immer einen nachtragenden Charakter.

Ich denke, ich muss auch frei heraus Eure Vermutungen bestätigen: Ja, Aurinius und ich waren ein Paar. Nicht nur einfach das, sondern viel mehr. Wir hatten eine Zukunft gemeinsam geplant. Wir waren beinahe wie zwei Hälften derselben Münze.

Wir waren ein Mechanist mit einem Verständnis für Magie und ein Magier mit großem Verständnis für alles Mechanische. Und gemeinsam hatten wir ein Ziel: die Geheimnisse der Skyldar lüften. Ein übergroßer Traum. Aber Du weißt ja: Wer nicht träumt, den kann man eigentlich gleich begraben. Und junge Menschen haben viele und große Träume.

Wir untersuchten Skyldarartefakte. Aber an Artefakte zu gelangen, war immer schwierig. Bis wir auf eine Gruppierung trafen, die sich die Magietechniker nannte. Ein Haufen Exzentriker, meist aus adeligem Hause, die Artefakte sammelten und damit voreinander prahlten. Ein exklusiver Ver-

ein, der gerne Geheimbund spielte. Aber sie hatten eben auch eine Menge Einfluss und so kam es dazu, dass Aurinius und ich als in Vilsheil ansässige Experten für Skyldartechnologie mit ihnen in Kontakt kamen. Es war berauschend, plötzlich über eine so große Menge von Artefakten und finanziellen Mitteln zu verfügen. All die Grenzen, die unsere Arbeit zuvor hatte, schienen plötzlich lächerlich durchlässig geworden. Es schien nur eine Frage der Zeit zu sein, wann wir den Geheimnissen der Skyldar auf die Schliche kommen würden, um ihre Magie und ihre Techniken dazu zu nutzen, die Ruhende Welt in ein neues Zeitalter zu katapultieren.

Doch Aurinius' Eifer kannte keine Grenzen. Wir waren es, die den Magietechnikern plötzlich eine neue Perspektive gaben, um nicht nur als bloßer Haufen verrückter Sammler zu existieren. Sie bekamen eine Aufgabe. Man rekrutierte auf einmal ganz bewusst mechanisch talentierte Magier und trieb im Geheimen Forschungen an. Man durchkämmte sowohl das Imperium als auch die Amantinischen Republiken akribisch nach weiteren Artefakten.

Immer skrupelloser.

Wollte jemand ein altes Erbstück nicht hergeben, wurde es ihm bald darauf gestohlen oder mit Gewalt abgenommen. Das große Ziel wurde wichtiger als gutes Benehmen, als Anstand, ja sogar als das Leben einzelner Menschen.

Ich hielt es irgendwann nicht mehr aus.

Wir besaßen keine Ehre.

Mein Traum war nicht, mich in ein seelenloses Ungeheuer zu verwandeln. Ich wollte doch lediglich schöne und kunstvolle Dinge erschaffen. Dass ich dazu bisweilen von den Reichen und von sich Eingenommenen stehle, tut nichts zur Sache: Die Überheblichen, die Selbstgerechten und die Mit-sich-Hochzufriedenen darf man gern einmal von ihrem hohen Ross stupsen. Unschuldige habe ich jedoch nie angetastet.

Anders als die Magietechniker.

Als ich ging, fühlte Aurinius sich verraten und bis in die Seele gekränkt. In seinen Augen trat ich alles, was ihm teuer war, mit Füßen: das Ideal einer besseren, mechanisch fortschrittlichen Welt ebenso wie seine Liebe.

Doch ich ertrug den eingeschlagenen Weg nicht mehr.
Und so lebte ich meinen Traum und gründete unser fahrendes Theater.
Eine so feste Beziehung wie mit Aurinius bin ich nie wieder mit einem anderen Menschen eingegangen.
Erst als ich Dich adoptiert habe, habe ich wieder zugelassen, dass jemand mein Herz berührt. Da habe ich wieder Liebe zugelassen.
Ich wollte Dich immer beschützen. Von unserem ersten Gespräch auf der Kaimauer von Abaste an. Schönheit ist einzigartig. Ein mechanisches Tier, das nicht nur lebendig ist, sondern auch recht intelligent. Sie befolgt Anweisungen, wenn sie sie für klug hält. Und wenn Du dieses Fach der Schatulle geöffnet hast, wird sie es gewesen sein, die das falsche Abzeichen ausgelöst hat. Sie weiß, dass es mit einer Falle gesichert ist.
Finuel, der Herr des Waisenhauses in Abaste, erzählte mir damals, dass Du diese kleine Grille immer schon gehabt hättest. Die Frau, die Dich zu ihm gebracht hat, sei nicht Deine Mutter gewesen, aber sie habe in den ersten Jahren immer nach Dir gesehen und dem Haus jedes Mal viel Geld dafür gespendet, dass es Dir gut ergeht dort und dass Dir niemand Deine Grille wegnimmt und Du Lesen und Schreiben und Rechnen lernst. Doch die Frau war bereits seit drei Jahren nicht mehr dort gewesen, als wir uns trafen. Und Finuel wurde es langsam zu aufwendig, immer die schützende Hand über Dich zu halten. Ich würde sagen, wir trafen uns im richtigen Moment – als das Mechanische Theater Dich neugierigen kleinen Dieb wie ganz von selbst anzog, Du es ausgekundschaftet und den Plan gefasst hattest, mein Abzeichen zu stehlen.
Ich kenne Deine Vergangenheit nicht. Ich habe keine Ahnung, was geschah, bevor man Dich noch als Säugling nach Abaste brachte. Aber die vermachte mechanische Grille und Dein ungeheures Talent ließen mich stets vermuten, dass Du von jemandem abstammst, der selbst mit dem Mechanischen umzugehen wusste und obendrein auch noch Einfluss hatte. Was diese Eltern dazu bewegte, Dich fortzugeben, weiß ich nicht. Bist Du ein uneheliches Kind? Hattest Du gar Anspruch auf ein Erbe, bei dem Nebenbuhler eine Gefahr für Dich gewesen wären? Ich habe mir im Laufe der Jahre viele Erklärungen zusammengereimt. Aber es stand im-

mer fest für mich, dass ich Dich nicht in die Nähe der Magietechniker lassen wollte. Nichts wäre leichter gewesen, als Dich zur Mechanistenausbildung nach Vilsheil zu schicken. Doch stattdessen ließ ich Dich nach Thyriss gehen. Und das auch bloß für kurze Zeit. Ich wollte nicht, dass Du im Zentrum der Macht möglicherweise den falschen Leuten auffällst – aber ich wollte Dich auch nicht völlig ohne die klassische Ausbildung lassen.

Ich hoffe, Du verzeihst mir.

Ich habe noch einmal mein Journal gelesen, in das ich viel zu selten geschrieben habe. Aber zumindest kleinere oder größere Wendepunkte unseres Mechanischen Theaters habe ich darin festgehalten und so eine kleine Chronik entstehen lassen. Ich habe diese Seiten beigefügt. Sollte ich diese Geschichten nicht erzählen können, dann kannst Du es vielleicht an meiner statt übernehmen.

Ich liebe Euch alle wie eine Familie. Eine verrückte Familie, aber die herzlichste, die man finden kann.

Und ich bete immer noch, dass wir noch Jahre gemeinsam haben und ich irgendwann den Mut finde, all diese Worte persönlich an Dich zu richten. Dich liebe ich wie einen eigenen Sohn, ich hoffe, das weißt Du.

Dein Talmo

Am Ende zählte Glin nicht mehr, wie oft er die Zeilen des Briefes las. Sie verschwammen ohnehin in seinen Tränen.

Was war bloß binnen eines Sommers aus ihnen geworden?

Aus den Herbstgängern?

Seinem Zuhause?

Gab es so etwas noch für ihn?

Zuhause?

Talmo, Shalimo, Madeire – sie alle zogen wie blasse und unwirkliche Geister an ihm vorüber. Was der Hass und die Verletztheit eines einzelnen Menschen doch über die Welt bringen konnte.

Glin wusste nicht, wann er sich zuletzt so verloren gefühlt hatte. War es überhaupt schon einmal so gewesen?

Schönheit zirpte leise und zärtlich. Sie saß auf einem von Glins angewinkelten Knien und starrte ihn an – liebevoll hätte man vielleicht sagen können, wenn das bei den nachtschwarzen Augen der Grille möglich gewesen wäre.

Und Glin schluchzte lange und hemmungslos und weinte sich die Augen aus dem Kopf. Stundenlang, bis sein Herz sich ein wenig leerer anfühlte. Oder bis er einfach zu erschöpft war und mit dem Kopf an ein Regal gelehnt einschlief.

Aber wer konnte schon den Unterschied zwischen beidem benennen?

Dann – nach einer gefühlten Ewigkeit – machte er sich daran und las die losen Seiten aus Talmos Journal.

3.

Die Lagunenzeremonie war Jahr um Jahr der emotionale Höhepunkt der Festwoche und ein außergewöhnliches Spektakel.

Scharen von Verkleideten drängten sich von allen Seiten bis dicht heran an die Piazza des Wassers. Man reckte die Köpfe und stieg mitunter auf die Schultern der anderen, um einen besseren Blick zu erhaschen.

Auf der Hölzernen Bank machte ein Schreinermeister, dessen Werkstatt ein zweites Stockwerk mit einer Veranda und bestem Blick auf die Piazza besaß, ein Geschäft aus der Neugierde: Für die guten Plätze nahm er Eintritt. Neben einem Dutzend anderer zahlender Gäste war auch eine Familie gekommen, die aus drei Erwachsenen und einem fast schon erwachsenen Mädchen bestand. Die Gesichter hatte der Meister nicht erkennen können, denn sie trugen die weithin verbreiteten Masken des Scharlachroten Pantomimen, der Einäugigen Comtesse, der Mondmagierin und des Fischersoldaten. Den überteuerten Eintritt zahlten sie ohne zu murren. Dabei hatte der Schreinermeister die Preise sogar noch einmal angehoben – nach dem Aufruhr um dem Spinnturm war der Andrang so groß wie nie zuvor. Alle wollten wissen, was Erzherzog Borgessa den Bürgerinnen und Bürgern der Republik Mosmerano zu sagen hatte.

Glin nahm die veränderte Stimmung in Mosmerano deutlich wahr. Es war, als hätte man der Stadt eine tiefe Kerbe ins Antlitz geschlagen und würde sie nun zwingen, notdürftig bandagiert an einem pompösen Ball teilzunehmen und möglichst fröhlich dabei dreinzublicken. Die Panik aus der Nacht des Balls war nicht verschwunden. Sie steckte allen tief in den Knochen und man versuchte mehr mit Trotz und Stolz als mit Lust, dieses Unabhängigkeitsfest nicht einfach auslaufen zu lassen.

Die Herbstgänger hatten sich mühsam aufgerafft, um die Lagunenzeremonie zu beobachten. Sie würden die Stadt noch am Nachmittag verlassen. Es gab für sie hier nichts mehr außer quälenden Erinnerungen – und die Zeit der Masken würde bald vorbei sein. Niemand wollte riskieren, dass Borgessas tatsächliche Squadra Ignoto sie noch in der Stadt finden würde, wenn der Trubel der Festwoche vorüber war und so etwas wie Normalität in der Lagunenstadt Einzug halten würde.

Der Kanal zwischen Hafenbezirk und Markt war breit und tief genug ausgebaut, dass die prunkvolle Staatsgaleere des Erzherzogs hindurchpasste. Und genau diese Passage nahm sie einmal im Jahr zur Lagunenzeremonie. Sowohl auf den Kanälen als auch auf der Piazza des Wassers wimmelte es von Schiffen und Booten – der Blick, den man direkt vom Wasser aus hatte, war selbstverständlich noch viel besser als an Land.

Die Galeere mit ihrem verzierten goldenen Aufbau schob sich langsam durch die Menge hin zur Piazza. Große mechanische Resonatoren – einige in Form riesiger Trichter, andere waren riesige metallene Membranen – übertrugen den Schall der Rituale an Bord. Es wurde ein großer Gottesdienst unter Beteiligung von Priesterinnen und Priestern der gesamten Siebenfaltigkeit abgehalten.

Glin hörte nicht richtig hin. Er hatte bloß Augen für die unwirkliche Szenerie: Beim letzten Unabhängigkeitsfest war die Galeere noch durch die Beine des gigantischen Spinnturmes gefahren. Die Mosmerani waren es seit Jahrhunderten so gewohnt. Aber der Turm war fort. Dort, wo er seine Beine aus Mauerwerk und Straßenpflaster gezogen hatte, hatte er Krater gerissen und viele seine Fußspuren waren als übergroße Löcher und Risse auf den Plätzen der Stadt zu erkennen. Auch wenn die Verwüstungen sicherlich viel größer hätten sein können, so war die Vorstellung, dass ein Wahrzeichen dieser Republik sich eines Nachts auf und davon gemacht hatte, trotzdem ehrfurchtgebietend und erdrückend.

Schließlich war man bei jenem Teil der Zeremonie angelangt, an dem der Erzherzog symbolisch einen Ring auf den Grund der Piazza versenkte. Der Ring in Borgessas Hand war aus dieser Entfernung jedoch kaum zu erkennen. Aber der Erzherzog selbst in prachtvollem Brokat und mit der typischen Kappe und dem mächtigen schwarzen Schnauzer war als zentrale Figur gut auszumachen. Es war uralte Tradition, dass der herrschende Erzherzog während der Festwoche einen Ring versenkte, um die Stadt als Braut symbolisch mit dem Gott Aravellon zu vermählen, dem Herrn der Gezeiten und somit der wichtigsten Ressource der Seefahrernation Mosmerano: dem Meer.

Und ebenso Tradition war der Teil, auf den Glin am meisten gespannt war: die Rede zur Lage der großartigen Amantinischen Republik Mosmerano.

Und endlich, nachdem die Großpriesterin des Aravellon einen Schlusssegen gespendet hatte, trat der Erzherzog an einen zentralen Resonator heran. Glin kannte die Funktionsweise der Mechaniken: Feine Drähte übertrugen den Schall in Form verzerrter

Schwingungen auch an die größeren Resonatoren, die überall an den Bordwänden der Galeere befestigt waren.

»Verehrte Bürgerinnen und Bürger dieser wunderbaren Republik, verehrte Gäste unseres Unabhängigkeitsfestes.« Borgessa machte eine bedeutungsschwangere Kunstpause, ließ die Worte über die gesamte Piazza des Wassers hallen. »Es hat sicherlich schon die Runde gemacht – vom Palazzo bis hin zur Hafenspelunke sind Gerüchte laut geworden. Eigentlich sollte ich hier und heute unter einem der markantesten Wahrzeichen dieser Stadt hindurch zur Zeremonie fahren. Anstelle des Spinnturmes klafft eine Wunde im Antlitz unserer Stadt und eine Schneise der Verwüstung zieht sich von hier aus gen Westen, wo das Monstrum in den Weiten des Meeres verschwunden ist.«

Borgessa wusste mit seinen Worten eindrückliche Bilder zu erzeugen und die Menge mitzunehmen. Glin fiel auf, wie still die Anwesenden überall waren – am Ufer, auf den Booten und Schiffen, auf den Stegen und Terrassen, überall dort, wo man halbwegs sehen oder hören konnte, was der Herrscher der *Tänzerin über dem Wasser* der Bevölkerung zu sagen hatte. Nur das Flattern einiger Fahnen und gereffter Segel sowie einige nimmersatte Möwen mischten sich in das gebannte Schweigen ein, das sich über die Piazza des Wassers gelegt hatte, während Borgessa sprach.

»Aber es gab nicht nur die Katastrophe um den Spinnturm. Auch andere Gerüchte sind wahr: Man hat versucht, einen Anschlag auf mich zu verüben – in meinem eigenen Palast. Vorgestern Abend während des Eröffnungsballs konnte ein Angriff durch eine Bande Meuchelmörder abgewehrt werden.« Borgessa ließ der Menge einen Atemzug lang Zeit für ein ersticktes Raunen. »Die Frauen und Männer meiner Garde, die dabei ihr Leben verloren, haben wir in unsere Gebete eingeschlossen. Illismea möge ihnen ihre Tapferkeit anrechnen.«

Das machte er also aus der Geschichte. Glin staunte. Da war keine Spur von Peinlichkeit. Der Erzherzog spielte sein politisches

Spiel meisterhaft. In der Politik gab es keine Niederlagen, nur Siege oder Gelegenheiten.

»Auch das entsetzliche Eigenleben, das den Spinnturm in jener Nacht befiel, war kein Zufall«, fuhr Borgessa fort. »Der Turm ist in Wahrheit eine uralte Kriegsmaschine der Skyldar. Spionen unserer Feinde ist es gelungen, sie in Gang zu setzen und um ein Haar hätte es noch weitaus schlimmere Zerstörungen in unserer Stadt gegeben. Viele Hunderte oder gar Tausende Menschen hätten ihr Leben verloren.«

Glin merkte den Menschen, die mit ihnen auf dem Balkon des Schreiners waren, die plötzliche Nervosität an. Niemand konnte bei solchen Nachrichten ruhig sitzenbleiben. Doch Borgessa war noch längst nicht fertig.

»Es ist kein Zufall, dass es uns ausgerechnet zum berühmtesten Fest unserer Nation traf. Man wollte uns nicht bloß Schaden an Leib und Leben zufügen – nein, unseren Stolz wollte man brechen. Uns tief in unseren Herzen und Seelen treffen. Und bei den Göttern: Um ein Haar wäre es gelungen.

Stellen Sie sich vor, wie diese großartige Republik im Chaos versinken würde mit all ihren Errungenschaften.

Mir ist bewusst, dass wir durch unseren Fortschritt und unseren hart erwirtschafteten Reichtum Neid auf uns gezogen haben. Niemals wäre mir in den Sinn gekommen, dass man uns unseren Status in der Ruhenden Welt derart missgönnen könnte.«

Unter den Zuhörern machte sich Unruhe breit. Noch artete es nicht in lärmenden Tumult aus – aber die Zeit des Verharrens schien vorbei. Die Erregung war beinahe in der Luft zu schmecken und die Neugierde und Besorgnis zogen ein straff gespanntes Netz unsichtbarer Fäden zwischen den Menschen.

»Gestern habe ich lange Stunden mit dem Kabinett meiner Ministerinnen und Minister beraten, ebenso mit dem Rat der obersten Richter, mit der Großadmiralin und dem Großgeneral unser Streitkräfte. Wir sind zu folgendem Schluss gekommen: Hiermit beende ich dieses Unabhängigkeitsfest bereits am heutigen Tag und erkläre unseren Widersachern, den Republiken Thyriss und Ittrico, den Krieg.«

Es ging ein Aufschrei durch die Menge. Nun brach sich die Unruhe Bahn und die restlichen Details aus Borgessas Erklärung gingen fast im allgemeinen Lärm unter.

»Ich biete all unseren ausländischen Gästen an, die Stadt Mosmerano und das Gebiet unserer Republik augenblicklich zu verlassen«, fuhr Borgessa fort. »Niemand Unbeteiligtes soll zu Schaden kommen, keine einfachen Bürgerinnen und Bürger, keine Schausteller, keine Kaufleute, keine Besucher. Aber die niederträchtigen Herrscher der Republiken Thyriss und Ittrico werden den Zorn der Mosmerani zu spüren bekommen. Mit aller Härte, für die unser Militär bekannt ist.«

Glin war heilfroh, dass er eine Maske trug, denn so konnte niemand sehen, wie blass er auf einmal geworden war. Die zahlenden Gäste des Schreinermeisters hatten es plötzlich sehr eilig.

Borgessa hat uns die ganze Zeit hinters Licht geführt, dachte Glin voller Entsetzen und Gram. *Es war immer einzig und allein das Spiel des verfluchten Erzherzogs – und wir alle haben es brav mitgespielt wie Idioten.*

4.

Borgessa, du adliges Stück Dreck!«

Der Ruf drang laut aus den vielen Resonatoren auf der Staatsgaleere.

Glin zuckte zusammen und spürte, wie es der Menschenmenge überall an der Piazza ebenso ging. Um ihn herum war alles erstarrt.

An Bord der Galeere jedoch brach hektischer Betrieb aus.

Einzig Borgessa blieb bemerkenswert gelassen.

»Wer sind Sie und warum stören Sie?«, fragte er laut und die Resonatoren übertrugen es. Es war gut zu erkennen, wie Soldaten auf dem Schiff nach der Unruhestifterin suchten.

Sie haben keine Chance, sie zu finden, wusste Glin. *Denn sie ist gar nicht an Bord. Sie nutzt ihre Magie.*

»Mein Name ist Fenja Vannagren«, klang es laut und blechern über den Platz. »Und ich will Rache.«

»Wofür?«

Falls der Erzherzog nervös war, so ließ er es sich nicht anmerken.

»Sie haben versucht, mich unter Ihrem Palast zu ertränken.« Man hörte sie Atem holen. »Und mit mir einen ... *Freund*«, fügte sie hinzu.

Ein ohrenbetäubendes Zischen ertönte und meterhohe grüne Flammen stiegen an der Bordwand der Galeere empor. Binnen weniger Augenblick war das große Schiff von einem Ring aus smaragdgrünem Feuer eingeschlossen.

Nun griff echte Panik um sich.

Glin spürte, wie sich sein eigener Puls rasant beschleunigte.

Fenja Vannagren ist zurück, dachte er. *Und sie ist wütend. Und hat einen ganzen Rucksack voll mit unversiegelten Smaragden.*

Dort auf der Piazza begannen die ersten Schiffe und Boote hastige Wendemanöver, um von der brennenden Galeere des Erzherzogs fortzukommen. Glin sah jemanden von Borgessas Schiff springen, doch die Flammen verbrannten ihn noch während er fiel.

Er hielt den Atem an. *Was für ein Dämonenwerk veranstaltet sie dort?*

»Sie können mir nicht entkommen, Borgessa«, tönte Fenjas verstärkte Stimme über die Piazza hinweg. »Ich denke, Ihre Untertanen sollten wissen, was *tatsächlich* geschehen ist in jener Nacht.«

Noch immer flohen Schiffe vor den Flammen. Doch in der Menge an den Ufern der Piazza wurden die Hälse gereckt. Eine bösartige Neugierde schien um sich zu greifen.

Borgessa antwortete nicht. Möglicherweise war ihm der Zugang zu den Resonatoren mittlerweile von den Flammen versperrt.

Fenja fuhr endlich fort. »Sie benutzen den Spinnturm nur für Ihre Zwecke, Borgessa. Sie wollen einen Krieg gegen Ihre Nachbarländer anzetteln. Da kommt es Ihnen gelegen, dass der Magier Aurinius den uralten Turm der Skyldar wieder zum Leben erweckt hat. Es kommt Ihnen gelegen, dass sich zwei Diebe ein Loch in den Tresor tief unter Ihrem Palast gesprengt haben. Dabei wollten wir Sie lediglich bestehlen. Niemand hat Ihnen nach dem Leben getrachtet, Borgessa. Niemand bedroht Ihre ach so stolze Republik Mosmerano. Sie sind lediglich ein ziemlich mächtiger und obendrein sadistischer Bastard.«

Das Prasseln des grünen Flammenrings lag über dem Wasser. Glin fiel auf, dass bislang kaum Rauch aufgestiegen war. Fenja verbrannte Borgessas Schiff gar nicht. Die Flammen hatten es nur eingekesselt und in eine Falle verwandelt.

»Ein einzelnes Leben ist Ihnen und Ihrem Gefolge völlig egal«, schrie Fenja. »Sie opfern Menschen einfach so. Sie wollen Macht, Borgessa. Und Sie wollen Krieg. Seit Monaten ziehen Sie Ihre Truppen hier in der Stadt zusammen – jeder weiß das. Und jetzt ganz plötzlich soll es einen Anschlag gegeben haben und da stehen Heer und Marine schon parat – wie praktisch. Merken Sie eigentlich selbst, wie unglaubwürdig das ist, Borgessa? Dabei waren Sie jahrelang ein guter Herrscher über Mosmerano. Niemand hat Sie bedroht. Und niemand hat Ihnen nach dem Leben getrachtet.« Sie machte eine Pause. »Bis jetzt.«

Nun erklangen vereinzelt Rufe und sogar schrille Schreie. Aber die Worte waren nicht zu verstehen.

»Ich kann nicht zulassen, dass Sie ungeschoren davonkommen, Borgessa«, schloss Fenja. »Ich kann nicht zulassen, dass Sie die Ruhende Welt mit Ihrem Wahnsinn überziehen.« Sie senkte ihre Stimme etwas. »Ich denke, das sollten Ihre Untertanen wissen.

Und außerdem denke ich, Ihr Wahnsinn sollte an dieser Stelle sein Ende finden.«

Das Prasseln der Flammen schwoll an. Ein neuerliches Zischen erklang, so laut, dass es in den Ohren schmerzte. Das grüne Feuer am Bug der Staatsgaleere wurde zu einem Gleißen und begann, sich längs durch das Schiff zu fressen.

Nun war es vorbei mit aller Neugierde. Die Menge allerorten verlor endgültig den Kopf.

Rings um die Piazza schrien die Menschen, bahnten sich ihre Wege fort von dem entsetzlichen Schauspiel.

Die Menschen stürmten vom Balkon des Tischlermeisters.

Aber Glin konnte die Augen nicht abwenden, obwohl das grüne Feuer so hell schien, dass es beinahe blendete – während es fraß und fraß und fraß. Yrreins und seine Finger fanden und verschränkten sich ineinander, während sie das groteske Schauspiel verfolgten.

Die Galeere brach schließlich in der Mitte durch. Die beiden Hälften stürzten auseinander, schlugen Wellen und ließen das Wasser schäumen. Dann versanken sie wie vollgesogene Schwämme.

Das grüne Feuer erstarb.

Und nichts in Mosmerano war wie zuvor.

POSTLUDIUM

Mit einem Kuss auf die Stirn

1.

Er hat uns *die ganze Zeit hinters Licht geführt*«, schrie Glin schließlich voller Wut und Zorn hinaus, als sie eine Rast einlegten. Sie waren bereits eine Weile auf der Straße von Merazzo aus in südliche Richtung geritten. Und als sie nicht mehr im Hauptstrom all jener trieben, die aus der Lagunenstadt flohen, sondern wieder etwas für sich reisen konnten, gönnten sie sich eine Pause. »Die ganze, verdammte Zeit. Wie ich diesen elenden Herzog dafür hasse!«

Bitterböse starrte er über die Lagune hinüber zu der *Tänzerin über dem Wasser* – Mosmerano, die *Verzogene*.

Yrrein griff vorsichtig nach seiner Hand. »Borgessa hat nicht speziell uns hintergangen. Im Spiel der Mächtigen sind wir allenfalls Figuren auf dem Brett«, meinte sie. »Lass es gut sein – oder würdest du auch die Götter heimsuchen wollen, wenn sie jemanden mit einem Blitz erschlagen?«

Er zog seine Hand weg. »Irico Borgessa war kein Gott. Wir waren in seinem Palast, haben ihm in sein verlogenes Gesicht geblickt, wir haben einen übermächtigen Magier besiegt und wurden vom Spinnturm durch die Nacht getragen. Wir haben all diese märchenhaften Dinge getan und wir können sie wieder tun. Verdammt, wenn wir nur dreist genug sind, können wir die ganze verdammte Ruhende Welt stehlen.« Er sank erschöpft auf seine Knie. »Verdammt – er hatte es einfach nicht verdient.«

Der warme Spätsommerwind ließ das Gras wispern und die Blätter der großen Pappel rascheln, an der die Pferde festgemacht waren. Das wunderschöne Panorama verhöhnte sie. Die Nachmittagssonne stand über der Silhouette von Mosmerano, das still und strahlend mitten in der glitzernden Lagune lag.

»Borgessa hätte seinen Krieg auch ohne uns bekommen«, meinte Yrrein schließlich.

»Ich weiß«, sagte Glin. »Er hat das alles von langer Hand geplant. Er hat über das Jahr seine Streitkräfte unter Vorwänden zusammengezogen. Inspektionen, Sicherheit des Unabhängigkeitsfestes … pah! Selbst Aurinius hat ihm die ganze Zeit über in die Finger gespielt, obwohl er dachte, *er selbst* wäre der Strippenzieher hier. Natürlich, nachdem Borgessa wusste, was er mit dem Spinnturm anstellen musste, wäre es früher oder später ohnehin zum Krieg gekommen. Eigentlich können wir froh sein, dass sich der Turm nicht steuern ließ, sonst hätte der Erzherzog auch noch eine brutale Kriegsmaschine der Skyldar in die Finger bekommen.« Er seufzte ergeben. »Aber stattdessen haben Aurinius und wir ihm in die Hände gespielt und ihm alle Vorwände gegeben, die er brauchte, um einen Krieg zu rechtfertigen. Nichts erzeugt mehr Hass als eine ganze Nation, die der Meinung ist, verwundet oder zu kurz gekommen zu sein.«

»Und obwohl wir keine Schuld daran tragen, quält es dich auf dieselbe Weise, als hätten ausgerechnet *wir* das alles zu verantworten.«

Er sah sie an. »Es hätte *niemals* das Leben unserer Freunde kosten dürfen. Verdammt, sie waren unsere *Familie.* Schau uns doch an: Wir sind mit einem ganzen fahrenden Theater nach Mosmerano gekommen und jetzt gehen wir verletzt und zugrunde gerichtet wieder fort. Wir sollten zu siebt sein, aber …«

Seine Stimme brach.

Sie legte ihm die Hand auf die Schulter und schenkte Glin ein warmes Lächeln.

Neben ihm kniete sich Sira ins Gras und streckte die Hand aus. Schönheit war mit ihr mitgereist. Die Grille wanderte ihren Arm entlang und hüpfte von ihren Fingern schließlich in eine von Glins Hemdfalten.

»Der Herzog hat bezahlt«, sagte Sira leise. »Und trotzdem will ich mich immer noch an ihm rächen. Ist das nicht bescheuert?«

Glin musste sich umständlich drehen, um wenigstens den unverletzten Arm um sie zu legen. Und das Mädchen weinte so hemmungslos wie bereits mehrfach in den vergangenen Tagen. Ihr schienen die Tränen einfach nicht ausgehen zu wollen. Schönheit zirpte tröstend und krabbelte zurück zu Sira.

»Das ist das Problem mit der Rache«, wandte Falk ein. Er saß mit dem Rücken an eine Pappel gelehnt hinter ihnen und entlastete das verletzte Bein vom Gewicht seines schweren Körpers. »Rache macht nicht satt. Sie macht nichts ungeschehen. Sie bringt niemanden zurück.«

»Wirklich sehr tröstend«, giftete Yrrein.

»Trauer ist Trauer«, sagte der Priester. »Sie ist bei jedem anders. Vielleicht wird sie eines Tages leiser und sticht nicht mehr so sehr. Aber sie gehört nun einmal zu uns. Und man kann nichts tun, um sie wegzuwischen: Töten, jemanden bezahlen lassen, Schmerzen zufügen … das lindert am Ende nichts. Das Einzige, was man tun kann: den Blick weiter nach vorn richten und das Andenken jener ehren, die man verloren hat.«

Das war der Anstoß, den Glin gebraucht hatte. »Aber was *tun* wir denn jetzt, Falk?«

Sira sah ihn mit tränenverschmiertem Gesicht an. »Wir werden kein neues Theater bauen.«

Glin schüttelte den Kopf. »Nein, sicher nicht. Das Mechanische Theater war Talmos persönlicher Traum. Träume kann man nicht abkupfern.«

Yrrein drückte Siras Hand. »Wir machen das, was wir am besten können: Wir stehlen, was die Welt hergibt.«

Und Glin musste aufpassen, dass ihm bei Yrreins Worten nicht ebenfalls wieder die Tränen kamen.

Wir können hier doch nicht am Ufer der Lagune stehen und zu viert wie die Irren um die Wette heulen.

Und bald hatte Sira sich gefangen, setzte sich ins Gras und wischte sich das Gesicht mit einem Taschentuch ab.

»Ihr seid mir ja vielleicht hervorragende Diebe«, tönte eine Stimme hinter Falk. Sie drehten sich um und sahen Fenja Vannagren mit ihrer wilden Haarpracht und der Narbe hinter der Pappel hervortreten. Sie trug einen Reiserucksack und praktische Kleidung. »Also, wenn Schleichen und Verstecken die Paradedisziplinen guter Diebe sind, dann seid ihr im Augenblick in ziemlich elender Verfassung, wenn ich so ehrlich sein darf. Es war nicht schwer, euch zu finden.«

»Na, das ist eine Überraschung«, grüßte Glin sie. »Was tust *du* denn hier?«

»Ihr schuldet mir noch ein Honorar. Schon vergessen?«

»Du hast dich mit einem prall gefüllten Rucksack voller Smaragde aus dem Staub gemacht, als es besonders brenzlig wurde. Schon vergessen?«

Fenja zog ein Gesicht. »Ich habe eine bessere Verwendung für die Smaragde gefunden. War ein ziemliches Spektakel.«

»In der Tat«, nickte Glin. »Das war ganz schön kaltblütig.«

»Von wegen.« Fenja schnaubte. »Was Borgessa getan hat, war kaltblütig. Er hat ein Spektakel heraufbeschworen und ist in einem Spektakel untergegangen. Er hat alles verdient, was ihm widerfahren ist.«

Glin schwieg.

Falk war es, der den Gesprächsfaden wieder aufnahm. »Ich denke, am Ende lassen wir die Götter darüber urteilen, wer genau was verdient hatte. Sie werden es am besten wissen.«

»Von mir aus.«

»Wie du dir sicher denken kannst, Fenja, *können* wir dir kein Honorar zahlen – weil wir kein Geld mehr haben.«

Jetzt war es die Magierin, die knapp nickte. »Ja, so etwas in der Art hatte ich mir bereits gedacht.«

Sie setzte den Rucksack ab und kramte einen Beutel daraus hervor. Dann wob sie eine gekonnte Geste mit ihren Fingern und ließ ihn zu Glin hinüberschweben und vor seinen Füßen ins Gras fallen. Glin hob den Beutel auf. Es klimperten Münzen darin – und er war schwer.

»Danke«, meinte Glin, der überrascht war.

»Ich habe zu danken.« Fenja verbeugte sich wie eine Tänzerin nach einer Aufführung.

»Wofür?«

»Du hast mich aus dem Stahlpalast geholt. Und …« Sie zögerte. »Und du hast an mich geglaubt.«

Zwischen ihnen trat eine kurze Stille ein.

Schließlich nickte Glin ihr zu. »Es ist mir eine Ehre, dich zum Kreis meiner Freunde zählen zu dürfen, Fenja Vannagren.«

»Das gebe ich gern zurück.« Sie schenkte ihm ein gelöstes Lächeln. »Vielleicht kreuzen sich unsere Wege ja noch einmal.«

»Wenn Din Vestro es so möchte«, sagte Sira und schniefte trocken. Dann überraschte sie alle. »Warum schließt du dich uns nicht an? Eine Magierin macht sich doch gut, wenn man dabei ist, Pläne zu schmieden.«

Fenja schüttelte den Kopf. »Nein, ich denke nicht. Im Gegensatz zu euch bin ich nämlich keine besonders gute Diebin. Und ich arbeite auch nicht sehr gut mit anderen in einer Gruppe. Ich neige dazu, im entscheidenden Moment überraschend zu verschwinden.«

»Oder überraschend aufzutauchen.«

Aber Fenja winkte ab. »Im Verschwinden bin ich besser, glaub mir. Und bevor es sentimental wird: Macht es gut! Ich habe noch einen weiten Weg vor mir. Wer auch immer Borgessas Nachfolge antritt: Die Mosmerani werden Rache wollen. Thyriss muss Krieg fürchten. Also muss ich wohl weiter in den Süden als beabsichtigt. Nach Jarrein vielleicht – oder möglicherweise nach Abaste oder sogar nach Jaerhella. Mal sehen.«

»Nicht so schnell«, schritt Glin ein.

»Wieso nicht?«

»Ich habe noch zwei Fragen.«

Die Magierin legte den Kopf schief. »Vielleicht beantworte ich die ja noch. Wenn die Antworten kurz sind.«

»Warum hält sich eine so begabte Magierin wie du so weit abseits der Waldungen auf? Ich dachte, dort gäbe es Nordlichter, die der Quell aller Magie sind.«

Fenja musste lachen. »Glin, du weißt viel weniger über Magie, als du glaubst. Bei Dekan de'Meeren hast du bloß sehr dürftige Grundlagen in Erfahrung gebracht. Nordlichter sind nicht der Quell der Magie, sie inspirieren bloß die Zeichen, die wir benötigen, um Magie zu wirken. Aber manche können großartige Magie wirken, ohne je selbst eines gesehen zu haben. Und andere wiederum verbringen ihr Leben unter diesen Himmelslichtern und können nicht mal eine Kerze mittels Magie auspusten.«

»Trotzdem müssten sich die Waldungen doch sehr viel besser zu Studium eignen als die Amantinischen Republiken. Also: Warum?«

Sie seufzte. »Wie schon gesagt: Ich bin keine besonders gute Diebin. Das wissen dort auch einige Leute. Und es ist besser, wenn ich mich ein paar Jahre nicht dort blicken lasse. Eher sogar ein paar Jahrzehnte.«

»Verstehe.«

»Was ist die zweite Frage?«

»Woher stammt das Geld?«

Daraufhin musste Fenja wieder grinsen. So breit, dass Glin kurz befürchtete, die Mundwinkel könnten ihre Ohren erreichen.

»Ich habe mich daran erinnert, dass diese Illistra Gaon euch noch Geld schuldig war«, sagte sie schließlich. »Übrigens das letzte Bisschen, was sie vor den Razzien des Ministers Orleone in Sicherheit bringen konnte.«

Glin deute ein Nicken an. »Danke. Du hast einen interessanten Sinn für Gerechtigkeit.«

»Tja …« Lachend warf die Magierin sich ihren Rucksack über die Schulter und stapfte durch das hohe Gras zur Uferstraße zurück.

Einmal drehte sie sich noch um. »Wenn wir nur dreist genug sind«, rief sie.

»Stehlen wir die gesamte Ruhende Welt«, kam es von den übriggebliebenen Herbstgängern zurück. Es war eigenartig, jemand anderes diesen Spruch sagen zu hören. Aber es tat auch gut.

Fenja führte ihre Finger an die Lippen und schließlich zum Haaransatz. »Mit einem Kuss auf die Stirn«, sagte sie, erhob die Hand und winkte ihnen zu Abschied.

»Und einem Gebet auf den Lippen«, antworteten die anderen leise.

Dann blickten sie der Magierin nach, wie sie die Straße hinunterzog. Eine ganze Weile standen die Herbstgänger still da und ließen sich den Wind von der Lagune her durch die Haare wehen. Bis Fenja schließlich verschwunden war.

»Nicht alle unsere Begegnungen in Mosmerano waren schlecht«, murmelte Yrrein. »Manche waren vielleicht ein wenig zickig – aber nicht schlecht.«

Glin bemerkte, wie sie unter ihrem rabenschwarzen Haar vorsichtig nach ihrem Ohr tastete. Doch dann beugte sie sich plötzlich und schneller zu Glin hinüber, als er begreifen konnte. Und ihre Lippen berührten die seinen.

Sanft und sacht.

Kühl wie ein Regen im Herbst.

Und irgendwie für immer.

GLOSSAR

VORBEMERKUNG

Es gibt eine große Kladde, die ich aus Spaß »Die Bibel nach Glin Melisma« getauft habe. Dort hat sich nach und nach viel über die Ruhende Welt angesammelt. Nun wähle ich, liebe Leserinnen und Leser, daraus einige Dinge, die für Sie wirklich von Interesse sein könnten.

ÜBER DIE ZEITRECHNUNG

Die Zeitrechnung in den Amantinischen Republiken und dem Imperium der Thronländer wird in offiziellen Dokumenten in n. A. (nach Amantis) angegeben. Das Geburtsjahr des ehemaligen Gottkaisers ist dabei das Jahr 0.

Das Lebensalter von Personen wird in Namenstagen angegeben, welcher üblicherweise auch der tatsächliche Geburtstag ist.

Die Ereignisse dieses Romans spielen im Jahr 1013 n. A. (wobei die Herbstgänger im Jahre 1010 n. A. zuvor das letzte Mal eine Saison über in Mosmerano waren).

Der Amantinische Kalender kennt 12 Monate, genannt Monde, zu jeweils 30 Tagen. Der Jahreswechsel erfolgt nach dem Bettlermond. Alle 6 Jahre gibt es einen zusätzlichen Wintermonat, den Kummermond, der nach dem Bettlermond eingereiht wird.

Frühling:
Rabenmond
Blütenmond
Hirtenmond

Sommer:
Seufzermond
Reisemond
Opfermond

Herbst:
Erntemond
Schlächtermond
Geistermond

Winter:
Bettlermond
(Kummermond alle 6 Jahre)
Jägermond
Dornenmond

Die Woche dauert sieben Tage. Am Rasttag wird üblicherweise nicht gearbeitet.

Kehrtag
Lastentag
Bergtag
Karrentag
Soldtag
Opfertag
Rasttag

ÜBER DIE RELIGION

Religion spielt im Leben vieler Menschen in der Ruhenden Welt eine große Rolle.

Die Herbstgänger glauben beinahe alle (mit Ausnahme von Shalimo) an den Pantheon der Siebenfaltigkeit, der in den Amantinischen Republiken, dem Imperium der Thronländer sowie auf den Neunundneunzig Inseln die Mehrheitsreligion bildet. Alle sieben Gottheiten sind jeweils Schutzpatrone für bestimmte Bereiche des Lebens. Man kann sie sich aktiv als Patron oder Patronin erwählen oder passiv durch die Tätigkeit, die man ausübt.

Ein Orden mit Geistlichen existiert zu jeder der sieben Gottheiten. So gehörte Falk von Imbre beispielsweise lange dem Orden des Din Vestro an, dessen Gemeinschaften sich regional organisieren. Auch wenn er dem Orden den Rücken gekehrt hat, erlischt seine Priesterweihe nach dem Verständnis des Ordens nicht. Es ist ihm bloß nicht mehr offiziell erlaubt, geistliche Amtshandlungen durchzuführen. Aber seien wir ehrlich: Was schert sich ein Dieb um Erlaubnisse?

Die Götter der Siebenfaltigkeit im Einzelnen:

Marcator:
der rechtschaffene Hühne; Bewahrer der Ehre; Patron von Fleiß und körperlicher Arbeit, von Rechtschaffenheit, Wissenschaft und Forschung; Herr über Sonne und Tag

(Darstellung: breiter Oberkörper, beinahe dick, weite Toga)

Gibis Juna:
die heimliche Holde; Wächterin über Dunkelheit und Nacht; Vergeltungsbringerin; Schürerin des Zorns und der Vergeltung; Herrin der Zerstörung, aus der sie Neues schafft

(Darstellung: trägt ein Schwert, das beinahe so groß ist wie sie selbst)

Evisandre:
die strahlende Verführerin; Wegbereiterin der Liebe und Leidenschaft; Gönnerin aller schönen Künste; Herrin der emotionalen Bindung, der Obsession und des Rausches

(Darstellung: wunderschöne junge Frau in einem beinahe durchsichtigen Gewand)

Aravellon:

der gütige Hirte; Herr über Flora und Fauna; Ordner aller Naturkreisläufe und des Wetters; zuständig für Wildnis, Ebbe und Flut, Jahreszeiten, Ernte und Ackerbau, Wetter

(Darstellung: männlicher Oberkörper auf einem tierischen Rumpf, meist der einer Ziege, eines Stiers, eines Rosses oder eines Wolfs)

Paiendra:

die barmherzige Mutter; Herrin der Gnade und Barmherzigkeit; Antreiberin zur Ehrlichkeit und Aufrichtigkeit; Mutter der Armen, Schwachen und Kranken; Patronin aller heilenden Berufe

(Darstellung: meist als untersetzte Frau)

Din Vestro:

der Gott hinter der lächelnden Maske; Herr der Gerissenheit und des vorteilhaften Handels; Begünstiger des geschickten Diebstahls; Meister aller ausgeklügelten Pläne und strategischen Planung; Patron der Händler, Schauspieler und Diebe (aber es beten z. B. auch Feldherren vor einer Schlacht zu ihm). Den meisten Menschen ist dieser Gott etwas unheimlich, weil wenig durchschaubar.

(Darstellung: wallendes Gewand und eine starre, lächelnde Maske)

Illismea:

die schweigende Begleiterin; Wegweiserin des Todes und des Schlafes; Herrin über Schweigen und Verschwiegenheit; Wächterin über Traum, Ohnmacht und Vergessen; Richterin auf der Sonnenlosen Straße

(Darstellung: Frau mit einem Trauerschleier)

In anderen Gegenden der Ruhenden Welt glaubt man mehrheitlich oft an andere Götter.

So werden in den Verschworenen Waldungen Naturgeister beschworen. In Abitreija betet man zum Staubkönig. In Daworje gehört man üblicherweise der Kirche des Abwesenden Gottes an und verehrt seine Heiligen. Im Königreich in den Wäldern glaubt man an die Herren der Elemente. Und in der Hegemonie an den Pantheon des Strahlenden Lichts.

ÜBER DIE KUNST

Ein nicht unerheblicher Aufwand wird von den Herbstgängern um ein bestimmtes Gemälde von Onardo Vonati betrieben. Vonati war ein berühmter Landschaftsmaler an der Dämmerküste. Er starb etwa um 450 n. A., nachdem er zuvor vor allem in Tarsica und Ittrico lebte und wirkte. Sein berühmtestes Werk ist eine Gemäldereihe über die Tageszeiten:

Morgen in den Dünen, Der Tänzer unter der Mittagssonne, Trost im Zwielicht, Kinder der Dämmerumg, Nacht vor Tarsica, Attristo und der Mond

Neben Vonati sind im Herzoglichen Museum von Mosmerano natürlich noch viele Werke anderer Künstler ausgestellt. Die bekanntesten:

Kara Flirrn (gest. um 530 n. A., berühmte Porträtmalerin aus Vesterdam);

Esce Montadino (gest. um 400 n. A., Porträt- und Freskenmaler aus Mosmerano, viele Tempel in der Stadt sind von ihm gestaltet)

Aria Paitero (gest. um 470 n. A., Porträt- und Landschaftsmalerin aus Tarsica);

Isil Weiß (gest. um 550 n. A., lebte in Hammertoss von Bildhauerei und Porträts);

Siman Hahnenburg (lebt noch, Porträtmaler in Hammertoss);
Ninus de'Laan (gest. um 500 n. A., Bildhauer aus Vesterdam).

Neben der bildenden Kunst spielen gedichtete Bühnenstücke eine große Rolle für die Herbstgänger, denn aus ihnen speist sich ihr Repertoire als Schauspieler. Sie spielen vor allem Werke von Tresco Silvani, dessen Wirkungsstätte Mosmerano war und der deswegen dort wie ein Stadtheiliger verehrt wird. Silvani ist 633 n. A. gestorben und die Herbstgänger spielen von ihm:

Vorlana I. (eine Tragödie über die Mondsüchtige Kaiserin); *Der Hirte von Mosmerano; Die siebenfache Witwe; Die Stadt der Schläfer; Der König unter der Stadt; Der Kanzler und die Schäferin; Die Hochzeit der dreieinhalb Götter.*

Außerdem spielen die Herbstgänger in diesem Roman:
Jasma Leoporta: *Das letzte Licht;*
Anasandra Gentavillo: *Der Gesang der Orchideen;*
Heerm de'Holm: *Die Federtänzer; Der Kapitän des gläsernen Schiffs;*
Denile Atorni: *Die Katzenoper;*
Tihl von Dochtberg: *Wonach niemand strebt.*

ÜBER DAS MESSEN UND SCHÄTZEN

Auch in der Ruhenden Welt wird darauf geachtet, dass materielle Werte sich gut bestimmen und messen lassen:

Längenmaße werden zentral in Vilsheil verwaltet, wo ein Fingerbreit, ein Schritt, eine Meile usw. definiert werden.

Regional gibt es natürlich auch eigene Maße wie z. B. die Elle oder den Steinwurf.

Volumenmaße wie ein Topf oder eine Galleone haben ihren Ausgangspunkt im Eichamt von Tarsica.

Im Großen und Ganzen ist man in der Ruhenden Welt froh, sich um Längen- und Volumenmaße keine großen Sorgen machen zu müssen.

Bei Währungen hingegen sieht es anders aus. Derer gibt es mannigfaltige und jedes Land wacht scharf über Wert und Echtheit seiner Münzen.

Amantinische Republiken:
Speso/Spesi: Kupfer
Stelo/Steli: Silber (= 100 Spesi)
Saldo/Saldi: Gold (= 15 Steli)
Gegenwert in Mosmerano: Dockarbeiter haben einen Tageslohn von 4–5 Spesi, was 12–15 Steli im Jahr macht. Ein schlichtes Brot kostet ca 1/2 Speso. Ein mittlerer Kaufmann macht ca. 5000 Steli Jahresumsatz, davon jedoch viel weniger Gewinn.

Imperium der Thronländer und Verschworene Waldungen:
Pfennig: Zinn
Groschen: Kupfer (= 50 Pfennige)
Taler: Silber (= 50 Groschen)
Gulden: Gold (= 10 Taler)
Dukate: großes Goldstück (= 5 Gulden)

Daworje:
Heller: Kupfer
Florint: Silber (= 220 Heller)
Nobel: winzige Goldmünze (= 8 Florint)
Tscherwonez/Tescherwonzen: große Goldmünze (= 10 Nobel)

Abitreija:
Dobra/Dobrani: sehr kleines Kupferstück
Dinar: Silber (= 300 Dobrani)
Rand: Gold (= 10 Dinare)
Talent: ein Silberbarren (= 5 Rand)

Hegemonie:
Grani: Kupfer
Tari: Silber (= 240 Grani)
Scudo: Gold (= 12 Tari)

Neunundneunzig Inseln und Niemandsland:
Als Zahlungsmittel werden nahezu alle Währungen akzeptiert, sogar alte Währungen aus dem Amantinischen Reich wie Mine (Silber) oder Krone (Gold).

SPRACHEN

Auch spricht in der Ruhenden Welt natürlich nicht jeder dieselbe Sprache. Die gängigsten, in denen sich vor allem Kaufleute entsprechend auszudrücken wissen sind:

Thron:
Die Hauptsprache im gesamten Westen;
in den Thronländern in den Dialekten Belynth-Thron, Envaustille-Thron und Goswinter-Thron;
in den Waldungen Nord-Thron;
in den Amantinischen Republiken und auf den Neunundneunzig Inseln Süd-Thron.

Daworje:
Die Sprache von Daworje heißt wie ihr Land.

Abitreijisch:
Auch in Abitreija gibt es keinen Eigennamen für die Sprache, dafür jedoch eine vollkommen unübersichtliche Zahl an Akzenten und Dialekten, besonders je weiter man in die Wüstengebiete vordringt.

Katt:
Die Sprache, welche in der Hegemonie gesprochen wird.

Putraisch:
Die Sprache, die im Königreich in den Wäldern weit verbreitet ist.

DRAMATIS PERSONAE

Die hauptsächlich handelnden Personen in *Diebe der Nacht:*

Die Herbstgänger:
(eine Truppe fahrender Schauspieler, zugleich eine Bande gewitzter Diebe)
Talmo Melisma – Meistermechanist
Glin Melisma – sein Ziehsohn, ebenfalls Mechanist
Shalimo Vos – Chemistiker
Arbo Vos – Choreograph (verstorben 1007 n. A.)
Sira Vos – Ziehtochter der Vos', Akrobatin
Madeire Kuska – Diva
Falk von Imbre – Priester des Din Vestro
Yrrein de'Faey – Choreographin, Schwertfechterin

Politiker:
Irico Borgessa – Erzherzog von Mosmerano
Tito Orleone – Minister der Seestreitkräfte
Diallo Ginobaldi – Conte aus Ittrico

Magier:
Toss de'Meeren – Dekan der Fakultät von Mosmerano
Fenja Vannagren – junge Magierin aus den Waldungen
Aurinius von Veelyn – Berater des Erzherzogs

Sonstige:
Evenito Cossa – Kurator des Museums
Atteo Enzo – Maler
Illistra Gaon – Inhaberin des Blütenpalastes

NACHWORT UND DANK

1.

An einem heißen Sommertag vor zehn Jahren saß ich in Hannover in einem Café vor einem Eisbecher und schrieb das erste Mal die Namen *Glin Melisma, Borgessa* und *Mosmerano* in ein Notizbuch. Ich hatte an der Idee herumgedacht, wie man etwas stiehlt, das es eigentlich gar nicht gibt. Als Arbeitstitel schrieb ich umgekehrt auf die letzten Seiten »Der Mann, der die Nacht stahl«. Und ganz langsam wuchsen in den folgenden Jahren daraus die Ruhende Welt, das Mechanische Theater und die Herbstgänger.

Ich mochte Diebe, Hochstapler und Trickbetrüger in Geschichten schon immer. Als Kind habe ich Piraten über alles geliebt, in Western-Settings habe ich lieber die trickreichen Ganoven als den Sheriff gespielt, und bei Lego-Burgen waren mir Fallen und Geheimgänge immer lieber als strahlende Ritter. Bücher, Filme und Spiele über Wendehälse habe ich immer verschlungen. In Baldur's Gate, Zelda und Fallout klaue ich wie ein Rabe – und ich bin vermutlich der einzige Teenager gewesen, der sich gewünscht hätte, Thomas Mann hätte die Fortsetzung zu seinem Felix Krull noch geschrieben.

Glin Melisma hat zahllose enge Verwandte, von denen er selbst gar nichts weiß: Thomas Ripley, Danny Ocean, Frank Abagnale, Garrett, Hadrian und Royce, Scipio, die beiden Lockes: Locke Cole und Locke Lamora und viele mehr. Vermutlich könnte ich seitenweise auflisten, wem ich alles beim Planen von Coups über die Schulter geblickt habe und wo ich bei der Durchführung mitfiebern durfte – die natürlich nie so läuft wie geplant. Sie alle haben jedenfalls hier und dort Pate gestanden für Glin und seine Herbstgänger.

Dass Mosmerano ein fantastisches Venedig ist, brauche ich ebenfalls nicht zu verstecken. Im echten Venedig war ich leider bislang nur einmal, 2011. Viel zu lange her. Aber es ist wundervoll, magisch, geheimnisvoll – bereits auf dem Weg vom Bahnhof zur Unterkunft sind mir die Augen übergegangen und ich sah Glin Melisma durch die Gassen huschen und sich über Hausdächer schleichen.

Alles in allem wirkt es fast verrückt auf mich, wie sich viele Puzzleteile aus dem echten Leben (fixe Ideen, Erlebnisse, Eindrücke, Gedankenspiele, schnell Hingekritzeltes) am Ende zu einem Fantasy-Roman verdichten.

Bleibt mir noch, allen ausdrücklich zu danken, die außer mir an diesem Roman beteiligt waren.

2.

Ein großes Dankeschön geht an an meine Testleserinnen Fabienne, Diana und Gesche. Und ganz besonders an Alessandra Reß, die einige ziemlich kluge Anmerkungen zum Roman gemacht hat. Der Text ist seitdem einmal von rechts auf links gekrempelt worden, aber ohne die Rückmeldungen von anderen verliere ich mich als Schreiber manchmal etwas. Mich und meine Texte hin und wieder anderen anzuvertrauen, ist mir wichtig und macht das Ergebnis in meinen Augen immer besser. Auch Uwe Reckzeh muss ich einmal mehr danken – nach einem gemeinsamen Gespräch habe ich einiges über die Skyldar und die Ruhende Welt herausgefunden, was ich vorher nicht so klar gesehen hatte.

Meinen Agentinnen Gesa Weiß und Kristina Langenbuch gebührt Dank dafür, mich einfach mein Ding machen zu lassen, es clever und gewinnbringend zu kommentieren und dann tatsächlich so anzupreisen, dass es jemand kauft und druckt.

Stephan Askani von der Hobbit Presse muss ich für das Vertrauen danken; für das Anstacheln, den Text immer besser zu machen, und überhaupt für die Gespräche, in denen es nie um Programmslots, Strategien zur Vermarktung oder Verkaufszahlen ging, sondern immer um die Geschichte. Ich habe viel gelernt – und mein Bücherregal um einige Klassiker erweitert.

Oliver Plaschka gebührt mein Dank für den regen Austausch (lesen Sie Olivers Bücher!).

Christina Srebalus erhält einen sehr lieben und herzlichen Dank für die wunderschöne Karte – super, dass das geklappt hat. Ich hatte am Ende schlichtweg nicht mehr die Nerven, die Artwork selber zu machen, und bin froh, eine Person gefunden zu haben, bei der die Chemie stimmt.

Tausend Dank auch an meine Twitter-Timeline von befreundeten Kolleginnen und Kollegen, die meinen schrägen Humor dort aushalten (oder manchmal sogar komisch finden) und bei denen ich mich einfach wie ein Nerd unter Nerds fühlen darf.

Den allergrößten Dank heimsen natürlich Anne und Elsa ein – für alles. Ohne Euch wäre nichts in meinem Leben, wie es ist. Ich sage euch das zwar jeden Tag, aber es tut gut, es ab und zu schwarz auf weiß gedruckt zu sehen.

Ein riesiger Dank geht zum Schluss an Sie, liebe Leserinnen und Leser! Geschichten zu erzählen macht nur Sinn, wenn es auch Menschen gibt, die sie sich erzählen lassen. Und wenn Sie bis hierhin durchgehalten haben und vielleicht auch noch Ihren Spaß mit den Herbstgängern hatten, dann ist das das Schönste, was einem Spinner wie mir passieren kann.

3.

Zuletzt:
Sollten Sie Rückmeldungen oder Fragen an mich haben, können Sie mir mailen (kontakt@thilocorzilius.de) oder mich in den gängigen sozialen Netzwerken antreffen (Facebook, Instagram, am zuverlässigsten unter twitter.com/thilocorzilius).

Über Austausch freue ich mich.

Ihr/Euer
Thilo Corzilius